Unterwegs
in die Welt von morgen

Unterwegs in die Welt von morgen

Utopische Geschichten
und Science-fiction-Romane

Verlag Das Beste
Stuttgart · Zürich · Wien

Die Texte in diesem Buch
erscheinen mit Genehmigung der Verleger

114

PRINTED IN GERMANY
ISBN 3 87070 337 7

Ins Deutsche übertragen von Otto Kühn
Titelillustration: James Gurney

FEIND
AUS DEM
WELTRAUM
von Poul Anderson

DIE Abenddämmerung war kurz. Die Nacht kam schnell vom Atlantik herein und hüllte die Welt in Finsternis. Nur wenige Lichter brannten in der City. Der größte Teil der Stadt blieb dunkel. Die Sterne gingen auf und strahlten heller als alles andere.

Seine Exzellenz der Oberste Souverän des Sonnensystems öffnete das Fenster, lehnte sich hinaus und ließ den Blick über den gestirnten Himmel schweifen. Tief atmete er die milde Luft ein, die aus den endlosen Urwäldern Brasiliens zu ihm heraufwehte. Eine schöne Welt, dachte er, ein fruchtbarer und lieblicher Planet, diese Erde – ein Himmelskörper, um den es zu kämpfen lohnte wie um einen lieben Menschen.

Er konnte unbesorgt ans Fenster treten. Der mächtige Bau, in dem sich sein geheimes Büro befand, ragte so hoch über São Paulo auf, daß kein Laut bis zu ihm heraufdrang. Nur der sanfte Wind war hier zu hören, der unaufhörlich und leise rauschend um das Gebäude strich.

Als die Lampen mit fortschreitender Dämmerung automatisch heller wurden, wandte er sich seufzend wieder dem Raum zu. Schwer lastete die Müdigkeit auf seinen Schultern.

Die Verfolgung war vorüber, das letzte Kapitel abgeschlossen – wirklich? Und was kam nun? So viele Aufgaben und so wenige Arbeitskräfte. Er selbst, der erwählte Führer seines Volkes, war ein Sklave des Sieges. Welchen Schlag mußten sie als nächstes abwehren, und wann würde er kommen? Wann würde endlich Frieden unter den Gestirnen geschlossen werden?

Er ließ sich hinter dem Schreibtisch nieder und verscheuchte gewaltsam die trüben Gedanken. Überarbeitung und Nervenüberreizung sind daran schuld, dachte er mißmutig. Aber in dieser harten Zeit war kein Platz für Gefühlsregungen. Er nahm einige Papiere, Berichte vom Mars, und begann zu lesen.

Ein Glockenspiel ertönte. Er fuhr unwillig auf. Würden sie ihn jemals in Ruhe lassen? „Herein“, sagte er.

Der Telesprecher übertrug seine Stimme in den Vorraum. Die Tür öffnete sich.

Der Oberste Souverän sah dem eintretenden Unteroffizier entgegen. „Sie wünschen?" fragte er. „Fassen Sie sich kurz, ich habe zu tun."

Der Unteroffizier stand stramm und machte eine linkische Ehrenbezeigung. „Es betrifft den Fall Arnfeld, Exzellenz", begann er. „Mir wurde soeben neues Material für Sie übergeben."

„Na schön, geben Sie schon her. Stehen Sie nicht rum. Verdammt, das war der schwierigste Fall, seit wir die Heimat verließen."

Der Unteroffizier kam schüchtern näher und legte ein Heft auf den Schreibtisch. „Als das Blockhaus abgerissen wurde, fanden sie es, Exzellenz", sagte er. „Offenbar war das ein letzter Versuch Arnfelds, seinem Volk einen Bericht zu hinterlassen – er verbarg das Heft unter den Dielenbrettern."

„In gewisser Weise empfinde ich für diesen Arnfeld und seine Freunde sogar Bewunderung", meinte der Oberste Souverän nachdenklich. „Es war eine tapfere kleine Schar. Sogar die Frau, die sie am Ende verriet, hatte selbstlose Gründe für ihr Tun."

Das kalte Licht der Leuchtstofflampen spiegelte sich auf seinem kahlen Schädel, als er sich über die Fragmente beugte. Es war ein Schulheft, eingerissen und schmutzig, und die ersten Seiten waren mit kindlichem Gekritzel ausgefüllt. Einige Rechenaufgaben standen darin und eine ungelenke Zeichnung. Dann folgten Eintragungen von der Hand eines Erwachsenen. Der Rest des Heftes war mit ihnen vollgeschrieben.

„Ziemlich lang", sagte er. „Arnfeld muß etliche Tage gebraucht haben, um das zu vollenden."

„Die Gruppe verteidigte sich ein paar Tage in dem Blockhaus, nicht wahr?" fragte der Unteroffizier.

„Ja, ich glaube schon." Er überflog die ersten Sätze: *Die folgenden Aufzeichnungen stammen von David Mark Arnfeld, Staatsangehöriger der Vereinigten Staaten von Amerika, Planet Erde, begonnen am 21. August 2043. Ich bin geistig und körperlich gesund, und aus meinen Personalakten geht hervor, daß ich nicht an Wahnvorstellungen leide, wie man mir nachsagt. Ich beabsichtige, im folgenden wichtige Tatsachen zu berichten, die unsere Rasse und die des Mars angehen.*

„Hm." Der Oberste Souverän blickte nachdenklich auf. „Wir werden diese Aufzeichnungen abändern müssen, falls jemand auf die Idee kommt, sie nachzuprüfen." Er lächelte leicht. „Ich muß Mr. Arnfeld dankbar sein, daß er mich daran erinnert hat."

„Es scheint ein Bericht über die –"

„Das werde ich schon selbst sehen. Übrigens, lassen Sie die Frau vorführen, ich möchte sie über das Tagebuch befragen."

„Jawohl, Exzellenz. Sofort." Der Unteroffizier verließ den Raum.

Der Oberste Souverän fuhr mit der Lektüre fort.

Damit ich keine Einzelheiten auslasse, mit denen man die Richtigkeit der Aufzeichnungen kontrollieren kann, werde ich alle Ereignisse bis zu den winzigsten Kleinigkeiten wie Gesprächen und unmittelbaren persönlichen Eindrücken und Empfindungen schildern, natürlich nur soweit ich sie aus dem Gedächtnis rekonstruieren kann. Wenn deshalb mein Tagebuch wie Phantasterei erscheint, so bedauere ich das zwar, bitte aber trotzdem jeden Leser, die Aufzeichnungen geheimzuhalten und Rafael Torreos zu überbringen, der früher Colonel der UN-Inspektionsgruppe war und zur Zeit in São Paulo, Brasilien, wohnt. Das Schriftstück soll nur ihm persönlich ausgehändigt werden.

Wenn ich im folgenden etwas weitschweifig in meiner Schilderung bin, möge man mir verzeihen. Früher hatte ich einmal die Absicht, Romane zu schreiben. Vermutlich ist dies hier die letzte Gelegenheit für mich, schriftstellerisch tätig zu sein. Deshalb werde ich in epischer Breite ganz nach meinem Geschmack den Hergang der Ereignisse schildern.

Torreos, sann der Oberste Souverän. Die Frau hat seinen Namen nicht erwähnt ... Ach ja. Er arbeitete mit den Marsbewohnern zusammen ... Hm, wir lassen ihn am besten gleich festnehmen, für alle Fälle.

Das Glockenspiel ertönte wieder. Die Tür öffnete sich, und diesmal befand sich der Unteroffizier in Begleitung zweier Wachsoldaten, zwischen denen eine Frau ging. Normalerweise hätte sie bestimmt gut ausgesehen, sogar jetzt noch schien ihr blondes Haar aus goldenen Fäden gesponnen zu sein, die das Licht tausendfach reflektierten. Doch ihr Gesicht war bleich, ihre Augen waren gerötet, und sie zitterte unablässig.

„Christine Hawthorne", fragte der Oberste Souverän ohne Umschweife, „haben Sie dieses Heft hier schon einmal gesehen?" Seine Stimme war ruhig und beherrscht, und er bemühte sich, akzentfrei zu sprechen.

„Wo ist mein Kind?" fragte sie verzweifelt. „Was haben Sie mit ihm gemacht?"

„Dem Kind geht es gut", sagte er. „Man wird es Ihnen bald zurückgeben, wenn Sie mit uns zusammenarbeiten."

„Habe ich noch nicht genug Opfer gebracht?" fragte sie dumpf. „Genügt es nicht, daß ich David und Reggy verriet und damit unser ganzes Volk?"

„Sie scheinen nicht zu begreifen, daß unser Sieg endgültig ist", erwiderte der Oberste Souverän mit eisiger Stimme. „David Arnfeld und Regelin dzu Coruthan sind tot. Ihren Nachlaß haben wir beschlagnahmt. Immerhin waren Sie es, die ihren Untergang heraufbeschworen hat, nicht wahr?"

„Ich weiß", sagte sie.

„Ihre phantastische Geschichte, soweit sie überhaupt bekannt wurde, ist inzwischen längst widerlegt, berichtigt, begraben und vergessen. Sie als letzte Überlebende sind unsere Gefangene – und offiziell genauso tot wie Ihre Mitverschwörer. Niemals werden wir Sie wieder freilassen. Verhalten Sie sich dementsprechend! Nun, haben Sie dieses Heft jemals zu Gesicht bekommen?"

Sie kam näher und betrachtete es genauer. „Ja", sagte sie schließlich. „Es lag in der Blockhütte, als wir hinkamen. David schrieb jeden Tag darin, und später versteckte er es, kurz vor dem Ende. Er sagte weder mir noch Reggy, wo er es verborgen hatte, damit wir das Versteck nicht verraten konnten, wenn man uns gefangennahm."

„Er hätte sich denken müssen, daß wir alles genau durchsuchen. Immerhin, er hatte nichts zu verlieren." Der Oberste Souverän schnippte mit den Fingern. „Führt sie ab." Als die Gruppe die Tür erreichte, fügte er, einer freundlichen Regung folgend, hinzu: „Sie können ihr das Kind schon jetzt zurückgeben."

„Danke", flüsterte sie.

Die Tür schloß sich hinter ihnen. Der Oberste Souverän seufzte und lehnte sich zurück. Wieder überfiel ihn die Müdigkeit. Die Jagd hatte lange gedauert.

Nun, er las vielleicht doch besser diese Aufzeichnungen selbst. Ein ausführlicher Bericht der wichtigen Zeitspanne aus der Sicht des Feindes konnte ihm wertvolle Hinweise vermitteln.

Er überflog kurz den Abschnitt, der den Lebenslauf Arnfelds betraf. Verschiedene Einzelheiten kannte er schon. David Arnfeld wurde im Jahre 2017 im nördlichen Teil New Yorks als Sohn reicher Eltern geboren. Er war fünf Jahre alt, als der Krieg ausbrach, mit zwölf wurde er zur Raumkriegsschule abkommandiert, mit sechzehn trat er in den

Dienst der Raumstreitkräfte ein, und seitdem hatte er die meiste Zeit auf verschiedenen Raumkreuzern und interplanetarischen Stützpunkten zugebracht. Mit fünfundzwanzig war er stellvertretender Kommandant des Stützpunktes auf Pallas geworden, und da war der Krieg aus. Er kehrte heim.

Der Oberste Souverän beugte sich über das Heft, wobei er über die kleine Schrift halblaut fluchte, und begann mit erhöhtem Interesse zu lesen.

1

WIR erhielten die Nachricht durch ein Kurierschiff, nachdem schon einige Wochen vergangen waren, weil die Verbindung über Funk nicht klappte. Mit unserer Niederlage hatten wir gerechnet, denn das Ende war schon abzusehen gewesen, als die Marsianer den Erdmond Luna einnahmen; aber trotzdem wirkte die endgültige Nachricht für uns niederschmetternd. Viele kampferprobte Männer weinten. Ich verrichtete meinen Dienst rein mechanisch, weil auch mich die Niederlage schwer getroffen hatte. Am schlimmsten war es während der Schlafenszeit, wenn ich im Dunkeln allein lag und ins Nichts starrte.

Es gab viel zu tun, und ich war froh darüber. So kam ich nicht zum Nachdenken. Ich war praktisch der Kommandant des Asteroiden, weil der Alte völlig apathisch geworden war und sich kaum blicken ließ. Ich mußte mich um den Papierkrieg kümmern, und der blühte nach wie vor; ich mußte die Ingenieurteams überwachen und war besonders dafür verantwortlich, daß sie keine Sabotage verübten. Einmal erwischte ich einen Mann, als er gerade die Sicherungsvorrichtungen unseres Hauptatomreaktors blockieren wollte. Dadurch wäre der Meiler über kurz oder lang hochgegangen. Als ich ihn mir vorknöpfte, wurde er wild. „Sollen wir wirklich alles den Marties übergeben?“ fragte er störrisch. „Ist es tatsächlich so, daß wir ihnen alles in tadellosem Zustand präsentieren müssen und außerdem noch ihre dürren Pfoten küssen dürfen?“

„Die korrekte Anrede eines Vorgesetzten lautet ‚Sir‘“, antwortete ich müde. „Wir erhalten unsere Befehle vom Hauptquartier, und das führt wiederum nur die Bestimmungen des Waffenstillstandes durch, nach denen wir den Stützpunkt in funktionsfähigem Zustand zu übergeben haben. Und ich bin dafür verantwortlich, daß dies auch geschieht." Dann fügte ich etwas weniger streng hinzu: „Die vom Mars haben uns an der Gurgel. Wenn wir ihnen nicht aufs Wort folgen, geht es der Erde dreckig. Sie haben doch auch eine Familie daheim, nicht wahr?"

„Vielleicht", sagte er. „Vielleicht auch nicht mehr, wenn sie beim Bombenangriff umkam."

„Wir lieferten ihnen einen guten Kampf", sagte ich. „Zwanzig Jahre lang. Vielleicht gelingt es uns später, Rache zu nehmen, aber bis dahin wird noch viel Wasser den Mississippi hinunterfließen. Und in der Zwischenzeit werden wir den Marsianern nötigenfalls auch die Pfoten küssen, wenn wir auf diese Weise bis dahin durchhalten können."

Ich verpaßte ihm nur zehn Tage Bau, erließ aber einen geharnischten Tagesbefehl, in dem stand, daß der nächste Verstoß durch ein Kriegsgerichtsverfahren geahndet werden würde. Im großen und ganzen billigten die Männer meine Handlungsweise. Sie wußten, daß wir geschlagen waren, und viele hatte der Kampfgeist verlassen. Das schnitt ins Herz. Ich führte Arbeiten, Spiele und Leibesübungen ein, um sie abzulenken, aber der Erfolg war nur langsam zu spüren.

Ohne eine Nachricht vom Hauptquartier mußten wir vier Monate ausharren. Ich begann mir Sorgen zu machen, denn wir hatten schon lange unsere Rationen gekürzt, und jetzt waren unsere Vorräte beängstigend zusammengeschmolzen. Ich dachte allen Ernstes daran, selbst die Bestimmungen zu brechen, eine Rakete zu bemannen und auf eigene Faust unserem Stützpunkt zu helfen. Wenn man in astronomischen Größen denkt, war zu jener Zeit Hiltons Planetoid nicht weit weg, und dort befanden sich große hydroponische Tanks sowie Gärbottiche mit nahrhaften Hefekulturen als Verpflegungsreserven.

Unser Asteroid bewegte sich mit hoher Geschwindigkeit durch die große kalte Dunkelheit, mitten durch Millionen von kalt glitzernden Sternen und den leuchtenden Gürtel der Milchstraße.

Die Sonne war fern, eine winzige wärmelose Scheibe, deren Licht nur schwach den grausam gezackten, steinigen Himmelskörper beschien. Außerhalb des Stützpunktes herrschte ewige Stille, nur der Atem rauschte schwer innerhalb des Raumhelms, wenn wir unsere Runden gingen.

Endlich erschien ohne jede Vorankündigung die Ablösung: vier große Truppentransporter, die uns mit feuersprühenden Düsen umkreisten. Ein schlanker schwarzer Marskreuzer kam als Begleitschutz mit. Wir traten so zackig wie möglich an und empfingen die Offiziere mit allen vorgeschriebenen Ehrenbezeigungen. Immerhin waren wir der Pallas-Stützpunkt und hatten drei mörderische Angriffe innerhalb eines Jahres erfolgreich zurückgeschlagen und das zermürbende Warten dazwischen auch durchgestanden.

Ich glaube, der marsianische Kommandeur fühlte sich durch unseren Empfang geehrt. Er bot uns zwar keinen Händedruck an, und das war taktvoll von ihm, doch verbeugte er sich in seiner ganzen Größe von zwei Metern, indem er sich nach bester Manier ihrer militärischen Führerschicht steif in der Hüfte einwinkelte.

„Sind Sie für den Stützpunkt verantwortlich, Commander?" fragte er. Er sprach portugiesisch, und das besser als ich. Der brasilianische Dialekt mag die verbreitetste Sprache der Erde sein, aber wir waren in der Mehrzahl Briten und Nordamerikaner und hatten englisch gesprochen.

„Im Augenblick ja, Sevni", antwortete ich förmlich. „Captain Roberts ist unpäßlich." In Wirklichkeit lag der Alte mit einer Schnapsflasche in der Koje und schluchzte hemmungslos, wie häufig in jenen Tagen, aber es gab keinen Grund, das den Marsianern auf die Nase zu binden.

„Ich bedauere außerordentlich, daß wir Sie erst so spät ablösen", sagte der Marsianer. „Es gab jedoch sehr viel zu erledigen, wie Sie verstehen werden. Unsere Leute werden sofort die Schiffe verlassen. Dann können Sie an Bord gehen und zur Erde zurückkehren. Sie werden in Quito abgesetzt, wo Sie weitere Reisegenehmigungen nach den nächsten größeren Städten in der Nachbarschaft Ihrer Heimatorte erhalten."

„Das ist sehr erfreulich", sagte ich.

„Oh, bitte sehr!" Der Marsianer winkte mit seiner mageren Hand. Ich wurde immer wieder von der seltsamen Tatsache beeindruckt, daß es durchaus nicht der sechste Finger oder das zusätzliche Fingerglied ist, wodurch mir die Marsianer so menschenunähnlich erscheinen, sondern daß es die seltsam viereckigen Fingernägel sind. „Es ist genug Blut vergossen worden. Es ist Zeit, daß unsere Völker Freunde werden", fügte er hinzu.

Freunde? dachte ich. Nach all dem, was ihr der Erde angetan habt?

Wir schifften uns ein und bereiteten uns auf die lange Reise in die Heimat vor. Die meiste Zeit bewegten wir uns im freien Fall, und ich hielt die Leute an, regelmäßig Gymnastik zu treiben. Nach den langen Jahren auf dem Asteroiden mit seiner geringen Anziehungskraft und den vielen Wochen völliger Schwerelosigkeit bei der Heimreise mußten wir uns auf unser Erdgewicht vorbereiten. Ich glaube, es gelang mir, alle in leidlich gute körperliche Verfassung zu bringen, zwar unterernährt, aber hart und geschmeidig, dazu braun gebrannt vom ungeschwächten Sonnenlicht.

Die Besatzung des Raumschiffes bestand aus Marsianern, die jedoch für sich blieben. Wir bekamen sie kaum zu Gesicht. Die Fahrt verlief ohne Zwischenfall. Gegen Ende nahm die Teilnahmslosigkeit unter meinen Leuten ab, und mir ging es ebenso. Besiegt oder nicht, es ging jedenfalls heim! Die alten abgegriffenen Fotografien wurden hervorgeholt, und die Stimmen wurden wieder lauter. Man diskutierte, man tauschte Erinnerungen aus, und es wurde gesungen. Die Leute schmiedeten Pläne für ein jährliches Treffen, und trotz meiner Bitterkeit merkte ich, daß wir doch eine schöne Zeit in all den verlorenen Jahren gemeinsam verlebt hatten.

Wir gingen auf eine Kreisbahn um die Erde, und ich verbrachte lange Stunden am Bullauge, um unsere Heimat zu betrachten, die sich blau und wunderschön vor dem gestirnten Himmel langsam drehte. Auf ihrem heiteren Antlitz war nichts von den Narben des Kriegs zu sehen – Menschen und Marsianer waren kleine Wichte, wenn man es recht betrachtete, und Raum und Zeit waren unendlich.

Zubringerboote brachten uns nacheinander nach Quito hinunter. Es war schwer bombardiert worden und immer noch eine wüste Trümmerlandschaft aus Eisenschrott und verrotteten Menschenknochen, aber die Radioaktivität hatte inzwischen nachgelassen, und die Berge erschienen mir lieblicher denn je. Man hatte einen neuen Raumhafen errichtet, um den sich Baracken scharten, aus denen möglicherweise einmal die Stadt wiedererstehen könnte. Ich kniete nicht nieder, um die Erde zu küssen, wie es manche taten, aber ich stemmte meine Muskeln gegen die mächtige Anziehungskraft von Mutter Erde, und ich sog die reine, klare Luft tief in meine Lungen ein, und vor meinen Augen flimmerte es eine Weile.

Verbindungsoffiziere meldeten sich bei mir, und ich brauchte zwei Tage, um die Auflösung meiner Einheit abzuwickeln. Die Leute erhielten ihre Fahrausweise, dazu den restlichen Sold zuzüglich eines Aufschlags als Ausgleich für die Inflation, die wie ein scharfes Messer im Körper unserer sterbenden Wirtschaft wirkte. Wir erhielten Lebensmittelkarten, die in dem Gebiet gültig waren, in das wir reisten, und ein gedrucktes Flugblatt mit den neuen Gesetzen und der Mahnung zum Gehorsam gegenüber den neuen Machthabern. Auch erhielten wir unsere Entlassungspapiere, aber infolge der Textilknappheit durften wir alle unsere Uniformen behalten, ohne die Abzeichen natürlich. Ich schaute mir den geflügelten Stern lange an, nachdem ich ihn von der Uniform getrennt hatte. Dann wickelte ich ihn sorgfältig ein und steckte ihn in meine Hosentasche.

Der Gebietskommandeur, ein Erdenbürger namens Gonzales, brachte mich zum Flughafen. „Wollen Sie nicht noch eine Weile hierbleiben?" lud er mich ein. „Ich rate Ihnen, nicht nach New York zu gehen. Es wurde schwer getroffen. Die Lebensbedingungen sind dort schwierig."

„Das ist überall so, Señor", antwortete ich.

„Sie haben recht. Wir sind auf eine primitive Zivilisationsstufe zurückgeworfen worden, auf der wir unsere Bevölkerung nicht versorgen können." Er schnitt eine Grimasse. „Sie können von Glück reden, daß Sie erst nach einem Jahr zurückgekehrt sind. Der letzte Winter und Frühling – schrecklich!"

„Hungersnot?"

„Und Seuchen. Die Marsianer konnten uns kaum helfen, obwohl ich zugebe, daß sie alle Anstrengungen unternahmen. Aber Millionen sind tot, und das Sterben geht weiter." Er blickte mit grauem Gesicht über den Flugplatz. Unsere Flagge mit dem Globus und dem Ölzweig flatterte noch im Wind, aber das Marsbanner mit den doppelten Halbmonden war darübergesetzt. „Mit der Unabhängigkeit der Erde ist es vorbei", sagte er. „Von jetzt an sind wir nichts als Sklaven."

„Wir kommen wieder hoch", sagte ich. „Man soll uns nur zwanzig Jahre geben, damit wir unsere Wirtschaft in Ordnung bringen können. Dann werden wir wieder aufrüsten und –"

Er zuckte zusammen. „Ich glaube, da ist mir die Herrschaft der Marsianer lieber als diese Art von Faschismus, die die Wiedererstarkung notwendigerweise begleiten müßte, Commander", sagte er. „Die Marsianer werden es jedoch gar nicht erst zu solch einem Vorhaben kommen lassen. Unsere Industrie wird demontiert, und die Erde verwandelt sich in eine Welt des Ackerbaus und der Viehzucht. Und so wird es in alle Ewigkeit bleiben – Sie kennen ja den Charakter der Marsianer. Sie sind rachsüchtig, aber vorsichtig, vorausberechnend und geduldig."

Das war eine drakonische Maßnahme. Unsere Bevölkerung würde

auf die Hälfte zusammenschrumpfen, bis die Agrarwirtschaft sich eingespielt hatte – und dann würden die endlosen Jahrhunderte folgen, wo Menschen nur noch als Bauern dahinlebten, als Handwerker, Fischer und Holzfäller. Im günstigsten Fall konnten wir eine untergeordnete Kolonie im marsianischen Imperium werden, weiter nichts. Und auf diese Weise würden wir absichtlich unwissend gehalten werden und verrotten, während Industrie, Wissenschaft und Forschung Privilegien des Mars blieben.

Zugegeben, ich hätte es an ihrer Stelle genauso gemacht. Unsere Lage war manchmal so günstig, wir waren zeitweise so nahe daran gewesen, sie restlos zu vernichten – ach, wenn es nur ein paar kluge Köpfe im Generalstab gegeben hätte, wir hätten den Mars nach fünf Jahren Krieg besetzen können! Statt dessen begingen wir einen haarsträubenden Fehler nach dem andern, und nur dem Umstand, daß die Marsianer genau den gleichen Blödsinn anstellten, verdankten wir es, daß wir so lange aushielten. Allerdings war das der erste Raumkrieg der Geschichte, und man konnte unmöglich erwarten, daß die Kriegführung jede Möglichkeit voraussah; trotzdem war es merkwürdig, welch grobe Schnitzer beide Seiten machten. Auf diese Weise wurde ein scharfer, kurzer Schlag zu einem zwanzig Jahre währenden zermürbenden Krieg ausgewalzt.

Aber nun war es zu spät. Zu spät für immer.

„Leben Sie wohl, Commander", sagte Gonzales. „Ich wünsche Ihnen alles Gute."

„Ich Ihnen auch", erwiderte ich und schüttelte ihm die Hand. „Oder auch uns allen."

„Wir können's alle brauchen, Commander", meinte er.

Der Raketenflug nach New York verlief ohne besondere Ereignisse. Meine Reisegefährten, alles Erdbewohner, alle schäbig gekleidet und mit einem bitteren Zug um den Mund, bestürmten mich mit Fragen über den Krieg im Weltraum, und ich war genauso begierig herauszukriegen, was sich in der Zwischenzeit auf der Erde ereignet hatte. Ich war fünf Jahre von zu Hause fortgewesen. Schön, die letzten Monate war es verheerend zugegangen, Bombenteppiche, Atombomben aus dem Weltraum, Kapitulation, Hungersnot und Seuchen. Unser Transportwesen sowie die Versorgungszentren hatte man nachhaltig zerstört, so daß es unmöglich geworden war, die vorwiegend städtische Bevölkerung ausreichend zu versorgen. Man konnte sich überhaupt nicht um sie kümmern. Kriminalität und Anarchie breiteten sich aus und wüteten immer noch in allen Teilen des Planeten, obwohl die Marsstreitkräfte jetzt mit den UN und den örtlich zuständigen Polizeieinheiten zusammenarbeiteten, um die Ordnung wiederherzustellen.

„Und es wird noch schlimmer kommen", sagte ein Amerikaner düster. „Vor uns liegen noch viele Jahre, in denen es nicht genügend zu essen geben wird, ehe schließlich die Bevölkerung so weit zurückgegangen ist, daß es für die Übriggebliebenen reicht. Wir können auch den Gesundungsprozeß nicht beschleunigen. Die Marties demontieren systematisch jeden Rest von Industrie, der vom Krieg verschont geblieben ist. In fünf Jahren gibt es überhaupt keine Fabriken mehr. Wir werden wieder zu Pferd oder im Segelboot reisen. Alle Raketentransporter werden in ein paar Monaten ebenfalls beschlagnahmt, wenn die letzten Pflichttransporte erledigt sind."

„Wir müssen kämpfen", sagte ein anderer Mann. „Es sind gar nicht so viele Feinde. Vielleicht fünf Millionen Marties, die über die ganze Erde verteilt sind. Die Erdanziehung macht ihnen zusätzlich zu schaffen. Wir müßten uns zusammentun und sie rausschmeißen."

„Womit?" fragte ich dumpf. „Mit Jagdflinten und Küchenmessern? Gegen Artillerie, Maschinengewehre, Flammenwerfer, Panzer, Flugzeuge? Und vergessen Sie vor allem die Stützpunkte auf dem Mond nicht. Jedesmal, wenn wir aufmucken, können sie uns mit ein paar Raketen gefügig machen."

„Haben Sie auch kapituliert, Raumfahrer?" Eine junge Frau, deren harter Blick nicht zu ihrem Alter paßte, warf mir einen geringschätzigen Blick zu.

„Ich glaube, ja", sagte ich tonlos. „Wenn Sie es so bezeichnen wollen."

2

WIR kamen bei Einbruch der Abenddämmerung an, und ich kletterte in den provisorisch zusammengenagelten Kontrollturm des Flughafens, um einen langen Blick auf die City zu werfen. Man hatte mir zwar erzählt, daß es New York schlimm erwischt hatte, aber daß es so schlimm war, hatte ich doch nicht gedacht.

Die stolze Silhouette Manhattans war ein wüster Trümmerhaufen aus verbogenen Stahlskeletten, die in den Himmel ragten. Einige

Gebäude hatten, wie aus einer Laune des Zufalls heraus, nur einen plötzlichen Hitzestoß erhalten und waren wie brüchiger Marzipankuchen zusammengeschmolzen, aus dem hier und da rauchgeschwärzte und verbogene Stahlträger ragten.

Außerhalb des riesigen Hauptkraters gab es nur noch Schutt, eine tote Wüste aus Steinhaufen, über die Staub und Asche vom Wind dahingetrieben wurden. Brooklyn war ein weiterer Ruinenhaufen, wenn auch ein paar beschädigte Gebäude noch aufrecht standen. Dunst und die hereinbrechende Dämmerung versperrten mir die Aussicht über die übrigen Stadtviertel, aber ich sah nirgendwo Lichter blinken, an keiner einzigen Stelle.

Der Flughafenkommandant, ein Erdbewohner, hatte mir die Erlaubnis erteilt, heraufkommen zu dürfen. Als ich hinabkletterte, nickte er mir wehmütig zu. „Ich habe Sie gewarnt hinaufzugehen, Commander", sagte er mit müder Stimme und schaute mich aus eingesunkenen und fiebrig glänzenden Augen an. „Es – es ist ungeheuerlich."

„Wieviel Einwohner leben dort?" fragte ich.

Er zuckte mit den Schultern. „Vielleicht eine Million. Wer konnte, floh aufs Land, ehe Hungersnot und Krankheiten um sich griffen; dabei lieferten sich Bauern und der Mob erbitterte Kämpfe. Jetzt fahren wir wenigstens mit Lastwagen einige Lebensmittel an und setzen die Leute zur Enttrümmerung ein. Dadurch sind die Lebensbedingungen erträglicher geworden. Nicht sehr, aber ein kleines bißchen – immerhin."

„Wie komme ich ins Landesinnere?" fragte ich. „Dort bin ich zu Hause."

„Auf Schusters Rappen, Commander, es sei denn, Sie schaffen es, per Anhalter auf einem der Farmwagen mitgenommen zu werden, die die Stadt versorgen. Die Farmer haben jedoch seit dem letzten Winter verdammt wenig für die Städter übrig."

„Na gut –" Ich schaute aus dem Fenster. Die Lichter des Flughafens erschienen klein und unbedeutend verglichen mit der Dunkelheit, die jetzt hereinbrach. „Ich bleibe wohl besser über Nacht hier. Können Sie mir etwas empfehlen?"

„Wieviel Geld haben Sie?"

Ich grinste ohne rechte Freude. „Restlicher Sold fünfzigtausend UN-Dollar. Inflationsausgleichszuschlag eine Million."

„Der Zuschlag war vor vier Monaten noch etwas wert. Jetzt reicht es gerade noch für drei Mahlzeiten und zwei Übernachtungen. Die

Stadt muß ihre Arbeiter in Naturalien bezahlen." Er zupfte sich nervös am Ohrläppchen und vermied es, mir in die Augen zu blicken. „Ich würde Sie gern für eine Nacht aufnehmen, Commander, aber wir sind schon sieben in einem Raum, und Sie begreifen sicher –"

„Ich verstehe. Zerbrechen Sie sich nicht den Kopf, ich finde schon was."

„Versuchen Sie's mal bei den Benediktinermönchen. Das ist eine kleine Gruppe, die eine Hütte gebaut hat und jeden aufnimmt, der mitzuarbeiten verspricht. Wenn die keinen Platz mehr haben, kriegen Sie wenigstens eine Mahlzeit und müssen dafür leichte Arbeit verrichten."

„Das ist für mich das richtige. Ich werde sogar was zu ihrem Aufbauwerk beisteuern, sagen wir, eine halbe Million Dollar."

„Die nehmen sie dankbar an. Sie pflegen eine Menge Krüppel, die nicht mehr arbeiten können."

Er beschrieb mir den Weg, es mochten ungefähr fünf Kilometer bis zu den Mönchen sein. „Aber seien Sie bloß vorsichtig", warnte er mich zum Schluß. „Ein Haufen Gesindel treibt sich herum. Die bringen jeden um, der etwas zu besitzen scheint. In den letzten Monaten sind die Menschen immer verzweifelter geworden."

Ich schlug gegen meine Magnum Automatik, die ich im Halfter trug. Als Offizier war mir die Pistole gelassen worden. Und die graue Farbe meiner Raumuniform sollte mir eigentlich auch einigen Respekt verschaffen – es sei denn, jemand tötete mich gerade wegen der Uniform.

Die Nacht war schon hereingebrochen, als ich mich auf den Weg machte. Ich schritt forsch aus, und die Schemen der zerfallenen Häuser zogen undeutlich an mir vorbei. Leere Fensterhöhlen und schwarze Toreingänge starrten mich an, und ab und zu kam ich auf der Straße an ausgebrannten Autowracks vorbei. Andere Passanten waren kaum zu sehen. Sie schlichen fast lautlos und mit hoffnungslos hängenden Schultern dahin.

Die Stille war vollkommen – tödliche Ruhe, dicht und schwer, in der die Schritte meiner Stiefel und das Sausen des Windes unnatürlich klangen. Ich schritt schneller aus, um bald wieder unter Menschen zu kommen.

Als ich die Hand auf meinem Arm spürte, machte ich einen Satz zur Seite, drehte mich um und hatte auch schon meine Automatik im Anschlag. Dann erkannte ich, daß es eine Frau war, und verfluchte mich wegen meiner überreizten Nerven. Das Herz schlug mir bis zum Hals.

„Hallo, Raumfahrer", sagte sie.

Ich senkte die Pistole und trat einen Schritt näher. „Was wollen Sie?" fragte ich und versuchte dabei, meine Stimme hart klingen zu lassen.

„Ich wollte – ich wollte –" Sie wandte sich von mir ab und duckte sich wieder in den Torweg, aus dem sie herausgekommen war. Ich sah, wie sie tief Atem holte und sich mir von neuem zitternd zuwandte.

„Brauchst du eine Bleibe für die Nacht?" fragte sie.

Ich schaute sie lange an und sagte nichts.

„Du bist gerade aus dem Weltraum zurückgekommen, nicht wahr?"

Sie sprach sehr leise, und ihre Stimme schwankte. Aber es war kein Vorstadtdialekt, sie sprach kultiviert.

„Ja", sagte ich.

Sie mußte erst schlucken, ehe sie herausbrachte: „Ich habe eine Unterkunft."

Ich trat ganz nahe an sie heran und musterte sie scharf. Sie war mittelgroß und mußte früher eine gute Figur gehabt haben, aber jetzt war sie schmal, und die Beine unter dem zerschlissenen Kleid sahen erbärmlich mager aus. Dazu noch jung – Anfang Zwanzig. Das Gesicht war blaß, die Wangenknochen traten stark hervor, und die Augen blickten verhärmt, aber die Nase zeigte noch vorwitzigen Schwung, und ihr Mund war weich und sanft. Sie zitterte und atmete mühsam, wobei sie immer noch meinem Blick auswich.

„Wie heißt du?" fragte ich.

Ihre Stimme wurde etwas lauter, und sie entgegnete rauh: „Schau mal, das hat keinen Zweck. Wenn du mein Angebot annimmst, dann sag es. Wenn nicht, dann geh weiter – bitte!"

Ich war nahezu zehn Jahre im Weltraum gewesen und hatte nur selten die Erde oder eine Kolonie der Erde während dieser Zeit besucht. Ich wußte aber immer gleich, wen ich vor mir hatte.

„Die Stadtverwaltung vergibt Arbeit", sagte ich. „Das hier hast du nicht nötig."

„Für mich ist die Arbeit zu schwer." Sie flüsterte jetzt nur noch. „Ich kann keine Ziegelsteine schleppen – ich versuchte es und brach zusammen. Aufs Land kann ich auch nicht, denn die haben keinen

Platz für mich. Und außerdem habe ich eine Tochter, um die ich mich kümmern muß."

Ich schüttelte den Kopf und lächelte mühsam. „Tut mir leid, Kleine. Ich kann dein Angebot nicht annehmen."

„Wenn du es nicht tust, wird es ein anderer tun", sagte sie mutlos. „Du wärst mir recht gewesen. Mein Mann war auch bei der Raumwaffe."

In mir reifte ein Entschluß. „Wieviel verlangst du?"

„Ich ...?" Ein trockenes Flüstern. „Eine halbe Million. Ist das zuviel?"

„Gut", sagte ich. „Ich suche eine Unterkunft, und du scheinst eine zu haben. Ich werde eine halbe Million für Übernachtung und Frühstück bezahlen."

Da begann sie zu weinen. Ich hielt sie in meinen Armen, bis sie sich gefaßt hatte, und streichelte ihr langes blondes Haar, das immer noch wunderschön war. Dabei merkte ich, daß ihr Kleid früher sehr teuer gewesen sein mußte, und auch jetzt war es noch peinlich sauber gehalten. Wie sie das ohne Seife fertiggebracht hatte, war mir ein Rätsel. Vielleicht mit Sand und Wasser.

Wir gingen Hand in Hand zu ihrer Behausung. Sie führte mich flink durch wirre Trümmerhaufen geborstener Steinquader und verbogener Träger, zwischen denen überall Glasscherben und hier und da auch menschliche Knochen verstreut lagen. Es war jetzt fast völlig dunkel, und ich stolperte häufig.

Ein großes Hotel war in sich zusammengerutscht, aber durch ein halbverschüttetes Loch kam man hinein. Den Zugang hatten sie mit zwei geborstenen Türen und ein paar zerzausten Büschen getarnt, die hier und da in der Stadt wuchsen.

Wir krochen durch einen engen Tunnel in einen Hohlraum, der etwa zwei mal zwei Meter maß und schätzungsweise einsdreißig hoch war. Der Raum war so sauber wie ihr Kleid und genauso einfach: ein paar primitive Gebrauchsgegenstände, eine Matratze, eine trüb brennende Öllampe und ein paar Bücher.

Ein Kind spielte auf dem Fußboden, eine süße dreijährige Krabbe mit dem Blondhaar ihrer Mutter und großen graublauen Augen. Sie rannte zu ihrer Mutter, die sie aufhob und beruhigend auf sie einsprach.

„Hab ich dir gefehlt, Alice?"

„Ach nein, Mami, gar nicht. Ich spielte mit Hoppy, und er setzte sich auf den Lampenschirm und putzte sich seine Flügel, und du hast einen Vati mitgebracht, und Hoppy sagte ..."

Ich setzte mich in eine Ecke. „Du läßt deine Tochter wohl oft allein?" fragte ich.

Sie drehte sich mir mit aufflammendem Zorn zu. „Wenn es dir hier nicht paßt, dann geh doch! Du bist immer prima versorgt worden, du hast stets deine Verpflegung gehabt, dazu deine Arbeit und die Ordnung, wobei alles wie am Schnürchen lief; und wenn du gefallen wärst, hätte dich der Tod schnell und schmerzlos ereilt. Du hast dich nie vor den Verbrecherbanden verstecken müssen, nur um am Leben zu bleiben – nun geh schon endlich, und laß mich allein!"

„Es tut mir leid", sagte ich. „Ich wollte nicht päpstlicher sein als der Papst. Ein Mann, der dabei war, als Zuneth bombardiert wurde, kann schwerlich auf jemanden herabblicken."

„Du warst mit dabei?" Ihr Ärger schwand, und sie lächelte. „Das war unser größter Sieg. Damals mußten eine Million Marties dran glauben."

„Ja, ja", sagte ich. „Wir beschossen sie aus dem Weltraum, genauso wie sie es später mit der Erde getan haben. Eine Million lebendiger Wesen! Ich bin nicht stolz darauf."

Ich durchblätterte die Bücher, die sie aus einer Bibliothek ausgegraben haben mußte, wie ich an der Numerierung sah. Shakespeare, griechische Tragödien, Goethes „Faust" in deutsch, Whitman, Benet und sentimentalerweise Brooke. Jawohl, sie stammte aus gutem Hause. Und nun hauste sie hier in dieser erbärmlichen Höhle und las „Die Troerinnen". Ich schüttelte den Kopf.

„Wie heißt du?" fragte ich.

„Christine Hawthorne", antwortete sie. „Meine Freunde nannten mich Kit." Ich sah, wie sie dabei bis unter die Haarwurzeln rot wurde.

„Danke, Kit", sagte ich. „Ich heiße Dave Arnfeld."

Wir unterhielten uns lange. Sie war wie ich im Krieg aufgewachsen, aber bis letztes Jahr hatten die Kämpfe fern der Erde getobt, und sie hatte ein recht erträgliches Leben geführt. Ihre Eltern lebten in guten Verhältnissen, sie war viel gereist, hatte dann die Hochschule besucht. Vier Jahre später lernte sie James Hawthorne kennen, einen Leutnant der Raumstreitkräfte, – sie zeigte mir ein verblaßtes Bild, von dem mir ein junges, noch kindliches Gesicht entgegenschaute – und heiratete ihn; aber er fiel in der Schlacht bei Juno, als sie gerade niederkam. Sie ging als Sprachwissenschaftlerin in das Zentralinstitut für Sprachen in New York und lebte dort, als New York zerstört wurde. Nur einem unwahrscheinlichen Zufall verdankte sie, daß sie mit dem Leben davonkam. Dann folgte der übliche tierische Kampf ums Dasein, bis ihr Wille schließlich zerbrach. Nun faßte sie wieder Mut, und ich sah, wie ihre Entschlossenheit zurückkehrte. Was nützte es aber, wenn das Leben trotzdem aussichtslos war?

„Wohin gehst du?" fragte sie mich.

„Ins Landesinnere", sagte ich. „Mir gehört ein Landgut in der Nähe von Albany, das ich von meinen Eltern geerbt habe, und niemand von meinen Angehörigen lebt noch. Das Anwesen wird auch zerstört sein, immerhin ist es ein Anfang – ich hoffe es jedenfalls. Ich werde Farmer. Was soll man sonst heutzutage machen?"

Ich wußte, was sie dachte, aber ihr Stolz verbot es ihr, darüber zu sprechen. Sie wechselte das Thema. „Ich dachte immer, dort wohnten gar nicht so viele Deutsche."

„Wir stammen aus Schweden", lachte ich. „Obwohl bei uns die meisten Familien aus England und Holland zugewandert sind."

„Meine Vorfahren haben den Sezessionskrieg durchgemacht, dann den Bürgerkrieg, und nun sind wir mit der Nation zugrunde gegangen."

„Schau mal", fuhr ich fort. „Ich brauche eine Haushälterin und überhaupt eine Stütze. Du scheinst zäh zu sein. Warum willst du nicht mitkommen?"

Sie preßte das Kind an sich. „Es ist eine gefährliche Reise", antwortete sie.

„Na schön", sagte ich, überreizt von Hunger und Müdigkeit. „Dann bleib eben hier."

Wir stritten uns eine Weile, gaben es endlich auf und legten uns schlafen. Natürlich nahm sie schließlich an. Und ich sparte eine halbe Million Dollar.

Das Frühstück bestand aus einer Viertelbüchse Corned beef, das mit Wasser vom Fluß verdünnt war. Danach packten wir ihre paar Haushaltsgegenstände zusammen und brachen auf. Meist trug ich das Kind. Alice war brav und anschmiegsam und folgte ohne Klage. Ihr schien das alles nichts auszumachen, obwohl Kit erzählte, daß das Kind oft nachts im Traum aufschrie.

„Wenn sie älter ist, läßt du besser das Trauma durch einen Psychiater behandeln", riet ich ihr. Dann fiel mir ein, daß es auf der Erde in Zukunft keine Seelenärzte mehr geben würde. Halb ausgebildete praktische Ärzte war das Beste, worauf wir hoffen durften, weil gute Mediziner gegebenenfalls im Bakterienkrieg gegen die Marsianer eingesetzt werden könnten.

Wir brauchten einen ganzen Tag, um aus der Stadt hinauszukommen, und der Hunger quälte uns sehr. Dank meiner Uniform konnten wir bei einem Farmer im Heu schlafen, der uns außerdem noch eine Tagesration an Nahrungsmitteln zu einem sündhaft teuren Preis verkaufte. Er warnte mich, daß er eine Ausnahme bilde.

„Ich dachte, wir wären alle Brüder im Unglück", sagte ich.

„Das glaubte ich früher auch", antwortete er. „Dann kamen die Banden und der Pöbel aus der Stadt. Ich hatte Glück, deshalb hege ich keinen Groll, aber von Männern, die zusehen mußten, wie ihre Häuser in Flammen aufgingen, ihre Frauen vergewaltigt wurden, und denen ihr Saatgut und das Vieh gestohlen wurden, kann man kaum Freundlichkeiten erwarten. An Städter verkaufen die nichts mehr."

„Verstehe", sagte ich.

„Es kann für Sie auch unangenehm werden, weil Sie ein Raumfahrer waren", fügte er hinzu. „Viele Leute haben alles, was mit Krieg zusammenhängt, gefressen. Man sagt, daß die Erdregierung mit dem Krieg anfing – kann sein, daß die Marties das Gerücht in Umlauf setzten. Ich kann's nicht beurteilen, aber es ist eine Tatsache, daß ihr Raumsoldaten alles verpfuscht habt, so daß die Marties den Mond besetzen und uns zerbomben konnten."

„Ich bin nicht verantwortlich dafür", sagte ich. „Aber von Leuten in ihrer Lage kann man keine Logik erwarten."

Er hatte recht, und ich wurde somit aus Not zum Räuber. Ich stahl ein Pferd samt Wagen, ferner eine Kuh, damit wir Milch hatten, und dann noch einige Hühner und Gemüse als Proviant. Ich ging einfach in die Höfe und nahm mir das, was ich brauchte, mit vorgehaltener Waffe. Dabei versprach ich, alles zurückzugeben oder eine angemessene Entschädigung zu bezahlen, sobald die Verhältnisse es wieder gestatteten.

Das Gesetz wurde lasch gehandhabt. Die paar überlasteten Polizisten machten uns keine Schwierigkeiten, aber ein paarmal wurde auf uns geschossen. Kit ertrug alles tapfer. Nach all den Strapazen besaß der Tod keinen Schrecken für sie. Allmählich nahm sie sogar etwas zu und bekam wieder Farbe.

Wir fuhren durch die grüne Landschaft, und die Erinnerungen schnitten tief wie Messer ins Bewußtsein ein. Das Dorf hier, jenes

Denkmal dort, da der glitzernde Fluß zwischen den Hügeln – ich erkannte alles wieder. Oft verfiel ich in Schweigen. Dann lächelte Kit und berührte meine Hand.

Nach zwei Wochen bogen wir von der Hauptstraße ab und fuhren einen geschotterten Feldweg entlang. Das Herz schlug mir heftig in der Brust, und ich stand vom Sitz auf, breitete meine Arme aus und rief: „Das gehört alles uns!"

Kits grüne Augen weiteten sich. „Wirklich alles?"

„Zweihundert Hektar", sagte ich stolz. Bisher wußte ich gar nicht, welch wurzelloses Leben ich bis dahin geführt hatte, als ich wie ein Geist zwischen den Gestirnen hin und her huschte.

Die Felder waren bestellt, und das Korn stand gut. Ich vermutete, daß die Nachbarn unsere Äcker mit bestellt hatten. Prima. Ich würde meinen Anteil übernehmen und nächstes Frühjahr selbst anfangen. Wenn sie Schwierigkeiten machten – meine Hand faßte nach der Automatik. Aber nein, das würde nicht nötig sein, die Schmidts und Rackhams und Challengers waren alte Freunde. Ich war wieder daheim.

Vor dem Tor stand immer noch die kleine Baumgruppe, und ich sah voller Freude, wie am Ende der langen Buchenallee das große weißgestrichene Haus im Kolonialstil auftauchte. Dann aber entfuhr mir ein Fluch, und ich riß meine Pistole heraus. Kit schrie auf und zog Alice heftig an sich.

Der Marsianer, der am Tor stand, hob seinen Karabiner und visierte mich an.

„Halt!" sagte er.

3

DA WAR nichts zu machen. Der Feind hatte beschlossen, hier einen Offizier einzuquartieren, und es war ein grausamer Schicksalsschlag, daß ich das nicht ändern konnte. Wir wurden mit erhobenen Händen zum Haus geführt, und der Offizier erschien persönlich auf der großen, von Säulen gestützten Veranda. Das Sonnenlicht fiel durch das Laubwerk und sprenkelte sein fremdartiges Gesicht. Einen Moment stand ich still da und studierte seine Erscheinung.

Manche finden die Marsianer häßlich, aber das stimmt nicht, auch dann nicht, wenn man irdische Maßstäbe anlegt. Betrachtet man die langen Beine, die schmalen Arme und Hüften, den mächtigen Brustkasten und die breiten Schultern, so kann man kaum von einer Karikatur des Menschen sprechen. Der Kopf mit seiner haarlosen braunen Haut, mit den vorspringenden Backenknochen, der gewölbten Stirn, dem schmalen Kinn und den langen, spitz zulaufenden Ohren hätte gut von Brancusi modelliert sein können; die kleine flache Nase störte die vollkommene Form keineswegs, und der bewegliche Mund konnte durchaus menschlich wirken, und gewiß waren die großen, goldenen, schräggestellten Augen unter der kleinen graziösen Antenne von berückender Schönheit.

Trotzdem haßte ich ihn, als er plötzlich so unvermutet in seiner abgetragenen schwarzen Uniform mit dem silberbestickten Kragen und dem doppelten Halbmond auf der Brust vor uns stand.

Er wartete teilnahmslos, bis ich zu reden anfing, und betrachtete inzwischen meine staubige Uniform. Die durchscheinenden dritten Lider hatte er über die Augen gezogen, um diese vor der grellen Sonne zu schützen. Dadurch sah er weltentrückt, ja fast blind aus.

Ich raffte meine ganze Würde als Offizier zusammen und sagte betont deutlich: „Mein Name ist Dave Arnfeld, Ex-Commander der Raumstreitkräfte der Vereinten Nationen. Mir gehört das Anwesen hier. Darf ich nach dem Grund Ihrer Gegenwart fragen, Sevni?"

Er schaute mich immer noch an. Ich bin untersetzt gebaut und besitze verwitterte Gesichtszüge, alles Merkmale, die nach seiner Ansicht bestimmt nicht zu einem Aristokraten paßten. Aber schließlich verbeugte er sich. „Es ist mir eine Ehre", sagte er. „Im Wohnzimmer hängt ein Bild von Ihnen, und ich war schon gespannt, ob Sie zurückkehren würden." Er sprach fließend Englisch, aber zu korrekt, als daß es natürlich gewirkt hätte. Vannzaru ist eine rauhe Sprache, die Hälfte davon bewegt sich im Ultraschallbereich, wo menschliche Ohren nichts hören. „Darf ich mich vorstellen? Ich bin Sevni Regelin dzu Coruthan, Kommandant des Mars-Archats für diesen Distrikt."

Sein Gesicht blieb hölzern, aber der Blick seiner Augen ging forschend zu Kit, die dastand und ihn herausfordernd anstarrte.

„Diese junge Dame ist mein Gast", sagte ich kalt. Ich wollte fortfahren: Und Sie nicht, aber er verstand die Spitze dennoch.

„Bitte treten Sie ein", sagte er. Mit dem seltsamen, gewinnenden Lächeln der Marsianer setzte er hinzu: „Oder eigentlich sollte ich besser warten, bis Sie mich einladen." Dann entließ er den Wachposten mit einem kurzen Befehl.

Wir betraten die kühle und dämmerige Halle. Es war alles so, wie ich es in meiner Erinnerung bewahrt hatte. Gebohnerte Hartholzfußböden, goldfarbene Täfelung aus Eiche, poliertes Silberzeug und Gläser. Die alten Bücher und Bilder und die Möbel, es war alles vorhanden. Mir kamen die Tränen. Ich bezwang mich aber und wandte mich an Regelin und forderte von ihm eine Erklärung für seine Anwesenheit. Dabei sprach ich so kalt, daß es schon unverschämt wirkte.

Höflich erklärte er es mir. Der größte Teil der Besatzungstruppen auf der Erde lag in Garnisonen, aber einzelne Offiziere waren darüber hinaus überall als Beobachter verteilt worden, die gleichzeitig noch Verwaltungsbefugnisse besaßen. Ihm selbst unterstand der Distrikt New England. Man hatte ihn und seine Leute – zehn im ganzen – in diesem unbewohnten Haus einquartiert, weil man dadurch niemanden zu belästigen brauchte.

„Ich bedauere sehr, daß das nicht mehr zu ändern ist", sagte er. „Aber wir werden versuchen, uns möglichst abseits zu halten, und natürlich werden wir Ihnen auch eine angemessene Miete bezahlen."

„Wirklich sehr freundlich, das muß man sagen", explodierte Kit. Ihr Haar flog um ihre Schultern, als sie sich nach ihm umdrehte und wütend zu ihm emporstarrte. „Nachdem ihr unsere Häuser zerbombt, unsere Leute umgebracht und den ganzen Planeten verwüstet habt, ist es leicht, höflich zu sein, nicht wahr? Ich glaube gar, Sie bilden sich ein, großzügig zu sein!"

„Kit!" sagte ich. „Kit, bitte!"

„Ich fürchte, die Dame ist überanstrengt", meinte Regelin. Er wandte mir sein Gesicht zu. „Ich muß Sie warnen, Mr. Arnfeld. Es ist nicht die Absicht des Zentralarchons, uns über Gebühr in die Angelegenheiten der Menschen einzumischen, aber jeder Sabotageakt oder auch nur der Versuch dazu wird schwer bestraft."

„In Ordnung", erwiderte ich. „Ihr seid schließlich am Ruder."

Etwas wie Sehnsucht huschte über sein Gesicht. „Ich wünschte, wir wären Freunde", sagte er. „Wir gehören beide den Raumstreitkräften an. Ich war bei der Juno und bei der zweiten Kreisbahn mit dabei, von anderen Gefechten ganz zu schweigen, und ich verlor genauso wie Sie gute Kameraden. Können wir nicht den alten Groll begraben, nun, da der Krieg vorüber ist?"

„Nein", sagte ich.

„Wie Sie wollen, Mr. Arnfeld." Er verbeugte sich und verließ mich in aufrechter Haltung.

DIE Marsianer waren annehmbare Gäste. Sie zogen aus den alten Quartieren aus und belegten den Nordflügel des Hauses, wo sie verschiedene Räume in Büros und Schlafzimmer verwandelten. Die übrigen Teile des Hauses betraten sie nicht, außer zu den Mahlzeiten.

Ein Posten patrouillierte stets am Tor und noch einer am Nordausgang. Das Stabspersonal fuhr mit kleinen Kurierfahrzeugen ein und aus und überbrachte Meldungen an Regelin, aber sonst wickelte sich alles geräuschlos ab. Oft saßen die Marsianer im Garten oder schlenderten durch den Wald, aber wenn man sie per Zufall traf, sprangen sie auf und verbeugten sich. Wir erwiderten niemals ihren Gruß.

In mancher Beziehung waren sie wirklich ein Gewinn. Sie hatten die Abmachungen mit den Nachbarn wegen der Bestellung meines Landes getroffen, so daß das erledigt war. Sie hatten eine eigene Kraftstation installiert und erzeugten genügend Strom. Dann war von ihnen noch ein älteres Ehepaar namens Hoose im Haushalt angestellt worden, das in dem Dienstbotenhaus hinter dem Hauptgebäude wohnte. Der gezahlte Mietpreis war großzügig und besserte meine Finanzen beträchtlich auf. Im Grunde genommen hatte ich nichts gegen sie, nur daß sie leider Marsianer waren. Die Sieger.

DIE Mahlzeiten verliefen recht ungemütlich. Die militärischen Formen schrieben vor, daß Regelin das Speisezimmer benutzen mußte, während seine Untergebenen in der Küche aßen. Nach einigen peinvoll verbrachten Mahlzeiten, bei denen drückende Stille herrschte, trafen wir ein stillschweigendes Übereinkommen. Regelin aß eine Stunde vor Kit, Alice und mir. Danach sahen wir ihn praktisch überhaupt nicht mehr.

Irgendwie taten mir die Marsianer leid. Sie waren ihrer Heimat so fern, und die Lebensbedingungen auf der Erde waren für sie kaum erträglich. Das höhere Gewicht, der Luftdruck, die Hitze, die Feuchtigkeit, das grelle Sonnenlicht, sogar die aufdringliche Buntheit der Landschaft waren für sie schwer zu ertragen.

„Und trotzdem fällt es ihnen leichter als uns, wenn es umgekehrt wäre“, sagte ich einmal zu Kit.

Sie runzelte ihre klare Stirn, und die Falte, die dabei zwischen den feinen Augenbrauen entstand, fand ich besonders hübsch. „Wieso?“ fragte sie.

„Na, ganz einfach. Sie können ohne besondere Vorrichtungen auf der Erde leben, wenn es darauf ankommt“, sagte ich. „Wenn wir uns aber auf dem Mars ohne Raumanzug oder Druckkuppel aufhalten wollten, würden wir sofort ersticken. Außerdem würden wir bestimmt nach Sonnenuntergang in kürzester Zeit erfrieren."

„Die Marsianer atmen überhaupt nicht, nicht wahr?" fragte sie mich.

„O doch", antwortete ich, „aber nicht so wie wir. Die Lunge eines Marsianers ist von der unseren sehr verschieden. Es ist ein großes, schwammiges Körperorgan, das den Sauerstoff nicht nur aus der Luft, sondern auch aus Nahrungsmitteln zieht. Sie schaffen das durch einen symbiotischen Vorgang mit Hilfe von bestimmten Bakterien. Ihre Körperfunktionen sind sowieso höchst seltsam, allerdings werden sie dasselbe von uns denken." Ich lehnte mich zurück und griff nach einer Zigarette. Sonnenstrahlen fielen durch das Fenster und ließen Kits Haar aufleuchten. „Sie sind bedeutend zäher als wir, sie ertragen größere Strapazen. Und trotzdem besaßen wir im Krieg einen großen körperlichen Vorteil, denn wir konnten eine doppelt so große Beschleunigung vertragen wie sie." Ich dachte nach. „Wenn Admiral Swayne soviel Grips gehabt hätte, diese Tatsache auszunutzen, hätten wir die Schlacht beim Planetoiden Troja nicht verloren. Und das war die entscheidende Schlacht, ja, man kann wohl sagen, der Wendepunkt des ganzen Krieges."

„Jetzt ist es zu spät, Dave", seufzte sie.

SIE widmete den größten Teil ihrer Zeit Alice, der Rest ging für den Haushalt drauf, für Gartenarbeit, Bücherlesen, oder sie hörte stundenlang Musik aus unserer reichhaltigen Bändersammlung. Das Leben verlief ruhig, und Mutter und Tochter blühten dabei auf.

Für mich flossen die Stunden träge dahin. Den Nachbarn konnte ich nicht viel helfen, weil ich keinerlei landwirtschaftliche Kenntnisse besaß. Sie versuchten zwar, mir einiges beizubringen, aber meistens hatten sie nicht viel Zeit. Ich unternahm ausgedehnte Spaziergänge, ritt zu Pferde, besuchte alte Freunde und ging ins Dorf oder nach Albany, um mir einen zu genehmigen. Ich versuchte zu schreiben, aber daraus wurde nichts. Worüber sollte man in jenen Tagen schreiben?

Es war pure Langeweile, die mich schließlich dazu trieb, mich mit Regelin zu unterhalten. Ich war vom Haus in den Wald gewandert, wobei ich einem alten, ausgetretenen Fußpfad folgte. Hier war es ruhig, nur das Laub raschelte, ab und zu zwitscherten Vögel, und ein

Eichhörnchen huschte wie eine rote Flamme einen moosbewachsenen Baumstamm hinauf. Ich dachte bedrückt über viele Dinge nach.

Blicken wir den Tatsachen ins Gesicht, alter Junge, sagte ich mir selbst. Kit bedeutete mir zusehends eine ganze Menge. Nenn es verwandtschaftliche Gefühle, sagte ich mir, wenn es dir Spaß macht, aber trotzdem ist sie ein anständiges, ehrliches und kluges Mädchen, und es wird sowieso Zeit, daß du irgendwo zur Ruhe kommst. Nur – verdammt – bisher hat sie nichts weiter als Freundschaft erkennen lassen.

Vermutlich kann sie Jim Hawthorne nicht vergessen. Oder doch? Woher soll ich das wissen? Ich habe bisher zu wenige Frauen gekannt, ich verstehe zuwenig von ihnen. Ich komme mir wie ein weltabgeschiedener Einsiedler vor, der keine Ahnung hat, was in dem Kopf einer Frau vorgehen mag ...

Wenn ich um ihre Hand anhalte, würde sie sicherlich ja sagen, weil sie mir dankbar ist und ihrer Tochter ein Zuhause bieten möchte, aber darauf verzichte ich. Ritterliche Anwandlungen? Zum Teufel, nein, nur männlicher Eigensinn. Aber so bin ich nun mal.

Ich kam zu keinem Ergebnis. Da war es fast eine Erleichterung, als ich um eine Strauchgruppe bog und auf Regelin stieß. Er war allein. Groß, schwarz gekleidet und steif stand er da, aber sein Gesicht war über einen Busch wilder Rosen gebeugt.

Er drehte sich um, obwohl ich mich leise zurückziehen wollte. Die Marsianer besitzen ein äußerst empfindliches Gehör, das in unserer dichten Atmosphäre besonders scharf ist. Ich konnte aus seinen Gesichtszügen nichts entnehmen, aber er lachte rauh und verlegen.

„Wie geht es Ihnen, Mr. Arnfeld?" begann er. „Es sieht so aus, als ob Sie mich in einer schlechten strategischen Position überrascht hätten."

Ich lächelte und genoß seine Verlegenheit. „Warum sollten Offiziere nicht an Blumen riechen?" fragte ich.

„Oh, wir haben ganz andere überlieferte Formen", sagte er rasch. „Sie wissen, daß sich unser Offizierskorps aus den alten Adelsgeschlechtern des Mars rekrutiert, und von deren Mitgliedern erwartet man ästhetisches Gefühl." Er berührte die zarten Blüten. „Herrlich", flüsterte er. „Auf der Erde scheint man mit Männlichkeit die Forderung nach einer gewissen Blindheit diesen Dingen gegenüber zu verbinden."

Ich lehnte mich gegen einen Baumstamm und schob die Hände in die Hosentaschen. „Ihre Kultur ist älter als unsere“, sagte ich ziemlich brutal. „Manche nannten sie dekadent.“

Er verbeugte sich mit einem eisigen Blick und wollte sich abwenden.

„Nein, warten Sie.“ Impulsiv ging ich ihm nach und faßte ihn sogar beim Arm. „Es tut mir leid. Es war in keiner Weise dekadent, wie Sie uns bei Juno besiegten.“

„Vielen Dank für Ihr Wohlwollen“, sagte er. Mit dieser Phrase nahmen die Marsianer eine Entschuldigung an.

„Setzen Sie sich doch, wenn Sie es nicht eilig haben“, fuhr ich fort und ließ mich auf einem gestürzten Baumstamm nieder. Nach einem Augenblick folgte er meinem Beispiel. Wir saßen ruhig da, und die Sonne schien durch die Blätter.

Schließlich sagte er langsam und ohne mich anzusehen: „Jawohl, vierzig Jahrtausende geschichtlicher Vergangenheit sind eine lange Zeit. Wir lösten uns aber nie von unserem Planeten, bis ihr kamt. Wir besaßen keinen Sinn fürs Technische und waren noch ein Feudalstaat, als das erste Raumschiff der Erde eintraf. Wir lernten rasch die neue Technik, wir waren gelehrige Schüler, als man uns die Kräfte des Atoms zu entfesseln lehrte. Ihr Ansporn und Beispiel ließen uns zu einem Staat zusammenwachsen, zum Terketh dzu Zenthevu – dem Archat des Mars, wie Sie ihn nennen. Neue Hoffnung und neue Stärke kehrten bei uns ein, und wir wandten unsere Blicke himmelwärts. Die Jüngeren schulten die Älteren. Der Mars verdankt der Erde sehr viel.“

„Aber ihr habt uns vernichtet“, sagte ich. Gerade in diesem Augenblick fühlte ich keinerlei Bitterkeit, es war, als ob wir alte Kameraden wären und Erinnerungen aus längst vergangenen Zeiten austauschten.

„Es war Selbstverteidigung“, sprach er ungewöhnlich leise. „Sie erklärten uns den Krieg.“

„Darüber wollen wir nicht streiten“, erwiderte ich. „Es ist eine lange Geschichte. Wachsende wirtschaftliche und militärische Rivalität, säbelrasselnder Imperialismus auf beiden Seiten und steigende Spannungen.“

Regelin schüttelte den Kopf. Das Licht wandelte sich in seiner Iris zu geschmolzenem Gold. „Ich verstehe es einfach nicht“, sagte er. „Ich bin Soldat, kein Botschaftsattaché oder Berufspolitiker. Vielleicht deute ich deshalb wesentliche Tatsachen nicht richtig. Aber warum mußte diese Rivalität entstehen? Warum mußte ein Zwischenfall nach dem anderen die angespannten Beziehungen zwischen unseren

Planeten verschlechtern? Im Weltraum war doch genug Platz für uns beide?“

„Ich weiß nicht“, antwortete ich. „Oft habe ich mich das auch gefragt. Natürlich wurde uns gesagt, der Krieg sei eine Folge der marsianischen Angriffslust, und Ihnen hat man zweifellos dasselbe über uns erzählt. Nun ist der Propagandateppich so dick, daß wir nie an die echten Tatsachen herankommen werden.“

„Und trotzdem hätte es ein kurzer Krieg sein können“, meinte er, „ein begrenzter Krieg mit begrenzten Zielen, wie sie auf der Erde im fünfzehnten oder achtzehnten Jahrhundert stattfanden.“ Ich zuckte zusammen. Ich wußte nicht, daß er sich so sehr mit unserer Geschichte befaßt hatte, und wurde mir bewußt, wie wenig ich über die Geschichte des Mars wußte. „Es hätte nicht zu einer so endlos langen Götterdämmerung ausarten müssen.“

„Schön“, sagte ich. „Das Weltall ist groß. Soweit ich mich erinnere, fand am Anfang immer nur eine Schlacht im Jahr statt.“

„Eine Schlacht hätte den Krieg entscheiden können, wenn jede Seite wirklich verantwortungsbewußte Kommandanten besessen hätte. Es steht mir nicht zu, meine Vorgesetzten zu kritisieren, Mr. Arnfeld, aber Sie werden selbst wissen, wie oft die Chance für einen entscheidenden Sieg leichtfertig aus der Hand gegeben wurde – von beiden Seiten. Wenn wir beispielsweise nach der Schlacht bei Juno nachgestoßen hätten, anstatt nach Hause zu gehen ...“ Seine Hände ballten sich, und seine Stimme wurde scharf. „Zum Donnerwetter! Ich arbeitete damals in der Spionageabteilung. Wir wußten, wir konnten euer drittes Geschwader hinter der Venus erreichen und vernichten. Danach wäre der Krieg praktisch zu Ende gewesen. Aber nein, wir kehrten zum Mars zurück.“

„Nun ja, Sie haben kein Monopol auf haarsträubende Fehler“, sagte ich. „Es kam beinahe zu einer Meuterei, als wir eure Schiffe nach der Schlacht beim zweiten Kreisbogen entkommen ließen. Und wenn der Generaladmiral nicht beim Mars den Kopf verloren und sich mit seiner ganzen Streitmacht zurückgezogen hätte, wenn wir das Bombardement fortgesetzt hätten ...“

„Ihr größter Fehler war die Zerstörung Zuneths“, erklärte er ernst. „Bis dahin hätten wir unter sehr milden Bedingungen jeden Friedensvertrag angenommen, selbst nach einem Sieg unsererseits. Aber als Sie aus unserer größten und ältesten Stadt eine Wüste machten, dem Stolz des gesamten Marsvolkes, nun, danach schrie alles nach Blut. In der anschließenden Sitzung des Archats und des Parlaments wurde beschlossen, die Erde als raumfahrende Nation zu vernichten."

„Wir hätten das nicht tun sollen", murmelte ich und machte mir Gedanken darüber, ob er wohl wußte, daß ich dabeigewesen war. „Wenn wir uns schon für Bombenangriffe entschieden, so hätten wir sie konsequent durchführen müssen – aber es war falsch, als erste damit anzufangen."

„Und auch dann wären wir noch nicht uferlos in unserer Rache gewesen. Wir hätten uns mit der Entwaffnung und einer Entschädigungszahlung zufriedengegeben, denke ich. Aber eure Flottenführer und Politiker waren zu leichtsinnig. Als wir schließlich bis zum Mond durchbrachen und ihn besetzten, hätten sie wissen müssen, daß der Krieg verloren war. Damals hätten sie auf der Stelle kapitulieren müssen. Aber nein, sie brachten es fertig, die Tatsache vor einem Volk geheimzuhalten, das andernfalls Revolution gemacht hätte. Sie riefen die übrigen Flottenreste zurück und befahlen ihnen, sich zum Kampf zu stellen. Danach hatten wir keine Wahl mehr. Wir besetzten die UN-Raketenstützpunkte und vernichteten alles. Und jetzt ist die Stimmung auf dem Mars so schlecht, daß man der Erde nie wieder eine Chance geben wird."

„Ich verstehe", erwiderte ich.

„Ein Viertel unserer gesamten Bevölkerung ist tot", fuhr er düster fort. „Unsere Wirtschaft ist als Folge der Kriegsanstrengungen bis in die Grundfesten erschüttert und stöhnt unter den Steuerlasten. Die Bevölkerung ist verarmt, die Entwicklung um Jahrzehnte zurückgeworfen. Wir brauchen hundert Jahre, um uns restlos zu erholen. Das ist ein teurer Sieg!"

Danach saßen wir noch lange da, ohne uns zu unterhalten. Wir dachten sicher das gleiche. Es scheint, dachte ich, als ob Mars und Erde von demselben bösen Geist besessen wären, als ob eine unbekannte Macht unsere beiden unglücklichen Völker gegeneinander gehetzt hätte, gegen alle Vernunft und alle gute Einsicht. Der Krieg war absolut unnötig gewesen, er brachte nur Verluste für alle. Aber wir mußten es vergessen. Es war unsere eigene Dummheit. Jede andere Mutmaßung war Wahnsinn!

„Wie lange werden Sie hierbleiben, Sevni?" fragte ich schließlich.

„Auf der Erde? Ich weiß nicht. Ich fürchte, mehrere Jahre. Es ist eine langwierige Aufgabe, auf Ihrem Planeten wieder geordnete Verhältnisse herbeizuführen." Regelin lächelte gezwungen. „Ihr, die

Geschlagenen, seid daheim. Ihr könnt euer Leben von neuem beginnen und frei schalten und walten. Wir, die Sieger, sind an einen fremden Planeten gekettet, den wir nicht lieben können. Ein seltsamer Krieg, ein seltsamer Sieg!"

„Sie könnten doch Ihre Familie herkommen lassen", schlug ich vor.

„O nein, das möchte ich ihnen nicht zumuten. Sie sollen wie bisher weiter in dem alten Schloß am purpurnen Golf wohnen. Sie sollen auch in Zukunft die kühle, klare Luft atmen und sich an unseren dornigen Blumen erfreuen und abends die Kristallglocken über den Ebenen aus rotem Sand läuten hören, wenn die Sonne versinkt."

Ich konnte seine grimmige und öde Heimat nicht anziehend finden, aber ich nickte.

Er kramte in den Taschen seiner Uniform. „Hier, ich will Ihnen was zeigen", sagte er. „Ich besitze eine Fotografie; meine Frau und meine drei Kinder ..."

Die marsianischen Frauen sehen weniger menschenähnlich aus als ihre Männer, aber ich heuchelte Bewunderung.

„Das ist eine sehr attraktive junge Dame, die mit Ihnen gekommen ist", sagte er dann schüchtern.

„Sie gehört nicht zu mir", antwortete ich und stand auf. „Ich kehre zum Haus zurück."

Wir gingen langsam den Pfad zurück und unterhielten uns dabei. Regelin liebte klassische Musik, hatte aber Hemmungen, die Konzerte in Albany zu besuchen oder meine Tonbänder zu benutzen. „Bedienen Sie sich", bot ich ihm an. „Leihen Sie so viele aus, wie Sie wollen."

„Sie sind sehr liebenswürdig, Commander."

Ich wußte, daß es für mich eine große Ehre war, wenn er mich mit meinem alten Dienstgrad ansprach. Der Ehrenkodex der Marsianer ist in diesen Dingen sehr genau und macht feine Unterschiede.

„Ich bedaure", fuhr er fort, „daß Sie nicht den vollen Tonumfang unserer Musik hören können. Aber ich habe in meiner Freizeit einige Musikstücke in Ihren Hörbereich transponiert, und vielleicht interessiert es Sie ..."

„Sicherlich. Drinnen steht ein Klavier, und ich war früher auch ganz gut auf der Geige. Versuchen wir es gelegentlich einmal."

Die Unterhaltung ging auf ein anderes Thema über, wie das halt so geschieht. Ich war überrascht, wieviel er von unserer Literatur kannte. Vieles davon verwirrte ihn, aber er versuchte wirklich, sich in die menschliche Denkweise hineinzuversetzen. Ich empfahl ihm einige Bücher, und er nannte mir die besten Übersetzungen der marsianischen klassischen Literatur ins Englische und Portugiesische.

Wir traten auf den Rasen hinaus. Kit spielte auf dem Gras mit Alice, und ich erfreute mich an dem Spiel von Licht und Schatten auf ihrem geschmeidigen Körper.

Sie schaute auf und erblickte uns. Regelin verbeugte sich, aber sie wandte sich mir zu, und in ihren Augen war ein Ausdruck, wie ich ihn nie zuvor bei ihr gesehen hatte. „Was bedeutet das?" fragte sie, und ihre Stimme klang scharf.

„Warum?" stotterte ich. „Wir haben uns bloß unterhalten. Sevni Regelin und ich. Er ..."

„Ich verstehe." Sie biß auf ihre Lippen. „Ich verstehe. Schön, Mr. Arnfeld, wir werden das Haus morgen verlassen. Vielen Dank für Ihre Gastfreundschaft."

„He, was ist denn?" Ich griff nach ihrem Arm. Sie schüttelte mich mit einer wütenden Geste ab. „Kit! Kit, du kannst doch nicht ..."

Ihre Lippen bebten, und ich sah, wie ihr Tränen in die Augen traten. „Laß mich allein", sagte sie.

Regelin stand reglos da wie eine schwarze Stahlsäule, sein langer Schatten bedeckte uns. Als ich in sein Gesicht schaute, sah ich, daß es ohne jeden Ausdruck war.

„Mr. Arnfeld, ich bedauere sehr, daß ich Sie belästigt habe, aber meine Pflichten zwangen mich dazu. Wegen des Berichts brauchen Sie sich keine Sorgen zu machen. Er betrifft Sie in keiner Weise. Sicherlich brauche ich Sie kein zweites Mal zu bemühen."

Er verbeugte sich und ging mit weit ausgreifenden Schritten davon, an der salutierenden Wache vorbei und in sein Arbeitszimmer. Ich sah ihn mehrere Tage überhaupt nicht.

Kit wischte sich nach einer Weile die Tränen ab, entschuldigte sich und ging mit mir ins Haus zurück. In jener Nacht ging ich ins Dorf und betrank mich.

4

Es gibt im Leben leider nicht immer untrügliche Anzeichen, die vor einschneidenden Ereignissen warnen. Die Kette der unglücklichen Verwicklungen, die hier endet, wo ich tatenlos herumsitzen muß, begann mit einer Eröffnung Regelins einige Wochen nach unserer Unterhaltung. Er teilte uns mit, daß wir Besuch bekommen würden. Er drückte sich mit jener übertriebenen, steifen Höflichkeit aus, die sich bei den Marsianern eingebürgert hat, und dabei wurden seine Augen von den dritten Lidern verdeckt.

„Wir werden morgen zwei Besucher bekommen, die drei oder vier Tage hierbleiben. Es sind Dzuga ay Zamudring, Inspekteur des nordamerikanischen Kontinents, und ein terrestrischer Verbindungsoffizier. Da unser Flügel belegt ist und Sie ein leeres Schlafzimmer haben, muß ich Sie ersuchen, ihnen das Zimmer anzubieten."

„Das ist nicht vereinbart", sagte ich genauso steif wie er.

„Sie werden eine angemessene Bezahlung dafür erhalten. Ich würde es gern auf der Basis einer Bitte erledigen, Mr. Arnfeld."

Nun, dagegen war nichts zu machen. Falls ich mich weigerte, hätte er mir höchstens den Befehl gegeben, die Fremden aufzunehmen, und das hätte die dünnen Bande zwischen uns bis hart an die Grenze ihrer Belastbarkeit beansprucht. Deshalb gab ich meine Genehmigung mit größtmöglicher Würde und ging, um Kit zu suchen. Im ersten Stock unseres Flügels befanden sich drei Schlafzimmer: meines, das ihre und ein leeres am Ende des Ganges. Sie zog ein Gesicht. „Neben mir?" fragte sie. „Zur Not kann ich einen Marsianer ertragen, aber einen Verräter unseres eigenen Volkes ...?"

„Einige von uns müssen mit ihnen zusammenarbeiten, wenn wir uns noch einen Rest von Selbständigkeit bewahren wollen", sagte ich müde. „Ich werde mit dir das Zimmer tauschen, wenn du willst."

„Hm, schön." Sie strich sich gedankenvoll über das Kinn. „Was sind das überhaupt für Leute?"

„Ein Inspektionsteam, das die Distrikte des nordamerikanischen Kontinents inspiziert. Hochgestellte Persönlichkeiten."

„Ich werde es ertragen." Ihre Stimme war weit weg. „Wir brauchen nicht zu tauschen." Auf einmal schien sie zu einem Entschluß gekommen zu sein. Sie lachte auf: „Tust du mir einen Gefallen, Dave?"

„Sicher", sagte ich. „Alles, was du willst, Kit."

Wir hatten verschiedene Familienandenken aufbewahrt, und es stellte sich heraus, daß sie ein altes Hörrohr aus dem neunzehnten Jahrhundert ausleihen wollte, um damit Alice eine Freude zu bereiten. Ich erlaubte ihr das selbstverständlich, und sie lachte wirklich erfreut und küßte mich. Ich mußte mir alle Mühe geben, um den Kuß nur brüderlich zu erwidern.

An jenem Abend vermißte ich den Schlauch für die Brause. Ich fluchte, weil man so etwas nicht ersetzen konnte, und rief Mrs. Hoose, die den Schlauch suchen sollte. Sie behauptete, keine Ahnung zu haben, wieso er fehlte, und begann, ihn schimpfend zu suchen, jedoch ohne Erfolg. Bald hatte ich die unwichtige Angelegenheit vergessen.

Der Inspekteur kam am nächsten Nachmittag an. Mit einem schweren Tourenwagen brauste er die Auffahrt zum Haus empor, wobei ihn eine Gruppe von Wachsoldaten auf Motorrädern begleitete. Sie trugen einen leichten Körperpanzer und hatten ihre Waffen schußbereit zur Hand. Sicher wurden sie oft aus dem Hinterhalt beschossen. Die Wachen wurden auf den Hinterhof beordert und schlugen dort ihr Lager auf, während der Inspekteur, ein großer, verrunzelter Marsianer, der unter der Last seines Alters zu leiden schien, und sein terrestrischer Begleiter, ein plumper, gedrungener Mensch mit kahlem Kopf, der Hale hieß, von Regelin im Wohnzimmer empfangen wurden.

Kit und ich wurden aufgefordert, mit dabeizusein, und ich war sprachlos, als Kit ihren ganzen Charme spielen ließ. Sie lächelte, lachte sogar laut und verlangte unaufhörlich zu trinken. Was hat sie nur vor? dachte ich besorgt.

Hale bot Zigaretten an, die ich seit Monaten nicht gesehen hatte, und hob sein Glas. „Ich bin glücklich, daß ich hier gastfreundliche Menschen vorfinde“, sagte er, „und die noch dazu vernünftig sind.“ Seine Stimme war laut und paßte nicht in die ruhige Vornehmheit des Raumes. Vor langer Zeit hatte sich Thomas Jefferson in diesem Raum aufgehalten, und die vornehme Würde war noch darin zu spüren. Ich nickte, blickte kühl drein, aber Kit nahm seine Worte begeistert auf.

„Es war ein grausamer Krieg“, fuhr Hale fort, „aber nun ist er Gott sei Dank vorüber, und wir müssen mit dem Aufbau beginnen.“ Er blickte mich an. „Vielleicht hätten Sie Lust, Mr. Arnfeld, eine ähnliche Tätigkeit wie meine auszuüben. Wir brauchen dringend terrestrische Verbindungsleute, die den Kontakt zwischen dem Hauptquartier der Besatzungsmacht und den Erdbewohnern herstellen.“ Meine Miene ließ ihn verstummen, und er wandte sich an Kit.

„Miß – äh – Mrs. Hawthorne, vielleicht möchten Sie ...“

„Ich fürchte, nein“, antwortete sie. „Ich muß mich um meine Tochter kümmern. Aber die Arbeit muß sicher sehr interessant sein.“

Hale strahlte. Er erzählte zwei farblose Anekdoten, die die Marsianer sichtlich langweilten, obwohl sie höflich lächelten. Dzuga sagte fast gar nichts, und Regelin war auch sehr einsilbig. Hale und Kit bestritten mehr oder weniger die ganze Unterhaltung, auch während des Abendessens, das sich anschloß. Ich schnappte so viel auf, daß Dzuga das Haus für die nächsten Tage als Quartier benutzen wollte, um von hier aus Kontrollfahrten in die Umgebung zu unternehmen. Ich war froh, als es Zeit wurde, zu Bett zu gehen, und wir ihnen ihr Zimmer zeigen konnten. Das überließ ich Kit, denn das Zimmer hatten früher meine Eltern bewohnt.

Anschließend traf sie mich in der Halle, und ich bemerkte, daß sie aufgeregt und rot war. „Er hat mich gekniffen", flüsterte sie aufgebracht.

„Immerhin hast du das herausgefordert, meine Liebe", gab ich zu bedenken.

Sie warf mir einen seltsamen Blick zu. „Sie haben ihre Tür abgeschlossen", sagte sie, „aber man kann sie reden hören."

Ich blieb vor der Tür der Fremden stehen und lauschte. Man konnte undeutliches Gemurmel vernehmen, aber ich verstand kein einziges Wort.

Zwei Stunden später saß ich in meinem Zimmer und versuchte zu lesen. Bis auf den engen Lichtkreis der Lampe war es dunkel im Raum. Die warme Sommerluft strich durch das Fenster und bewegte die Vorhänge.

Ich vertiefte mich in Housman – ein hellsichtiger Poet für die heutige Zeit – und merkte nicht, als sich die Tür öffnete. Kit war an meiner Seite, bevor ich es überhaupt merkte.

„Dave", sagte sie.

Ich schaute überrascht auf. Das Lampenlicht hob ihre Figur gegen die umgebende Schwärze ab – Schatten und schimmerndes Gefunkel. Sie trug einen leichten Morgenmantel über ihrem Pyjama. Mein Herz begann hämmernd zu schlagen.

„Ja?"

„Komm mit, Dave." Ihre Stimme klang eigentümlich erregt und gespannt, und ihre Augen blickten entsetzt. „Ich möchte, daß du dir was anhörst."

„Hm?" Ich stand auf und dachte dabei nur an ihr langes goldenes Haar, das bis zu den Schultern herabfiel. „Was ist los?"

Sie ergriff nervös meinen Arm. „Ich habe sie belauscht. Mit dem

Hörrohr. Ich wollte das die ganzen Tage über machen, nur aus Bosheit. Ich dachte mir nichts Besonderes dabei."

Ich runzelte die Stirn. „Das könnte ein sehr gefährlicher Zeitvertreib werden, Kit."

„Willst du nicht wenigstens selbst lauschen?" Sie stampfte mit dem Fuß auf, und ihre Stimme klang plötzlich wild und grimmig. „Sie unterhalten sich in dem Zimmer, und es ist eine Sprache, die ich nie gehört habe. Kein Englisch oder Portugiesisch oder sonst was!"

„Dann sprechen sie eben Marsianisch", sagte ich und zuckte mit den Schultern. „Was ist dabei?"

„Verdammt, Dave", rief sie unterdrückt. „Ich war doch im sprachwissenschaftlichen Institut!" Sie senkte ihre Stimme noch mehr. „In Sprachen bin ich sehr beschlagen. Ich kenne fast alle Dialekte der Erde, wenn auch nicht vollständig, und ebenso Vannzaru und drei andere marsianische Dialekte. Den Rest kann ich zumindest einordnen. Die Sprache der beiden gehört nicht dazu, sie ist überhaupt nicht mit einer davon auch nur entfernt verwandt!"

Sie ergriff meine Hand und zog mich zur Tür. Ich folgte ihr, wobei ich über das Gehörte nachdachte. „Vielleicht eine künstliche Sprache wie Esperanto", murrte ich.

Wir betraten ihr Zimmer. Alice schlief in einem Kinderbett und wimmerte ab und zu im Schlaf. Was mag das Kind jetzt träumen? dachte ich einen Augenblick.

Kit nahm das Hörrohr von ihrem Bett. Sie hatte es an einen alten Besenstiel gebunden und den Brauseschlauch über das verjüngte Ende geschoben. „Hier", flüsterte sie, und feine Schweißperlen erschienen auf ihrer Stirn. „Hör selbst!"

Ich faßte einen Entschluß. Ich ging zum Fenster, und mit der rechten Hand schob ich den Besenstiel hinaus, bis das Hörrohr unmittelbar unter dem nächsten Fenster war. Mit der Linken steckte ich mir das Ende des Schlauches ins Ohr. Ich lauschte ...

„Tahowwa shab-hu gameel weijhak."

„Shakheer! Kesshub umshash woteeha."

Ich merkte, wie es mir kalt über den Rücken lief, und stieß einen unterdrückten Fluch aus. Nicht nur waren mir die Silben und Wortfetzen völlig fremd, nein, auch der Rhythmus, das Gurgeln und der langsam an- und abschwellende Tonfall waren mir völlig neu. Ich bezweifelte, ob diese Laute überhaupt in einer terrestrischen oder marsianischen Kehle gebildet werden konnten.

Und keinesfalls waren das die Stimmen von Hale und Dzuga ay Zamudring!

Ganz langsam zog ich das Hörrohr wieder herein. Meine Hände zitterten. Kit und ich schauten uns lange Zeit stumm an.

„Wer ist das?" keuchte sie schließlich. „Was ist das?"

Alice stöhnte im Schlaf. Die alte Großvateruhr tickte in der Stille.

„Ich weiß es nicht", flüsterte ich. Sie kam nahe heran, und ich drückte sie an meine Brust. Sie zitterte so heftig, daß ihre Zähne klapperten.

„Wir müssen es herausfinden", preßte sie zwischen kalten Lippen hervor.

„Aber wie?" Ich stand da und hielt sie fest und zerbrach mir den Kopf, der wie vernagelt war. „Wir können Regelin nicht davon in Kenntnis setzen. Du weißt, wie er reagieren würde, und sonst gibt es niemanden."

„Wir können es beweisen." Ihr Ton wurde heftig. „Wir können die Marsianer überzeugen ..."

„Woher weißt du, daß es nicht eine geheime Aktion von ihnen selbst ist?" fragte ich herausfordernd. „Es muß so sein."

„Wir müssen das genau wissen", murmelte sie. „Wenn ich daran denke, daß Alice hier schläft und jene – Kreaturen – im nächsten Zimmer ..."

Ich küßte sie ungestüm und leidenschaftlich, und sie klammerte sich erneut schutzsuchend an mich. „Wir können nichts unternehmen", sagte ich. „Wir sind hilflos. Ich werde aber heute nacht hierbleiben."

„Dave ..."

Ich ging in mein Zimmer, holte die Automatik und kehrte wieder zu ihr zurück. Wir schlossen die Tür ab, und ich setzte mich auf den Bettrand und hielt ihre Hand, bis sie in unruhigen Schlaf fiel. Diese Stimmen hatten auch mich nervös gemacht, und ich dachte jetzt an nichts weiter als an unsere Verteidigung. Die ganze Nacht saß ich dann im Stuhl, manchmal nickte ich ein, fuhr jedoch bald mit einem Ruck wieder hoch. Gegen Mitternacht erlosch das gelbe Viereck auf dem Rasen, das ihre Zimmerlampe dorthin geworfen hatte; die Fremden hatten das Licht ausgeknipst. Ich grübelte, ob sie schliefen.

Die Morgendämmerung kroch grau und kalt über weite leere Felder. Ich wartete, bis ich Hale und Dzuga hinuntergehen hörte. Dann erst wagte ich mich hinaus. Kit räkelte sich und blickte mich mit umschatteten Augen an. Ich beugte mich über sie und küßte ihre Wange. „Sie sind hinuntergegangen, Liebling", sagte ich. „Schlaf ruhig weiter."

Sie lächelte verschlafen und drehte sich auf die andere Seite.

Ich wusch und rasierte mich und ging auch hinunter. Hale und Dzuga waren noch beim Frühstück. Hale grüßte mich mit einem Augenzwinkern. „Guten Morgen, Mr. Arnfeld", sagte er fröhlich. „Sie sehen müde aus."

Ich trank den aufgebrühten Ersatzkaffee, den mir Mrs. Hoose einschenkte.

„Ich bemerkte heute nacht, daß Ihre Schlafzimmertür offenstand und daß das Bett nicht benutzt war", fuhr Hale fort. Er blinzelte mich wieder an.

„Mr. Hale, ich muß doch bitten", sagte Dzuga mit beleidigter Würde.

Ich schaute die beiden an. Sie wirkten so echt, der große, dicke Mensch und der hagere, stolze Marsianer. Jede Einzelheit stimmte, die Wölbung der Wangenknochen, das Glitzern der Augen, die Kleidung, die Stimme, die Manieren. Ich überlegte, ob die Ereignisse der Nacht nicht bloß Hirngespinste waren.

Nein – da gab es keinen Zweifel. Mein Kopf war immer noch hohl vor Müdigkeit, das geborgte Hörrohr lag in Kits Zimmer, und Hale war es nicht entgangen, daß ich nicht in meinem Zimmer geschlafen hatte.

„Wir werden den ganzen Tag abwesend sein, Mr. Arnfeld", sagte Dzuga. „Wir müssen unser Zimmer abschließen, und es darf unter keinen Umständen geöffnet werden. Andernfalls müssen Sie sich auf ein Kriegsgerichtsverfahren wegen Spionage gefaßt machen. Wir bewahren wichtige Dokumente darin auf."

„Selbstverständlich", antwortete ich dumpf.

Ich ging auf die Wiese und räkelte mich im ersten Morgensonnenschein. Kit kam heraus. Sie setzte sich zu mir und nahm meine Hand. „Dave", sagte sie. „Wir müssen nebenan einbrechen."

„Um als Spione erschossen zu werden?" fragte ich. „Sei nicht töricht. Es handelt sich um irgendein marsianisches Staatsgeheimnis. Vergiß das Ganze. Wir werden heute abend die Zimmer tauschen."

Sie lächelte und fuhr mir durchs Haar. „Du bist ein netter altmodischer Gentleman, Dave", sagte sie. „Fast wie ein richtiger Marsianer."

„Dieser Raum darf unter keinen Umständen betreten werden", sagte ich. „Kapiert?"

Sie schlug die Augen nieder. „Ja, Herr", sagte sie mit gespielter Demut.

Ich machte mir über sie Gedanken. Wir waren beide kämpferisch veranlagt, aber mein Kampfgeist gehörte zur sorgfältig planenden Sorte. Der Krieg war für mich ein Rechenexempel; sie dagegen war impulsiv und draufgängerisch und manchmal sehr unüberlegt. Das Entsetzen der Nacht hatte sie wie ein Kleid abgelegt. Bis zum Mittagessen beherrschte sie sich. Danach überkam mich unüberwindliche Müdigkeit, und ich zog mich zurück, um ein Nickerchen zu machen.

Ich wurde unsanft in die Wirklichkeit zurückgerufen und setzte mich schlaftrunken auf. Die Sonne stand schon tief, ich mußte stundenlang geschlafen haben. Ein Blick auf Kits weißes Gesicht ließ mich mit einem Schwung aus dem Bett fahren.

„Du hast es doch nicht etwa getan!" sagte ich beschwörend.

„Doch!" nickte sie. „Ich mußte. Niemand ist in der Nähe. Komm schnell mit, das mußt du gesehen haben."

Ich schlüpfte in meinen Morgenmantel und folgte ihr. Mein Mund war trocken, und der Schweiß brannte auf meinem Körper. Aber jetzt war es zu spät. Ich konnte lediglich versuchen, den Schaden zu beheben.

Mit einem Dietrich aus dem „Hausmuseum" hatte sie das altertümliche Schloß rasch geöffnet. Der Raum sah ganz normal aus. Die Betten waren ordentlich gemacht, und nichts lag herum. Aber ein marsianischer Schrankkoffer stand auf dem Fußboden, und Kit öffnete ihn. Ich sah einige Kleidungsstücke, und mir erschien alles höchst harmlos.

„Sie haben keinen Rasierapparat", sagte sie mit atemloser Stimme.

Ich dachte an Hales schwarz-bläuliche Kinnpartie. „Vielleicht hat er ihn liegengelassen", sagte ich. „Oder er trägt ihn immer bei sich, oder ..."

Sie öffnete das oberste Schrankfach unterhalb des Deckels. Es war mit Schriftstücken vollgestopft. Ich nahm einen Stoß davon heraus und überflog ihn. Dabei achtete ich auf die Anordnung der einzelnen Schriftstücke, damit ich alles wieder an den richtigen Platz legen konnte.

Listen, Notizen, Karten – aber die Handschrift stammte weder von der Erde noch vom Mars, das sah ich sofort. Zitternd legte ich das

Papierbündel wieder an seinen Platz und hob die darunterliegenden Kleider auf.

Am Boden des Koffers lagen zwei – Pistolen? Ich wußte es nicht. Es waren klobige Waffen aus blauem Stahl, auf denen ein fremdländisch aussehendes Symbol glänzte, und sie lagen nicht besonders gut in meiner Hand. Auch in Marsianerhände paßten sie nicht.

„Was ist das nur?" fragte sie, heftig atmend.

„Das hier? Waffen, nehme ich an." Ich legte sie zurück.

„Nein, sie – die Fremden?"

„Ich weiß nicht." Ich schüttelte langsam den Kopf. „Besitzen die Marsianer interplanetarische Verbündete?"

„Verbündete, die die Marsianer peinlich genau kopieren und uns Menschen auch?" hielt sie mir erregt entgegen.

„Komm, wir müssen hier raus", sagte ich.

Wir legten alles wieder an Ort und Stelle, schlossen den Koffer und die Zimmertür hinter uns. Ich zog mich rasch an, und dann gingen wir in das Wohnzimmer, um den Dietrich an seinen Platz zu legen.

Regelin wartete auf uns. Einer seiner Wachtposten stand mit dem Karabiner im Anschlag hinter ihm. „Wo sind Sie gewesen?" fragte er sanft.

Ich beherrschte Gesicht und Stimme, so gut es ging. „Oben", entgegnete ich. „Ich habe geschlafen."

„Ich dachte schon ..." Er schaute auf meine Hand. „Das ist der Dietrich aus Ihrem Hausmuseum, nicht wahr?" Seine Stimme klang wie der Schlag einer Peitsche.

„Ich ..."

„Wir bekamen mein Zimmer nicht auf", sagte Kit.

„Sie sind im Gästezimmer gewesen. Dort haben Sie spioniert." Es war keine Frage, sondern eine Feststellung.

Da brach etwas in mir zusammen. Ich war für diese Arbeit nicht geeignet, und jetzt hatte ich alles versaut und las den Tod in seinen Augen. Ich stand einfach da und sagte gar nichts.

„Ja, das stimmt!" schrie Kit. „Und ich will Ihnen auch sagen, was wir gefunden haben!"

„Ich bin an Geschwätz nicht interessiert", sagte Regelin mit eisiger und unheilschwangerer Stimme. „Sie stehen unter Arrest."

„Sie müssen mich anhören!" schrie sie laut. „Es betrifft den Mars auch, hören Sie. Diese Wesen sind keine Menschen oder Marsianer!"

Sie berichtete unsere Erlebnisse in einem sich überstürzenden Schwall von Worten.

Ich konnte nichts in seinem Gesicht lesen. Er sagte kurz: „Mein Eid verpflichtet mich, meinen Vorgesetzten zu gehorchen. Ich werde diesen Vorfall melden müssen, aber um Milde bitten."

„Sie Narr!" tobte sie. „Sie Idiot!"

Regelin wandte sich der Wache zu. „*Zurdeth agri*. Abführen."

Wir wurden in Kits Zimmer eingeschlossen. Sie brach in Tränen aus und preßte Alice an sich. Ich sah zum Fenster hinaus.

„Es tut mir leid", sagte sie schließlich, „ich habe dich ins Unglück gestürzt."

„Mach dir nichts draus", antwortete ich. „Ich bin froh darüber." Das war zwar eine Lüge, aber es war eine Freude zu sehen, wie sie das erleichterte. – Man hatte eine Wache unter unserem Fenster aufgestellt, und eine befand sich auf dem Gang, also war nicht an Flucht zu denken. Wir saßen da und hielten uns die Hände, während die Dunkelheit immer dichter wurde. Es war gegen zehn Uhr, als sich die Tür öffnete und Regelins Adjutant uns barsch zum Mitkommen aufforderte. Wir begaben uns, von zwei Wachposten begleitet, ins Erdgeschoß.

Hale und Dzuga saßen im Wohnzimmer. Regelin lehnte am Fenster, die vier anderen Marsianer standen in strammer Haltung an der Wand. Warmes Lampenlicht erfüllte den Raum, und es war sehr still.

Dzuga wandte sich schließlich mir zu. Sein Gesicht zeigte keine Gemütsbewegung, und seine Stimme klang alt und müde. „Sevni Regelin meldete mir eine unangenehme Geschichte", sagte er.

„Das hätten Sie nicht tun sollen." Hale schüttelte den Kopf, und das Lampenlicht spiegelte sich in seiner Glatze. „Es steht schlecht um Sie."

„Nach dem Besatzungsrecht müssen Sie ohne Gerichtsurteil erschossen werden", erklärte Dzuga. „Wir werden Sie morgen mit zum Hauptquartier nehmen. Vielleicht läßt man Milde walten, aber ich bezweifle das."

„Nein." Kits Stimme klang leise und verängstigt. „Wir werden niemals dort lebend ankommen. Das können Sie nicht riskieren. Man wird uns tot im Straßengraben auflesen."

„Mrs. Hawthorne, bitte ...", sagte Regelin.

„Und Sie ereilt das gleiche Schicksal", fuhr sie fort. „Wir haben

Ihnen erzählt, was wir gefunden haben. Sie begleiten uns doch, nicht wahr?"

„Man hat mir befohlen, Sie zu begleiten und als Zeuge auszusagen", sagte er.

„Dazu wird es nie kommen", antwortete sie.

„Ihre Vermutungen sind zu phantastisch", meinte Dzuga. „Nur weil wir es für richtig halten, einen Geheimcode für unsere Aufzeichnungen zu benutzen, und außerdem einige neue Waffenmodelle bei uns führen, die sich noch im Versuchsstadium befinden, folgern Sie, daß ..." Er winkte mit einer Hand und gab einen Befehl in Vannzaru. „Hinauf mit ihnen. Schließt sie bis morgen ein."

Ich schwankte ein bißchen hin und her, und aus schierer Verzweiflung sagte ich spöttisch: „Ihre gute Erziehung läßt Sie im Stich, Inspekteur. Kein marsianischer Aristokrat würde einen Gefangenen hungrig schlafen schicken, wenn es nicht unbedingt notwendig ist."

„Das vergaßen wir", fügte Hale rasch hinzu. „Wir werden Ihnen die Mahlzeit hinaufschicken."

Eine große Ruhe überkam mich. Schön, ich hatte Entschlüsse gefaßt und eine verrückte Theorie aufgebaut, aber ...

Was hatten wir weiter zu verlieren?

Ich maß die Entfernung mit einem schnellen Blick. Vier bewaffnete Marsianer standen an der gegenüberliegenden Wand, aber sie verstanden kein Englisch und wußten nicht, was vor sich ging. Sie waren nicht auf Schwierigkeiten vorbereitet. Eine Stehlampe stand einen Meter vor mir, und hinter ihr in etwa gleicher Entfernung saß Dzuga. Links führten Terrassentüren ins Freie, wo der Rasen im Dunkeln lag. Ein Raumfahrer faßt schnelle Entschlüsse.

Ich machte einen Schritt auf Dzuga zu. Ich stöhnte und war gleichzeitig auf Regelins Reaktion wegen meines merkwürdigen Verhaltens gespannt.

„Sir", bettelte ich, „wir haben schlecht gehandelt. Wir waren nervös und bildeten uns Unsinn ein ..."

„Das genügt", entgegnete Dzuga schnell.

Meine Hände schlossen sich um die Stehlampe, und ich stieß sie mit einem Ruck nach vorn, genau gegen seinen Kopf. Mit einem blendenden Blitz zerplatzte die Glühbirne, und dann hüllte uns undurchdringliches Dunkel ein. „Die Türen, Kit!" brüllte ich. „Die Türen!"

Ich schnellte zur Seite und rannte in eine Gestalt. Regelin. Meine

Faust fuhr in seinen Bauch, und ich hörte ihn stöhnen. Er schlang seine Arme um mich und zog mich nieder.

„Schnell raus, Kit!" schrie ich gellend. „Schnell raus!"

Zwei Stablampen blitzten in den Händen der Wachen auf, die auf uns zusprangen. Ihr Licht enthüllte das Entsetzliche. Dzuga war kein Marsianer. Er war überhaupt nichts!

5

ER HING halb bewußtlos in seinem Sessel und stöhnte in Lauten, die weder menschlich noch marsianisch waren. Mit einem kurzen Seitenblick bemerkte ich, daß seine schwarze Uniform sich über seinem plötzlich kurz und dick gewordenen Körper spannte, dessen Haut bleich und schwabbelig war. Der Kopf endete in einen Rüssel, das Kinn fehlte, ein fleischiger Schopf wölbte sich über dem Ganzen – ein tierisches Wesen. Die berstende Glühbirne hatte das Gesicht getroffen, und die großen farblosen Augen blickten ins Leere.

Dann fiel der Lichtstrahl auf mich. Ich kämpfte immer noch mit Regelin. Eine marsianische barsche Stimme rief einen Befehl, den ich noch vom Krieg her kannte. Es war zu spät. Ich konnte nicht mehr fliehen. Langsam trennten wir uns, und ich hob die Hände. Jemand schaltete die Deckenlampe an. Meine Augen wanderten zu Kit, die von einem Marsianer festgehalten wurde und mit Beißen und Kratzen aufgehört hatte. Ihr Gesicht war wild verzerrt und ihr goldenes Haar zerzaust. Sie atmete keuchend. Unsere Lage war hoffnungslos. Aber ...

Wir schauten zu dem Wesen hinüber, das sich im Sessel wand und unartikuliert wimmerte. Ein Soldat fluchte, und ein anderer bekreuzigte sich mit dem doppelten Halbmond. Sonst hörte man nur unseren Atem und den Wind, der draußen ums Haus wehte.

Hale stand auf, ein stämmiger, untersetzter Mann mit einem kleinen Spitzbauch, der plötzlich eine eiserne Ruhe ausströmte. „Das ist sehr unangenehm", sagte er. „Sie haben ein Staatsgeheimnis erfahren."

Die Tür zum marsianischen Flügel öffnete sich langsam. Die Leute hatten den Krach gehört und wollten sehen, was los war. Hale zischte einen Befehl in Vannzaru, und die Tür schloß sich wieder, bevor sie sehen konnten, was sich hier abspielte.

„Und Sie sind auch einer von denen", sagte ich.

Er nickte. „Ganz augenscheinlich." Mit einem stählernen Lächeln fügte er hinzu: „Wir sind ein Versuchsmodell. Etwas aus den marsianischen Laboratorien."

Regelins hagere Hand ruhte auf seiner Handwaffe. „Tun Sie das nicht", sagte Hale. „Ich bin Ihr Vorgesetzter."

Der Sevni stand stramm.

Meine Gedanken liefen auf vollen Touren, und ich war ganz erstaunt darüber. Plötzlich konnte ich eiskalt und absolut klar denken, und mich durchfuhr es wie ein Blitz aus heiterem Himmel. „An der Erklärung ist etwas faul, Hale", sagte ich. „Sie sind genausowenig ein Marsianer wie ich."

Seine Augen verengten sich wie bei einem Menschen. „Sie begeben sich sofort auf Ihr Zimmer."

Ich drehte mich zu Regelin um. „Sie unterhalten sich in einer Sprache, die nicht in diesem Planetensystem gesprochen wird. Sie besitzen Aufzeichnungen in einer unbekannten Schriftart und Waffen, die nicht auf dem Mars hergestellt worden sind. Wenn es wirklich welche wären, die auf dem Mars entwickelt wurden, hätte man sie als militärisches Geheimnis erster Klasse eingestuft. Unmöglich würde man die ersten Versuchsmuster so leichtfertig auf eine Reise zur Erde mitgeben, wo sie in unbefugte Hände fallen können."

„Das genügt jetzt", knirschte Hale. „Sevni, schicken Sie die beiden wieder auf ihr Zimmer. Sie stehen noch unter Arrest."

„Wenn Sie das tun", sagte ich zu Regelin, „dann verraten Sie Ihren Planeten, und als Dank dafür werden Sie von diesen Kerlen noch umgebracht."

Die Wachen hatten immer noch die Gewehre im Anschlag und warteten mit unruhig hin und her schweifenden Augen auf Befehle.

„Sevni", sagte Hale, „denken Sie an Ihren Eid."

„Der zum Gehorsam gegenüber dem Archat verpflichtet", fügte ich hinzu. „Nicht gegenüber irgendwelchen Eindringlingen, die sich heimlich eingeschlichen haben."

Regelin stand unbeweglich da – wie mir schien, eine Ewigkeit. Sein Gesicht zeigte einen entrückten, unbewegten Ausdruck, aber die goldenen Augen strahlten intensiv. Niemand sprach. Er blickte sich nach dem Wesen um, das sich Dzuga ay Zamudring nannte. Es saß jetzt nahezu aufrecht in seinem Sessel und atmete schwer. Es war haarlos und besaß weiße Haut, und beide Augen lagen in einem flachen, gestaltlosen Gesicht eingebettet. Der Hinterkopf war sehr groß, aber alle Proportionen hatten sich verändert. Zähne und Nägel waren nahezu völlig verschwunden, und an jeder Hand zählte man sieben plumpe Finger.

Der ganze Körper schien aus Gummi zu bestehen und keine Knochen zu haben. Das Geschöpf mochte genauso groß wie ich sein, wenn es stand, war aber breiter, vierschrötiger gebaut.

Schließlich seufzte Regelin. Er rief den Wachen einen Befehl zu. Sie sahen fast glücklich aus, als sie ihre Waffen auf Hale und Dzuga richteten.

„Das wird Ihnen noch leid tun, Sevni", drohte Hale.

„Ich werde mich mit dem Hauptquartier in Verbindung setzen", sagte Regelin. „Sie und – Ihr Freund – stehen unter Arrest. Allerdings können Sie sich bis auf weiteres im Haus und auf dem Rasen frei bewegen. Ich muß diesen Vorfall pflichtgemäß melden."

„Ich sage Ihnen doch, es ist streng geheim!" schrie Hale.

„Ich werde meinen Bericht direkt an das kontinentale Hauptquartier richten", fuhr Regelin fort. „In der Zwischenzeit wird Sie niemand zu Gesicht bekommen."

Die Gefangenen wurden in den ersten Stock geführt, und die vier Wachtposten lösten sich in ihrer Bewachung ab. Regelin gab Dzuga etwas Salbe für seine Brandwunden, ließ aber den Schrankkoffer herunterbringen. Wir gingen Stück für Stück den Inhalt durch.

„Möglicherweise hat Hale recht, und wir werden alle wegen dieser Sache erschossen", sagte Regelin ungerührt. „Jedoch ..." Er wandte sich an Kit und mich. „Ich entschuldige mich für das vorhergehende Mißverständnis. Sie hatten recht und ich unrecht", erklärte er förmlich.

Kit ergriff impulsiv seine Hand. Er seufzte leicht, schwankte aus dem Zimmer und verschwand im marsianischen Flügel.

Wir quartierten Alice bei den Hooses ein, nur für alle Fälle. Dennoch konnten wir beide nicht schlafen. Also rührten wir uns etwas Essen zusammen und saßen anschließend im Wohnzimmer. Wir sprachen nur wenig.

Regelin kam gegen Mitternacht zurück. Er setzte sich uns gegenüber, und seine Augen blickten niedergeschlagen. „Ich habe endlich eine direkte Verbindung zum Oberkommandierenden bekommen", berichtete er. „Ruyani dzu Varek persönlich. Er verpflichtete mich zu absolutem Stillschweigen und sagte, daß er sofort einen Trupp hierher in Marsch setzen würde."

„Hat er nichts darüber gesagt, ob das ein marsianisches Projekt ist oder nicht?“ fragte ich.

„Nein. Nichts. Das ist äußerst seltsam.“

Kit schaute ihn an. „Wenn jemand aus dem Bett gerissen wird und so eine haarsträubende Geschichte zu hören bekommt, kann er unter Umständen nicht schnell genug kombinieren. Aber er hätte seine Fassung verlieren können, und wenn auch nur ein klein wenig.“

Regelin ballte die Fäuste. „Was wollen Sie damit sagen?“ fragte er.

„Das wissen Sie so gut wie ich!“ Ihre Stimme klang fremd. „Wenn diese Fremden die Gestalt eines beliebigen Marsianers oder Menschen annehmen können und wenn sie sich eingeschlichen haben, werden sie sicherlich auch alle Schlüsselstellungen innerhalb des Oberkommandos besetzt halten.“

„Dieses Inspektionsteam war nicht sonderlich wichtig“, sagte er.

„Sie wollen sich selbst von den Ergebnissen überzeugen“, meinte Kit. „Begreifen Sie nicht, wie erfolgreich ihr Krieg war?“

„*Ihr* Krieg ...“

„Es klingt einleuchtend, nicht wahr?“ meinte ich. „Der unnötige Krieg. Zwei friedliche Planeten, die durch einen provozierten Zwischenfall nach dem anderen in den Krieg getrieben wurden. Die Pfuscherei auf beiden Seiten, die aus dem Kampf eine so lange und blutige Angelegenheit machte, daß beide Planeten beinahe daran zugrunde gingen. Ja, ich glaube, daß sie unsere beiden Regierungen seit Jahrzehnten kontrollieren.“

„Aber wenn sie sich unerkannt unter uns mischen können – wenn sie unsere Regierung übernehmen können –, warum mußten sie uns nahezu zerstören? Warum ließen sie uns uns gegenseitig zerfleischen?“

„Ich weiß nicht. Vielleicht wollten sie uns für die Invasion mürbe machen. Vielleicht ist die Armada von Alpha Centauri bereits auf dem Mars.“

„Nein! Das ergibt keinen Sinn. Die Logik ist einfach lächerlich.“ Regelin stand auf und begann mit großen Schritten hin und her zu gehen. „Und eine Rasse, die imstande ist, eine interstellare Invasion vorzubereiten, würde so weit technisch fortgeschritten sein, daß sie es gar nicht nötig hätte, irgend jemanden zu besiegen.“

Ich lehnte mich in meinem Sessel zurück, weil mich ein plötzlicher Schwächeanfall überkam. „Sei es, wie es sei“, sprach ich. „Ich sage folgendes voraus: Der Trupp vom Hauptquartier wird hier mit einem

Befehl anrücken, diese zwei Wesen unverzüglich freizulassen ... Bis dahin wird Dzuga wieder Dzuga sein. Sie und wir und die vier Wachen werden deportiert, und von uns wird man nie wieder etwas hören."

Regelin brach zusammen. „Ich kann nicht meutern", stöhnte er.

„Nein", sagte Kit giftig. „Sie können bloß sterben."

„Lassen Sie uns wenigstens eine Chance", bat ich. „Geben Sie uns einen Wagen, und lassen Sie uns laufen."

„Ich muß nachdenken", meinte er rauh. „Ich weiß nicht, was ich machen soll."

Ich beugte mich zu Kit, um ihr zuzuflüstern, daß ich Regelin angreifen und ihn überwältigen würde – ich hatte vergessen, wie gut die Ohren der Marsianer sind. Er schaute mich nur ernst an. „Tun Sie das nicht!" Dann warf er seine Schultern zurück. Man sah ihm an, daß er sich entschieden hatte. „Ich bin auf Ihrer Seite."

Kit sprang auf und küßte ihn. Ich konnte nur seine Hand umklammern.

„Ziehen Sie keine voreiligen Schlüsse", fügte er rasch hinzu. „Ich bin in erster Linie Marsianer. Wenn Hale die Wahrheit sagte, werde ich wegen Meuterei erschossen, und zweifellos wird noch mehr Blut fließen, bis es dazu kommt. Aber ich muß das Risiko auf mich nehmen – diese paar Menschenleben zählen nichts im Vergleich zu der Gefahr, daß der Mars von innen her erobert wird."

Wir entwickelten alle möglichen Pläne. Sie brachten uns aber nicht weiter als bis zum Beginn der Flucht. Darüber hinaus konnten wir nicht planen. Kit ging hinaus, um Alice zu holen, während ich einige notwendige Kleinigkeiten und soviel Nahrungsmittel wie möglich einpackte. Regelin befahl, seinen Privatwagen vorzufahren, und händigte mir ein dickes Bündel Geldscheine aus.

Wir gingen gemeinsam hinauf und dann den Gang zum Zimmer der Fremden entlang. Regelin schickte die Wachen fort. Es war vielleicht grausam von uns, sie auszuschließen, aber man konnte nicht wissen, ob sie sich nicht gegen uns wandten. Dann öffnete er die Tür und ging ins Zimmer. Ich schaltete das Licht ein.

Hale besaß noch seine menschliche Erscheinungsform, und Dzuga war wieder zum Marsianer geworden. Sie fuhren aus dem Bett hoch und starrten in die Mündungen unserer Pistolen.

„Sie werden uns jetzt die ganze Wahrheit sagen", forderte Regelin barsch. „Auf der Stelle."

Hales Gesicht rötete sich vor Ärger. „Das habe ich bereits getan."

„Ich verstehe was von Biologie", erklärte Regelin, „und ich weiß auch sehr gut, daß neue Waffen nicht über Nacht entwickelt werden. Ich glaube nicht daran, daß ein marsianisches Labor Wesen von Ihrer Sorte hervorgebracht hat. Sie kommen von außerhalb unseres Sonnensystems, nicht wahr?"

Hale schüttelte den Kopf. Regelin hob die Hand, als ich auf die beiden zutrat. „Hören Sie!" rief er.

Bald hörte ich es auch, das stetige Fauchen eines Raketentriebwerks, das den Himmel durchpflügte und rasch näher kam. Der Trupp vom Hauptquartier!

Nein – sie konnten unmöglich so schnell dasein. Ruanyi mußte eine in der Nähe liegende Einheit angerufen haben, die auf seinen Befehl hin sofort mit dem Raketenflugzeug gestartet war. Und das hieß, daß für ihn der Vorfall von äußerster Wichtigkeit war ... Wir mußten die Fremden erschießen. Sie hatten unsere beiden Planeten auf dem Gewissen. Ich hatte fast erwartet, daß sie im Tod ihre Gestalt ändern würden, aber sie blieben unverändert, als sie zu Boden sanken.

„Schnell!" stieß Kit hervor.

Regelin legte einen Papierbogen auf die Diele, auf dem unsere Beobachtungen und Schlußfolgerungen verzeichnet waren. Wenn der Trupp aus feindlichen Agenten bestand, war das Schreiben sinnlos, sie würden es einfach vernichten. Wenn aber Hale die Wahrheit erzählt hatte, stellte es wenigstens eine kleine Rechtfertigung für unseren Ungehorsam dar, und vielleicht würden die Regierungsstellen uns wenigstens lebend zu ergreifen versuchen. Vielleicht ...

Wir rannten die Treppe hinunter und hinaus auf den Fahrweg. Der Wagen stand da, schwarz, stromlinienförmig und mit laufendem Motor. Kit sank auf den Rücksitz neben Alice, während Regelin und ich die vorderen Sitzplätze einnahmen. Er ließ mich ans Steuer, und wir entfernten uns rasch vom Haus.

„Wohin jetzt?" fragte er.

„Versuchen wir es mit Albany", sagte ich. „Wir können dort vielleicht für eine Nacht unterkriechen."

Der Motor heulte auf. Im schwachen Licht des Instrumentenbrettes sah ich, wie die Tachonadel auf zweihundert kletterte. Der Wind pfiff an uns vorbei, aber ich hörte, wie Alice auf dem Rücksitz schluchzte und Kit sie zu beruhigen versuchte.

REGELIN lehnte sich zu mir herüber. „Morgen früh wird der Teufel los sein", sagte er. „Sie werden uns überall suchen – und sie haben die Nummer des Wagens."

Ich nickte. „Wir werden ihn in Albany in den Graben fahren."

Bei unserem Tempo brauchten wir nur einige Minuten, bis wir die Stadt erreichten. Wir verlangsamten die Fahrt und schnurrten leise durch die leeren Straßen. Der Mond verbarg sich hinter den hohen Häusern, und die Lampen waren gelöscht, um die schwachen Kraftquellen der Erde nicht unnötig zu beanspruchen.

Ich parkte in einer Seitenstraße, und wir gingen in die Nacht hinaus. Unsere Schritte klangen laut auf dem Pflaster. Wir waren die einzigen Passanten weit und breit.

Es war ein übles Stadtviertel, wo alle möglichen Strolche Unterschlupf gesucht und gefunden hatten. Ich kannte hier ein kleines Hotel und blieb vor dessen schwach leuchtender Eingangslampe stehen. Ich ließ die anderen draußen und ging hinein, wobei ich mir das Taschentuch vors Gesicht hielt. Ein schläfriger Portier schreckte auf. „Ja?"

„Ein Einbettzimmer für diese Nacht", murmelte ich. „Bitte schnell, ich habe fürchterliches Nasenbluten." Vorsorglich hatte ich mich in die Hand geschnitten, um einige echte Blutflecken in das Taschentuch zu kriegen.

Der Portier verlangte eine viertel Million im voraus, und ich blätterte sie ihm hin und schleppte meinen Koffer mit all unseren Habseligkeiten über die dunkle Treppe hinauf in das schäbige Zimmer, das er mir gegeben hatte. Ich ging hinein, schloß die Tür von innen und kletterte die Feuerleiter hinunter. Dann ging es zu viert wieder hinauf. Kit und Alice waren schnell im Bett eingeschlafen, während Regelin und ich um den Sessel knobelten. Ich verlor und streckte mich auf dem schmutzigen Fußboden aus. Trotzdem schlief ich sehr schnell ein.

Zeitig am nächsten Morgen öffneten wir eine Büchse Bohnen zum Frühstück und beratschlagten.

„Die Suchaktion wird inzwischen eingesetzt haben", sagte Regelin. „Und was können wir unternehmen?"

„Wir müssen jemanden erreichen, dem wir trauen können", sagte ich. „Wir können nicht zu einem x-beliebigen Sheriff oder marsianischen Offizier gehen. Selbst wenn er uns glaubt, was sehr unwahrscheinlich ist, müßte er den Dienstweg einhalten, und das bedeutet, daß der Feind ihn sehr bald mundtot machen kann." Ich kratzte mein stoppeliges Kinn. „Der Mann, den ich jetzt gern sprechen möchte, ist Rafael Torreos. Er ist ein alter Freund von mir, und ich weiß, daß er in Ordnung ist. Und er ist oder vielmehr war Oberst in unserer Spionageabwehr und verfügt über einige Verbindungen zu höheren marsianischen Dienststellen. Er hätte Möglichkeiten, uns zu helfen." Ich lachte trübselig. „Nur leider wohnt er in Brasilien."

„Könntest du ihm nicht schreiben?" fragte Kit.

„Wo die Postverbindungen unterbrochen sind? Nein. Vielleicht, wenn wir jemanden finden, der nach Brasilien reist."

Regelin runzelte die Stirn. „Ich glaube, ich kann mich für Sevni Yueth dzu Talazan verbürgen, der in unserer eigenen Abwehr tätig ist", sagte er. „Und er besitzt bedeutend mehr Einfluß als Torreos. Allerdings wird er so eine phantastische Geschichte nicht ohne Beweise glauben. Ich selbst würde sie nicht glauben."

„Und wenn Yueth in Ihrem CIA eine führende Rolle spielt, ist er weit weg von hier, im Generalhauptquartier von Nordamerika", sagte ich. „Da könnte er auch gleich in Brasilien sein. Bis dahin sind es zweieinhalbtausend Kilometer."

„Trotzdem ..."

Beweise! Der beste Beweis, vielleicht der einzige, würde einer von diesen fremden Außerirdischen sein. Falls er tot war, mußte er noch das fremde Aussehen haben, oder vielleicht stellte sich bei einer Sezierung der Unterschied heraus. Wie viele von ihnen mochte es wohl geben? Jeder, den wir trafen, konnte ein Ungeheuer sein.

Nein, vermutlich nicht. Sie mochten eine entsprechende Verkleidung für Spezialaufgaben wählen, aber in der Hauptsache würden sie in den leitenden Stellen sitzen – Offiziere, Politiker, Industrielle, Beamte in Schlüsselstellungen. Die menschlich-marsianische Gesellschaft ist eine große Maschine, und sie mußten in den lebenswichtigen Positionen sitzen, um sie wirksam steuern zu können.

Ich glaube nicht, daß sie besonders zahlreich waren; aber die Tatsache, daß sie jeden Menschen und Marsianer gegen uns hetzen konnten, machte unsere Lage schwierig.

Die Fremden würden also in den Hauptquartieren sitzen, in den Regierungen. Wir mußten uns zum Sitz von Ruyani dzu Varek durchschlagen, und wahrscheinlich gehörte er auch zu den Feinden. Uns durchschlagen bis Minneapolis, wobei die ganze Nation hinter uns her war.

Aber schließlich würde niemand vermuten, daß wir uns in dieser Richtung bewegten. Man würde annehmen, daß wir uns in die nördlich gelegenen Wälder flüchteten. Und Regelins Freund Yueth würde auch in Minneapolis sein.

Ich stand vom Fußboden auf. „Es geht los", sagte ich.

6

Ich mußte mich um die Fahrgelegenheit kümmern. Kit und Regelin fielen zu sehr auf. Ich ließ sie beratschlagend zurück und ging hinunter. Der Straßenanzug, den ich trug, bot wenig Möglichkeiten, das Gesicht zu verbergen, und außerdem stieg draußen ein ungewöhnlich strahlender Morgen herauf, der mir auch die leiseste Entschuldigung für das Tragen eines Regenumhangs raubte. Ich mußte mich also auf die Tatsache verlassen, daß die meisten Leute eine schlechte Beobachtungsgabe besitzen. Mit einem prickelnden Gefühl durchquerte ich den Empfangsraum.

Ich kam an der Rezeption vorbei. Ein anderer Angestellter saß jetzt dahinter. Warum gerade dieser wachsam blickende junge Mann?

„Ich komme nach dem Frühstück wieder!" rief ich ihm über die Schulter zu. So würde niemand sich in unserem Zimmer zu schaffen machen ...

Wenn man bedenkt, daß ich nur gelegentlich hierhergekommen war, um meinen Kummer im Alkohol zu ertränken, so wußte ich überraschenderweise ganz gut in der Gegend Bescheid. Da gab es eine kleine Garage in der Nähe des Hotels, die auch gebrauchte Wagen vermittelte. Ich hatte noch nie mit dem Besitzer gesprochen, aber er mußte ein Raumveteran sein. Ihm fehlte eine Hand, und die Prothese kannte ich nur zu gut von meiner Dienstzeit her. Er arbeitete an einem alten Auto, als ich seine Werkstatt betrat. Es war niemand weiter im Raum, und der Atem quälte sich mühsam aus meiner Brust.

Er richtete sich auf und sah mich mit den scharfen Augen des ehemaligen Raumsoldaten an, unter halbgeschlossenen Lidern, wie man es im Weltraum tun mußte, um sich gegen die grellen Strahlen der Sonne zu schützen.

„Ja?" Seine Stimme klang bitter und grollend.

„Ich möchte einen kleinen Lastwagen kaufen", sagte ich.

Er schien erstaunt und dann erfreut; sein Geschäft mußte in jenen

Tagen praktisch auf dem Nullpunkt sein. „Ich hab zufällig zwei gebrauchte Wagen da", sagte er. „Wollen Sie mitkommen und sie ansehen?"

Als wir in den Sonnenschein hinaustraten, wurde der Blick seiner Augen hart. Ich konnte beinahe seine Gedanken lesen, wie er sich erinnerte: einen Meter achtzig, kräftig gebaut, braunes Haar, graue Augen, Stumpfnase, Kinn mit Grübchen – Belohnung ...

„Wo waren Sie stationiert?" fragte ich rasch. Ich bemühte mich, meine Stimme gleichmütig klingen zu lassen. „Ich selbst diente in der sechsten Raumflotte."

„Kugelblitz", antwortete er ganz langsam.

„Die neunte – ja. Ein prima Haufen. Sie haben mit uns beim zweiten Kreisbogen gekämpft."

„Dort habe ich meine Hand verloren", sagte er. „Sie hatten – mehr Glück."

„Nicht besonders. In Wirklichkeit geht es mir so lausig, daß ich jetzt die Stadt verlassen will. Es gibt bessere Gegenden. Man kann dort vielleicht der Erde wieder auf die Beine helfen."

„Kann sein", sagte er gedankenverloren. „Das würde ich gern erleben, aber ich habe Frau und Kinder. Ich kann es mir nicht leisten, gegen die Marties aufzumucken."

„Das geht vielen Leuten so", meinte ich. „Aber ein Mann mit Grips kann wenigstens seinen Mund halten, wenn er die besseren Zeiten miterleben will, die andere verdammte Narren unter Einsatz ihres Lebens herbeiführen wollen. Sogar wenn es eine Belohnung gibt. Ich heiße Robinson."

Jetzt grinste er. „Okay, Mr. Robinson. Vielleicht kann ich Ihnen einen Transporter ganz billig geben. Nur werden Sie nicht sehr weit damit kommen, wie Sie wissen. Nicht einmal an Holzkohle ist ranzukommen."

„Oh, ich werde schon was auftreiben. Ich bin nur ein ganz gewöhnlicher Durchschnittsbürger, der in der Welt vorwärtskommen will. Ich bin so verdammt durchschnittlich, daß mich manchmal die Leute einfach übersehen."

„Stimmt! Ihr Gesicht kann man wirklich leicht vergessen. Also, ich habe hier ..."

Wir schlossen schnell unseren Handel ab: Ein ramponierter alter Lieferwagen mit einer Segeltuchplane wurde mein Eigentum, aber für einen Preis, der tief in unsere finanziellen Reserven einschnitt und trotzdem noch vorteilhaft war. Ich schüttelte dem Händler die Hand; die Prothese aus Kunststoff fühlte sich hart und kühl an.

„Viel Glück, Mr. Robinson", sagte er.

Ich fuhr zum Hotel zurück und stellte den Wagen in der Parallelstraße dahinter ab. Niemand war zu sehen, und niemand beobachtete mich, aber jede Minute konnte ein Gesicht am Fenster erscheinen oder jemand um die Ecke biegen. Ich stieß einen leisen Pfiff aus, und meine Gefährten kletterten die Feuertreppe herunter und krochen auf die Ladefläche, während ich vorn ins Hotel hineinging, meinen Koffer holte und mich abmeldete.

Wir fühlten uns wie neu geboren, als wir Albany verließen und auf die Straße nach Rochester einbogen. Ich ließ meinen Blick über grüne Felder und alte Bäume schweifen, über die Häuser, die im warmen Sonnenschein an die Hänge geschmiegt lagen, und lachte befreit auf.

Das asthmatische alte Wrack konnte Rochester kaum vor der Abenddämmerung erreichen, aber das paßte mir ausgezeichnet in den Plan. Es war aussichtslos, Minneapolis über die Autobahn erreichen zu wollen. Der Treibstoffmangel, die Möglichkeit einer Panne und die Besatzungspolizei hinter uns wie eine Meute Bluthunde – unmöglich! Wir mußten eine andere Route wählen.

Ich hielt nach einiger Zeit an und holte die anderen vor ins Führerhaus. Regelin trug einen Hut und eines von meinen Oberhemden. Für einen flüchtigen Beobachter mochte er wie ein Mensch aussehen, und Alice lag auf dem Schoß ihrer Mutter, die zwischen uns beiden saß. Wir konnten als gewöhnliche Farmerfamilie gelten – so hoffte ich.

„Wo fahren wir hin, Mami?" fragte das Mädchen. Ein Windstoß fuhr durch die Kabine und spielte in ihrem blonden seidigen Haar, und ihre großen Augen blickten auf eine Welt, die für sie ein einziges Märchen war.

„Wir machen eine lange Reise, Liebling", sagte Kit sanft.

„Kann ich Hoppy herbeirufen?"

„Natürlich", sagte Kit. „Wir fahren doch nicht ohne Hoppy."

Regelin lächelte. „Wer ist Hoppy?" fragte er. „Deine Puppe?"

„O nein", erwiderte Alice. „Hoppy ist ein Ungeheuer. Er hat Flügel und kommt jeden Morgen an mein Bett und unterhält sich mit mir. Ich ruf ihn immer, wenn ich allein bin. Kennst du auch irgendwelche Monster, Marsmann?"

„Ein paar", sagte Regelin ernst.

Kit schüttelte ihren Kopf. „Es ist wie ein Alptraum", murmelte sie.

„Alles geht so langsam, und wir wissen, daß sie uns verfolgen. Und wir kommen der Höhle des Löwen immer näher."

„Vielleicht könnten wir Kit und das Kind bei irgend jemandem zurücklassen", schlug Regelin vor.

„Das ginge schief", sagte ich bitter. „Wem könnten wir trauen? Wenn jemand sie wirklich aufnehmen würde, so kriegt er es vielleicht hinterher mit der Angst zu tun und verrät sie wegen der Belohnung oder bloß, um die eigene Haut zu retten. Und durch den Zusammenbruch der Nachrichtenverbindungen und der allgemeinen Reisetätigkeit nimmt jeder naturgemäß größeren Anteil an dem, was sein Nachbar macht. Fremde, die sich plötzlich in der Nachbarschaft niederlassen, würden sofort auffallen."

Der Automechaniker hatte mir mit betonter Beiläufigkeit von dem Steckbrief erzählt. Er war auch schon mehrere Male im Rundfunk verlesen worden.

Wir drei wurden tot oder lebendig gesucht, und zwar wegen Mordes, Aufruhrs und Verschwörung. Wir wurden als Geisteskranke mit systematischen Wahnvorstellungen hingestellt, denen niemand Glauben schenken sollte.

Die ausgesetzte Belohnung war beträchtlich, hundert Millionen UN-Dollar, die man auch in marsianischer harter Währung erhielt, wenn man es wünschte. Handzettel und Plakatanschläge mit Personenbeschreibung würden bald überall verteilt werden.

Kit pfiff, als sie das hörte. „Sie suchen uns wirklich krampfhaft!" Und mit einem verlorenen schwachen Lächeln: „Das hätte ich nie gedacht, daß ich jemandem so viel wert bin."

„Doch – mir, Kit!" Ich faßte nach ihrer Hand und drückte sie. Sie blickte mich seltsam an.

Regelins Gesicht war gespannt. „Wenn meine Familie davon hört..." Er schüttelte den Kopf und versuchte die Gedanken zu verscheuchen.

Mittag war schon lange vorüber, als wir die Sirene hörten. Wir waren gerade durch ein Dorf gefahren, und ich sah den verfolgenden Wagen zwischen den letzten Häusern hervorschießen. Mein Herz tat einen Sprung und fing dann hämmernd an zu klopfen. „Runter!" brüllte ich. „Versteckt euch!"

Kit lag schon mit Alice auf dem Boden. Regelin ließ sich über die beiden fallen. Ich zog eine Decke darüber und legte meine Pistole neben mich. Die Sirene heulte, und der blaue stromlinienförmige

Wagen setzte sich vor meinen Kühler und drängte mich von der Straße ab.

Ich hielt an und wandte mein Gesicht dem Mann zu, der aus dem anderen Wagen kletterte. Ein zweiter Beamter blieb drin sitzen; er hielt eine Maschinenpistole in den Händen. Straßenpolizei – jung, beide unverkennbar brave Burschen, deren Heimat zwischen den grünen Hügeln der Erde lag, keine Marsianer. Meine Stimme klang verzerrt in meinen Ohren:

„Was ist los, Leutnant? Hab ich was falsch gemacht?"

„Wir überprüfen alle Fahrzeuge. Befehl." Er lehnte sich zum Fenster herein und drückte den Revolver an meine Schläfe. „Legen Sie beide Hände aufs Steuer, Mister."

„Schauen Sie ..."

Das tat er auch, und sein Gesicht wurde starr. „Steigen Sie aus", sagte er. „Und hoch mit den Händen."

„Ich habe nicht ..."

„Wir müssen Sie durchsuchen. Nun kommen Sie schon. Raus mit Ihnen!"

Irgend etwas brach in mir zusammen. „Leutnant", fragte ich dumpf, „arbeiten Sie auch mit den verfluchten Marties zusammen?"

„Sie sind es also wirklich ...?"

Ich hatte ihnen ihre Chance gegeben. Nun handelte ich blitzschnell. Meine linke Hand schlug den Lauf seines Revolvers beiseite und faßte nach seinem Handgelenk, während ich mit der Rechten meine eigene Waffe ergriff und emporriß. Ich feuerte, und er fiel getroffen zur Seite. Regelin war gleichzeitig mit einem Schwung hochgefahren und hatte sich quer über meinen Schoß geworfen, wobei er auf den anderen Mann im Polizeiwagen schoß. Dessen Maschinenpistole ratterte kurz, und dann sackte der Polizist auf dem Sitz zusammen und rutschte langsam auf den Boden.

Wir stiegen aus. Die Felder um uns waren leer. Zwei saubere weiße Häuser waren in der Ferne hinter Bäumen zu erkennen. Die Sonne schien hell und warm. Irgendwo sang eine Drossel.

„Es tut mir leid", sagte ich leise zu den reglos daliegenden Männern. „Es tut mir leid, Jungs."

Kit weinte, nicht hysterisch, aber ohne Hoffnung, und verwehrte dabei ihrer Tochter den Anblick. Regelin und ich legten die leblosen Körper in den Wagen und fuhren ihn zur Seite. Dann nahmen wir die Waffen aus dem Polizeifahrzeug und fuhren davon.

Nach einer Weile sah Kit auf und berührte meinen Mund. Die Fingerspitzen waren kalt. „Du bist verletzt, Dave“, sagte sie. „Du blutest.“

„Ich habe mich nur zu heftig auf die Lippen gebissen“, antwortete ich tonlos.

„Es war Notwehr, David“, meinte Regelin. Das war das erste Mal, daß er mich beim Vornamen nannte.

„Ich wollte, wir hätten es nicht tun müssen“, erklärte ich bitter.

Wir verließen die Bundesstraße und holperten auf staubigen Straßen zweiter Ordnung dahin, immer der sinkenden Sonne entgegen. Wir unterhielten uns kaum, aber Kit sprach beruhigend auf Alice ein, um sie abzulenken. Nach Einbruch der Dunkelheit hielten wir an, um zu essen, und fuhren dann weiter.

Wir erreichten den Ontariosee, der sich still im Mondlicht vor unseren Blicken dehnte. Seine Schwärze wurde durch sanftes Glitzern der kleinen Wellen gemildert. Man konnte hören, wie sie sich am Ufer brachen, und über uns glänzten majestätisch die Sterne.

„Ich kenne die Gegend sehr gut“, sagte ich. „Hier gibt es zahlreiche kleine Ansiedlungen, die nur aus Wochenendhäusern bestehen. In der Nähe muß sogar ein Jachtklub sein.“

Wir fuhren hin – ein bezaubernder kleiner Ort mit sauberen Anwesen unter mächtigen Bäumen, davor betaute Rasenflächen, die im Mondlicht glänzten. Wenige Fenster waren erleuchtet. Die Menschen auf der Erde hatten zwar heutzutage weder Geld noch Zeit für idyllische Wochenendplätze, jetzt wohnten jedoch Leute dauernd hier: Flüchtlinge aus den Städten.

Wir fuhren zum Jachthafen und streckten uns wohlig nach der langen Fahrt, während der wir eng gedrängt hatten sitzen müssen. Meine Bauchmuskeln waren immer noch verkrampft. Wir gingen über hohl dröhnende Planken und wählten ein Segelboot aus.

Kit und Regelin machten das Boot klar, und ich steuerte inzwischen den Wagen aus der Stadt hinaus. Draußen fuhr ich zum Seeufer, legte den ersten Gang ein und ließ das Auto ins Wasser rollen. Wenn der Automechaniker den Wagen gut repariert hatte, würde er bestimmt noch eine Weile unter Wasser fahren, bevor die Zündung aussetzte.

Niemand würde uns als die Bootsdiebe verdächtigen, wenn man nicht unsere Spur bis hierher verfolgt hatte. Darauf baute ich unseren ganzen Plan auf.

Ich ging zum Jachtklub zurück und sprang ins Boot. Wir legten ab, wendeten in der Brise, die landwärts wehte, und legten uns hart an den Wind, um das offene Wasser zu erreichen.

„Und wohin, sagten Sie, wird uns diese Reise führen?" fragte Regelin.

„Direkt nach Duluth", erwiderte ich, „wenn der Sankt-Lorenz-Kanal nicht bei der Bombardierung verschüttet worden ist. Jetzt herrscht wenig Verkehr auf den Seen, und wegen Treibstoff brauchen wir uns keine Sorgen zu machen."

Ich übernahm die erste Wache. Kit und Alice legten sich auf der einzigen Schlafkoje des Bootes zur Ruhe, während sich Regelin neben ihnen auf dem Boden in eine alte Decke rollte und sofort einschlief. Die Erdanziehung mußte ihm mehr zu schaffen machen, als er sich anmerken ließ. Ich saß allein an der Ruderpinne, und eine Stunde mochte vergangen sein, als sich die Tür zu der kleinen Kabine öffnete und Kit leise herauskroch und sich neben mich setzte.

„Ich kann nicht schlafen", sagte sie. „Kannst du dich ein bißchen mit mir unterhalten, Dave? Ich fühle mich so schrecklich allein."

„Klar", meinte ich.

Sie schaute zum Himmel empor, wo der Große Bär langsam seine Bahn beschrieb und der Andromedanebel nur ein kleines silbriges Wölkchen war und die Milchstraße sich wie ein bleicher Fluß zwischen den Sternbildern hindurchwand. „Ich möchte wissen, von welchem der vielen Sterne sie kommen."

„Das weiß ich nicht", antwortete ich. „Das Universum ist groß."

„Groß und kalt." Sie schauderte. Ich legte einen Arm um ihre Hüfte und zog sie an mich.

„Ich mach mir meinetwegen keine Sorgen", fuhr sie mit einer dünnen Kinderstimme fort, die voller Schmerz war. „Ich hab so viel Schreckliches in den letzten zwölf Monaten gesehen, daß mir mein weiteres Schicksal ziemlich gleichgültig ist. Aber Alice – sie ist das einzige, was mir blieb."

„Ich bin auch kein Held", erwiderte ich. „Wir sind in diese Sache hineingezwungen worden. Wir versuchen nicht, die Erde zu retten, sondern nur unsere eigenen Hälse. Ich fürchte, Reggy ist der einzig wirklich selbstlose Beteiligte in diesem Spiel."

„Er ist anständig. Ich wußte nicht, daß ein Marsianer so ehrenhaft sein kann." Und heftig setzte sie hinzu: „Diese Ungeheuer haben unsere beiden Völker gegeneinander aufgehetzt! Damit wir uns gegenseitig umbringen."

„Vielleicht mußten sie das für ihre eigenen Frauen und Kinder tun. Der Krieg ist immer ein schmutziges Geschäft."

Sie blickte mich lange Zeit an. „Kannst du überhaupt hassen?" fragte sie schließlich grübelnd.

Ich zuckte mit den Schultern. „Sicher. Aber es liegt mir nicht. Ein Mann wird in das Weltall hinausgeschleudert – da hat er viel Zeit zum Nachdenken, und plötzlich sieht alles gar nicht so einfach aus, wie man es uns immer weismachen will."

„Dave – falls wir durch ein Wunder diesen Kampf gegen die Eindringlinge gewinnen sollten, wenn sie irgendwie geschlagen und überwältigt werden könnten, was wird dann?"

„Ich weiß nicht. Ich nehme an, die vom Mars werden die Kapitulationsbedingungen erleichtern. Sie werden uns sicherlich nicht sogleich die Selbständigkeit zurückgeben, aber wir dürfen alles wieder aufbauen. In ein paar Jahren kommt vielleicht eine interplanetarische Union zustande, so etwas wie die UN. Man kann wenigstens wieder hoffen."

„Und du – was wirst du dann machen?"

„Kann ich nicht sagen. Ich gehe in die Industrie. Dort gibt es auf dem Gebiet der Elektronik und der Raketentechnik bestimmt viele Möglichkeiten. Oder ich lasse mich irgendwo nieder und versuche ernsthaft zu schreiben. Ich möchte mal meine Gedanken in Ruhe zu Papier bringen und die ganze Geschichte der Raumfahrt abhandeln."

„Und eine Familie willst du nicht gründen?"

„Doch." Ich zwang mich zu einem Lachen. „Möchtest du dich um den Posten bewerben?"

„Ich danke ..." Sie verfiel in Schweigen. Dann sagte sie langsam und sehr sanft: „Ich glaube schon, daß ich das möchte."

Der Großbaum schleuderte mich beinahe über Bord, als ich die Ruderpinne fahren ließ.

Ich will mich nicht zu sehr mit den Einzelheiten dieser Reise aufhalten. Sie bildete ein seltsames und wohltuendes Zwischenspiel. Sonne, Regen und Wind, der riesige See, das Grün der Wälder am Ufer, die Einsamkeit rings um uns wie eine Mauer.

Wir hatten unsere Rationen verkleinern müssen, wir hockten naß und kalt im Regen, wir verfluchten die ungünstigen Winde, wir fühlten, wie sich unsere Herzen zusammenkrampften, wenn eines der wenigen Flugzeuge über uns hinwegzischte. Wir froren und waren ohne jede Bequemlichkeit, aber wir wünschten uns, die Reise möchte ewig dauern.

Regelin war taktvollerweise blind und taub, er spielte die meiste Zeit mit Alice. Manchmal unterhielten wir uns zu dritt, aber meistens malten Kit und ich uns Luftschlösser für die Zukunft aus, die so heiter und leicht wie die Sommerwolken am Himmel waren. Die kurze Zeit auf dem See war wie ein ganzes Leben, das aus der Dunkelheit kommt und in der Dunkelheit endet, aber es war die Gegenwart, die wir bei der Hand hielten, und die Gegenwart währt ewig.

Wir gingen zwei Wochen nach unserer Abreise an Land, schoben das Boot auf einen Kiesstrand nördlich von Duluth und fanden Unterschlupf in einem Wäldchen am Ufer. Wir bereiteten uns ein Lager aus Kiefernzweigen und hörten den Wind in den Baumwipfeln über unseren Köpfen rauschen. Unsere Reise über den See war zu Ende, und wir machten uns am nächsten Tag auf den Weg zur neuen Hauptstadt Nordamerikas.

7

DULUTH war ein stark frequentierter Hafen gewesen, als aber Chicago zerbombt war, verschonte man die übrigen Städte in der Nähe, weil sie ohnehin wie ein verdorrter Ast dahinwelken würden, da das Wirtschaftszentrum zerstört war. Wir näherten uns der Stadt auf Umwegen, ließen uns hier ein Stück mitnehmen und marschierten da ein Stück der Stadt entgegen. Meistens wanderten wir nachts, während uns die kalten Sterne beschienen. Tagsüber verbargen wir uns im Unterholz, manchmal in Heuschobern oder Feldern. Die Farmer hatten hier nicht soviel unter den Banden aus der Stadt zu leiden gehabt wie im Osten, und mir fiel es leicht, die nötigen Nahrungsmittel von ihnen zu erbetteln. Unsere eigenen Vorräte hatten wir restlos während der Bootsfahrt aufgebraucht.

Minneapolis war zu einer wichtigen Stadt nach dem dritten Weltkrieg geworden, vor allem für die rapide wachsenden Luftfrachtlinien. Aber die fortschreitende technische Entwicklung machte diese Transporte innerhalb eines Jahrzehnts überflüssig, und die Stadt fiel wieder in vornehmes Nichtstun zurück. Nur ein kleiner Flugplatz und einige Fabriken zeugten von vergangener Größe. Die unbeschädigten Gebäude und die zentrale Lage ließen es als besonders geeignet für das Hauptquartier der Marsianer auf dem nordamerikanischen Kontinent erscheinen. Weder Kit noch ich waren jemals hier gewesen, aber Regelin kannte die Gegend gut; die Situation entbehrte nicht einer gewissen Ironie, daß ausgerechnet er uns hier anführen mußte.

Eine Woche Fahrt per Anhalter brachte uns an die Vororte der Stadt heran. Wir rasteten in einem kleinen Gehölz, wuschen uns und bereiteten uns für unser Erscheinen in der Stadt vor. Kit wusch auch unsere Sachen in einem Bach, und bald sahen wir wie ein ganz normales Ehepaar aus. Regelins Uniform wurde aus dem Bündel hervorgeholt, tüchtig gereinigt und getrocknet. Die Kunstfaser nahm ganz allein die Bügelfalten an. Der silberbestickte Kragen glänzte im Sonnenlicht.

„Und nun", sagte er, „trennen wir uns vorläufig. Wenn eine Gruppe ihr Ziel nicht erreicht, muß die andere, so gut es geht, weitermachen." Seine Stimme klang entschlossen, und sein Händedruck war fest. Ich mußte ihn bewundern; denn ich selbst fühlte dumpfe Hoffnungslosigkeit in mir, die nur vom Mut der Verzweiflung verdrängt wurde, weil es nichts mehr zu verlieren gab.

Kit und ich legten uns ins hohe Gras und sahen zu, wie er selbstbewußt auf der Landstraße ausschritt. Es dauerte nicht lange, bis ein marsianischer Lastwagen aus Norden kam; er winkte ihm zu und bestieg ihn kaltschnäuzig. Er brauchte nicht einmal Gründe anzugeben, solange kein anderer Offizier in der Nähe war.

„Glückspilz", murmelte ich.

„Bis ihn jemand erkennt", sagte Kit.

Wir begannen unsere Wanderung nach Sonnenuntergang; ein Mann, eine Frau und ein Kind. Zwei Stunden vor Mitternacht befanden wir uns mitten in den nördlichen Wohnvierteln und schleppten uns die dunkle Lyndale Avenue entlang. An der Ecke zum Broadway sahen wir die ersten Lebenszeichen; einige Bars, die geöffnet waren, und ab und zu ein Auto. Mein Herz hüpfte, als ich an der Straßenecke einen Marsianer mit einem gezückten Notizbuch stehen sah. Kit zog mich ins Dunkel zurück, und ihre Hand lag kalt in der meinen. „Wir gehen besser um den Block herum", flüsterte sie mir zu.

„Nein", preßte ich zwischen den Zähnen hervor. „Wir dürfen nicht so feige handeln. Er beobachtet alles, aber es kann nur seine normale Beschäftigung sein. Vielleicht erfaßt er die Verkehrsdichte. Komm nur!"

Wir gingen direkt an ihm vorbei. Seine teilnahmslosen gelben Augen streiften uns und wanderten dann weiter. Für den ungeübten

Marsianer sahen alle Menschen mehr oder weniger gleich aus. Auf diese Tatsache verließen wir uns.

Später begegneten wir noch anderen Marsianern. Eine Streife, die die Straße entlangging, eine Gruppe einfacher Soldaten, die betrunken dahertorkelte, ein junger Soldat, dessen Gesicht den Ausdruck grenzenloser Einsamkeit zeigte. Ihre Personen- und Lastwagen schnurrten an uns vorüber, riesige Stahltiere, die ihre Maschinengewehre wie Hörner vor sich hertrugen. Ab und zu zischte ein Flugzeug über unseren Köpfen dahin und setzte heulend zur Landung an. Ich sah Marsianer, die aus ihren Zivilquartieren kamen, und es wurden immer mehr, je weiter wir zum Stadtkern vordrangen. Es war ein seltsamer Anblick, die großen, hageren Gestalten mit ihren fremdartigen Köpfen, auf denen bizarre Helme saßen. Jetzt kam mir der Zustand der Besatzung erst richtig zum Bewußtsein.

Wir schwenkten in die Siebzigste Straße ein, wanderten durch ein sauberes Viertel mit Mehrfamilienhäusern – früher mußten hier arme Leute gewohnt haben – und hielten auf das Regierungsviertel am Ring zu. Es umfaßte nur wenige Blocks, an die sich unvermittelt große Lagerhäuser und düstere Fabriken anschlossen, zwischen denen primitive Hotels verstreut lagen. Der vereinbarte Treffpunkt war eines davon. Es hieß Rocket Haven und lag nur drei Querstraßen vom Ring entfernt. Wir betraten den schäbigen Vorraum und gingen zur Anmeldung. „Ein Zimmer für zwei Personen", sagte ich.

„Bedaure, Mister." Die schläfrigen Augen des Hotelangestellten nahmen mich kaum zur Kenntnis. „Alles belegt. Sie verstehen, lauter Marsianer."

„Und nun", flüsterte Kit mit einer Grimasse, „gibt es eine unvorhergesehene Schwierigkeit."

„Hören Sie mal", fuhr ich fort. „Wir kommen gerade von Des Moines und sind völlig fertig. Wir haben es schon ein paarmal anderswo versucht, aber nirgends ist was frei. Ich habe Frau und Kind bei mir, seien Sie doch menschlich!"

„Ich hab gesagt, daß wir nichts frei haben", erklärte der Mann. „Nicht mal eine Badewanne."

Ich blickte in das Meldebuch, das vor ihm lag. Ich merkte mir den erstbesten Namen – Fred Gellert aus Duluth.

„Das ist ja ein toller Zufall. Ich sehe gerade, daß ausgerechnet hier ein alter Bekannter von mir abgestiegen ist!" Meine Stimme klang reichlich abgespannt und müde, aber ich versuchte, fröhlich zu lachen. „Mr. Gellert. Ich wollte ihn sowieso hier in der Stadt treffen. Er wird uns bestimmt aufnehmen."

„Das ist seine Angelegenheit!" Der Angestellte zuckte die Achseln. Er blickte unbeteiligt in die Gegend – auch einer von den entmutigten Menschen der Erde. „Sein Schlüssel hängt nicht hier, er wird also vermutlich oben sein."

„Wir werden nachsehen. Und hier ..." Ich schob ihm über den Empfangstisch einige der wenigen verbliebenen Tausenddollarnoten zu. „Ich heiße Robinson. James Robinson. Ich werde Sie von oben anrufen, wenn wir uns geeinigt haben, und ich bitte Sie, meinen Namen dann neben den Gellerts zu schreiben. Ich erwarte nämlich noch einen Besucher, verstehen Sie?"

Wir kletterten drei Stockwerke hinauf und trauten uns kein Wort zu sagen, weil alles voll Marsianer steckte. Meist waren es gewöhnliche Soldaten, weil die Offiziere bestimmt die besseren Hotels bewohnten. Die Soldaten waren Bauern und Jäger aus den ausgetrockneten Tiefseegebieten und den steinigen Gebirgszügen des Mars. Wir hörten ihre schwermütigen Lieder düster durch das Haus hallen.

Als ich an Fred Gellerts Tür klopfte, war niemand in der Nähe. Kit hauchte in mein Ohr: „Bist du verrückt, Dave? Er wird uns nicht reinlassen. Dadurch lenken wir nur die Aufmerksamkeit auf uns."

„Wir müssen Reggy unbedingt hier treffen", sagte ich mit beißender Schärfe. „Es gibt keine andere Möglichkeit. Er kann sich draußen frei bewegen, aber wir ..."

„Ja, was ist?" Eine mürrische, verschlafene Stimme war zu hören, dann öffnete sich die Tür einen Spalt. „Was, zum Teufel, bilden Sie sich ein?"

Ich drückte die Tür auf und trat ein. Meine Pistole zielte genau auf Fred Gellerts Kopf. Kit schloß die Tür hinter uns und setzte sich auf den Bettrand, wobei sie uns mit großen Augen beobachtete.

„Keinen Laut!" drohte ich. „Ich drücke bestimmt ab, wenn ich es auch lieber vermeiden würde."

Seine Augen verengten sich, nachdem er sich vom ersten Schrekken erholt hatte. Ein gewöhnlicher Mann, schwammig, das schüttere Haar vom Schlaf zerzaust, seine Pyjamajacke vorn über dem dicken Bauch offen. Aber er reagierte schnell. Er mußte einen scharfen Verstand besitzen.

„Sie sind Arnfeld", sagte er.

„Ja-a", antwortete ich gedehnt. „Wir brauchen heute nacht das

Zimmer. Vielleicht auch morgen noch. Es geschieht Ihnen nichts, wenn Sie keine Zicken machen. Wenn Sie noch einige Bedürfnisse erledigen wollen, tun Sie das gleich, denn fürs nächste muß ich Sie leider eine Weile fesseln."

Ich schnürte ihn dann mit geübter Hand zusammen, wobei ich ein Hemd in Streifen riß und die Fetzen als Fesseln benutzte. Er konnte sich unmöglich selber befreien. Ich legte ihn in eine Ecke und wandte mich an Kit. Sie hatte inzwischen den Portier angerufen und dann Alice ausgezogen. Sie lagen beide schon im Bett und schliefen fest.

Ich selbst konnte keinen Schlaf finden, zumindest nicht sofort. Deshalb setzte ich mich zu Gellert und erzählte ihm die ganze Geschichte. Ich dachte nicht, daß er mir glauben würde. Ich bildete mir nur ein, daß wir die Geschichte gar nicht oft genug verbreiten konnten. Vielleicht fanden sich andere, die der Sache nachgingen – wenn wir tot waren. Ich machte mir Gedanken, was er hier in der Stadt suchte, vielleicht hatte er einen fetten Posten in Aussicht, von denen die Marsianer mehr als genug für Menschen zur Verfügung hatten, die bereit waren, mit dem ehemaligen Feind zusammenzuarbeiten. Ich war aber zu müde, um ihn auszuhorchen oder seine Sachen zu durchsuchen. Plötzlich schlief ich ein.

Ich schreckte auf, als es an der Tür klopfte. Der Schlaf war im Nu verflogen. Mit gezogener Pistole öffnete ich die Tür. Regelin stand draußen, eine schwarze Silhouette, die sich groß gegen das gedämpfte Flurlicht abhob. Ich ließ ihn herein und weckte Kit, indem ich meine Lippen an ihrer Wange rieb. Reggy klappte in einem Stuhl zusammen und seufzte vor Erschöpfung. Er schaute fragend auf Gellerts zusammengeschnürte Gestalt, und ich erklärte ihm den Sachverhalt.

„Bei mir verlief alles ohne Zwischenfall. Es laufen hier so viele Marsianer rum, daß ich überhaupt nicht aufgefallen bin. Ich ging direkt zum Foshay Tower, dem Herzen des NAHQ, und studierte den Wegweiser zu den einzelnen Abteilungen. Dann unterhielt ich mich freundschaftlich mit einer jungen Dame, einer Erdenbewohnerin in der Telefonvermittlung, die sichtlich durch mein Interesse geschmeichelt war. Wir gingen gemeinsam aus und tranken eine Tasse Kaffee zusammen, und ich fragte sie über die Verwaltung aus."

„Das wundert mich", sagte Kit.

„Oh, nicht alle Erdbewohner hassen uns", sagte Regelin. „Es gibt Gegenden, die nicht durch Krieg oder seine Nachwirkungen betroffen sind, und die Leute sind von uns gut behandelt worden. Warum sollten diese Menschen nicht versuchen, sich mit uns gut zu stellen?"

Er beugte sich nach vorn und schlug die Hände zusammen. „Wir müssen jetzt unbedingt einen marsianischen Offizier finden, der in Wirklichkeit ein Eindringling ist und dem wir die Maske vom Gesicht reißen können. Ich glaube, daß ich schon ein Opfer habe. Yoakh Alandzu ay Gromtha ist Adjutant des Kommandanten Ruyani und für alle Berichte und Unterlagen verantwortlich, die von den Inspektionsgruppen einlaufen; kurzum, er erhält laufend alle Informationen, die den nordamerikanischen Kontinent betreffen, und vergleicht sie mit denen, die ihn aus den übrigen Kontinenten des Planeten erreichen. Es ist der natürliche Ansatzpunkt für einen Fremden. Als ich dann noch erfuhr, daß Alandzu ein düsterer, unzugänglicher Marsianer ist, stand meine Absicht fest. Außerdem ist sein Vorleben unbekannt, und niemand kennt ihn näher. Das Mädchen teilte mir seine Privatadresse mit: Apartment 1847 im New Dyckman Hotel. Er wird eine Leibwache um sich haben, die auch bestimmt aus Eindringlingen besteht, aber sicher sind sie auf keinen unmittelbaren Angriff gefaßt."

„Wir werden sie also unauffällig fassen und Ihren Freund Yueth anrufen. Er wird dann herbeieilen, und wir können ihm den Beweis für unsere Behauptungen erbringen", sagte ich langsam. „Alles gut und schön. Aber wie sollen wir Alandzu dazu bringen, seine richtige Gestalt anzunehmen?"

„Nun ...", ein geisterhaftes Lächeln umspielte Regelins Lippen, „das wird sich finden."

Ich stand auf und fühlte, wie es in mir vor Spannung kribbelte. Jetzt war keine Zeit für ängstliche Überlegungen. Ich preßte Kit an mich und küßte sie. Dann zogen Regelin und ich los. Ich ließ ihn immer einige Schritte vor mir hergehen.

Es war gegen drei Uhr morgens, und die Dunkelheit lag wie ein schwarzer Ozean über der Stadt. Ein paar Lampen beleuchteten trüb die Hennepin Avenue, und ein einzelnes Auto schnurrte die Straße entlang, während am anderen Ende eine Doppelstreife der Marsianer gemessenen Schritts patrouillierte. Die Stadt bedrückte mich. Es kam mir vor, als ob sie ein riesiges schlafendes Tier sei, das bald mit einem grausigen Schrei erwachen würde.

Einen halben Block weiter sahen wir die bläulich glimmende Lampe über dem Eingang des New Dyckman Hotels. Ihr Licht spiegelte sich in den Helmen der beiden Wachtposten, die den Eingang flankierten. Ich sah Regelin, wie er ihre Ehrenbezeigung lässig erwiderte und sich dann ins Innere wandte. Die Dunkelheit verbarg sein Gesicht, als er im Gebäude verschwand.

Ich schlenderte die Hennepin Avenue entlang, bis ich an eine Querstraße kam. Schließlich gelangte ich zum Parkplatz hinter dem Hotel. Man würde ihn auch bewachen, das war sicher. Ich ging darauf zu.

„Halt!" Der Anruf erfolgte in einer unglaublichen Aussprache. Ich drehte mich um und sah, wie die beiden Posten mit ihren Karabinern im Anschlag auf mich zukamen. Sie waren nicht sonderlich mißtrauisch – was konnte ein einsamer Strolch schon ausrichten? Ich torkelte auf sie zu, bis ich sie fast berührte. Schwarze Gestalten, in metallische Panzer gekleidet. Ich verstellte meine Stimme und lallte, wobei ich hin- und herschwankte.

„Jah? Was is los? Ich musch die Karre vom Scheneral holn. Der Scheneral sagte, du hols den Wagen, sonst ..."

„Weitergehen", sagte der mir am nächsten Stehende. Es mußte eins der wenigen englischen Wörter sein, die er kannte. Er nahm meinen Arm und versuchte, mich auf die Straße zu schieben. „Weitergehen."

Da schlug ich ihm die Handkante mit aller Wucht an den Hals. Es ist ein brutaler Schlag, wenn man weiß, wie man ihn ansetzen muß. Er ging mit einem Seufzer rasselnd zu Boden. Mein Fuß war bereits hinter dem Bein des anderen. Ich stieß ihn vor die Brust, und er fiel wie ein Sack um. Dann versetzte ich jedem einen Schlag an die Schläfe.

Nun mußte ich rennen. Die Marsianer hören ja sehr gut, und auf den Lärm hin mußte innerhalb weniger Sekunden jemand nachsehen kommen – aber die zwei Posten waren bestimmt nicht in der Verfassung, präzise Aussagen über meine Fluchtrichtung zu machen. Sicher dachte man, der Überfall sei ein kurzsichtiger Racheakt. Ich hoffte es wenigstens ...

Ich schlüpfte zwischen die abgestellten Wagen und rannte auf die Feuertreppe zu. Mit einem Satz erreichte ich sie und schwang mich hinauf. Allmählich fand ich Geschmack an Feuertreppen. Aber ich durfte nicht zu schnell klettern, ich mußte mich wie eine Schlange hinaufwinden.

Als ich das siebente Stockwerk erreichte, ging der Trubel unter mir los. Ich hielt an und zwang mich, ruhig zu atmen. Soldaten brüllten, und Suchscheinwerfer blitzten auf. Ein Strahl streifte mich, und einen

Augenblick lang erwartete ich den Einschlag von Kugeln. Aber ich trug dunkle Sachen und bewegte mich nicht.

Wir hatten keinen Zeitplan vereinbaren können. Regelin mußte längst schon im Apartment 1847 sein – und was dann? Ich bildete die zweite Angriffswelle, falls man sie brauchte. Ich lag platt auf einem Absatz der Treppe, naß von Schweiß und Tau, und dachte, daß das alles Unsinn war. Wenn Regelin die Tür des Apartments erreichte, hatten wir gewonnen. Alandzu würde niemals einer marsianischen Stimme mißtrauen, wenn sie ihn rief und vorgab, eine wichtige Meldung überbringen zu müssen. Er würde die Tür öffnen und sich einer Pistolenmündung gegenübersehen. – Natürlich, später mußten wir vielleicht kämpfen, wenn wir nicht rechtzeitig Hilfe erhielten. Dann kam meine Zeit.

Ich war mit meinen Gedanken im reinen, als sich der Aufruhr unter mir legte. Ich kletterte die Sprossen der Leiter weiter hinauf und hoffte, daß der Krach auf dem Hof die Geräusche übertönen würde, die ich machte. Acht, neun, zehn – waren es zehn Stockwerke? Hatte ich mich verzählt? Ich fluchte leise.

Siebzehn, achtzehn. Meine Knie bestanden aus Gummi. Ich öffnete die Tür und schlüpfte hinein. Ich kam in einen schwach beleuchteten Korridor. Neben mir befand sich Zimmer 1823. Also war ich doch in der richtigen Etage gelandet.

Ich schlich den leeren Gang entlang und starrte auf die Zimmernummern. Jetzt um die Ecke – ja, unter der Tür stahl sich schwacher Lichtschimmer hervor. Hier mußte es sein. Regelin war sicher schon drin und hielt die Fremden in Schach. Er wartete wohl auf mich und wunderte sich, warum ich nicht kam.

Ich verschnaufte. Zugegeben, meine Nerven waren bis zum Zerreißen angespannt. Ich sah entsetzliche Bilder vor meinem inneren Auge, aber ich konnte nicht dauernd meinen melodramatischen Phantasien nachhängen. Immerhin – warum sollte ich leichtfertig ein Risiko eingehen?

Ich ging an der Tür so leise wie möglich vorbei, schlich um zwei Ecken und fand eine andere Feuerleiter an der Ostseite des Gebäudes. Ihr gegenüber befand sich die fensterlose Wand eines anderen Baues, und unter dem Fenster zog sich ein schmaler Sims um das Hotel. Ich steckte die Pistole griffbereit in den Gürtel und trat vorsichtig auf den Sims hinaus. Langsam arbeitete ich mich vorwärts. Komischerweise beruhigte mich das Akrobatenkunststück. Ich war allein hier oben in absoluter Dunkelheit und hatte nichts als meine eigene Ungeschicklichkeit zu fürchten. Und ein Raumpilot ist immer schwindelfrei.

Ich bog um die Ecke und sah das Fenster, zu dem ich wollte. Hell erstrahlte es in der umgebenden Dunkelheit. Ich schob mich näher heran und verrenkte mir schier den Hals, als ich vorsichtig hineinlugte.

Ich schwöre, ich dachte nur, daß Regelin vielleicht noch nicht eingetroffen sein könnte. Er mußte als erster kommen, denn sie würden einer menschlichen Stimme sofort mißtrauen. Und jetzt sah ich ihn mit erhobenen Händen im Zimmer stehen, ohne Waffen, während vier Pistolen auf ihn gerichtet waren.

Vier Marsianer hielten ihn in Schach!

Nein – vier Fremde.

Irgendwie hatten sie ihn überrumpelt. Waren sie gewarnt worden? Wie? Da stand ich nun, während ein leichter Wind um die Ecke wehte, und drückte meine Finger gegen die Mauer. Was tun, was tun?

Wenn ich hineinspringen und „Hände hoch!" brüllen würde, hätten sie Zeit, erst ihn und dann mich zu erschießen. Ich konnte sie unmöglich alle so schnell erwischen. Einen Moment erwog ich, einfach zurückzugehen und mit Kit davonzurennen, irgendwohin, nur weg von hier.

Nein, die Jagd würde nie enden, bis wir tot waren, und das konnte nicht mehr lange dauern. Ich mußte Regelin aus den Klauen der Ungeheuer retten. Ich biß die Zähne zusammen. Dann zog ich die Automatik und stellte sie auf Dauerfeuer ein. Ich beugte mich vor und schoß durch die Scheibe.

Beim Weltuntergang kann der Lärm nicht lauter sein. Ich sah sie wie Marionetten durcheinanderpurzeln. Fast im gleichen Moment schwang ich mich durch das zerschossene Fenster und warf mich zu Boden.

„Gut gemacht!" sagte Regelin grimmig. „Sie warteten schon auf mich, als ich eintrat. Ich hatte keine Chance. Wir haben ein verdammtes Pech, David. Gellert ist einer von diesen fremden Außerirdischen!"

Wir hatten keine Zeit, uns damit zu befassen, auch keine, um an Kit und Alice zu denken, die mit dem Ungeheuer allein in einem Zimmer waren. Wir mußten schleunigst verschwinden. Regelin hatte sich schon darüber den Kopf zerbrochen, während man ihn in Schach hielt. Da hatte er nur die schwache Hoffnung, daß ich noch rechtzeitig käme, um ihn zu befreien. Er öffnete die Tür zum benachbarten Zimmer und bedeutete mir, mich unter das Bett zu legen. Er selbst stand steif an der mir zugekehrten Seite der Tür.

Es dauerte nur wenige Sekunden, bis die Haupttür eingeschlagen wurde. Ich lag da und hörte die marsianischen Stimmen schreien und das Stampfen der Schuhe.

Es mußte ein ganzer Trupp ins Zimmer eingedrungen sein, und darauf beruhte Regelins Plan. Er riß die Tür auf und stürmte in das angrenzende Zimmer zurück, wobei er rief: „Hier ist auch niemand! Der Kerl muß durch das Fenster geflohen sein." Er begann Befehle zu erteilen. – „Sie müssen die Feuerleiter bewachen. – Sie rufen die Militärpolizei an. – Sie benachrichtigen die Wache. – Der Rest verschwindet aus dem Raum, sonst werden alle Spuren verwischt. Ich bleibe solange hier."

Erstaunlicherweise hatte er damit Erfolg. Oder er hatte seine Landsleute richtig eingeschätzt. Die Marsianer unterscheiden sich in ihrem Wesen in mancher Beziehung nicht sehr von uns: Die Menge war keines klaren Gedankens fähig, und er war ein hochstehender Offizier, der offenbar wußte, was getan werden mußte. Innerhalb von zwei Minuten waren wir wieder allein.

Ich kroch unter dem Bett hervor und sah, wie Regelin die Taschen von Alandzus Adjutanten durchsuchte. „Hier", sagte er. „Der Schlüssel zu seinem Wagen. Er steht sicher auf dem Parkplatz hinter dem Hotel."

Wir stiegen aus dem Fenster und tasteten uns auf dem Sims bis zu der Feuerleiter vor, von der ich vorhin gekommen war. Regelin kletterte hinunter, während ich ihm vorsichtig und leise folgte. Ein Doppelposten rief ihn von unten an.

„Auf der Feuerleiter befindet sich der Täter nicht", oder so ähnlich muß Regelin wohl geantwortet haben. „Helfen Sie mir herunter ... Welcher Wagen gehört Yoakh Alandzu? Er will, daß ich eine Spur verfolge."

Sie wußten noch nicht, was eigentlich geschehen war. Die Zeit schlich langsam dahin, jede Sekunde mit einem Donnerschlag, wie mir schien, und Regelin schloß den Wagen auf, stieg ein und ließ ihn an.

Er befahl den Wachen, die Nebenstraßen zu beobachten, und sie rannten los und verschwanden im Schatten. Regelin fuhr den Wagen neben die Feuerleiter. Ich sprang hinunter und landete auf meinen

Füßen, warf mich mit einem zweiten Satz neben den Fahrersitz und ließ mich zu Boden fallen.

„Und nun zu Kit", sagte er gepreßt. „Wenn sie noch in dem Zimmer ist."

Wenn sie noch lebt ...

8

ES WAR ein verzweifeltes Risiko, das wir eingingen, aber wir hatten wenig zu verlieren. Mein Gehirn kombinierte meist auf der unterbewußten Ebene, und wir folgten traumwandlerisch den scheinbar unlogischen Ergebnissen dieser Überlegungen. Es durfte nichts schiefgehen, wir mußten entkommen.

Der Wagen glitt die wenigen Häuserblocks bis zum Rocket Haven Hotel entlang. Die Fassade war dunkel. Niemand war da, und niemand bedrohte uns, es sei denn, sie lagen im Hinterhalt. Regelin fuhr einmal um den Block herum und hielt dann vor dem Haupteingang an. Ich sprang aus dem Wagen und rannte hinein. Der Empfangsraum war leer und nur spärlich erleuchtet. Der Portier war zu Bett gegangen. Schatten umgeisterten mich, als ich die Treppen hinaufstürmte.

Alles paßte zusammen, dachte ich. Angenommen, Gellert war ein fremder Außerirdischer, einer, der in menschlicher Verkleidung einen Auftrag für seine Rasse erledigte – vielleicht als Spion oder als Agent in unserer Volksvertretung oder nur als Beobachter. Er würde seine wahre Gestalt auch den Marsianern keinesfalls enthüllen wollen. Er hatte kühl und wohlüberlegt gehandelt und den hilflosen Gefangenen gespielt, bis er unseren Plan kennengelernt hatte. Dann mußte er sich befreit haben, worauf er Kit überwältigte und Alandzu telefonisch warnte. Aber er würde in seinem Zimmer bleiben, bis Leute seiner eigenen Rasse zu seiner Hilfe herbeieilten. Er nahm sicher an, daß Alandzu und seine Leute mit uns beiden fertig werden würden. Und verdammt, sie hätten es auch beinahe geschafft.

Ich blieb vor der Tür stehen. Leerer Flur, leeres Haus und die Stille wie ein dicker Teppich um mich, aber Licht im Zimmer. Die Pistole lag schwer in meiner rechten Hand, als die linke vorsichtig den Schlüssel ins Schlüsselloch schob. Ich drehte ihn so behutsam wie möglich um und stürmte hinein.

Das Ungeheuer drehte sich um und stieß einen pfeifenden Fluch aus. Ich beachtete die Waffe in seiner Hand nicht. Mit der Linken drückte ich sie nach unten, während ich ihm mit der Rechten, in der ich die Pistole hielt, einen wuchtigen Schlag über die tierische Schnauze versetzte. Gellert grunzte schmerzhaft, schüttelte den unmenschlichen Kopf und versuchte, die mir unbekannte Waffe in Anschlag zu bringen.

Diesmal schlug ich ihm mit dem Pistolenlauf aufs Handgelenk und riß ihm die Waffe aus der Hand. Gellert taumelte zurück, und dann versetzte ich ihm noch einen linken Haken ans Kinn. Gellert fiel stöhnend zu Boden.

Kit stürzte in meine Arme und schluchzte haltlos. „Er wurde dünn", keuchte sie. „Er machte sich ganz dünn."

Ich betrachtete die Fetzen, mit denen ich den Gefangenen gefesselt hatte. Tatsächlich, das formlose Fleisch war aus den Schlingen geschlüpft, und so hatte sich das Monster befreit und dann Kit überwältigt. Alice umklammerte meine Beine und weinte ebenfalls.

Ein Blick zur Tür – draußen blieb alles ruhig. Gellert und ich waren gleichermaßen bestrebt gewesen, ohne Geräusch zu kämpfen. Falls ein Marsianer den Lärm gehört hatte, so mußte er zu dem Ergebnis gekommen sein, daß ihn das nichts anging. Und ich – Gott sei Dank! – ich hatte das gewünschte Beweisstück: einen fremden Außerirdischen in seiner wahren Gestalt.

Ich stieß die keuchenden Flanken des Wesens an. „Steh auf", sagte ich. „Steh sofort auf!"

Gellert richtete sich auf. Ich sah, daß es ein weibliches Exemplar war, als das Wesen jetzt in zerrissenem Pyjama vor mir stand und nach der Wand tastete, um sich zu stützen. Ich steckte seine Waffe in meinen Gürtel und winkte mit meiner. „Los, raus hier."

Das Wesen bewegte sich langsam vorwärts. Es war untersetzt und kräftig gebaut und genauso mit gummiartigen Armen und Beinen ausgestattet wie das männliche Exemplar, das wir schon zu Gesicht bekommen hatten. Die Perücke war von dem widerlichen Schädel gefallen, und die schwarzen Pigmentpunkte, die den rasierten Bart eines Mannes vortäuschen sollten, waren von der farblosen Haut bereits aufgesogen, aber Augenbrauen, Lider und Körperhaar hingen noch überall da, wo sie mit unsäglicher Sorgfalt befestigt worden waren. Das Monster taumelte vor mir her.

„Reggy hat einen Wagen draußen stehen", flüsterte ich Kit zu. „Wir werden dieses Wesen zu Yueth in dessen Haus schaffen, wie wir ursprünglich geplant hatten. Danach wird er uns schon in Schutz nehmen, bis die ganze Sache restlos aufgedeckt ist."

Wir gingen die Treppe hinunter und traten auf den Gehsteig, als ein Polizeiwagen, etwa hundert Meter entfernt, an den Straßenrand fuhr. Ich hörte den marsianischen Anruf laut durch die Nacht hallen. *„Kevran yantsu!"*

„In den Wagen!" Ich versetzte Kit einen Stoß, daß sie mit Alice im Arm über den Gehsteig taumelte. Gellert benutzte diesen Augenblick, um mich anzugreifen, indem er sich zu mir umdrehte und mir die Pistole zu entreißen versuchte. Die andere siebenfingrige Hand krallte er in mein Gesicht. Ich warf mich mit aller Wucht gegen den plumpen Körper und ließ meine Pistole fallen, damit ich beide Hände für den Kampf frei hatte.

Ein Schuß knallte und dann noch einer. Eine Sirene begann aufzuheulen. Ich trieb Gellert zum Wagen hin. Kit saß schon vorn und öffnete die hintere Wagentür. Ich umfaßte die Kehle des Ungeheuers und stieß es in den Wagen. Wir stolperten beide hinein. Regelin fuhr an. Ich hörte, wie eine Maschinenpistole zu rattern anfing.

Wir kämpften immer noch verbissen, während Regelin die Siebente Straße hinaufschoß. Der Suchscheinwerfer blieb immer wie ein langer Finger auf uns gerichtet. Der Polizeiwagen raste hinter uns her, und der Schütze schoß ununterbrochen. Ich schlug immer wieder mit aller Kraft auf Gellert ein, aber in dem Wesen schien eine unbändige Lebenskraft zu stecken. Immer noch wehrte es sich verbissen mit Zähnen und Klauen.

Kit kniete sich auf den Vordersitz, langte über mich und mischte sich in den Kampf ein.

Wir rasten auf zwei Rädern um die Kurve und sausten die Lyndale Avenue entlang. Die Häuser flitzten vorüber, kein Wunder bei zweihundert Stundenkilometern. Der Wagen kurvte wild hin und her, um Zusammenstöße zu vermeiden, fuhr über ein Rasenstück und kam wieder auf die Straße. Die Polizei raste im Abstand von zweihundert Metern wild schießend hinter uns her. Der Äther mußte voller Alarmsignale sein, die sie sicher unaufhörlich aussandten.

Schließlich sackte Gellert unter meinen wuchtigen Schlägen zusammen. Ich lag daneben und schnappte nach Luft, während ich mit einer Ohnmacht kämpfte.

Allmählich kehrte mein Denkvermögen zurück. Ich setzte mich zurecht und stützte den Kopf in die Hände.

„Ich halte sie in Schach“, sagte Kit. Sie hielt Regelins Pistole und zielte auf das Monstrum.

Der Wagen wurde von gelegentlichen Treffern geschüttelt, die jedoch wirkungslos an der Panzerung abprallten. Das konnte nicht mehr lange so weitergehen, irgendwann würden sie einen empfindlichen Teil des Wagens treffen. Oder ein Düsenjäger würde uns von oben unter Feuer nehmen. Ich zwang mein aufgewühltes Hirn, angestrengt nachzudenken.

„Wenn wir uns jetzt ergeben ...“ Regelins Stimme klang dünn im Sausen der vorbeischießenden Luft. „Wir haben einen fremden Außerirdischen als Beweis dabei.“

Ich merkte, wie sich zu meinen Füßen etwas bewegte. Im Widerschein des Scheinwerferlichtes sah ich das ursprüngliche Gesicht von Fred Gellert wieder, allerdings ohne Perücke. Doch das war kein überzeugender Beweis einem Marsianer gegenüber.

Kits Stimme klang verzweifelt. „Zurück mit dir, du Ungeheuer“, sagte ich. „Zurück in deinen anderen Zustand, oder ich schieße.“

Eine höhnische Antwort: „Glauben Sie, das macht mir jetzt was aus?“

Der Wagen dröhnte und zitterte unter den Einschlägen der Geschosse.

Mir fiel die seltsame Waffe des Fremden ein, die ich in den Gürtel gesteckt hatte. „Vielleicht haben wir eine Chance“, sagte ich langsam. „Ich weiß nicht, was dieses Gerät anrichtet, aber probieren können wir es ja mal. Mit unseren Pistolen schütteln wir unsere Verfolger nicht ab.“

Regelin nickte kurz. „Machen Sie sich fertig“, sagte er. „Ich werde sie rankommen lassen.“

Er verlangsamte das Tempo. Der Streifenwagen holte auf, ein langes, schnittiges Fahrzeug. Ich kurbelte das Fenster herunter. Die Waffe fühlte sich kalt und schwer an, klobig lag sie in meiner Hand. Ich spürte einen Abzugshahn. Gellert fluchte und versuchte sich aufzurichten. „Nein“, sagte Kit.

Unsere Verfolger schossen nicht auf uns, sondern hielten offenbar nur die Maschinenpistole in Anschlag. Ich hob die neue Waffe empor, zielte und drückte ab.

Es gab weder einen Knall noch einen Rückschlag. Aber auf einmal löste sich der andere Wagen in seine Bestandteile auf. Ich sah einen Blitz, begleitet von Rauch und einer Dampfwolke, dann wirbelten

Stahlteile durch die Luft. Zwischen Vorder- und Hinterrädern blieb nur ein rauchender Trümmerhaufen zurück, als Regelin unseren Wagen wieder beschleunigte.

„Okay." Kits Ton war hart. „Weiter."

Wir konnten unmöglich umkehren und versuchen, Yueth zu finden. Hinter uns schwärmte es wie in einem Hornissennest.

Wir mußten fliehen. Wir hatten bereits die offene Landstraße erreicht. Regelin bog in die erste Seitenstraße ein, und wir fuhren mit höchster Geschwindigkeit über Dreck und Schotter nordwärts.

„Ich werde jetzt unseren Freund in Schach halten", sagte ich erschöpft. Allmählich klappte ich zusammen. Ich schien seit tausend Jahren nicht gegessen und geschlafen zu haben, und eine Million Jahre mußte es her sein, da ich noch in Frieden ohne Furcht leben konnte. „Gib mir die Pistole!"

Gellert mußte sich auf den Boden legen, und Kit kroch auf den Rücksitz. Ich hielt sie mit einem Arm an mich gepreßt, während wir weiter nach Norden rasten.

Inzwischen war die Morgendämmerung angebrochen. Eine Wolkenwand hatte sich aufgetürmt, und die Sonne wurde durch einen Regenschleier verdeckt. Das war günstig, und wir hatten Hilfe verdammt nötig. Eine Stunde später entdeckten wir die verlassene Farm.

Es gibt eine Menge davon in diesem nördlichen Bundesstaat – unkrautüberwucherte Höfe, Felder, auf denen wieder junge Bäume wachsen, verfallene Ställe und Gebäude. Diese hier besaß noch eine guterhaltene Scheune. Wir fuhren durch ein schief in den Angeln hängendes Tor hinein, hielten an und stiegen aus. Meine Füße gaben unter mir nach.

„Kit, du schläfst mit Alice im Wagen", sagte ich. Regelin nickte. Auch er sah überanstrengt und erschöpft aus. „Wir werden hier bis zum Anbruch der Nacht bleiben."

Alice weinte und klammerte sich an ihre Mutter. Sie zitterte, und Kit nahm meine Hand und legte sie auf Alices Stirn. Sie war heiß, und ihr Puls ging rasch. Kits Augen blickten mich aus dunklen Höhlen an.

„Fieber", sagte sie. „Was sollen wir machen?"

„Abwarten", sagte ich. „Uns bleibt nichts anderes übrig."

„Nichts zu essen, keine Medikamente, kein ..." Sie sackte zusammen und wandte sich mit dem Kind ab. Mein Gesicht zuckte.

Die Scheune war kalt und feucht und roch muffig. Draußen fiel der Regen in Strömen und hüllte die dampfenden Wälder ein. Bald waren die Straßen nur noch Schlammfurchen. Regelin hustete. Ihm ging es noch schlechter als mir.

Wir setzten uns. Gellert kauerte einige Meter von uns entfernt und schaute uns ausdruckslos an. Ich hielt die Pistole entsichert in der Hand und war entschlossen, bei der geringsten verdächtigen Bewegung zu schießen.

„Nun", sagte Regelin, „was tun wir als nächstes?"

„Ich weiß nicht", sagte ich müde. „Ich weiß es wirklich nicht."

Der Regen trommelte laut aufs Dach. Wasser tropfte durch die schadhaften Stellen und rann in kleinen Bächen den schmutzigen Boden entlang.

Nach einer Weile lächelte Regelin. „Für eine Tasse Zardak würde ich meine Ahnen vergessen", sagte er. „Und wenn ich dazu noch einen Teller Ruzan bekäme ..."

„Schinken und Eier, Toast und Kaffee", antwortete ich.

Wir begannen wieder munter zu werden. Der Hunger wich einem pochenden Gefühl, und das Denkvermögen besserte sich. Ich konnte wieder Entschlüsse fassen.

„Wir stehen gar nicht schlecht da", sagte ich. „Wir leben immer noch und sind frei, das heißt mehr oder weniger, und wir haben den Gefangenen, den wir brauchen, wenn wir ihn auch nicht in dem gewünschten Zustand abliefern können. Wir werden uns was ausdenken müssen."

Regelins Augen verengten sich, und er schwenkte seine Antenne auf Gellert zu. „Ja", meinte er rauh, „wir können bei dieser Gelegenheit gleich ein Verhör abhalten."

Ein Lächeln huschte über das scheinbar menschliche Gesicht. „Wenn Sie denken, daß ich vor Ihnen Angst habe ...", erwiderte Gellert.

„Hör mal, wir sind keine Sadisten", sagte ich zu dem Wesen. „Wir möchten dich nicht foltern. Aber es kann leicht sein, daß wir solche Skrupel aus Gründen der Selbsterhaltung beiseite schieben müssen."

„Sieht ganz so aus", bestätigte Gellert ruhig.

„Warum willst du uns nicht wenigstens deinen wahren Namen verraten?" fragte Regelin beiläufig.

„Wenn Sie Wert darauf legen. Ich heiße Radeef l'al Kesshub."

Besser kann ich die verrückten Laute nicht wiedergeben. Ich merkte, wie die Kehle dabei angespannt arbeitete, menschliche Stimmbänder konnten die Laute nur sehr schwer wiedergeben.

„Also hör mal her", sagte ich grob, „wir wissen bereits, daß du von einem anderen Sternensystem kommst und daß euer Volk seine besonderen Fähigkeiten dafür benutzt hat, unsere beiden Regierungssysteme zielbewußt zu unterwandern und von innen her zu besetzen. Ihr habt den Mars und die Erde in einen Krieg getrieben, aus dem ihr als die eigentlichen Sieger hervorgegangen seid. Wir wissen ziemlich sicher, daß ihr nur wenige seid, andernfalls hättet ihr mit Waffen wie dieser hier ohne weiteres die Macht ganz offen an euch reißen können. Du siehst also, wir kennen die grundlegenden Tatsachen, und den Rest kriegen wir bestimmt raus, wenn wir unsere Neugierde noch etwas strapazieren."

„Daran hindert Sie niemand", sagte Radeef dumpf.

„Jetzt zu der Waffe." Ich drehte das klobige Ding in meiner Hand hin und her. „Wie funktioniert sie?"

„Sie erwarten, daß ich militärische Geheimnisse meines Volkes preisgebe?"

„So geheimnisvoll ist die Waffe gar nicht." Seltsam, wie klar und präzise ich kombinieren konnte. „Ich glaube ziemlich genau zu ahnen, wie diese Waffe hier arbeitet. Auf der Erde und dem Mars wird schon lange mit ähnlichen Energieentladungen experimentiert. Ich habe einige der freigegebenen Ergebnisse studiert. Theoretisch kann man ein sehr starkes Kraftfeld erzeugen und es mit einem Gerät wie diesem hier gebündelt in den Raum projizieren. So etwas geht ohne Lärm und Rückschlag vor sich. Wenn solch ein Kraftfeld auf feste Materie trifft, treibt es den getroffenen Körper mit ungeheurer Wucht auseinander – in alle Richtungen. Wenn die Waffe entsprechend konstruiert ist, löst sich das Zielobjekt in einzelne gasförmige Atome auf; praktisch sind es aber immer noch zusammenhängende Fetzen und Trümmer, wie wir ja gesehen haben. Die Molekularkräfte sind sehr stark, und dadurch fliegen die Teile nicht sehr weit. Auch gibt es kaum ein Geräusch. Das Objekt bricht einfach auseinander."

Radeef schwieg beharrlich.

„Warum habt ihr uns den Krieg erklärt?" fragte Regelin sehr sanft. „Was haben wir euch getan?"

„Ihr existiert", sagte Radeef. Es war aber keine bösartige Feststellung. Ich glaubte, leises Bedauern herauszuhören.

„Ich glaube nicht, daß ihr der Voraustrupp einer interstellaren Invasion seid", fuhr ich fort. „Selbst wenn man nach streng logischen Folgerungen zu diesem Ergebnis käme, fehlt immer noch das Motiv.

Es gibt keinen Grund, warum eine hochstehende Kultur eine andere auf diese Weise unterwandern sollte. Ihr könnt doch eure Bedürfnisse viel leichter zu Hause befriedigen. Oder wenn ihr schon jemanden überrennen wollt, hätte es nicht eine hochstehende Kultur zu sein brauchen, die der euren fast ebenbürtig ist. Ihr hättet euch eher eine primitive Rasse ausgesucht, nicht wahr? Ich bezweifle, daß das eine Invasion oder die Vorbereitung dazu sein soll. Vielmehr glaube ich, daß ihr eine private Gruppe seid, die auf eigene Faust operiert, so etwas wie ein Seeräuberkommando. Und ihr mußtet uns angreifen, weil euch keine andere Wahl blieb, denn der Verstand sagt mir, daß ihr euch sonst höchstens mit primitiven Wilden eingelassen hättet. Ich bin der Ansicht, daß ihr hier ausgesetzt wurdet."

Keine Antwort.

„Worüber ich mir schon die ganze Zeit den Kopf zerbreche", fügte Regelin hinzu, „ist der merkwürdige Umstand, warum Dzuga bei dem Angriff auf ihn seine ursprüngliche Gestalt annahm, die anderen jedoch nicht. Weder Schläge, Kugeln, ja sogar der Tod vermochten nicht, sie in den ursprünglichen Zustand zurückzuversetzen. Was war denn so Besonderes an dem ersten Angriff auf Dzuga?"

„Hitze?" sann ich. „Er verbrannte sich an der berstenden Glühbirne; erinnern Sie sich noch?"

„Möglich. Aber es ist nur eine Vermutung. Wie leicht kann man heutzutage versehentlich heißes Metall berühren. Und auch die Geschosse müssen im Körper eine beträchtliche Hitzewelle erzeugt haben."

„Dann ..."

Ein Blitz leuchtete draußen auf, gefolgt von rollendem Donner, der die alte Scheune in den Grundfesten erzittern ließ.

„Ein Elektroschock!"

Regelin nickte. „Ja", sagte er. „Ich denke, das ist die Lösung. Das können wir ganz leicht ausprobieren."

Radeef wich zurück und knurrte. „Nur zu", kreischte sie. „Vergeuden Sie Ihre Zeit."

„Wir haben nichts zu vergeuden", entgegnete Regelin höflich.

Er bewachte unsere Gefangene, während ich den Wagen nach geeigneten Materialien durchsuchte. Ich fand eine starke marsianische Stablampe mit einer 12-Volt-Batterie. Ich nahm die Linse, dann die Glühbirne und den Reflektor heraus und nagelte einen Besenstiel an die Hülse. Dann führte ich einen Draht längs des Stiels bis zur

Lichtmaschine des Wagens. Als ich die Drahtenden berührte und den Motor anließ, spürte ich einen elektrischen Schlag. Er schien nicht sehr stark zu sein, aber ...

„Komm her", sagte ich.

Radeef knurrte und wich zurück. Regelin folgte ihr und hielt sie mit der Pistole in Schach. Ich trieb sie in eine Ecke und setzte sie unter Strom.

Der Schock durchzuckte sie. Der Körper schrumpfte zusammen, änderte die Form, verdickte sich und schwankte hin und her. Sie fluchte, fing sich wieder und nahm allmählich die ursprüngliche Gestalt an. Ich versetzte ihr einen zweiten Stromstoß und wich den Händen aus, die nach dem Stock langten. Radeef gab es auf und behielt zitternd ihre unheimliche fremde Gestalt bei.

Ich drehte mich zu Regelin um. „Da haben wir es", sagte ich. „So können wir unsere Geschichte beweisen. Es ist außerdem ein simpler Test, durch den wir schnell feststellen können, wer zu ihnen gehört."

„Hm. Ja." Regelin betrachtete unseren Feind. „Sehr wahrscheinlich könnte man an den inneren Organen auch jederzeit den Unterschied feststellen, denn diese vermögen sich sicher nicht so schnell zu verändern. Stimmt das?"

Irgend etwas schien in Radeef zusammenzubrechen. Sie setzte sich hin und bedeckte ihr Gesicht mit den Händen. Ihre wütende Selbstverteidigung hatte lange gedauert, jetzt war es mit ihrem verzweifelten Widerstand zu Ende.

„Ja", flüsterte sie. „Wir können unser Atmungssystem allen möglichen Lebensbedingungen angleichen, aber es stimmt, wenn Sie sagen, daß man uns an den inneren Organen erkennen könnte. Genauso würde man unter dem Mikroskop feststellen, daß unsere Körperzellen einen ganz anderen Aufbau aufweisen, der sich grundlegend von dem der Marsianer oder Menschen unterscheidet."

„Röntgenstrahlen", sagte Regelin. „Ein weiterer Test."

„Aber alle Männer in unseren Armeen wurden doch mehrfach geröntgt", protestierte ich.

„Ja, aber die Fremden schlichen sich immer nur in die höchsten Dienststellen ein, erinnern Sie sich? Sie konnten es leicht einrichten, daß ihre Untersuchung durch eingeschleuste Ärzte vorgenommen wurde, die selbst zu den Eindringlingen gehörten. Dann konnte höchstens noch bei einer Schlacht das Geheimnis entdeckt werden, wenn einer von ihnen tödlich getroffen wurde. Aber da machte sich keiner die Mühe, eine zerrissene Leiche eingehend zu untersuchen."

Ich starrte unsere Gefangene an, die sich zu meinen Füßen hingekauert hatte. „Woher kommst du, Radeef?" fragte ich.

Sie schaute nicht auf, und ihre Stimme klang leise: „Vom Sirius."

„Und warum kamt ihr hierher? Was wollt ihr von uns?"

„Das ist eine lange Geschichte", sagte sie. „Sie beginnt vor zweihundert Jahren. Es gibt vier intelligente Rassen im sirischen System. Sie sind so weit wie Sie – manchmal etwas weiter, in anderer Beziehung noch etwas zurück. Im Durchschnitt gleichen sie Ihnen. Das Volk von Sha-eb hatte die biologischen Wissenschaften besonders entwickelt. Es brach ein großer Krieg in unserem System aus. Sie benutzten ihre Kenntnisse, um in die feindlichen Armeen und Regierungen Agenten einzuschleusen. Zu diesem Zweck wurden wir entwickelt, wir sind künstlich herbeigeführte Mutationen."

Ich schüttelte den Kopf und war erschüttert über diese ungeheuerliche Tatsache. Nicht nur die enorme Entfernung vom Sirius, die nahezu neun Lichtjahre betrug, nein, am meisten erschütterte mich die kaltblütige biologische Absicht, deren Ergebnis diese Kreaturen waren. Ich wußte noch aus meiner Schulzeit, was für ein kompliziertes Ding doch ein Lebewesen ist, dessen Körperfunktionen höchst verwickelt ineinanderlaufen. Und dann Mutationen zu schaffen, die mit der bloßen Kraft ihres Willens in Minuten Zähne und Gliedmaßen nach Belieben wachsen lassen konnten – es war phantastisch!

Kein Wunder, daß der Elektroschock das komplizierte Gleichgewicht störte. Die Nervenströme sind elektrischer Natur. Erstaunlich war ganz besonders, daß diese Wesen gegenüber allen anderen Einwirkungen so unglaublich widerstandsfähig waren.

„Wie lange dauerten die Experimente, bis ihr vollendet wart?" fragte ich.

„Ich weiß nicht", sagte sie tonlos. „Vielleicht ein Jahrzehnt. Sie benutzten ein neues Verfahren, mit dem das Wachstum beschleunigt werden konnte. Sie konnten einzelne Gene einsetzen. Wir verstehen genauso wenig von den wissenschaftlichen Einzelheiten wie Sie."

Sie seufzte: „Die Sha-ebs siegten schließlich mit unserer Hilfe und den anderen überlegenen Waffen. Der Friede wurde hergestellt. Und wir, die Mutationen, waren jetzt unerwünscht. Man fürchtete uns, haßte uns und setzte uns überall hintenan. Wir durften unter Androhung hoher Strafen nicht die Gestalt einer der bestehenden Rassen annehmen. Schließlich durften wir auch nicht mehr Kinder in die

Welt setzen; wir wurden zum Aussterben verdammt. Wir taten uns heimlich zusammen und versuchten, die Regierung von Sha-eb zu stürzen, indem wir unsere Verwandlungsfähigkeit benutzten. Es ging schief. Die meisten von uns wurden getötet. Einigen gelang es, ein großes Raumschiff zu kapern, mit dem früher die weiter entfernten Planeten erforscht worden waren. Wir verließen das sirische System, weil wir dort nichts mehr erhoffen durften. Woanders konnten wir vielleicht leichter seßhaft werden. Die Reise dauerte nahezu hundert Jahre, wobei wir die meiste Zeit im künstlichen Tiefschlaf verbrachten, um mit den knappen Vorräten auszukommen."

Sie lachte gequält. „Warum sagte ich ‚wir'? Ich war damals noch gar nicht geboren. Aber wir Tahowana haben ein eingefleischtes Zusammengehörigkeitsgefühl als Rasse, auch wenn wir nur ein künstlich geschaffener Mischmasch sind. Wir kämpften als winzige Schar gegen ein mitleidloses Universum, das uns kein Asyl gewähren wollte. Vor fünfzig Jahren erreichten wir dieses Sonnensystem. Ganz heimlich durchforschten wir es. Auf der Erde und auf dem Mars fanden wir festgefügte Kulturen vor, und dort konnten wir leben. Auf allen anderen Planeten mußten wir in Stahl- und Plastikpanzern leben, dort hätten wir keinen Sonnenstrahl, keine Krume Erde unser eigen nennen können. Ganz zielbewußt nahmen wir die Gestalt der Erd- und Marsbewohner an und studierten die Lebensweise auf diesen Planeten. Wieder war für uns kein Platz. Vielleicht hätte man uns freundschaftlich aufgenommen und uns ein Reservat zugewiesen, in dem wir unser Leben fristen konnten, aber das war nichts für uns. Immer hätte man uns argwöhnisch bewacht. Wer hätte uns auch je völlig trauen können? Deshalb wollten wir einen Planeten ganz für uns allein. Auf dem wir unsere Kinder ungehindert aufziehen konnten, auf dem wir uns in unserer wirklichen Gestalt frei und ohne Furcht bewegen konnten. Sie können diese Sehnsucht nicht begreifen, Sie haben so etwas nicht durchgemacht. Wir waren immer die Entrechteten. Einige wollten weiterreisen, einige wollten sich offen zu erkennen geben, aber schließlich siegte die Gruppe, die sich dafür einsetzte, hierzubleiben und zu kämpfen – mit den Waffen, die uns zur Verfügung standen. Das Raumschiff kreist hinter Pluto um die Sonne und ist schwer bewaffnet. Wenn wir erst Erde und Mars genügend geschwächt hatten, konnten wir die Besetzung der beiden Planeten mit seiner Hilfe in aller Offenheit vornehmen. Ich brauche sicher nicht die Einzelheiten der letzten fünfzig Jahre zu beschreiben.

Sie können sich das zweifellos selbst ausmalen. Wir paar tausend arbeiteten unermüdlich und bereiteten alles vor. Dann ermordeten wir heimlich nacheinander die maßgebenden hohen Offiziere und Regierungsbeamten und setzten uns an deren Stelle, wobei wir die Familien nicht verschonen konnten. Der Übergang vollzog sich reibungslos und unauffällig, denn wir hatten alles gründlich vorbereitet. Jeder Angehörige unserer Rasse wurde dabei eingesetzt. Die Kinder wurden praktisch in ihre Arbeit hineingeboren, an verborgenen Stellen großgezogen und übernahmen ihre zugewiesenen Aufgaben, noch bevor sie erwachsen waren. Ich bekam selbst Kinder und sah sie bis heute nicht wieder. Das Leben ist nicht leicht."

Ihre Stimme verklang. Der Regen trommelte auf das Dach, und neblige Streifen wälzten sich durch das Halbdunkel der Scheune.

„Und jetzt habt ihr die Erde ruiniert", sagte ich langsam. „Wir könnten zwar schnell wieder auf die Beine kommen, aber bald wird die Marsregierung uns völlig hilflos gemacht haben. Wie wollt ihr weiterhin gegen den Mars vorgehen?"

Darauf blieb sie die Antwort schuldig.

Regelins Lachen klang wild. „Besiegt", sagte er grimmig. „Von Flüchtlingen besiegt!"

„Diese Entwicklung findet man häufig in der Geschichte", antwortete ich. „Denken Sie an Rom, die Goten rissen vor den Hunnen aus, die sich wiederum auf der Flucht vor den Mongolen befanden. Nur diese Tahowana sind klüger. Sie haben uns an ihrer Stelle kämpfen lassen."

„Sie sind so wenige", preßte Regelin zwischen den Zähnen hervor. „So wenige und so dünn verteilt, so leicht erkennbar, wenn man nur weiß, wonach man zu suchen hat. Und trotzdem sind wir immer noch hilflos. Es ist zum Verzweifeln!"

„Wir müssen es weiter versuchen", sagte ich. „Ein Ferngespräch mit Yueth? Nein, die Telefonleitungen sind noch nicht repariert. Ein Brief? Ich nehme an, daß die Post aller Marsianer, die nicht zu den Siriern gehören, scharf kontrolliert wird. Ein Versuch, sich wieder in die Stadt zu schleichen? Hoffnungslos. Aber wir werden uns was ausdenken. Wir müssen einen Weg finden."

Ich drehte mich zum Wagen um, als Alice aufschrie. Kit hielt das Kind fest an sich gepreßt. Sie weinte selbst hemmungslos. Alice plapperte wirres Zeug, das ich nicht verstand; sie hatte hohes Fieber.

9

NACH Einbruch der Dunkelheit fuhren wir weiter, wobei wir nicht recht wußten, wohin die Reise ging, aber das war uns ziemlich egal.

Gegen zehn Uhr kamen wir in ein kleines Dorf, das nur aus ein paar Häusern und aus einem großen Gemischtwarenladen bestand. Außerdem gab es noch eine Bank und einen Händler für landwirtschaftliche Bedarfsartikel. Regelin hielt an einer unbeleuchteten Stelle an, während ich an einem Haus klopfte, aus dessen Fenstern Licht fiel. Ein Mann schlurfte herbei, und ich stellte mich so, daß mein Gesicht im Schatten blieb, als er die Tür öffnete. Ich fragte nach dem nächsten Arzt.

„Hatte einen kleinen Unfall", erklärte ich. „Verirrte mich in den Wäldern, fiel und verstauchte mir den Arm."

Er blickte mich schärfer an. „Woher kommen Sie?" fragte er. Ich stellte mir vor, daß die Neuigkeiten hier sehr rar sein mußten. Der Postdienst klappte bestimmt noch nicht regelmäßig, und im Radio konnte man nur die offiziellen Meldungen der Besatzungsmacht abhören.

„Ich bin auf der Reise", sagte ich. „Kam durch Duluth, aber dort gab es keine Arbeit, und da zog ich weiter."

„Da sind Sie ganz schön herumgekommen."

Ich konnte förmlich seine Gedanken lesen: Der Kerl könnte was klauen. Vielleicht hat er schon was beiseite gebracht.

„Ich habe einen Onkel, der wohnt in North Dakota. Bei dem kann ich bestimmt bleiben, wenn ich hinkomme", sagte ich. „Nun, wo ist der Arzt, bitte?"

„Zwei Häuser weiter. Er heißt Hansen, Dr. Bill Hansen."

„Danke."

Ich ging weiter und überlegte krampfhaft, ob meine Lügen glaubhaft geklungen hatten. Ich sprach New Yorker Akzent, obwohl ihn die vielen Jahre in der Raumwaffe abgeschliffen hatten.

Das Haus des Arztes lag in Dunkel gehüllt. Wir parkten auf der gegenüberliegenden Straßenseite unter dichten Bäumen, und ich ging hinüber und klopfte abermals. Hoffentlich war er da.

Alice wimmerte in meinen Armen. Ihre Augen glänzten fiebrig und blickten ins Leere. Sie erkannte mich nicht mehr.

Über mir öffnete sich ein Fenster. „Wer ist da?" Die Stimme eines alten Mannes, aber immer noch fest und volltönend.

„Ein Patient", antwortete ich so ruhig wie möglich. „Wirklich dringend."

„Okay, ich bin gleich unten."

Das Dorf hatte elektrisches Licht, und das war ungewöhnlich. Vielleicht hatten sie einen alten Holzvergasermotor für diesen Zweck umgebaut. Der Lichtstrahl aus der sich öffnenden Tür blendete mich, und ich trat schnell ein und schloß die Tür hinter mir.

Hansen betrachtete mich. Er war ein hagerer, gebildet aussehender Mann mit weißem Haar und schmalem, zerfurchtem Gesicht. Seine blauen Augen hinter altmodischen Gläsern ruhten aufmerksam auf mir. Er hatte eine Hose über sein Nachthemd gezogen, aber sonst keine Umstände gemacht.

„Das Kind ist krank", sagte ich. „Es hat seit zwölf Stunden hohes Fieber und befindet sich jetzt im Delirium."

„Hm." Er nahm Alice behutsam in seine Arme und trug sie in das Wohnzimmer. „Wollen Sie bitte das Licht im Vorzimmer auslöschen? Wir dürfen nur jeweils eine Glühbirne brennen lassen." Er legte Alice auf die Couch und öffnete seine Arzttasche. Ich stand im Durchgang und sah zu, wie er sie untersuchte. Dabei dachte ich an Kit, die draußen im Wagen saß und Regelins Hand krampfhaft hielt, weil es sonst in der ganzen Welt nichts weiter gab, was sie hätte tun sollen.

Hansen beendete seine Untersuchung und wandte sich mir zu. „Wo hat sie sich das geholt?" fragte er.

„Ist das wichtig?" entgegnete ich.

„Sicher. Ich muß wissen, was sie alles durchgemacht hat."

„Na schön." Ich steckte eine Hand in meine Jackentasche, in der sich Regelins Pistole befand. „Sie wurde ungenügend ernährt, wochenlang. In den letzten zwei Tagen hat sie gar nichts zu essen bekommen, weil wir nichts besitzen. Sie hat Schreckliches erlebt, und das immer und immer wieder. Sie schlief kaum. Sie hat sich heute den ganzen Tag an einem nassen Ort aufgehalten. Genügt Ihnen das?"

Er betrachtete mich lange. Ich mußte selbst ziemlich krank ausgesehen haben, eingefallene Wangen, eingesunkene Augen, schmutzig und unrasiert.

„Allerdings, Mr. Arnfeld", sagte er. „Ich verstehe."

„Da wissen Sie also über alles Bescheid?"

„Das ließ sich kaum vermeiden. Es kam jeden Tag über den Rundfunk. Heute morgen kam es wieder durch, und gleichzeitig wurde bekanntgegeben, daß Sie in Minnesota verschiedene Morde begangen hätten und nach Norden geflohen seien."

Ich zuckte die Achseln. „Schön. Und das Kind?"

„Ein schlimmer Fall von Grippe, zu dem vielleicht noch Lungenentzündung hinzukommt. Leute, die ihre Kinder so behandeln, sollte man bestrafen." Er sagte es ganz leidenschaftslos, ohne jeden Groll, aber sein Gesicht war bitterernst dabei.

„Wir hatten keine Wahl", erwiderte ich. „Unsere Verfolger hätten sich bestimmt noch weniger um sie gekümmert, ihr höchstens ein Grab geschaufelt."

„Na schön", sagte er. „Ich glaube, daß ich sie durchbringen kann. Es gibt hier kein Penicillin, aber Sulfonamide habe ich noch, und damit heilt man schlimmere Fälle als diesen hier. Aber sie muß absolute Ruhe haben, außerdem viel Pflege und gutes Essen, und das für lange Zeit."

„Ich fürchte, das können wir ihr nicht geben", sagte ich. „Außerdem glaube ich nicht, daß wir hier lange bleiben können."

„Kaum." Er hob das Mädchen hoch. „Warum bringen Sie nicht Ihre Freunde herein, während ich das Kind behandle?"

„Und Sie rufen den Sheriff an? Wir müßten uns gegen ihn stellen. Wir haben schon genug Unheil angerichtet."

„Stellen Sie sich nicht so albern an, Arnfeld. Übrigens ...", jetzt lächelte er verschmitzt, „ich würde mir gern Ihre Geschichte anhören."

Ich ging hinaus und holte beide herein, während er Alice aus dem Zimmer trug.

Sicherlich waren wir ein seltsamer Haufen. Ich sah wie ein Landstreicher aus, aber da war Kit, schlank und im Glanz ihrer hellen Haare, die ihr schmales, liebes Gesicht einrahmten; Regelin überragte uns, eine dunkle Gestalt mit honigfarbenen Augen, der in seiner schwarzen Uniform seltsam fremd und unwirklich aussah. Dann kam Radeef, das Ungeheuer, das wir mit der Pistole in Schach hielten und dessen unmenschlicher Kopf tierisch aussah. Innerhalb der gutbürgerlichen Wohnung nahmen wir uns wie Eindringlinge aus einer Welt aus, die es eigentlich gar nicht geben konnte.

Hansen holte tief Luft. „In Ordnung", sagte er. „Lassen Sie sich nieder, und warten Sie ein paar Augenblicke. Würden Sie mir helfen, junge Frau, während ich das Kind behandle?"

Kit rannte mit ihm die Stufen empor und fiel beinahe vor lauter Übereifer hin.

Es schien eine Ewigkeit vergangen zu sein, ehe sie wieder herunterkamen. Hansen lächelte beruhigend. „Ich gab ihr die erste Injektion", sagte er. „Sie schläft jetzt und sollte sich eigentlich rasch erholen." Seine Blicke wanderten von einem zum anderen. „Ich stelle fest, Sie könnten alle ein gutes Essen gebrauchen. Kommen Sie mit in die Küche. Wir werden etwas zubereiten."

Während er das Essen vorbereitete, erzählten wir ihm in großen Zügen die ganze Geschichte. Ich glaube nicht, daß ein vernünftiger Mensch sie uns abgenommen hätte, wenn wir nicht Radeef dabeigehabt hätten, die auf dem Fußboden kauerte. Zusehends wurde Hansen stiller, nur ab und zu warf er eine Frage ein, um einige Punkte zu klären. Am Ende preßte er die Lippen zusammen und schüttelte den Kopf. „Das ist eine fürchterliche Erkenntnis", sagte er.

„Sie brauchen keine Angst zu haben", sagte Radeef plötzlich. „Es ist gar nicht wahr. In Wirklichkeit ..."

„Nur weiter", befahl ich ihr. „Ändere deine Gestalt."

Sie grinste mich tückisch an. „Wie sollte ich? Was Sie verlangen, ist ganz offensichtlich unmöglich." Sie wandte sich Hansen zu: „Doktor, die Wahrheit ist, kurz gesagt, folgende: Ich komme vom Sirius, das stimmt, und gehöre zur Mannschaft eines Expeditionsschiffes, das vor einigen Monaten eintraf. Wir traten mit der Marsregierung in Verbindung, weil das die einzige war, die noch bestand. Und dann ..."

„Sie lügt!" Kits Stimme war schrill und wütend. „Sie will uns als Wahnsinnige hinstellen, während wir ..."

„O nein", sagte Radeef. „Sie sind ganz normal. Aber die politische Situation ist – nicht einfach. Normalerweise würden wir die vom Mars auffordern, der interstellaren Union beizutreten, die schon ein Dutzend Sonnensysteme umfaßt, und der Archon will sich auch gern anschließen. Jedoch wehrt sich eine mächtige und einflußreiche Gruppe dagegen, weil man damit einen Teil der Unabhängigkeit aus der Hand geben würde. Deshalb führt der Archon die Verhandlungen geheim, um die Opposition vor vollendete Tatsachen zu stellen. Die Opposition bekam aber davon Wind und versucht, Stimmung gegen diesen Plan zu machen, indem sie unsere Leute entführt und ermordet. Nur darin haben sie bis jetzt Erfolg gehabt."

Hansen schaute uns alle bedächtig an. „Warum sollten ihnen Leute von der Erde helfen?" fragte er.

Eine Eule schrie irgendwo draußen, der Ruf klang in der Stille ungewöhnlich laut.

„Das kann man schlecht erklären", sagte Radeef, „vor allem, wenn man die Vorteile in Betracht zieht, die sich die Erde einhandeln würde. Die Unterdrückung würde aufgehoben, weil innerhalb der größeren Gemeinschaft der Mars keine Angst mehr vor der Erde zu haben braucht. Ich glaube, diese Leute wurden nur durch hohe Belohnungen zu ihren Taten aufgestachelt."

„Hansen", sagte ich, „ich kämpfe schon seit meinem sechzehnten Lebensjahr bei der Raumwaffe der Erde."

„Das behauptet er", sagte Radeef. „Und selbst wenn es wahr ist, was beweist das? Er wurde eingezogen."

Das Ganze war ein Alptraum. Was sollten wir tun, wie konnten wir diesen alten Mann überzeugen? Wir konnten hier nicht ewig bleiben und ihn bewachen, man würde uns entdecken. Wir konnten ihn auch wegen Alice nicht mit uns wegschleppen – was sollten wir machen?

Regelins rauhes Lachen unterbrach die lastende Stille. *„Aklan tubat!"* rief er aus. „Ich könnte dich wegen dieses Versuches bewundern, Radeef. Jedoch ..." Er beugte sich vor und blickte sie hart und kalt an. „Du sagst, es sei dir unmöglich, die Gestalt zu wechseln, wie wir behaupten?"

„Natürlich", sagte Radeef. „Dr. Hansen als Arzt wird Ihnen zweifellos ..."

Regelin sprang auf sie zu. Mit einem Fuß schleuderte er sie gegen die Wand und hielt sie fest, während er mit der linken Hand ihren Arm ergriff und ausstreckte. Mit der Rechten faßte er nach einem Topf mit kochendem Wasser, der auf dem Herd stand. Er näherte den Topf dem ausgestreckten Arm von Radeef, und sie handelte instinktiv. Der Arm wurde dünn und dehnte sich. Dann schnellte er von dem Topf zurück. Regelin lachte wiederum, ließ sie los und stellte dann den Topf wieder auf den Herd. Radeef knurrte und nahm ihre ursprüngliche Gestalt an. „Doktor", rief sie. „Es stimmt, wir können ..."

„Lassen Sie es sein", sagte Hansen. „Sie haben es versucht."

Anschließend gingen wir ins Wohnzimmer. Hansen marschierte hin und her und hielt die Hände auf dem Rücken verschränkt. Er versuchte, einen Plan zu unserer Hilfe auszudenken. „Mit der gewöhnlichen Polizei ist nichts zu machen", sagte er. „Sie würde sofort den ganzen Vorfall dem Hauptquartier der Marsianer melden, wie es ihnen eingetrichtert worden ist, und die Eindringlinge brauchen Sie dann bloß umzubringen. Selbst wenn die Polizei das Geheimnis bewahren könnte, wie sollte man jemanden, der helfen kann, gefahrlos benachrichtigen? Wenn der Kommandant selbst ein Eindringling ist, dann muß der echte marsianische Offizier, der diese Geschichte glaubt, eine Meuterei anzetteln. Und das muß so unauffällig geschehen, daß keine andere marsianische Dienststelle, weder auf der Erde oder auf dem Mond noch auf dem Mars, davon erfährt, ehe auch gegen sie entsprechende Schläge geführt werden können. Und das braucht alles seine Zeit."

„Yueth dzu Talazan", sagte Regelin. „Er ist unsere größte Hoffnung. Ich bin ganz sicher, daß er ein echter Marsianer ist. Erstens ist er nicht so hoch gestellt, daß man ihn durch einen Fremden ersetzen müßte, und zweitens ist er ein kühner, fähiger Offizier. Wenn man ihn überzeugen könnte ..."

„Gut", sagte Hansen. „Ich will versuchen, ihm eine Botschaft zukommen zu lassen. Sie schreiben ihm was auf, damit er Sie allein aufsucht oder höchstens mit ein paar Freunden, auf die er sich verlassen kann. Er muß natürlich heimlich kommen. Dann können Sie ihm diese Radeef zeigen. Danach können wir Sie vielleicht irgendwo verstecken, während er an die Arbeit geht, um den Feind unschädlich zu machen."

„Wenn Sie glauben, daß Sie mich ein zweites Mal überrumpeln können, so täuschen Sie sich", schnaubte Radeef. „Sie tun mir alle leid!"

„Oh, es gibt andere Wege", sagte Hansen ruhig. „Deine Körperfunktionen sind bestimmt den unseren verwandt, wenn man von eurer Fähigkeit, die Zellform zu verändern, absieht. Ich bin ziemlich sicher, daß ein kleiner Schuß Skopolamin oder einer ähnlichen Droge dir die Zunge lösen würde. Oder ein guter Insulinschock würde bestimmt formändernde Zuckungen bewirken."

Sie wich diesmal seinem Blick aus. Plötzlich wirkte sie einsam und verloren. Ich hätte nicht in ihrer Haut stecken mögen, eine Gefangene in den Händen verzweifelter, zu allem entschlossener Feinde.

„Gut ..." Regelin rieb seine Stirn, deren Antenne vor Müdigkeit schlaff nach unten hing. „Ich kann Yueth einen Brief schreiben, ihm die ganze Geschichte erzählen und ihn bitten, im Namen unserer alten Freundschaft herzukommen und sich davon persönlich zu überzeugen. Ich denke, er wird kommen, selbst wenn er die Geschichte nicht glaubt. Aber wie soll ich ihm die Nachricht unauffällig zukommen lassen?"

„Ich werde hier gebraucht", sagte Hansen. „Aber ich könnte veranlassen, daß der Brief überbracht wird. Hier im Dorf wohnt ein pfiffiger Junge, der manchmal Besorgungen für mich erledigt und brennend gern einmal in die Stadt fahren würde. Ich könnte ihm eine glaubhafte Geschichte erzählen, vielleicht, daß man von diesem Yueth Penicillin bekommen könnte und daß er versuchen sollte, welches zu kriegen. Gott weiß, daß ich es wirklich nötig brauche!"

Ich wollte schon zustimmen, aber dann bezwang ich den Impuls. „Die Marsianer wissen, daß so ein Ansinnen lächerlich ist. Yueth gehört dem Geheimdienst an."

„Aber sie brauchen das auch nicht zu glauben. Ich erzähle die Geschichte bloß dem Jungen, damit er den Mund hält und sich nicht wundert. Die Marsianer werden lediglich erfahren, daß es sich um eine persönliche Botschaft für Yueth handelt. Ich weiß, daß viele von ihnen von Erdenbewohnern um dieses oder jenes angegangen werden."

„Unven!" Regelins Augen strahlten. „Ich denke, Sie haben den Nagel auf den Kopf getroffen, Doktor. Auf diese Weise könnten wir es schaffen!"

„Also, dann los. Dort ist mein Schreibtisch. Schreiben Sie Ihren Brief."

Während Regelins große Gestalt sich mühsam in den Sessel quetschte, wandte sich Hansen an mich. „Sie können natürlich nicht hierbleiben", sagte er. „Ich könnte Sie nicht verbergen, und im Dorf gibt es eine ganze Menge Leute, die Sie freudig verraten würden, um die hohe Belohnung kassieren zu können. Sie brauchen ein Versteck. Yueth kann zu mir kommen, und ich kann ihm dann den Ort mitteilen."

„Okay", sagte ich. „Wo?"

Er lächelte. „Sie sehen aus, als ob Sie auch etwas Erholung und Ruhe brauchen. Warum spannen Sie nicht ein paar Tage aus und angeln ein bißchen? Ich besitze eine Blockhütte, die etwa hundertfünfzig Kilometer von hier entfernt ist, droben im Arrowhead-Bezirk. Ich wette, daß es im Umkreis von dreißig Kilometern keine Nachbarn gibt. Ein gutes Versteck."

„Und Alice?" fragte Kit.

„Sie muß hierbleiben. Hier ist sie auf jeden Fall sicher. Ich kann das Kind ganz gut verstecken. Es wird der Kleinen an nichts fehlen, das verspreche ich Ihnen."

Kit nickte langsam und schwieg.

„Und Sie brauchen was zu essen", sagte Hansen. „Ich habe noch genügend Vorräte an Konserven im Keller. Davon werden wir was in Ihren Wagen laden."

„Aber Sie brauchen doch selbst ..."

„Ich komme schon zurecht. Kommen Sie, helfen Sie, damit wir fertig werden."

Wir schleppten einige Kartons in das Auto und gaben uns alle Mühe, keinen Lärm zu machen, damit in den umliegenden Häusern niemand wach wurde.

„Das wird für zwei Wochen reichen", erklärte Hansen schließlich. „Sie müßten eigentlich genügend Fische fangen, um Ihre Rationen beträchtlich zu strecken. Noch nie habe ich hier im Norden einen so fischreichen See gesehen."

Wir kehrten in das Haus zurück, und er gab mir eine Landkarte. Ich faltete sie zusammen und sagte: „Doktor, ich weiß nicht, wie ich Ihnen danken soll."

„Brauchen Sie auch nicht", brummte er.

Regelin beendete seinen Brief, klebte den Umschlag zu und adressierte ihn an Yueth, wobei er die Privatadresse hinzufügte. Kit stand auf und stieg die Treppe hinauf.

„Dave, willst du noch einmal mitkommen?" fragte sie.

Wir standen eine Weile über Alice gebeugt. Die Kleine schlief nun friedlich, und mir kam es vor, als ob das Fieber nachgelassen hätte. Kit beugte sich hinab und küßte sie. „Bis später, Liebling", flüsterte sie.

Wir gingen nach unten. Regelin wartete. Er verbeugte sich höflich vor Hansen, womit er ihm auf marsianische Weise seine größte Hochachtung bezeigte. Kit und ich schüttelten ihm die Hand. Dann trieben wir Radeef in den Wagen und begannen erneut unsere Reise.

10

ZWEIMAL verfehlten wir den Weg, und einmal kamen wir in eine kritische Lage, als ein Düsenjäger über uns im Tiefflug dahinstrich. Glücklicherweise hörte Regelin ihn schon von weitem, und wir verbargen uns unter einem Baum, der uns notdürftig tarnte. Das Flugzeug flog vorbei. Trotzdem erreichten wir die kleine Blockhütte noch vor Sonnenaufgang mit fast leerem Tank.

„Unsere Reise ist aus", sagte Regelin.

Kit stand unter den mächtigen windzerzausten Bäumen und sog die Luft in tiefen Zügen ein, die vom See herüberwehte. „Darüber bin ich ganz froh", antwortete sie.

Neben der Hütte befand sich ein Schuppen, in dem wir den Wagen verbergen konnten. Wir schlossen auf und kamen in ein Blockhaus, das aus vier Zimmern bestand, die nett und gediegen möbliert waren. Regelin und ich lösten uns in der Bewachung Radeefs ab, bis die Dämmerung hereinbrach, während Kit wie ein erschöpftes Kind schlief.

Am nächsten Morgen wurden wir von strahlendem Sonnenschein begrüßt. Das hohe Gras glitzerte wie ein Meer aus lauter Tautropfen, und der See warf das Licht der Sonne in tausend Reflexen durch das Schilf zurück. Es roch würzig nach Wald, Fichtennadeln und frischem Laubwerk, Wasser und Sonnenschein.

Nach dem Frühstück sah ich mir den Schuppen näher an. Er war genauso massiv wie das Wochenendhaus gebaut. Man würde schon einen Bulldozer benutzen müssen, um ihn niederzureißen. Dazu besaß er noch einen betonierten Boden. Ich fuhr den Wagen hinaus, stellte ihn beim Haus ab und bedeckte ihn mit Zweigen, die ich von den umliegenden Bäumen abschnitt. Dann schaffte ich ein leichtes Feldbett und einige wenige andere Gebrauchsgegenstände in den Schuppen und zwang Radeef, dort hineinzugehen.

Sie setzte sich auf das Feldbett und änderte ihr Gesicht so, daß es zu lächeln vermochte. Ich nehme an, daß sie es gut meinte, trotzdem war es ein unheimlicher Anblick.

„Wenn ich schon im Gefängnis sitzen muß, so läßt sich das hier am besten ertragen", meinte sie.

„Wir wollen dich nicht dauernd mit der Waffe in Schach halten", sagte ich. „Wir werden dich gut behandeln, bis Yueth herkommt – das wird etwa eine Woche dauern, schätze ich. Hansens Bote wird die Strecke zu Pferd zurücklegen müssen. Willst du ein paar Bücher?"

„Nein", antwortete sie. „Wir aus Tahowana machen uns nichts daraus, herumzusitzen und nachzudenken. Trotzdem vielen Dank."

„Ich wünschte, ihr wärt nicht so unbedingt auf den totalen Sieg aus gewesen", sagte ich unbeholfen. „Ihr seid vermutlich gar nicht so schlecht. Wenn der Kontakt ganz offen zustande gekommen wäre, hätte es vielleicht günstiger für alle ausgesehen."

„Wir wollen keine Almosen", erwiderte sie bitter.

„Na schön", sagte ich. „Einige von euch werden sicherlich den Kampf überleben. Vielleicht die meisten, wenn ihr rechtzeitig das Spiel aufgebt, wo doch nichts mehr zu gewinnen ist."

„Soweit ist es noch nicht."

„Ich fürchte, das stimmt. Willst du mir noch ein paar Einzelheiten über dein Volk oder über dich selbst erzählen, Radeef?"

„Nein. Lassen Sie mich bitte allein."

Ich schloß die Tür mit einem Vorhängeschloß ab und ging in das Blockhaus zurück. Ich wollte schlafen, aber meine Nerven waren völlig durcheinander. Regelin war psychisch widerstandsfähiger, er hatte sich bereits hingelegt, wobei seine Beine über das Ende der Lagerstatt hinausragten. Kit und ich räumten auf und gingen dann hinaus, um im See eine Runde zu schwimmen.

Das Wasser war kalt und durchsichtig wie Glas. Es glitt am Körper entlang und prickelte wie Sprudel. Wir stiegen lachend heraus, und das war das erste Mal seit langer Zeit, daß wir lachten. Dann legten wir uns auf die Wiese, wo wir in der Sonne schmorten. Es war herrlich, nicht ängstlich im Dunkeln herumschleichen zu müssen.

„Ich möchte wissen, wie es Alice geht!" sagte Kit unvermittelt.

„Bestimmt gut", antwortete ich. „Natürlich wirst du ihr fehlen, aber Hansen ist ein netter alter Sonderling. Wenn wir ein bißchen Glück haben, wirst du sie schon in vierzehn Tagen wiedersehen können."

„Oder nie wieder – nein!" Sie schüttelte ihren Kopf, daß das blonde Haar hin und her wehte. „Ich möchte nicht daran denken."

Ich legte meine Hand auf ihren Arm, und dann küßte ich sie. Sie erwiderte meinen Kuß mit verzweifelter Intensität.

Am Nachmittag machten Regelin und ich das Boot klar. Es lag unter einem Laubhaufen versteckt. Wir fanden das Angelzeug und waren bald auf dem See. Er lag weit und leer vor unseren Blicken, nichts als Wälder ringsherum und darüber der klare blaue Himmel. Die Ruhe tat uns wohl, kein Laut war zu hören.

Wir fingen einen Hecht und einige kleinere Fische. Kit hatte einen Fleck mit Heidelbeeren entdeckt, und wir bereiteten aus allem ein wunderbares Mittagessen.

Am nächsten Morgen sagte Kit, daß sie schlecht geschlafen habe. Sie hatte sehr unter Angstträumen gelitten. Das war die Reaktion darauf, daß die unmittelbare Gefahr vorbei war. Ich machte mich mit ihr auf zu einem langen Spaziergang, der uns um den ganzen See führte. Wir kamen an ein paar anderen Blockhütten vorbei, sie standen jedoch alle leer; dieser Ort war zu weit von jeder Zivilisation entfernt, da fühlte sich in diesen unsicheren Zeiten keiner wohl. Wir sprachen über mancherlei Dinge, während wir im Schatten der Bäume weiterliefen.

Wir kamen zurück, als die Sonne unterging. Regelin saß auf der Veranda und las ein Buch. Er betrachtete uns ernst und schlau, als wir Hand in Hand ankamen. Schließlich lächelte er.

„Die Erde steht unter marsianischem Besatzungsrecht", sagte er und räusperte sich. „In den Bestimmungen ist ein Paragraph enthalten, der euch beide vielleicht interessiert. Ein Offizier der Besatzungsmacht darf in besonderen Fällen Eheschließungen vornehmen. Wußtet ihr das nicht?"

Kit stieß einen kleinen Schrei aus, rannte auf ihn zu und küßte ihn.

Wir wußten alle nicht genau, wie der Ritus der christlichen Trauung verlief, aber so ungefähr brachten wir es zusammen. Dann sprach Regelin die marsianische Trauungsformel und übersetzte sie nachher für uns – seltsam, sie hier unter dem blauen Himmel der Erde zu hören, aber sie klang ernst und schön und wurde von einer gemessenen Würde getragen, die ich nie vergessen werde. Nachher gab es ein großes Hochzeitsessen, zu dem wir die Flasche öffneten, die Hansen in einen der Kartons gepackt hatte. Später sagte Regelin, daß er schon immer mal bei Mondschein hatte angeln wollen, und jetzt habe er endlich Gelegenheit dazu.

Es waren seltsame Flitterwochen, aber wir dachten nicht darüber nach. Die Ahnung bevorstehenden Unheils ließ uns die Zeit sicher süßer erscheinen, als wir sie sonst empfunden hätten, wenn das auch kaum möglich schien. Regelin vernachlässigten wir leider etwas, aber teilweise war es seine eigene Schuld, er ließ sich so selten blicken.

Kit, Liebling, falls Du das je lesen solltest, denke an jene Tage und Nächte zurück. Dann wirst Du wissen, daß ich Dich immer lieben werde.

Ab und zu mußten wir auch andere Sachen erledigen. Einmal untersuchte ich zum Beispiel die sirische Waffe gründlich, soweit ich das ohne richtiges Werkzeug konnte. Sie schien tatsächlich nach dem von mir vermuteten Prinzip konstruiert zu sein. Es war eine kompakte Waffe mit einem Colson-Resonator, dem ein Projektor vorgeschaltet war. Dadurch konnte das entstehende Kraftfeld scharf gebündelt werden. Die Ladung bestand aus einem Draht unbekannter Zusammensetzung, der stückweise in die Brennkammer eingeführt wurde. Bei jedem Abdrücken verschwand das Stückchen. Ich nahm an, es war eine Legierung, die sich in einem metastabilen Zustand befand. Wie man diesen allerdings herbeiführen konnte, wußte ich nicht. Außerdem gab es noch eine Justiervorrichtung, mit der man die Breite des Strahls verstellen konnte. In Breiteinstellung war die Reichweite geringer, dafür die bestrichene Fläche größer. Das schmale Energiebündel konnte jeden festen Gegenstand, der in seinen Bereich kam, über große Entfernungen hinweg buchstäblich in Atome zerlegen.

Dabei nahm die unmittelbare Nachbarschaft keinen Schaden, so eng begrenzt war die Wirkung. Eine vielseitige Waffe! Und auch für friedliche Zwecke kann man das Prinzip vorteilhaft nutzen, dachte ich mit neidischem Bedauern.

Von Zeit zu Zeit machten wir uns wegen Hansens Botschaft Sorgen. Es konnte so viel schiefgehen und uns in unmittelbare Todesgefahr bringen. Wir versetzten das Haus in Verteidigungsbereitschaft, um unser Leben so teuer wie möglich zu verkaufen, falls es dazu kommen sollte.

Wir montierten das schwere Maschinengewehr aus unserem gestohlenen Wagen und bauten es hinter der Vordertür auf, wobei wir es durch einen Wall von Sandsäcken und Steinen schützten. Die Fenster besaßen alle einbruchsichere Läden, die von innen festgeschraubt werden konnten. Wir bohrten Gucklöcher hinein – mit Ausnahme des Küchenfensters. Wir entwickelten folgenden Plan: Einer konnte immer den Eingang mit dem schweren Maschinengewehr decken, der zweite mußte die beiden Schlafzimmer hinten absichern, und der dritte konnte sich in der Küche ausruhen, wenn er von der Wache abgelöst war. Gleichzeitig konnte er für das Essen sorgen und außerdem Alarm geben, wenn auf dieser Seite Gefahr drohte.

Ich stöberte auch ein altes Notlicht auf und dieses Schulheft – gehörte es früher einmal einem Kind von Hansen? Ich weiß es nicht, werde es wohl auch nie erfahren – und verbrachte eine Stunde am Tag damit, alle Ereignisse aufzuzeichnen. Wenn wir nach all unseren Anstrengungen doch unterlagen, so konnte es für die Zukunft wichtige Hinweise geben, wenn es den richtigen Leuten in die Hände fiel. Vielleicht half es indirekt, unser Werk zu vollenden. Ich hoffte es, aber ...

Ich habe gerade ein Vorwort hinzugefügt. Ich bin im Augenblick nicht auf Posten und sollte eigentlich schlafen, kann aber nicht. Uns steht nun das Ende nahe bevor, und ich schreibe diese Erkenntnis voller Verzweiflung nieder. Ich will nur den letzten Abschnitt unserer Geschichte noch anhängen.

Es war neun Tage nach unserer Ankunft am See. Ich saß am Ufer und ließ mich von der Nachmittagssonne bescheinen, als Regelins langer Schatten über mich fiel.

„Hallo, alter Bursche", sagte er. „Wo ist deine Frau?" Wir hatten uns in den letzten Tagen einen vertrauteren Ton angewöhnt, wer wußte schon, wie lange wir die Gefahr noch teilen konnten...?

„Du hast zu viele englische Romane gelesen", antwortete ich. „Tatsache ist, daß sie mich aus dem Haus geworfen hat; sie sagte, ihr Haar sei in einer fürchterlichen Unordnung und ich könne unmöglich zusehen, wenn sie es mit alten Drahtrollen einwickelt."

Er legte sich neben mir ins Gras. „Ich möchte bloß wissen, warum Yueth nicht kommt", sagte er.

„Ich auch. Aber ich nehme an, er konnte nicht einfach alles stehen- und liegenlassen. Wenn er heimlich kommen will, muß er irgendeine Dienstfahrt vorschützen, damit seine Abwesenheit nicht auffällt. Und das läßt sich nicht immer sofort und unauffällig arrangieren." Ich runzelte die Stirn und wagte nicht, an die möglichen anderen Ursachen der Verspätung zu denken.

„Trotzdem ..." Regelin setzte sich auf und drehte den Kopf nach Westen. „Was war das?"

„Hm?" Ich konnte weiter nichts als den Wind in den Bäumen hören und das Plätschern der kleinen Wellen, die am Strand aufliefen.

„Es ist ein Düsenflugzeug – schnell! In Deckung!"

Wir rollten zur Seite, sprangen auf und rannten. Wir waren kaum am Blockhaus, als das Pfeifen über uns ohrenbetäubend anschwoll. Das Flugzeug mußte fast den See berühren, so niedrig flog es. Nach wenigen Sekunden war es hinter dem Horizont verschwunden.

Kit kam heraus und klammerte sich an mich. „Was bedeutet das?" flüsterte sie. „Was sucht das Flugzeug hier?"

„Vielleicht bedeutet es nichts, Liebling", sagte ich, tauschte aber gleichzeitig einen grimmigen Blick mit Regelin über ihre Schulter aus. Es gab keinen Grund, warum die Besatzungsmacht den Arrowsee überfliegen sollte – mit einer einzigen Ausnahme, und das waren wir. Und Yueth würde kein auffälliges Suchflugzeug vorausschicken.

Der Marsianer zog mich beiseite. „Da ist etwas faul", sagte er. „Vielleicht ist es besser, wenn sich einer oder zwei von uns noch rechtzeitig aus dem Staub machen? Nur für alle Fälle ..."

Ich schüttelte den Kopf. „Das hilft uns auch nicht weiter, Reggy. Wenn Yueth selbst kommt, ist das witzlos, und wenn es der Feind ist, wird jeder von uns rücksichtslos gejagt, bis wir erledigt sind." Ich ballte meine Hände. „Ich habe es satt, immer auszureißen. Stehen wir jetzt die Geschichte durch, ein für allemal!"

Er nickte wortlos, und ich ging zurück zu Kit. Wir saßen noch lange Zeit auf der Veranda, hielten uns bei den Händen und sagten nur ab und zu etwas.

Die Sonne ging unter, und Schatten krochen über das Land. Es war drei Stunden später, als Regelin aus dem Wald zurückkam. „Ich hörte, wie sich ein Wagen näherte", sagte er.

„Also, das ist das Ende", sagte ich, „so oder so." Ich stand auf und streckte meine steifen Knie. Leise strich ich noch einmal über Kits Haar und ging in das Blockhaus. Regelin stand auf der Veranda und hielt einen Karabiner aus Alandzus Wagen in den Fäusten.

Ein funkelnagelneuer Wagen tauchte aus dem schützenden Buschwerk auf und hielt an. Es war ein schnelles, gepanzertes Fahrzeug. Ich schaute durch ein Guckloch in einem der Fensterläden und erblickte ein halbes Dutzend Marsianer, die im Wagen saßen. Einer von ihnen stieg aus. „Regelin!" rief er. „Regelin dzu Coruthan?"

„Es ist Yueth", flüsterte unser Freund uns zu, aber es klang nicht erleichtert. Dann sprach er auf Vannzaru weiter und rief Yueth die Botschaft zu, die wir uns ausgedacht hatten: „Ich bin froh, alter Kamerad, daß du gekommen bist, aber wir können unsere Beweise nur dir allein zeigen. Komm allein zu uns herüber, wir gehen ins Haus."

Eine barsche Antwort erscholl, die uns Regelin übersetzte. „Er weigert sich. Er sagt, er bezweifelt auch jetzt noch unsere Geschichte und befürchtet, daß wir ihn umbringen. Wir sollen zu ihm rauskommen."

„Kommt nicht in Frage", zischte Kit.

Sie verhandelten eine Weile. Dann sagte Regelin: „Ich habe mich einverstanden erklärt, daß er zwei Soldaten mitbringt. Seid auf alles gefaßt!"

„Geh ins Schlafzimmer, Kit", flüsterte ich. „Laß die Tür angelehnt. Gib uns Feuerschutz." Sie nickte und verschwand. Ich stand wartend da und hielt den Stock zum Elektrisieren der fremden Wesen hinter meinem Rücken versteckt.

Regelin ließ die drei Marsianer herein. Sie schauten sich wachsam um und hielten ihre Karabiner schußbereit. Als sie sahen, daß ich unbewaffnet war und Regelin sein Gewehr an die Wand gelehnt hatte, ließ ihre Spannung nach. Regelin hielt ihre Aufmerksamkeit auf sich gelenkt, indem er hastig auf sie einredete und sie gleichzeitig zur Küchentür drängte, an die sich der Schuppen anschloß.

Yueth streifte mich, als er an mir vorbeiging. Ich nahm den Stock hinter meinem Rücken hervor, hielt ihn an seine Hand und drückte auf den Knopf. Er schrie auf, änderte erschrocken die Form, und ich warf mich mit aller Gewalt auf ihn.

Ich erwischte ihn mit meiner Schulter, und wir stürzten durch den Anprall beide kämpfend und fluchend zu Boden. Regelin sprang zur Seite, und Kits Pistole bellte auf. Die zwei Soldaten stürzten ebenfalls zu Boden.

Kit kam heraus, die rauchende Waffe noch in der Hand. Die beiden Soldaten rührten sich nicht mehr. Draußen vernahm ich ein lautes Bersten. Regelin hatte den Wagen zerstört, wobei er die sirische Waffe benutzt hatte.

Ich kniete mich auf dem Magen meines Gegners nieder und legte meine Hand um die Kehle des falschen Yueth. Sein Körper war in einer Zwitterform erstarrt, halb war er noch Yueth, halb zeigte er die Form der fremden Rasse. Ich schlug ihm mit Macht hinter das Ohr. Er bäumte sich auf und sackte zusammen. Ich kroch von ihm weg und pumpte meine Lungen voll Luft. Draußen krachten wiederum Schüsse. Kugeln schlugen in die dicken Balken der Wände ein.

„Dave, Dave!" Kit beugte sich über mich und weinte. „Bist du getroffen, Dave?"

„Nein", murmelte ich benommen und klammerte mich an sie, als ich mühsam aufstand. „Ich bin schon okay."

Regelin wandte mir sein entschlossenes Gesicht zu. „Ich hab noch einen der anderen erwischt", sagte er. „Jetzt sind noch zwei übrig, die das Haus umkreisen. Wir beziehen am besten unsere Verteidigungsposten."

Ich schleifte den Pseudo-Yueth in die Küche, wobei er sich zu regen und zu stöhnen begann. Dort öffnete ich die Schuppentür und warf ihn zu Radeef hinein. Dann schloß ich die Tür wieder ab und nahm mein Gewehr.

Die Sonne stand sehr niedrig, und der See strahlte wie aus purem Gold. Ich hörte die Vögel in den Bäumen zwitschern; ihnen schien unsere Schießerei nichts auszumachen. Die Feinde waren nicht zu sehen.

Kit durchsuchte die Taschen der beiden fremdartigen Soldaten, die sie getötet hatte, und legte ihre Waffen zu den anderen, die Yueth getragen hatte. Im ganzen kamen drei automatische Pistolen und zwei sirische Disintegratoren zusammen, die unser eigenes Waffenlager beträchtlich verstärkten.

„Jetzt müssen wir uns verteidigen", sagte ich hölzern.

„Wir haben Pech gehabt." Kit schüttelte den Kopf, ihr Mut schien sie mit einem Male verlassen zu haben. „Wir haben uns soviel Mühe gegeben, haben so viele Entbehrungen erduldet, und nun ist trotzdem alles umsonst. Was bleibt uns noch übrig?"

„Wir kämpfen weiter", sagte der Marsianer. „Ich gehöre immer noch zur Dynastie der Regelin."

„Und vielleicht gibt es doch noch eine günstige Wendung, wenn wir nur lange genug aushalten", murmelte ich.

Wir warteten lange, und es wurde dunkel. Einmal überließ ich Kit meinen Posten, ging in die Küche und öffnete das Vorhängeschloß vor der Schuppentür. Die zwei Tahowana-Gestalten schoben sich auf mich zu. Nur auf diesem Weg konnten sie ausbrechen, die Außentür hatten wir bombenfest verrammelt. Ich jagte sie mit einer Bewegung meiner Automatik wieder zurück.

„Wie heißt du wirklich, Fremder?" fragte ich. „Wir wollen dich nicht Yueth nennen. Er war Regelins Freund."

„Ich heiße Nateer." Die Antwort klang dumpf. „Ich rate Ihnen, den Kampf aufzugeben. Ihre Lage ist hoffnungslos."

„Bis jetzt noch nicht. Aber ich möchte gern aus purer Neugierde wissen, wieso ihr unser Versteck fandet. "

„Es war uns klar, daß Regelin mit einem seiner alten Freunde Verbindung aufnehmen würde, und Yueth gehörte zu ihnen. Wir fingen den Brief ab, den Regelin an ihn schickte. Dann suchten wir Hansen auf und horchten ihn unter der Einwirkung von Drogen aus."

„Ich nehme an, daß Hansen und Yueth inzwischen tot sind?"

„Natürlich", kam es gleichmütig zurück. „Ihnen wird es genauso ergehen, wenn Sie sich nicht ergeben, und zwar schnell."

„Das Kind? Das bei Hansen war?"

„Nein, es gab keinen Grund, ihm ein Leid zuzufügen. Es weiß von nichts."

„Immerhin wenigstens dafür vielen Dank." Ich schloß die Tür

wieder ab und ging zu den anderen zurück und berichtete ihnen, was ich gehört hatte.

„Nun müssen wir versuchen, schnell zu verschwinden, ehe sie uns eingekreist haben“, sagte Regelin.

„Ich wette, das haben sie bereits getan“, sagte ich. „Sie können bei einer so lebenswichtigen Sache kein Risiko eingehen. Ich sehe nur die eine Möglichkeit, wie die Wilden zu kämpfen und dann zu versuchen, in dem entstehenden Durcheinander den Ring zu durchbrechen und so davonzukommen.“

Wir warteten.

Gegen Mitternacht kam ein weiteres Auto, und hinter ihm klirrte ein leichter Panzerwagen durch die Nacht. Ich sah die Panzerung im Licht des Mondes, der die Lichtung mit seinem bleichen Schein erfüllte.

Kit wachte von dem Geräusch auf, und wir krochen an die Gucklöcher und beobachteten, was draußen vorging. Ein Tahowana – niemand von ihnen hielt es jetzt für nötig, die Gestalt zu wechseln – kletterte aus dem Wagen und kam auf uns zu, wobei er eine weiße Flagge schwenkte.

Regelin trat hinaus, um zu verhandeln.

„Wenn Sie sich nicht ergeben“, sagte der Fremde, „werden wir Sie vernichten. Eine einzige Granate des Panzers reißt das Haus in Fetzen.“

„Warum fangt ihr dann nicht sofort an?“ fragte Regelin kalt.

„Weil Sie Leute von uns gefangenhalten. Wir sind bereit zu verhandeln. Ihr Leben für das Leben der Gefangenen.“

„Selbst wenn ihr euer Wort haltet, mir behagt die Gefängnisluft nicht. Geht.“

Der Tahowana zog sich zurück. Ich nahm mit der sirischen Waffe den Panzer aufs Korn und drückte ab. Die Entfernung war zu weit. Ich stellte den Strahl schärfer ein und versuchte es noch mal. Jetzt schnitt ich einfach eine Seite der Panzerung wie eine Scheibe Brot ab. Der Motor heulte auf, und der Panzer rollte im Rückwärtsgang davon. Ich traf das schwere Geschütz, und das lange Rohr brach ab.

Wilder Triumph überflutete mich. „Jetzt können sie ihre Granaten verschenken!“ rief ich höhnisch.

„Alles auf Posten!“ Regelins Stimme tönte durch die Dunkelheit. „Infanterie ist im Anmarsch!“

11

Sie kamen lautlos angeschlichen und huschten aus den schützenden Bäumen auf das Blockhaus zu. Wir setzten die Disintegratoren ein, wobei wir sie auf Flächenwirkung einstellten. Welle auf Welle fiel unter der vernichtenden Wirkung der Waffen zu Boden, ohne daß der Feind etwas erreichte. Und immer kamen neue. Hinter mir saß Regelin am Maschinengewehr und wartete.

Die Kugeln schlugen in die Wände aus mächtigen Balken wie Hagel. Ab und zu zischte uns ein Flammenwerfer seine heiße Lohe entgegen. Aber chemisch gehärtetes Holz ist so unzerstörbar wie Beton. Wir wichen nicht zurück, schossen wie die Verrückten und schlugen sie schließlich ab. Dann herrschte tödliche Ruhe, und das blasse Mondlicht spiegelte sich im Blut und im Tau.

Ich konnte das Sternbild des Sirius nicht am Himmel erkennen, aber ich fühlte mich von oben wie von einem geheimnisvollen Auge beobachtet. Mein Gott, warum hast du das getan? fragte ich innerlich.

„Ich glaube, fürs erste ist es vorbei", sagte Kit. Ihre Stimme klang schüchtern durch das dunkle stumme Haus. „Vermutlich haben sie den Angriff eingestellt."

„Vielleicht hast du recht", antwortete ich sanft. „Leg dich ein bißchen hin, Liebling."

„Ich möchte gern wissen", Regelins Stimme klang nachdenklich, und ich sah, wie er sich schwarz gegen das Viereck der Tür abhob, „ich möchte gern wissen, warum sie uns so vorsichtig berennen. Sie haben einen fürchterlichen Blutzoll bezahlt. Und sie sind nicht so stark, daß sie leichtsinnig mit ihrem Volksbestand umgehen können. Warum vernichten sie uns nicht einfach mit einer Bombe oder einer Granate?"

„Ich glaube es zu wissen", erwiderte ich langsam. „Eine moderne Bombe würde den ganzen Platz buchstäblich in Fetzen reißen. Von uns wäre nichts mehr übrig. Und sie wissen nicht, ob wir alle hier sind. Sie wissen nur, daß wir uns schon einmal in Gruppen aufgeteilt haben, als wir in Minnesota waren, und sie müssen auf Nummer Sicher gehen ... Außerdem wissen sie nicht, wem wir alles unsere Geschichte erzählt haben, deshalb brauchen sie mindestens einen von uns lebend, um ihn ausquetschen zu können."

„Das klingt vernünftig. Aber sie werden nicht alles deswegen opfern. Einmal reißt ihnen die Geduld, und dann fliegen wir in die Luft ..."

„Ja-a. Einer oder mehrere von uns sollten fliehen und unsere Erfahrungen weitergeben. Das wäre gut – aber ich glaube, jetzt ist es zu spät."

Die Nacht rückte vor. Von draußen waren wieder Geräusche zu hören, hier krachendes Unterholz, dort das dumpfe Pochen eines Motors, dazwischen unterdrückte Befehle in einer unverständlichen gutturalen Sprache.

„Es muß eine motorisierte Abteilung sein", sagte Regelin, nachdem wir einige Zeit angespannt gelauscht hatten. „Immerhin ein Kompliment."

„Auf diese Sorte Komplimente verzichte ich gern", sagte ich.

Als die Morgendämmerung die Umgebung allmählich erhellte, kamen die Düsenjäger, um uns von oben mit ihren ferngelenkten Raketengeschossen zu bekämpfen.

Wir standen draußen auf der Veranda und feuerten unsere Disintegratoren ab, als sie auf uns herabstießen. Einer von ihnen brach mitten in der Luft auseinander und schlug wie ein Stein in den Boden, wobei die Trümmer bis zum Wald hinüberflogen. Der andere kam außer Sicht, ließ aber eine lange schwarze Rauchfahne hinter sich zurück. Die Raketengeschosse hatten Löcher in das Hartholz gemeißelt, aber immer noch stand unser Bau unerschüttert.

Manchmal kam mir die Situation lächerlich vor. Sie konnten an uns nicht herankommen, wenn sie nicht schwere Waffen einsetzen wollten, und das wollten sie aus den vorher erwähnten Gründen nicht. Trotzdem war es nur eine Frage der Zeit, bis sie uns kriegen würden; Nebelbomben oder sonst was. Oder sie hungerten uns einfach aus.

„So geht es nicht weiter", sagte ich beim kärglichen Frühstück. „Wir müssen einen Ausbruch wagen." Ich war wie zerschlagen, weil ich die ganze Nacht nicht richtig geschlafen hatte, und mein Denkvermögen funktionierte auch nicht mehr. „Wenn wir sie dazu bringen könnten, in Massen auf uns loszustürmen, würden wir vielleicht in dem Durcheinander durchbrechen können ..."

„Dazu muß es dunkel sein", sagte Regelin. „Halten wir bis zum Einbruch der Nacht durch?"

Kit blickte mich lange und ernst an. „Die Gefangenen ..."

Der Oberste Souverän runzelte erstaunt die Stirn. Eine Seite war aus dem Buch herausgerissen. Warum?

Dafür gab es vielleicht eine einfache Erklärung. Aber ihm gefiel es nicht, daß in der Geschichte ein Stück fehlte.

David Arnfeld und Regelin dzu Coruthan waren nun seit nahezu drei Wochen tot, und Christine Hawthorne war gefangen. Sie hatte ihren Bericht mit einer Bereitwilligkeit gegeben, daß es nicht notwendig erschien, sie unter dem Einfluß von Betäubungsmitteln ein zweites Mal zu verhören – außerdem war das ein umständliches und zeitraubendes Verfahren. Aber vielleicht war es doch klug, sie und ihre Aussagen nochmals zu überprüfen.

Der Oberste Souverän blätterte zurück und kam zu dem Schluß, daß die fehlende Seite mit den zwei Gefangenen zu tun haben mußte, die sicherlich umgebracht worden waren. Davon hatte Christine Hawthorne auch gesprochen. Man hatte ihre Leichen nie mit Sicherheit identifizieren können, ihre Reste waren über die Trümmer der total zerstörten Blockhütte verstreut, nachdem die Tahowana ihren letzten Angriff unternommen hatten. Der Souverän dachte, vielleicht wollte Arnfeld auch nicht den unverhüllten Mord so offen schildern?

Aus den umliegenden Wäldern und aus den Luken der Wagen quollen Tahowanas in Massen. Unsere Waffen bellten, und reihenweise wurden sie niedergemäht. Trotzdem kamen sie zusehends näher. Es waren zu viele.

Regelin ließ das Maschinengewehr los und rollte sich zur Seite, um der gegen die Tür geschleuderten Handgranate auszuweichen. Sie explodierte mit einem ohrenbetäubenden Knall und übersäte den Raum mit Splittern. Ich suchte hinter einem massiven Eichentisch Schutz und empfing die Feinde mit einem Disintegrator, als sie zur zerborstenen Tür hereindrangen. Hinter mir feuerte Kit durch die Schlafzimmertür, um die Minenleger an der Hinterwand zu verscheuchen. Zu spät. Das Blockhaus wurde von einer dumpfen Explosion in den Grundfesten erschüttert.

Dann war es plötzlich vorbei. Sie hatten sich wieder zurückgezogen. Unsere Zuflucht war ein Trümmerhaufen, zerborstene Möbel und tote Lebewesen, die reglos dazwischenlagen. Wir hatten sie zurückgeschlagen, aber jetzt war das Entsetzen unser Gast.

Regelin hatte sich aufgesetzt und hielt seinen linken Arm. Ich ging taumelnd zu ihm hinüber und verband mit ungeschickten Händen die

Wunde. Der Arm war nicht zu gebrauchen, aber mit dem anderen konnte er noch schießen. Er lächelte müde und legte sich auf die Bettstelle in der Küche, um sich einige Augenblicke auszuruhen.

„Diesmal hätten sie es beinahe geschafft", sagte ich zu Kit. „Es tut mir leid, daß ich dir das eingebrockt habe, Liebling."

„Nein, ich habe es verschuldet – erinnerst du dich?" Sie stieß ein kleines, verlorenes Lachen aus. Ihr totenblasses Gesicht war rauchgeschwärzt und schmutzig, und sie konnte das dauernde Zittern ihres Körpers nicht unterdrücken.

„Weißt du", meinte ich, „es wird bald alles vorüber sein. Ich meine, wir sollten uns ergeben. Weiterer Widerstand ist zwecklos."

„Nein", sagte sie. „Mit uns ist es so oder so aus. Jetzt der Tod hier oder ein Leben hinter ihren Gefängnismauern, worin besteht der Unterschied? Ich hoffe aber, sie lassen Alice frei. Es könnte sie jemand adoptieren."

„Klar", sagte ich. „Sie werden das Kind sicher in ein Waisenhaus bringen. Alice wird nichts geschehen."

„Ich wünschte ..." Ihre Stimme war so leise, daß ich sie kaum hören konnte. „Ich wünschte, wir hätten auch zusammen Kinder, Dave."

Ich nahm sie in meine Arme. Die Nachmittagssonne schien durch die geborstene Tür. Dann begaben wir uns wieder auf unsere Posten.

Gegen Abend tauchte ein Tahowana auf und trug eine weiße Fahne vor sich her. Regelin und ich gingen hinaus, um mit ihm zu verhandeln. Kit blieb drinnen, um uns den Rücken zu decken, aber sie hörte unsere Unterhaltung.

Er kauerte sich vor dem Haus auf den Boden und bildete einen bizarren Kontrast zu der ernsten Schönheit des dunklen Waldes hinter ihm. „Sie sind dumm, wenn Sie sich nicht ergeben", sagte er sachlich. „Niemand wird zu Ihrer Hilfe kommen."

„Seien Sie ja nicht zu sicher", sagte Regelin.

„Wenn Sie damit andeuten wollen, daß Sie die Wahrheit weiter verbreitet haben, als wir dachten ...", kamen die Worte leise gepreßt hervor.

Regelin zuckte die Achseln. „Denken Sie, was Sie wollen", sagte er.

„Hören Sie", mischte ich mich ein. „Wir schlagen Ihnen einen Handel vor. Sie geben uns ein Flugzeug und einige Minuten Vorsprung ..."

„Bitte, wir wollen keine Zeit verschwenden.“ Der Tahowana lachte. „Sie wissen, Mr. Arnfeld, im Grunde genommen bewundern wir Sie und Ihre Gefährten. Wir hassen Sie keineswegs, ja, eigentlich bedauern wir, daß Sie nicht auf unserer Seite stehen. Wir sind aber durch die Verhältnisse gezwungen, Ihnen ein Ultimatum zu stellen.“

„Und das wäre ...?“

„Wir haben das Kind von Christine Hawthorne mitgebracht. Wir verlangen, daß Sie sich unverzüglich ergeben. Andernfalls wird das Kind getötet.“

Ich hörte, wie Kit im Hintergrund nach Luft schnappte. Mir schwirrte der Kopf.

Der Tahowana winkte. Ein anderer tauchte aus dem Wald auf. Er trug Alice. Ich konnte sehen, daß sie weinte.

„Wie lange ...“ Ich zwang mich gewaltsam zur Ruhe. „Wie lange haben wir Bedenkzeit?“

„Bis morgen früh“, sagte er nicht unfreundlich.

Er drehte sich um und ging davon. Die anderen waren unseren Blicken verborgen.

Ich ging in das Haus zurück und nahm Kit in die Arme.

Es ist spät geworden. Ich schreibe die letzten Zeilen. Draußen ist es Nacht, der See liegt stumm, nur die Bäume rauschen leise. Das schwache Licht einer halbausgebrannten Stablampe leuchtet mir. Ich habe sie auf den Tisch gelegt. Ich schreibe im hinteren Schlafzimmer, Regelin hält vorn am Eingang Wache, und Kit schläft in der Küche, das heißt, wenn sie Schlaf finden kann.

Niemand von uns kann den anderen sehen, die große Einsamkeit hat schon begonnen.

Es ist wirklich nicht nötig, wachsam zu sein. Die Tahowana werden wohl ihr Versprechen halten. Warum auch nicht? Der Erfolg ist ihnen sicher. Aber wir sind aus lauter Gewohnheit wachsam, unsere Gehirne sind ohne klare Gedanken, und da ist es am besten, sich an Gewohnheiten zu klammern.

Wir besprachen alles bruchstückweise, nachdem der Tahowana uns verlassen hatte. Kit weinte, und als ich sie zu trösten versuchte, stieß sie mich weg.

„Was hat es noch für einen Zweck?“ fragte sie uns immer und immer wieder. „Wir sind geschlagen. Wir müssen in jedem Fall aufgeben.“

Regelin schüttelte den Kopf. „Lebend kriegen sie mich nicht", antwortete er.

„Aber Alice! Sie bringen sie vor unseren Augen um."

„Es tut mir leid", sagte er. „Aber sie haben bereits zwei Planeten auf dem Gewissen. Wir können ein Kind nicht ..."

„Es besteht keine Hoffnung mehr." Ihre Stimme klang rauh. „Wir haben keine Chance."

Seine eiserne Erziehung legte sich wie ein Panzer um ihn. Ich dachte an den unbeugsamen marsianischen Ehrenkodex – nein, Regelin, der seit seiner Geburt darin erzogen war, würde niemals aufgeben, solange er lebte. Er schüttelte erneut den Kopf.

„Sie wissen, daß Reggy und ich noch leben", sagte ich. „Aber sie wissen es von dir nicht genau, auch jetzt noch nicht. Wenn wir beide uns ergeben, könntest du ihnen vielleicht in der Nacht entkommen. Die Wälder sind groß ..."

Ihr altes Temperament kehrte einen Moment zurück, und sie fragte mich scharf: „Woher soll ich wissen, daß ihr beiden nicht euer Wort brecht und weiterkämpft?"

„Das würde ich dir niemals antun, Kit", flüsterte ich.

„Und sie würden es doch herauskriegen!" rief sie. „Sie würden euch ausfragen, und dann wäre doch nichts besser ..."

„Deswegen würden sie Alice bestimmt nicht töten", sagte Regelin. „Sie sind keine Teufel, trotz allem, was sie uns angetan haben."

„Ich kann nicht", jammerte sie. „Ich kann nicht fliehen und Alice hier zurücklassen."

Regelin schaute mich an. „Dann ist es einer von uns beiden", sagte er. „Du bist der nüchternere von uns, David. Außerdem bist du unverletzt und fällst somit weniger auf. Vielleicht kannst du diesen Torreos erreichen."

„Es scheint der einzige Weg zu sein", antwortete ich dumpf.

„Dave – nein!" protestierte Kit wild.

„Ja", sagte ich und vermied, ihr in die Augen zu sehen. „Es tut mir leid, aber wir haben keine andere Wahl."

Sie schaute mich lange an. Dann drehte sie sich um, ging in die Küche und schloß die Tür hinter sich. Ich habe sie seitdem nicht mehr gesehen.

Nun ist es sicher schon Mitternacht. Regelin wird bald einen Ausfall in den Wald unternehmen und durch lautes Schießen die Aufmerksamkeit auf sich lenken. Während er erschossen wird, werde ich versuchen, durch die Reihen der Belagerer zu schlüpfen. Es ist ein so dünner Hoffnungsfaden, daß es fast keiner ist, aber wir müssen es versuchen. Kit kann hier warten und sich ihnen ergeben, wenn sie kommen. Ich hoffe, sie werden Alice nichts zuleide tun, und wünsche mir, daß Kit nicht zu bitter an mich denkt.

Ich möchte den Bericht jetzt schließen und hierlassen. Ich habe ein Dielenbrett gelöst und werde das Heft darunter schieben. Dann nagele ich das Brett wieder fest. Vielleicht wird jemand nach vielen Jahren darüber stolpern. Vielleicht ...

Epilog

DER Oberste Souverän legte das mit Blut und Schmutz besudelte Heft zur Seite. Es war spät geworden. Ringsum herrschte lautlose Stille.

Er stand auf und ging ans Fenster. Der hohe Turm des Hauptquartiers aller Kontinente ragte in der Ferne undeutlich über das breit dahingelagerte São Paulo empor. Hier und da blinkte ein einzelnes Lichtpünktchen, und das Land verlor sich fern am Horizont. Sein eigenes geheimes Büro war nur winzig dagegen.

Ja, dachte er, wir müssen Torreos liquidieren. Ich werde den Befehl dazu morgen früh erteilen.

Er seufzte. Der Krieg ist immer ein grausames und sinnloses Geschäft. Manchmal wünschte er, seine Vorfahren hätten sich nicht dafür entschieden. Aber nun mußten die Tahowana auf dem vorgeschriebenen Weg weitergehen, und es gab kein Zurück. Er mußte sein Volk so gut wie möglich leiten.

Ich hätte gern Arnfeld und Regelin kennengelernt, dachte er flüchtig. Als Freunde. Ich möchte wissen, was in ihren Köpfen in jenen letzten Augenblicken vorging.

Und was war in Christine Hawthorne vorgegangen? Sie hatte beide liebgehabt. Und trotzdem nahm sie einen Disintegrator, stahl sich aus der Küche und vernichtete sie, bevor Arnfeld und Regelin sie verlassen konnten. Kurz danach war sie weinend und schreiend zu den Tahowana hinausgelaufen, die sich alle verwirrt um sie scharten.

Sie mußte das Entsetzen der letzten Minuten immer noch nicht überwunden haben. Ihr Gatte und sein Kamerad tot, mit entstellten, kaum erkennbaren Gesichtern, von ihr selbst umgebracht. Aber sie hatte ihr Kind gerettet.

Ich denke, das beste ist, das Kind in ein Waisenhaus zu geben und die Mutter zu töten, wenn sie schläft.

Endlich – Sieg! Das Heft hatte nur die Geschichte der Frau völlig bestätigt. Die Tatsache, daß die Tahowana existierten, war völlig und erfolgreich unterdrückt worden, die Jagd war vorbei, und es wurde Zeit, die normale Arbeit wiederaufzunehmen. Erst sollten die Marsianer die Erde auf einen niedrigen Zivilisationsstand bringen, und danach würde man systematisch die marsianische Industrie schädigen. Anschließend würde man sich zu erkennen geben und ganz offen die Herrschaft übernehmen. Der Oberste Souverän dachte stolz daran, daß er dann als großer Held in die Geschichte seines Volkes eingehen würde. Wie viele andere Eroberer waren auch so wie er nächtelang von ihren Gefühlen, Furcht, Zweifel, Schuld, hin- und hergerissen worden?

Das weiche Glockenspiel riß ihn wieder in die Wirklichkeit zurück. Er verfluchte seine überanstrengten Nerven. *„Muafeen chebakeesh!"* Dann fand er seine Selbstbeherrschung wieder *„Houn."*

Die Tür öffnete sich. Er schaute in die Mündung einer Maschinenpistole. Langsam hob er den Blick. Das Gesicht hinter der Pistole war das eines verzweifelten Menschen, hager, brennende Augen, zerzaustes Haar und wild verkniffener Mund. Das Herz des Obersten Souveräns schlug bis zum Hals. Er wich bis an die Wand zurück und faßte sich an die Brust.

„Wo ist sie?" fragte Dave Arnfeld. „Wo ist meine Frau?"

Andere drangen hinter ihm ins Zimmer, uniformierte Marsianer und bewaffnete Menschen, eine kleine Streitmacht.

Arnfeld tat einen Schritt auf den Tahowana zu und setzte ihm die Maschinenpistole auf die Brust. „Wo ist Christine, meine Frau?"

„Es ist besser, wenn Sie es ihm verraten", sagte Regelin dzu Coruthan. „Er ist nicht in der Verfassung zu spaßen."

„Zelle siebenundzwanzig", keuchte der Souverän, der nur langsam aus dem Alptraum erwachte. „Sie und das Kind sind unverletzt."

„Los, weiter", sagte Arnfeld kurz zu einem marsianischen Stabsoffizier. „Sie können mir den Weg zeigen." Sie verschwanden im Korridor.

Andere traten ein, darunter Yoakh Dzugeth ay Valkazan, Vizekommandant der Erde, der immer zuverlässig gewesen war. Er begab sich sofort vor die große Sprechzentrale und begann, den verschiedenen Sektionen des großen Gebäudes Befehle zu geben.

Der Oberste Souverän drängte sich in eine Ecke und schaute Regelin verwirrt an. „Wie haben Sie das fertiggebracht?" flüsterte er fassungslos.

Der Marsianer antwortete nicht sofort. Mit einer Hand hielt er eine Pistole, die unablässig auf den Tahowana zielte. Mit der anderen, die immer noch verbunden war, nahm er das Heft und blätterte es rasch durch.

„Ich sehe, daß Sie es doch gefunden haben", sagte er lässig. „Interessantes Andenken. Hm, ja, darin ist fast die ganze Geschichte berichtet. Und das ist wirklich die Wahrheit. Als David die letzten Sätze schrieb, war er völlig verzweifelt, und alles entspricht seiner Stimmung und der damaligen Lage."

Dzugeth schaute befriedigt auf. „Ich glaube, wir haben das ganze Gebäude jetzt in unserer Hand", sagte er. „Und der Kommandant ist unterwegs; ich meldete ihm, daß ein dringender Notstand vorliegt."

Der Oberkommandant des Mars auf der Erde, Tahowana alias Darsheeh auf dem Weg zu einem Hinterhalt! Der Oberste Souverän hätte beinahe aufgeschrien.

„Und Sie werden jetzt sofort entsprechende Botschaften an die Oberkommandos der Kontinente weiterleiten", herrschte ihn Regelin an. „Wir werden keine zwei Wochen brauchen, um Ihre Herrschaft auf der Erde und auf dem Mond abzuschütteln, ohne daß man auf dem Mars etwas merkt. Dann können wir uns den nächsten Schritt überlegen."

„Wie haben Sie das fertiggebracht?" Die Stimme klang wie die eines Toten.

„Ach das?" Regelin lachte. „Nur ein bißchen kompliziertes Denken. David setzte uns seinen Plan flüsternd auseinander, dann gingen er und ich wieder an unsere Postenstände. Kit, die durch die Küchentür von uns getrennt war, öffnete den Schuppen und sprach mit Radeef und ... und wie hieß er doch gleich ...? ach ja, mit Nateer. Sie erzählte ihnen, daß sie uns verraten müsse, damit nicht das Kind unserer Rücksichtslosigkeit zum Opfer fallen müsse. Sie brächte es nicht fertig, uns zu erschießen, aber sie befreite die fremden Außerirdischen und gab ihnen Pistolen, wobei sie sie warnte, daß wir wachsam und argwöhnisch seien. Deshalb nahm jeder die Gestalt von einem von uns an, und der scheinbare David kam zu mir und der scheinbare Regelin zu David, so daß keiner etwas Böses ahnte. Wir waren jedoch darauf vorbereitet, sehen Sie! Sie waren bewaffnet und wollten uns erschießen. Doch als sie sich uns näherten, drehten wir den Spieß um und erschossen sie. Kit spielte jetzt hysterisch, lief hinaus und zog die Aufmerksamkeit auf sich. David und ich benutzten die Zeit, um uns sorgfältig in dem dunklen Schuppen zu verstekken. Wir warteten dort, bis sie alle hereinkamen, um das Gehörte zu überprüfen; dann schlüpften wir bei der ersten Gelegenheit hinaus. Da sie im Besitz unserer ‚Leichen' waren, ließen sie selbstverständlich die Verfolgung einstellen. Dadurch hatten wir es bedeutend leichter. David ging nach Duluth und versteckte sich dort, während ich ganz offen mit einer Düsenmaschine nach São Paulo flog. Hier nahm ich sofort Verbindung mit Torreos auf und durch ihn mit Dzugeth. Wir entführten einen Tahowanaoffizier als Beweis und verhörten ihn, schafften David herbei und organisierten die Meuterei."

Der Oberste Souverän, Herrscher des Sonnensystems, hob den Kopf, und seine Augen baten um Gnade für sein Volk.

Poul Anderson

„SF-Leser leben im Bewußtsein, daß es nicht nur eine einzige Möglichkeit gibt, wie die Zukunft aussehen kann", sagt Poul Anderson, ein Autor, der außer in der Science-fiction auch in der Fantasy beheimatet ist. „Diese Tatsache und die abstrahierende Tendenz der SF, bestimmte Trends in künstlich vereinfachte Situationen zu übertragen und sie dann zu untersuchen, mag den Menschen ein bißchen dabei helfen, über die Realität der Welt nachzudenken, in der sie leben."

Poul Anderson wurde 1926 in Bristol im amerikanischen Bundesstaat Pennsylvania geboren. In Texas und in Dänemark, dem Land seiner Ahnen, verbrachte er seine Jugend, ehe er in Minnesota Physik studierte. Schon während der Collegezeit schrieb er SF-Geschichten, und mit seinen ersten Veröffentlichungen finanzierte er sogar einen Teil seines Studiums. Seit 1948, dem Jahr seines Examens, arbeitet er als freier Schriftsteller.

Bis heute verfaßte er bereits über fünfzig Bücher und zweihundert Erzählungen; für viele erhielt er angesehene SF- und Fantasy-Literaturpreise. Zu seinen bekanntesten Romanen zählen neben „Feind aus dem Weltraum" vor allem „Unter kosmischen Nebeln", „Universum ohne Ende" und „Kinder des Wassermanns". Sein Werk zeichnet sich durch Spannung und Themenvielfalt aus und verrät Einflüsse der Kriminalliteratur und des historischen Romans, beides Genres, in die der Autor gelegentlich Ausflüge unternimmt.

Anderson selbst betrachtet die Grenzen zwischen den einzelnen Literaturgattungen ohnehin als fließend. „In der SF", erklärt der Schriftsteller, der als Vorbilder Robert Heinlein und Rudyard Kipling nennt, „mag die Betonung mehr auf dem gesellschaftlichen und physikalisch-technischen Umfeld liegen als auf der inneren und äußeren Gestaltung individueller Persönlichkeiten, aber im Grunde handelt doch jegliche Literatur vom Menschen."

Mutant 59: Der Plastikfresser

von *Kit Pedler* und *Gerry Davis*

Ins Deutsche übertragen von Rolf Palm

Illustrationen: Peter Klaucke

Nachruf

Dr. Simon Ainslie

Dr. Simon Ainslie, Dozent für Mikrobiologie am Generalhospital in Kensington, starb plötzlich und unerwartet am 20. Juli auf seinem Wohnsitz in Sydenham. Simon Ainslie wurde am 6. Dezember 1919 geboren und absolvierte 1939 sein Physikum am Saint-Mary's-Hospital. Kurz nach Ausbruch des Krieges diente er als Militärarzt und erforschte vor allem die Wirkungsweise bakterieller Infektionen bei Schußwunden.

Nach der Rückkehr ins Zivilleben widmete er sich weiterhin der bakteriologischen Forschung und wandte sein Interesse hauptsächlich dem Anpassungsvermögen von Bakterien zu. Es gelang ihm, im Laufe der Jahre bemerkenswerte Erkenntnisse über die Anpassung von Bakterien an ungewöhnliche Ernährungsweisen zu gewinnen. Obgleich keine seiner Arbeiten veröffentlicht wurde, haben doch viele seiner Kollegen seinem Fleiß und seiner unbeirrbaren Hingabe an sein Werk Anerkennung gezollt. Einer seiner Kollegen schreibt:

„In den letzten Monaten von Dr. Ainslies Leben wurde deutlich erkennbar, daß ihm eine Reihe eigenartiger Beobachtungen im Zusammenhang mit dem *Bacillus prodigiosus* gelungen sein mußten, die ihn über die Maßen begeisterten. Es ist tragisch, daß sein Ableben ihn daran hinderte, seine Forschung zu Ende zu führen. Er hinterläßt eine nicht zu schließende Lücke."

Um Simon Ainslie trauern seine Witwe und zwei Töchter, denen wir unser tiefempfundenes Beileid aussprechen.

1

Der Schalter hatte 18 Dollar 43 Cent gekostet. Obwohl er genau die gleichen Aufgaben erfüllte wie jeder Schalter aus einem Warenhaus, zeichnete er sich doch durch einen Unterschied aus, der für den

Hausbesitzer zwar unwichtig, für Hannson aber lebenswichtig war.

Im Prospekt hatten die Erfinder behauptet, daß eine PTF von 0,1 bestand. Das heißt, die Ausfallchancen waren minimal. Für 18 Dollar 43 Cent war, anders ausgedrückt, absolute Zuverlässigkeit eine Selbstverständlichkeit. Der Schalter hatte zwei Schaltstellungen: „Lagenkorrektur handgesteuert" und „Lagenkorrektur automatisch".

Der Apollo-Commander schaltete auf Handbetrieb – und Millisekunden später war er so gut wie tot.

Die Schaltung hätte einen winzigen elektrischen Impuls an die komplizierte Anlage von Mikrostromkreisen hinter der Kontrolltafel weiterleiten sollen. Statt dessen sickerte der Strom nun aus dem Draht, der einmal vorschriftsmäßig isoliert gewesen war, für Hannson unerkennbar, an einer glänzenden, blanken Stelle leise knisternd ins Metall der Verkleidung. Ein rotes Warnlicht flackerte auf, leuchtete dann ständig.

Das Gesicht des Commanders zeigte kaum eine Reaktion; allenfalls eine fast unmerkliche Erweiterung der Pupillen, das Zucken eines Augenlids. Er bewegte den Schalter mehrmals vor und zurück. Jedesmal ging das Warnlicht aus und an.

Die beiden Besatzungsmitglieder beobachteten seine Bewegungen. Keine Gefühlsregung zeigte sich auf ihren Gesichtern. Sie waren todmüde. Die Strapazen eines fast menschenunmöglichen Arbeitspensums hatten dunkle Schatten unter ihre Augen gezeichnet.

Die drei Männer konzentrierten sich auf die Liturgie des Überlebens, die ihrem Gedächtnis in langen Jahren des Trainings eingeimpft worden war.

Der Commander schwebte zu seiner Andruckliege zurück und legte sich ganz ruhig auf den Rücken. Niemand sprach. Unvermittelt unterbrach eine Stimme von der Bodenkontrolle in Houston ihre Konzentration. Flache, verzerrte Geräusche erfüllten die Kabine.

„Apollo 19 – noch eine Minute vierundfünfzig Sekunden bis zur letzten T.E.I.-Kurskorrektur!"

Der Commander antwortete; in seiner Stimme war nicht die Spur eines Zitterns. „Verstanden, Houston. Wir haben einen Schaltfehler im Computer – wiederhole: Schaltfehler im Computer. Ende."

„Verstanden, Apollo. Wir führen eine Kontrolle durch. Ende."

„Vielen Dank, Houston."

Das Schiff – ein winziger Lichtfleck in der Dunkelheit des Weltraums – flog auf seiner Bahnkurve schneller als ein Geschoß in Richtung Erde.

„Apollo 19 – Bodenkontrolle bestätigt Fehler in der Trennungskontrolle. Auf Automatik zurückschalten. Ich wiederhole: auf Automatik zurückschalten."

Der Commander antwortete: „In Ordnung, Houston – Zeit für Kurskorrektur, bitte." Er betätigte den Schalter, und das Warnlicht erlosch.

„Zeit für Kurskorrektur eine Minute fünfzehn."

Im Kontrollzentrum für bemannte Raumfahrtunternehmen beobachteten die Ärzte besorgt auf der biomedizinischen Anzeigetafel die Spitzen des Zeichners, der die Körperfunktionen festhielt. Der Flugarzt trug in seinen Berichtsbogen den Vermerk ein: „Chefpilot – hohe Herzfrequenz, einhundertzehn, Atmung dreißig."

In der Verdrahtung hinter der Schalttafel schritt ein Prozeß, den die Konstrukteure nie vorausgesehen hatten, unerbittlich fort.

Zwei weitere kleine Bestandteile fielen aus. Eine schnell aufeinanderfolgende Serie elektrischer Impulse blitzte durch die Computerschaltkreise. Es folgte ein geräuschloser Blitz, Rauch drang in den engen Kabinenraum. Während das Raumschiff in die äußeren Schichten der Atmosphäre hineintorkelte, kämpften die drei Männer verzweifelt, um die Kontrolle über ihr Fahrzeug wiederzugewinnen ...

ÜBER dem Atlantik, an Bord der BOAC-Maschine, Flug Nummer 122 nach New York, schliefen die Fluggäste im dämmrigblauen Licht der Kabine. In der Steuerbordsitzreihe bewegte sich ein kleiner Junge, der keinen Schlaf finden konnte, und preßte sein Gesicht ans Fenster. Plötzlich rüttelte er seine Mutter wach. „Schau mal schnell, Mami, schau doch mal!" Er zeigte zum Fenster hinaus. Die Mutter rieb sich die Augen und lehnte sich über ihn, um hinauszusehen.

Ein orangefarbener Flammenschweif breitete sich über dem klaren Sternenhimmel aus. Sie konnte erkennen, daß sich an der Spitze etwas bewegte. Die Erscheinung wuchs auf sie zu und brach plötzlich in drei Flammenpfeile auseinander, die immer und immer wieder zu neuen Sternschnuppen auseinanderstoben und in Spiralkurven von der Hauptrichtung des Flammenschweifes davonschossen, um dann wie Silvesterraketen in der Dunkelheit zu erlöschen.

Die Frau ließ sich wieder in ihren Sitz zurücksinken und drückte ihren Sohn an sich. „Nur Sternschnuppen, mein Schatz – die tun keinem Menschen etwas ..."

Ena Harris hatte in der Mansarde die Bücher ihres Mannes aufeinandergestapelt. Sie schloß die Falltür über sich und tastete sich die Leiter zum oberen Treppenabsatz hinunter. „Zwei Monate", hatte man ihr im Krankenhaus gesagt – und nun waren erst drei Wochen vergangen.

Im Treppenflur betrachtete Ena Harris den verschnörkelten Metallrahmen mit dem Foto von ihr und ihrem Mann, und während ihr die Tränen über die Wangen liefen, fragte sie sich, ob sie das Bild auch auf den Dachboden zu den anderen Dingen stellen sollte. Aber dann dachte sie an ihren Blutdruck und an ihre Fußgelenke. Sie nahm das Bild von der Wand und stellte es im Wohnzimmer auf das Kaminsims.

Die Rücksicht auf ihre Gesundheit rettete ihr das Leben ...

In der Kanzel eines BEA-Jet, Flug Nummer 510 von Paris nach Heathrow, atmete der Captain erleichtert auf. Der Flugplan stellte keine besonderen Probleme mehr dar, in Heathrow herrschte lediglich leichter Bodennebel. Hinter dem Captain öffnete sich die Tür, und der Copilot suchte sich seinen Weg durch die dichtgedrängte Menge der Instrumente, Kontrollschalter und Hebel, um seinen Platz einzunehmen.

Der Captain grinste zu ihm hinüber: „Ich weiß schon, wo du warst – sag mal, eigentlich ist sie doch verlobt?"

Der Copilot rieb sich die Hände und antwortete: „Die Stewardessen haben den Anweisungen der Flugoffiziere Folge zu leisten."

„In beruflichen Dingen."

„Das war beruflich. Wann landen wir voraussichtlich?"

„Siebzehn-zehn, wenn uns nichts aufhält."

Wasserbäche strömten die Flugzeugfenster hinauf, wurden vom Flugwind davongerissen und verdeckten teilweise den Blick auf die dichte Wolkendecke unter ihnen.

Der Captain nahm Sprechfunkkontakt mit dem Kontrollturm in Heathrow auf und versuchte aus der Masse der Stimmen seinen zuständigen Mann von der Bodenkontrolle herauszuhören.

„Alpha Charlie, Flug 510, alles klar, bei Landemarkierung 82 nach rechts wenden."

„Danke, Alpha Charlie, Rechtswendung bei ..."

Während er sprach, studierte der Flugingenieur die Batterie der Meßinstrumente vor sich. Sie gaben in vierfacher Ausfertigung Auskunft über den Zustand der vier Düsenaggregate: die Temperatur, den

Schub, den Öldruck. Er machte sich Notizen in sein Logbuch, und das große Flugzeug legte sich in die letzte Kurve, bevor es in die Signalpyramide glitt, die es zu seiner Landebahn hinunterdirigieren sollte. Der Copilot stellte fest, daß sich die Maschine sowohl auf dem Funkstrahl wie auf dem Gleitstrahl befand, dann passierten sie die erste Vertikalmarkierung ...

ENA HARRIS hatte sich eben in der Küche einen Tee aufgebrüht, hielt die heiße Tasse mit beiden Händen und starrte betrübt aus dem Fenster ...

IM BACKBORDFLÜGEL des BEA-Jet, Flug 510, befand sich ein kleiner Metallkasten, gefüllt mit einer eng verwobenen Masse von Drähten. Dieser fast biologische Komplex von Arterien und Venen unter der glänzenden Haut der Tragflügelverkleidung hatte die Aufgabe, den Treibstoffdurchfluß zu Motor zwei zu kontrollieren. Er gab auch Informationen über die Durchflußstärke für Motor zwei an das Kontrollbord des Flugingenieurs weiter, ebenso Daten über die Temperatur in den brüllenden Flammenzyklonen innerhalb des Düsenaggregats.

In der glanzlosen grauen Metallhaut der Box lösten sich zwei Zentimeter Draht von ihren Kontaktpunkten.

In der Kanzel wechselte der Flugkapitän seine letzten Sätze mit der Bodenkontrolle: „Alpha Charlie, Flug 510, Landung klar auf Landebahn vier, viel Vergnügen."

„Vielen Dank, Alpha Charlie, viel Vergnügen." Er schaltete die Funksprechanlage ab ...

Im Flügel setzte die Kontrollfunktion des Metallkastens abrupt aus. Nun wurde der Treibstoff vom Zentraltank in den Motor zwei gepumpt, ein Vorgang, der eigentlich nur ablaufen konnte, wenn vorher die Zuflußleitung vom Backbordtank abgeschaltet worden war. Diese aber war immer noch offen. Die Brennkammer wurde überflutet, und plötzlich ereignete sich eine kleine Explosion. Ein Metallblatt der Turbine riß sich los und flog wie ein Projektil nach oben. Die Düse detonierte und sprengte sich von ihrer Aufhängung unter dem Flügel ab. Das losgerissene Metallblatt schoß in die innere Struktur des Flügels, fräste sich durch das unter Druck stehende Röhrensystem und durch die komplizierten wabenförmigen Metallagen wie durch Butter. Als es zur Ruhe kam, war es fest in einem verknoteten Gewirr von Röhren zwischen der Binnenbord-Bremsklappe und den Landeklappen verkeilt. Aus den zertrennten Röhren schoß die rote Bremsflüssigkeit hervor wie Blut. Sowohl das Binnenbord- wie das Außenbord-Querruder fielen in Aufwärtsstellung und verklemmten sich. Die Tragfläche sackte nach unten und zog die landende Maschine aus dem sicheren Funkstrahl ...

ENA HARRIS trank ihren Tee aus und ging in den Garten hinaus, um die Wäsche reinzuholen. Als sie die vom Wasser und vom Nebel grauen, tropfenden Bettücher von der Leine nahm, hörte sie das Geräusch eines näher kommenden Flugzeugs.

Sie lebte seit zwanzig Jahren in Isleworth, nur wenige Kilometer von den Hauptlandebahnen des Londoner Flughafens Heathrow entfernt, und so achtete sie zunächst nicht darauf. Als das Geräusch lauter wurde, starrte sie ängstlich in den Nebel hinauf. Das Dröhnen und Kreischen wuchs zu fast unerträglicher Stärke an, dann tauchten dicht über den Apfelbäumen am unteren Ende des Gartens die riesigen Umrisse eines Flugzeuges aus dem Nebel, die Tragflächen in ungewöhnlich schräger Stellung.

Ena starrte den Bruchteil einer Sekunde lang ungläubig auf die Erscheinung, dann drehte sie sich um und lief auf die Haustür zu. Der gigantische Schatten des Flugzeuges verdunkelte den Himmel. Das letzte, an das sie sich erinnern konnte, war das große schwarze Rund eines an glänzenden Stäben aufgehängten Rads nur dreißig Zentimeter über ihrem Kopf.

Von diesem Augenblick an war Flug Nummer 510 keine Flugmaschine mehr, nur noch eine auseinanderfetzende Masse von Metallteilen. Das Rad rammte den Dachboden und wirbelte die sauber aufgestapelten Bücher auseinander. Während Dachbalken und Sparren wie Streichhölzer durch die Luft wirbelten, schleuderte das Flugzeug herum und brach auseinander. Eine Tragfläche schnitt wie ein Messer in die Häuser auf der anderen Straßenseite, und der Rumpf, der wie ein riesiger Torpedo davonschoß, jagte die Straßenmitte hinunter, schleuderte Autos und Menschen zur Seite und pflügte eine grausige Furche des Todes.

Ein Steuerbordmotor, in dem die Turbinenblätter noch kreischten, brach ab, stürzte in einen überfüllten Supermarkt und explodierte.

Das Heck schleuderte wie ein gewaltiger Bumerang durch die Luft, bohrte sich durch die Wand einer Spielhalle und verschwand in einer kochenden Wolke sich auflösender Ziegelsteine.

Das abgetrennte Bugteil, das wie ein riesiges Geschoß dahintorkelte, schlug am Ende der Straße auf, krachte wie ein gewaltiger Querschläger in eine enggedrängte Ansammlung von Häusern und pulverisierte Dächer und Wände.

Was vom Rumpf noch übrig war, flog auseinander und schlingerte kopfüber wie ein zerrissenes Brecheisen durch die Luft.

Das Leben aller achtundvierzig Passagiere und Besatzungsmitglieder endete fast in der gleichen Sekunde, als die zusammenbrechenden Verstrebungen und Verkleidungen in einem entsetzlichen Gemetzel die Körper zerschnitten. Leichenteile regneten auf die Straße und die Gärten. Schließlich, im Donner und im Staub zusammenstürzender Häuser, schossen die nicht mehrerkennbaren Teile des großen Flugzeugs von der Aufschlagstelle hoch und zersplitterten über den Häusern der Nachbarschaft. Ein Wagen wurde wie ein Spielzeug auf das Dach einer Garage geschleudert und glitt wieder herab. Eine Straßenlaterne lehnte sich langsam zur Seite, bewegte sich wie der Zeiger einer verrückt gewordenen Uhr, klappte zusammen und stürzte aufs Pflaster.

Ein Mann, der sich unter Schmerzen aus den Trümmern seines Wagens befreite, stolperte mit leerem, ausdruckslosem Gesicht die Straße entlang; seine Sinne steuerten ihn automatisch um die Hindernisse auf der Straße herum: verstreute Reisetaschen und zerfetzte Lederkoffer. Seine Augen waren nicht mehr in der Lage, die schrecklichen Überreste menschlicher Körper wahrzunehmen, die überall herumlagen.

ANNE KRAMER stand zitternd im heftigen Regen. Sie zog sich die Kapuze ihres Regenmantels über den Kopf, bemühte sich, den Offizier zu verstehen, der auf dem Kai unter ihr durch ein Megaphon sprach. Sie stand auf der Brücke einer kleinen Fregatte der Marine und blickte auf das Vorderdeck der *HMS Renown*, das atomgetriebene Unterseeboot der britischen Kriegsmarine, das mit sechzehn A-3-Polarisraketen bestückt war.

Die sechzehn Ladebäume vor den dreizehn Meter langen, in den walförmigen Schiffsrumpf eingelassenen Raketenabschußrohren durchdrangen die schwarzen, zwiebelförmigen Konturen des Vorderdecks. Auf dem Deck zwischen den beiden Rohrreihen standen zwei Seeleute und blickten nach oben. Über ihnen hing an einem Kran der dunkelgraue Zylinder einer Polarisrakete, die sich langsam auf eines der offenen Abschußrohre hinuntersenkte. Die Matrosen ließen das Heck der Rakete vorsichtig in die Öffnung gleiten, und langsam bewegte sie sich in den Leib des Unterseeboots hinein.

Anne stand inmitten einer kleinen Gruppe von Journalisten, die sich, vor dem windigen Regen Schutz suchend, gegen die Brückenkabine drängten. Einer trat neben Anne und stieß sie mit der Schulter an. Er trug einen zerbeulten Hut, ein großer Regentropfen hing ihm von der Nase. Er grinste: „Ich weiß, was du denkst."

„Deine schmutzige Phantasie läuft schon wieder Amok, Matt", neckte sie ihn.

Sie sahen zu, wie die beiden Matrosen einen kreisförmigen Plastiküberzug über der Mündung des Abschußrohres befestigten.

„Nun hat sie auch noch ein Jungfernhäutchen", kicherte er.

„Ein bißchen zu spät", murmelte sie und wandte sich ab, um den Offizier besser verstehen zu können. Seine Stimme schepperte metallisch durch das Megaphon: „Die Rakete wird mit hohem Dampfdruck abgeschossen, der durch eine konventionelle Korditexplosion erzeugt wird. So wird die Rakete gegen die Plastikmembrane getrieben. Die Membrane zerreißt, und die Rakete verläßt, von den an Bord befindlichen Zielcomputern gesteuert, das Unterseeboot ..."

Während die Stimme weiterschepperte, fragte sich Anne, ob sie sich noch an die genaue Reihenfolge erinnern würde, wenn sie ihren Artikel schreiben mußte, und sie hoffte, daß die offizielle Presseverlautbarung genug Einzelheiten enthielt. Vielleicht ergab sich in der Messe Gelegenheit, einen ersten Entwurf aufzusetzen.

Der Sturm trieb den Regen hart gegen die großen Fenster der Offiziersmesse und verdeckte den grauen Hangar des Unterseebootstützpunkts unten in den Uferbergen. Hier war das Licht angenehm und warm, und rund um die Bar hörte man das sorglose Murmeln der Gespräche. Die uniformierten Offiziere, die fast unangenehm gepflegt und sauber wirkten, verteilten Drinks an die Journalisten, die alle ein kreisrundes Presseschildchen an ihren Jacken trugen.

Die Stimme eines höheren Offiziers erhob sich über den Stimmenlärm: „Meine Damen und Herren, darf ich einen Augenblick um Ihre Aufmerksamkeit bitten ..." Die Gespräche erstarben.

„Vielen Dank. Nun, zuerst möchte ich Sie alle herzlich auf dem Unterseebootstützpunkt Gareloch begrüßen. Ich hoffe, Sie haben alles zu sehen bekommen, was Sie sehen wollten."

Es gab ein paar freundliche Zurufe, der Offizier antwortete darauf;

dann sagte er lächelnd: „Die Gesetze über die Geheimhaltungspflicht für Verteidigungsanlagen betreffen nicht die Anlagen hinter der Bar, und ich darf Ihnen, meine Herren, versichern, daß Sie sich auch hier ganz nach Belieben umsehen dürfen."

Ein Journalist erhob sein Glas und sagte mit gespielter Förmlichkeit: „Gott segne Sie, Herr Gouverneur."

Der Offizier sprach weiter: „Nun zu dem morgigen Programm. Am Morgen werden wir das Polarisausbildungslager besichtigen, und dann war eigentlich geplant, die *Triton* zu besichtigen, den ersten Flugzeugträger der Poseidonklasse der Königlichen Marine. Wie Ihnen bereits mitgeteilt wurde, war das Einlaufen der *Triton* für morgen vorgesehen, aber aufgrund unvorhergesehener Umstände ist es zu einer Verzögerung gekommen, und so werden wir Sie statt dessen einladen, das Trockendock zu besichtigen, in dem die *Resolution* überholt wird. Ja, und dann noch etwas, das Abendessen ist für 17 Uhr 30 angesetzt. Vielen Dank, meine Damen und Herren."

Anne wandte sich an Matt: „Was ist denn passiert? Sonst sind die doch so pünktlich wie ein Uhrwerk."

Matt machte ein todernstes Gesicht, seine Augen suchten den Raum nach Hinweisen ab: „Da hast du recht. Wenn es nicht einen verdammt triftigen Grund gäbe, würden sie nie von ihrem Zeitplan abgehen." Er sah Anne nachdenklich an: „Da muß wirklich etwas passiert sein."

LIONEL SLAYTER hatte seinen Doktor in Kommunikationstheorie gemacht. Von der Universität von Keele war er als ungewöhnlich begabter Mathematiker ausgezeichnet worden, aber im Studienbericht seines Doktorvaters hatte der Vermerk gestanden: „Obgleich seine mathematischen Arbeiten untadelig sind, hat er die bedauernswerte Neigung, über die Grenzen vernünftiger Beweismöglichkeiten hinauszuspekulieren."

Nach Abschluß seiner Doktorarbeit hatte Slayter mit Hilfe eines Stipendiums die übliche Reise durch nordamerikanische Institute gemacht und war dann nach England zurückgekehrt, um in den Ausschreibungen der wissenschaftlichen Zeitschriften nach einem Job zu suchen. Seine Amerikareise war ohne besonderen Erfolg verlaufen, abgesehen von einem kleinen Ereignis, das an sich unbedeutend war.

Auf die Gefahr hin, seine Reisespesen stärker in Anspruch zu nehmen, als ihm zustand, hatte Slayter sich nicht mit einem Taxi, sondern mit dem Hubschrauber vom Kennedy Airport nach Manhattan bringen lassen. Einfach weil er New York einmal aus der Luft sehen wollte.

Beim Flug über Brooklyn hatte Slayter auf die verstopften Fahrbahnen im Netz der Straßen unter sich geschaut, und einen Augenblick lang sah er sie als Einheiten in einem System oder, wie er es später formulierte, als Blutkörperchen in einem Blutgefäß.

Slayter sah, daß die Bewegungen der leuchtenden farbigen Punkte, während sie voneinander und von den Verkehrssignalen beeinflußt wurden, ein rhythmisches Muster bildeten. In seinem Notizbuch versuchte er einfache mathematische Hochrechnungen, und als der Hubschrauber landete, war er von jener gewissen gespannten Erregung befallen, die gewöhnlich die Ankunft einer guten und originellen Idee begleitete.

Als er wieder in England war und eine lange, bedrückende Stellungssuche hinter sich hatte, die ihn schließlich zu einem Job bei einer Systemforschungsabteilung im Verkehrsministerium führte, versuchte Slayter seine Ideen mit Hilfe von Autobahningenieuren und Elektronikspezialisten auf die Ebene der praktischen Durchführbarkeit zu bringen. Slayter fand auch einen Namen für sein Projekt. Er nannte es „das lernende Straßensystem".

In einfachen Worten war Slayters Idee folgendermaßen: Man nehme ein Straßensystem, fasse es zu einer „fast-biologischen" Einheit zusammen und statte es mit „Sinnesorganen" in Form elektronischer Augen – also Fernsehkameras – und pneumatischer Zählsysteme aus, die auf der Straßenoberfläche angebracht werden. Dann füttere man die Informationen aus den Wahrnehmungen dieser Sinne in ein Computersystem ein, das in der Lage ist, seine Ergebnisse zurückliegenden Erfahrungen oder – wie er es formulierte – Lernprozessen anzupassen. Und schließlich verbinde man die Computerergebnisse mit Verkehrssignalen und Polizisten, die im Netzwerk der Straßen den Verkehrsfluß kontrollieren.

Das System unterschied sich von anderen ähnlichen Systemen vor allem dadurch, daß der Computer die Muster des Verkehrsverhaltens von den Straßen, die er unter Kontrolle hatte, ständig „lernte". Auf diese Weise konnte das System den Verkehrsfluß an einem bestimmten Tag, in einer bestimmten Woche, in einem bestimmten Monat maximieren. Die einzigen Einwände gegen dieses System waren von der Polizei gekommen – und von Atherton.

Die Polizisten führten Klage – und zwar auf einer, wie es Slayter schien, emotionalen Ebene –, daß sie dann Menschen im Joch einer Maschine wären.

Atherton, der dem Komitee angehörte, das schließlich das System befürwortete, stand der ganzen Idee von Anfang an feindlich gegenüber. Er erklärte, die Grenzen des Systems seien nicht klar genug definiert und die Leistung des „lernenden" Computers könne niemals mit ausreichender Genauigkeit vorausgesagt werden.

Immerhin wurde ein Experiment genehmigt. Es sollte in einem Bezirk von London stattfinden, der im Norden von Knightsbridge, im Süden von der Cromwell Road, im Westen von der Gloucester Road und im Osten von der Sloane Street begrenzt wurde.

Es hatte vierzehn Monate gedauert, bis die Straßen mit den notwendigen Anlagen ausgerüstet und die Verbindungen zum Computer und zum Kontrollraum in der nahe gelegenen Technischen Hochschule geschaffen waren.

Als Kontrollmaßnahme waren vor der Aufnahme des Experiments genaue Verkehrsschätzungen vorgenommen worden. Nun konnte also verglichen werden, in welchem Rhythmus sich der Verkehrsfluß bewegte – im Normalzustand und nachdem der Computer die Kontrolle übernommen hatte. Schließlich wurde das System mit anderen Zentren verbunden, die alle Straßen überwachten, die in den Testbezirk hinein- und aus ihm herausführten. So konnten alle Veränderungen im System auch in benachbarten Bezirken aufgenommen werden.

Die Maschine brauchte drei Monate, um das Strömungsmuster zu lernen, und drei weitere Monate für ihre Selbstausbildung, bis sie ein vollkommenes Bewußtsein ihrer Lebensfunktion erlangt hatte. Nach wiederholten Tests wurde ihr schließlich die Kontrolle über ihre Glieder und Muskeln zugestanden, über die Verkehrssignale und die mit Funksprechgeräten ausgerüsteten Polizisten.

Slayter erinnerte sich an seine Ängste, als man die Kontrolle zum erstenmal ganz der Maschine überließ. Die statistischen Daten des früheren Verkehrsflusses waren neben den Tischen aufgehängt worden, die nun den Verkehrsfluß unter Computerkontrolle zeigten. Einige endlos scheinende, spannungsvolle Minuten lang hatten die Zählwerke keine Veränderung angezeigt. Dann, langsam – sehr langsam – begann sich eine Verbesserung abzuzeichnen. Es war, so erinnerte er sich, als habe die Maschine geschmollt, weil man ihr eine solch anonyme Verantwortung übertragen hatte. In den folgenden Stunden – die Verbesserung hielt bis in den späten Abend hinein an – überließ die freudestrahlende Mannschaft dann das System ihren Assistenten und zog los, um sich angemessen zu betrinken.

Von da an hatte sich die Leistung des Systems unaufhörlich gesteigert, bis es schließlich sein vorausberechnetes Maximum erreicht hatte. Von nun an war Slayter verängstigt und nervös. Er ging erregt im Kontrollraum auf und ab, zog hier einen Schalter nach, entfernte dort ein Stück Draht.

Vor ihm befanden sich achtundvierzig Fernsehschirme in einer Reihe und neben jedem Monitor ein beleuchtetes Zählwerk, das den Verkehrsfluß an einer bestimmten Kreuzung anzeigte. Neben jedem Zählwerk befand sich eine numerierte Karte mit Zahlen, die den Verkehrsfluß vor Einrichtung der Computeranlage aufzeigten. Er blickte auf die Monitore, die ihm das gedrängte, unaufhörlich sich bewegende Gewirr der Wagen und Busse zeigten, und hoffte, daß nichts schiefgehen würde. Er blickte auf seine Uhr – noch zehn Minuten. Wie, zum Teufel, spricht man mit einem Minister, wie redet man ihn an, wieviel Respekt soll und darf man zeigen? Der Kontrollraum war ungewöhnlich sauber – er hatte gerade erst seine Sekretärin daran hindern können, ihm einen Blumentopf auf die Datenbank zu stellen.

Schließlich steckte sie ihren Kopf durch die Tür und sagte: „Jetzt kommen sie."

Er hörte das Stimmengemurmel im Korridor, dann ging die Tür auf, der Direktor trat ein, gefolgt vom Minister, zwei Assistenten – und Atherton. Der Direktor sprach die einführenden Worte, er ging ganz in seiner professionellen Rolle als Charmeur auf. „Nun, Slayter, vielleicht könnten Sie uns eine Zusammenfassung über Ihr Geisteskind geben. Wie ich höre, geht es ihm sehr gut."

„Jawohl, die Leistung ist ziemlich beständig, Sir. Die Durchflußrate zeigt eine fast einheitliche Steigerung von 8,4 Prozent."

Der Minister versuchte Interesse zu heucheln – es war schon der dritte Besuch, den er an diesem Tag hinter sich brachte – und sagte: „Durchflußrate – äh, ja, natürlich müßten Sie mit mir umgehen wie ... Sie wissen schon – ungefähr der Bildungsstand eines etwas zurückgebliebenen dreijährigen Kindes." Er lächelte und bleckte seine vom Tabak gelb gefärbten Zähne.

Slayter ließ seinen „Routinevortrag für Schwachköpfe", wie er ihn nannte, vom Stapel. Der Direktor blickte väterlich drein, und der

Minister nickte unaufhörlich; er veränderte auch ab und zu den Grad seines Nickens, wie um gelegentlich tieferes Verständnis anzuzeigen.

Der Computer im benachbarten Raum arbeitete fast lautlos, abgesehen von dem Stakkato der Magnetbandspulen, wenn sie in neue Stellungen einrasteten: Die Stille ließ nichts vom Strom der Signale ahnen, der ständig in die benachbarten Straßensysteme hinausging. Die arithmetischen Einheiten lösten in Bruchteilen von Sekunden komplizierte Rechenaufgaben, und logische Impulse trafen exakte Entscheidungen – und jede war vollkommen.

Außer bei einer Komponente.

Dieser Bestandteil der Anlage – den Erfindern als „NOR GATE M 13" bekannt – traf zwei falsche Entscheidungen und fiel dann ganz aus.

Im Kontrollraum kam Slayter zum Ende seiner Ausführungen, aber inzwischen hatten sich die Konsequenzen des Versagens dieses einen Bestandteils schon wie Wellen von einem ins Wasser geworfenen Stein zur Peripherie des computerkontrollierten Straßensystems ausgedehnt.

Der Minister sagte: „Sehr außergewöhnlich, Slayter, hochinteressant. Ich gratuliere Ihnen, ich weiß, Sie sind nicht von allen Seiten unterstützt worden" – Atherton trat nervös von einem Bein aufs andere –, „aber ich bin überzeugt, es wird nun keine weiteren Probleme im – äh – finanziellen Bereich mehr geben."

Er trat vor die Reihe der Monitorbildschirme: „Nun lassen Sie mich mal sehen, wo befinden wir uns? Ach ja, das erkenne ich – das Museum für Naturgeschichte, nicht wahr? Ja, ach ja, da ist ein V und ein A und ..." – er benahm sich wie ein Kind mit einem neuen Spielzeug – „außergewöhnlich, das gibt einem das Gefühl, sich in einem Gehirn zu befinden und von innen quasi durch die Augen nach draußen zu blicken." Der Minister stockte, und die Aufmerksamkeit der Anwesenden konzentrierte sich auf einen kleinen blauen Bildschirm.

Das Versagen des Teilstückes durchzitterte nun das ganze System. An der Kreuzung von Exhibition Road und Cromwell Road schalteten die Verkehrsampeln von Rot auf Grün und dann fast augenblicklich wieder auf Rot. Ein Taxi wurde mitten auf der Kreuzung von einem Bus gerammt. Auf dem zweiten Monitorschirm, der die Kreuzung von Sloane Street und Knightsbridge zeigte, fielen die Verkehrsampeln aus und liefen dann Amok. Der westwärts verlaufende Verkehr vom Piccadilly kam kreischend zum Stillstand.

Die Straßenzähler in der Prince Consort Road addierten plötzlich zwei Nullen zu ihren Angaben. Die Folge war, daß die Verkehrsampel von Queen's Gate auf der Cromwell Road ständig auf Grün schaltete. Innerhalb von vier Minuten kam der Verkehrsfluß völlig zum Erliegen. Eine Reihe von Unfällen steigerte die Verwirrung, und in der hereinbrechenden Dämmerung konnte man die Blaulichter der Krankenwagen blitzen sehen, die hoffnungslos eingekeilt in den verstopften Straßen standen.

Im Kontrollraum breitete sich betretenes Schweigen aus, niemand wagte es, das Wort zu ergreifen. Schließlich sprach der Direktor: „Um Gottes willen, Slayter, was ist passiert?"

Slayter war wie betäubt. „Ich fürchte ..., ich weiß nicht, ich weiß es nicht!" Und er war den Tränen nahe.

Der Minister nickte seinen Assistenten aufmunternd zu und sagte eine Spur zu laut: „Nun, meine Herren, es tut mir sehr leid, aber ..., äh ..., wir müssen ins Ministerium zurück." Er wandte sich an den Direktor: „Sie schicken mir einen Bericht über all das ..., äh ..., nicht wahr?"

Der Direktor nickte zerknirscht.

Zu Slayter sagte er mit finsterem Blick: „Es tut mir leid, wirklich sehr leid."

Als die Herren hintereinander den Raum verließen, blickte Atherton sich noch einmal nach Slayter um – und sein Gesicht war eine undurchdringliche Maske.

2

Luke Gerrard betrachtete die drei anderen Männer aufmerksam und fragte sich mindestens zum zehntenmal an diesem Tag, was er eigentlich hier tat.

Die Mitarbeiter des Kramer-Beratungsbüros hatten sich in den verschiedensten Stellungen in die Sessel geflegelt. Die ganze Woche schon dachten sie über das Problem eines wegwerfbaren Flaschenverschlusses nach. Gerrard hatte die geistige Anspannung satt und seine neuen Kollegen auch.

Es war halb sechs an einem grauen Novembernachmittag, und das Tageslicht versiegte allmählich. In der Dämmerung, dachte Gerrard, wirkt dieser Raum noch viel bedrückender. Die roten Ziegelwände der umgebauten Schule im viktorianischen Stil, in der das Beratungsbüro arbeitete, widersetzten sich jedem Versuch einer Restauration. Wie eine halsstarrige alte Jungfer blieb das ungemütliche Gebäude entschlossen unverändert. Sie saßen in einem kalten, zugigen, lichtlosen Raum mit einem Podest an der einen Wand, die andere wurde fast ganz von einer riesigen Rolltafel eingenommen, die nun mit komplizierten wissenschaftlichen Formeln bedeckt war. Auf den Sesseln und Tischen wie auf dem Fußboden lagen zerknüllte Blätter aus Skizzenblocks. Nach ungefähr zehntägiger Arbeit hatte sich das Team in einer Sackgasse verrannt. Der Fehlschlag lag wohl zum Teil in der Unausgeglichenheit der vier Leute, die Kramer um sich versammelt hatte. Die ganze Woche lang hatte der geduldige, introvertierte Schotte Buchan mit der Regelmäßigkeit einer Tontaubenschußmaschine eine Idee nach der anderen hervorgebracht, und Wright, der Engländer, hatte fleißig eine Tontaube nach der anderen abgeschossen. Gerrard hatte sie beide satt. Der eine schien den anderen auszuschließen, keiner brachte eine Lösung des Problems.

Was sonst anregend und kreativ war, schien diesmal lächerlich und ärgerlich. Gerrard fragte sich, was Kramer sich dabei gedacht hatte, zwei Männer, die in Temperament, Einstellung und wissenschaftlicher Methode so gegensätzlich waren, zu engagieren. Bis jetzt hatten sie nur an einem größeren Projekt mit bemerkenswertem Erfolg gearbeitet: an der Entwicklung einer sich selbst auflösenden Plastikflasche. Eine Reihe verschiedener Modelle dieser Flasche schmückte nun die Rückwand, um jeden Besucher, dem der Zutritt zum inneren Heiligtum gestattet wurde, zu beeindrucken.

Wie diese Plastikflasche jemals erfunden werden konnte, das – so dachte Gerrard – war ein Wunder. Er blickte auf das dritte Mitglied des Teams, Jim Scanlon.

Scanlon war jünger als die beiden anderen, hatte ein frisches Gesicht, war ein wenig übereifrig; ein guter Techniker mit ziemlich wenig schöpferischem Geist. Fairerweise mußte man zugeben: Wurde Scanlon mit einer komplizierten Laboraufgabe betraut, arbeitete er absolut zuverlässig und präzise – ein wenig wie eine Maschine. Gerrard fragte sich, ob er sich wohl sexuell ebenso verhielt.

Betty, die Sekretärin, brachte ein Tablett mit Teetassen herein. Sie setzte das Tablett auf dem Mitteltisch nieder und schloß diese Routinehandlung wie immer mit ihrem Lieblingssatz ab: „Will jemand Kuchen?“

Diese Frage war rein rhetorisch. Wright schien überhaupt nie etwas zu essen, seine pingelige Sorge um sein Gewicht hielt ihn davon ab, auch nur einen Blick auf die zuckrigen, kremigen Kuchenschnitten zu werfen, die Betty heranschleppte. Buchan wiederum, ein großer Gourmet vor dem Herrn, würde sich nie mit so etwas wie Kuchen zum Tee seinen Appetit aufs Abendessen verderben.

Die Männer starrten verdrießlich auf Betty, die den Tee servierte.

„Uns fällt im Augenblick nichts ein, wir hören besser auf", sagte Wright und zwinkerte Buchan durch seine Brille an, als wolle er ihn zu einer Antwort herausfordern. Buchan, ausgelaugt und mürrisch, schüttelte nur den Kopf, zuckte mit den Achseln und brummte: „Zweifellos."

Betty reichte Gerrard eine Tasse. Er trug sie zum Fenster und blickte auf die gelben Lichter hinaus, die auf der Straße blinkten. Es regnete wieder, und Gerrard dachte mit Sehnsucht an die Straßen seiner Heimatstadt in Kanada, die nun wohl schon unter dem ersten Schnee lagen. Seine Gedanken wanderten zwei Jahre zurück zu seinem ersten Treffen mit Arnold Kramer. Damals war Kramer nach Kanada gekommen, um an Gerrards Universität ein Forschungsprogramm zu starten. Drei Monate hatten sie zusammen an Kramers Experimenten zur spontanen Auflösung von Plastik gearbeitet. Den Ergebnissen verdankte Gerrard eine neue Einstellung zu seinem Leben. Er dachte weiter zurück und durchleuchtete seinen Gemütszustand zu jener Zeit.

Er war Arzt gewesen und hatte in einer kleinen Gemeinde in Nordontario als Betriebsarzt für eine Bergwerksgesellschaft eine kleine Praxis betrieben. Er hatte Sharon kennengelernt, sie geheiratet und, von ihrer Betriebsamkeit angesteckt, mit dreißig Jahren eine neue Karriere auf dem Gebiet der Experimentalbiologie versucht. Nach drei Jahren, als Kramer gekommen war, schien ihm das zunächst interessante Universitätsleben nur noch eine sterile Einbahnstraße ins Nichts. Kramer hatte eine hervorragende Ausbildung in Harvard genossen, seine Lehrer gehörten zu den besten Wissenschaftlern Amerikas. Er war ein Mann von gewaltiger Intelligenz, gleichzeitig war er eine dynamische Persönlichkeit und verfügte über eine hochentwickelte Kritikfähigkeit. Zunächst fand Gerrard es unmöglich, sich auf ihn einzustellen; er war von der schieren Gewalt des kreativen Potentials dieses Mannes verschüchtert, und es dauerte einige Zeit, bis er eine Beziehung zu Kramer herstellen konnte. Aber nachdem es einmal gelungen war, fand er auch den Kontakt zu Kramers Denkweise, und die fand er ungewöhnlich anregend.

Gerrard hatte Kramer sein Haus angeboten, und Sharon sorgte für sie beide. Für Gerrard war es eine Zeit voller Hochspannung, und als Kramer schließlich nach England zurückkehrte, um seine wissenschaftliche Beratungsfirma aufzubauen, wußte Gerrard, daß er sich in dem einspurigen Leben in der Provinzuniversität mit ihrer calvinistisch starren Machtstruktur nie wieder zurechtfinden könnte.

Zwischen Gerrard und Sharon bauten sich Spannungen auf, die schließlich beiderseits zu Seitensprüngen und zu einer unangenehm verworrenen Scheidung führten. Gerrard blieb ein weiteres Jahr an der Universität, isolierte sich aber in der autoritären Atmosphäre der Universität immer mehr.

In diesem Klima hatte ihn, und das war erst einige Monate her, die Einladung Kramers erreicht, sich an seiner Beratungsfirma in London zu beteiligen. Gerrard traf seine Entscheidung augenblicklich, trat von seinem Posten zurück, verkaufte Haus, Möbel, Wagen und reduzierte so seinen Besitz auf den Inhalt zweier Koffer, flog nach London und übernahm den Job.

Auf den ersten Blick war die Kramersche Beratungsfirma eine neuartige und aufregende Idee: eine Gruppe von Experten, die unter Kramers brillanter Organisationsfähigkeit ihr Fachwissen und ihre Denkfähigkeit vereinigten und Problemlösungen für Industrie und Wissenschaft durchführten. Sie waren schließlich über das reine Geschäft mit der Lösung ihnen vorgelegter Probleme hinausgegangen und hatten mit einigen höchst einträglichen Erfindungen Erfolg gehabt. Eine dieser Erfindungen, die Wright, der Chemiker des Teams, gemacht hatte, war unter dem Namen Aminostyren bekannt: ein neues dauerhaftes Plastikmaterial, das nun in der Industrie für Isolierungen verwendet wurde. Eine andere war ein Versuch, etwas zur Lösung des Umweltverschmutzungs- und Abfallproblems beizutragen, und zwar mit einer Plastikflasche, die unter der Einwirkung von Licht zerfiel und sich in feinen Staub auflöste.

Eine hervorragende Idee aus einem fruchtbaren und brillanten Stall, dachte Gerrard, aber in letzter Zeit wuchs in ihm das Gefühl, daß etwas in der Gruppe nicht mehr stimmte. Und auf irgendeine Weise lag es an Kramer.

Arnold Kramer war eine ehrfurchtgebietende Persönlichkeit. Er war ein untersetzter, kraftvoller Mann mit blauen Augen unter schweren

Lidern, die selten den Gesprächspartner anblickten. Sie schienen vielmehr ständig einen fernen Horizont etwas oberhalb des Gegenübers abzusuchen. Und wenn er seinen Blick senkte, dann hatte dieser eine Kraft, der man kaum widerstehen konnte. Seine Gespräche waren brillant, fast enzyklopädisch in ihrem Wissensgehalt und doch voll Präzision, dazu mit einem Gefühl für die Form und die Farbe von Worten, die manchmal ans Poetische grenzten.

Doch seit ihrer gemeinsamen Forschungszeit in Kanada war eine Veränderung in Kramer vorgegangen. Aber vielleicht hatte Gerrard ihn damals auch nicht gut genug gekannt. In Kanada hatte sich Kramer auf einem ganzjährigen Studienurlaub befunden. Er hatte seinen Intellekt ganz auf die Forschung und – auch wenn man zögert, dieses Wort in Verbindung mit Kramer zu gebrauchen – auf die Lebensfreude gerichtet. Es hatte ihm Vergnügen bereitet, Stunden, ja Tage fast ausschließlich mit Spekulationen, mit Philosophieren und mit der Aufstellung von Hypothesen verbringen zu dürfen.

Das alles war nun an Kramer nicht mehr zu finden. Der Mann, den Gerrard vor sich sah, schien eine andere Ausgabe jenes Arnold Kramer zu sein, den er gekannt hatte. Der damals so reiche Fluß seiner Unterhaltung, in der die Ideen funkelten, schien nun in eine hektische, oft sogar brüsk geschäftsmäßige Kurzschrift kanalisiert worden zu sein. Jede Bemerkung, jede Idee, jede Spekulation wurde nur noch auf ihren Gewinn abgeklopft. Sein einziges Kriterium schien zu sein: „Bringt es Geld, oder bringt es kein Geld?"

Der Philosoph Kramer, den er gekannt hatte, war intellektuell überwältigend gewesen. Dieser neue Kramer aber war es in doppelter Weise. Er war auch, auf eine neue Weise, einschüchternd. Er erweckte den Eindruck, als könne er nur mühsam eine kalte, massive Aggression zurückhalten. Früher hatte Gerrard ein außergewöhnliches Vertrauen zu diesem Mann empfunden. Nun schien die Aura des Anführers eine Kluft zwischen Kramer und Gerrard – und den übrigen Mitgliedern des Teams – aufgetan zu haben. Er hatte sich in einen Sklaventreiber verwandelt, der niemanden schonte und sich selbst am wenigsten. Zwar strahlte er immer noch viel Charme aus, aber es war der aggressive Charme eines Mannes, der von einem einzigen Gedanken besessen ist: Erfolg um jeden Preis.

Der Raum lag nun fast im Dunkeln; plötzlich flammte die Beleuchtung auf, Kramer schritt in die Mitte des Raumes.

„Nun?" Er blickte sich um. „Hat's geklappt, meine Herren?"

Die Männer blickten auf, und so müde sie auch waren – Kramer strahlte etwas aus, das sie veranlaßte, sich sofort aus ihrer abgeschlafften Haltung hochzureißen, sie waren wieder hellwach. Mit seinen fünfundvierzig Jahren, seiner hochaufgerichteten Gestalt, seinen schweren, kräftigen Schultern und seinem leicht geneigten, bulligen Kopf stand Kramer in jedem Raum, den er betrat, im Mittelpunkt der Aufmerksamkeit.

„Wir stehen wieder da, wo wir angefangen haben", sagte Wright und trat neben ihn.

„Genau", sagte Kramer. „Ich habe nichts anderes erwartet. Sie mußten wieder dort anlangen."

Buchan streckte seine Beine aus und faltete resigniert die Hände hinter dem Kopf. „Dann waren also die letzten Tage umsonst?"

„Sie haben die ersten sieben notwendigen unbrauchbaren Ideen hinter sich gebracht", sagte Kramer. „Und nun möchte ich, wenn's erlaubt ist, mal eine richtige Sitzung mit Ihnen durchführen."

„Jetzt?" stöhnte Buchan.

Kramer nickte. „Ja, genau jetzt! Ich weiß, daß Sie müde sind, aber dabei kommen erfahrungsgemäß die besten Ideen heraus. Ich möchte mit Ihnen zu den Ausgangspunkten zurückkehren und feststellen, warum sie nicht brauchbar waren. Vielleicht bringt uns das nichts, aber möglicherweise können wir ein paar gute Ideen anreißen, an denen Sie dann übers Wochenende arbeiten können." Kramer blickte die müden Männer in der Runde an. „Betty bringt eine Flasche Scotch, bestes Destillat." Er sah Buchan an. „Inzwischen hab ich hier etwas, das der Prüfung bedarf." Er blickte auf und schien zum erstenmal Gerrard zu bemerken. „Luke, vielleicht kannst du uns helfen, es wird etwas Beinarbeit verlangt." Gerrard blickte auf und gab sich Mühe, nicht allzu eifrig zu erscheinen. Er war entschlossen, jede Möglichkeit wahrzunehmen, dieses bedrückende Gebäude verlassen zu können. Zu den Debatten der letzten Tage hatte er wenig beigetragen, er war sich seiner Unzulänglichkeit bewußt, wenn es um chemische Probleme ging.

„Weißt du, wo Barrat in Kensington ist? Oder anders herum – weißt du, was Barrat in Kensington ist?"

„Das große Warenhaus neben Harrods?"

„Genau", bestätigte Kramer. „Da gibt es Ärger in der Spielwarenabteilung."

„Ernsthaft?" Gerrard zog eine Augenbraue hoch.

„Sieht so aus, als gäb's Ärger mit Aminostyren."

Wright blickte erstaunt von den Papieren auf, die er auf seinem Schreibtisch sortierte. „Vielleicht sollte besser ich hingehen", sagte er.

Wrights Aminostyren war der erste bedeutungsvolle wirtschaftliche Erfolg der Firma gewesen. Eine geniale Substanz, die auf der Verbindung der Molekularstrukturen von Protein und Polystyrol basierte, und es hatte sich erwiesen, daß sie ebenso billig wie leicht herzustellen war. Große Konzerne hatten die Massenfabrikation übernommen, die nun beträchtliche Lizenzgebühren einbrachte. Und Aminostyren war nicht nur die Grundsubstanz der selbstzerfallenden Flasche, sie war auch ein Bestandteil von buchstäblich Hunderten von Produkten, von Raketen bis zu Spielzeugautos.

„Es wäre mir lieb, wenn Sie hierblieben", sagte Kramer. „Anne ist jetzt dort. Ich möchte nicht, daß es einen Wirbel gibt. Ich möchte nur, daß die Presse die Finger davon läßt. Deshalb will ich, daß jemand rübergeht."

Gerrard blickte ihn fragend an.

„Etwas von dem Plastikmaterial, das sich in – ich weiß nicht genau – irgendeiner Art von Weihnachtsbasar befindet, ist geschmolzen, und der Mann, der dort Dienst tut, hat keine Erklärung dafür. Wahrscheinlich ist es die Hitze, oder – was noch wahrscheinlicher ist – es hat ein Spaßvogel Aceton darübergegossen. Unsere Garantie deckt ja nicht alle Einwirkungen. Ich möchte, daß du rübergehst, Luke, dir die Sache in Ruhe ansiehst und eine Probe für einen Test mitbringst."

„Bin schon unterwegs." Gerrard stand auf und ging auf die Tür zu.

„Ach, und nimm doch auch deinen Wagen mit. Ich weiß, daß Anne verdammt dankbar wäre, wenn du sie anschließend nach Hause fahren würdest."

Als Gerrard an der Tür stand, kam Betty mit einer Flasche und einigen Gläsern auf dem Tablett herein. Er trat zur Seite, um sie vorbeizulassen. Buchan stand zum erstenmal an diesem Tag auf und half Betty mit dem Tablett, sein Blick richtete sich voll auf die große grüne Flasche. Na schön, dann bietet ihr mir eben nichts zu trinken an, dachte Gerrard. Mir ist kanadischer Whisky sowieso lieber. Er schritt durch den Korridor, durch den Ausgang und in den Regen.

Während er sich auf dem Weg zum Kaufhaus Barrat durch die vom vorweihnachtlichen Verkehr verstopften Straßen quälte, dachte Gerrard über Anne Kramer nach.

Zweimal war er ihr begegnet. Das erste Mal in Kramers Haus an seinem ersten Abend in London und das zweite Mal einige Wochen später in Kramers Beratungsfirma. Nur zwei Begegnungen, aber das genügte, um zu wissen, daß sie ihm mehr bedeutete als jede andere Frau seit Jahren.

Anne Kramer war auf jeden Fall eine schöne Frau. Großgewachsen, mit dichtem dunkelbraunem Haar, großen haselnußbraunen Augen und einer leicht bräunlichen Hautfarbe. Sie verfügte über eine elegante Haltung, auf die er sich nur schwer einstellen konnte und die er ihrer vornehmen britischen Erziehung zuschrieb, wie er es bezeichnete. In ihren Mundwinkeln lag immer die Andeutung eines Lächelns und in ihrem Blick – vielleicht – die Andeutung einer Herausforderung. Wer sie ansah, konnte sich ihre Tüchtigkeit als Interviewerin vorstellen, wenn man auch vielleicht nicht gleich erriet, daß sie zu den führenden Wissenschaftsjournalistinnen des Landes gehörte.

Mit Männern verstand sie gewiß gut umzugehen, das war offensichtlich. Sie hatte die Gabe, jedem Mann, der ihr begegnete, das Gefühl zu geben, sie sei an ihm persönlich interessiert. Das kann ein Berufstrick sein, dachte Gerrard, aber wenn – dann ist es ein verdammt guter.

Gerrard ging normalerweise recht zynisch mit Frauen um. Die zerbrochene Ehe und eine Reihe flüchtiger, ungemütlicher Affären hatten ihn gegenüber jeder ernsthaften Verbindung mißtrauisch gemacht. Vielleicht hatte er nach der Scheidung zu eifrig nach einer Frau gesucht, vielleicht war seine Haltung etwas hungrig und zu übereilt gewesen. Auf jeden Fall hatten sich seine Kontaktversuche durch eine bemerkenswerte Erfolglosigkeit ausgezeichnet. Eine flüchtige Bekanntschaft, eine Nacht im Bett – ja, wenn das der Erfolg war. Er war groß und sah eher interessant aus als im üblichen Sinne schön, und in seinem Gesicht war ein gewisser gewalttätiger Zug, der Frauen ansprach. Aber keine, so schien es, suchte eine dauerhafte Verbindung mit ihm.

Gerrard schreckte auf, als er feststellte, daß er sein Ziel erreicht hatte, einen kleinen baumbestandenen Platz gleich hinter dem Kaufhaus Barrat. Ein Bentley fuhr aus einem der wenigen Parkplätze heraus. Er übernahm den Parkplatz, stieg aus, warf ein paar Münzen in die Parkuhr und lief über den Platz ins Kaufhaus.

Bei Barrat drängten sich die Weihnachtseinkäufer. Früher hatte Gerrard immer an diesem vorweihnachtlichen Gedränge, an der Atmosphäre eines Warenhauses zu dieser Zeit Gefallen gefunden. In seiner Studentenzeit hatte er oft als Aushilfe hinter den Warentischen gearbeitet, um sich in den Semesterferien etwas Geld zu verdienen. Das war in den großen Kaufhäusern von Toronto und Montreal gewesen, aber hier war die Atmosphäre ganz anders.

In den kanadischen Warenhäusern herrschte zur Adventszeit ein anderer Glanz – und eine gewisse Unschuld, trotz der dringenden Ermahnungen, auf überflüssige Geschenke zu verzichten. Hier aber schienen alle Leute müde und bedrückt zu sein, sie schienen dem Fest lustlos entgegenzusehen; es war ein Ritual, das wie jedes andere Ritual erfüllt wurde, ohne Vergnügen, ohne festliche Vorfreude. Dabei konnte das Einkaufen von Geschenken viel Spaß machen, dachte Gerrard, während er die Rolltreppe hinauffuhr.

In der Spielwarenabteilung war das Gedränge noch stärker, und der Geräuschpegel lag bei gut siebzig Dezibel. Kinder schrien, riefen einander zu, griffen nach Spielzeugen, schlugen Trommeln und bliesen auf Blechtrompeten; kleine Plattenspieler grölten die letzten Hits und kitschige Kinderlieder. Kleine elektrische Autos und Motoren mischten ihr Surren in das Geräusch ablaufender Federwerke und das Rasseln von fast hundert Blechtieren, die auf einem großen runden Tisch herumspazierten.

Im Hintergrund der Abteilung stand die unvermeidliche Krippe und vor dem Weihnachtsmann eine lange Schlange. Neben der Krippe befand sich eine Sonderausstellung unter dem Titel „Spaziergang auf dem Mond". Anne Kramer stand davor und wartete auf Gerrard. Er ging auf sie zu. „Hallo", sagte Anne. Sie stellte ihm einen eifrigen jungen Mann mit rosigem Gesicht und einer dicken Tweedjacke vor, der neben ihr stand.

„Das ist Mr. Aspinall, Mr. Gerrard." Sie gaben sich die Hand. Aspinall war groß, schlaksig, jugendlich; sein Handschlag war kraftlos und ein wenig feucht.

„Nun", sagte Gerrard. „Dann wollen wir uns das mal ansehen."

Aspinall zeigte ihnen den Weg durch die nun geschlossene Ausstellung.

Barrat hatte sich die Sonderausstellung dieses Jahr etwas kosten lassen, hatte keine Unkosten gescheut, um ein Modell der Mondsonde herzustellen, eine weite Ebene aus silbernem Mondsand und – als Hauptattraktion – zwei lebensgroße Figuren in Weltraumanzügen. Der eine Raumfahrer konnte sich sogar bücken und ein Stück Mondgestein aufheben und es ungefähr fünf Meter weit zu der wartenden

Mondlandefähre tragen, erläuterte Aspinall. Er lud es in die Fähre und begab sich wieder in seine vorherige Stellung. Mit dieser Figur, die den Commander des Raumschiffes darstellte, hatte der Ärger begonnen.

Ursprünglich war der Roboter von einer amerikanischen Universität als Demonstrationsobjekt für eine Kybernetikkonferenz konstruiert worden. Man hatte ihn dann auseinandergenommen, und schließlich war er von der Kaufhausgesellschaft erworben worden. Aspinall und seine Abteilung hatten den Roboter wieder zusammengebaut und auch einige Schaltzüge, die aus Aminostyren hergestellt waren, eingesetzt. In Aspinalls Werkstatt hatte alles gut funktioniert. Der Roboter war dank der neuen Schaltungen leichter zu transportieren und auch billiger geworden. Der Roboter war eine große Attraktion – solange er funktionierte. Vor einer Woche war er im Kaufhaus aufgebaut worden, und Anne Kramer hatte eigens einen Artikel über ihn geschrieben und auch darüber, daß Aminostyren und anderes neues Plastikmaterial bei seinem Bau Verwendung gefunden hatten.

Die feierliche Eröffnung der Ausstellung war ein voller Erfolg gewesen, innerhalb von zwei oder drei Tagen war die Schau von Tausenden von Erwachsenen und Kindern besucht worden. Dann, auf einmal, ging alles schief, und vor fünf Tagen hatte man die Ausstellung schließen müssen. Die Ursache des Versagens lag offensichtlich im Plastikmaterial.

Aspinall führte Anne und Gerrard zu einer kleinen Werkbank, die hinter dem Weltraumschiff aufgebaut worden war. Auf der Bank lagen einige Schaltungen, die abmontierten Rückenplatten und andere Bestandteile des Roboters. Allem Anschein nach waren die Plastikteile weich geworden und hatten ihre ursprüngliche Form verloren, als wären sie unter Hitzeeinwirkung geschmolzen oder als wären sie einem Lösungsmittel ausgesetzt gewesen.

„Wie heiß ist es hier im Raum?" Gerrard deutete mit dem Kopf auf die strahlenden Bogenlampen, deren simuliertes Sonnenlicht sich auf dem silbernen Sand der „Mondoberfläche" spiegelte.

„Ungefähr dreißig Grad", sagte Aspinall. „Wohl kaum heiß genug, um das Zeug zum Schmelzen zu bringen. Aber Sie sind ja schließlich der Fachmann auf diesem Gebiet."

Gerrard nickte nur. Anne trat neben ihn und betrachtete prüfend die Gegenstände, nahm sie in die Hand und studierte sie aus nächster Nähe. „Könnten es Chemikalien gewesen sein?"

„Daran könnte es natürlich liegen", sagte Aspinall. „Aber nach allem, was ich weiß, hat sich nichts dergleichen auch nur in der Nähe befunden."

„Aber sind Sie die ganze Zeit dabeigewesen?" fragte Gerrard. „Vielleicht hat eine Putzfrau mit einem scharfen Reinigungsmittel ...?" Er brach ab. Sein lahmes Argument war ihm plötzlich peinlich.

„Höchst unwahrscheinlich", erwiderte Aspinall. „Wir säubern alles selbst mit Spiritus. Die Angestellten haben strenge Anweisung, nichts anzufassen, und trotzdem, es geht immer weiter. Ich habe die Schaltungen schon dreimal ersetzt. Und es passiert immer wieder. Hier." Er führte sie zum Mittelstück der Ausstellung. Sie hoben die Hände vor die Augen, um sie gegen das starke Licht der Bogenlampen zu schützen.

„Ich habe unseren letzten Schaltsatz in den Roboter montiert. Ich habe ihn mit Schutzlack bestrichen, damit zersetzendes Aceton – oder Gott weiß was – nicht so schnell durchdringen kann. Ich habe ein Thermometer eingesetzt, damit wir die Temperatur ablesen können. Nun wollen wir sehen, was passiert. Wenn Sie sich bitte hierherstellen." Er bestieg das Podium, auf dem die Ausstellung aufgebaut worden war, und stapfte durch den Sand bis zu einer dünnen Sperrholztrennwand vor dem Hauptareal der Spielzeugabteilung. Anne zögerte auf halbem Weg vor dem Roboter.

Aspinall winkte ihr. „Hierher, sonst stehen Sie ihm im Weg."

Er blickte sich um und hob ein kleines Funkgerät auf, wie es für Modellboote und Modellautos benutzt wird.

„Jetzt passen Sie auf." Er schaltete ein und drehte den Kontrollknopf. Sie blickten alle auf den Roboter.

Die Servomotoren begannen zu summen, langsam hob sich der Kopf, die Arme streckten sich, ein Bein wurde zurückgezogen, und der Roboter neigte sich zur Seite. Dann stapften die Beine zielbewußt vorwärts; sie knirschten im Sand.

„Er funktioniert wieder", sagte Aspinall aufgeregt.

„Vielleicht haben Sie die Antwort gefunden", sagte Anne.

Der Roboter stapfte mit den bedächtigen Bewegungen eines Tiefseetauchers vorwärts und bewegte sich auf die Weltraumfähre zu. Er hielt die Arme ausgestreckt, als trüge er imaginäres Mondgestein.

„Er sollte das Mondgestein eigentlich in die Fähre legen", sagte Aspinall.

„Und dann?" fragte Gerrard.

„Dann muß er sich umdrehen und einen neuen Stein holen", erklärte Aspinall.

„Aufregend." Gerrard gab sich Mühe, damit es nicht zu sarkastisch klang.

„Die Kinder halten es für sehr aufregend", sagte Aspinall ein wenig beleidigt. „Entschuldigen Sie mich."

Er ging zur Landefähre. Der Roboter hatte inzwischen auch die Landefähre erreicht und beugte sich steif vornüber, um das imaginäre Stück Mondgestein in einen Behälter in der offenen Tür zu legen. Aspinall kletterte an ihm vorbei und verschwand in der Mondfähre. Der Roboter drehte sich langsam um und schlurfte wieder zurück.

Anne fühlte sich von den Bogenlampen geblendet und wandte sich an Gerrard. „Ich habe Sand in meinen Schuhen", sagte sie. „Wären Sie so nett?" Sie streckte einen Arm aus, um sich zu stützen, und bückte sich, um sich einen Schuh abzustreifen. Gerrard griff ihren Arm. So nahe war er ihr noch nie gewesen; er roch ihr teures Parfum und genoß die volle braune Pracht ihrer Haare dicht vor seinem Gesicht. Sie war ungeheuer attraktiv, und er fühlte, wie sich etwas in seinem Magen zusammenzog. Sie bückte sich und schüttelte den Sand aus dem Schuh und hielt sich dabei an seinem Arm fest. Sie trug eine dunkle Strumpfhose, und ihre schlanken Beine zeichneten sich schwarz vor dem weißen Sand ab.

Ein langer Schatten tauchte zwischen ihnen auf; Gerrard blickte sich um. Über ihnen dräute die riesige Gestalt des Roboters, und seine Arme reckten sich über seinem Kopf, als holten sie zum Schlag aus.

„Paß auf!" schrie Gerrard. Er griff Anne um die Taille und riß sie beiseite, gerade in dem Augenblick, in dem die Arme des Roboters auf ihren Kopf niedersausten. Er stürzte mit Anne in den Sand, aber noch während sie fielen, erwischte der Roboter Anne mit einem Arm an der Schulter, dann schritt er weiter auf die Trennwand zu. Seine Arme nahmen wieder die Grundstellung ein, bevor er das Mondgestein aufhob. Kurz bevor er die Trennwand erreichte, beschleunigten die Beine ihren steifen, maschinenhaften Schritt. Einen Augenblick lang schien er zu zögern, dann durchbrach er donnernd die Trennwand.

Ein Zwischenstück der Wand brach nach außen, und Gerrard konnte auf der anderen Seite die erschrockenen Gesichter der Eltern und Kinder sehen, die vor dem Weihnachtsmann Schlange standen.

Im nächsten Augenblick trat der Roboter durch die zerborstene Trennwand. Schreie wurden laut, und während die Riesenfigur schlurfend weiterging, stoben die Menschen auseinander. Eine Frau mit einem Kind stürzte im Gedränge zu Boden, Kinder rannten davon und begannen zu weinen, Mütter schrien hysterisch. Gerrard raffte sich auf und rannte zur Werkbank, wo Aspinall das Kontrollgerät liegengelassen hatte. Der Roboter stapfte langsam auf die bewußtlose Frau und das kleine Mädchen zu, das sich vor Furcht an sie klammerte. Gerrard erreichte das Steuergerät keinen Augenblick zu früh – eine Sekunde später wären die massiven Stiefel über die Körper der beiden hinweggetrampelt.

Gerrard warf den Schalter herum, im Roboter summte es, und er hielt inne. Die Maschine konnte ihr Gleichgewicht nur halten, wenn sie sich bewegte, und so neigte sich der Roboter nun langsam zur Seite und stürzte zu Boden. Der Aufprall erschütterte die ganze Abteilung. Die Erregung legte sich, die weinenden Kinder wurden von ihren wütenden Eltern fortgeführt. Gerrard kümmerte sich um Anne.

„Haben Sie sich verletzt?" fragte Aspinall.

„Es ist alles in Ordnung", sagte Gerrard. „Kümmern Sie sich um Ihr verdammtes Ding da." Er zeigte auf den Roboter, und Aspinall eilte los. „Und schalten Sie ihn ab!" schrie Gerrard hinter ihm her. „Kommen Sie", sagte er zu Anne. „Ich bringe Sie hier raus."

Anne blieb stehen. „Nein, es ist alles in Ordnung."

„Und Ihre Schulter?" fragte Gerrard und berührte leicht ihre Schulter; er sah, daß ihr Kleid zerrissen war.

„Lassen Sie nur – es ist nur ein Kratzer", antwortete Anne. „Ich möchte jetzt wirklich gern wissen, was da schiefgegangen ist." Sie trat neben Aspinall, der über der Maschine kauerte und den Schieber auf ihrem Rücken öffnete.

„Wir können ja wieder zurückkommen", sagte Gerrard und folgte ihr. „Ich glaube, Sie brauchen jetzt etwas zu trinken."

„Nein", sagte Anne fest, aber er sah, daß sie schwankte. Gerrard stützte sie. Sie hob die Hand zum Kopf. „Vielleicht doch."

„Also, dann kommen Sie." Sie bahnten sich einen Weg durch die Menge.

„NÜTZT es was?" fragte Gerrard und zeigte auf ihr Glas.

Sie saßen in einer lärmerfüllten Kneipe in der Nähe des Warenhauses und hatten die Reste von zwei großen Whiskys vor sich stehen.

„Ich glaube schon." Anne betastete vorsichtig ihre Schulter. „Es schmerzt doch stärker, als ich dachte."

„Wo wohnen Sie?"

„Gleich um die Ecke. Wir haben da eine Wohnung." Sie blickte zu ihm auf. „Können Sie sich nicht erinnern? Sie waren doch schon einmal bei uns."

„Ich hatte es vergessen. Entschuldigen Sie. Ich bringe Sie nach Hause."

„So schlimm ist es aber nicht."

„Das kann ich besser beurteilen." Gerrard lächelte sie an. „Ich bin Arzt", sagte er mit gespielt ernstem Unterton.

„Jawohl, Herr Doktor, es tut mir leid. Also gehen wir." Sie stand auf und ging zur Tür.

„Mein Wagen steht gleich gegenüber", erklärte Gerrard.

Anne wies ihm den Weg durch eine Reihe von scheinbar endlosen Spiralen enger Straßen und Plätze, die schließlich zu einem ultramodernen Apartmentblock an der Cromwell Road führten.

„Diese Apartments kommen mir alle gleich vor", sagte Gerrard.

„Vielen Dank für das Kompliment."

Bei Tageslicht sah die Wohnung anders aus. Als er zum erstenmal hier gesessen hatte, noch benommen von seinem Flug, war ihm das Apartment gemütlich und geschmackvoll und intim eingerichtet vorgekommen. Nun war es anders. Es muß wohl an meiner Stimmung damals gelegen haben, dachte Gerrard. Er hatte sich damals gewünscht, daß es gemütlich wäre. Als er sich nun neben Anne auf die Ledercouch an dem mosaikbelegten Kaffeetisch vor dem Kamin niederließ, schien ihm der Raum unausgewogen, zu groß, zu protzig. Das Ziegelwerk des Kamins reichte weit über den eigentlichen Kamin hinaus. Alles war übertrieben, allzu luxuriös.

„Nun lassen Sie mal sehen." Sie öffnete die Knöpfe ihrer Kostümjacke.

Ihre Schultern waren kleiner, schlanker, als er gedacht hatte. Auf der linken Schulter erschien ein purpurroter Fleck. Die Haut war unverletzt. Behutsam tastete er ihre Schulter und ihre Armknochen nach Anzeichen einer Fraktur ab.

„Tut es weh, wenn Sie den Arm so bewegen?" Er hob den Arm in Schulterhöhe.

„Nein", sagte sie.

Er hob den Arm etwas höher. „So?"

Sie zuckte zusammen. „Ja, das tut weh, es ist aber doch wohl nichts gebrochen, oder?"

„Ich glaube nicht. Aber mit Sicherheit kann ich es nicht sagen. Sie sollten sich auf jeden Fall röntgen lassen." Er stand auf. „Jetzt haben wir genug Doktor gespielt. Sie können sich die Jacke wieder anziehen."

Sie lächelte und zog sich die Jacke wieder an. Gerrard bemerkte ziemlich beunruhigt, daß sie keinen Büstenhalter trug. Ihre Brustwarzen waren dunkel, und ihre Brüste waren fast etwas zu voll für ihre schlanke Figur, aber fest. Er bemerkte seitlich an ihrem Hals einen geschwollenen roten Fleck. Anne bemerkte seinen Blick und knöpfte sich schnell die Jacke zu.

„Was ist das?" fragte Gerrard.

Anne schien verwirrt. Sie knotete sich ihr Tuch um den Hals und rückte es zurecht. „Eine alte Wunde."

„So alt wohl nicht", sagte Gerrard. Plötzlich wurde er sich bewußt, wie naiv seine Bemerkung war. Das Mal sah nach einem ziemlich frischen Liebesbiß aus. Du bist auf jedem Gebiet aus der Übung, sagte er sich. Er stand auf. „Ich muß wohl noch mal ins Kaufhaus und schauen, was Aspinall zu bieten hat. Wir müssen die Schaltungen im Labor untersuchen."

„Aber Sie bleiben doch noch auf einen Drink, oder nicht?" Anne blickte zu ihm auf. „Ich bin Ihnen sehr dankbar ..., Herr Doktor."

„Der Kerl im Warenhaus wird sich Sorgen machen, was Ihnen passiert ist. Der sieht Sie jetzt sicher schon im Krankenhaus", sagte Gerrard. „Ich gehe lieber noch einmal hin."

„Ich muß auch wissen, was da passiert ist. Geben Sie mir Bescheid, sobald Sie etwas herausfinden? Ich muß meine Füße etwas hochlegen. Ich muß heute meilenweit gelaufen sein, dort oben in Gareloch."

„Sicher, aber ... Sie erfahren es doch von ..."

„Von meinem Mann?" sagte Anne. „Er ist ein vielbeschäftigter Mensch. Vergessen Sie nicht, mich anzurufen. Ich möchte es wissen."

„Nun, ich glaube, da ist bestimmt eine Story drin", sagte Gerrard.

„Nicht meine Art von Storys ... ‚Roboter läuft Amok im Warenhaus' ..." Anne lächelte. „Nein, ich möchte es wissen, weil es uns angeht – Aminostyren."

Gerrard blieb verlegen an der Tür stehen. „Ich rufe Sie an. Auf Wiedersehen." Er lächelte und ging.

Als Gerrard an den Aufzug trat, fragte er sich, wie sie es fertigbrachte, ihn zum Stottern zu bringen, warum er sich bei ihr wie ein Esel fühlte. Er ärgerte sich über sich selbst, und als der Lift ewig nicht kam, lief er zu Fuß die Treppe hinunter, um seinen Ärger loszuwerden.

Das Warenhaus wurde gerade geschlossen. Die letzten Einkäufer wurden höflich übersehen, während die Verkäufer sich beeilten, ihre Kassen abzurechnen.

In der Ausstellung hatte Aspinall begonnen, den Roboter auseinanderzunehmen. „Beweisstück A", sagte er und zeigte auf den Mechanismus, den er aus dem Apparat entfernt hatte. Gerrard schaute sich das Ding neugierig an. An den Rändern war deutlich eine Aufweichung festzustellen, und an einer Stelle war die Plastikoberfläche klebrig.

„Das nehme ich mit ins Labor." Gerrard öffnete seinen Aktenkoffer und nahm ein Tuch heraus. Er achtete darauf, die Schaltungen nur mit den Spitzen seiner Pinzette zu berühren. Behutsam wickelte er das Stück ein und legte es in seinen Aktenkoffer.

„Was werden Sie nun unternehmen?" fragte er Aspinall.

„Wir werden wohl wieder auf Metallschaltungen zurückgreifen. Das ist ziemlich ärgerlich. Ich muß alle neu anfertigen lassen. Das wird eine Ewigkeit dauern."

„Haben Sie schon einmal derartige Veränderungen gesehen?" fragte Gerrard.

„Nun", sagte Aspinall, „ich arbeite natürlich nicht hier, aber ich habe die Leute gefragt, die für die Aufsicht verantwortlich sind. Sie haben so etwas noch nicht gesehen."

Gerrard nickte, nahm seinen Aktenkoffer und wandte sich zum Gehen.

Aspinall berührte ihn am Arm. „Und sagen Sie Anne ..., Mrs. Kramer, daß ich den Vorfall sehr bedauere."

„Natürlich; das mache ich", sagte Gerrard. „Sie kennen sie?" Gerrard lächelte säuerlich. Das war das Ärgerliche bei einem Frauentyp wie Anne Kramer; er verbreitete seinen Charme so wirkungsvoll wie Grippebazillen im Januar.

„Sie war zur Eröffnung hier. Und ich lese ihre Artikel. Für eine Frau ist das sehr gut, was sie macht."

„Das habe ich auch gehört." Gerrard nickte. „Wir bleiben in Verbindung."

Über dem Gesumm von Staubsaugern schritt er durch die verlassenen Etagen des Kaufhauses. Auf den Verkaufstischen lagen Staubschutzdecken. Das ganze Haus wirkte nach Feierabend so reizvoll wie eine ausgedrückte Zigarettenkippe.

3

Lionel Slayter wachte mit einem Ruck auf und zog sich die Bettdecke über den Kopf. Es war ziemlich kühl in seinem Schlafzimmer. Er stellte plötzlich fest, daß er sich in der wohligen Wärme seines Bettes keineswegs geborgen fühlte, daß eine leichte Angst von ihm Besitz ergriff: An dem Tag, der vor ihm lag, stimmte etwas nicht – war etwas Unangenehmes ..., oder war es nur das Ende eines schlimmen Traums ... Plötzlich waren seine Gedanken klar: die Untersuchung. Und schon schlug ihm das Herz bis an den Hals.

Seine ganze Arbeit! An der Idee war nichts falsch, überhaupt nichts. Jeder einzelne Schritt war im Entwurf und in der Konstruktion geprüft und gegengeprüft worden. Das Projekt konnte einfach nicht in so gewaltigem Ausmaß gescheitert sein. Es war genügend Redundanz in den Schaltungen vorhanden, um etwaige Ausfälle aufzufangen – alle Tests waren im simulierten Experiment einwandfrei durchgespielt worden.

Einen Augenblick lang überfiel ihn Panik, dann begann er sich die Reaktionen des Untersuchungsausschusses vorzustellen.

Da war Atherton. Von ihm hatte er keine Hilfe zu erwarten. Das war Abneigung auf Gegenseitigkeit, und das bedeutete auch permanente wissenschaftliche Gegensätzlichkeit. Ein erstklassiger Denker – daran gab es keinen Zweifel –, aber völlig phantasielos. Ehrgeizig, hart, ohne jedes Mitgefühl, so hatte Atherton immer im richtigen Augenblick das Richtige getan. Ein Mann, der sich wahrscheinlich zu gehobenen Stellungen im Ministerium emporhangeln wird und dann bei aller Welt unbeliebt ist. Ein richtiger Schweinehund! Einige Augenblicke lang badete sich Slayter in seinem Haß auf Atherton.

Wer sonst? Da war Professor Starr. Slayter war ihm bisher nur einmal begegnet. Er erinnerte sich an einen großen, höflichen Mann mit grauem Stoppelhaar, das bis dicht über die Schläfen geschnitten war; sanft, aber sehr hartnäckig, wahrscheinlich ehrlich.

Dann war da Holland, Direktor der Verkehrsforschungsabteilung.

Seine Haltung war unvorhersehbar. Ein sorgenvoller kleiner Mann mit einem Magengeschwürgesicht. Immerhin hatte er dem Projekt „Lernende Straße" seine volle Unterstützung gegeben, er würde es also – in gewissem Rahmen natürlich nur – verteidigen. Aber wenn die ganze Sache in die Hosen ging, würde auch er sich bei der Hatz auf einen Sündenbock beteiligen. Wenn die Indizien auf Fehler im Projektentwurf hindeuteten, dann saß Holland im Feuer, und Atherton würde genüßlich die Ofentür zuschlagen.

Schließlich Hinton, der Computermann. Slayter erinnerte sich an ihre erste Begegnung. Ein aufrichtiger Industrievertreter. Hinton war einfach nur darauf aus gewesen, das neueste Produkt seiner Firma zu verkaufen, den D.P.F.6. Da er nicht fähig war, das Für und Wider eines Problems zu sehen, konnte er sich nur als Anwalt des von ihm vertretenen Produkts verstehen. Mit einem Anflug von Furcht fragte sich Slayter, wo er eigentlich die ganzen Funktionsbeschreibungen der Maschine abgelegt hatte. Beim leisesten Verdacht eines Versagens oder eines Entwicklungsfehlers bei dem Computer würde Hinton sofort aufspringen und die Leistungsdaten jeder Schaltung vorlesen. Hinton war ein Profi.

Slayter stand auf, taumelte und mußte sich festhalten, dann erinnerte er sich an seine Pillen. Nur zwei, hatte der Arzt gesagt; drei Pillen hatten ihm endlich Vergessen und Schlaf geschenkt, aber nun dröhnte sein Kopf; er fühlte sich elend. Diesen Tag werde ich nie durchstehen, dachte er.

Mit dem Fingernagel kratzte er an den Eisblumen am Fenster und blickte hinaus in einen trüben Dezembermorgen; seine Mißstimmung verstärkte sich. Es stand doch eigentlich alles schon so gut wie fest. Es tut uns alles wahnsinnig leid, lieber Slayter. Sie wissen, wir hegen die höchste Wertschätzung für Ihre Fähigkeiten – aber Sie wissen ja ebensogut wie wir, wie das ist –, nun, der Fehler ist sehr teuer geworden, die Behörden müssen nun einfach „Nein" sagen ... Und dann wieder zurück zu den Zeitungsanzeigen, zu den Ausschreibungen, zurück ins akademische Proletariat – wahrscheinlich ende ich als Betreiber eines Waschsalons wie mein Studienkollege Matthews.

Als Slayter in Whitehall aus dem Bus stieg, hatte es angefangen zu schneien; große, nasse Flocken, die sich am Boden sofort in braunen Matsch verwandelten. Er spürte, wie kalte Nässe in einen Schuh eindrang, als er den Haupteingang des Innenministeriums betrat.

Die Wirkung der Pillen hatte nachgelassen, das Angstgefühl stellte sich wieder ein: Nun fiel der Vorhang. Nie wieder würde er an einem Kongreß teilnehmen können – „Ach, da ist ja auch der alte Slayter! Erinnern Sie sich noch, wie er sich damals mit dieser Lernstraßengeschichte in die Nesseln gesetzt hat? Das kommt davon, wenn man Science-fiction-Projekte mit öffentlichen Geldern unterstützt."

Keine Einladungen zu öffentlichen Vorträgen mehr – nichts. Wenn man in der Forschung erst einmal auf dem Weg nach unten ist, dann treten einen die akademischen Schweinehunde, die scharf darauf sind hochzukommen, noch tiefer in den Dreck.

Als er die Korridorgewölbe entlangging, die nach vergammeltem Papier und kaltem Tabakrauch rochen, empfand er den unbezähmbaren Drang davonzulaufen, nach Hause, in die Wohnung, ins Bett, Krankheit vortäuschen – alles, nur um der Demütigung zu entgehen. Er fühlte sich hundsmiserabel.

Hollands Stimme riß ihn aus seinen Ängsten: „Lionel! Guten Morgen." Dann, als er Slayters langes Gesicht sah: „Ach, kommen Sie! Es wird schon nicht so schlimm werden, wie Sie denken."

Slayter murmelte: „Soweit ich das voraussehen kann – der große Radiergummi. Und dann – zack!"

Holland sagte mit fester Stimme: „Lionel, ich führe den Vorsitz bei der Untersuchung und werde nur Tatsachen zur Kenntnis nehmen, Beweismaterial, und nicht Meinungen. Wir setzen uns zusammen, um das Wie zu diskutieren, nicht das Wer."

„Aber es fällt doch am Ende alles auf mich zurück, oder nicht?"

„Nicht unbedingt – wir halten uns nur an die Tatsachen."

„Hinton wird natürlich für seine Maschine bis aufs Messer kämpfen, Starr sitzt als Zuschauer auf dem Zaun, und Atherton ist schon lange hinter mir her. Was, zum Teufel, soll das Ganze noch?"

Hollands Haltung versteifte sich, seine Stimme nahm einen amtlichen Tonfall an, als er sagte: „Slayter ..." Die Anrede nur mit dem Zunamen schmerzte. „Ich leite diese Untersuchung, und ich halte es für ziemlich respektlos, wenn Sie der Meinung sind, es handle sich um eine Farce. Niemand wird beschuldigt, wenn die Schuld nicht bewiesen werden kann, darauf können Sie sich verlassen!" Er sah Slayters bedrückten Blick und fügte eine Spur freundlicher hinzu: „Ich kenne Atherton seit sieben Jahren, und – ganz unter uns und gemäß dem Gesetz über Amtsgeheimnisse – ich halte ihn für einen Scheißkerl. Natürlich wird Hinton seine Maschine verteidigen. Ich bin schließlich lange genug in diesem Geschäft, wissen Sie."

Er blickte auf seine Uhr und nahm Slayter beim Arm. „Ich glaube, es ist soweit."

Das Untersuchungszimmer hatte hohe Wände, der lange Mahagonitisch glänzte und roch nach Bienenwachs. Porträts von längst verstorbenen hohen Beamten blickten streng auf die Eindringlinge herab.

Holland rief die Anwesenden zur Ordnung: „Ich bin der Ansicht, daß wir heute kaum zu endgültigen Beschlüssen kommen werden. Ich schlage also vor, daß wir zunächst einmal die einzelnen Stellungnahmen diskutieren – sie sind ja wohl alle bereits verteilt worden, wie ich annehme." Er blickte fragend auf, und alle nickten zustimmend.

„Ich darf also den Inhalt kurz zusammenfassen. Dr. Slayter hat die ziemlich überzeugende Hypothese aufgestellt, daß die Recheneinheit des Computers versagt und die Katastrophe unmittelbar darin ihre Ursache habe. Mr. Hinton, Sie haben die Behauptung zurückgewiesen und eine gegenteilige Meinung zum Ausdruck gebracht, nämlich daß ein Computerversagen allein nicht zu einer derart ausufernden Desorganisation geführt haben könnte und daß, nach Ihrer Meinung" – er blickte auf das Dokument und zitierte wörtlich – „... die Anlage des Netzwerks ungenügende Sicherheitsvorkehrungen aufgewiesen hat."

Hinton blickte prüfend auf seine Kopie und nickte.

„Atherton, Sie sind, soweit ich feststellen kann, ähnlicher Ansicht wie Hinton."

Atherton unterbrach: „Nein, ganz im Gegenteil. Was ich in meinem Bericht klargemacht habe, ist, daß meiner Meinung nach das ganze Konzept ungenügend quantifiziert worden ist und daß die verfügbaren Hochrechnungen weit unter dem Standard lagen, der für ein derartig spekulatives Projekt erforderlich ist ..."

Er sprach heftig, hinter den dicken Brillengläsern blitzte unübersehbar Feindschaft. Sein Gesicht war zwar ausdruckslos, aber wenn man genau hinsah, wurde deutlich, daß ihm nichts mehr Vergnügen bereiten konnte, als einen jungen Wissenschaftler fertigzumachen.

Holland sagte milde: „Genau. Das wird in der Tat aus Ihrem Bericht vollkommen klar, Mr. Atherton. Nun, Professor Starr, Sie sehen die Ursache der Ereignisse darin, daß das Versagen eines Werkstücks mit einem Unsicherheitsfaktor zusammengetroffen ist, der in Dr. Slayters Kontrollnetz schon vom Entwurf her angelegt ist. Habe ich mich korrekt ausgedrückt?"

Starr sprach mit wohlbemessener und fast stakkatohafter Präzision. „Ja, bis zu einem gewissen Grad, aber es gibt noch eine Anzahl von ungewissen Punkten. Ich habe darüber mit einiger Ausführlichkeit mit Dr. Slayter gesprochen, und soweit ich feststellen kann, hat er in diesem Stadium ausgezeichnete Vorkehrungen für das Versagen eines Werkstücks getroffen. In vielen Bereichen des Netzwerks würde örtliches Versagen automatisch die Einschaltung eines Hilfsstromkreises betätigt haben ..."

Atherton unterbrach ihn: „Ja, aber eben nicht in diesem Fall! Ein Logikgatter versagt und ruft ein unglaubliches Chaos hervor und – wenn ich hinzufügen darf – fordert sieben Todesopfer!"

Holland wandte sich an Slayter: „Was ist Ihre Ansicht dazu, Dr. Slayter?"

„Mr. Atherton hat vollkommen recht. Für die in Frage kommende Einheit war kein Hilfsstromkreis eingeplant worden."

„Ach, und warum nicht?" Atherton vermutete eine Lücke.

„Weil wir eine schriftliche Garantie hatten, daß die Versagenswahrscheinlichkeit hier gleich Null sei. Wir konnten nicht alle Systeme doppelt auslegen. Das hätte zu einer unmöglichen Kostensteigerung geführt."

„Mr. Hinton, wie weit sind Sie mit Ihren Untersuchungen gekommen?"

„Die Einheit befindet sich in unserem Labor. Nach dem derzeitigen Stand der Untersuchungen scheint sich in einem der Speicher ein Versagen ergeben zu haben."

„Also gab es doch einen Fehler im Gerät?"

„Ja, bei einem Gatter war der Stromkreis unterbrochen ..."

Slayter fragte gespannt: „Aber Sie haben uns doch versichert, es könne nicht versagen."

„Und Sie haben mir gesagt, es spielt keine Rolle, wenn es versagt."

„Das ist absolut unwahr! Ich habe folgendes gesagt: Wenn eine Einheit versagt, können wir das Versagen mit einer Adaptereinheit auffangen, aber nur für eine begrenzte Zeitspanne."

Hinton wurde rot vor Zorn. Er fischte einen Brief aus seinen Akten. „Sie haben hier am ... zehnten August erklärt, daß Sie unseren Entwurf der Recheneinheit akzeptieren –"

Slayter unterbrach ihn: „Sie wissen verdammt genau, daß wir erst sehr viel später darüber gesprochen haben. Und Sie haben mir gesagt, wir müßten zu einem Kompromiß kommen, und Sie wollten nur ..."

Holland sagte streng: „So kommen wir nicht weiter, meine Herren ..."

Slayter und Hinton starrten sich böse an.

„Ich schlage vor, wir beschränken uns auf die erwiesenen Tatsachen. Professor Starr?"

„Ich führe zur Zeit eine Computersimulation von Dr. Slayters Netzwerk mit unseren eigenen Geräten durch. Wir füttern in das Programm verschiedene künstliche Fehler ein, um deren Auswirkungen auf das System als Ganzes zu messen. In einigen Tagen werde ich in der Lage sein, Ihnen gesicherte Daten liefern zu können."

Atherton brummte: „Ich sehe wirklich nicht ein, was das nützen soll, wenn das ganze Konzept nur auf spekulativer Mathematik beruht."

Als Starr antwortete, sah er ihn nicht an und schien mit sich selbst zu sprechen. „Ich ziehe es vor, mich an Daten zu halten."

Atherton errötete und senkte den Blick.

Holland wandte sich an Hinton: „Sie sprachen von einem Gatter, dessen Stromkreis unterbrochen war, vielleicht können Sie uns das genauer erklären."

„Ja. Wir haben die verschiedenen Schaltelemente auseinandergenommen. Nur eines war in Mitleidenschaft gezogen. Aus irgendeinem Grund – den wir aber noch nicht erklären können – scheint es bei diesem zu einem lokalen, aber totalen Ausfall der Isolation gekommen zu sein."

IN EINEM Büro im nahe gelegenen Gebäude des Handelsministeriums korrigierte Tom Myers, Inspektor für Flugzeugunfälle, den ersten Entwurf seines Berichts über den Flugzeugabsturz von Isleworth. Er änderte einen Satz, der gelautet hatte: „Die auslösende Ursache war ein Verlust der Bezugsspannung."

Der Satz lautete nun: „Die auslösende Ursache war ein Verlust von Bezugsspannung infolge eines lokalen Ausfalls der Isolation in einem Kontrollgerät der Treibstoffpumpe."

SPÄTER am Abend drängten sich Beamte aus den Ministerien im „Red Lion", auf der anderen Seite von Whitehall, um die Bar. Sie hatten, wie an jedem Abend, gerade Zeit für zwei Whiskys, bevor sie sich im Waterloo-Bahnhof ins Gedränge stürzten und auf die lange Heimreise zu ihren gelangweilten und langweiligen Frauen, tristen, teuren Eigenheimen und schlechten Kochexperimenten nach dem neuesten Rezept im *Observer* machten.

Holland saß allein am Tisch, starrte mürrisch in sein Bierglas und fragte sich, was zum Teufel er mit diesem Abend anfangen sollte. Sein Magengeschwür schmerzte. Er dachte darüber nach, daß eine Horde von Experten, von denen jeder nur seinen eigenen Standpunkt vertrat, unmöglich auf friedliche Weise zu dirigieren war. Der Tag war ungewöhnlich anstrengend gewesen, und schuld daran war vor allem dieser entsetzliche Atherton, der immer wieder versuchte, den armen Lionel festzunageln.

„Einsamkeitsalkoholismus, das ist der Anfang vom Ende, mein Lieber!"

Er blickte auf und sah in das freundlich grinsende Gesicht von Tom Myers.

„Tom! Du bist mir ein willkommener Anblick. Setz dich! Was trinkst du?"

„Ich hab schon was, danke schön. Was trinkst du?"

„Laß nur, mir geht's schon gut genug."

„Und wo bleibt dein sonst so brillanter Witz?"

„Den hab ich bei dieser verdammten Knightsbridge-Sache verloren."

„Ach ja, hab ich ganz vergessen, du führst ja den Vorsitz bei der technischen Untersuchung, nicht wahr?"

„Mhm."

„Und wo liegt das Problem?"

„Experten! Man sollte doch meinen, daß Fachleute sich wenigstens auf Tatsachen einigen könnten. Aber sie quasseln wie Schuljungen. Ich versuche, sie zu einer vernünftigen Schlußfolgerung zu bringen, aber sie produzieren sich mit ihrem Fachchinesisch, was sich zwar gut anhört, aber in Wirklichkeit nur ihre eigenen Interessen decken soll."

Myers lachte. „Ja, das kenne ich. Immer das alte Lied. Am Anfang sagen sie ‚auf der einen Seite', und da weiß man schon, zwei Minuten später werden sie sagen ‚aber auf der anderen Seite'. Und was dazwischen noch übrigbleibt, ist Unfug."

„Genau!"

„Worum geht's denn eigentlich? Wer ist der Schurke?"

„Du kennst doch die Geschichte mehr oder weniger, oder nicht?"

„Eigentlich nicht, nur das, was ich im Fernsehen gesehen habe."

„Nun, ich habe da einen Systemanalytiker, der sagt, der Computer habe versagt. Und der Computermann sagt, das System habe versagt. Und dann hab ich da noch einen Akademiker, der ist äußerst fair und anständig gegenüber beiden Seiten."

„Und was schätzt du?"

„Für mich war es ein Computerversagen. Nun, jedenfalls ein Versagen an einem Bestandteil."

„Welcher Art?"

„Bei einem Gatter ist der Stromkreis unterbrochen worden. Nach übereinstimmender Meinung hätte kein Versagen eintreten dürfen. Aber es ist passiert – Ausfall der Isolierung. Alles sehr seltsam."

Myers stellte sein Bier langsam auf die Theke. Er dachte einen Augenblick nach, bevor er antwortete. „Ausfall der Isolierung? Das ist seltsam, das ist außerordentlich seltsam."

„Was?"

„Ausfall der Isolierung. Du weißt doch, daß ich den Flugzeugabsturz von Heathrow-Isleworth untersuche."

„Ja."

„Nun, wir haben noch nichts Endgültiges. Wir wissen, eines der Düsenaggregate hat Feuer gefangen, ein Turbinenblatt ist abgebrochen und hat die Katastrophe ausgelöst. Aber da ist einer von den Kontrollkästen im Flügel – er registrierte und kontrollierte die Treibstoffzufuhr zu Aggregat zwei und hätte sie automatisch abschalten müssen ..."

„Und?"

„Die Hersteller haben den Kasten auseinandergenommen. Sie sagen, das Material sei zwar einer Temperatur von über hundertfünfzig Grad Celsius ausgesetzt gewesen" – er machte eine Pause und dachte angestrengt nach –, „aber die Verdrahtung in dem Kasten zeigte keine Anzeichen von Isolation mehr!"

„Weggebrannt?"

„Nein, dafür war die Temperatur nicht hoch genug. Das in Frage kommende Plastikmaterial – dieses neue Aminostyren – hat einen Schmelzpunkt von über dreihundertfünfzig Grad – höher als Teflon!"

Holland zog die Stirn in Falten: „Das ist ja höchst interessant! Können wir mal ausführlich darüber reden?"

Myers hob sein Bier: „Jederzeit!"

4

WRIGHT zeigt sich wieder einmal von seiner pedantischsten Seite, dachte Gerrard. Ein hervorragender Techniker, aber nicht mehr. Wright ging ihm auf die Nerven.

„Aller Wahrscheinlichkeit nach haben wir es hier mit der Einwirkung eines Lösungsmittels zu tun. Hitze könnte niemals eine derartige Verformung hervorrufen; Hitze würde darüber hinaus eine Verkohlung oder zumindest eine leichte Schwarzfärbung in den Randzonen verursachen. Sind Sie ganz sicher, daß auch wirklich niemand ein Lösungsmittel – Aceton oder etwas Ähnliches – in der Nähe des Roboters verschüttet hat?“ fragte Wright.

„Aspinall hat mir sein Wort darauf gegeben, daß das ausgeschlossen ist“, sagte Gerrard. „Er ist da sehr auf Draht. Niemand außer ihm durfte in die Nähe des Roboters.“

Wright lächelte ein dünnes, ungläubiges Lächeln. „Nun, vielleicht, aber dafür brauchen wir noch Beweise.“ Er packte das in Tücher gehüllte Räderwerk wieder zusammen, legte es in einen kleinen Metallbehälter, zog ein Etikett hervor und begann zu schreiben.

„Was machen wir nun damit?“ fragte Gerrard.

„Ein paar Tests“, sagte Wright. „Aber nicht sofort. Wir müssen erst mit unsrem Projekt weiterkommen. Später können wir dann das Ding einmal auf Festigkeit, Durchlässigkeit und so weiter prüfen.“

AM NÄCHSTEN Morgen strahlte die Sonne durch die hohen Bogenfenster des Schullaboratoriums, und das war buchstäblich der einzige Lichtblick, wenn man in diesem viktorianischen Tollhaus arbeiten mußte, dachte Gerrard. Die bunten Glasscheiben im oberen Teil der Fenster warfen wirbelnde Muster in Rubinrot, Blau und Gelb auf Wrights Schreibtisch.

„Angenommen, es stellt sich heraus, daß es keine Einwirkung von außen war?“ fragte Gerrard.

„Wie das?“ sagte Wright.

„Ich bin kein Chemiker, aber kann es sich nicht um einen Fehler im Plastikmaterial handeln? Eine veränderliche Molekularstruktur – so daß sie empfänglich ist für – nun, ich weiß nicht – aber sagen wir mal für den Stickstoff oder den Sauerstoff in der Luft?“

Wright sah ihn prüfend über seine Brillengläser hinweg an. „Der Neoplas-Konzern geht bei seinen Entwicklungstests überaus sorgfältig vor. Neoplas arbeitet mit einer Lizenz von uns, wie Sie wissen, und ich sorge persönlich dafür, daß jedes Produkt mit absoluter Sicherheit einer vollständigen Spezifikationsprüfung unterworfen wird. Unabhängig davon lassen wir von einer anderen Firma Prüfungen durchführen. Auch deren Daten sind absolut zuverlässig."

„Das sollte auch keine Beschuldigung sein", sagte Gerrard.

„Nun, ich bin überzeugt, meine Antwort macht Ihre Befürchtungen gegenstandslos, Mr. Gerrard", sagte Wright. Er nahm die Proben und trug sie zu einem großen Kühlschrank, öffnete ihn und legte sie sorgfältig auf ein Regal unter dem Tiefkühlfach. Er warf einen Blick auf Gerrard und schloß mit einem Knall die Tür. „Das hat Zeit bis später", sagte er.

„Ich habe immer gedacht, Amtsschimmel und Bürokratie wären in diesem Land ein Monopol der Regierungsbehörden", sagte Gerrard.

„Aber keinesfalls, mein lieber Freund", versetzte Wright. „Man findet sie überall. Aber es gibt noch ein anderes Wort, das Sie sich merken sollten – Prioritäten." Er lächelte und verließ das Labor.

Gerrard setzte sich an seinen Schreibtisch. Hatte es Sinn, mit Kramer zu sprechen? Er war überzeugt, daß irgendein anderer Faktor dieses Schmelzen des Plastikmaterials bewirkte. Was wäre, wenn die Plastikisolierung anfinge zu schmelzen ... Augenblick mal! ... Isolierungen anfingen zu schmelzen? – Das schlug irgendwo in ihm einen Akkord an. Hatte er nicht irgendwo etwas von geschmolzenen Isolierungen gelesen? – Im Zusammenhang mit was? Er dachte nach und schnippte erregt mit den Fingern. „Das ist es", sagte er laut. Die Flugzeugkatastrophe von Isleworth. Da hatte es im Bericht geheißen, es habe totalen Isolationsausfall gegeben. Konnte da ein Zusammenhang sein? Isolation – Plastik – ja! Welche Zeitungen ...? Er sprang auf und griff nach dem Telefon. „Betty", sagte er, „die Zeitungen der letzten zehn Tage, können Sie sie mir besorgen?"

„Alle?" Ihre Stimme klang ein wenig zögernd.

„Ja, alle! Und zwar schnell!" Er legte den Hörer auf die Gabel und setzte sich wieder. Seine Gedanken rasten.

Sein Blick wanderte über die Reihe der Modelle an der Wand. Auf dem Ausstellungsbord standen die verschiedenartigsten Beispiele für die Verwendung von Aminostyren: Telefonkabel, Gasrohre, elektrische Leitungen. Angenommen, es gab einen Fehler in der Molekularstruktur des Grundmaterials, und unter gewissen Bedingungen brach alles zusammen – welches Chaos würde dann über die Kommunikationsmittel hereinbrechen? Er sprang auf, um seine Idee zu Ende zu denken, doch dann zügelte er sich. Seit drei Wochen arbeitete er nun hier. Sicher, viel Konstruktives hatte man ihm in dieser Zeit nicht zu tun gegeben, und daher rührte auch seine Unsicherheit gegenüber Wright. Er fühlte sich nutzlos, nicht in Anspruch genommen, nicht geschätzt. Suchte er nun nicht einfach nur nach einer Form des Wettbewerbs, nach einem Beweis, um Wright zu zeigen, daß er, Gerrard, ein tüchtigerer Wissenschaftler war als er, der Ältere?

Außerdem – was würde Kramer sagen, wenn es sich tatsächlich herausstellte, daß Aminostyren, der Grundstein seiner Beratungsfirma, fehlerhaft war und die Produktion gestoppt werden mußte? Das würde den Status der Gruppe nicht unbedingt heben; sie wäre erledigt, denn die Finanzen flossen fast ausschließlich aus diesem spektakulären Erfolg: der biolöslichen Flasche, die aus Degron hergestellt wurde.

Bald nachdem Wright der Gruppe beigetreten war, hatte er ihnen eine kurze Rede über sein Lieblingsthema gehalten: ein Plastikmaterial mit einer Anzahl bisher unvereinbarer Eigenschaften. Hohe Spannungskraft in einer einzigen Richtung, beträchtliche Elastizität in der Gegenrichtung und außergewöhnlich niedrige Produktionskosten. Ausgangspunkt dabei war sein anderer, ursprünglicher Erfolg – eben das Aminostyren. Und so hatte er eine Serie von Polymeren entwickelt – Verbindungen mit eng über Kreuz verbundenen Molekülketten, die in der Folge den gewünschten Eigenschaften immer näher kamen.

Schließlich schien eine seiner Verbindungen fast vollkommen zu sein – bis auf einen entscheidenden Nachteil: Unter Sauerstoff- und Lichteinwirkung erfolgte ein rapider Verfall, dann verwandelte sich der Stoff in wenigen Stunden in ein graues, faseriges Pulver. Wright erklärte der versammelten Mannschaft, soweit er es überblicken könne, sehe er keinen Weg, diesen fatalen Nachteil der Verbindung zu vermeiden.

Kurz nachdem Wright seinen Vortrag gehalten hatte, wurde Buchan sehr erregt. Es war offensichtlich, daß er eine Idee hatte. Schließlich eilte er mit einem lauten Triumphgeschrei an die Tafel – und in wenigen Sekunden verwandelte er die Schwäche von Wrights Verbindung in einen Knüller, den er einen „sich selbstzerstörenden Behälter“ nannte. Er erklärte, solange man Licht und Sauerstoff von dem Plastikmaterial fernhalte, würde es seine Eigenschaften bewahren; würde es aber beidem zugleich ausgesetzt, dann zerfalle es auf der Stelle.

Kramer war ebenfalls im höchsten Maß erregt, und einen Augenblick lang zeigte er wieder sein altes Image: den vom Schöpfergeist getriebenen Wissenschaftler. Kramer füllte die verbleibenden Lücken aus: Man stelle den Plastikbehälter mit einem Spritzgußapparat her, unter Luftabschluß und bei Dunkelheit, und forme dann – unter den gleichen Bedingungen – einen vollkommen undurchsichtigen und undurchdringlichen Belag aus einem anderen Plastikmaterial. Man versehe dann den äußeren undurchsichtigen Belag mit einem Abreißstreifen, den man notwendigerweise beim Öffnen des Behälters betätigen müsse. Wenn der Streifen abgerissen werde, wirkten Licht und Luft auf die Oberfläche des empfindlichen Plastikmaterials ein – und der Zerfall beginne.

Eine originelle und brillante Idee ruft fast immer feindliche Reaktionen hervor – bei denen, die davon hören, aber selbst nicht darauf gekommen sind –, und der sich selbst zerstörende Behälter war keine Ausnahme. Alle Welt brachte Hypothesen vor, um zu beweisen, warum es nicht funktionieren könne, und nur allmählich, als sie der Idee nichts anhaben konnten, verstummten die kritischen Stimmen. Schließlich gab es keine Einwände mehr, und die Gruppe machte sich mit fieberhafter Aktivität ans Werk.

Eine gebrauchte Spritzgußmaschine wurde installiert, Formen wurden hergestellt, und Wright stellte so viel synthetisches Material her, daß eine Reihe von Experimentierbehältern gegossen werden konnte. Die Luft im Hauptlaboratorium wurde heiß und übelriechend. An diesem Geruch waren hauptsächlich komplizierte Aminosäuren schuld, die notwendig waren, um das Plastikmaterial herzustellen.

Kramer hatte inzwischen das Patent angemeldet und mit staatlichen Forschungs- und Entwicklungsämtern verhandelt, um Zuschüsse zu erhalten.

Bis die Idee verläßlich funktionierte, waren zahlreiche Hindernisse zu überwinden. Das Hauptproblem war, das Plastikmaterial so empfindlich zu machen, daß sich der Zerfallsprozeß, sobald Licht und Sauerstoff in den Bereich unter den Abreißstreifen eindrangen, auch durch den ganzen Behälter hindurch fortsetzte, bis schließlich nur der undurchlässige Belag – gewöhnliches Plastikmaterial in der Stärke von ein paar Hundertstel Millimetern – übrigblieb.

Dieser Überzug bildete schließlich das letzte Problem. Er sollte sich der spontanen Zerstörung des Hauptbehälters anschließen. Deshalb wurde dem empfindlichen Plastikmaterial ein Gemisch beigefügt, das – nach der Selbstzerstörung – eine winzige Menge Lösungsmittel freisetzte. Das verwandelte den dünnen Überzug in eine leicht verdunstende Flüssigkeit, so daß am Schluß nur noch die Kohlenstoffteilchen übrigblieben, mit denen er angereichert war, um lichtundurchlässig zu sein.

Schließlich wurde die Selbstauflösungszeit auf zwei Stunden festgesetzt. Nach der Gebrauchsanweisung auf den Flaschen mußte der Inhalt nach dem Öffnen unverzüglich entleert werden.

Während des erregenden Entwicklungsprozesses herrschte in der Gruppe eine geradezu weihevolle Atmosphäre. Jeder arbeitete selbstlos und oft die ganze Nacht hindurch. Eine ununterbrochene Hochstimmung voller Abenteuergeist und Entdeckerfreude hielt alle gefangen, und niemand schonte sich. Betty wurde Mutter und Köchin und sorgte für einen ständigen Nachschub an Kaffee, Essen und Whisky. Eines Morgens, nach fast vierundzwanzig Stunden ununterbrochenen Experimentierens, ließ Kramer eine Flasche rundum gehen und begann an der Tafel mit Namen für das neue Material zu spielen. Man entspannte sich unter dem Einfluß des Alkohols, und die Einfälle wurden immer unpraktischer und frivoler. Ein Vorschlag lautete „Sonnendreck", ein anderer „Oxydung" oder auch „Kramers Krümel-Korn". Schließlich einigte man sich auf „Degron".

Dann kam die Pressekonferenz im Büro in der Londoner City, das Kramer als Verkaufsabteilung für die Organisation gemietet hatte. Der Alkohol floß in Strömen, die Journalisten wurden großzügig mit allen Informationen versorgt, aber es wurde doch auch sehr sorgfältig darauf geachtet, daß niemand ein Muster in die Hand bekam, um es womöglich mitzunehmen und analysieren zu lassen.

Es folgten Interviews im Fernsehen, in den wissenschaftlichen Programmen, und schließlich standen die Hersteller Schlange, die eine Lizenz zur Massenherstellung von Degronbehältern erwerben wollten.

Kramer führte unter den konkurrierenden Firmen eine erfolgreiche Versteigerung durch, die jedem Händler in den Souks von Bagdad zur Ehre gereicht hätte, und schloß schließlich einen Vertrag mit einer großen Limonadenfirma ab, die im Grunde nur nach einem neuen Verkaufsschlager suchte, um den Absatz ihrer Mixtur aus Weinsäure,

Essigsäure, Saccharin und Farbstoffen, die schamlos „Tropenfreude" genannt wurde, anzukurbeln.

Die Werbekampagne der Limonadenfirma war ein spektakulärer Erfolg. Das Publikum kaufte nun dasselbe chemische Gepansche wie vorher – nur im neuen Behälter, einfach weil er interessant aussah und neue Handbewegungen zum Öffnen erforderte.

Die Kampagne wurde mit sorgfältig ausgeklügelten Texten versehen. Auf Hunderten von Plakatwänden, in den U-Bahnen, im Werbefernsehen, in den Zeitungen wurden die Konsumenten aufgefordert, „Tropenfreude" zu kaufen: „Schützen Sie die Umwelt, trinken Sie ‚Tropenfreude'. Reißen Sie den kleinen Streifen auf – und schauen Sie zu, wie die Flasche zerfällt! Stellen Sie die Aufreißerflasche in den Blumenkasten, werfen Sie sie in den Garten. Und schauen Sie zu, wie Ihre Blumen blühen! Und wenn Sie keinen Garten haben, dann spülen Sie die Flasche einfach durch den Abfluß ..."

„Für zehn Aufreißstreifen gibt es einen Bonus. Zehn Geschenkgutscheine garantieren Ihnen eines der hundert schönen Geschenke, die in jedem ‚Tropenfreude'-Geschäft für Sie bereitliegen! Unser Einführungsangebot gilt nur bis zum Ende des Monats. Beeilen Sie sich, beeilen Sie sich, die ‚Tropenfreude' ruft ..."

So lauteten die Aufforderungen, und das Publikum kaufte. Von dem einst erregenden, fast sexuellen Ritual, vakuumverschlossene Pulverkaffeedosen zu öffnen, wandten sich die Konsumenten nun dem nicht minder befriedigenden Geräusch des Aufreißstreifens zu – der von den Medienpsychologen sorgsam mit einem gezackten Rand versehen worden war, um den Fingern auch unmittelbar das „Aufreißgefühl" zu vermitteln – mit sadistischer Freude dem Zerstörungstrieb ein Ventil schaffend –, zu reißen, zu zerren, zu zerfetzen. Eine Flasche schreit nicht vor Schmerz. Und die „Aufreißer" hatten ihren Spaß.

Landauf, landab wurden die Flaschen von Hunderttausenden von zugreifenden Händen ihrer Auflösung entgegengeführt. Und so begannen sie ihren Weg zurück zur Erde, wurden sie gedankenlos in Millionen Toiletten hinuntergespült.

Degron wurde zu einem geflügelten Wort in jedem Haushalt, und interessierte Industrielle gaben sich bei Kramer die Klinke in die Hand, um eine Herstellungslizenz zu erwerben.

In einer immer stärker umweltschutzbewußten Welt mußte es ein Knüller werden, mit einer Verpackung zu werben, die nicht zum Müllproblem beitrug. Neun Monate nach der ersten Ankündigung hatte die Kramer-Gruppe siebenundvierzig Einzelverträge mit Behälterherstellern. Auch andere Limonadenfabrikanten kamen mit Selbstauflösungsflaschen auf den Markt. Schließlich schritt das Umweltschutzministerium ein und ersuchte die Gruppe, den Herstellungsprozeß auf der Grundlage einer Regierungslizenz allgemein zugänglich zu machen.

So war jeder zufrieden. Die Minister lächelten gnädig – und in das Gewimmel der Abwassergewölbe in Hunderten von Städten strömte das sich selbst auflösende Degron. Die Abwasserfilter in den Kläranlagen, die nun von der Plage der Plastikflaschen befreit waren, arbeiteten wieder störungsfrei. Die Stadtväter waren zufrieden.

Profit plus Menschenfreundlichkeit – Kramer war auch zufrieden.

Aber was hatte der Goldregen aus Kramer gemacht? Diese Frage stellte sich Gerrard oft. Hatte sich seine einstmals geradezu weltumspannende Schöpferkraft nun darauf reduziert, nur noch finanziell einträgliche, aber geistig sterile Erfindungen zu vervollkommnen? Angenommen, am Aminostyren würde ein Fehler entdeckt – was dann? Würde dann der Goldregen versiegen? Würde Kramer die Arbeit der Gruppe wieder auf die Weltprobleme richten, auf die behutsame Evolution der Zukunft der Wissenschaft? Oder würde dann alles scheitern?

Gerrard erinnerte sich, wie Kramer einmal tiefe Sorgen um die Zukunft der Wissenschaft geäußert hatte. Es war ein massiver Angriff auf die Wissenschaft um ihrer selbst willen gewesen – und er hatte wiederholt geäußert, wie sehr er sich wünschte, die Fähigkeiten der Wissenschaftler würden sich auf die Lösung gesellschaftlicher Probleme richten. Gerrard verglich dieses Bild mit dem profitgierigen Besessenen, den er nun vor sich sah. Und er fragte sich, woher diese Veränderung kam.

Betty trat mit einem Stapel Zeitungen ein und legte sie ihm auf den Schreibtisch. „Nur die wichtigsten Tageszeitungen“, sagte sie. „Die anderen mit den nackten Mädchen habe ich nicht gebracht.“

Gerrard lächelte: „Spielverderber“, sagte er, aber Betty gab darauf keine Antwort.

„Es ist sonst niemand mehr da“, sagte sie. „Sie wollen doch keinen Kaffee mehr, oder?“ Sie war offensichtlich nicht gewillt, nur für einen Mitarbeiter Kaffee zu kochen und dann auch noch nur für den Neuen. Die Zuneigung einer Sekretärin zu gewinnen ist ebenso wichtig wie schwierig, dachte er.

„Ist schon gut“, sagte Gerrard, und sein Lächeln geriet ihm ein wenig starr. „Machen Sie sich keine Mühe.“ Sie verließ das Zimmer.

Er breitete die Zeitungen aus und ärgerte sich über Bettys Haltung. Verdammt noch mal, er wollte Kaffee! In ein oder zwei Minuten würde er Betty anrufen und ihr sagen, er habe es sich anders überlegt. Sollte sie doch ihren dicken Hintern ein bißchen bewegen. Er vertiefte sich in die Zeitungen.

Die Flugzeugkatastrophe hatte sich vor einer Woche ereignet. Er blätterte die Seiten um und suchte nach den diesbezüglichen Berichten. Er fand nichts Abschließendes über das Versagen der Isolation. Unterbeschäftigte Kommentatoren, immer auf der Suche nach einer guten Story, boten zahlreiche Ursachen an. Die Untersuchungen liefen, die Befragungen waren noch im Gang. Mit einem Gefühl der Enttäuschung legte er das letzte Blatt beiseite. Als er den Stapel zur Seite schob, fiel ihm eine andere Schlagzeile ins Auge. Die Meldung bezog sich auf den „gigantischen Zusammenbruch des Verkehrs“ in der Stadtmitte von London. Er las den Bericht sorgfältig und sah dann die Zeitungen der darauffolgenden Tage durch. In einer Zeitung fand er die Wiedergabe einer Pressekonferenz, die ein Mann namens Slayter gegeben hatte, der Erfinder eines neuen Straßenkontrollsystems, und in dieser Pressekonferenz hatte er den Ausfall einer Isolation in einem Computer für die Ereignisse verantwortlich gemacht.

Wieder ein Ausfall der Isolation! Welcher Isolation? Er betrachtete die Musterstücke an der Wand. Aminostyren wurde, in einer modifizierten Form, vielfach auch als Isolationsmaterial verwendet. Es war gewiß eine vertretbare Annahme, daß in beiden Fällen die Verdrahtungen mit diesem Zeug überzogen worden waren. Angenommen, dort hätte sich das gleiche Versagen ereignet? Aminostyren – Degron: Was gab es für Strukturunterschiede zwischen beiden Plastikmaterialien?

Was sollte er nun tun? Kramer anrufen? Gerrard hatte das Gefühl, daß der Mann sich immer mehr von ihm entfernte. Wahrscheinlich würde er bei ihm ein ähnliches Echo haben wie bei Wright. Sie hatten nun andere, wichtigere Projekte auf dem Tisch und würden sich sträuben, etwas zu überprüfen, was für sie längst Vergangenheit war. Er mußte seiner Hypothese sehr, sehr sicher sein; dazu brauchte er mehr Fakten. Er blickte wieder in die Zeitungen. Dieser Slayter war zur Zeit beurlaubt, aber offenbar immer noch beim Verkehrsministerium beschäftigt. Er griff zum Telefonbuch.

SLAYTER kam mit Verspätung. Sie hatten sich in einem Lokal in Westminster verabredet, das versteckt hinter der St. James's Street lag, in der Nähe des Ministeriums. Am Telefon hatte Slayter ausweichend geantwortet; wegen Gerrards kanadischem Akzent hatte er wohl befürchtet, daß ihm nur wieder ein Journalist an den Kragen wollte. Gerrard hatte ebenfalls gezögert, seine Gedanken am Telefon offen auszusprechen. Wenn er sich irrte, dann war es unverantwortlich, wenn ausgerechnet ein Mann aus Kramers Team lauthals Zweifel am eigenen Produkt äußerte. Besser war es, Slayter erst einmal anzuhören, ohne sich zuviel zu vergeben.

Slayter war ziemlich nervös. Ein Mann, der unter schwerem Druck stand. Gerrard bestellte ihm einen großen Whisky. Slayter füllte das Glas bis zum Rand mit Soda auf und schüttete es hinunter wie Bier.

„Sie sehen aus, als könnten Sie es brauchen", sagte Gerrard und deutete mit einem Kopfnicken auf das Glas. Er hatte auch einen Whisky vor sich, einen einfachen. Er wollte Slayter aushorchen, und es sollte nicht so offenkundig sein. Ein Bier gegen einen doppelten Whisky, das hätte so ausgesehen, als wollte er dem anderen die Zunge lösen.

Slayter sagte: „Arbeiten Sie nie für große Organisationen, da gibt es immer zu viele Leute, die Angst haben."

Slayter trank sein Glas aus und bestand darauf, auch eine Runde auszugeben. Er wirkte nun etwas entspannter.

Gerrard betrachtete interessiert den kleinen, untersetzten, kräftig wirkenden Mann mit dem sauberen, offenen Gesicht. Slayter gefiel ihm, und er fragte sich, wie lange er wohl in der staatlichen Forschung mit all ihrer Bürokratie und Individualitätsfeindlichkeit überleben würde. Slayter schien viel zu ungeduldig, zu impulsiv und zu offen, um es lange im Behördendienst aushalten zu können. Er sprach in kurzen, stakkatohaften Ausbrüchen, offensichtlich war er ein intensiver, schneller Denker. Die zeitweilige Beurlaubung und die Bedrohung, der er sich ausgesetzt sah, gaben ihm die Haltung eines Gefangenen, ja fast eines Paranoikers. Jedesmal, wenn Gerrard sprach, war Slayters Antwort vage. Er war offensichtlich mißtrauisch.

„Um was geht es Ihnen eigentlich?" fragte er. „Ich möchte gern wissen, mit wem ich rede und warum."

„Hab ich Ihnen das nicht am Telefon gesagt?" fragte Gerrard.

„Sie haben mir gesagt, für wen Sie arbeiten und wer Sie sind. Aber nicht, warum und in welcher Eigenschaft." Als Gerrards Gesicht einen enttäuschten Ausdruck zeigte, fuhr Slayter fort: „Verzeihen Sie, aber im Augenblick fühle ich mich wie ein Fuchs, hinter dem eine Meute halbverhungerter Hunde her ist. Es ist angenehm, wenn man jemand hat, der Anteil nimmt, und im Augenblick habe ich wirklich das Bedürfnis danach."

Gerrard entschloß sich, die Karten offen auf den Tisch zu legen. Er gab Slayter einen kurzen Bericht und erzählte ihm von dem Roboter in der Spielzeugabteilung von Barrat.

Slayter hörte aufmerksam zu und gab Gerrard im Gegenzug eine verbesserte Version der Untersuchung. Wieder gab es keinen direkten Beweis, daß mit dem Plastikmaterial etwas nicht stimmte. Viele Faktoren konnten den Zusammenbruch verursacht haben. Aber mit diesem frischen Beweismaterial . . ., einen Versuch war es immerhin wert.

„Ich kann's ja mal bei Holland probieren", sagte Slayter. „Er ist der Vorsitzende meiner sogenannten Untersuchung." Er stand auf und blickte auf seine Uhr. „Er ißt immer im Büro zu Mittag. Wenn Sie einen Augenblick warten wollen . . ."

„Ich warte", erklärte Gerrard. Als Slayter gegangen war und sich mit Schultern und Ellbogen einen Weg zum Telefon gebahnt hatte, bedauerte Gerrard schon seine Handlungsweise. War es richtig gewesen, mit Slayter Kontakt aufzunehmen? Es war wie bei einem Kieselstein, den man in einen See wirft. Man weiß nie, wie weit die Wellen sich ausdehnen und was sie an Land spülen, wenn sie schließlich den Strand erreichen.

Als Slayter wiederkam, war seine Erregung schon gedämpfter.

„Er sagt, er nimmt es zur Kenntnis."

„Und?" fragte Gerrard.

Slayter zuckte die Achseln. „Nichts weiter. Er wird die Untersuchung fortsetzen. Wahrscheinlich ist das von seiner Seite schon eine große Konzession."

„Aber wird er wirklich etwas unternehmen?"

„Ich denke schon. Wahrscheinlich wird er die Sache mit Tom Myers besprechen. Ich glaube, wir haben den Ball ins Rollen gebracht, nun können wir nur abwarten und Tee trinken."

Und so, dachte Gerrard, während er sein Glas austrank, wird es hier immer gemacht. Nichts geschieht in der Öffentlichkeit, es kommt nicht einmal was in die Zeitung – nur das richtige Wort an den richtigen Mann zur richtigen Zeit, und – wenn man Glück hat – dann wird etwas unternommen.

5

MYERS schob das Modell des Tragflügelzugs über die Gleise auf seinem Schreibtisch. Er blickte zu Holland hinüber, der am Telefon wartete, und ließ dann seinen Blick durch den übermöblierten Raum wandern. An der Wand hing die Lithographie eines der ersten Dampfuntergrundzüge: Rauch stieg zum Dach eines hochgewölbten Tunnels hinauf. Ein anderes Bild zeigte eine vielfarbige Landkarte von England mit den Kreuz- und Quermustern der Luftkorridore über der Insel. Da standen Bücherreihen mit seltsamen Titeln wie: „Systemanalyse im U-Bahn-Bau", „Die negative Feedback-Theorie und der Verkehrsfluß des rollenden Materials". Er blickte wieder Holland an. Armer alter Bernard, er hat den Blick eines Gejagten – zuviel Papierkrieg, nicht genug Zeit, der eigenen Nase zu folgen und kreativ zu sein ... Irgendwas von seiner kranken Frau, wahrscheinlich der letzte Strohhalm, armer Teufel. Er hörte zu, während Holland ins Telefon sprach:

„Ja ... Nein, ich will nicht das Verkaufsbüro ..., ich will Mr. Hinton ... Ja, ich bleibe am Apparat ..., vielen Dank."

Er gestikulierte ungeduldig zu Myers. Myers lächelte.

„Irgend jemand sollte mal eine Doktorarbeit über das Thema ‚Die Unmöglichkeit, in großen Organisationen eine gewünschte Telefonverbindung herzustellen' schreiben."

Holland hob den Blick: „Ich erinnere mich, einmal ... Oh, hallo! Hinton? Hier ist Bernard Holland ... Ja, das ist richtig ... Ich frage mich, ob Sie wohl bei der Prüfung der fehlerhaften Bestandteile irgendwelche Fortschritte ..., ach du lieber Gott, was haben Sie da gefunden? Hochinteressant ..., wissen Sie das genau? Ich verstehe. Sagen Sie, wissen Sie, wer eigentlich das Drahtmaterial geliefert hat ..., ja, natürlich."

Er legte die Hand auf die Muschel. „Er sieht in seinen Unterlagen nach."

„Hallo ..., ja ..., ach wirklich? Nun sagen Sie mir noch eins: War es dieses neue Zeug mit der Aminostyren-Isolation?" Er nickte zu Myers hinüber.

„Vielen Dank ..., wir sehen uns am Dienstag im Ausschuß. Auf Wiedersehen." Er warf den Hörer auf die Gabel.

„Das Versagen wurde durch einen Draht mit Aminostyren-Überzug verursacht."

Myers schob die Modelleisenbahn heftig gegen den Prellbock: „Richtig! Eins plus eins ergibt möglicherweise drei ... Wer stellt das Zeug her?"

Holland dachte eine Sekunde lang nach: „Es ist ein Neoplas-Produkt ... Die Zauberlehrlinge draußen in Essex."

Myers legte seine Stirn in Falten. „Ich kenne die Leute, verstehe aber wenig von der Technologie und so weiter. Sie vielleicht?"

„Nicht sehr viel. Wahrscheinlich ist es billig, brennt nicht, die Plastizität verändert sich nicht mit der Zeit, und es ist mit Stickstoff verschäumt. Gute Isolation ..."

Myers unterbrach ihn: „Ich erinnere mich, es war Harold Wright. Sie kennen ihn doch, nicht wahr?"

„Flüchtig. Groß, strenger, asketischer Typ."

„Sie scherzen wohl! Ich war mit ihm zusammen in Sheffield. Hat in seinen Studienjahren fast alles umgelegt, was weiblich war. Komisch ..., wenn man ihn heute sieht, er wirkt so rein wie ein Priester. Aber ein ausgezeichneter Chemiker. Ist er nicht diesem Club der Eierköpfe in Mitcham beigetreten?"

„Richtig, die Kramer-Gruppe ..., diese Idee von der amerikanischen Westküste. Man bringt einen Haufen begabter junger Wissenschaftler zusammen, gründet eine Gesellschaft, sucht sich eine Marktlücke, bietet eine neuartige Technologie an und macht dann ein teures Beratungsbüro auf."

„In diesem Fall ... Die biolösliche Flasche ..."

„Tropenfreude, natürlich ... Aber hören Sie nicht auf mich, ich bin nur eifersüchtig. Die Jungs haben ein allumfassendes Paket daraus gemacht. Und nun sind sie auf der Suche nach neuen Ideen."

„Mit dem Aminostyren-Patent und der biolöslichen Flasche brauchen sie sich doch eigentlich gar nichts mehr einfallen zu lassen."

„Es wird sehr interessant sein, mit anzusehen, wie lange es dauern wird, bis Neoplas den Schwarzen Peter Kramer zuschiebt." Holland dachte nach. „Wissen Sie, manchmal macht mir meine Arbeit sogar Spaß."

KRAMER lief auf vollen Touren. „Jetzt habe ich die Neoplas im Nakken. Neoplas sagt, es ist unser Problem, und fragt, was wir zu unternehmen gedenken."

Wrights ausdruckslose Augen folgten den Schneeflocken, die auf dem Bogenfenster schmolzen und als Wassertropfen übers Glas perlten. „Was wirft man uns denn eigentlich vor?"

„Noch nichts Genaues. Weißt du über den Flugzeugabsturz von Isleworth Bescheid?"

„Ich habe davon in der Zeitung gelesen."

„Und über die Pleite von Knightsbridge?"

„Ich muß sagen, ich habe das von vornherein für unvermeidlich gehalten, es war ..."

„Vergiß die Einzelheiten. Bei einem Experiment, mit Computern den Verkehr zu steuern, hat es eine furchtbare Blamage gegeben und Todesopfer dazu. Stimmt's?"

„Ich begreife nicht ..."

„Der Verantwortliche für den Flugzeugabsturz hat mich angerufen ... Er hat mit den Knightsbridge-Leuten gesprochen, und sie haben festgestellt, daß hinter beiden Katastrophen möglicherweise ein Ausfall der Isolation steht."

Wright kritzelte auf seinen Schreibblock.

„Sag mir bloß nicht, daß du das alles nicht begreifst! Isolierung ... Draht ... Tod ... Aminostyren!" fauchte Kramer ihn an. „Und alle sagen, es liegt am Plastikmaterial – Ausfall der Isolation, der zu Kurzschlüssen führt. Die Drähte hatten Aminostyrenüberzug."

Wright sah ihn voll an. „Diese Leute werden sich schon etwas präziser ausdrücken müssen. Soweit ich dich verstanden habe, wird da folgendes gesagt: Zwei Ereignisse finden unabhängig voneinander statt, zwei Gruppen von Leuten werden mit der Untersuchung beauftragt und – wahrscheinlich, weil sie absolut keine brauchbare Idee haben – einigen sich auf einen gemeinsamen Faktor, irgendeinen gemeinsamen Faktor, damit sie rechtzeitig einen intelligenten Eindruck machen, wenn sie vor ihre Vorgesetzten treten."

„Harold!" Kramers Stimme klang eiskalt. „So geht es nicht! Ich habe dich bei Neoplas herausgeholt – ich habe dir Geld zur Verfügung gestellt, habe dir Möglichkeiten eröffnet – du hast die Methode entwickelt – sie hat funktioniert und hat uns einiges Geld gebracht."

„Ich würde es nicht ganz so ausdrücken."

„Okay, wir haben beide davon profitiert. Es wurde unser Patent. Neoplas war sauer und hat von Piraterie gesprochen und so weiter, aber sie wußten, sie konnten nichts machen."

Wright starrte ihn an.

„Nun können sie es vielleicht! Wieviel von der Wahrheit hast du uns gesagt? Diese Schweinehunde in den Ministerien bringen es doch fertig und stellen sich hin und sagen, wir hätten bei unseren Tests gemogelt – daß wir sie mit unserem Aminostyren reingelegt hätten. Harold, sie lassen dich hochgehen, wenn du nicht alle Testberichte vorlegen kannst – Veränderung der Widerstandsfähigkeit im Laufe der Zeit, Wirkung der Stickstoffverschäumung auf die Plastizität, jedes einzelne, verdammte Detail!"

„Zweifelst du daran? Du hast alle Testberichte gesehen. Alles, was ich zu Protokoll gegeben habe, stimmt."

„Ich hoffe in deinem eigenen Interesse, daß es stimmt."

Wright blickte ihn kühl an: „Nun schlägst du wild um dich, mein Lieber! Du suchst wohl nach einem Opfer? Du weißt genauso gut wie ich, wie es gekommen ist. Ich habe nirgendwo etwas kurzgeschlossen. Das habe ich nicht nötig!"

Kramer blickte ihn an, seine Lippen warfen sich auf, er drohte mit jeder Bewegung seines Körpers. „Halt mich nicht zum Narren, Harold! Was erzählst du mir da?"

Wrights Gesicht war gefaßt, unbeweglich. „Du warst es, der nicht warten konnte. Es genügt, hast du immer gesagt, laß es doch so ... Ich verkaufe das schon! Du hast mich hart bedrängt, härter, als ich jemals in meinem Leben bedrängt worden bin. Was sollte ich machen? Standardabweichungen bei jeder verdammten Maßanalyse kalkulieren? Natürlich habe ich die Sache übereilt abgeschlossen. Du konntest es ja nicht erwarten!"

Wright hielt inne, sein Gesicht war eisig. Kramer hielt einen Augenblick seinem Blick stand, dann lachte er laut.

„Genau, was ich dir die ganze Zeit sagen wollte. An uns beiden bleibt die Sache hängen."

Wright blickte ihn mißtrauisch an, er vermutete einen neuen Angriff, dann lächelte er gequält, langsam fiel die Spannung von ihm ab. „Man kann uns nichts anhängen, uns nicht verklagen, selbst die ersten Probemengen, die wir herstellten, gingen in ihrer Qualität weit über das hinaus, was wir versprachen. Wir haben keinen Hinweis auf das Versagen gefunden. Keine Depolymerisation – nichts. Es gab ein paar Schwierigkeiten bei den ersten Verschäumungsexperimenten – etwas zu niedrige Elastizität –, aber das hat nichts mit der Molekularstruktur zu tun – das ist absolut sicher ..."

„Dafür stehst du gerade?" unterbrach ihn Kramer.

Buchan kam herein und flegelte sich mit seinem großen, eckigen Körper bequem auf die Laborbank. Er hörte schweigend zu.

„Du weißt besser als ich, daß du diese Frage nicht zu stellen brauchst", sagte Wright. „Ich kann keinen Testbericht fälschen. Nicht weil ich Angst hätte, daß man vielleicht dahinterkäme. Nicht weil ich es für moralisch falsch hielte. Sondern weil ich mich dabei einfach nicht wohl fühlen würde. Für mich ist die einzige schlechte Technologie eine Technologie, die nicht funktioniert!"

Buchan protestierte: „Darauf werde ich mich bei dir irgendwann noch einmal berufen."

Kramer brachte ihn mit einer Handbewegung zum Schweigen. „Jetzt nicht, Buck, bist du im Bilde?"

Buchan nickte. „Ich habe die Gesamtzahl der Unterverträge für Aminostyren nachgeprüft. Es sind über dreihundert. Aminostyren ist fast überall dabei."

Kramer blickte auf. „Was ist deine Meinung?"

Buchan antwortete bedächtig: „Nun, wenn es ein Materialfehler ist, tragen wir eine gewaltige Verantwortung, nicht wahr?"

„Wieso?" fragte Wright. „Wir liefern ein Produkt. Wir legen eine Spezifikation vor. Und wir verkaufen die Herstellungsmethode und das Material aufgrund der vorgelegten Spezifikation."

„Schon, aber angenommen, es gibt bei den Verschleißerscheinungen einen Aspekt, den wir nicht entdeckt haben. Isolationsversagen – denk mal darüber nach! Du weißt, wo es überall verwendet wird. Das wäre ungeheuer gefährlich. Es kann Unfälle verursachen. Todesfälle. Und wenn wir etwas übersehen haben, dann sind wir verantwortlich."

Kramer stand auf. „Was willst du damit sagen? Wir haben ein Geschäft gemacht, die Leute kaufen, nachdem sie das Produkt geprüft haben, wir haben nichts verheimlicht. Sie haben alle Unterlagen. Was sollen wir denn noch tun?"

Buchan blieb hartnäckig. „Ich halte es für unsere Pflicht, alles noch einmal genau zu untersuchen."

Kramer lachte. „Pflicht! Was ist Pflicht? Wem gegenüber? Außerdem können wir es uns nicht leisten, für alle möglichen Leute die Entwicklungsarbeit zu machen. Wir haben eine Methode in einem bestimmten Stadium verkauft – offen und ohne Hintertürchen –, wir haben keine Garantien über die Fakten hinaus gegeben, die wir tatsächlich geprüft haben."

„Nun gut, dann laß mich hinfahren und mit den Leuten reden."

„Buck, du nicht! Es tut mir leid. Du stellst dich bei diesen Leuten ins Büro, ringst voller Schuldgefühl die Hände, und wir sind festgenagelt, bevor du überhaupt deinen Mund aufgemacht hast."

Buchan wollte protestieren, aber Kramer beugte sich über die Sprechanlage und drückte den Knopf. Bettys Stimme antwortete.

„Ist Dr. Gerrard im Hause?" fragte Kramer.

„Ich habe ihn nicht gesehen."

„Rufen Sie ihn zu Hause an."

ALS das Telefon klingelte, schnüffelte Gerrard am verschlossenen Deckel seiner elektrischen Kaffeemühle und sog genüßlich den Duft der frischgemahlenen Bohnen ein.

Der vorherrschende Eindruck der Wohnung war selbstgebastelter, aber eleganter Komfort. Das Apartment lag in einem Hinterhof in Kensington, über einer Garage, die Rennwagen aus den Oldtimerjahren verkaufte. Es bestand aus einem einzigen großen, niedrigen Raum, einem Badezimmer und einer winzigen Küche.

Gerrard stellte die Kaffeemühle hin und nahm den Hörer ans Ohr.

„Ja, das ist richtig", sagte Kramer hastig. „Geh einfach nur mal hin, und erkundige dich, was sie alles haben. Aber laß dich auf nichts ein. Es sind zwei. Der eine heißt Holland, ich kenne ihn nicht – er ist Wissenschaftler im Verkehrsministerium. Der andere heißt Tom Myers. Also, Luke, nimm dich vor diesem Typ in acht, das ist einer von den Leuten, die immer sagen: ‚Mein lieber alter Freund.' Ein Bier- und Bulldoggengesicht ... Richtig – aber er glaubt ... Er ist klug, also sei bei der Sache vorsichtig. Wo? ... Bleib mal dran ... Zimmer 242 in der technischen Abteilung."

6

DIE Luft in der U-Bahn roch feucht und abgestanden, die Ausdünstung einer zusammengepferchten Masse müder Menschen auf dem Heimweg, ein Geruch von tagealtem After-shave und regennassen Kleidern. Der Zug ratterte und rüttelte durch den Tunnel; die Passagiere schwankten von einer Seite zur anderen wie aufrecht gestapelte Puppen in einem Karton. Zum Fallen war kein Platz, und die das Glück hatten, einen Haltegriff zu erwischen, verhüteten das Chaos. Das ungleichmäßige Dröhnen des Zuges übertönte jede Unterhaltung – Augen starrten auf Schultern, Nacken, Glatzen, Brüste, ohne zu sehen.

Ein übergroßer Mann bückte sich mühsam unter der Decke bis zur Höhe der anderen Köpfe herunter und versuchte vergebens, die *Financial Times* zu lesen, die er auf dem Rücken seines Nachbarn aufgeschlagen hatte, der gegen ihn gedrängt wurde. Eine dicke Frau, die keuchend atmete, stand vor einem ungepflegten, bärtigen jungen Mann, der bequem auf seinem Sitzplatz saß, und musterte ihn mit wütenden Blicken, weil er seinen Platz nicht hergab.

Der Zug hielt plötzlich mit kreischenden Bremsen. Stimmen, die versucht hatten, den Lärm zu übertönen, erstarben, als der fast hypnotische Rhythmus des Zugs erlosch, zu einem verlegenen Flüstern. Dann, mit einem plötzlichen Ruck, bewegten sich die Wagen wieder. Es folgte ein lautes, knallendes Geräusch, und der Zug hielt kreischend zum zweiten Male.

Die Stille war heiß und angstgeladen.

Die Minuten tickten dahin, und die raschelnden Geräusche der immer nervöser werdenden Passagiere klangen immer ungebärdiger und schließlich gekünstelt laut. Ein paar junge Büromädchen, die an einer Ecke an der Tür die Köpfe zusammensteckten, kicherten über einen Witz, den nur sie allein verstanden.

Der junge Mann auf dem Sitzplatz schlug mit dem Fuß den Rhythmus zu einem Lied, das er halblaut vor sich hin pfiff, immer wieder blickte er zu der Frau auf, die vor ihm stand. Er blinzelte sie an, sie starrte böse zurück.

Plötzlich begann unter dem Wagen ein Kompressormotor zu arbeiten. Das hämmernde Geräusch sorgte in der gespannten Stille einen Augenblick lang für Erleichterung. Der Motor setzte aus und wieder ein, dann war in der ungemütlichen Stille nur noch das regelmäßige Knacken von heißem Metall zu hören, das sich irgendwo im Mechanismus des Wagens abkühlte und zusammenzog.

Fünf Minuten vergingen, die Fahrgäste blickten auf ihre Uhren und dachten an kaltgewordenes, wieder aufgewärmtes Essen und mißtrauische Ehefrauen. Ein dünner, vogelartig aussehender Mann zog ein frommes Brevier aus der Tasche, fing an darin zu lesen und formte dabei die Worte mit dem Mund. Die Luft wurde heißer. Der junge Mann holte eine Zigarette hervor und zündete sie an. Die dicke Frau zeigte wütend auf das Nichtraucherschild am Fenster. Der Junge drückte die Zigarette aus, so langsam er konnte, starrte dabei die Frau an und streute heiße Asche über ihren Mantelsaum.

Die halbverglaste Verbindungstür zwischen den Wagen öffnete sich abrupt, und ein gutgelaunter Mechaniker in blauem Drillich bahnte sich seinen Weg durch den vollbesetzten Wagen. Die Spannung machte sich in Fragen Luft, die ihm von allen Seiten gestellt wurden.

Er hob beruhigend die Hände. „Kein Grund zur Aufregung, meine Damen und Herren. Es ist nur ein kleiner Signalfehler, sonst nichts." Über das Stöhnen hinweg, das seiner Auskunft folgte, sagte er laut: „Wir lassen Sie jetzt aussteigen und durch den Tunnel hinunter bis zum nächsten Bahnhof gehen."

„Und was ist mit den Schienen? Da elektrisiert man sich doch!"

„Quatsch!"

„Wie weit ist denn das?"

„Aber! Aber! Aber!" Er genoß die Rolle, die er plötzlich so unerwartet spielen durfte; mit einemmal konnte er befehlen. „Kein Grund zur Aufregung, Leute!" sagte er begütigend. „Der Strom ist abgeschaltet. Nur ein kleiner Spaziergang, das ist alles. Es ist ein wenig staubig, aber das ist nicht weiter schlimm. Kommen Sie jetzt bitte mit. Gehen Sie bitte in den vorderen Wagen durch, dann geht alles in Ordnung..."

Freundlich schob er die Fahrgäste durch die offene Tür hinter sich. Dann ging er einen Wagen weiter, während die Fahrgäste protestierend durch die Tür in den nächsten Wagen gingen. Die Menschen, die in das Verbindungsstück traten, starrten beunruhigt in die Dunkelheit zwischen den beiden U-Bahn-Wagen. Es schien gefährlich, sich auch nur einen Augenblick außerhalb der beleuchteten Sicherheit des Wageninneren aufzuhalten. Die Luft im Tunnel roch muffig und feucht und nach heißen elektrischen Drähten.

Ängstliche Gesichter spähten in das Dunkel des Tunnels, in dem nur ein paar einsame, nackte Birnen ihr hartes Licht verbreiteten. Die schwarzen, runden Rippen der Tunnelverstrebungen, die den unsicher zwischen den Schienen dahinstolpernden Menschen den einzigen Schutz vor den gewaltigen Erdmassen um sie herum boten, wirkten lähmend und schienen jedes Gespräch zu verschlucken. Irgend jemand stieß einen schüchternen Pfiff aus, als ob er herausfinden wollte, ob es ein Echo gäbe. Die abgestandene Luft ließ den Ton kläglich in ihrem dichten Schweigen versacken. Und als sich die

Fahrgäste tastend ihren Weg zu dem hellen Kreis der Bahnhofslichter suchten, sagte der übergroße Mann, der kurz zuvor die *Financial Times* gelesen hatte, vor sich hin: „Und am dritten Tag in der Wüste erreichten sie endlich eine Wasserstelle ..." Die Leute in seiner Nähe lachten nervös, aber die Spannung ließ erst nach, als die ersten Fahrgäste unbeholfen auf den Bahnsteig kletterten. Die dicke Frau hatte Mordgelüste in ihrem Blick, als der junge Mann, der den Sitzplatz gehabt hatte, sich leichtfüßig vor ihr auf den Bahnsteig schwang.

Unten im Tunnel sprach der Mechaniker in ein Diensttelefon, das sich über einem Signal befand: „Nein, es war grün. Auf jeden Fall hat die Schaltung ‚Zug Stop' die Bremsen betätigt ... Nein, es hat richtig funktioniert ... Was? ... Ja ..., ich komme rauf."

Er hängte ein und stapfte über die Gleise zum Bahnhof, schimpfte vor sich hin und hielt seinen Blick auf die dicken Kabelführungen gerichtet, die an der Tunnelwand entlangliefen und zwischen ihren Halterungen durchhingen. Er blieb stehen und schnüffelte, dann zog er sein Gesicht vor Abscheu in Falten. Noch einmal starrte er auf die dick verknoteten Drähte, und in seinem Gesicht breiteten sich Ratlosigkeit und Unglauben aus.

Eine glitzernde, nasse Masse aus vielfarbigem, klebrigem Schleim lag auf den Kabelsträngen vor ihm und tropfte langsam auf die darunterliegenden Gleise. An einigen Stellen glänzte das nackte Kupfer rötlich blank im trüben Licht, an anderen Stellen überdeckte eine dünne Rinde den farbigen Brei, und die Rinde zuckte und schien Wellen zu schlagen, während sich Blasen bildeten und platzten.

Eine ganze Minute lang starrte er auf das Schauspiel, das sich ihm bot, dann drehte er sich entsetzt auf dem Absatz um und rannte stolpernd zum Signaltelefon zurück.

HOLLAND saß in seinem Büro, hielt sich den Magen und winselte. Vor ihm auf dem Tisch standen eine kleine Flasche mit einer weißen Verdauungsmixtur und ein Glas Wasser. Er goß ein paar Spritzer Medizin ins Glas, rührte das Wasser mit einem Bleistift um und trank es voller Abscheu in einem Zug hinunter. Nach einigen Sekunden rülpste er, dann blickte er bestürzt auf die offene Tür und fragte sich, ob seine Sekretärin es gehört hatte.

Das Telefon klingelte, er nahm den Hörer ab.

„Hallo ..., ja ..., ach, Slayter? Lionel, wie geht es Ihnen? Hier ist Bernard Holland. Passen Sie auf, es hat sich etwas Wichtiges ergeben.

Es kann sein, daß es auch mit unserem Problem zusammenhängt. Bei der U-Bahn ist ein Signal ausgefallen ..., nein, ich erkläre Ihnen das später. Ich frage mich nur, ob ... was ... ach, wirklich ... wo ...? Wen, haben Sie gesagt, müßte ich kennen? Können Sie gleich zu mir kommen? ... Ja, ich bin im Büro ... Bringen Sie ihn auf jeden Fall mit ..."

Er legte nicht auf, drückte nur kurz die Gabel nach unten und wählte eine neue Nummer.

Hollands Büro war mit dickem Tabakrauch erfüllt, leere Kaffeetassen stapelten sich auf einem Regal. Myers saß unter der Fensterbank und sog an einer leeren Pfeife. Slayter und Holland hörten sich aufmerksam an, was Gerrard ihnen zu sagen hatte.

„Fassen wir zusammen, was wir bis jetzt haben." Mit dem Zeigefinger in seiner Handfläche klopfend, zählte er die Punkte auf. „Zuerst haben wir den Absturz von Heathrow: Eine Treibstoffkontrolleinheit fällt aus, und wir stellen fest, daß in einem Metallkasten die Isolation ausgefallen ist. Die Hitze war bei weitem nicht so stark, daß die Isolation in dem Kasten dadurch zerstört werden konnte, richtig?" Die anderen nickten schweigend.

„Zweitens", Gerrard zeigte auf Slayter, „Sie haben uns erzählt, daß in Ihrem Verkehrskontrollsystem ein Computerbestandteil ausgefallen ist, und hier war wieder ein unbegreifliches Versagen der Isolation in einem Gatter die Ursache."

Holland unterbrach ihn. „Ob das nun wirklich die Verkehrskatastrophe verursacht hat, wissen wir noch nicht."

„Nebensache", warf Myers ein. „Ich gebe zu, wir wissen nicht, ob es tatsächlich schuld an der Pleite ist, aber wir wissen, daß dies eine Komponente bei dem Versager war, richtig?"

Gerrard fuhr erregt fort. „Genau! Wir wissen, daß es versagt hat. Zwei Einheiten, zwei Hersteller, eine gemeinsame Ursache."

Holland runzelte die Stirn. „Lassen Sie mich mit einem Wort sagen, worauf Sie hinauswollen. Aminostyren. Sie wollen sagen, das Plastikmaterial ist der gemeinsame Nenner, nicht wahr?"

Gerrard nickte. „Es besteht eine geringe Chance, aber ..."

Myers schnaufte: „Überhaupt keine Chance! Reine Spekulation auf Indizienbasis! Jedenfalls hat man doch noch nie davon gehört, daß Plastik in dieser Weise zusammenbricht. Es kommt vor, daß Material ermüdet – Verdunsten von Weichmachern, die Plaste brechen auseinander –, aber es kann doch nicht einfach verschwinden."

Gerrard blieb hartnäckig: „Angenommen, im Aminostyren ist eine Veränderung eingetreten. Folgen Sie meinen Gedanken einen Augenblick. Etwa eine Veränderung, die es hitzeempfindlicher macht."

Slayter unterbrach ihn: „Bei dem Computerzusammenbruch ist kein Feuer aufgetreten, nur bei dem Flugzeugabsturz."

Myers erhob sich schwerfällig und knackte ungeduldig mit seinen Knöcheln. „Natürlich! Dr. Gerrard, mit diesem Sherlock-Holmes-Gehabe kommen wir nicht weiter – Verzeihung, ich will Sie nicht beleidigen –, aber wir müssen versuchen, ein oder zwei Fakten zusammenzubringen. Sie haben doch gesagt, Ihre Leute arbeiten an dieser Robotergeschichte. Wann können wir mit Daten rechnen?"

„Ich fahre gleich ins Labor", erwiderte Gerrard. „In ein oder zwei Tagen könnte ich Daten vorlegen ..."

Er unterbrach sich, als das Telefon klingelte. Holland nahm den Hörer ab.

„Hallo ..., ja ... Holland hier ... Wer? Ach ja ..., ich glaube, ja ... Ja, wir können uns bei ‚Army und Navy' treffen ... Ja ... Nein ..., ich bin nicht allein. Ich habe Myers hier, vom Handelsministerium – Slayter vom Verkehrsministerium und einen Dr. Gerrard, er vertritt ein privates Konsortium – die Kramer-Gruppe."

Es folgte eine lange Pause, er lauschte gespannt, sein Gesicht war ernst. Die anderen rührten sich nicht, suchten aufmerksam sein Gesicht nach Hinweisen ab. Schließlich sagte er:

„Wieviel darf ich den Leuten zu diesem Zeitpunkt mitteilen ...? Ich verstehe."

Er blickte Gerrard direkt an. „Ja, ich kümmere mich darum ... Richtig. Wiederhören."

Er legte auf, alle konnten sehen, daß ihm irgend etwas sehr peinlich war. Er sprach schnell. „Dr. Gerrard, es haben sich wichtige neue Gesichtspunkte ergeben. Ich fürchte, wir müssen unsere Diskussion beenden."

Gerrard blickte auf seine Uhr. „Also gut, ich gehe. Ich gebe Ihnen Bescheid, sobald wir etwas haben."

„Was ist denn ...?" fing Myers an. Holland brachte ihn mit einer Handbewegung zum Schweigen. „Vielen Dank, daß Sie uns Ihre kostbare Zeit zur Verfügung gestellt haben, Dr. Gerrard. Wir werden uns ohne Zweifel in einigen Tagen wiedersehen."

Gerrard wollte noch etwas sagen, biß sich dann aber auf die Lippen und verabschiedete sich. Er schüttelte jedem die Hand und ging.

Holland übernahm sofort das Kommando. „Whiting war am Telefon. Moment. Eines muß ich zuerst noch klären: Sie haben beide die Verpflichtung gegenüber dem Amtsgeheimnisgesetz unterschrieben, nehme ich an?" Sie nickten beide. „Gut. Unsere Sicherheitseinstufung wird jetzt der Admiralität vorgelegt. Es ist nur eine Formsache. Man will uns dort auf der Stelle sprechen."

„Aber wollen Sie uns denn nicht erst einmal sagen, was, zum Teufel, los ist?" fragte Slayter irritiert.

„Ich weiß nur, was man mir gesagt hat", erwiderte Holland. „Es scheint, daß die *Triton,* unser erstes Boot der Poseidonklasse, irgendwo westlich von Arran mit Mann und Maus untergegangen ist."

WENN man in London mitten durch den Bogen der Admiralty Arch geht, die Mall entlang auf den Buckingham Palace zu, sich dabei in der Straßenmitte hält und nach ungefähr sechzig Metern mitten auf der Straße stehenbleibt, dann befindet man sich genau über einem der geheimsten Räume von ganz Großbritannien. Man steht freilich nicht genau auf der Zimmerdecke, denn der Raum befindet sich fünfundzwanzig Meter unter dem Straßenniveau.

Wer in diesen Raum gelangen will, muß zuerst einen vornehm möblierten, in Mahagoni und Messing gehaltenen Raum im nahe gelegenen Admiralitätsamt betreten und dort einer Sekretärin, die zwar überaus hübsch, aber überhaupt nicht sexy ist, eine rechteckige Plastikscheibe vorlegen. Der Besucher wird von der Dame gebeten zu warten; die Dame trägt die Plastikscheibe zu einer kleinen Datenverarbeitungsanlage im Nebenraum und läßt sich von einem entfernten Computer die Personalangaben des Besuchers durchgeben, die dort auf einem Magnetband in Plastik gespeichert sind. Schließlich, nach wenigen Sekunden, rattert der Drucker der Anlage und spuckt eine Mitteilung aus, einen kurzen Papierstreifen mit verschlüsselten Zahlen, und auf der Ablesescheibe der Datenverarbeitungsanlage flakkern grüne Nummerngruppen auf. Die Dame trifft dann die Entscheidung, ob der Besucher eingelassen wird oder nicht.

Wenn die Dame vom Computer erfährt, daß der Besucher eintreten darf, wird der Betreffende von ihr mit kühlem Charme zu einer dunklen Holztür geleitet, und die Dame drückt auf einen Knopf an der Tür. Neben dem Knopf leuchtet ein Licht auf, und die Tür öffnet sich. Hinter der Tür stehen zwei Posten in der Uniform der Marinepolizei, und der Besucher stellt zu seiner Überraschung fest, daß beide bewaffnet sind und Atemschutzgeräte über der Schulter tragen. In dem Augenblick, da der Besucher die Schwelle überschreitet, treten an die Stelle des viktorianischen Charmes, der im Empfangsbüro herrscht, plötzlich die nackten, häßlichen, graugestrichenen Wände der Kriegsindustrie des zwanzigsten Jahrhunderts. Der Besucher geht auf einen Lift zu. Er wartet neben dem Aufzug, ein geräuschloser Blitz zuckt auf, und eine aus der Wand ragende Kameralinse neben dem Lift nimmt Notiz von der Anwesenheit des Besuchers.

Holland, Myers und Slayter wurden von Kommodore Whiting empfangen. Der Kommodore hatte eine beschleunigte Computerüberprüfung veranlaßt: Ein Notstand war eingetreten.

„Wie Sie wissen, meine Herren", erklärte Whiting nun, „besteht für die Polaris- und die Poseidonflotten der Befehl, nur unter einigen wenigen, sehr streng auszulegenden Bedingungen auf See die Funksperre zu unterbrechen. Es handelt sich dabei eigentlich nur um die wöchentlichen Sendeverbindungen der Mannschaften mit ihren Familien und eine beschränkte Anzahl von strategischen Eventualfällen ..."

„Zum Beispiel?" fragte Myers.

„Tut mir leid", sagte Whiting und schüttelte den Kopf. „Wir arbeiten nach dem Motto: Niemand erfährt mehr, als er unbedingt wissen muß. Aber darum geht es hier auch nicht." Er hielt inne, ein wenig von seiner eigenen Härte überrascht. „Es mag Ihnen bemerkenswert erscheinen, daß es bei dieser Operation Teilaspekte gibt, von denen selbst ich nichts weiß. Ich gehöre nicht zu den Leuten, die unbedingt alle Geheimsachen wissen müssen."

„Damit der böse Feind Ihnen nicht die Zehennägel ausreißen und Sie zum Sprechen bringen kann", scherzte Myers.

„So ungefähr", erwiderte Whiting heiter, aber er lächelte nicht.

„Um nun fortzufahren ..., die *Triton* hat sich auf einer niedrigen Notstandsfrequenz gemeldet, die reserviert ist für ..."

„Gewisse strategische Eventualfälle", ergänzte Slayter mitfühlend.

„Ähhh – ja genau. Sie gab nur ihre Position durch – in großer Tiefe westlich von Arran, sie befand sich kurz vor dem Abschluß ihrer Fünfzigtagefahrt und hatte Kurs auf Gareloch, sollte am folgenden Morgen dort anlegen. Und dann erhielten wir eine Serie von Funksprüchen. Um es kurz zu machen: Es war eine aufeinanderfolgende Serie von Ausfallmeldungen. Zuerst im Kontrollsystem der Ruderanlage, dann in den Computern der Raketenleitstelle, schließlich im Kontrollraum selbst. Offensichtlich ist dort in der Hauptnavigationskontrolltafel ein Feuer ausgebrochen."

„Ich kann da nicht ganz folgen", sagte Holland.

„Einen Augenblick noch", sagte Whiting. „Der Funkoffizier vom Dienst hat Anweisung, dem Stützpunkt jedes Versagen im System zu melden. Nun, einige Stunden vorher hatte er einen Ausfall im Trägheitsnavigationssystem gemeldet. Das sei – wie er sagte, und ich zitiere ihn hier – ‚auf eine Anzahl von Kurzschlüssen in den Kontrollschleifen zurückzuführen'."

Myers saß vornübergebeugt in seinem Sessel. „Kurzschluß – mir wird alles klar –, Isolations- oder Schaltfehler."

„Mit hoher Wahrscheinlichkeit", fuhr Whiting fort. „Der Funkoffizier meldete dann in einer kurzen Zusammenfassung weitere Ausfälle in den Seitenruderkontrollen und in den Raketenzielcomputern. Die letzten Funksprüche waren außerordentlich unangenehm, es war an Bord wohl eine gewisse – ähhh – Verwirrung, ja Panik eingetreten. Und dann nichts mehr ..., überhaupt nichts mehr."

Am Schluß sprach Whiting nur noch langsam. Er blickte seine Besucher fast hilfesuchend an. Sie alle hatten in diesem Augenblick das Unfaßbare vor Augen, das über die *Triton* hereingebrochen war: Zerreißendes Metall. Wassereinbrüche. Der Tod von 183 Offizieren und Matrosen. Der große Stahlleib des Schiffs, ein fast vollkommen gebauter Unterwassermikrokosmos der Wärme und Sicherheit, der nun zerfetzt, schlingernd und kreisend durch finsteres, kaltes Wasser in die Tiefe sank. Die Implosion des Schiffsrumpfes rund um den Atomgenerator und die sechzehn Poseidonraketen mit ihren Sprengköpfen ...

Lange wagte niemand zu sprechen. Myers unterbrach schließlich das Schweigen: „Also zunehmendes Kontrollversagen und dann ..."

„Ist es zu einer Implosion des Rumpfes gekommen?" fragte Holland.

„Wir wissen es nicht", sagte Whiting. „Wir haben jetzt drei Rettungsschiffe im Gebiet, aber für die an Bord befindlichen Rettungsanlagen ist es zu tief, und zur Zeit herrscht Windstärke acht. Wir können nur warten und Unterwasserradarmessungen vornehmen."

„Wird man unter Wasser suchen können?"

„Nur mit dem Aluminaut, und das auch nur, wenn das Wetter sich beruhigt."

„Und es gibt keine Hoffnung?"

„Fast keine. Nein, eigentlich überhaupt keine." Whiting blickte zu Boden. „Tony Marsden ..., der Kapitän ... Wir waren zusammen in Dartmouth ..." Er faßte sich wieder, räusperte sich und sprach weiter: „Ich habe von den Mechanismen gehört, die möglicherweise bei der Verkehrskatastrophe und bei dem Flugzeugabsturz von Heathrow eine Rolle spielten." Er nickte Myers zu, der ihm einen mißtrauischen Blick zuwarf und vorsichtig antwortete:

„Ich weiß gar nicht, wie, zum Teufel, Sie in der Lage sind ..."

Whiting beherrschte sich nun wieder völlig. „Mr. Myers, auch das Kabinett ist in dieser Angelegenheit bereits zusammengetreten. Ich versichere Ihnen, es gibt für uns völlig legale Möglichkeiten, um zu erfahren, was wir wissen müssen. Wie ich es sehe: Es liegen Isolationsausfälle vor in Knightsbridge, in Heathrow und höchstwahrscheinlich auch an Bord der *Triton* ..."

NACH fünf Jahren Ehe hatte Anne Kramer erkannt, daß sie vor ihrem Mann immer noch Angst hatte. In den ersten Jahren ihrer Bekanntschaft und ihrer Ehe war er ihr immer wie ein freundlicher Riese vorgekommen. Auf mancherlei Weise ähnelte er ihrem Vater, einem strengen Mann, der einen beweglichen, aber ausgedörrten Intellekt hatte und der sein Leben in der Kolonialverwaltung verbracht hatte, ruhelos wie ein gefangenes Tier im Käfig.

Eine ähnliche furchteinflößende Ehrfurcht wie vor ihrem Vater empfand sie vor ihrem Mann, als sie ihm zum erstenmal begegnete, und die Tatsache, daß dieser ungeheuer gescheite Mann tatsächlich in sie verliebt war und sie heiraten wollte, schien ihr in gewisser Weise eine Wiedergutmachung für die Vergangenheit zu sein, schien ihre Sehnsucht nach der verlorenen Vaterfigur zu erfüllen. Im ersten Jahr war sie mit Kramer ungewöhnlich glücklich gewesen. Kramer hatte alle seine Energien auf sie und ihre Ehe verschwendet, er hatte jeden Winkel ihres Seins mit seiner sprühenden Phantasie ausgeleuchtet, er hatte ihr Leben vollkommen ausgefüllt. Dann kam die Reise nach Kanada und unmittelbar danach der Aufbau der Beratungsfirma in London.

Die Veränderung war allmählich erfolgt. Es begann mit den gesteigerten Anforderungen, die seine neue Arbeit an ihn stellte. Damals war sie stolz darauf gewesen, die Last mit ihm zu teilen. Und er war stolz auf ihr Interesse und dankbar für ihre Hilfe gewesen. Die Struktur der Gruppe hatten sie zusammen entworfen. Im Anfang war sie bei allen Konferenzen dabeigewesen, hatte Kaffee gekocht und Berichte getippt ...

Ihre Gedanken wanderten zurück, und sie versuchte, sich genau den Augenblick vorzustellen, in dem die Veränderung begonnen hatte.

Sie lag nun im Bett, von dem Schmerz in der Schulter war nur noch ein dumpfes Pochen geblieben. Seit sieben Uhr wartete sie auf Kramers Heimkehr. Es war nun zwei Uhr in der Nacht – und noch kein Zeichen von ihm, kein Anruf, nichts. Er hatte versprochen, früh nach Hause zu kommen. Sie hatte vorgehabt, gemütlich mit ihm in einem japanischen Restaurant zu Abend zu essen und dann die Spätvorstellung im Theater zu besuchen.

Das war nicht das erstemal. So sah seit fast zwei Jahren ihr Zusammenleben aus. Aber heute war ein besonderer Abend – es war der Jahrestag ihres Kennenlernens, das unter einigermaßen spektakulären Umständen in der großen Halle des alten Völkerbundpalastes in Genf stattgefunden hatte, wo sie damals beide an einem wissenschaftlichen Kongreß teilgenommen hatten.

Sie wußte, daß er, wenn er nach Hause kam, kein Wort der Erklärung oder gar Entschuldigung finden würde. Die Arbeit nahm in seinem Leben den ersten Rang ein, seine Arbeit durfte nie in Frage gestellt werden – und er auch nicht.

Sie versuchte, sich klar darüber zu werden, an welchem Punkt es angefangen hatte, daß das Beratungsbüro und – obschon sie sich das selbst noch nicht ganz eingestehen wollte – auch ihre Ehe mehr und mehr von ihrer ursprünglichen Inspiration verloren. Vielleicht lag es an Wright und seinen Erfindungen. Bis zur Erfindung von diesem Plastikzeug hatten sie beide eine aufregende, wenn auch wenig einträgliche Zukunft vor sich gesehen – eine kleine Gruppe von Wissenschaftlern, die die Probleme der Welt diskutierte.

Sie waren damals alle von der Idee besessen, daß die Wissenschaft der Menschheit dienen müsse und nicht nur eine isolierte intellektuelle Übung sein dürfe. Der Ansporn für die Entwicklung dieser neuen Wissenschaft – einer Wissenschaft für die Menschheit – war hauptsächlich von Kramer ausgegangen, aus seiner profunden Gelehrsamkeit, aus seiner philosophischen Weisheit. Doch dann hatte sich fast über Nacht die Gelegenheit geboten, die Gruppe ungeheuer wohlhabend zu machen, sie zu dem dynamischen Konzern zu schmieden,

den sie heute darstellte. Wright war der Gruppe beigetreten und hatte seine neue Plastikformel eingebracht – das Aminostyren.

Kramer hatte danach gegriffen, weil er darin eine Chance sah, eine solide finanzielle Grundlage für andere Projekte zu schaffen, doch mit der Zeit hatte die Kunststofforschung alle anderen Pläne der Gruppe überschattet und schließlich erstickt. Kramers neue Projekte waren fast ausschließlich kommerziell. Der neue Geist der Wissenschaft, der sie alle erregt hatte, war verflogen.

An diesem Abend, als sie müde, hungrig und von Schmerzen gepeinigt auf ihn wartete, hatte sie sich zu einem Entschluß durchgerungen, den sie vorher nicht einmal für denkbar gehalten hatte.

Sie war in sein Arbeitszimmer gegangen, hatte seinen Schreibtisch geöffnet – das heiligste aller seiner heiligen Dinge, das nicht einmal die Putzfrau berühren durfte – und einen Brief aus der obersten Schublade genommen. Dieser Brief lag nun unter ihrem Kopfkissen, und seit drei Stunden versuchte sie, sich zu überwinden, ihn auch zu öffnen.

Sie hatte die Handschrift wiedererkannt. Nach Kramers letzter Reise nach Kanada war eine Flut von Briefen, von neuen Kontakten, Freunden und Bekannten eingegangen. Im Laufe der Monate verringerte sich dieser Strom, und übrig blieb nur eine hartnäckige Briefschreiberin – eine Frau. In den letzten zwei Jahren waren diese Briefe mit einer verdächtigen Regelmäßigkeit eingetroffen, und bei einer Gelegenheit hatte sie immerhin so viel Mut aufgebracht, ihn zu fragen, von wem diese Briefe kämen. Er hatte nur gelacht und gesagt, sie kämen von einer ziemlich blaustrümpfigen Chemieprofessorin an der Universität von South Saskatchewan. Sie sei eine typisch yankeehafte Dame mit breiten Schultern wie ein Mann und einer Stimme wie ein Moschusochse in der Brunst. Anne hatte gelächelt und es hingenommen. Sie wollte nicht auf Briefe eifersüchtig sein, und Kramer führte eine weitläufige Korrespondenz mit der ganzen Welt.

Schließlich kamen die Briefe aus verschiedenen europäischen Hauptstädten – und an diesem Morgen, mit der zweiten Post, nachdem Kramer gegangen war, war dieser Brief gekommen, den sie in der Hand hielt. Er war in Cambridge abgestempelt.

Dann hatte sie ihn – mit einem Schuldgefühl wie Judas – in die Küche getragen, sorgsam über Dampf den Umschlag geöffnet und ihn dann auf den Tisch gelegt, um ihn zu lesen.

Aber sie saß da und starrte den Brief nur an, stand immer wieder auf, ging im Zimmer auf und ab, ihr Schuldgefühl war zu stark. Schließlich hatte sie den Brief mit ins Schlafzimmer genommen und ihn unters Kopfkissen gelegt. Wenn Kramer nicht bis zwölf Uhr zu Hause war, dann, hatte sie sich vorgenommen, würde sie ihn lesen. Um zwölf Uhr hatte sie die Frist bis ein Uhr verlängert, und dann war das Ultimatum noch einmal aufgeschoben worden. Nun war es zwei, und der Brief war noch immer ungelesen.

Aus dem Wohnzimmer drang ein leises Geräusch herauf; sie richtete sich im Bett auf und verrenkte sich dabei ein wenig die Schulter. Sie lauschte gespannt in den dunklen Raum hinein, aber das Geräusch kehrte nicht wieder.

Die Kramers hatten einen großen, dicken Kater namens Archimedes, der sich immer noch für ein schlankes junges Kätzchen hielt und sich einen Weg durch Zwischenräume bahnte, die seiner angejahrten Figur längst nicht mehr ausreichend Platz boten.

Wahrscheinlich war es Archimedes.

Sie lehnte sich wieder in ihrem Bett zurück, ihre Schulter schmerzte unerträglich. Plötzlich begann sie in einem Anfall von Selbstmitleid hemmungslos zu weinen. Sie fühlte sich allein und verlassen in dem riesigen Bett und der großen, leeren Wohnung.

Zorn überwog plötzlich das Selbstmitleid. Sie beugte sich vor und schaltete das Licht an, zog den Briefumschlag hervor und öffnete ihn.

Es war ein langer Brief in einer kleinen, weiblichen, beinahe verkrampft wirkenden Handschrift. Mitten im Lesen sprang sie aus dem Bett, lief ins Nebenzimmer, goß sich einen Drink ein und nahm das Glas mit ans Bett, bevor sie weiterlas.

Es war mehr als ein Liebesbrief. Stellenweise herrschte sogar ein fast häuslich vertrauter Ton. Kein Zweifel, zwischen den beiden mußte eine sehr weitgehende geistige Intimität herrschen. Der Brief steckte voller kleiner Scherze und Anspielungen auf verschiedene Aspekte der Wissenschaft, auf Persönlichkeiten des wissenschaftlichen Lebens. Sharon, das war der Name, der unter dem Brief stand, befand sich offenbar auf einer ausgedehnten Reise durch Europa, die vom kanadischen Forschungsrat finanziert wurde, und zog viel Gewinn aus dieser Reise.

Sie war außerdem, das war nicht abzustreiten – und hier empfand Anne doch einen Stich der Eifersucht, über dem sie fast ihre verletzte Schulter vergaß –, überaus geistreich und gebildet.

Als sie die letzten Zeilen gelesen hatte, klingelte das Telefon, und

Anne sprang auf. Sie faltete erschrocken den Brief zusammen und legte ihn wieder unter ihr Kissen, bevor sie den Hörer aufnahm.

Es war Kramer. „Hör zu, Liebstes, es tut mir wahnsinnig leid, daß ich heute abend nicht zu Hause bin."

Am anderen Ende des Drahts war eisiges Schweigen.

„Bist du noch da?"

Annes Stimme klang dünn und gepreßt. „Ja."

„Hast du im Warenhaus was entdeckt?"

Kramer wartete gar nicht erst auf eine Antwort. „Nein, Liebstes, du mußt ja müde sein. Ich nehme an, ich habe dich aufgeweckt. Ich bin in Eile. Drei Uhr in der Nacht ist nicht die richtige Zeit für wissenschaftliche Berichte." Sein Tonfall war geheuchelt scherzhaft, das war nicht der Mann, den sie kannte. „Ich fürchte, ich hänge hier fest. Wir sind gerade mit unserer Konferenz fertig geworden. Aber ich schaffe es doch wohl heute abend nicht mehr, nach Hause zu kommen. Ich sehe dich morgen. Ist alles in Ordnung, Liebstes?"

Schließlich wagte sie die Frage: „Wo bist du?"

„Hab ich dir das nicht gesagt?" fragte er. „Ich bin in Cambridge. Aber jetzt werde ich dich nicht mehr wach halten. Gute Nacht, Liebstes. Gute Nacht."

„Gute Nacht", sagte Anne, aber er hatte schon eingehängt.

Sie ließ sich ins Bett zurückfallen und fühlte sich plötzlich schwach und leer. Sie blickte wieder auf den Brief. Der Poststempel trug das Datum des Vortages, und die fremde Frau hatte geschrieben, sie würde Kramer im Büro anrufen. Der Zusammenhang war offensichtlich, und irgendwie fühlte Anne sich nun, da das Schlimmste eingetreten war, viel wohler. Sie hob den Briefumschlag, drehte ihn um und betrachtete noch einmal den Absender. Dr. Sharon Gerrard. Gerrard? Dieser Name ... natürlich ... der große, ziemlich schüchterne Kanadier, der sie an diesem Nachmittag zur Spielwarenabteilung begleitet hatte!

Sie dachte über den Mann nach, der so behutsam ihre Schulter untersucht hatte und der ihr so offensichtlich zugeneigt war. Es war etwas Vertrautes in seinem Gesicht, in seinen vornübergeneigten breiten Schultern, seiner massigen Gestalt. Wie Yves Montand, das mußte es sein. Er sah ein wenig wie Yves Montand aus. Keine deutliche Ähnlichkeit, sein Haar war heller, aber es reichte doch für das vage Gefühl, daß man ihn kannte, schon einmal gesehen hatte.

Anne erinnerte sich, gehört zu haben, daß Gerrards Ehe gescheitert sei. Kramer hatte sich drüben in Kanada sehr mit ihm angefreundet und ihn nach England eingeladen. Plötzlich saß sie aufrecht im Bett. Mit den Briefen hatte es angefangen, als Kramer von seiner Kanadareise zurückgekehrt war. Augenblick mal! ... Er hatte doch in jenen drei Monaten bei den Gerrards gewohnt!

Zum erstenmal empfand Anne nun wirklich den Schmerz verletzten Stolzes. Sie hatten sich zwar in den letzten beiden Jahren ständig auseinandergelebt, aber sie hatte doch nie gedacht, daß er schon am Anfang ihrer Ehe eine Affäre gehabt haben könnte. Das war schrecklich! Das war Verrat an allem: an ihren Plänen, an ihren Idealen, an ihrer Zukunft – an allem!

Und was war mit Gerrard? Hatte Kramer seine Ehe zerbrochen? Und ihn dann engagiert? Das große Glas Gin, das sie getrunken hatte, begann zu wirken, und die Anspannung der letzten Stunden zeigte ebenfalls ihre Wirkung: Sie trieb in einen unruhigen Schlummer hinein.

Am nächsten Morgen wachte sie um neun Uhr auf und fühlte sich müde; sie glaubte Fieber zu haben. Ihr Arm war steif, aber sonst fühlte er sich schon besser an. Der blaue Fleck auf ihrer Schulter hatte sich zu voller Blüte entwickelt.

Beim Anziehen kristallisierten sich die nächtlichen Gedanken zu einem festen Entschluß. Heute abend würde sie sich Klarheit verschaffen. Alles war besser als das Schweben im luftleeren Raum, das sie nun schon zwei Jahre lang durchlebte. Irgendwie war die Entdekkung seiner Untreue fast schon eine Erleichterung. Es war besser, einem Gegner aus Fleisch und Blut gegenüberzustehen als dem Gefühl, daß er einfach nur das Interesse verloren habe.

Und was war mit Gerrard? Sollte sie es ihm sagen? Was nützte es? Waren die Gerrards geschieden? Sicherlich lebten sie getrennt, und das auch schon seit einiger Zeit. Sie überkam ein warmes Gefühl der Zuneigung für Gerrard. Er war betrogen worden, genau wie sie. Zum erstenmal flog die Spur eines Lächelns über ihre Lippen.

Später rief sie Gerrard im Labor an und erkundigte sich, was der Test mit der Plastikschaltung ergeben habe. Gerrard berichtete, daß Wright beschlossen habe, die Tests zu verschieben. Er erzählte ihr auch von dem Signalversagen in der U-Bahn und daß er die Sache am nächsten Tag untersuchen wolle. Sie bat ihn, mitkommen zu dürfen, und nach einem kurzen Zögern – sie spürte seine Überraschung – war er einverstanden.

An diesem Abend kleidete sich Anne sorgfältig in ihren besten seidenen Hausanzug und rüstete sich mit einer Ginflasche für die Konfrontation. So wartete sie auf Kramer. Drei Stunden vergingen. Der Gin machte sie ziemlich betrunken, sie zog den Hausanzug aus und entschloß sich zu einem Negligé – und dann brach sie angesichts der theaterhaften Situation – dazusitzen und auf einen Ehemann zu warten, der einen anklagenden Brief auf dem Tisch vorfindet – in ein hoffnungsloses Kichern aus.

Später wurde sie wieder nüchtern; sie fror, sie ängstigte sich und zog Schlafanzug und Morgenmantel an. Gegen elf Uhr hatte sie pochende Kopfschmerzen und fühlte sich elend. Um halb zwölf klingelte das Telefon. Es war Kramer.

Diesmal war seine Stimme fast brüsk, sachlich. „Tut mir leid, Liebling, ich habe überhaupt keine Chance, hier wegzukommen." Das klang müde und überarbeitet. „Du mußt mich entschuldigen. Wir sind hier eingeschneit. Bis über die Ohren. Vor morgen ist es überhaupt nicht mehr zu schaffen. Das verstehst du doch, nicht wahr?"

„Ja", sagte Anne müde. Am frühen Abend hätte sie den Kampf noch aufgenommen, da hätte sie ihm entsprechend geantwortet, hätte ihm etwas erzählt. Aber nun fühlte sie sich mürbe, kalt und krank. Ihre Stimme war fast nur noch ein Flüstern.

„Ja, so ist es nun mal", sagte Kramer. „Ich sehe dich also morgen. Und nun paß gut auf dich auf, Baby." Er hängte ein.

Es gab zuviel zu denken, zuviel zu überlegen. Anne ging ins Bett und nahm – gegen den Rat ihres Arztes – Schlaftabletten.

Vor dem Einschlafen erinnerte sie sich noch, daß sie sich vernünftig anziehen mußte, wenn sie am nächsten Morgen mit Gerrard in den Untergrund stieg.

Am nächsten Morgen stand Anne früh auf. Der Schlaf hatte sie aus dem verwirrten Dickicht ihrer Gedanken herausgeholt. Ihr Kopf war klar. Sie zog sich an, ging ins Schlafzimmer, setzte sich an den Tisch und schrieb Kramer einen Brief. Wie immer zeigten sich auch in diesem Brief ihre gute Erziehung und ihre lebenslange Gewohnheit, alle Empfindungen zu verbergen. Der Brief ließ, wenn überhaupt, nur wenige persönliche Gefühle erkennen. Sie wußte, daß er sie seit Jahren betrog, es war ein Betrug an ihrer Ehe. Diese Ehe wollte sie nicht mehr weiterführen. Sie war überzeugt, er würde anderswo eher Befriedigung finden. Und hier, in diesem letzten Satz, verriet sie eine Winzigkeit ihrer wahren Empfindungen.

Bevor sie den Brief versiegelte, überlas sie ihn noch einmal hastig. Er war kurz, kalt und sachlich. Wenn der Brief in einer Scheidung als Beweismittel Verwendung finden würde, dann – so überlegte sie bitter – würde er wohl von einer gefühllosen, kalten Ehefrau zeugen. Aber jetzt blieb keine Zeit mehr, darüber nachzudenken. Die Entscheidung mußte gefällt werden. Sie versiegelte den Brief und stellte ihn auf den Kaminsims. Vor der Haustür winkte sie ein Taxi herbei und ließ sich zu ihrer Verabredung mit Gerrard und Slayter fahren.

7

„Wir müssen hier entlang." Malden, der Generaldirektor der Londoner U-Bahn, sprang leichtfüßig vom Bahnsteig, wandte sich um und bot Anne Kramer seine Hilfe an. Hintereinander folgten ihr Gerrard und Slayter und kletterten vom Bahnsteig herunter. Sie standen neben der Stromschiene.

Malden blickte auf seine Uhr. „Hier wird nur in der Verkehrsspitze ein Pendelverkehr betrieben. Es sind jetzt keine Züge zu erwarten. Herr Bahnhofsvorsteher?" Er wandte sich an einen dicken Mann in mittleren Jahren mit einer Uniformmütze, der neben ihm stand und dessen Gesicht dunkelrot von gefährlich hohem Blutdruck und chronischer Bronchitis war. Der Bahnhofsvorsteher atmete jetzt schon röchelnd vor Erschöpfung und sagte schnaufend: „Der letzte ist um zehn Uhr durch, Sir."

Malden wandte sich den anderen zu. „Gut, also machen wir uns auf den Weg." Er trug eine große Stablampe, mit der er in den Tunnel leuchtete. Der Bahnhofsvorsteher hatte auf der Schalttafel am Bahnsteig die Arbeitslichter eingeschaltet. Der Tunnel wies hier eine leichte Biegung auf, eine Reihe von nackten Birnen spendete bleiches Licht und ließ die Rippen der Verstrebungen erkennen.

„Gehen Sie vorsichtig", sagte Malden. „Der Strom ist noch eingeschaltet."

„Ist das nicht gefährlich?" Slayter blickte ihn fragend an.

„Nur, wenn Sie zwischen diese beiden Schienen fallen." Er zeigte es ihnen: „Das ist die Leitschiene, die hier in der Mitte ist die Erdung. Man muß beide gleichzeitig berühren, um einen Schlag zu bekommen."

Anne griff, ein wenig nervös geworden, nach Gerrards Arm.

„Hier entlang!“ Malden übernahm die Führung, gefolgt von Slayter, Gerrard und Anne. Der Bahnhofsvorsteher bildete die Nachhut. Nach einigen Metern lag die tröstliche, vertraute Helle des U-Bahnhofs mit seinen Plakaten und weißen Kacheln hinter ihnen, und sie befanden sich in der dunklen, bedrückenden Atmosphäre des Tunnels. Die Luft war verhältnismäßig kühl, kühler, als Gerrard erwartet hatte. Hatte er nicht irgendwo gelesen, daß die Installationen in der Tiefe das ganze Jahr über einer gleichmäßigen Temperatur ausgesetzt seien, kühl im Sommer und warm im Winter? Die Luft schien mit feuchtem Modergeruch geschwängert. Es herrschte ein starker, regelmäßiger Luftzug.

Malden behielt weiterhin die Führung und leuchtete gelegentlich ein Hindernis mit seiner Lampe an. „Hier ist es wohl, glaube ich“, sagte er und blickte sich um. „Stimmt es, Herr Bahnhofsvorsteher?“

Der Bahnhofsvorsteher nickte atemlos. „Ja, dort drüben“, keuchte er und deutete auf die Tunnelwand.

Sie waren an einer Stelle angelangt, wo sich zwei U-Bahn-Linien kreuzten. Der eine Gleisstrang war allem Anschein nach schon seit langem außer Betrieb. Der Tunnel war bis zur Decke mit Ziegelsteinen zugemauert, eine Stahltür blockierte den Weg. Diagonal gegenüber liefen die Gleise in einen engen, offensichtlich unbenutzten Tunnel hinein. Im Gegensatz zu den glänzenden Schienen der Hauptlinie waren die des Nebengleises verrostet. Aus dem Tunneleingang strömte ein Hauch des Verfalls. Anne schauderte.

„Dort drüben.“ Malden ging auf die Stelle zu, wo die Gleise gegen die leere Ziegelwand stießen. Neben der schweren Tür befanden sich ein dickes Kabelbündel sowie einige gußeiserne Schaltkästen. Alles war mit einer dicken Staubschicht bedeckt. Sie bogen von der Hauptlinie ab, und der Bahnhofsvorsteher knipste über den Schaltkästen ein Licht an.

Slayter trat vor und berührte sehr vorsichtig mit der Spitze eines Bleistiftes die Isolation auf den oberen Kabeln. Als er den Bleistift zurückzog, haftete an seiner Spitze eine nasse, klebrige Masse. Er hob den Stift unter die Nase und schnupperte prüfend. Der Geruch erinnerte an verwesendes Fleisch – mit einem Beigeschmack von Ammoniak.

Gerrard nahm seine Umhängetasche von der Schulter, packte einige Probeflaschen aus und begann behutsam mit einem Nickelspatel Proben des geschmolzenen Plastikmaterials abzunehmen.

„Wie weit erstreckt sich das?“ fragte Malden.

„Schwer zu sagen. Eine Gruppe von Streckenarbeitern untersucht das ganze Gebiet. Soviel mir bisher bekannt ist, scheint sich der Befall auf diese eine Kreuzung hier zu beschränken, aber genau läßt sich das nicht sagen."

„Hören Sie mal", sagte Anne. In einiger Entfernung war ein tiefes Grollen zu hören, das ständig anwuchs. Anne trat ängstlich einen Schritt zurück.

„Alles in Ordnung, Miß. Hier sind Sie ganz sicher. Das ist im anderen Tunnel."

Das Grollen wurde lauter, und dann sahen sie die Lichter eines schnell heranbrausenden Zugs im Tunnel. Im nächsten Augenblick donnerte er an ihnen vorbei und hüllte sie in einen wirbelnden Luftzug. Die erleuchteten Wagenfenster zuckten vorüber, blendeten sie, das Rattern der Räder auf den Schienen erschütterte die Tunnelwände. Dann war der Spuk so schnell vorbei, wie er gekommen war. Die Geräusche erstarben wieder, zurück blieben nur die modrige Luft und der Lichtschein der Stablampe in der Dunkelheit.

„Glauben Sie, daß es sich weiterfrißt?" fragte Slayter. „Ich meine, wenn die Isolation abfällt, dann kommt es doch zu einem Kurzschluß."

„Sie sind doch der Sachverständige, oder?" sagte Malden etwas spöttisch.

Slayter verstummte, und die beiden Männer blickten Gerrard an. Gerrard fühlte sich unbehaglich. Warum, zum Teufel, hatte er es nicht Wright überlassen, seine Probleme aufzuklären? Er wurde nun aufgefordert, sich zu einem Thema zu äußern, von dem er keine Ahnung hatte.

„Wir müssen erst diese Proben im Labor untersuchen, und dann versuchen wir, die Reaktionsrate dieser ...", er unterbrach sich, „... nun, was immer dieses Versagen hervorruft. Ich sehe keine unmittelbare Gefahr." Er beschäftigte sich weiter damit, das weichgewordene Plastikmaterial mit dem Spatel in Lagen abzuheben und in die Probeflaschen abzustreifen. Er versiegelte die Flaschen sorgsam und steckte sie in seine Umhängetasche. Anne zog eine kleine automatische Kamera hervor und machte Blitzlichtaufnahmen von der geschmolzenen Isolation und der Umgebung.

„Ich fürchte, ohne Erlaubnis werden Sie nichts veröffentlichen dürfen", sagte Malden.

„Diese Fotos sind nicht zur Veröffentlichung bestimmt, wir versuchen nur, Ihr Problem zu lösen", erklärte Anne kühl. Sie stellte die Linse für Nahaufnahmen ein und fotografierte das Kabel an einer Stelle, wo die Isolation schon so weit in Mitleidenschaft gezogen war, daß der nackte Kupferkern zum Vorschein kam. „Wir brauchen die Bilder, um die Herkunft der Proben lokalisieren zu können."

„Wie lange wollen Sie hier unten bleiben?" fragte der Bahnhofsvorsteher und blickte Gerrard an.

„Ich bin fertig."

Der Bahnhofsvorsteher nickte Malden zu. „Nun, Sir, wenn Sie nichts dagegen haben, dann sollten wir wohl jetzt wieder gehen."

„Haben Sie alles gesehen, was Sie sehen wollten?" wandte sich Malden an Slayter.

„Ja, vielen Dank."

„Gut. Dann machen wir uns auf den Rückweg."

Der Bahnhofsvorsteher, der immer unruhiger geworden war, richtete den Strahl seiner Lampe in den Tunnel und ging voraus. Die anderen folgten im Gänsemarsch. Plötzlich schien der Tunnel heftig auf und ab zu schaukeln. Der Beton des Gleisbetts schlug ihnen von unten gegen die Füße und warf sie über die Schienen. Ein ständig anwachsendes Donnern wurde hörbar, dann erfolgte eine Serie schwerer Explosionen. Nach jedem Knall schwankten die Wände des Tunnels. Betonbrocken fielen herab, und Metallverstrebungen verzerrten sich; ganze Stücke brachen aus der Decke heraus, und die präzis gerundeten Rippen des Tunnels gaben nach und hingen durch, als wären sie aus Gummi.

Als sich die fünf, hustend von dem aufgewirbelten Staub, wieder aufrappelten, hörten sie eine Reihe von weiteren Explosionen in der Ferne, dann herrschte Stille bis auf das Rasseln kleiner Gesteinsbrokken, die aus der Tunneldecke herunterrieselten.

„Mein Gott, was ist denn da passiert?" fragte Slayter. Noch während er sprach, erfolgte eine weitere Explosion, diesmal weniger weit weg. Die Tunnelwände erbebten abermals, und unter ihren Füßen spürten sie ein anhaltendes, stampfendes Beben. „Schnell", keuchte Malden. „Zurück zum Bahnsteig! Kommen Sie schnell!" Er eilte zur Station zurück. Sie folgten ihm. Die Lichter im Tunnel flackerten und verlöschten.

In der Station, wo sich automatisch die trüben, flackernden Notlichter eingeschaltet hatten, stand ein Zug. Laute Rufe und ängstliche Schreie waren zu hören.

Als sie die Station erreichten, hörten sie das Zischen von Preßluftventilen: Der Schaffner hatte die Türen geöffnet. Auf dem Bahnsteig drängten sich die verängstigten Passagiere. Wieder hörte man in der Ferne zwei Explosionen, wieder schwankte der Tunnel.

Eine Frau schrie. Die Fahrgäste drängten sich durch die Ausgangstunnels, die zu den Rolltreppen führten.

„Wir müssen durch den Zug", erklärte Malden. Er sprang auf die Trittstufe des Triebwagens und riß die Tür zur Fahrerkabine auf. In diesem Augenblick erfolgte ein grollender Donnerschlag ganz in der Nähe, gefolgt von einem gewaltigen Windstoß, der den ganzen Zug erschütterte.

Die schlecht beleuchtete U-Bahn-Station wurde plötzlich in gleißendes Licht getaucht. Eine kochende, feurige Masse wälzte sich heran und flutete gegen das Ende des Zugs.

Malden riß die gegenüberliegende Wagentür auf und stolperte auf den Bahnsteig hinaus, gefolgt von Slayter und Gerrard.

Panik breitete sich aus. Die Fahrgäste versuchten verzweifelt, die Station zu verlassen, stießen einander über den Haufen, auf der Flucht vor dem sprühenden Flammenmeer, das sich aus dem Tunnel am anderen Ende der Station hereinwälzte. Kinder und ältere Leute wurden zu Boden gerissen und zertrampelt.

Eine Frau erstarrte vor Entsetzen, als ihr Mantel Feuer fing und die Flammen ihren Körper umzüngelten.

Ein älterer Mann, der einen Polyäthylenbehälter voll Paraffin in der Hand trug, explodierte plötzlich in einer Feuerkugel, als der Inhalt sich entzündete.

Ein gutgekleideter Herr bahnte sich mit Hieben und Tritten rücksichtslos eine Gasse durch die Menge, alle Zurückhaltung war vergessen; sein Anzug, Schurwolle mit Polyester, schwelte bereits auf dem Rücken.

Die trockenen Holzchassis der alten Untergrundwagen brannten wie Zunder, die Glasfenster zersplitterten in der Hochofenhitze. Brennende Menschen liefen wie lebende Fackeln hin und her, brachen auf dem Bahnsteig zusammen, wanden sich und erstarrten dann in seltsamer Haltung wie verkohlte Puppen.

Anne stürzte durch die Tür des Triebwagens und stolperte in eine Gruppe von drei Leuten, die sich gegen die Außenseite des Wagens kauerten. Am Ende des Bahnsteigs torkelten zwei Gestalten, grotesk geschwärzt von lodernden Flammen, die an ihren Kleidern emporschlugen. Gerrard rannte mit Slayter den Unglücklichen entgegen und versuchte dabei, mit den Händen sein Gesicht vor der sengenden Hitze zu schützen. Gerrard streckte seine Hand aus, um die des Mannes zu ergreifen, der auf ihn zuwankte. Als Gerrard ihn berührte, zuckte er vor Entsetzen zurück. Das Fleisch löste sich von den Fingern des Mannes wie ein zerknitterter Handschuh. Röchelnd brach der Sterbende zusammen.

Die andere Gestalt verschwand plötzlich in einer Explosion von Flammen, die nun auch um Slayter leckten. Er wich zurück; seine Augenbrauen und sein Haar wurden angesengt. Ein paar Sekunden lang schleppte Gerrard noch die Überreste des Mannes den Bahnsteig entlang, aber dann sah er, daß alles Bemühen sinnlos war. Er zog sich mit Slayter an das andere Ende des Bahnsteigs zurück.

Sie bestiegen wieder den Triebwagen. Dort trafen sie auf einen großen Mann, robust und autoritär, der sich über ein blondes Mädchen beugte und sich dann neben Anne setzte.

„Ist alles in Ordnung, Wendy?" fragte er.

Das Mädchen öffnete die Augen, blickte ihn an und nickte schwach.

„Verdammt, wir müssen hier raus!" Der Mann blickte auf Anne. „Los, helfen Sie mal!" Der Mann war offensichtlich eher gewohnt zu befehlen, als zu bitten. Seine Bewegungen zeugten von Autorität. Sie hoben das Mädchen durch das Fahrerabteil die Trittstufen hinunter auf die Gleise, die anderen folgten.

Der Bahnhofsvorsteher blieb unentschlossen im Triebwagen des nun lichterloh brennenden U-Bahnzugs stehen.

„Um Gottes willen, kommen Sie runter!" rief Malden ungeduldig.

„Ich weiß nicht", sagte er. „Harry und seine Leute sind da drin." Er deutete in das Inferno im Tunnel hinter ihnen.

„Wir können nichts mehr unternehmen", sagte Malden ungeduldig. „Kommen Sie!"

Der Bahnhofsvorsteher zögerte immer noch. „Es gibt noch einen anderen Weg nach oben", sagte er.

„Wo?" fragte Malden.

„Unter der Rolltreppe."

„Das geht nicht", erklärte Malden. „Die Stufen sind aus Holz. Das brennt wie Zunder."

Er streckte seinen Arm aus und stützte den Bahnhofsvorsteher, der unbeholfen aus dem Wagen herunterkletterte.

„Das ist unsere einzige Chance! Die nächste Station ist ziemlich weit entfernt."

Er wandte sich an den Bahnhofsvorsteher. „Wie weit, Bill?"

„Eine ganze Strecke", sagte der Bahnhofsvorsteher schweratmend. „Fast einen Kilometer."

Ein heißer Luftzug wehte von der Tür herunter, als Malden sie schloß. Die anderen standen nun unsicher im Tunnel und warteten darauf, daß Malden sie führte.

„Der nächste Zug", sagte Slayter ängstlich. „Muß der nicht ..."

„Es gibt keinen nächsten Zug mehr. Der Strom ist abgeschaltet", erwiderte Malden knapp.

„Okay", sagte Slayter. „Aber hier geht's bergab. Wenn der Zug nun hinter uns herrollt?"

„Die Bremsen werden ihn halten. Wir sind ziemlich sicher."

Sie eilten die Gleise entlang. Die Luft, die vorher kühl gewesen war, erwärmte sich schnell. Hinter ihnen war das Prasseln der Flammen im Tunnel zu hören. Nun stand auch der Triebwagen in hellen Flammen und warf Funken und lange Stichflammen in den Tunnel hinein; ihre Schatten tanzten über die dunklen Rippen der Verstrebungen. Sie stolperten weiter und bogen an der Ecke in die Kreuzung ein, wo sie die beschädigten Drähte untersucht hatten. Das Mädchen Wendy und der Bahnhofsvorsteher waren völlig außer Atem.

Malden blickte sich um. „Warten Sie hier einen Augenblick", sagte er. „Ich gehe weiter und sehe nach, wie es da vorn aussieht."

„Ich komme mit Ihnen", sagte Slayter.

Malden schüttelte den Kopf. „Bitte warten Sie hier", sagte er entschieden und ging das Hauptgleis entlang in den Tunnel hinein. Die anderen setzten sich auf einen staubigen Holzstapel und warteten. Von dem Feuer war nun nichts mehr zu sehen – aber es war noch zu hören. Im Tunnel war die Luft jetzt heiß, und der Bahnhofsvorsteher atmete immer mühsamer; er fing an zu husten.

Der große Mann wandte sich an die anderen: „Mein Name ist Purvis", sagte er. „Ich nehme an, Sie wissen auch nicht, was, zum Teufel, das alles bedeuten soll?"

Er hatte ein Gehabe verdrießlicher Arroganz an sich, das von den anderen ungünstig aufgenommen wurde.

Slayter zuckte die Achseln. „Sie wissen genausoviel wie wir."

Er wandte sich um und nahm dem Bahnhofsvorsteher die Lampe ab, der sich nun sichtlich erschöpft zurücklehnte.

„Hier", sagte Slayter zu Gerrard. „Sehen Sie sich den Mann einmal an." Gerrard ging zum Bahnhofsvorsteher, der langsam an der Wand herunterrutschte. Er rang nach Luft, sein Gesicht war scharlachrot, sein Atem ging rasselnd, die Augen hatte er halb geschlossen. Gerrard lockerte ihm den Schlips und hob den schweren Kopf des Mannes. Slayter drehte sich um, um Malden zu folgen.

„He", sagte Purvis, „nehmen Sie das mit!" Er deutete auf die Stablampe. „Wir haben nur eine!"

Slayter blickte einen Augenblick lang auf die Stablampe und zuckte dann die Achseln. „Wahrscheinlich haben Sie recht." Er übergab ihm die Lampe, drehte sich um und tastete sich hinter Malden die Tunnelwand entlang.

8

DAS Gebiet um den Londoner Bahnhof von King's Cross ist einer der unübersichtlichsten Verkehrsknotenpunkte der Welt.

An der Oberfläche befindet sich ein ausgedehnter Komplex von ineinandergreifenden Straßen, die mit nie endenden Verkehrsströmen beschickt werden. Unmittelbar neben dem Bahnhof laufen sechs wichtige Straßensysteme zusammen, die durch den Verkehr, der zu einem zweiten Bahnhof, St. Pancras, unmittelbar westlich von King's Cross gelegen, führt, noch mehr verwirrt werden.

Der Lärm und der umweltverschmutzende Gestank der Vergasermotoren finden bis spät in die Nacht hinein kein Ende. Ein Fußgänger, der so unklug ist und sich in diesen lärmenden Mahlstrom hineinwagt, muß ständig den heranrollenden Giganten ausweichen und so schnell wie möglich in die Untergrundbahnhöfe tauchen oder hinauf auf die Bahnsteige der Eisenbahnhöfe flüchten. Das ist der einzige Fluchtweg aus einem Gebiet, in dem schon seit langem die Koexistenz zwischen Mensch und Maschine unmöglich geworden ist.

Unterhalb dieser überfüllten Bahnsteige und vibrierenden Fahrbahnen befindet sich ein weiterer Komplex, der aus Tunnels, Durchgängen, Rolltreppen, Aufzügen und Gleisen besteht: der Untergrundbahnhof von King's Cross.

Wer durch dieses strahlend hell erleuchtete Gewebe von Tunnels fährt, vermag sich kaum vorzustellen, daß er sich in einem ineinander verwobenen System von Röhren bewegt: Wasser- und Gasrohre und riesige gewölbte Abwasserkanäle. Wer hier entlangfährt – mit abgeschalteten Sinnen, um sich nicht von der unerträglichen Dichte der Menschen vor, über, unter, hinter und neben sich erdrücken zu lassen –, denkt wohl kaum je ernsthaft darüber nach, daß sich über ihm brausender Verkehr bewegt und sich rund um ihn eine komplizierte Masse von Leitungen und Röhren durch die Erde windet.

Im Verlauf eines Tages gibt es vielleicht zwei Stunden, in denen sich hier über und unter der Erde ein relativer Friede ausbreitet. Zwischen ein Uhr dreißig und drei Uhr dreißig nachts versickert der Oberflächenverkehr, und die nassen, leeren Straßen glänzen schwarz im harten Licht der Natriumlampen.

Unten in den Tunnels ist um diese Zeit eine kleine Armee von Reinigungspersonal, Straßenkehrern und Mechanikern beschäftigt, sich mit Methode durch das komplizierte System zu bewegen, um die glänzenden Schienen von öligem Staub zu säubern und die Menge der Kommunikations- und Stromleitungen, die an dem Rippengerüst der schwarzen Wände haften, zu inspizieren.

Auch wenn sich die Verkehrsteilnehmer an der Oberfläche und in den Tunnels niemals von Angesicht zu Angesicht sehen, so gibt es doch einige Orte, wo sich nur fünfundsiebzig Zentimeter Erde zwischen ihnen befindet – eine dünne Asphaltmembran, die eine völlige Durchdringung verhindert.

Insgesamt befinden sich in und um King's Cross fünf Ebenen von Bahngleisen. Zuoberst die Gleisstrecken der Britischen Eisenbahn, dann, gleich unter der ohnehin schon überfüllten Oberfläche, die „Inner-Circle-Line" der Londoner U-Bahn. Dann die neugebaute „Victoria-Line", ebenfalls eine U-Bahn, die sich unter den „Inner Circle" zwängt, gefolgt von den Tunnels der „Piccadilly-Line" und schließlich, die tiefste von allen, die „Northern-Line".

Als London noch nicht von einer häßlichen Beton- und Ziegelkruste überzogen war, flossen einige kleine Bäche und Flüßchen aus dem Hügelland im Norden der Stadt zur Themse hin. Als der Mensch, der unermüdliche Konstrukteur, die Erdoberfläche immer mehr mit seinen Bauwerken bedeckte, wurde auch der Lauf der Flüsse verändert, eingezwängt und schließlich in geschlossenen Viermeterrohren in den Untergrund gezwungen. Eins dieser Gewässer war die Fleet. Einst ein Flüßchen unter offenem Himmel, nun ein festumschlossener Unwetterhilfskanal, der dicht hinter einer der unterirdischen Fahrkartenschalterhallen von King's Cross dahinfließt.

Ebenfalls in das in- und übereinander verschachtelte Tunnelsystem eingebettet, befinden sich hier ein parallel verlaufendes Paar großer Wasserleitungen, ein halbmeterdickes Gasrohr und ein Abwasserumgehungskanal, der noch aus dem Jahr 1842 stammt.

Das Funktionieren dieser Versorgungsleitungen in einer modernen Stadt ist heutzutage ein Balanceakt auf des Messers Schneide, zwischen voneinander unabhängigen überlasteten Systemen, die nur dann ihren Dienst tun, wenn sie tatsächlich voneinander unabhängig sind, das heißt, wenn es zwischen ihnen keine unerwünschten Wechselwirkungen gibt.

Solche verhängnisvollen Wechselwirkungen können manchmal mit scheinbar unbedeutenden Ereignissen beginnen.

Ein solches Ereignis näherte sich in dem nach Norden führenden Tunnel der „Samson-Line", die von King's Cross nach Islington und Hornsey führt, seinem katastrophalen Höhepunkt.

Es hatte eigentlich schon ein paar Wochen vorher begonnen: Sikkerwasser war unbemerkt durch eine fehlerhafte Dichtung zwischen den Segmenten im Verbindungstunnel der „Samson-Line" gedrungen. Unter normalen Umständen hätte das keinerlei Gefahr bedeutet, aber in diesem besonderen Fall war das Wasser aus dem darübergelegenen Unwetterhilfskanal der Fleet gesickert.

Dieses Sickerwasser wäre normalerweise die Wände heruntergelaufen und vom Boden aufgesaugt worden, ohne etwas Außergewöhnliches zu bewirken, wenn dieses Abwasser nicht zwei einzigartige Zutaten enthalten hätte und wenn die Kabelstränge an der Tunnelwand keinen Plastiküberzug gehabt hätten.

Wie es ein böser Zufall wollte, waren diese Kabel mit einer Außenhaut aus Plastikmaterial überzogen – allerdings waren die Hauptdrähte ihrerseits mit synthetischem Gummi isoliert.

Im Verlauf der folgenden Wochen begann der äußere Plastiküberzug aufzuweichen und zu zerfallen; übelriechende Streifen eines feuchten, klebrigen Rückstands tropften ab. Da die inneren Drähte mit Gummi überzogen und daher nicht von der Auflösung des Plastikmaterials betroffen waren, blieben die Kraftstrom- und Signalverbindungen unbeeinträchtigt, und in den Kontrollzentren ergab sich somit kein Hinweis auf eine Störung in den Signalsystemen oder der Energieversorgung.

Der Auflösungsprozeß pflanzte sich unbemerkt den Leitungen entlang fort, denn er verlief völlig lautlos – abgesehen von einem leisen

Blubbern und Zischen, das durch das Platzen der Blasen an der Oberfläche des gärenden, verwesenden und abtropfenden Plastikmaterials entstand. Während sich die Blasen formten und platzten, füllte sich der Tunnel mit einem Gas. Ein Teil dieses Gases wurde vom Entlüftungssystem abgesaugt, ein anderer Teil aber verblieb in Nischen und Winkeln, in Ausweichstollen und sogenannten Taschen zwischen den Verstrebungen der Deckenstruktur.

Schließlich hatten sich die Voraussetzungen gebildet und in der verhängnisvollen Weise gemischt, die zur Katastrophe von King's Cross führen sollte.

An der Oberfläche schlugen sich die Menschen, die nach Feierabend heimwärts eilten, ihre Mantelkragen fester um die Gesichter, um sich vor dem frostigen Dezembernebel zu schützen. Wie offene Mäuler gigantischer Urwelttiere schluckten die Eingänge der U-Bahnhöfe die vermummten Menschenmassen. Über Treppen und Rolltreppen ergossen sie sich in die strahlend erleuchtete Wärme.

Unten in den gasgefüllten Tunnels der „Samson-Line" lagen zwei Kupferdrähte blank. Je mehr sich von der Isolierung auflöste, um so mehr sackte der obere Draht an der Tunnelwand auf den unteren Draht herab. Der obere stand unter einer Spannung von hundertsiebzig Volt, der untere bildete die Erdung. Dann war es soweit: Die Drähte berührten sich, es entstand ein kleiner Funke, und der Kraftfluß fiel plötzlich aus.

Im Kontrollraum „Coburg Street" runzelte der Ingenieur vom Dienst beim Anblick des ungewohnten Lichtsignals überrascht die Stirn. Im Tunnel ereignete sich die erste Explosion, als sich das Gas in einem unzureichend belüfteten Teil des Tunnels entzündete. Die Explosion ereignete sich zwischen zwei nordwärts fahrenden Zügen und blieb so auf den zylinderförmigen Luftraum dazwischen beschränkt.

Eine Flammenwand raste in das Heck des vorausfahrenden und zerschmetterte das Fenster der Führerkabine des nachfolgenden Zugs.

Die Wucht der Explosion zerfetzte die Betonsegmente des Tunnels und riß die Stahlplatten aus ihrer Halterung, die den darüberliegenden Tunnel der „Metropolitan-Line" abstützten. Ein 24 Zoll starkes Gasrohr im Beton der Dachstütze barst, und Stadtgas strömte in den zertrümmerten Tunnel, und während sich der Raum zwischen den beiden Zügen füllte, brannten die Kabel an den verformten Wänden des Tunnels. Schließlich erreichte die Mischung von Tunnelluft und Stadtgas ihre optimale Konzentration und explodierte.

Mit einem Donnern, das meilenweit zu hören war, explodierte der

Tunnel nach oben in das Tunnelsystem der „Metropolitan-Line" und durch die sechzig Zentimeter dünne Straßendecke. Tief unten wurden in diesem Augenblick Gerrard und die anderen, die mit ihm die Exkursion unternommen hatten, auf den Boden des Tunnels geschleudert.

Flammen zuckten aus dem Krater und trieben den Nebel himmelwärts, die Luft füllte sich mit dem Rauch von Holz und dem ekelerregenden Geruch von brennendem Fleisch.

Auf den Fahrbahnen lagen die Verletzten, starrten stumm und blicklos vor sich hin und versuchten zu begreifen, was geschehen war. Kaum jemand sprach ein Wort.

Aus dem gelben Dunst tauchten mit häßlichem Sirenengeheul die Blaulichter der Polizei und der Rettungswagen auf. Uniformierte sprangen aus Mannschaftswagen, bewegten sich schnell und zielbewußt und trieben die Neugierigen aus der Gefahrenzone. Andere sperrten die Straßen für den Verkehr, und Feuerwehrmänner, die sich hastig Aluminiumanzüge anlegten, bewegten sich auf die Flammen zu, die aus dem Krater emporloderten.

GERRARD blickte seine Gefährten an. Anne deutete mit einem Kopfnicken auf den Bahnhofsvorsteher und fragte: „Wie geht's ihm?"

„Es wird ihm wieder gutgehen, wenn wir nicht zu lange hier unten bleiben müssen", sagte Gerrard. „Er hat ein Lungenödem – linksseitiges Versagen."

„Das fehlt uns noch", meinte Purvis und wandte sich ab. „Wie lange wird es dauern, bis sie wiederkommen?" Er blickte in die Richtung des Bahnhofs. Rauch wälzte sich nun durch den Tunnel. „Wir werden ersticken, wenn wir hierbleiben."

„Ich weiß immer noch nicht, was passiert ist", sagte Gerrard.

Purvis drehte sich aufgebracht nach ihm um. „Verdammt noch mal, Mann! Wir können doch diesen armen Hund nicht hier liegenlassen!"

Gerrard sah Hardy an, der bis jetzt noch überhaupt nichts gesagt hatte. Er war ein dünner, braunhaariger, raubvogelähnlicher Mann. „Okay", sagte er. „Wenn Sie mir beide helfen."

Purvis nickte. „Das ist Hardy, der Sekretär unserer Gesellschaft."

Gerrard hatte das Gefühl, lauthals lachen zu müssen über die Absurdität der Vorstellungszeremonie.

Um sie war immer mehr Rauch; der Bahnhofsvorsteher hustete

heftig und rang verzweifelt nach Luft; Gerrard half ihm auf die Beine. Hardy nahm ihn auf der anderen Seite, griff ihm unter die Schulter, aber er konnte den schweren Mann nicht heben.

„Tut mir leid, ich schaff's nicht."

Purvis schob ihn grob zur Seite. „Lassen Sie mich mal ran!" Er nahm den Arm des Bahnhofsvorstehers, legte ihn sich um den Nacken, griff nach seiner Hand und zog ihn hoch.

Wendy war kreidebleich im Gesicht und hielt sich ein Taschentuch vor die Nase. Anne band sich ihren Schal vor den Mund. Sie setzten sich in Bewegung, Hardy nahm die Lampe und wies ihnen den Weg.

Im immer dichter werdenden Rauch tasteten sie sich den Tunnel entlang und ließen die Kreuzung hinter sich. Anne ging hinter Gerrard und versuchte, den Bahnhofsvorsteher stützen zu helfen.

„Luke!" Sie berührte ihn am Arm.

„Was ist?"

„Der Zug! Was passiert, wenn er den Tunnel herunterrollt? Gibt es dann einen Ausweg?"

Gerrard drehte sich nach ihr um. „Ich habe ein oder zwei Verbindungswege zwischen den Tunnels gesehen, Malden nannte sie Wetterlöcher. Dort müßten wir uns in Sicherheit bringen."

„Wo in Gottes Namen sind die zwei denn hin?" sagte Purvis. Sie waren nun ungefähr dreihundert Meter die Tunnelkurve entlanggegangen, aber von Slayter und Malden war immer noch nichts zu sehen.

„Kann nicht mehr weit bis zum nächsten Bahnhof sein", sagte Gerrard.

Plötzlich stieß Hardy einen Schrei aus, blieb stehen und richtete seine Lampe auf etwas, das sich vor ihm bewegte. Im schwachen Licht der Stablampe taumelte etwas die Schienen entlang auf sie zu – etwas kaum noch Menschliches –, auf allen vieren. Das Wesen hob sein Gesicht ins Licht der Lampe. Es war Slayter. Er brach neben den Schienen zusammen.

Gerrard und Purvis lehnten den Bahnhofsvorsteher gegen die Tunnelwand, und Gerrard stolperte zu Hardy, der wie versteinert dastand und in den Lichtkreis seiner Lampe starrte. Gerrard riß ihm die Lampe aus der Hand und bückte sich. Slayter sah aus wie eine Leiche. „Schnell", sagte Gerrard. „Ich muß ihn wieder zum Atmen bringen."

Mühsam rollte er Slayter auf den Rücken, fühlte nach seinem Puls und stieß ihm dann die Hände gegen die Brust. Rhythmisch begann er den Atem in den Brustkorb des Bewußtlosen zu pressen. Nach einer halben Minute hielt er inne, beugte sich über ihn und lauschte vor Slayters Nase und Mund nach Atemgeräuschen. Wieder machte er sich ans Werk, und schließlich, nach ungefähr vier Minuten, zeigte Slayters Brust ein konvulsivisches Zucken und verfiel wieder in den Rhythmus des normalen Atmens.

Gerrard lehnte sich erschöpft zurück. Purvis war neben ihm und reichte ihm etwas. „Vielleicht nützt das was." Gerrard griff danach. Es war eine metallene, lederbezogene Taschenflasche. Er führte sie Slayter an den Mund. Einen Augenblick lang war keine Reaktion zu bemerken, aber dann spuckte und würgte er, öffnete seine Augen. Als er sich zu bewegen versuchte, winselte er vor Schmerzen.

„Können Sie sprechen?" Gerrard stützte ihn auf. „Was ist passiert?"

Slayter sah ihn erschöpft an. „Ich weiß nicht. Die Gleise weiter vorn ..., sie sind blockiert ... zum Teil."

„Wo ist Malden?" fragte Gerrard.

„Er versuchte durchzukommen und ist zusammengebrochen ..., habe versucht ihn rauszuholen ..., schaffte es nicht."

Slayters Augen schlossen sich wieder, er lehnte sich gegen die Schiene und atmete schwer.

„Ich muß hin und nachsehen", sagte Gerrard.

„Ich komme mit Ihnen."

Purvis stand auf, und sie setzten sich in Marsch. Sie gingen den Stollen entlang. Vor ihnen neigte sich der Tunnel abwärts. Im Licht der Lampe konnten sie die verbogenen gerippten Eisensegmente der Decke sehen, die über die Gleise geschleudert worden waren. Die Erde darüber war heruntergebrochen und blockierte den Tunnel. Zwischen den gebogenen Eisenstücken war nur ein enger Durchgang geblieben. Aus dem Trümmerhaufen sickerte Wasser. Der Anblick der eingebrochenen nackten Erde wirkte entnervend.

„Mein Gott, wie tief sind wir denn?" rief Purvis.

„Wie Malden sagte, ungefähr zwanzig Meter", antwortete Gerrard. „Über uns befindet sich nur eine Etage, und zwar die der ‚Metropolitan-Line'. Die Explosion muß sich dort ereignet haben."

Die beiden Männer sogen die Luft in langen, zitternden Atemzügen ein.

Gerrard leuchtete mit der Lampe in den engen Durchgang, den die verformten Tunnelsegmente gebildet hatten. „Da muß er drin sein."

Purvis nahm etwas aus der Tasche. Im Strahl der Lampe konnten sie ein hosenbekleidetes Bein sehen, das aus dem zusammengebrochenen Tunnel hervorragte. Gerrard hörte hinter sich das leise Geräusch eines Streichholzes. Zornig drehte er sich um. „Verdammt noch mal, machen Sie das sofort aus! Gas!" Aber er hätte es nicht zu sagen brauchen, beide sahen, wie die Streichholzflamme plötzlich flackerte und dann erlosch.

„Hier können wir nicht bleiben – wahrscheinlich Kohlendioxid."

Inzwischen fiel ihnen das Atmen schwer. Gerrard spürte leichten Kopfschmerz, eine leichte Benommenheit. Er erkannte die Frühsymptome einer Kohlendioxidvergiftung.

Er kroch auf Malden zu, aber selbst die Anstrengung war schon zuviel. Gerrard zog sich langsam wieder hoch. Er fühlte sich wie betrunken. „Hau ab, schnell! Los, Mann, um Himmels willen!" keuchte er, und die beiden Männer torkelten wie zwei Betrunkene, stützten einander und stolperten den Tunnel hinauf. Sie erreichten die anderen und ließen sich zu Boden sinken.

„Was ist passiert?" fragte Anne verängstigt.

„Gas", sagte Gerrard. Das Sprechen fiel ihm schwer. Slayter saß da mit der Flasche in der Hand und war fast wieder der alte.

„Was ist mit Malden?" fragte er.

Gerrard schüttelte erschöpft den Kopf. „Konnte nicht ran bis zu ihm. Keine Chance. Er muß tot sein."

Niemand antwortete. Dann fragte Purvis: „Wo kommt das Gas her?"

„Keine Ahnung." Gerrard schüttelte den Kopf. „Ich weiß nur, daß wir hier so schnell wie möglich abhauen müssen."

„Warum riechen wir das hier noch nicht?" In Purvis' Stimme war ein leichtes Zittern.

„Weil es geruchlos ist und schwerer als Luft", sagte Gerrard. „Das Kohlendioxid hat sich in der Senke gesammelt. Es könnte sich natürlich allmählich ausdehnen – herauf bis zu uns."

Von der anderen Seite des Stollens her blies ihnen der Luftzug lange, fedrige Rauchzungen entgegen.

„Und wohin?" fragte Slayter.

„Ich habe einen Verbindungstunnel gesehen", verkündete Purvis. „Ungefähr fünfzig Meter hinter uns."

„Wir wissen nicht, wohin er führt", sagte Slayter.

Sie blickten den Bahnhofsvorsteher an, der nun regelmäßiger atmete, aber seine Augen waren noch geschlossen.

„Wir müssen es herausfinden. Weckt ihn auf!" Purvis ging zum Bahnhofsvorsteher und schüttelte ihn. „He!" sagte er laut. „He!"

Gerrard ergriff ihn beim Arm und schob ihn zur Seite. „Geben Sie mir den Brandy!" Slayter reichte ihm die Flasche, und Gerrard goß dem Mann ein paar Tropfen auf die Lippen. Die Lider des Bahnhofsvorstehers begannen zu flattern, dann öffnete er seine Augen. Gerrard beugte sich über ihn und hielt die Lampe so, daß er sein Gesicht sehen konnte.

„Können Sie mich hören?" Der Bahnhofsvorsteher nickte langsam.

„Wir müssen einen anderen Ausweg finden. Da hinten ist ein Verbindungstunnel, wo führt der hin?"

Der Bahnhofsvorsteher rang nach Luft und versuchte zu sprechen. Gerrard gab ihm noch etwas Brandy.

„Da ist eine Leiter", keuchte er mühsam. „Sie führt ... nach unten ... zur Westlinie!"

„Und nach oben?"

„Nein ... nach unten."

„Weiter runter gehen wir nicht", sagte Purvis.

Gerrard richtete sich verärgert auf. „Was schlagen Sie sonst vor? Hier hat's uns erwischt." Der Rauch wurde dicker.

Er wandte sich an Slayter. „Können Sie laufen?"

Slayter streckte seine Beine aus und betastete sie behutsam. „Ich glaube, es geht."

Gerrard sah die beiden Frauen an. Sie nickten beide. Er reichte Slayter die Lampe. „Gehen Sie voran", sagte er. Er nickte Purvis zu, und sie bückten sich, zogen den Bahnhofsvorsteher hoch und stellten ihn auf die Füße.

Als sie den Verbindungstunnel erreicht hatten, waren die anderen schon darin verschwunden. Sie schoben auch den Bahnhofsvorsteher durch die Öffnung. Innen war die Luft zu ihrer aller Erstaunen rauchfrei, und Gerrard fühlte einen kühlen, frischen Luftzug, der ihnen entgegenblies.

Sie rasteten einen Augenblick lang, dann schleppten sie den Bahnhofsvorsteher durch eine kleine viereckige Öffnung auf der gegenüberliegenden Seite. Sie führte in eine größere Kammer. Die anderen lagen um eine Öffnung im Boden, durch die eine rostige Eisenleiter hinunter in die Dunkelheit führte. Hardy leuchtete mit seiner Lampe hinunter. Die Luft, die heraufwehte, schmeckte frisch und sauber. Gerrard beschloß, ein Experiment zu wagen.

„Haben Sie noch ein Streichholz?" wandte er sich an Purvis. Purvis holte eine Streichholzschachtel aus der Tasche und zündete ein Holz an. Es flackerte, er schützte es mit seiner Hand, und es brannte mit heller Flamme weiter.

„Kein Gas", sagte Gerrard. „Wir riskieren es."

„Was ist mit ihm?" Purvis deutete auf den Bahnhofsvorsteher, der bewußtlos an der Wand lehnte. „Den kriegen wir nicht die Leiter runter."

„Wir müssen vorausgehen und ihn dann nachholen", sagte Gerrard. „Hier ist er vor dem Feuer sicher, und solange hier frische Luft heraufkommt, kann der Rauch ihm nichts anhaben."

„Wir können ihn doch nicht hier liegenlassen", meinte Anne.

„Wir können nichts anderes tun", sagte Gerrard. „Er ist zu schwer. Ohne Seil schaffen wir ihn nicht die Leiter runter."

„Ich hab einen Gürtel", sagte Anne. „Und Sie auch." Sie blickte auf den Bahnhofsvorsteher. „Er hat auch einen. Können wir die zusammenbinden?"

„Er wiegt ungefähr zweihundert Pfund", sagte Gerrard. „Das halten die Gürtel nicht aus."

Wendy wandte sich ab und fing an zu weinen; Anne gab zu Gerrards Erleichterung den Streit auf und legte ihren Arm um das Mädchen.

„Wir brauchen die andere Lampe", sagte Gerrard.

„Was?" Purvis blickte sich um. „Wo ist sie geblieben?"

Slayter zuckte die Schultern. „Malden hatte sie."

„Warum haben Sie sie nicht zurückgebracht?" fragte Purvis wütend.

„Ich habe versucht, den Mann zu retten, nicht die Lampe", verteidigte sich Slayter.

Purvis sah ihn einen Augenblick lang wütend an, dann wandte er sich der Leiter zu. „Ich gehe voraus", sagte er und begann hinunterzuklettern. Er blieb stehen, als er bis zu den Schultern in der Öffnung verschwunden war. „Geben Sie mir die Lampe."

„Wir brauchen die Lampe hier oben", antwortete Gerrard.

Purvis wurde noch wütender und schrie: „Ohne die verdammte Lampe gehe ich hier nicht runter! Also geben Sie sie mir!" Er streckte herausfordernd seine Hand aus.

„Ich leuchte Ihnen runter", sagte Gerrard ruhig, aber bestimmt. Die beiden Männer starrten sich an.

Anne öffnete ihre Handtasche. „Ich habe hier etwas. Es ist zwar nur eine Schlüssellochlampe, aber vielleicht nützt sie etwas."

Sie holte ein kleines Schlüssellochlämpchen hervor, das an einem Schlüsselbund befestigt war, knipste es an und reichte es Purvis, der es wortlos nahm und weiter hinabstieg.

Gerrard blickte die anderen an. Er nickte Hardy zu. „Sie gehen als nächster." Hardy stolperte zur Leiter und folgte Purvis. „Und nun ihr beiden." Es folgten die beiden Frauen und dann Slayter.

Gerrard warf dem Bahnhofsvorsteher einen letzten Blick zu, dann zog er seinen Regenmantel aus und packte den bewußtlosen Mann darin ein. „Können Sie mich hören?" fragte er. Die Augenlider des Mannes zuckten und hoben sich ein wenig. „Dann passen Sie auf!" Er sprach ihm laut ins Ohr. „Wir holen jetzt Hilfe! Können Sie mich verstehen?"

Der Dicke antwortete mit einem schwachen Nicken.

„Wir kehren so schnell zurück, wie wir können. Fürs erste sind Sie hier sicher." Diesmal kam kein Nicken als Antwort. Gerrard leuchtete mit der Lampe in das Loch hinunter, stieg auf die Leiter und begann hinabzuklettern. Die Wände waren feucht, mit Auswüchsen von Kalkablagerungen auf dem alternden, bröckelnden Ziegelwerk. Es war wie das Innere eines Kamins. Tief unten hörte er Purvis rufen.

„Ich bin unten!" Und dann eine Pause. „Hier sieht alles ziemlich okay aus." Die anderen kletterten vor ihm her, Gerrard folgte, ihre Füße rutschten auf den uralten Sprossen, Staubflocken und Rost fielen ihnen in die Augen.

Unten angekommen, richtete Gerrard die schwere Stablampe in die Dunkelheit. Sie befanden sich nun in einer niedrigen Kammer aus Ziegelwänden und einem gewölbten Dach. Purvis versuchte seine Kräfte an den massiven Stahlriegeln einer schweren Stahltür am anderen Ende. In der Mitte des Raums lagen auf Blöcken einige Gleisschwellen, und auf diesen stapelten sich Werkzeuge und Rohrstücke. An der gegenüberliegenden Wand lehnten ein komplettes Acetylen-Schweißgerät, zwei Hacken, ein Brecheisen und einige andere Hebelwerkzeuge. Auf dem Boden standen ein Kessel, zwei Becher und ein Paket Tee. Slayter untersuchte das Werkzeug. Anne nahm den Kessel in die Hand. „Er ist warm!" rief sie erstaunt.

„Gott sei Dank", sagte Slayter. „Das bedeutet, daß hier erst vor wenigen Minuten jemand weggegangen ist. Die Frage ist nur, in welche Richtung?"

Gerrard drehte sich um, richtete den Lichtstrahl auf das andere Ende der Kammer und dann wieder auf die Stahltür.

„Genau", sagte Slayter und sprach den Gedanken aus, den alle dachten. „Durch diese Tür sind sie gegangen und ... haben sie natürlich hinter sich abgeschlossen. Wahrscheinlich eine dieser Dienstvorschriften bei Brandgefahr."

Purvis fuhr zornig auf: „Hier zu warten nützt uns nichts. Also versuchen wir es in der anderen Richtung." Er wandte sich um, ging wieder auf die Leiter zu und folgte dem Tunnel in der anderen Richtung; sie folgten ihm. Es ging bergab, und sie spürten auf ihren Gesichtern einen stetigen Luftzug.

Anne flüsterte Gerrard zu: „Das ist warme Luft."

Gerrard nickte grimmig.

„Das bedeutet aber, daß dieser Weg nicht nach außen führt", sagte Anne. „Das bedeutet ..."

Gerrard nickte. „Könnte aus einer tieferen Lage kommen, könnte aber auch das Feuer sein ..." Er richtete den Lichtstrahl nach vorn.

Sie hatten ein niedriges, enges Wetterloch erreicht. Der Lichtstrahl fiel auf eine Metalltür. Purvis leuchtete mit der Lampe den Boden ab. Das Licht spiegelte sich in einer Wasserfläche. „Hier müssen wir durch", sagte er.

„Stehenbleiben!" fauchte Gerrard.

Purvis bewegte sich nicht.

„Gehen Sie aus dem Weg!"

Purvis trat widerwillig zur Seite; Gerrard tastete sich näher an den Eingang des Wetterlochs heran und leuchtete die Seitenwände ab. Ein dicker Kabelstrang hatte sich aus seiner Halterung gelöst. An einer Stelle berührten die Kabel fast die Wasseroberfläche. Es war kaum genug Platz, um darunter hindurchzukriechen und auf die andere Seite zu gelangen.

„Also", sagte Purvis ungeduldig. „Weiter."

„Nun zügeln Sie mal Ihren Tatendrang, Mann", sagte Gerrard nachdrücklich. „Warten Sie's ab." Er leuchtete noch einmal sorgfältig den Tunnelboden ab. „Was meinen Sie?" fragte er Slayter.

„Es ist ein verdammtes Risiko."

„Warum?" fragte Purvis ungeduldig.

„Wenn in einem der Drähte da Saft ist und jemand ihn berührt, während wir im Wasser stehen – dann erwischt es uns alle", erklärte Slayter.

„Wieso soll denn da noch Strom drin sein?" fragte Purvis. „Wir sind an einem Dutzend Lampen vorbeigekommen. Sie waren alle aus."

„Vielleicht sind sie abgeschaltet", sagte Gerrard. „Die Schalter sind wahrscheinlich auf der anderen Seite der Tür."

„Ich gehe durch", sagte Purvis wütend. Er wollte sich schon bükken, um sich durch die enge Öffnung zu zwängen, als Slayter ruhig sagte: „Das würde ich nicht tun. Sie kommen da nie durch, ohne die Drähte zu berühren."

Inzwischen hatten sich ihre Augen der Dunkelheit angepaßt. Sie stellten fest, daß von der anderen Seite in das Wetterloch ein schwacher Lichtschein fiel.

„Da scheint doch Licht von der anderen Seite durch", sagte Purvis.

„Genau", bestätigte Slayter trocken. „Deshalb würde ich es Ihnen nicht raten, unter diesen Kabeln durchzukriechen."

„Aber was, zum Teufel, können wir denn sonst tun?" wollte Purvis wissen. „Mit negativen Vorschlägen sind Sie wohl schnell bei der Hand?"

Slayters Stimme wurde noch um eine Spur kühler. „Ich habe einen positiven Vorschlag – wenn Sie bereit sind zuzuhören."

Purvis starrte ihn finster an.

„Gehen wir zurück, und ich zeige es Ihnen."

Er führte die Gruppe den Weg zurück in die Kammer und beleuchtete das Schweißgerät. „Wir haben alles, was wir brauchen", sagte er und blickte auf die Tür. „Ich glaube, wir können diese Schlösser und Riegel durchschweißen." Er leuchtete mit der Lampe nach oben und dann auf die Tür, dabei stieß er einen Freudenschrei aus.

Die Augen der anderen folgten dem Lichtstrahl und sahen einen kleinen metallenen Schaltkasten.

„Wenigstens ein bißchen Glück im Unglück", sagte Slayter. Er öffnete den Kasten und zog den Schalthebel herunter. Im gleichen Augenblick überflutete Licht den Raum, und alle hoben instinktiv die Hände, um die Augen zu schützen.

„Nun, glaube ich, haben wir es geschafft", sagte Slayter. „Wir haben die Möglichkeit, die Tür durchzuschweißen. Wir wissen, daß sie nach außen führt, denn sonst wären die Arbeiter noch hier. Sie sind ganz bestimmt keinen anderen Weg gegangen." Er blickte sich um. „Und ich glaube ..., ahh!" Er bückte sich. „Hier ist sogar etwas zum Essen."

„Was zum Essen?" rief Anne. „Wo?"

Slayter wies auf ein Holzkistchen: „Eine richtige kleine Freßkiste!"

Anne öffnete den kleinen Kasten und entdeckte Käse, Milchpulver und eine Dose, die – wie sich beim Öffnen herausstellte – Biskuits enthielt.

Purvis untersuchte inzwischen die Tür, klopfte mit den Knöcheln die Umgebung des Schlosses ab. „Ungefähr einskommafünf Zentimeter Stahl. Da kommen wir nie durch."

Slayter fuhr in plötzlich aufwallendem Zorn herum und stieß Purvis gegen die Wand. „Halten Sie endlich um Himmels willen die Schnauze!" schrie er. „Ich habe die Nase voll von Ihnen!"

Purvis zögerte einen Augenblick, seine Augen verengten sich, dann machte er mit erhobenen Händen einen Schritt nach vorn. Gerrard trat dazwischen: „Wir haben schon genug Probleme! Müßt ihr eure Energien noch in einer Prügelei verschwenden? Also Schluß damit!"

Einen Augenblick lang sah es so aus, als wollten die beiden Männer Gerrard zur Seite stoßen und übereinander herfallen. Dann fiel die Spannung von ihnen ab, und sie trennten sich. Purvis zog sich schmollend zurück und setzte sich neben Wendy auf die Bohlen. Slayter machte sich an dem Schweißgerät zu schaffen.

Nach einer Weile holte Purvis seine Brandyflasche hervor, schüttelte sie, um festzustellen, wieviel noch drin war, dann nahm er den Kessel und füllte die Flasche mit warmem Wasser auf. Er schraubte den Deckel wieder zu und schüttelte die Flasche.

„Nicht sehr viel, aber vielleicht hilft es", sagte er und reichte Anne das Gebräu.

Anne nahm einen kräftigen Schluck und reichte die Flasche weiter. Sie machte die Runde, langte schließlich bei Slayter an, er kippte sie dankbar und leerte sie.

Fast eine Viertelstunde lang saßen sie alle nur herum und warteten, daß die Wärme des verwässerten Alkohols sich bis in alle Glieder ausbreitete. Ihre Gesichter waren inzwischen alle mit einer schwarzen Kruste aus Ruß und Dreck bedeckt. Purvis' sonst sicher untadeliger Stadtanzug war zerknittert und zerrissen. Allmählich entkrampften sie sich und fingen an, miteinander zu reden.

Gerrard vertiefte sich in ein Gespräch mit Hardy; es stellte sich heraus, daß Hardy auch Kanadier war. Zehn Jahre England hatten seinen Akzent abgeschliffen, er hatte in Soziologie promoviert und war nun Marktforscher in Purvis' Firma. Gerrard war keineswegs überrascht, als er erfuhr, daß Purvis Bulldozerzubehörteile herstellte.

Slayter stand als erster wieder auf. Er blickte auf seine Uhr. „Es wird Zeit, daß wir anfangen! Helfen Sie mir?“ Er sah Gerrard an. Gemeinsam schleppten sie die schweren Flaschen bis vor die Tür.

Slayter drehte den Hahn der Gasflasche auf und stellte den Druckregler ein. „Wie lange wird es wohl dauern?“ fragte Gerrard und nickte zu der Stahltür hin.

„Schwer zu sagen“, meinte Slayter. „Es ist ziemlich lange her, seit ich zum letztenmal mit solchen Apparaten hantiert habe. Zwei oder drei Stunden vielleicht. Hängt ganz davon ab, was ich auf der anderen Seite vorfinde. Wenn Gott will, haben wir genug Gas und Sauerstoff in den Flaschen.“

Sie atmeten angestrengter, Schweißperlen bildeten sich auf Slayters Stirn.

„Sie spüren es also auch“, sagte Gerrard leise.

Slayter nickte. „Ja, es wird immer heißer, und der Sauerstoffgehalt der Luft sinkt“, flüsterte er.

„Stimmt“, antwortete Gerrard. „Aber sagen Sie nichts den anderen.“ Er pochte auf die Gasflasche. „Und das hier wird auch nicht gerade zu unserer Gemütlichkeit beitragen.“

„Wir vergeuden Zeit“, sagte Slayter. „Passen Sie mal auf, gehen Sie mit den anderen ein Stück weiter den Tunnel hoch. Manchmal gehen diese Dinger hoch wie eine Bombe. Es müssen ja nicht unbedingt mehr Leute als notwendig hier herumstehen, wenn was passiert.“

Slayter zog sich die Schutzbrille über die Augen, zündete die Flamme und regulierte den Sauerstoffzufluß, bis sich eine laut zischende blaue Flamme bildete.

Anne kletterte bereits die Leiter hoch, um nach dem Bahnhofsvorsteher zu sehen.

Gerrard trat auf die anderen zu und sagte: „Wir müssen uns ein wenig zurückziehen. Nur für alle Fälle.“

„Was soll das heißen?“ fragte Purvis mißtrauisch.

Gerrard deutete auf den flammensprühenden Schweißbrenner. „Manchmal gibt's dabei 'ne Panne. Also los.“

Sie schleppten die schweren Bänke ein Stück tiefer in den Korridor hinein. Es war hier merklich wärmer; vor ihnen lag das Wetterloch mit seiner quadratischen, metallischen Öffnung, und dahinter schimmerte schwach das Wasser.

Gerrard machte kehrt und ging zur Leiter. Er leuchtete mit seiner Stablampe nach oben: Anne kam die Leiter wieder herunter – lange, elegante, schön geformte Beine, dazwischen das Aufblitzen weißer Unterwäsche.

Welche Ironie, dachte er, unsere Chancen, lebendig hier herauszukommen, stehen weniger als fünfzig zu fünfzig, aber wenn ich sie sehe, kann ich alles andere vergessen.

Sie kletterte die Leiter vollends herunter, blieb neben ihm stehen und blickte ihn neugierig an. „Man hat mich immer vor Leitern gewarnt", sagte sie.

Gerrard zuckte die Achseln und wandte sich verlegen ab.

Anne lächelte: „Es geht ihm schon besser."

„Kann er herunterkommen?" fragte Gerrard.

Anne zögerte: „Ich weiß nicht, am besten sehen Sie ihn sich selbst mal an."

Gerrard nickte und kletterte die Leiter hoch. Die Luft, die ihm entgegenkam, war spürbar heißer. Als er oben angekommen war, schwitzte er. Der Rauch hatte sich zwar etwas verzogen, aber dafür war nun der ätzende Geruch von Chemikalien in der Luft, der ihm in der Kehle brannte.

Der Bahnhofsvorsteher saß vornübergebeugt in dem Lichtschein, der aus dem Schacht herunterfiel, und schien zu schreiben. Als Gerrard ihm auf die Schulter klopfte, schrak er zusammen und blickte auf. Zu Gerrards Belustigung arbeitete er an einem Kreuzworträtsel in einem zerlesenen *Daily Mirror*.

„Es geht Ihnen also wieder besser", sagte Gerrard.

„Danke, Sir. Viel besser", sagte er. Er war auch nicht mehr so rot im Gesicht und atmete leichter. Er hatte seine Uniformjacke zusammengerollt und lehnte sich dagegen. „Ich hab's ganz gemütlich hier. Hab auch mein Kreuzworträtsel. Machen Sie sich mal um mich keine Sorgen, Chef."

Gerrard bückte sich, fühlte ihm den Puls und blickte im Schein der einsamen Birne oben im Schacht auf seine Uhr. „Glauben Sie, daß Sie jetzt runterklettern können?"

Der Bahnhofsvorsteher schüttelte den Kopf. „Das glaub ich nicht. Und wenn ich unten bin, komm ich bestimmt nicht mehr hoch. Außerdem wird man das Feuer bald unter Kontrolle haben, und dann kommt bestimmt ein Suchtrupp. Ich glaube, ich bin hier oben besser aufgehoben."

Gerrard war nicht so optimistisch, aber er nickte. „Sie sind wahrscheinlich der Gesündeste von uns allen", log er. Er drehte sich um und blickte in den Tunnel hinein. „Ich sehe mich mal um ..." Er ging den nun schon vertrauten Weg durch den muffigen Ziegelraum zurück zum Haupttunnel.

Im Vorübergehen legte er eine Hand auf die Ziegelsteine. Sie fühlten sich warm an. In der Ferne war das Prasseln und Knacken eines wütenden Feuers zu hören.

Ein erstickend heißer Luftzug traf ihn ins Gesicht und trieb ihn zurück.

„Wir versuchen unten eine Tür zu öffnen", sagte er zum Bahnhofsvorsteher. „Wenn wir's geschafft haben, kommen wir zurück und holen Sie ab. In Ordnung?"

Der Bahnhofsvorsteher blickte auf und nickte lächelnd. „Aber lassen Sie es nicht zu lange dauern, meine Alte wird sonst mißtrauisch."

„Es ist möglich", sagte Gerrard, „daß es mal kurz noch ein bißchen heißer wird, aber denken Sie daran, daß die Durchlüftung besser wird, sobald wir die Tür aufhaben. Dann kriegen Sie frische Luft. Und dann kühlt es auch ein wenig ab."

Während er sprach, fragte er sich, ob sich der Mann über die Gefahr im klaren war, in der er schwebte.

Wenn er es weiß, dachte Gerrard, dann läßt er sich nichts anmerken. Er hat sein Kreuzworträtsel und etwas Licht, und er sitzt warm und einigermaßen bequem. Solange es nicht sein muß, macht er sich keine Sorgen. Gerrard klopfte ihm auf die Schulter und kletterte wieder die Leiter hinunter.

Unten ging er zu Slayter, schirmte seine Augen gegen das Gleißen der Flamme ab. Der Schneidbrenner hatte bisher erst ein kleines, rundes Loch durch das Metall geschnitten. Slayter machte einen Augenblick Pause, schob die Schutzbrille hoch und wischte sich die Stirn ab. Er hatte sich schon die Jacke und den Schlips ausgezogen, der Schweiß troff ihm vom Hals. „Ich weiß nicht, ob's am Brenner liegt, am Metall oder an mir", sagte er. „Aber ich fürchte, es wird nur sehr langsam gehen. Wie steht's da oben?" Er nickte zum Tunnel hin.

Gerrard berichtete kurz, was er vorgefunden hatte.

„Also geht's nur so", sagte Slayter. „Es sei denn, eins der Mädchen zwängt sich da hinten durch." Er deutete mit einer Kopfbewegung zum anderen Ende des Tunnels.

Gerrard schüttelte den Kopf. „Zu riskant", sagte er. „Ein falscher Schritt, und ..." Er hob die Schultern.

Slayter nickte, schob die Schutzbrille wieder vor die Augen und wandte sich wieder der Tür zu. Gerrard ging zu den anderen zurück. Wendy schlief völlig erschöpft an Hardys Brust. Hardy drückte das schlafende Mädchen an sich und sah zu Gerrard auf: „Ich habe selbst eine Tochter", sagte er. „Nicht hier, drüben in Kanada. Ich habe sie heimgeschickt, sie soll in Toronto zur Schule gehen." Er sprach stokkend und atmete mühsam.

Anne teilte auf der Bank die Lebensmittel auf, die sie gefunden hatten; sie machte kleine Häufchen aus den Biskuits und packte sie ein. Sie lächelte ihn an und zeigte auf ein Häufchen, das aus zwei Biskuits bestand: „Das ist Ihre Ration."

„So viel für mich?"

„Keine Frechheiten", sagte Anne. „Sonst nehme ich sie Ihnen ab!"

„Sie blühen auf in solchen Situationen, nicht wahr?" sagte Gerrard und lächelte zurück.

„Ich erzähl's ja nicht gern, aber ich war einmal bei den Pfadfinderinnen. Sie kennen das Motto: ‚Allzeit bereit.' Das Dumme ist nur, ich war's nie", sagte Anne.

Gerrard sah sich nach Purvis um. Purvis hatte sich die Jacke und das Hemd ausgezogen und stapfte vor dem Eingang zum Wetterloch auf und ab.

„Ich fürchte, Tarzan leidet in seinem Käfig", sagte Anne.

„Wenn der Bursche nur endlich Ruhe geben würde", erwiderte Gerrard leise. „Der Kerl braucht unseren ganzen Sauerstoff auf. Wie wär's, wollen wir uns ein wenig ausruhen?" Er klopfte sich aufs Knie. „Legen Sie sich ein wenig hin."

„Aber diesmal halte ich meine Beine in die andere Richtung", sagte Anne lächelnd. Sie streckte sich neben ihm aus und bettete ihren Kopf in seinen Schoß. Er lehnte sich gegen die Wand, schloß die Augen und versuchte, sich zu entspannen.

An Schlaf war nicht zu denken. Er blickte auf ihr braunes Haar hinunter, ihr schmales Gesicht auf seinem Schenkel, ihre zarte Haut, die hervorstehenden Backenknochen, ihre langen dunklen Wimpern. Sie war schön, von einer Schönheit, die er eigentlich immer gesucht hatte. Vor vielen Jahren hatte er ein Mädchen gekannt, das ihr entfernt ähnlich gesehen hatte ... Aber was sollten die Vergleiche? Sie war mit Arnold Kramer verheiratet. Er schüttelte den Kopf, um wieder klare Gedanken fassen zu können, um sich auf die Katastrophe zu konzentrieren, die sich in ihrer unmittelbaren Nähe

abgespielt hatte. Alle Verbindungen – Strom, Gas, Wasser und Verkehrswege – waren abgeschnitten.

Er fragte sich, was von der Katastrophe wohl alles in Mitleidenschaft gezogen worden war. War die Plastikwelt überall zusammengebrochen – oder nur im Bereich von King's Cross?

Die Vorstellung von einem London, das wie gelähmt dalag, senkte sich wie eine bleierne Müdigkeit über ihn. Er wurde schläfrig, sein Kopf fiel ihm auf die Brust, und er sank in einen tiefen Schlaf.

9

ÖSTLICH der Edgware Road verläuft die Kempton Street – eine Straße, die fast im Verkehr erstickt. Zu beiden Seiten der Fahrbahn bilden parkende Personen- und Lieferwagen eine würgende Einschnürung und erlauben dem fließenden Verkehr nur unter zahlreichen Behinderungen eine einzige schmale Spur.

In der Straßenmitte bietet eine Verkehrsinsel Fußgängern, die nervösen, übelgelaunten Autofahrern ausweichen wollen, eine schmale Zuflucht. Auf der Insel befindet sich, leicht erhöht, ein Betonblock mit einem schwarzen, gußeisernen Schutzgitter. Hier hat ein Ventilationsschacht der „Bakerloo-Line" seinen Ausgang. Normalerweise entleert sich hier mit einem stetigen, warmen Luftzug, der nach Teer und Desinfektionsmitteln riecht, die warme, abgestandene Luft aus den U-Bahn-Tunnels in die Oberwelt.

Ungefähr zur gleichen Zeit, als der Bahnhof King's Cross in die Luft flog, drängten sich in den Straßen die Verkehrsteilnehmer, die zu einer Bushaltestelle oder zu den Autos vor den Parkuhren strebten.

In dem Schacht unter dem Schutzgitter quoll geräuschlos eine nach Fäulnis riechende Masse zur Oberfläche herauf. Von blasigem Schaum aufgetrieben, stieg die Masse langsam, aber stetig immer weiter nach oben, eine brodelnde, stinkende Flut von Mikroorganismen, die sich mit rasender Geschwindigkeit teilten, sich vervielfachten. Aus zwei wurden vier, aus vier acht ... Denn allen diesen Organismen stand ein geradezu unerschöpfliches Reservoir an Nährstoffen zur Verfügung, und so erfüllten sie mit sanfter, archaischer Unerschütterlichkeit das einzige Gebot ihres Lebens – sich zu vermehren, sich auszudehnen und immer weiter zu vermehren. Schließlich war der zylindrische Schacht bis zum Schutzgitter aufgefüllt.

Ein Passant betrat die Verkehrsinsel, zündete sich eine Zigarette an und warf das Streichholz achtlos weg. Es fiel durch das Gitter.

Eine Flamme zuckte auf, eine dumpf grollende Detonation folgte, und der Betonschacht zersprang wie eine Hutschachtel. Der Passant wurde völlig zerfetzt.

Das Schutzgitter flog durch die Luft, krachte auf den Bürgersteig und überschlug sich wie ein gigantischer, wahnsinnig gewordener Kinderreifen. Schließlich durchbrach es die Mauer eines Feinkostgeschäftes und kam in einem Regen von Konservenbüchsen und splitterndem Glas zum Stehen.

IM U-BAHN-KONTROLLRAUM Coburg Street war Notstandsalarm gegeben worden. In dem großen, trommelförmigen Raum hatten sich die leitenden Beamten versammelt und studierten beunruhigt die Wandkarte des unterirdischen Tunnelsystems. Vor den Schaltkonsolen saßen die Kontrolleure und versuchten vergeblich, die Züge unter Kontrolle zu halten, die auf den Streckenplänen an der Wand als rote Lichter dargestellt waren. Es war offensichtlich, daß der Zusammenbruch des U-Bahn-Verkehrs in dem gesamten hundert Kilometer langen Tunnelsystem mit ungeheurer Geschwindigkeit eskalierte.

Auf einem Teil der Strecken waren die Züge zum Halten gebracht worden. Die entsetzten Fahrgäste bahnten sich hordenweise ihren Weg durch muffige Tunnels zu den Lichtern und der Geborgenheit der nächstgelegenen Bahnhöfe.

Immer wieder erfolgten kleinere Explosionen, Feuer brachen aus, und Millionen von Draht- und Kabelführungen fielen aus. Im gleichen Maße, wie die Auflösung von Plastik sich ausbreitete und beschleunigte, löste sich auch die ausgeklügelte Ordnung des Systems auf, wurde zum Chaos. Schließlich gab der Technische Direktor in der Coburg Street den einzigen Befehl, der in dieser Situation noch möglich war: Der U-Bahn-Verkehr wird stillgelegt, die Bahnhöfe geschlossen.

AUF der Oberfläche erfüllte der Geruch von verfaulendem Plastikmaterial die frostige Dezemberluft. Es war ein ekelerregender, feuchter Verwesungsgeruch, beinahe wie der Gestank von Aas. Er durchdrang Straßen und Häuser, Keller und Fabriken.

Die Verkehrsampeln fielen aus und erzeugten unentwirrbare Verkehrsstauungen. Im Fernsprechhauptamt brach das Telefonnetz zusammen, als in der automatischen Selbstwählschaltzentrale die Isolierungen verrotteten.

Der Plastikverfall griff auf das Funkhaus über. Nach dem Ersten Programm herrschte auch im Vierten Programm Funkstille. Notaggregate, die ersatzweise eingesetzt wurden, versagten gleichermaßen nach kurzer Zeit.

In der Wardour Street in Soho brach eine Gashauptleitung, deren Druckregler aus Polypropylendichtungen bestand, in Flammen aus.

In der Gravuranstalt in der Greek Street weichte ein Flußsäurebehälter aus Polythen auf, beulte sich aus und platzte. Die Säure floß aus und sickerte durch die Decke in ein darunterliegendes Großraumbüro. Hilfeschreiend rannten die jungen Sekretärinnen durch das Gebäude – mit Verätzungen im Gesicht und an den Händen.

Wasserrohre aus Plastik weichten auf, hingen durch, blähten sich ballonartig und platzten; Läden, Wohnungen und Restaurants wurden überschwemmt.

Langsam, aber unerbittlich mehrten sich die Auflösungserscheinungen, in unaufhaltsamer Folge jagten sich die Zusammenbrüche, schwollen explosionsartig an. Nach achtundvierzig Stunden war der Stadtkern von London ein frostiges Chaos ohne Licht, Heizung und Verkehr.

IM BERATUNGSBÜRO KRAMER warf Buchan wütend den Telefonhörer auf die Gabel: „Kein Mensch kann mir eine vernünftige Auskunft geben. Niemand will wissen, was passiert ist."

„Wann sind sie denn runtergegangen?" fragte Wright.

Buchan blickte auf seine Uhr: „Es ist jetzt vier Stunden her."

„Aber in der Direktion muß doch jemand wissen, wer mit den beiden in den Tunnel gegangen ist. Es war doch die ‚Samson-Line', nicht wahr?"

„Ja", antwortete Buchan. „Aber bei denen sind die Telefone völlig durcheinander. Als ich anrief, habe ich nur einen automatischen Anrufbeantworter erwischt und erhielt die Auskunft, eine andere Nummer anzurufen."

„Haben Sie es da versucht?"

„Natürlich. Aber dort hört man nur das Amtszeichen für ‚Anschluß außer Betrieb'."

„Dann fahren wir am besten mit dem Wagen zur Direktion, damit wir wenigstens ..."

„Einen Augenblick!" unterbrach Scanlon. Er drehte am Lautstärkeknopf des Fernsehapparats; der Nachrichtensprecher sprach mit überanstrengter Gelassenheit:

„Sie sind also nun über die schwerwiegenden Ereignisse in der Innenstadt von London informiert. Die nächste Sendung wird gemeinschaftlich vom Zweiten Programm der BBC und von ITV ausgestrahlt. Wir empfehlen Ihnen dringend, Ihre Empfangsgeräte eingeschaltet zu lassen, insbesondere wenn Sie im Stadtbezirk von London wohnen."

Das Bild des Sprechers verschwand, und an seine Stelle trat eine Vase mit sorgsam arrangierten Blumen auf einem hochglanzpolierten Schreibtisch. Dann rückte die Blumenvase in den Hintergrund, und die ernsten Gesichtszüge des Innenministers füllten den Bildschirm. Das Gesicht von Innenminister Justin Bradbury blieb zunächst unbeweglich, dann, offenbar nachdem ihm der Studioleiter ein Zeichen gegeben hatte, begann er: „Guten Abend. Ich wende mich heute abend an Sie, um Sie über die Entscheidungen zu unterrichten, die heute morgen auf einer Sondersitzung des Kabinetts getroffen wurden. Sie werden wohl inzwischen alle von den entsetzlichen Ereignissen gehört oder gelesen haben, die auf so tragische Weise in der Innenstadt von London zahlreiche Tote und Verletzte gefordert haben. Und Sie werden wohl auch inzwischen zum größten Teil erfahren haben, daß die Ursache dafür ein merkwürdiger Zerfallsprozeß ist, der die vielfältigen Formen von Plastikmaterialien betrifft. Es ist inzwischen nicht mehr zu übersehen, daß die Versuche, die Ausbreitung der durch diesen Prozeß ausgelösten Störungen einzudämmen, nicht im wünschenswerten Umfang zum Erfolg geführt haben ..."

„Warum gibt er nicht einfach zu, daß alles versagt hat?" sagte Buchan.

„... und wenn wir nicht sofort strenge und wirksame Maßnahmen ergreifen, wie sie uns von unseren wissenschaftlichen Beratern empfohlen worden sind, dann kann es geschehen, daß die gesamte Organisation unserer Stadt zusammenbricht, da der Prozeß rapide an Geschwindigkeit zunimmt. Ich bin mir darüber im klaren, daß es schwer sein wird, sich mit manchen Tatsachen abzufinden, aber sie sind notwendig. Die Beweise liegen jedoch klar auf der Hand. Ich muß Sie deshalb davon unterrichten ..."

Die Kamera bewegte sich ein wenig nach oben, um die nervösen Finger des Ministers aus dem Bild zu drängen.

„... daß Ihre Majestät die Königin heute mittag den Notstand ausgerufen und uns in vollem Umfang ermächtigt hat, so schnell und so wirksam wie möglich mit der bedrohlichen Lage fertig zu werden.

Notstandseinheiten der Streitkräfte beziehen zur Zeit Posten in dem betroffenen Gebiet, und da das Fernsprechnetz inzwischen fast völlig zusammengebrochen ist, können Gespräche nur über die Nottelefone geführt werden, die nun eingerichtet werden. Alle Anzeichen, die auf befallenes Plastikmaterial hinweisen, müssen unverzüglich bei der nächstgelegenen Einsatzstelle gemeldet werden. Säuberungstrupps werden sich dann an Ort und Stelle begeben und Gegenmaßnahmen ergreifen.

Unsere Wissenschaftler haben bis zur Stunde die Ursache für den Zerfallsprozeß noch nicht eindeutig feststellen können. Als sicher kann jedoch angenommen werden, daß der Befall infektiös ist. Jegliches Plastikmaterial muß daher so schnell wie möglich gegen Infektion geschützt, befallenes Material entfernt oder isoliert werden.

Ich komme nun, wie ich fürchte, zum schwierigsten Teil meiner Aufgabe. Ich habe Ihnen mitzuteilen, daß die Regierung zur Ausführung der Notstandsgesetze beschlossen hat, das gesamte Gebiet zum Sperrgebiet zu erklären.

Die Sperrmaßnahmen sind bereits eingeleitet worden. Truppeneinheiten haben in den Außenbezirken Stellung bezogen und an allen Ausfallstraßen Sperren errichtet. Mit sofortiger Wirkung ist es allen Personen, die sich innerhalb des Sperrgebiets befinden, untersagt, dasselbe zu verlassen ..."

Scanlon stand auf und schaltete fast geistesabwesend den Apparat ab. Sein Blick war auf einen fernen Punkt gerichtet. „Großer Gott ... unvorstellbar ... wenn man aus einer modernen Stadt alles, was Plastik ist, herausnimmt ... was bleibt dann übrig als ... der völlige Zusammenbruch? Wir sind doch vollkommen von Plastik abhängig!" Er drehte sich nach Wright um: „Schrecklicher Gedanke – unser Produkt!"

„Ich glaube kaum, daß man uns etwas vorwerfen kann." Wenn Wright sich betroffen fühlte, dann war er jedenfalls entschlossen, sich nichts anmerken zu lassen.

Buchan blickte von einem zum anderen: „Und ob! Uns allen übrigens."

„Das ist jetzt wohl kaum der geeignete Zeitpunkt, sich reuig das Hemd zu zerreißen", sagte Wright.

Buchan schlug mit der Faust auf einen Stapel Papier auf dem Schreibtisch und sprang auf: „Mein Gott, ihr beiden Fachidioten seid zum Kotzen! Wenn man euch reden hört, könnte man meinen, es stünde lediglich irgendeine Haarspalterei aus dem Lehrbuch der theoretischen Chemie zur Diskussion. Wollt ihr denn nicht sehen, daß das alles euch angeht? Die ganze Struktur der Stadt verfault, und höchstwahrscheinlich sind wir voll dafür verantwortlich!"

Wright fuhr plötzlich auf: „Und was sollen wir denn tun? Natürlich fühle ich mich betroffen ..."

„Aber Sie weigern sich, eine Schuld anzuerkennen!"

„Ich werde eine Schuld anerkennen, wenn der Zeitpunkt dafür gekommen ist und die Beweise auf dem Tisch liegen, aber im Augenblick müssen wir praktisch denken. Bis jetzt gibt es noch überhaupt keine Beweise. Wir haben lediglich ein Produkt hergestellt – und es einschließlich der vollständigen Testunterlagen verkauft. Wir haben nichts unterschlagen! Das wissen Sie genausogut wie ich!"

Buchan wandte sich voll Abscheu ab. Scanlon machte ein paar schwache Gesten, als wolle er Frieden stiften.

„Was mir unfaßbar ist", sagte er, „ist die Tatsache, daß offenbar alle Arten von Plastik betroffen sind. Wenn es einzig und allein nur unser Zeug wäre, dann könnte ich mir noch vorstellen, warum es chemisch versagt. Es könnte ein durch Licht aktivierter Zerfall sein wie bei unserem Degron – ein Zerfall unter dem Einfluß von Licht und Sauerstoff."

„Das haut nicht hin", sagte Wright kopfschüttelnd. „Das paßt nicht zusammen. Sehen Sie, wir haben eine biolösliche Flasche entwickelt, beim Öffnen zieht man den Aufreißstreifen, dadurch wird das darunter befindliche Material Licht und Sauerstoff ausgesetzt, dadurch zerfällt es, und man kann es in den Garten streuen oder im Klo hinunterspülen. Aber das beweist doch nichts. Es gibt keinen Grund zu der Annahme, daß der Prozeß sich auf andere Plastikmaterialien ausdehnen könnte. Das sind völlig andersartige molekulare Strukturen, jedenfalls die meisten. Es gibt keinen Grund, daß sie genauso reagieren sollten."

„Nehmen wir einmal an, von unserem Zeug kann irgend etwas auf andere Plastikmaterialien übertragen werden", sinnierte Scanlon. „Nehmen wir einmal an, dieser Faktor X wäre übertragbar von einer Art von Plastik auf die andere – was dann?"

„Wenn das stimmte", sagte Wright, „dann müßte Ihr geheimnisvolles X über gespeicherte Informationen verfügen. Dann müßte es entweder eine chemische Substanz mit einer nahezu universellen Reaktionsfähigkeit sein – oder aber ein Gebilde wie ein Einzeller."

„Eine Zelle?" unterbrach Scanlon. „Das ist ein genialer Gedanke! Ich stimme Ihnen zu, wenn Sie sagen, daß es keine chemische Substanz gibt, die mit allen Arten von Plastik reagiert. Aber eine Zelle, ja, eine lebende Zelle – das könnte sein. Aber die Sache hat einen winzigen Haken: Solch einen Einzeller gibt es nicht, wenn auch manche Bakterien einen ziemlich merkwürdigen Appetit haben. Gibt es nicht sogar eine Art, die Rost frißt?"

„Wenn ich ehrlich sein soll", sagte Buchan, „bin ich im Augenblick mehr an der Frage interessiert, was aus Anne Kramer geworden ist. Wo, zum Teufel, ist Kramer eigentlich?"

Scanlon warf ihm einen Blick zu. „Er ist immer noch in Cambridge."

„Dann sollten wir ihn besser anrufen. Er muß sofort herkommen."

„Ich finde es unerhört, daß er nicht schon längst hier ist", sagte Buchan. „Wenn meine Frau da unten wäre ..."

„Aber das ist es ja gerade", sagte Wright. „Er hat doch keine Ahnung."

10

Gerrard erwachte nur langsam. Er hatte von einem riesigen, pelzigen Tier geträumt, das ihm quer über Gesicht und Brust lag. Das gewaltige Gewicht des Tiers behinderte seine Atmung. Und der Druck wurde immer stärker. Schließlich war ihm, als wende ihm das Tier sein Gesicht zu, mit runden, gelbglänzenden Augen. Er wachte mit einem Ruck auf und warf Anne dabei fast auf den Boden. Mit einem Aufschrei schreckte sie hoch.

Gerrard blickte – plötzlich hellwach – um sich. „Wo sind die anderen?" fragte er.

Die Bank neben ihm war leer. Sein Hemd war triefend naß vor Schweiß. Die Luft im Tunnel war dick und feucht – und unerträglich heiß. Er rang nach Luft und starrte mit Anne in die Dunkelheit. In einiger Entfernung war Slayter als Silhouette vor der funkensprühenden Schneidbrennerflamme zu sehen. Die anderen drei waren verschwunden.

Plötzlich zuckte vom Wetterloch ein blendender Blitz herüber. Ein langgezogener Schrei übertönte ein lautes, zischendes Prasseln und Knattern.

Gerrard sprang auf und leuchtete mit der Stablampe in das Wetterloch. In dem seichten Wasser vor dem Eingang lag Wendy und zitterte hilflos, ihr Kleid war an der Vorderseite verkohlt und zerrissen. Anne beugte sich vor, um den Arm des Mädchens zu ergreifen, aber Gerrard riß sie zur Seite.

„Zurück!" rief er. Er leuchtete mit der Stablampe in den Eingang hinein.

Im Lichtschein zeigten sich die Umrisse eines Körpers, der in einer grotesken Haltung gegen die Mauer geschleudert worden war; die Arme waren weit seitlich ausgestreckt, das Gesicht war in einer Maske des Schreckens erstarrt, die Zunge ragte weit aus dem Mund. Langsam glitt die Gestalt hinab.

Gerrard leuchtete in das Tunnelende. Dort lagen die Kabel nun quer vor dem Ausgang, eine Kabelschleife war ins Wasser abgesackt.

Gerrard richtete den Lichtstrahl noch einmal auf den Körper, auf das Gesicht. Es war Hardy.

Von Purvis war nichts zu sehen.

Gerrard gab Anne die Lampe und lief zurück, so schnell er konnte. Neben dem Haufen Handwerkszeug lag ein aufgerollter Gummischlauch. Er zerrte ihn zum Wetterloch hinüber. Slayter war so sehr in seine Arbeit vertieft, daß er nichts bemerkt hatte.

Gerrard machte aus dem Schlauchende eine Schlinge, die er Wendy über den Arm warf; so konnte er sie näher heranziehen. Dann legte er ihr eine größere Schlinge um den Körper. Nun konnte er das Mädchen ganz aus dem Wasser ziehen. Behutsam bettete er Wendy auf den Betonboden. Sie war leichenblaß, atmete aber noch mit kurzen, zittrigen Zügen, dann setzte das kurzatmige, flattrige Atmen aus. Der Körper entkrampfte sich.

Gerrard setzte sich rittlings auf das Mädchen und riß ihm die Arme vor und zurück. Der Körper reagierte nicht. Er beugte sich vor, zog ihr den Unterkiefer herunter, legte ihr den Kopf zurück und blies ihr in den Mund hinein. Er blickte nur einmal kurz auf, als Slayter neben ihn trat. Während Gerrard versuchte, das Mädchen durch Mund-zu-Mund-Beatmung dem Tode zu entreißen, ließ Slayter sich von Anne berichten, was geschehen war.

In hilflosem Schweigen sahen sie zu, wie Gerrard versuchte, das

Mädchen ins Leben zurückzuholen. Ihr Gesicht war bereits aschgrau, aber immer wieder füllte er seine Lungen mit der heißen, dunstigen Luft und blies sie dem Mädchen in den offenstehenden Mund. Immer wieder hielt er inne, um an der Halsschlagader zu fühlen, ob der Puls wieder eingesetzt hatte. Dann legte er seine Hände auf ihrer Brust übereinander und drückte ihr mit schnellen, rhythmischen Stößen den Brustkasten zusammen. Wieder tastete er nach dem Puls.

Nach mehr als fünfzehn Minuten richtete er sich erschöpft auf. Der Schweiß lief ihm in Strömen übers Gesicht. Er blickte Anne und Slayter an, aber niemand sagte ein Wort. Dann nahm er den schlanken Körper des Mädchens in seine Arme und trug es zu den Bohlen zwischen den Holzböcken. Anne schlug die Hände vors Gesicht, sie zitterte am ganzen Körper.

Gerrard legte Anne sanft den Arm um die Schulter. „Anne", sagte er, „mehr konnte ich nicht tun, die Luft hier unten – es gibt nicht genug Sauerstoff."

„Was ist mit Hardy?" fragte Slayter.

„Ihn hat der Schlag mit voller Wucht getroffen", sagte Gerrard. „Er ist tot. Da war nichts mehr zu machen." Er wies auf Wendys Leichnam auf den Bohlen. „Er muß noch als Widerstand gewirkt haben, Wendy hat den Strom indirekt von ihm abbekommen."

Gerrard ging zur Eisentür. Slayter hatte es fast geschafft, siebeneinhalb Zentimeter Stahl um das Schloß herum wegzuschneiden.

„Was ist?" fragte Gerrard. „Reicht der Druck?" Er blickte auf die Druckmesser der Gasflaschen.

Slayter nickte. „Läßt stark nach. Ich mache weiter, bis nichts mehr drin ist, aber ..." Er zuckte resigniert mit den Achseln, wandte sich wieder der Tür zu und zog sich die Schutzbrille vor die Augen. Das Gleißen der Flamme warf grotesk tanzende Schatten auf die alten Ziegelsteine unter der Decke.

Schließlich reichte der Schnitt in der Stahltür auf zwei Seiten um das Schloß herum. Der Schnitt war immerhin so groß, daß sich jetzt ein Brecheisen einführen ließ. Gerrard gab Slayter ein Zeichen. Dieser schaltete das Gebläse ab und schob die Schutzbrille hoch.

„Richtig", sagte Slayter. „Versuchen wir's mal. Mit dem Gas ist es jetzt sowieso am Ende."

Die beiden Männer schlugen das Keilende des Brecheisens in den Schnitt; es ging nicht weit genug hinein, Gerrard holte einen Hammer. Dann, während Slayter das Brecheisen hielt, hämmerte Gerrard auf das stumpfe Ende, bis die Spitze fest im Schnitt verkeilt war. Sie stemmten sich beide mit aller Kraft gegen das Eisen. Das Metall verbog sich ein wenig.

„Noch einmal!" Nun warf sich Gerrard mit seinem ganzen Gewicht gegen das Eisen, das Schloß gab wieder ein bißchen nach. Die beiden Männer stemmten und wuchteten mit aller Kraft ihr Gewicht gegen das Brecheisen. Es half nichts. Erschöpft und entmutigt ließen sie sich gegen die Wand sinken.

Anne zeigte auf die Bänke; sie waren aus schwerem Holz gezimmert. „Können wir nicht eine Bank als Ramme benutzen?"

Gerrard schüttelte müde den Kopf. In der verdorbenen Luft wurde das Atmen immer schwerer. Die Hemden waren zum Auswinden naß von Schweiß. Annes Bluse klebte an ihren Brüsten.

„Aber wir könnten doch vielleicht die Bank gegen das Brecheisen rammen", sagte Anne.

Gerrard blickte Slayter an. Slayter hob müde die Schultern. „Warum nicht?" meinte er.

„Also gut", keuchte Gerrard. Sie hoben die schwere Bank auf und schwankten unter ihrem Gewicht.

„Wenn wir von hier aus Anlauf nehmen und das äußere Ende des Brecheisens treffen, klappt es vielleicht", sagte Gerrard. Sie nahmen Anlauf und rannten unbeholfen auf die Tür zu. Aber das Brecheisen stand im Winkel nach unten. Sie verfehlten es, stolperten vornüber und prallten gegen die Tür, die Bank fiel ihnen aus den Händen, streifte Slayters Bein. Er schrie auf vor Schmerz.

„Noch einen Versuch", sagte Gerrard. „Ich übernehme die Spitze."

Er hob das auf die Tür gerichtete Ende der Bank hoch; Slayter, der nun humpelte, packte das hintere Ende, Anne faßte in der Mitte zu. Diesmal nahmen sie einen kürzeren Anlauf. Gerrard, dem vor Anstrengung fast die Lungen zu bersten drohten, visierte das Ziel an. „Achtung", keuchte er. „Fertig. Los!"

Sie rannten los und versuchten dabei, die Bank im richtigen Winkel zum Brecheisen zu halten. Diesmal trafen sie es genau an der richtigen Stelle. Einen Augenblick lang schien es aus der Tür springen zu wollen, dann schwang es zurück gegen die Tunnelwand. Beim Aufprall hörte man ein lautes Krachen. Als sie zurücktaumelten, sahen sie, daß die Tür sich um das Schloß herum verbogen hatte, ein Nietensaum klaffte auf. Die Öffnung war gerade groß genug, daß man eine Hand hindurchstecken konnte.

Gerrard griff durch die Lücke und tastete nach dem langen Sicherheitshebel. Langsam, den Körper fest gegen die Tunnelwand gepreßt und unter Einsatz seiner letzten Kräfte, gelang es ihm, den Hebel zu verschieben.

Sie waren viel zu erschöpft, um ihrer Erleichterung noch Ausdruck geben zu können. Eine Welle kühler Luft strömte durch die Öffnung, und dankbar knöpften sie sich ihre Hemden auf, um sich zu erfrischen. Vor ihnen erstreckte sich ein kurzer düsterer Tunnel, am anderen Ende war eine Treppe, die – irgendwohin führte.

Am Fuß der Treppe leuchtete Gerrard nach oben. Der Lichtschein fiel auf eine Tür, die genauso sicher verriegelt war wie die, die sie eben erst aufgebrochen hatten.

„O nein!" flehte Anne. „Lieber Gott, bitte laß die Tür nicht verschlossen sein!"

Gerrard hastete die Stufen hinauf, ohne auf seine schmerzenden Muskeln zu achten. Er griff nach der Klinke und drückte gegen den Stahl. Verschlossen! Slayter kam heraufgehumpelt.

„Es muß einen Weg nach draußen geben!" Gerrard warf sich gegen die Tür.

„Hier nicht", sagte Slayter und schüttelte entkräftet den Kopf.

„Der Schneidbrenner?"

„Nichts mehr drin."

„Gibt es noch eine Flasche?"

„Es gibt keine mehr. Ich habe schon nachgesehen." Müde wandte sich Slayter ab und schlurfte mit hängenden Schultern durch den Tunnel davon.

Gerrard ließ sich auf den Boden sinken und starrte die Tür an, die so grausam ihre Hoffnung auf Flucht zerstört hatte. Es war unglaublich. Da saßen sie nun mitten im Herzen einer großen Stadt und waren in einer unterirdischen Höhle gefangen. Bis jetzt gab es noch Licht, Wasser, sogar etwas zum Essen, aber wie lange würden sie hier unten ausharren müssen? Und was geschah inzwischen an der Oberfläche? Einen Augenblick lang stellte Gerrard sich das London vor, das er in alten Wochenschauen nach den V-1-Angriffen gesehen hatte: leere Häuserhöhlen, von Explosionen und Feuer geschwärzt, abgesperrte Straßen, die von Wasser aus geplatzten Rohren überschwemmt waren, brennendes Gas, das in den Ruinen flackerte.

Er zwang die Schreckensbilder aus seinen Gedanken; plötzlich spürte er eine sanfte Berührung an seiner Schulter.

„Wachen Sie auf, Luke! Wachen Sie auf!“ Anne beugte sich über ihn, es war ihre Hand auf seiner Schulter.

„Wo ist Slayter?“

„Er liegt auf einer Bank und schläft. Kommen Sie zurück!“

„Nein“, sagte Gerrard. „Hier ist es kühler ...“

Anne zitterte. „Da unten ist es jetzt wie in einem Backofen“, sagte sie. „Besteht wirklich die Gefahr, daß uns der Sauerstoff ausgeht?“

„Das Feuer wird soviel Sauerstoff verbrauchen, wie es eben braucht...“, sagte Gerrard. Dann biß er sich auf die Lippen. Wenn du schon Spekulationen anstellen mußt, sagte er sich, dann behalte sie für dich.

Anne sah ihn erstaunt an. „Weiter“, sagte sie.

Gerrard schüttelte müde den Kopf: „Unwichtig.“

„Ich lasse mich nicht wie eine Idiotin behandeln. Also bitte, sagen Sie mir, was Sie damit meinen!“

„Ich habe ja nichts gesagt“, antwortete Gerrard gereizt.

„Schon gut“, sagte Anne. Sie drehte sich um. Gerrard starrte vor sich hin und zuckte die Schultern.

Anne trat unruhig von einem Bein aufs andere. „Ich gehe wieder nach unten. Hier zieht es mir zu sehr.“

Gerrard war zu erschöpft, um zu streiten. Sie ging die Treppe hinunter.

Erstaunlich, dachte Gerrard. Die ganze Zeit, während es wirklich gefährlich war, hat sie kaum mit der Wimper gezuckt. Nun, da es nur noch darauf ankommt, zu sitzen und zu warten, geht ihr alles, was ich sage, gegen den Strich. Es zieht? Woher soll es denn hier ziehen? Moment mal! Er blickte auf die Tunnelwand gegenüber. Da war tatsächlich ein Luftzug! Er spürte ihn auf seiner Hand.

Er benetzte seinen Zeigefinger und hielt ihn in die Höhe. Auf der Seite, die der Mauer zugewandt war, wurde der Finger kalt. Er nahm die Stablampe und machte sich auf die Suche. Es war eine grob gemörtelte Mauer, wahrscheinlich um die Jahrhundertwende gebaut. Der Mörtel zwischen den grauen Ziegelsteinen war zu pulverigem Kalk zerbröckelt. Der Staub der Jahrzehnte, Spinnweben und ein weißlicher Kalksteinrückstand vom Sickerwasser bedeckten die Oberfläche. Gerrard ließ den Lichtstrahl über die Mauer wandern und suchte nach einer Ritze.

Früher mußte hier auch einmal eine Tür gewesen sein. Wo sie zugemauert worden war, hatten die Ziegelsteine eine geringfügig andere Färbung. Unten, fast über dem Boden, fand Gerrard eine Stelle, an der ein Stein fehlte. Gerrard bückte sich und blickte im Schein der Stablampe durch die Lücke. Der Durchlaß war nur mit einer einfachen Lage Ziegelsteinen zugemauert worden, auf der anderen Seite konnte Gerrard einen Gang ausmachen. Die Luft, die ihm ins Gesicht wehte, war kalt und – verglichen mit der abgestandenen Luft in der Kammer unten – sehr frisch. Es konnte nicht schwer sein, die Mauer zu durchbrechen. Vielleicht ...

Er merkte auf einmal, daß Anne neben ihm hockte.

„Ich habe mich benommen wie eine Kuh", sagte sie. „Es tut mir leid. Es ist alles nur, weil ..."

Gerrard winkte ab. „Vergessen", sagte er. „Aber sehen Sie einmal hier!"

Anne bückte sich und starrte durch die Lücke. „Kommen wir hier durch?"

„Ich habe unten zwei Spitzhacken gesehen. Schläft Slayter noch immer?"

„Ja."

Gerrard blickte auf seine Uhr. „Seit zwanzig Minuten, stimmt's?"

„Ungefähr", sagte Anne.

„Wir geben ihm noch eine Viertelstunde, dann wecken wir ihn. Ich fange schon mal an."

Gerrard holte die beiden Spitzhacken, spuckte sich in die Hände – dann sah er sich nachdenklich seine Hände an. Es war lange her, seit er zum letzten Male mit einer Spitzhacke und einer Schaufel gearbeitet hatte. Er hob die Hacke und schwang sie gegen die Mauer.

Beim ersten Schlag löste sich eine Wolke von Staub und Splittern, die ihm in die Augen schossen. Gereizt schlug er erneut zu und trieb die Spitzhacke mit aller Macht in das Mauerwerk hinein. Diesmal belohnte ein splitterndes Krachen seine Anstrengung, ein halbes Dutzend Mauersteine löste sich und purzelte in den versperrten Tunnel hinein. Neben ihm wollte Anne eben einen anderen Teil der Mauer in Angriff nehmen. Sie hatte die Spitzhacke schon erhoben, als Gerrard ihr in den Arm fiel.

„Halt! Ich will Sie nicht mit einem Loch im Fuß raustragen müssen." Mit festem Griff nahm er ihr die Hacke aus der Hand und lehnte sie an die Seitenwand.

„Ach, Scheiße!" Anne trat wütend ein paar Schritte zurück und sah ihm zu, wie er die Spitzhacke in die Mauer schlug. Diesmal brach so viel Mauerwerk heraus, daß er fast mit durch das Loch flog. Anne lachte laut.

„Was ist das für ein Radau?" Slayter war hinter ihnen aufgetaucht. „Wie, zum Teufel, soll ein Mensch ruhig schlafen können, wenn hier so ein Krach gemacht wird?"

Gerrard befreite sich aus dem Schutt und kam aus einer Staubwolke zum Vorschein. „Na?" sagte er.

Slayter griff nach der Lampe und leuchtete durch die Öffnung. Ein Gewölbebogen wurde sichtbar und dahinter finstere Leere.

„Ein Labyrinth", sagte Anne.

Slayter nahm die zweite Spitzhacke, und gemeinsam vergrößerten sie das Loch, bis man durchklettern konnte. Die frischere Luft wirkte belebend.

„Fast so gut, daß man wieder atmen kann", sagte Slayter und füllte sich die Lungen.

„Aber modrig", sagte Anne und schauderte. „Wie aus einem Grab."

„Kann gar nicht anders riechen", sagte Slayter. „Ist ja ewig zugemauert gewesen. Ungefähr" – er betrachtete das Mauerwerk – „dreißig oder vierzig Jahre mindestens, würde ich schätzen."

„Ist das noch gesunde Luft? Ich habe einmal etwas von eingeschlossenen Gasen in stillgelegten Kalkbrennöfen gelesen ..."

„Wir haben keine Wahl", sagte Gerrard. „Jetzt gehen wir unsere Sachen holen."

Sie stiegen wieder in den großen Raum hinunter. Unter dem Arbeitsmaterial befand sich eine Klempnertasche. Anne packte hinein, was an Essen und Wasser noch übrig war.

Slayter nahm ein paar Werkzeuge mit, steckte sich einen großen Schraubenzieher und eine Mehrzweckzange in den Gürtel. Gerrard kletterte noch einmal zu dem Bahnhofsvorsteher hinauf.

Der alte Mann lag in tiefem Schlaf und keuchte schwer. Auf seinem Gesicht stand Schweiß. Offensichtlich wütete das Feuer noch immer auf der ersten Sohle, aber der Rauch hatte sich jetzt etwas verzogen. Gerrard fühlte dem Schlafenden den Puls und kletterte dann wieder zu den anderen hinunter.

Sie warteten an der Tür zum anderen Tunnel. Als er an Wendy vorbeikam, sah er, daß die Leiche nicht mehr mit seiner Jacke zugedeckt war, sondern mit einem alten Segeltuch.

Anne stand an der Tür und wartete mit seiner Jacke in der Hand. Ohne ein Wort zu sagen, reichte sie sie ihm. Irgendwie rührte ihn diese Geste. Zu dem toten Mädchen zurückzugehen und ihm die Jacke zu nehmen mußte sie einiges an Überwindung gekostet haben, aber sie hatte sich wohl überlegt, daß er es selbst nicht getan hätte – und er würde das Kleidungsstück vielleicht noch nötig brauchen.

Gerrard knipste die Stablampe an, dann zwängten sie sich durch das enge Loch und gelangten in einen großen Tunnel. In dem nun allmählich immer schwächer werdenden Schein der Stablampe sahen sie, daß hier keine Schienen mehr lagen, nur alte, morsche Schwellen unter einer dicken Staubschicht. Die Luft schien hier seit Jahren stillgestanden zu haben.

„In welche Richtung gehen wir nun?" fragte Anne.

„Hier kommt irgendwo ein leichter Luftzug her. Also da lang", sagte Gerrard und wies den Weg. Sie gingen in die Richtung, die er gewiesen hatte, dem Luftzug entgegen. Der Tunnel verlief zuerst gerade und leicht bergab und beschrieb dann eine Kurve. Sie marschierten weiter und stießen auf ein verbogenes und verrostetes Eisengitter, das wie ein Gefängnisgitter aussah. Gerrard riß an einem Gitterstab: Er gab nach und zerbröckelte unter seinem Griff. Schnell brach er noch drei Stäbe heraus und leuchtete in die Dunkelheit dahinter.

„Kann nichts sehen", sagte er, aber seine Stimme erzeugte ein Echo wie aus einem riesigen Raum. „He!" rief er – wieder das Echo.

Er zwängte sich durch das Gitter, tastete sich vorsichtig mit kleinen Schritten vorwärts; die anderen folgten.

„Was kann das nur sein?" flüsterte Anne. Auch das Flüstern rief ein Echo hervor. Dann erkannten sie im Schein der Stablampe, daß sie sich in einem U-Bahnhof befanden. Aber es war ein alter Bahnhof, verfallen und verödet.

Sie stellten sich längst dahingegangene Fahrgäste vor und das Donnern und Rasseln der Züge. Nun war hier alles leer, still und dick mit Staub bedeckt. Die Atmosphäre schüchterte sie ein, und niemand sprach ein Wort, als sie weitergingen.

„Vielleicht gibt es hier ein paar Schalter", sagte Anne, als Gerrard den Lichtstrahl umherwandern ließ.

„Laßt uns doch mal nachsehen, was das für ein Bahnhof ist", sagte Slayter. Der Lichtstrahl huschte die Wände entlang, streifte ein paar Plakate und fand das Stationsschild. Das Email war gesprungen, das Schild rostig. „Du meine Güte, Gray's Inn!" rief Slayter.

„Gibt's überhaupt einen U-Bahnhof, der so heißt?" fragte Anne.

„Seit dem Zweiten Weltkrieg außer Betrieb", erklärte Slayter. „Deshalb liegen hier auch keine Gleise mehr im Tunnel. Ist alles stillgelegt worden."

Spannung erfüllte sie, als sie den Bahnsteig entlanggingen. Sie betrachteten die Plakate. Eines zeigte einen schicken Herrn mit Melone, der in einem Eisenbahnabteil saß und einen dunklen Überzug abreißen wollte, der das Fenster bedeckte. Der Text dazu lautete: „Verzeihen Sie, wenn ich Sie hindere – weil dadurch ich Gefahr vermindere!" Ein altes Luftschutzplakat zur Einhaltung der Verdunkelungsvorschriften! Darunter hatte irgendein Witzbold mit einem dikken Bleistift hinzugedichtet: „Vielen Dank für die Information – doch wüßt' ich gern, wie heißt die Station!"

Unter anderen Umständen, dachte Gerrard, wäre ihm das vielleicht komisch vorgekommen. Nun aber schwang ein Hauch des Schrekkens in diesem Echo seiner Erinnerungen an Krieg und Luftangriffe mit. Er leuchtete auf den unteren Rand des Plakats. Dort stand kleingedruckt: „Herausgegeben vom Informationsministerium."

„Ein Kriegsplakat", sagte Slayter. „An das Zeug, das der Kerl auf dem Plakat da entfernen will, erinnere ich mich noch. Damit waren in meiner Kindheit die U-Bahn-Fenster beklebt, damit bei Bombenexplosionen keine Splitter in die Abteile flogen. Gab es nicht während des Kriegs eine U-Bahn-Katastrophe? Kamen da nicht mehrere hundert Menschen in einem U-Bahnhof um, der als Luftschutzbunker diente?"

Anne schauderte: „Glauben Sie, daß es dieser Bahnhof war?"

„Möglich", sagte Slayter. „Wenn ich mich recht erinnere, fiel die Bombe durch einen Ventilationsschacht und blockierte die Strecke. Reichen Sie mir mal die Lampe", sagte er zu Gerrard. Slayter ging bis ans Ende des Bahnsteigs und leuchtete die Wände ab, während die anderen ihm folgten.

Auf einem Plakat saßen Menschen in einem Zugabteil, zwei unterhielten sich aufgeregt mit übertriebenen Gesten; ein dritter, halb verdeckt von einer Zeitung, mit einem Schnurrbart und einer dünnen Hitlerlocke auf der Stirn, lauschte aufmerksam. Der Text lautete: „Sorglosigkeit kann uns das Leben kosten!"

Am Ende des Bahnsteigs hing ein Schild „Ausgang". Daneben führte eine Treppe nach oben. Sie gingen die Stufen hoch, aber bald versperrte ihnen eine Schutthalde, die bis an die Decke reichte, den Weg.

„Das muß der Volltreffer gewesen sein", sagte Gerrard. „Hier muß die Bombe den Schacht heruntergekommen sein und die Decke zum Einsturz gebracht haben."

„Und was ist mit dem Tunnel?" fragte Anne. „Er muß doch irgendwohin führen."

Slayter richtete die Lampe in die Dunkelheit. Der Lichtstrahl erfaßte einen Sandberg, der von den Schwellen bis zum Dach reichte.

„Eine Sandsperre", sagte Gerrard. „Erinnert ihr euch, was uns der Bahnhofsvorsteher erzählt hat? Wenn eine Strecke stillgelegt wird, füllt man den Tunnel mit Sand, damit keine Züge durchbrausen."

Anne zitterte: „Können wir nicht ein wenig ausruhen? Ich ..., mir ist kalt."

Die beiden Männer blickten einander an. Slayter zeigte auf einen Holzhaufen: „Wir könnten uns ein Feuer machen."

„Feuer?" rief Anne erschrocken. „Aber – das Gas!"

Gerrard überlegte einen Augenblick, dann zog er sein Feuerzeug aus der Jackentasche, kniff seine Augen zusammen und knipste die Flamme an. Sie brannte sauber und hell und neigte sich ein wenig in der Richtung des Luftzuges.

Slayter blickte ihn ernst an: „Das war ein unverzeihliches Risiko."

„Mag sein", sagte Gerrard. „Aber jetzt können wir uns ein Feuer machen."

„Wird es nicht alles in Brand setzen?" fragte Anne.

„Nein, hier ist alles Stein und Beton", erwiderte Gerrard. „Wir haben einen schönen Luftzug, die Luft ist sauber – eine gute Idee. Wir holen uns das Holz; dort drüben liegen auch noch ein paar alte Zeitungen. In Ordnung?"

Sie brauchten nur ein paar Minuten, um das Holz auseinanderzubrechen und über die vergilbten Zeitungen zu schichten, die im Staub des Bahnsteigs lagen.

Anne zog ein vergilbtes Zeitungsblatt aus dem Haufen und las im Schein der Stablampe die Schlagzeilen vor: „Russen erringen großen Sieg bei Stalingrad!" Dann las sie das Datum vor: „16. Januar 1943. Wenn es mir nicht so verdammt kalt wäre, könnte ich mich fast über unsere Lage amüsieren."

Bald brannte das Feuer hell, und eine kleine Wolke von Rauch und Funken stieg zur Decke auf. Fast augenblicklich besserte sich auch die Stimmung der drei Eingeschlossenen. Sie saßen da, starrten in die Flammen, und ihre nassen Kleider dampften in der Wärme. Die Flammen warfen riesige tanzende Schatten an die gewölbte Decke des Bahnhofs.

Mit der Wärme, die sich in ihren Körpern ausbreitete, kam auch eine starke Erschöpfung über sie. Slayter war der erste, der ihr nachgab. Er lehnte mit gegen die Brust gewinkelten Knien an der Wand. Langsam sank sein Kopf vornüber, bis er auf seinen Knien ruhte, ein Arm sank kraftlos neben ihm auf den Boden.

Anne hatte ein schmutziges, zerrissenes Stück Segeltuch gefunden, das sie zwischen zwei Bohlen befestigte, um einen Windschutz gegen den kalten Luftzug, der über sie hinwegstrich, aufzubauen.

Sie zog sich ihren Rock aus, ihre Jacke, ihre Bluse und ihre Strumpfhose und hängte alles an Holzstücken ringsum auf, dann kauerte sie sich vor dem Feuer nieder – völlig unbefangen, wie Gerrard überrascht feststellte, obwohl ihre Unterwäsche fast vollkommen durchsichtig war. Im hellen Schein des Feuers waren deutlich die dunklen Umrisse ihrer Brustwarzen und – wenn sie sich hockend über das Feuer beugte – der schwarze Haarfleck zwischen ihren Schenkeln zu sehen. Er wußte, daß es völlig unsinnig war, aber er spürte Eifersucht in sich aufsteigen, als er bemerkte, daß Slayter sie ebenfalls anstarrte.

Anne und Gerrard hockten nebeneinander vor dem Feuer, wärmten sich und stocherten ab und zu in der glühenden Asche herum. Anne blickte Gerrard an, dann kuschelte sie sich an ihn. Er legte seinen Arm um sie.

Plötzlich wandte sie ihm ihr Gesicht zu. Er küßte sie – und war überrascht, als sie seinen Kuß in einem unvermittelten Ansturm von Leidenschaft erwiderte. Sie lehnte sich zurück, und er blickte auf sie hinunter, auf ihr wirres Haar, ihr Gesicht, das blaß im Widerschein des Feuers leuchtete, auf ihren gutgewachsenen Körper, der wie dunkles Gold schimmerte, während über ihre Haut Schatten zuckten.

Sie streckte ihre Arme nach ihm aus, legte sie um seinen Nacken und zog ihn zu sich herunter. Seine Hand glitt langsam über ihren Körper, von den Schultern an abwärts, berührte ihre Brüste, ihren flachen Bauch, ihre Schenkel. Ihre Hände lagen kalt und unbeweglich auf seinem Körper, fast unpersönlich, aber er spürte, wie sie mit leichtem, zärtlichem Druck auf seine Berührungen reagierten.

Unvermittelt lachte er, und als sie ihn fragend ansah, antwortete er: „Ich weiß nicht, aber es ist irr! ... Da sitzen wir hier unter der City von London in einer Höhle neben einem offenen Feuer, halb nackt wie unsere Vorfahren, wie in der Steinzeit."

„Laß das", sagte sie und fing an zu kichern. „Bring mich nicht zum Lachen, sonst wecken wir Slayter auf."

„Ich kann nichts dafür", sagte Gerrard und brüllte vor Lachen. Er rollte sich von ihr fort. Anne krümmte sich vor unterdrücktem Lachen, dann aber war die Anstrengung, das Kichern zu unterdrücken, zuviel für sie, und beide lachten lauthals, bis Gerrard die Tränen übers Gesicht liefen.

„Du ... Schuft!" sagte Anne und versuchte, zwischen den Lachanfällen nach Luft zu schnappen. „Du unromantischer Schuft!"

Slayter schreckte plötzlich auf und sah sie verwundert an. „Großer Gott!" sagte er. „Das hat uns gerade noch gefehlt!"

Das Gesicht, das er machte, löste eine neue Lachsalve aus, aber nach einem Augenblick der Verwirrung lachte auch Slayter mit.

„Um Gottes willen", keuchte er, „was ist denn da so verdammt komisch?"

„Er will den Höhlenmenschen spielen", sagte Anne kichernd. Sie drehte sich um und zog ihre inzwischen getrockneten Kleider an.

„Keine schlechte Idee", meinte Slayter. „Gebt mit Bescheid, wann ich mitspielen soll."

„Es ist Zeit, daß wir hier rauskommen", bemerkte Gerrard, wieder ernst.

„Ruhe", sagte Anne. „Hört mal, da ist ein Geräusch!"

„Was?"

Sie schwiegen. Gerrard spürte, wie sich auf seinem Schädel eine Gänsehaut bildete. Aber es war nur das Zischen und Knacken des brennenden Holzes zu hören.

„Das ist es nicht", sagte Anne. „Es ist irgendwo anders." Plötzlich kauerte sie sich nieder und legte ein Ohr auf den Boden des Bahnsteigs. „Ja! Da ist es! Hört doch mal!"

Gerrard kniete sich auf den Boden, preßte sein Ohr auf den Beton. Als er das Geräusch hörte, wurde ihm klar, daß es von Anfang an Teil der Atmosphäre auf diesem Bahnhof gewesen war – nur war er bis jetzt zu müde gewesen, um es aus den anderen Geräuschen herauszufiltern. Es war ein leises Zischen und Brodeln. Es zischte und brodelte unter dem Bahnsteig.

„Vielleicht finden wir irgendwo einen Riß oder eine Spalte, um zu sehen, was da unten los ist", sagte Gerrard und griff nach der Lampe.

Slayter nahm ein brennendes Holzscheit aus dem Feuer und folgte ihm. Sie suchten den ganzen Bahnsteig ab und entdeckten schließlich einen Schachtdeckel mit einem Sprung.

Gerrard kniete sich auf den Boden und näherte sein Gesicht der Öffnung. Dann zog er mit einemmal eine Grimasse, hustete und hielt sich die Nase zu. „Mann, was ist das für ein fürchterlicher Gestank!"

Slayter kniete sich neben ihn, schnüffelte, prallte zurück und gab ein würgendes Geräusch von sich.

„Was ist es denn?" fragte Anne gespannt.

„Wieso haben wir das am anderen Ende des Bahnsteigs nicht gerochen?" sagte Slayter nach einer Sekunde des Nachdenkens.

„Weil die Zugluft in entgegengesetzter Richtung weht", erwiderte Gerrard. Er leuchtete mit der Stablampe in den Spalt hinab. „Da unten fließt etwas! Das ganze Zeug bewegt sich in einer Richtung! Schaut mal!"

Sie hielten sich die Nasen zu und spähten hinab. Im schwachen Lichtschein war eine gärende Masse aus brodelndem bräunlichem Schlamm zu sehen. Sie bewegte sich stetig in einer Richtung.

„Der Bahnsteig muß unten hohl sein", sagte Slayter.

„Richtig", bestätigte Gerrard. „Aber diesen Geruch ..., den kenne ich doch ..., woher denn nur ...? Verdammt noch mal ..." Er schlug sich mit der Faust in die Hand und dachte konzentriert nach. „Natürlich! Das Plastikzeug! Die zerfallenden Kabel im U-Bahn-Tunnel – und die Schaltung von dem Roboter!"

„Tatsächlich", bestätigte Anne leise. „Das stimmt! Ich erinnere mich." Sie lief zum Feuer zurück und holte den nun leeren Wasserkanister. Sie blickte die beiden Männer an. „Ihren Gürtel, bitte", sagte sie zu Slayter.

Slayter löste seinen Gürtel und gab ihn ihr. Sie band ein Ende um den Handgriff des Kanisters und ließ ihn auf die schäumende Masse hinab. Sie bewegte den Gürtel hin und her, bis der Kanister unterging, dann zog sie den gefüllten Behälter hoch. Die Flüssigkeit befand sich in ständiger Bewegung, brodelte und zischte. Anne trug den Kanister zum Feuer und nahm eine Flasche Eau de Cologne aus ihrer Handtasche. Sie leerte das Fläschchen aus und schüttelte es, bis es trocken war. Dann füllte sie es vorsichtig mit Flüssigkeit aus dem Kanister und hielt es gegen den Flammenschein. Das Zeug war trüb und gelblich. Selbst in dem Fläschchen schäumte es noch und zischte leise. Mit einem Papiertaschentuch aus ihrer Handtasche wischte sie das Fläschchen außen sorgsam trocken. Sie schraubte den Metallverschluß zu, bis er fest saß, dann drehte sie ihn wieder um eine halbe Windung zurück.

Gerrard nahm ihr das Fläschchen ab. „Ich möchte ein Experiment machen", sagte er. „Wollen mal sehen, was passiert." Er tastete in seiner Tasche, holte einen billigen Plastikkugelschreiber hervor und steckte ihn halb in die blasenwerfende Flüssigkeit.

Slayter war über dem Schacht hockengeblieben und starrte immer noch hinunter. Gerrard und Anne knieten sich neben ihm nieder. „Das Zeug fließt über das Ende des Bahnsteigs hinaus weiter", sagte Slayter verwundert. „Die Strömung ist ziemlich stark."

„Es könnte in einen dieser unterirdischen Bäche fließen", erklärte Anne. „Die gibt's doch, nicht wahr? Fließt nicht die Fleet hier in diesem Teil Londons unter der Erde?"

„Möglich", sagte Slayter zögernd. „Es kann aber auch der Ausfluß von einem geplatzten Abwasserkanal sein. Riecht jedenfalls ganz danach."

Gerrard ging zum Feuer zurück, langte in den Kanister und zog den Kugelschreiber aus der Flüssigkeit. Er stieß einen überraschten Ruf aus. Die anderen liefen zu ihm.

Die obere Hälfte des Kugelschreibers war aufgeweicht, der Druck seiner Finger verformte das Plastikmaterial ein wenig. Die andere Hälfte aber war fast ganz von ihrem Metallkern abgelöst. Als er den Kugelschreiber in der Hand hielt, tropfte das Material ab wie nasse Farbe. Die Flüssigkeit im Fläschchen hatte die blaue Farbe des Kugelschreibers angenommen.

„Das begreife ich nicht", sagte Anne. „Was ist das?"

„Ich bin noch nicht ganz sicher", sagte Gerrard. „Aber was immer es ist – es enthält allem Anschein nach einen Wirkstoff, der Plastik angreift. Das könnte sehr gut die Ursache allen Übels sein."

Plötzlich stieß er seine Hand in die Flüssigkeit.

„Nicht! Was machst du da?" schrie Anne. „Du weißt doch gar nicht, was da drin ist!"

„Das will ich ja gerade herausfinden", sagte Gerrard ruhig.

Er hielt seine Hand noch ein paar Sekunden lang in die Flüssigkeit, dann zog er sie heraus und betrachtete sie sorgfältig. Er trocknete sich die Hand mit einem Taschentuch ab, das er dann fortwarf. „Scheint in Ordnung zu sein", sagte er. „Ich gehe runter."

„Was? Unter den Bahnsteig?" fragte Anne. „Du weißt doch gar nicht, wie tief es da ist!"

„So tief kann es nicht sein", beruhigte sie Gerrard. „Bis zur Gleisebene ist es nur ein Meter. Aber wir werden es bald genau wissen."

Er trat wieder neben das Loch, die anderen folgten ihm.

„Was, zum Teufel, haben Sie vor?" fragte Slayter, nachdem er ihnen einen mißtrauischen Blick zugeworfen hatte, als er bemerkte, daß Anne Gerrard duzte.

„Wenn's gutgeht, kann ich es Ihnen in einer Minute sagen", erwiderte er. Er schwang sich über den Rand und tauchte angeekelt seine Füße in das fließende Zeug. Als er festen Boden unter den Füßen spürte, stand ihm die Flüssigkeit bis zur Hüfte. Er hätte sich beinahe übergeben, so widerwärtig war der Gestank. Die Strömung war ziemlich stark. Er ließ sich von Slayter die Lampe reichen.

Als er sich unter den Rand des Einstieglochs bückte, schien ihn das Zischen und Brodeln von allen Seiten einzuschließen. Langsam bewegte er sich voran und erschauderte jedesmal, wenn seine Füße auf undefinierbare Gegenstände traten.

Nachdem er ungefähr die Hälfte des Bahnsteigs hinter sich gebracht hatte, fand er, was er gesucht hatte. Vor ihm tauchte ein enges Maschengitter auf, das in die Wand eingelassen war. Das Gitter war fast ganz mit den verschiedensten Abfallresten verstopft. Die Flüssigkeit floß durch das Sieb und stürzte dahinter in die Dunkelheit hinunter. Gerrard mußte sich zusammenreißen, als er mit der Hand nach unten tastete und das Gitter absuchte.

Die nächsten Minuten waren für ihn die längsten seines Lebens. Er hob eine Reihe von Gegenständen vom Boden vor dem Gitter auf, betrachtete sie im Schein der Stablampe und warf sie dann wieder in den blasigen Strom. Ständig schien sich sein Magen umdrehen zu wollen, und Gerrard fragte sich, wie lange er wohl noch durchhalten konnte, ohne sich zu übergeben.

Endlich fand er, wonach er gesucht hatte, steckte es sich in die Tasche und watete wieder zurück. Der Flüssigkeitsspiegel schien inzwischen etwas angestiegen zu sein, seine Jacke war nun vorn und an der Seite durchnäßt. Als er fast unter dem Einstiegloch angelangt war, hörte er Annes Stimme im Kanal: „Luke! Luke!"

Er war von dem entsetzlichen Verwesungsgestank ganz benommen und konnte sich gerade noch an dem Rand des Lochs hochziehen, dann sank er erschöpft auf dem Betonboden zusammen. Anne kniete sich neben ihm nieder und wollte ihm die Hand reichen, aber Gerrard wehrte mit einer schwachen Bewegung ab.

„Laß", sagte er. „Ich gehöre zu den Unberührbaren; aber ich hab was gefunden – zwei Stück sogar."

Er suchte in den Taschen seines verdreckten Anzuges und brachte zwei kleine Scheiben zum Vorschein, legte sie auf seine Handfläche und hielt sie ihnen hin.

„Ich weiß nicht, was ...", sagte Anne.

Slayter beugte sich vor. Anne sah genauer hin.

„Die Flaschenverschlüsse!" rief sie überrascht. „Die Verschlüsse von den biolöslichen Flaschen! Natürlich! Die erste Firma, die eine Lizenz erwarb, ließ ein Metallplättchen mit dem Firmenzeichen in das Plastik einbetten ..., die ..., ja, da ist es ja!" Sie zeigte auf ein verschlungenes Monogramm, das in das Metall eingraviert war.

„Kann es nicht anderswoher stammen?" fragte Slayter.

„Unwahrscheinlich", sagte Anne. Sie richtete ihren Blick auf Gerrard: „Das hast du gesucht, nicht wahr?"

„Ja", sagte Gerrard.

„Dann hast du es schon die ganze Zeit vermutet?"

„Es gab keine andere logische Erklärung", antwortete Gerrard. „Die biolösliche Flasche war so gebaut, daß sie unter der Einwirkung von Licht und Luft zu einer Verbindung zerfallen mußte, die von Bakterien aufgezehrt werden konnte. Bei dem Rückstand handelt es sich um eine Verbindung, die dem Protein sehr ähnlich ist. Ich stelle mir vor, daß sich die Bakterien von dieser Verbindung ernährten und dann eine Mutation auftrat, die sich auch von anderen Plastikarten, die weniger proteinähnlich waren, ernähren konnte. Und von Generation zu Generation wurden sie immer tüchtiger, immer gefräßiger – bis sie am Schluß alles fressen konnten, was aus Kunststoff war."

„Aber war für eine Art von Bakterien?" fragte Slayter.

„Ich glaube, die Antwort liegt dort unten", sagte Gerrard. „Es muß eine Art sein, die sich in den Abwässern entwickelt hat. Die biolöslichen Flaschen gelangten, wie es vorgesehen war, in die Kanalisation; und was es auch immer für eine Art von Bakterien sein mag, die dort unten lebt – sie entwickelte einen Appetit für diese Art von Plastik. Und dann ging sie auf Raub nach anderen Arten von Plastik aus, die sie verzehren konnte. Und dann trat eine Mutation auf, die alles fressen konnte. Und das Nahrungsangebot ist ungeheuer, sie konnte sich explosionsartig vermehren. Ist dir eine neue Art von Bakterien bekannt, die etwa für Kläranlagen zur Abwasseraufbereitung gezüchtet worden ist?"

Anne nickte. „Da gibt es etwas. Ich kann mich aber nicht mehr erinnern, wie es genannt wurde. Ich wollte vor zwei Jahren einen Artikel über eine Bakterienart namens *Bacterius accelerens* schreiben, eine Mutation, die in den Kläranlagen von Reading aufgetreten war. Angeblich sollte sie in der Lage sein, Abwasser schneller als jede andere Art biologisch zu reinigen. Es wurde ihr eine Vermehrungsrate zugeschrieben, die weit über alles bisher Bekannte hinausging. Aber Plastik hat sie meines Wissens nicht gefressen, das mit Sicherheit nicht. Wie auch immer, das Projekt wurde wieder aufgegeben. Doch wie ist das Abwasser an die Plastikdrähte gelangt?"

„Wo immer sich der ursprüngliche Abwasserkanal befindet oder befand – hier unter dem Bahnsteig verlief er nicht. Aus irgendwelchen Gründen mußte sich das Abwasser einen neuen Abfluß suchen. Ich stelle nur Vermutungen an", sagte Gerrard. „Aber ich stelle mir vor, daß es irgendwie im Verlauf seiner Ausbreitung in Kontakt mit Plastikkabeln geriet. Wenn das Zeug erst einmal an Plastik gerät, dann ist seine Wachstumsrate phänomenal. Und so konnte es nicht lange dauern, bis es sich die ganzen Kabel entlang ausbreitete, aus dem Abwassersystem heraus in die U-Bahn-Schächte hinein. In den Stollen gibt es Hunderte von Sickerstellen. Kein Mensch weiß, wo sie sich alle befinden."

„Und dann von den Kabeln zu den Plastikgasrohren und zu den Plastikwasserleitungen und ... schließlich zu dem Computer, der mein Straßensystem dirigierte", nickte Slayter.

„Genau", sagte Gerrard.

„Mein Gott", stieß Slayter hervor. „Wenn das wahr ist, dann sehe ich keine Möglichkeit, dieser schrecklichen Entwicklung Einhalt zu gebieten."

„Ich weiß es auch nicht", erklärte Gerrard. „Und im Augenblick bin ich nicht in der Lage, auch nur einen Schritt weiter zu denken. Aber für uns gibt es jetzt nur eins: Wir müssen diese Proben nach oben bringen, und zwar schnell. Gott allein weiß, wie es im Augenblick da oben aussieht."

„Und wie sollen wir das schaffen?" fragte Anne.

„Der Luftzug", sagte Gerrard. „Der Luftzug muß uns den Weg nach oben weisen. Er muß ja irgendwoher kommen. Und wir müssen herausfinden, woher er kommt."

11

GERRARDS Schlußfolgerungen waren beinahe zutreffend – nur in einem Punkt irrte er sich. Was er entdeckt hatte, war der Ainsliesche Bazillus, aber von dem konnte er nichts wissen.

Üblicherweise heften Bakteriologen, die einen neuen Typus oder gar eine neue Mikrobenart entdecken, sozusagen als Etikett ihren Namen an das Ergebnis ihrer Forschungen. Das ist zwar eine etwas merkwürdige, in gewisser Weise sogar komische Form, sich Unsterblichkeit erwerben zu wollen, aber vielleicht die einzige Möglichkeit für manch einen ausgetrockneten Bücher- und Laborwurm, sich eine Bestätigung für den Sinn seiner Lebensarbeit zu verschaffen.

Der Ainsliesche Bazillus war nie in die Fachliteratur gelangt. Er war, wenn man es genau nimmt, nur Ainslie selbst bekannt.

Zweieinhalb Jahre bevor Gerrard und seine Gefährten im Untergrund von London eingeschlossen wurden, hatte Ainslie mit seiner Arbeit begonnen.

Dr. Simon Ainslie hatte während seiner gesamten akademischen Laufbahn nur eine einzige wirklich gute Idee. Auf diese Idee kam er, als eines Tages die Hauptabflußleitung seines Hauses verstopft war und er in Gummistiefeln herumstapfte und mit einem biegsamen Metallstab – ziemlich erfolglos – versuchte, die Verstopfung zu beheben. Als Ursache der Durchflußbehinderung stellte sich ein verbogenes Stück einer dünnen Polythenplatte heraus, das eines seiner Kinder wahrscheinlich die Toilette hinuntergespült hatte.

Aber Dr. Ainslie war Bakteriologe.

Von Natur aus ein sanftmütiger Mann, hatte er nie besonders ernsthaft danach gestrebt, die akademische Stufenleiter emporzuklettern, und so saß er nun – er war schon in mittleren Jahren – immer noch auf dem Posten eines Dozenten in der bakteriologischen Fakultät eines Londoner Universitätskrankenhauses fest. Seine Zeit teilte er ziemlich gleichmäßig zwischen der Routine der Krankenhausarbeit und recht langweiligen Vorlesungen vor Medizinstudenten, die ihn mit ihrer jugendlich aggressiven Haltung allmählich immer mehr verschreckten. Und oft baute er ziemlich skurrile Experimente auf – in der verzweifelten Hoffnung, damit einmal genügend Material für eine wissenschaftliche Veröffentlichung zusammentragen zu können.

Während er nun die Polythenplatte aus dem Abfluß herauspopelte, befiel ihn – Philosoph, der er auch war – der Gedanke, daß dieses Plastikstück womöglich Jahrtausende im Abfluß steckengeblieben wäre, weil es niemals wie gewöhnlicher Abfall unter dem Angriff von Bakterien zerfallen wäre.

Angriff von Bakterien!

Die Idee war geboren: Was wäre, wenn Bakterien dazu gebracht werden könnten, Kunststoffabfall anzugreifen? Was, wenn sie durch Züchtung und Gegenzüchtung, durch genetische Manipulation mit Hilfe von speziell entwickelten Nukleinsäuren dazu programmiert werden könnten? Was für eine Antwort auf das Problem der Umweltverschmutzung! Eines der drängendsten Abfallvernichtungsprobleme der Welt wäre damit gelöst! Eine grandiose Idee! Seine Phantasie lief Amok – bis schließlich seine sorgsam erworbene Kritikfähigkeit wieder die Oberhand gewann.

Wie viele Generationen waren dafür erforderlich? Wie konnte er sich die dafür notwendige Ausrüstung beschaffen? Welche Arten von DNS und RNS kamen in Frage?

Als er den Abflußdeckel scheppernd schloß, war seine erste Begeisterung fast schon wieder verflogen.

Später an jenem Abend, nachdem er sein gewohntes Glas Sherry zu sich genommen hatte, kehrte die Idee wieder. Und diesmal schlug sie Wurzeln. Unter dem besänftigenden Einfluß des ersten Glases goß er sich ein zweites – viel größeres – ein und begann zu schreiben, tastend zuerst, aber dann nahm das Projekt auf dem Papier mit wachsender Geschwindigkeit Form an. Die Idee war stichhaltig – sie konnte in die Wirklichkeit umgesetzt werden!

Es wurde Mitternacht, er arbeitete immer noch. Schließlich war alles zu Papier gebracht; in seiner beflügelten Phantasie sah er sich schon auf dem Weg nach Stockholm, um den Nobelpreis entgegenzunehmen.

Nach einer Woche hatte er zwar immer noch niemandem etwas erzählt, aber er war nun vollkommen von seiner Idee überzeugt. Er behielt alles für sich. Wenn es klappte, dann waren ihm höchste wissenschaftliche Ehrungen sicher.

Nach und nach suchte er sich im Labor des Krankenhauses seine Ausrüstung zusammen. In seinem Studierzimmer baute er die Gerätschaften auf. Er installierte Regale mit Reagenzgläsern, besorgte sich eine Brutkammer, bis er schließlich ein komplettes bakteriologisches

Labor beisammenhatte, ein Pendant seines Krankenhauslabors, nur in kleinerem Maßstab.

Er stürzte sich begeistert auf die Arbeit, verringerte die Zahl seiner Vorlesungen und kam immer früher nach Hause. Sein Gang nahm einen bisher nie gekannten Schwung an und sein Benehmen eine rätselhafte Befangenheit, so daß seine Kollegen im Krankenhaus den Verdacht hegten, er habe sich endlich eine Freundin zugelegt. In Wirklichkeit eilte er Tag für Tag mit dem erstmöglichen Zug nach Hause, bedachte seine Frau mit einem flüchtigen Gruß im Vorübergehen und schloß sich dann unverzüglich in sein Feierabendlabor ein. Seine ersten Versuche machte er mit dem allgemein bekannten Bazillus namens *Bacillus prodigiosus*, dann aber versuchte er, dessen Natur zu verändern.

Zuerst züchtete er den Bazillus in normalen Kulturen, dann nahm er Veränderungen in der Zusammensetzung dieser Kulturen vor, so daß sich die Natur dieses Bazillus von Generation zu Generation wandelte. Er entzog den Bakterien ihre gewohnte Proteinnahrung und ersetzte das Protein durch organische Verbindungen, die in ihren Strukturen den langen Molekülketten von Kunststoffen glichen.

Alle paar Tage nahm er heimlich einen Objektträger mit seinen Züchtungen mit ins Hospital und setzte sie der Strahlung einer kleinen radioaktiven Kobaltbombe aus, die dort für andere Experimente zur Verfügung stand.

Nach der Bestrahlung trug er die so behandelten Bakterien wieder nach Hause und züchtete sie auf neue Nährböden um – in der Hoffnung, daß auf diese Weise eine der durch die Bestrahlung herbeigeführten Mutationen sich an den Konsum von Plastik anpassen würde.

Wie alle Menschen, die sich voll und ganz einer neuen Idee hingeben, die ihnen persönlich das Höchste bedeutet, so begann nun auch Dr. Ainslie, sich Ergebnisse einzubilden. Das hatte nichts mit einer Verfälschung zu tun; es wurde lediglich hier einmal eine Zahl aufgewertet und dort ein Versuch umgestaltet, so daß sie besser in das ursprüngliche Konzept paßten.

Im Lauf der Monate vernachlässigte er seine Krankenhausarbeit immer mehr, er lebte nur noch für sein kleines Heimlabor und – obwohl er sich dessen nicht bewußt wurde – geriet immer stärker unter einen körperlichen und geistigen Streß. Es war ihm nicht bekannt, daß ein dicker Batzen Cholesterin seine linke mittlere

Gehirnarterie verengte – Arteriosklerose hätten seine Kollegen im Krankenhaus diese Erscheinung genannt. Er hatte auch einfach keine Zeit, sich über die immer häufiger auftretenden Kopfschmerzen Gedanken zu machen.

Eines Abends gegen elf Uhr schloß er die mikroskopische Untersuchung seiner neunundfünfzigsten Mutation des *Bacillus prodigiosus* ab. Er hatte insgesamt sechs Reagenzgläser voll mit Bakterienkulturen, und nachdem er diese neunundfünfzigste Variation lange genug betrachtet hatte, goß er sie in ein großes Becherglas mit einem starken Desinfektionsmittel.

Das war eine Vorsichtsmaßnahme. Dr. Ainslie war ein sehr sorgfältiger Forscher mit einer strengen Ausbildung. Eine zufällige Freisetzung des Bakterienmutanten wollte er auf keinen Fall riskieren. Die Untersuchungsergebnisse waren ermutigend, jedenfalls in seinen voreingenommenen Augen; stichhaltige Beweise dafür, daß die sorgsam gezüchteten Organismen Plastikmaterial vertilgten, schienen vorzuliegen.

Als er das letzte Reagenzglas ergriff, stieß er plötzlich einen lauten Siegesschrei aus. Es war kein Zweifel mehr möglich! Die Bakterien hatten deutlich sichtbar einen Teil des Plastikmaterials vertilgt.

Seine Erregung wuchs, doch als er sich erhob, platzte seine längst überstrapazierte mittlere Gehirnarterie. Als die Gehirnfunktionen aussetzten, blieb er noch einen Augenblick lang aufrecht stehen. Während die Sehkraft nachließ und sein Bewußtsein schwand, fühlte er undeutlich am Rand seines Wahrnehmungsvermögens einen entsetzlichen Schmerz und glaubte ein Geräusch zu hören, das wie fernes Donnergrollen klang.

Den Bruchteil einer Sekunde hielt sich sein Körper noch auf den Beinen, dann stürzte er rücklings gegen die Laborbank. Das Reagenzglas mit den Bakterien entglitt seiner Hand und zersplitterte auf dem Rand des Waschbeckens, ein dünner Faden aus gelblicher, undurchsichtiger Flüssigkeit rann über das Porzellan und erreichte das Abflußrohr.

Der leblose Körper des sterbenden Dr. Ainslie schlug dumpf auf den Boden; Frau Ainslie hörte den Aufprall und eilte aus dem Wohnzimmer herbei. Als sie das Labor betrat, war die Mutation neunundfünfzig des *Bacillus prodigiosus* bereits durch den Ausguß verschwunden. Die Bakterien passierten das Hauptabflußrohr, wo sich die Verstopfung ereignet hatte, und gelangten in das Kanalisationssystem unter der Straße; dort wurde die aus Hunderten von Millionen Mikroben bestehende Kultur immer weiter verdünnt und erreichte die Pumpstation der Kläranlage.

Ainslies Tod wurde in der Hauszeitung des Krankenhauses und im *British Medical Journal* in kurzen, sachlichen Nachrufen gewürdigt, die mit einem Foto illustriert waren, auf dem er unverhältnismäßig jung aussah. Dr. Ainslie war bald vergessen. In den folgenden Monaten fristete Mutant 59 eine kurze, glücklose Existenz im Kanalisationssystem Londons. Da ihm die speziellen Nährstoffe, die Ainslie für ihn entwickelt hatte, nicht mehr zur Verfügung standen, war er nicht mehr in der Lage, sich zu vermehren, und starb aus – bis auf einige wenige Exemplare aus Ainslies Kultur, die Glück hatten und Sporen bilden konnten, ohne vernichtet zu werden.

Wenn Bakterien feindlichen Umweltbedingungen ausgesetzt sind, retten sie sich in eine Existenzform, die ihnen eine Ruhephase ermöglicht. Sie werden zu Sporen – man könnte es auch Samen nennen. Ergeben sich wieder günstigere Umweltbedingungen, so keimt die Spore und bildet eine neue Bakterie, die sich wieder teilt, in zwei, in vier, in acht und so weiter, bis wieder eine neue Generation entstanden ist. Sporen können Jahrhunderte überdauern und widerstehen fast unbegrenzt der Austrocknung und in erstaunlich hohem Maß Hitze und Kälte.

In der Tiefe des Unwetterhilfskanals in der Nähe des Bahnhofs King's Cross hatte sich auf trockenem Zement, nur wenig oberhalb der Wasserlinie, eine Kolonie abgelagert, die aus Sporen bestand. Jede einzelne – nur zweitausendstel Millimeter im Durchmesser – enthielt den perfekten biologischen Bauplan für Mutant 59 des *Bacillus prodigiosus*. Ein winziger, für das menschliche Auge unsichtbarer Fleck, ein stummes, mikroskopisch kleines Zeugnis des Ideenreichtums und des zähen Forscherdrangs Dr. Ainslies – in Form eines ausgetrockneten Abwasserflecks; und sein Mutant 59 wartete mit der unerschöpflichen, geistlosen Geduld stillgelegten, ausgesetzten Lebens, wartete auf seine Spezialnahrung, die es vielleicht nie wieder geben würde, wartete auf die unendlich winzige Wahrscheinlichkeit, daß zu irgendeinem Zeitpunkt vielleicht ein Molekül von ähnlicher Größe und Gestalt wie der Nährstoff, den er brauchte, seinen Weg in den Abwasserkanal und in seine unmittelbare Nähe finden und ihm die Energie liefern würde, mit der er seinen Lebensrhythmus wieder beginnen könnte.

Zwei Jahre nachdem Dr. Ainslie der Erde und der Vergessenheit anheimgegeben war, nahm die Öffentlichkeit die biolösliche Flasche der Kramer-Gruppe in großem Umfang in Gebrauch, und die zerfallenden Behälter wurden in die Kanalisationswege geschwemmt, aus Millionen Spülbecken und Klosetts flossen die eigens zum Zweck des Zerfalls entwickelten Degron-Moleküle.

Eines Abends, nach einem Wolkenbruch, stieg das Wasser in dem Unwetterhilfskanal bei King's Cross zu einem ungewöhnlich hohen Pegelstand an. Die Degron-Moleküle, fast identisch mit den Molekülen von Ainslies spezialisierter Nährbasis, brandeten über die vertrockneten Sporen. Vierundzwanzig Stunden lang verharrten die Sporen noch in ihrer auf Ewigkeiten berechneten Winterschlafhaltung. Dann aber, in blindem, doch absolut untrüglichem Erkennen, begannen sie auf die Eigenschaften der Stoffe, die sich vor ihren ausgedörrten Umhüllungen befanden, zu reagieren.

Die Sporenkapseln brachen auf, Mutant 59 des *Bacillus prodigiosus* brach hervor – und ins Leben.

Die Umweltbedingungen waren nach seinem Geschmack. Er knospte und breitete sich aus. Wo er hingelangte, fand er Nahrung. Degron war überall. Jede neue Generation war wandlungsfähiger und gefräßiger als die vorhergegangene. Und der Mensch war gut zu Mutant 59. Er versorgte ihn verschwenderisch mit Nahrung.

IM LABORATORIUM Kramers war es dunkel. Nur an der Wand, wo elektronische Apparaturen dichtgedrängt blockweise neben- und übereinanderstanden, glühten die Beleuchtungen der Skalen. Das einzige Geräusch kam von der Kühlschrankpumpe, die leise in einer Ecke surrte.

Buchan ging durch den Raum und betätigte den Hauptschalter. Licht überflutete den Raum und löste die Spannung, unter der die beiden Männer gestanden hatten.

„Wo sind sie?" fragte Scanlon.

Ohne zu antworten, öffnete Buchan die Tür einer Brutkammer und nahm ein Regal mit durchsichtigen Glasgefäßen heraus, die alle säuberlich mit einem Filzschreiber etikettiert worden waren. Er bewegte sich unbeholfen: „Vielleicht hat die Zeit nicht gereicht. Ich mußte mich beeilen."

„Vielleicht erklären Sie mir endlich, was Sie überhaupt gemacht haben. Und was ist eigentlich mit Wright?"

„Kümmern Sie sich nicht darum. Nehmen Sie mit mir vorlieb."

Buchan hob die Flaschen der Reihe nach ins Licht und machte sich auf einem Schreibblock Notizen. Er schien Scanlons Anwesenheit überhaupt nicht mehr zu bemerken.

„Verdammt!" beklagte sich Scanlon. „Es ist zwei Uhr morgens. Ich habe mich bereit erklärt hierherzukommen, aber jetzt, zum Teufel, will ich auch wissen, was Sie da treiben!"

„Schon gut! Ich weiß, daß ich Sie schlecht behandle. Aber ich habe eine Menge Geld auf das hier gesetzt. Und ich zeige Ihnen auch, was ich gemacht habe." Er zeigte auf die Flaschen. „Das hier ist eine wäßrige Aufschlämmung des Zeugs, das Gerrard von den Überbleibseln der Roboterschaltung mitgebracht hat. Nummer zwei hier ist dasselbe, nur daß es unter Dampf sterilisiert worden ist."

„Sterilisiert? Warum?"

„Das werden Sie in einer Minute sehen. Nummer drei ist ein handelsüblicher Kulturennährboden in flüssiger Form. Ich habe nun etwas aus Nummer eins – dem unsterilisierten Material – hineingegeben. Nummer vier ist wieder derselbe Standardnährboden, und ich habe etwas von Nummer zwei – sterilisiertes Material – hineingegeben. Und nun sehen Sie mal!"

Er hielt das Regal gegen das Licht. Die ersten zwei Behälter enthielten eine leicht gelbliche Flüssigkeit, der dritte war von einem undurchsichtigen Braun, obenauf schwamm eine dünne Schaumschicht. Der vierte war durchsichtig und bräunlich.

„Haben Sie es behalten? In Nummer drei ist das unsterilisierte Zeug und in Nummer vier das sterilisierte. Klar?"

„Klar."

„Aber, Mensch, sehen Sie denn das nicht? In Nummer drei ist das rohe Zeug – und es hat sich vermehrt!"

„Das ist kein vollgültiger Versuch", protestierte Scanlon. „Als Gerrard die Originalproben sammelte, kann er gleichzeitig Hunderte von verschiedenartigen Bakterien mit eingesammelt haben. In Ihrer Nummer drei kann sich irgendeine von hundert beliebigen Mikrobentypen befinden."

„Zugegeben." Buchan trat wieder an den Brutapparat und nahm einen Stapel flacher, runder Petrischalen heraus. Sie hatten einen fest schließenden Deckel und waren mit einer farbigen geleeartigen Masse ausgelegt. Buchan stellte die Schalen in einer Reihe auf. Jede Schale trug auf dem Deckel eine rote Wachsstiftmarkierung.

„Sie haben natürlich recht mit Ihrem Einwand“, sagte Buchan. „Deshalb habe ich mir auch noch diese Mühe hier gemacht.“

Er hob den Deckel von der ersten Schüssel. Scanlon blickte hinein. Er sah Dutzende von kleinen, runden Bakterienkolonien, Bakterien in vielen verschiedenen Formen, Größen und Farben.

Buchan erklärte weiter: „Dies ist eine Subkultur aus der Originalprobe. Sie enthält mindestens vier verschiedene Arten.“ Er zeigte mit einer kleinen Platindrahtschlinge, die an einem Glasstab befestigt war, in die Schüssel. „Dies hier sind Coliforme, dies hier sind wahrscheinlich Staphen, dies wahrscheinlich Diphtheroide, und dies ...“ Er hielt einen Augenblick inne. „Diese hier sind höchst interessant.“

„Genau was ich Ihnen gesagt habe“, nickte Scanlon. „Die Originalprobe enthält ein komplettes Spektrum von allen möglichen Biestern.“

„Das stimmt. Aber wenn man solch eine Mischung auseinanderdividiert, wie ich es hier in den Schalen getan habe, kann man schon eine Menge verschiedenartiger Bakterien unterscheiden. Sobald sich einzelne Kolonien erkennen lassen, kann man von jeder ein Teilchen auf den Objektträger bringen und sie unter dem Mikroskop identifizieren.“

„Aber doch sicher nicht einfach durchs Hinschauen.“

„Das nicht. Aber durch die Gramsche Färbungsmethode, durch verschiedene erprobte Selektivmethoden. Es funktioniert so ähnlich wie ein Kreuzworträtsel. Am Schluß hält man eine saubere Reihe von Identitätsbestimmungen in der Hand.“ Er redete lebhaft, die Beschreibung seiner Fahndung bereitete ihm sichtlich Vergnügen.

„Passen Sie auf, ich zeige es Ihnen.“ Er hielt Scanlon eine weitere Schale hin. „Zu guter Letzt habe ich diese Biester hier isoliert.“ Er zeigte auf eine kleine Gruppe runzliger, glitzernder Scheibchen, die auf der geleeartigen Beschichtung lagen. „Das sind die Typen, hinter denen ich her war.“

„Buchan, es ist sehr spät. Ich verliere den Faden.“

„Warten Sie. Des Rätsels Lösung steht vor der Tür. Wenn man genau hinsieht, erkennt man an den Rändern jeder einzelnen Kolonie kleine, ausgetrocknete Flecken.“

„Und?“

„Und! Unsere kleinen Freunde mögen das Medium nicht, in dem sie hier leben. Es handelt sich übrigens um Blutplasma.“

„Sie mögen kein Blut?“

„Jeder nach seinem Geschmack. Ich habe alle Bakterien aus der Probe identifiziert – außer dieser Art, die auf keinem konventionellen Medium gedeihen will: nicht auf Agar-Agar, nicht auf Blutagar, auch nicht auf McConochieschem Agar."

„Und was haben Sie gemacht?"

„Ich habe ein spezielles Medium hergestellt." Er ging zu einem Brutkasten und holte ein größeres Becherglas heraus. Auf dem Boden des Glases befand sich ein kleiner, gedrungener, konischer Behälter, der mit einem Wattepfropfen verschlossen war. Das Becherglas selbst war mit Tesafilm abgedichtet. Er stellte es angewidert auf die Bank unter dem Licht. Scanlon starrte voller Bestürzung in das Becherglas. An den Watterändern bewegte sich ein nach außen aufgequollener Schaumkranz. Überquellender klebriger Schaum glitt an der Außenseite des kleinen Behälters abwärts und sammelte sich auf dem Grund des Bechers.

„Mein Gott, mit was haben Sie denn da gearbeitet?"

Buchan ließ sich ein paar Sekunden Zeit, ehe er antwortete: „Ich habe ein wenig von unserem guten Degron geraspelt, einige Salze und ein paar Aminosäuren hinzugefügt – hauptsächlich Tyrosin – und daraus ein Breichen angerührt."

„Das ist allerdings niederschmetternd. Es muß aber noch eine andere Erklärung geben."

„Zum Beispiel?"

„Nun ..." Scanlon zögerte. Er suchte verzweifelt nach einem logischen Gegenargument, mit dem er sich um die Anerkennung des Beweises hätte herumdrücken können, aber es fiel ihm nichts ein. „Also gut, Sie haben da Bakterien gezüchtet; die einen mögen Blut, die anderen Zucker ..."

„Scanlon, es bedarf noch eines weiteren Experiments, um den letzten Beweis auf den Tisch legen zu können. Wenn man den Verdacht hat, daß ein bestimmtes Bakterium für einen bestimmten Zustand verantwortlich ist – jedenfalls für einen klinischen Zustand –, dann muß man das Bakterium dem infizierten Patienten in Reinkultur entnehmen können. In diesem Fall ist Plastik unser Patient. Nun gut, Sie glauben es nicht, aber es ist wahr. Ich habe also eine Kultur aus dem Material in diesem Behälter entnommen und noch einmal auf Kunststoff angesetzt." Er öffnete die letzte Petrischale. „Und hier ist das Ergebnis."

Er zeigte auf die Oberfläche der Gelatineschicht. Nasser, klebriger

Schaum bedeckte die Unterlage. „Diesmal habe ich größere Portionen Degron und gewöhnliches Polystyren benutzt. Sehen Sie, die Stücke sind mit dem bloßen Auge zu erkennen."

„Aber wie wollen Sie wissen, daß es Bakterien sind? Könnte es nicht ... eine Chemikalie ..., irgendeine Substanz sein, die durch alle diese Proben mitläuft?" Scanlon spürte selbst, während er sprach, auf welch schwachen Füßen seine Vermutung stand.

„Das wäre immerhin möglich. Also bleibt uns noch ein weiteres Experiment übrig. Wenn Sie mir helfen, können wir es durchführen."

„Welches Experiment?"

„Das Elektronenmikroskop. Dann können wir sehen, was da vor sich geht. Kommen Sie!"

Er stand auf und steuerte auf eine Tür zu, die mit einem Kleeblatt, dem internationalen Warnzeichen für Strahlung, gekennzeichnet war.

Im gedämpften gelben Licht ragte die zweieinhalb Meter hohe Säule des Superantipodenelektronenmikroskops vor ihnen auf. Vom Scheitelpunkt der Säule führte ein dickes Hochspannungskabel zu einem fast zwei Meter hohen Würfel, in dem sich die elektronischen Schaltungen befanden. Aus einem anderen Geräteschrank tönte das flatternde Geräusch der Vakuumpumpen, die innerhalb der Säule ein Vakuum, das noch das des Weltraums übertraf, aufrechterhielten.

Buchan betätigte Schalter und Knöpfe. In den Kontrollskalen flammte Licht auf, das Pumpengeräusch nahm einen durchdringenden, singenden Ton an. Buchan stand auf. „Wir lassen die Pumpe laufen, während wir unsere Proben fertigmachen."

Wieder im Laborraum, legte Buchan eine Glasplatte auf den Arbeitstisch und stellte die Petrischale mit dem Plastiknährboden darauf. Dann säuberte er einen gläsernen Objektträger und schwenkte ihn kurz durch die Flamme eines Bunsenbrenners. Mit einer Glaspipette brachte er einen Tropfen destillierten Wassers auf den Objektträger, dann öffnete er vorsichtig mit einem über dem Bunsenbrenner kurz erwärmten Platindraht die Petrischale und entnahm eine kleine Probe ihres Inhalts, die er auf dem Objektträger in das destillierte Wasser rührte. Der Tropfen wurde milchig trüb. Schließlich führte er den Platindraht wieder durch die Flamme, um ihn zu sterilisieren.

Während Scanlon, von dem beinahe priesterhaft wirkenden Ritual der Versuchsvorbereitungen fasziniert, zusah, erklärte Buchan: „Was ich im Augenblick mache, ist folgendes – die Substanz hier, die sich in der Schale befindet, mische ich mit Phosphorwolframsäure. Somit erhalte ich die Probe plus Wasser plus Phosphorwolframsäure. Und nun haben wir da ein kleines Kupfergitterchen – drei Millimeter breit –, das genau ins Mikroskop paßt. Und nun gebe ich ein Tröpfchen von der Mischung auf das Gitterchen."

Er trug es auf einem Stück Filterpapier zum Mikroskop, öffnete eine an die Pumpen angeschlossene Glasglocke, legte Filterpapier und Gitter hinein, schloß die Glocke und schaltete die Pumpen ein. Er setzte sich davor und beobachtete das Manometer, das den Druck innerhalb der Glocke anzeigte.

„Das Vakuum entzieht dem Tropfen das Wasser. Wenn die Probe dehydratisiert ist, wird die Phosphorwolframsäure sich um jeden festen Körper legen, der sich in ihr befindet, und austrocknen. Das Elektronenmikroskop läßt dann alle organischen Objekte durchsichtig und alle Substanzen, die Schwermetalle enthalten, schwarz erscheinen."

„Dann wird also alles Lebendige ... als ein Nichts erscheinen, sozusagen ..., jedoch umgeben von einem schwarzen Heiligenschein", sagte Scanlon.

„Erraten! Sie verfügen über eine bemerkenswerte Vorstellungskraft. Aber jetzt dürfte es soweit sein!" Buchan öffnete ein Ventil. Luft drang in die Glocke ein. Das Zischen erstarb allmählich. Dann hob er mit Hilfe von Gegengewichten die Glocke an, entnahm ihr das Filterpapier mit dem Gitter und ging mit bedächtigen Schritten in den Mikroskopierraum. Scanlon folgte ihm und schloß die Dichtungstür aus Leichtmetall hinter sich.

Buchan öffnete die Eingabeschleuse und führte das Gitter ein. Dann trat er vor das Armaturenbord und setzte die Maschine in Betrieb.

Der Bildschirm hinter dem strahlungssicheren Glas am Fuß der Säule schimmerte grün auf und strahlte die Gesichter der beiden Männer an, die sich über das Monitorbild beugten. Buchan betätigte den Fernbedienungsschalter. Über den Bildschirm tanzten Linien, verschwanden wieder, verhärteten sich und blieben schließlich stehen. Eine endlos scheinende Minute lang saßen die Männer schweigend da. Vor ihnen auf dem Monitor sahen sie unzählige durchsichtige, rechteckige Flächen, und jede einzelne war von einem dunklen „Heiligenschein" umgeben, um jede Fläche war unverwechselbar das elektronische Abbild – einer Bakterie.

„Wir müssen sofort Wright anrufen", sagte Scanlon tonlos.

Buchan griff nach dem Telefon.

12

DER Katastrophenbefehlsstand war 1945 erbaut worden. Er lag zwanzig Meter unterhalb des Paradeplatzes der Horseguards und war Teil eines komplizierten unterirdischen Systems aus Tunnels, Kommunikationszentren und Aufenthaltsräumen, das sich nach Norden bis zum Trafalgar Square und nach Osten unterhalb von Whitehall bis zum Verteidigungsministerium erstreckte: eine unterirdische Stadt, von der aus man ein ganzes Land regieren konnte, ohne jemals die Oberfläche betreten zu müssen.

Weißgestrichene, fast unzerstörbare Deckenträger aus Stahlbeton stützten die Wände, grünes Linoleum bildete den Fußbodenbelag. Eine Projektionswand, die von hinten angestrahlt werden konnte, nahm fast eine ganze Seite des Raums ein; davor standen mehrere Reihen von Schreibtischen mit verschiedenfarbigen Telefonen, Verwürfelungsgeräte für die Fernsprechanlagen und zur Schaltung der hauseigenen Fernsehsysteme. Im übrigen Teil des Raums waren – offenbar provisorisch – mehrere Reihen von ineinander stapelbaren Stühlen aufgestellt worden.

Dichter Tabakrauch und das erregte Stimmengewirr von ungefähr fünfzig Menschen erfüllten die Luft. Es herrschte eine Atmosphäre mühsam unterdrückter Nervosität. Die Mehrzahl der Gesichter gehörten älteren Herren; Gesichter, die Macht, Einfluß und Privilegien gewohnt waren, Gesichter von Männern, die sich nicht scheuten, Entscheidungen mit weitreichenden Konsequenzen zu treffen und durchzusetzen.

In der ersten Reihe erhob sich ein Mann in der Uniform eines Stabsoffiziers und pochte mit den Knöcheln auf seinen Schreibtisch, um die Aufmerksamkeit auf sich zu lenken. Die Gespräche verstummten nur langsam. Der Stabsoffizier sprach in der unverkrampften Manier eines Mannes, der die Autorität gewohnt ist.

„Meine Herren." Er blickte kurz auf die Uhr. „Ich glaube, wir sollten jetzt anfangen." Er trat an einen Schreibtisch vor der Projektionswand und drückte einen Summknopf. „Wie ich annehme, sind die meisten von Ihnen im Bilde, aber ich möchte Sie zuerst einmal einander vorstellen. Sie sind alle in größter Eile hierhergebeten worden, und dafür muß ich um Entschuldigung bitten. Aber wir haben versucht, was wir konnten, um Ihnen Aufenthaltsräume zur Verfügung zu stellen. Mr. Riggs dort drüben", er deutete mit einem Kopfnicken auf einen Zivilisten, der an einem der Ausgänge stand, „wird Lagepläne ausgeben und Sie informieren, wie Sie sich hier unten bewegen können. Das Tunnelsystem ist ziemlich kompliziert, und ich muß Sie bitten, sich strikt an die Anweisung auf den Lageplänen zu halten. Unsere – äh – Sicherheitsbeamten sind nämlich manchmal etwas übereifrig." Er lächelte kühl. „Ich darf wohl annehmen, daß Sie alle Ihre Sonderausweise am Jackenrevers tragen. Wenn Sie gestatten, möchte ich nun zur Sache kommen. Für die medizinischen Belange des Unternehmens ist Sir Frank Dale zuständig."

Er wies auf einen grauhaarigen Mann mit strengem Gesicht in der zweiten Reihe, der sich halb erhob und etwas verlegen verbeugte. Der Stabsoffizier wies jeweils auf die Männer, die er im weiteren Verlauf seiner Rede erwähnte.

„Die polizeilichen Belange und die Verkehrsüberwachung fallen in die Zuständigkeit des Staatssekretärs für U-Bahn-Verkehr, Mr. Holland. Die eingesetzten Truppen stehen unter dem Befehl von General Fenwick, dessen Adjutant ich persönlich bin. Die Entseuchungszentren werden von Dr. Myland, dem Leiter des Gesundheitsamtes der Stadt London, überwacht.

Wie ich annehmen darf, haben Sie bereits die Kontrollräume gesehen. Sie arbeiten in enger Fühlungnahme miteinander. Und nun, mit Ihrer Erlaubnis, Herr General ...", er wandte sich dem General zu, der kurz seine fette Hand hob, „... wollen wir uns dem betroffenen Gebiet zuwenden." Er drückte den Summer auf dem Schreibtisch hinter ihm, und eine Karte mit der grünumrandeten Stadtmitte von London erschien auf der Projektionswand.

„Die bei uns eingegangenen Meldungen beweisen, daß sich dieser... dieser Vorfall – welcher Art er auch immer sein mag – auf ein ziemlich kleines Gebiet beschränkt." Er nahm einen weißen Zeigestock zur Hand. „Das Gebiet wird im Norden von der Euston Road begrenzt, erstreckt sich nach Westen bis zur Kreuzung Portland Place und nach Osten bis zum Woburn Place. Diese Begrenzungsangaben sind natürlich nur Näherungswerte. Die südliche Grenze reicht von Aldwych bis zum Fluß, der hier die Begrenzungslinie bildet. Es handelt sich also insgesamt nur um ein Gebiet von ungefähr anderthalb Quadratmeilen.

Es hat zwar auch ähnliche Vorfälle außerhalb dieses Gebiets gegeben, aber sie ereigneten sich weit voneinander entfernt, und wir sind der Überzeugung, daß sie ohne größere Gefahr bereinigt werden können.

Auf Grund der zuletzt eingegangenen Meldungen ergibt sich, daß sich der Prozeß mit großer Geschwindigkeit innerhalb des bezeichneten Gebiets ausweitet, und es ist nun eine Aufgabe von höchster Dringlichkeit, den Prozeß hier im Zaum zu halten. In gewissem Maße werden wir dabei von der Wetterlage unterstützt. Wie es scheint, verlangsamt die Kälte die ... äh ... Reaktionsgeschwindigkeit ..." Er hielt inne und blickte Zustimmung heischend zu Sir Frank Dales gelbem Pergamentgesicht hinüber. „... sobald der Prozeß zur Oberfläche vordringt. Unser Hauptziel", er pochte, wie um seine Worte zu unterstreichen, auf den Tisch, „muß darin bestehen, das Gebiet vollkommen abzuriegeln – an der Oberfläche, in der Luft und im Untergrund. Ich brauche Sie nicht daran zu erinnern, was es bedeutet, wenn Wirkstoffe, die Plastik zerstören, hinaus in die Welt gelangen. Sie könnten alles, aber auch alles zum Erliegen bringen. Wir müssen dieses Gebiet wie eine von einer tödlichen Pest befallene Zone behandeln.

Gegen 23 Uhr heute abend dürfte die Abriegelung der Zone abgeschlossen sein. Wir sind dann in der Lage, die Evakuierung durchzuführen. Das dafür erforderliche Material wird vom Pionierkorps und vom Nachrichtenkorps zur Verfügung gestellt." Er hielt einen Augenblick inne und blickte über seine Zuhörerschaft hinweg, um sich ihrer ungeteilten Aufmerksamkeit zu versichern. „Wie Ihnen bekannt sein dürfte, ist in bestimmten Sektoren die Strom- und Gasversorgung ausgefallen. Daher werden Notgeneratoren zu den Absperrungsgrenzen gebracht und Versorgungsleitungen verlegt – hauptsächlich zum Zweck der Beheizung. Warmluftturbinengeneratoren werden ebenfalls so schnell wie möglich zum Einsatz gebracht – ebenfalls zu Heizungszwecken. In der Zone leben viele ältere Menschen, die zur Zeit ohne Heizung sind. Das ist in groben Zügen die augenblickliche Lage, und ich möchte nun Sir Frank Dale, dem Leiter des Gesundheitsamtes, das Wort erteilen. Sir Frank wird Erläuterungen zum Hintergrund der Ereignisse geben. Sir Frank, bitte."

Dale erhob sich unbeholfen und begab sich zur Projektionswand, während der Stabsoffizier wieder Platz nahm. Er verzichtete auf eine Vorrede und sprach mit übertriebener Monotonie.

„Wir wissen nur sehr wenig – und noch weniger Exaktes – über den in Frage kommenden Wirkstoff und seine Wirkungsweise. Mit einfachen Worten läßt sich folgendes sagen: Dieser Wirkstoff hat mit Hilfe einer proteinähnlichen Substanz die Fähigkeit entwickelt, verschiedene Plastikmaterialien zu zerstören, und greift nun mehr und mehr um sich." Die Zuhörer ließen sich in ihren Stühlen zurücksinken, um scheinbar konzentriert seinen Ausführungen zu lauschen. „Normalerweise erfolgt die bakterielle Evolution relativ langsam, aber im vorliegenden Fall ist eine beschleunigte Überbrückungsphase an die Stelle der evolutionsimmanenten Verzögerungs- und Verfallsphase getreten ..."

Eine verärgerte Stimme meldete sich aus der Zuhörerschaft: „Sir Frank, es tut mir leid, aber ich habe kein Wort verstanden. Würden Sie bitte unserer Unwissenheit Rechnung tragen." Unterdrücktes Gemurmel bekräftigte den Einspruch.

Dale erwiderte: „Hmm? Ja. Ich verstehe. Nun, es läuft darauf hinaus, daß in der Entwicklungsrate eine Veränderung eingetreten ist, dazu kommt eine außergewöhnliche Steigerung der Fortpflanzungsrate. Darüber hinaus scheint sich mit jeder neuen Generation die Fähigkeit einzustellen, noch mehr Arten von Plastikmaterial angreifen zu können. Bei der Zersetzung dieser Plasten entstehen große Gasmassen – eine entflammbare und explosive Mischung, wie sich herausgestellt hat, vornehmlich Wasserstoff und Methan. Und das war die Ursache der katastrophalen Serie von Explosionen, die sich ereignet haben.

Ich habe dem Innenminister Mitteilung gemacht, daß mein Amt bereits zwei Abteilungen im St.-Thomas-Krankenhaus übernommen hat – am jenseitigen Flußufer, vor dem Südsektor der betroffenen Zone –, sie werden zur Zeit zu Forschungslaboratorien umfunktioniert. Wir arbeiten rund um die Uhr, um Mittel und Wege zur Vernichtung dieser eigentlich – entschuldigen Sie – faszinierenden Organismen zu finden. Der Einsatz immunologischer Mittel – das heißt die Anwendung von Seren oder Impfstoffen – ist dabei sinnlos, da Tiere und Menschen, jedenfalls bis zur Stunde, von den Organismen nicht infiziert worden sind.

Wir werden uns wahrscheinlich auf eine ausgedehnte Anwendung antibiotischer Sprühmittel verlassen müssen. Leider ist es uns bisher nicht gelungen, ein Antibiotikum zu finden, auf das diese Organismen reagieren. In der Zwischenzeit halten wir für die beste Maßnahme zur Eindämmung der Organismen, die U-Bahn-Tunnels und

Kloaken mit inaktivem Gas zu füllen. Wir haben inzwischen feststellen können, daß die Fortpflanzung durch Stickstoff- und Kohlendioxid verlangsamt werden kann. Ich bin unterrichtet worden ...", er warf dem Stabsoffizier einen fragenden Blick zu, „..., daß sich mittlerweile Vorräte solcher Gase einsatzbereit vor allen wichtigen U-Bahn- und Kanalisationsausgängen befinden. Ich muß allerdings hinzufügen, daß wir bei der Vorbereitung unserer Gegenmaßnahmen bisher auf rein empirischer Basis vorgehen mußten, da es keinerlei Präzedenzfälle gibt, an die wir uns hätten halten können. Ich hoffe, Ihnen in ein oder zwei Tagen Positiveres mitteilen zu können." Er wandte sich an den Stabsoffizier: „Ich glaube, das war alles. Vielen Dank."

Der Polizeipräsident, ein bedächtiger Mann mit langsamen Bewegungen, nahm mit einigen Papieren in der Hand vor dem Pult Aufstellung. „Unsere Hauptverantwortung besteht darin, so schnell wie möglich alle Einwohner aus dem betroffenen Gebiet zu evakuieren. Wir werden uns bei unserem Vorgehen an die diesbezüglichen Ausführungsbestimmungen im Katastrophenplan halten, der wohl hier inzwischen in Umlauf gebracht worden ist." Er blickte auf, als die Zuhörer in ihren Papieren nach der in Frage kommenden Drucksache suchten und bestätigend nickten. „Aus den Fotokopien ersehen Sie, daß drei zentrale Entseuchungszentren eingerichtet worden sind, und zwar in den Bahnhöfen von Charing Cross, Euston und St. Pancras. Dr. Fanning wird Ihnen darüber anschließend weitere Erläuterungen geben. Ich beschränke mich deshalb hier auf die Durchführungspläne für die Evakuierung. Kurz gefaßt, haben wir es hier mit zwei Gruppen von Menschen zu tun: mit den in dem betroffenen Gebiet Wohnhaften und den Nichtwohnhaften. Infolge der Errichtung von Absperrungen sind zahlreiche Verkehrsteilnehmer, Besucher, Touristen und so weiter nicht in der Lage, die Zone zu verlassen. Wir werden diese Personengruppe zuerst evakuieren.

Die vordringlichste Aufgabe besteht nun darin, so viele Patienten wie möglich aus den beiden wichtigsten Krankenhäusern – dem Universitäts- und dem Charing-Cross-Krankenhaus – herauszuholen. Krankenwagen sind bereits in die Zone eingefahren, und wir hoffen, bis Mitternacht die meisten Gehfähigen abtransportiert zu haben.

Sobald die Kranken und die Nichtwohnhaften evakuiert sind, kommen die Wohnhaften an die Reihe. Natürlich werden alle Evakuierten sich zunächst der Entseuchung unterziehen müssen, bevor sie die

Zone verlassen dürfen. Zur Stunde fahren unsere Lautsprecherwagen durch die Straßen und informieren die Einwohner mit Durchsagen und Flugblättern. Diese Aktion wird wahrscheinlich nicht vor Ablauf von sechzehn bis achtzehn Tagen abgeschlossen werden können, und ich fürchte, daß es zunächst zu einiger Verwirrung kommen wird.

Das Wichtigste, was wir im Augenblick tun können, ist wohl, die Menschen aufzufordern, dort zu bleiben, wo sie gerade sind – ihnen zu sagen: ‚Sucht euch einen Unterschlupf, und rührt euch nicht vom Fleck!' Sir Frank hat mir vorhin gesagt, je mehr Leute sich von Ort zu Ort bewegen, um so leichter kann sich das Ding – was immer es auch sein mag – ausbreiten, und deshalb haben meine Leute Befehl, die Straßen freizuhalten.

Leider wird die ganze Situation einen starken Anreiz für alle kriminellen Elemente bilden, und wir werden mit einer Zunahme aller möglichen Verbrechen rechnen müssen.

Und nun darf ich wohl Dr. Fanning bitten, uns einige Daten über die Entseuchung mitzuteilen."

Der Polizeichef verließ das Pult; erregtes Stimmengewirr erhob sich, da nun die Spezialisten der verschiedensten Fachgebiete Notizen und Papiere miteinander verglichen.

Fanning, ein großer, sportlicher Mann in den Dreißigern, sprang betont leichtfüßig aufs Podium und räusperte sich, um die Aufmerksamkeit auf sich zu lenken. Er sprach flüssig und bediente sich einer leicht extrovertierten Redeweise: „Nun, die Sache mit der Entseuchung ist eigentlich ziemlich einfach. Im Grunde braucht man nicht viel mehr zu tun, als die Leute zu desinfizieren. Unsere Entseuchung läuft ungefähr so ab wie eine Desinfektion bei gefährlichen Infektionsfällen im Krankenhaus. Im Grunde funktioniert jede Desinfektionsanlage wie ein Ventil. Die Leute gehen in einer Richtung durch, müssen sich ausziehen, duschen und bekommen frische Kleidung. Aber im Gegensatz zu einem Ventil verläuft der Prozeß hier in zwei Phasen. Die Leute, die herauskommen, müssen sich völlig ausziehen, gründlich duschen und dann warten, bis ihre Kleider in einem Autoklav sterilisiert worden sind. Ein Autoklav ist ein Hochdruckdampfofen. Nun, in diesem Fall haben wir nicht genug Zeit dafür. Deshalb werden die Leute aufgefordert, in alten Kleidern zu kommen, die dann etikettiert und sterilisiert werden, und dann, nach der Dusche, kriegen sie auf der ‚sauberen' Seite neue Kleidung. Das heißt neue alte Kleider. Wir rufen die Leute, die außerhalb der Zone leben, auf, gebrauchte Kleidung zu spenden. Die Hilfsorganisationen haben auch schon zugesagt, uns dabei zu unterstützen.

Wir haben Bahnhöfe als Entseuchungszentren ausgewählt, weil sie übersichtliche Schleusen sind, die Leute aus der Zone zu evakuieren. Außerdem lassen sich Züge leichter von den unbetroffenen Stadtteilen fernhalten. Wenn ich Ihnen nun vielleicht noch ein paar Einzelheiten ..."

Der Stabsoffizier blickte ungeduldig auf seine Uhr und sagte dann entschlossen: „Vielen Dank, Dr. Fanning. Sie haben uns, wie ich glaube, sehr geholfen, aber die Zeit wird knapp." Er warf einen Blick auf die Rednerliste. „Mr. Holland, haben Sie vom Standpunkt der Verkehrsbehörden etwas hinzuzufügen?"

Holland saß ziemlich nervös auf seinem Stuhl.

„Nun, im Augenblick eigentlich nichts. Außer daß die Verkehrssperren natürlich ernsthafte Rückwirkungen auf den Verkehr allgemein haben werden. Unsere Computer registrieren jetzt schon Verkehrsstockungen in einem Umkreis von bis zu fünfundvierzig Kilometern. Mit den Notmaßnahmen ist aus einem strahlenförmigen Verkehrssystem der Mittelpunkt entfernt worden. Wir konnten zwar Umleitungen einrichten, aber diese können nur etwa vierzehn Prozent des normalen Verkehrsflusses aufnehmen. Im Augenblick können wir nichts anderes tun. Der U-Bahn-Verkehr ist natürlich in der bezeichneten Zone völlig eingestellt worden, und mehr als einen Pendelverkehr zu den Außenbezirken können wir nicht aufrechterhalten. Wie ich erfahren habe, schickt das Militär Männer in den Untergrund, die sich mit Flammenwerfern zum Zentrum vorarbeiten sollen, um alles zu sterilisieren. An manchen Stellen wird das nicht möglich sein, da Gasansammlungen ein zu großes Risiko darstellen. Das ist, glaube ich, alles im Augenblick."

Der Stabsoffizier sah auf seinen Zettel und sagte: „Darf ich nun Mr. Hantrey von den Stadtwerken bitten, uns über die Lage im Kanalisationsnetz zu berichten."

Hinter Holland erhob sich gewandt ein eleganter kleiner Mann, der schon auf dem Weg zum Pult zu reden begann: „Zunächst ein paar wesentliche Punkte. Das in Mitleidenschaft gezogene Gebiet liegt über einem Abwasserkanal, der auf mittlerer Ebene von West nach Ost verläuft und sich nordostwärts in die Abbey-Mills-Kläranlage bei Stradford ergießt. Nun ist Ihnen bereits bekannt, daß die gesamte Abwasserabführung aus der Zone eingestellt wird. Das Problem ist nur, daß den Menschen in der Zone nicht mitgeteilt worden ist, daß die Ausgüsse und Toiletten nicht mehr benutzt werden dürfen. Wir müssen nun darüber hinaus die Abwässer von den Stadtteilen westlich der Zone zur nördlichen Mündung in Beckton pumpen."

Er drückte auf den Knopf; eine Karte des Kanalisationsnetzes von Zentrallondon trat an die Stelle eines Fotos einer Entseuchungsanlage. Das Bild zeigte einen fantastisch ineinander verwobenen Röhrenkomplex, der fast so dicht wie eine Straßenkarte war. Hantrey schwang einen Zeigestock und fuhr fort: „Unterhalb der Savoy Street verläuft die einzige Kanalführung der Zone in nordsüdlicher Richtung. Sie ist ziemlich kurz und kann leicht an der Euston Road gesperrt werden. Ein Problem bietet eigentlich nur die Umleitung des Kloakenmaterials, das von Westen kommt. Wir zogen zunächst in Betracht, das Unwetterüberlaufsystem des Fleet und die obere nördliche Kanalisationsebene dafür zu verwenden. Das hat sich jedoch aufgrund der Kapazität der Pumpanlage in Lots Road als unmöglich erwiesen.

Eine andere Möglichkeit wäre die Zuhilfenahme der Piccadilly-Strecke und des Ranelagh-Unwetterüberlaufsystems, aber auch da ergeben sich Komplikationen, weil wir dort die Zuleitungen aus der Katastrophenzone nicht schließen können."

Er machte einen Augenblick Pause, wie um die Wirkung seiner Worte abzuschmecken.

„Da wir nun nicht sicher sein können, ob die Bewohner des betroffenen Gebiets nicht ansteckendes Material abspülen, sind wir zu dem Ergebnis gekommen, daß wir das Hauptnetz auf der Mittelebene völlig schließen müssen. Das bedeutet aber, daß das gesamte Material aus dem Norden und dem Westen in das Unwetterüberlaufsystem umgeleitet und – unmittelbar in die Themse entleert werden muß."

Die Anwesenden brachen in erregte Diskussionen aus. Nur der Protest von Sir Frank Dale übertönte das Stimmengewirr. „Aber, Mann Gottes, das können Sie doch nicht machen! Ist Ihnen nicht bewußt, was für ein Risiko das für die Gesundheit der Bevölkerung bedeutet? Da gibt es Dutzende von übertragbaren Krankheiten! Wir hätten Dutzende von Epidemien zu befürchten ...! Unmöglich!"

Hantrey erwiderte geduldig: „Sir Frank, wir haben leider keinerlei Alternative. Wir wissen einfach nicht, wohin wir mit dem Material sollen ..."

„Gibt es denn keine Auffangbecken oder so etwas Ähnliches?"

„Schon, aber die könnten kaum mehr als ungefähr ... zehn Prozent des Tagesvolumens aufnehmen. Wir müssen es einfach in den Fluß pumpen. Es gibt keine Alternative."

Sir Frank hob den Finger und sagte anklagend: „Ich warne Sie. Es werden sich schwerwiegende Ausbrüche von ..."

Der Stabsoffizier sprang auf und sagte beruhigend: „Vielen Dank, Mr. Hantrey, das war sehr nützlich. Sir Frank, ich halte es für das beste, wenn wir dieses Thema nach Schluß der Konferenz weiterdiskutieren. Ich nehme an, daß wir noch ergänzende Daten brauchen, und wie ich erfahre ...", er wandte sich nach seinem Adjutanten um, der ihm zunickte, „... wie ich erfahre, wird in Kürze ein Beamter der Hafenbehörde eintreffen, der uns Auskünfte über die Gezeiten geben wird und so weiter. Können wir so verbleiben?" Dale nickte ungeduldig. „Ich möchte Ihnen nun noch einige zusätzliche Erläuterungen über unser Untergrundsystem geben ..."

WÄHREND er weitersprach und seine Zuhörer bequem im Warmen saßen, fegte über ihnen in der Stadt ein bitterkalter Nordwind mit leichtem Schneegestöber über den Portland Place am Funkhaus. Ein Polizeiwagen, der mitten auf dem Langham Place parkte, bellte durch seinen Lautsprecher knappe Anweisungen über die verwirrten Fußgänger hinweg, die sich um ihn versammelt hatten.

„Alle Anwohner werden hiermit angewiesen, sich in ihre Wohnungen zu begeben und dort zu verbleiben. Personen, die hier nicht wohnhaft sind, werden aufgefordert, sich so schnell wie möglich zu einer der auf den Flugblättern angegebenen Einsatzstellen zu begeben, wo sie die Erlaubnis zum Verlassen des Stadtzentrums erhalten. Flugblätter mit Planskizzen, aus denen die Standorte der Einsatzstellen zu ersehen sind, werden hier ausgegeben und sind außerdem bei jedem Polizeibeamten erhältlich."

Eine alte Frau, in einen schäbigen Wollmantel gehüllt, murrte verdrossen, als sie die schlecht gedruckte Karte betrachtete, die ihr von einem Polizeibeamten in die Hand gedrückt worden war. „Nun frage ich Sie, wie soll ich denn die ganze Strecke laufen, ich habe offene Beine, ich komme keine hundert Meter weit!"

Der Polizist, ein großer Mann mit einem freundlichen Bauerngesicht, sah auf sie hinunter und grinste: „Macht nichts, Oma, dann nehme ich Sie Huckepack."

Die Alte sah ihn prüfend an, dann kicherte sie schnaufend: „Dagegen hätt' ich nicht mal was ..."

Zwei gutgekleidete Geschäftsleute, die den Lautsprecherdurchsagen zugehört hatten, sahen sich an. „Darauf trinken wir erst mal einen Brandy oder zwei, finden Sie nicht?" sagte der eine.

„Im Saville?"

„Einverstanden!"

Entschlossen machten sie kehrt und gingen die Straße hinunter.

Polizisten bewegten sich durch die Menge und verteilten Planskizzen und Notstandsanordnungen. Dann wurde das Pfeifen des Windes, der vom Nordende der Straße herunterwehte, von einem dumpfen Grollen übertönt.

Eine lange schwarze Kolonne von Armeelastwagen bog um die Ecke am Portland Square in den Portland Place ein. Sie hob sich hart von dem Hintergrund des Schnees ab. Die begleitenden Motorräder brummten neben der Marschkolonne her wie wachsame Insekten. Am Langham Place kamen die Fahrzeuge zum Stehen, Ladeklappen rasselten herunter, Soldaten sprangen ab und entluden spanische Reiter und Stacheldrahtrollen. Aus einem Mannschaftswagen sprangen Militärpolizisten auf die Straße, die über die Westseite der Straße ausschwärmten und den Verkehr abriegelten. Schließlich waren alle Ausfallstraßen abgesperrt.

IM SÜDEN des Stadtzentrums bildete der Fluß eine natürliche Barriere; hier mußte nur die Waterloo-Brücke gesperrt werden. Lediglich an der Festival Hall, die wie ein Ei im Nest am Südufer liegt, waren zwei Schützenpanzer quer über die Straße aufgestellt worden. Zwischen ihnen stand ein Polizeijeep, zwei Verkehrspolizisten errichteten Warnanlagen, Straßensperren und stellten Schilder auf, die die Durchfahrt verboten. Im Norden kam es zum Streit mit erbosten Fußgängern, die die Hungerford-Brücke – eine Fußgängerbrücke – überqueren wollten und auf der langen steinernen Treppe, die von der Villiers Street heranführt, zurückgewiesen wurden.

Nach und nach wurde der ausgedehnte Komplex von Straßen, Plätzen und Geschäften durch Soldaten und Polizisten und ihre Sperren und Gerätschaften abgeriegelt, wurde zum Getto. Autofahrer, die noch versuchten, aus dem Sperrbezirk herauszukommen, blieben in Stauungen hängen und verursachten ein Verkehrschaos. Und während die Verkehrsteilnehmer in den Abgasen und dem Lärm warteten, hupten und immer nervöser wurden, kam es zu den ersten tätlichen Auseinandersetzungen. Doch dann resignierten die Autofahrer, begannen allmählich den Ernst der Lage zu begreifen. Die Autos verschwanden, wurden abgestellt, Stille breitete sich im Stadtzentrum aus. An die Stelle des gewohnten Verkehrslärms trat allmählich das Geräusch von Schritten; Fußgänger versammelten sich in verschreckten Gruppen und studierten die Planskizzen und die Flugblätter, die von der Polizei ausgegeben wurden, und suchten die nächstgelegenen Schutzräume auf.

In der trockenen, frostigen Luft häufte sich der Schnee in kleinen Verwehungen am Rand der Bürgersteige.

IN SEINER luxuriösen Wohnung mit herrlichem Blick auf die schmutzige Old Compton Road in Soho lauschte Harry Menzelos aufmerksam dem Radio, als der Nachrichtensprecher die Notstandspläne verkündete. Als er fertig war, schaltete Harry Menzelos das Radio ab, trat ans Fenster und blickte nachdenklich auf das Feinkostgeschäft unten an der Straße. Er stand sehr lange so da, trommelte mit den Fingern gegen die Scheibe, und die Augen in seinem etwas traurig wirkenden Gesicht starrten ausdruckslos geradeaus. Dann drehte er sich mit einem Ruck um und nahm eine lange Zigarette aus einem Goldetui.

Menzelos war ein Profi.

Die harten Tatsachen, die Leben oder Tod bedeuteten, hatte er als Feldwebel der Britischen Militärmission in Saloniki kennengelernt. Sein Einsatzgebiet waren die Berge von Khortiatis im Norden gewesen, und er hatte sich mit leichter Hand einen Ruf als gefürchteter Killer erworben. Seine eigenen Männer respektierten ihn als geschickten Organisator, bei dem alles wie am Schnürchen lief, der aber dafür unbedingte Loyalität verlangte. Nach dem Krieg hatte er seine Heimatstadt Piräus verlassen, sich nach England durchgeschlagen und in London als Mitglied kleinerer Banden eine Reihe von kleineren Dingern gedreht, ohne dabei freilich viel Geld zu machen, aber auch ohne erwischt zu werden. Sein erster Erfolg war ein Raubüberfall in Hatton Garden, der ihm kleine, gutverkäufliche Diamanten im Wert von zehntausend Pfund einbrachte.

Er war ein intelligenter und wachsamer Mann, und so hatte er mehrere bemerkenswerte Raubüberfälle geplant und durchgeführt und die Beute in seriöse Geschäfte investiert. Nun gehörten ihm zwei Clubs in Paddington, außerdem leitete er eine Kette von Schuhgeschäften in London und in der Provinz.

Er zahlte nun sogar Einkommenssteuer.

Harry Menzelos goß sich einen Fourneaux Special Reserve Cognac ein, ging an sein Telefon und wählte. Während er wartete, studierte er die Asche, die an seiner Zigarette wuchs. Dann sagte er:

„Solly ...? Hier ist Harry ... Ja. Hast du das im Radio gehört ...? Schlimm, nicht wahr ..." Er lachte kurz. „Ich bin dabei auf eine sehr gute Idee gekommen, Solly. Hast du Lust? Warum kommst du dann nicht mal zu mir rüber ...? Ja ... Aber mach schnell, Solly ... Ja, es muß sofort sein ... und bring am besten Alford mit ... Ja, richtig. Wo hat er seinen Lastwagen ...? Gut ... gut ... Bringt ihn mit und parkt ihn in der Seitenstraße ... Ja. Also, bis dann."

Er legte den Hörer auf die Gabel, ging ins Schlafzimmer und schob sein großes Doppelbett mit den Laufrollen unter den Füßen zur Seite, faltete den Teppich zusammen und hob unter dem Filzbelag drei schmale Fußbodenbretter hoch. Er griff in die Öffnung und brachte ein schweres Bündel mit öligen Tüchern zum Vorschein, die er auseinanderschlug.

Die Wandlampen spiegelten sich matt auf dem Lauf einer Maschinenpistole Marke Sten, zwei Armeerevolvern und einem Haufen geladener Magazine.

In der Straße unten wurden die Geschäfte geschlossen, Gurkenfässer und Fischkonserven aus den Auslagen genommen, leere Behälter weggestapelt.

Die Brewer Street lag dunkel und verlassen. In einer Toreinfahrt hockten zusammengekauert drei Männer und lauschten in die Nacht hinaus. Auf den Bürgersteigen festigte sich der Schnee zu einer dichten Decke; die drei Männer blickten auf die halbverwehten Fußspuren, die zu ihrem Standort führten.

Als die Männer endlich überzeugt waren, daß sich keine Menschenseele mehr in der Nähe befand, holte Solly Ackerman eine batteriebetriebene Bohrmaschine aus seiner Reisetasche hervor, schraubte einen langen Bohrer mit Hartmetallschneiden im Bohrfutter fest und machte sich dicht über dem mittleren Schlüsselloch des schweren Sicherheitsschlosses ans Werk. Über ihm sammelte sich der Schnee in den breiten, eingravierten Buchstaben des Schilds A. Bonnington, Juwelengrosshandlung.

In der Stille der verlassenen Straße tönte das zornige Gesumm der Bohrmaschine verräterisch laut.

Endlich zog der Mann den Bohrer heraus und stocherte mit einer langen Gewindestange durch das Loch im Schloß herum. An ihrer Spitze hatte die Gewindestange einen kleinen magnetisierten Querbolzen, der – sobald sie in das Innere des Schlosses gelangte – aufsprang und die Gewindestange fest in ihrer Stellung hielt. Dann befestigte er am herausragenden Ende der Gewindestange einen Kreisschneider und eine Bohrratsche. Er bewegte die Ratsche hin und her, der Kreisschneider fräste sich rund um das Schloß in den Stahl der Tür. Seine Begleiter beobachteten ungeduldig den Fortgang der Arbeit und schwitzten in der Kälte. Heiße Stahlspäne fielen in den Schnee und zischten kurz auf.

Drei Meter unter dem Eingang des Juwelierladens, in einem alten, aus Ziegelsteinen gemauerten Kanalisationsgewölbe aus Viktorianischer Zeit, folgte Mutant 59 seinem fest programmierten Lebensplan. Sich von den Bestandteilen zerfallener biolöslicher Flaschen nährend, wuchs eine Generation nach der anderen heran, und jede der Mikroben produzierte ihr kleines Quantum Gas beim Abbau des Degrons – Gas, das die feuchten Tunnels füllte, langsam die Abflußrohre hinaufstieg und in die Kellerräume der Häuser eindrang.

Ackerman betrat die Geschäftsräume als erster, schritt an den entleerten Glasvitrinen vorbei und dann über eine mit schweren Teppichen belegte Treppe nach unten, während der Lichtschein seiner Taschenlampe im Vorübergehen das feudale Mobiliar und – auf der gewölbten Wand des Treppenhauses – exotische Drucke streifte. Schließlich richtete sich der Strahl auf einen gußeisernen Sicherungskasten mit einem Schalthebel. Schweigend reichte er dem dritten Mann, Alford, die Lampe, der sie auf die Schalter gerichtet hielt. Ackerman zerbrach die Siegel der Elektrizitätswerke und hob dann den Deckel von der Schaltung. Er nahm ein kleines Meßgerät mit Anschlußkabeln aus seiner Reisetasche und berührte mit den beiden Metallstöpseln zwei hellglänzende Kupferstäbe im Schalter. Der Zeiger des Meßgeräts blieb in Nullstellung.

„Okay, kein Saft im Hauptschalter", flüsterte er.

„Dann an die Arbeit", sagte Menzelos.

Als sie sich weitertasteten, beklagte sich Alford: „Hier unten muß jemand hingeschissen haben. Mensch, was für ein Gestank!"

„Komm schon, komm schon", sagte Menzelos, riß Alford unwirsch die Lampe aus der Hand und leuchtete den Raum ab. „Da drüben! Da ist er!" Der Strahl riß den gedrungenen schwarzen Safe aus der Dunkelheit.

Niemand bemerkte den kleinen aufschwellenden Schaumpilz über dem Ausguß des Waschbeckens in der Ecke.

Im Schein der Taschenlampe untersuchte Ackerman den Safe: „Für das Ding brauch ich kein Schweißgerät. Das ist ein Parkstone Superior. Hier: zwei Schloßsperren. Zwei auf der Schlüsselseite, zwei auf der Angelseite. Da reicht Sprengstoff. Keine Sorge."

Zwanzig Minuten später hatte Ackerman vier Dreiachtelzollöcher in die Umhüllung des Safes gebohrt. Die Löcher lagen dicht neben den Schloßsperren.

Menzelos verlegte Drähte, die zu einem zylindrischen Stapel kleiner Nickelkadmiumbatterien führten. Alford hatte den Teppich von der Treppe gerissen und ihn auf dem Fußboden vor dem Safe aufeinandergeschichtet.

Ackerman holte eine Kakaobüchse aus seiner Reisetasche und spachtelte den Plastiksprengstoff heraus. Rollte ihn zu langen Würsten zusammen und stopfte sie in die frischgebohrten Löcher. Dann befestigte er vier röhrenförmige Zünder in dem aus den Löchern herausragenden Sprengstoff. Aus jedem Zünder hingen zwei Drähte heraus. Schließlich nahm er eine Kugel aus weichem Ton, teilte sie in vier gleiche Klumpen auf und packte sie sorgsam um jeden Zünder, wobei er die Drähte herausragen ließ.

Menzelos nahm die Drahtpaare, schloß sie an die Klemmen eines grob zusammengefügten Kabelkastens an und verlegte das Hauptkabel die Treppe hinauf; die Batterien nahm er mit. Alford packte den Teppich um die Vorderseite des Safes und stützte ihn mit zwei umgekippten Bürostühlen ab.

Der Schaum breitete sich vom Ausguß über den Boden des Waschbeckens aus.

Menzelos rief oben von der Treppe den beiden Männern zu: „Los jetzt! Kommt rauf!"

Alford und Ackerman leuchteten mit der Taschenlampe noch einmal alles ab, dann gingen sie die Treppe hinauf, zu Menzelos.

Die drei Männer kauerten sich in eine Ecke des Geschäftsraumes.

„Schau noch mal nach draußen, Lennie", sagte Menzelos. „Sieh nach, ob keiner kommt!"

Alford ging ans Schaufenster und blickte die Straße entlang und vergewisserte sich, daß sie menschenleer war. „Alles klar. Niemand in der Nähe."

Menzelos befestigte behutsam das eine Kabel an den Batterien und das andere an einem Schalter, der seitlich mit Isolierband befestigt war.

Im Untergeschoß zuckte aus jedem der Bohrlöcher ein Blitz, die vier Sprengladungen detonierten mit einem scharfen, trockenen Knall und schleuderten den Teppich und die Stühle quer durch den Raum. Als die drei Männer aufsprangen, um die Treppe hinunterzueilen, entzündete sich das im Waschbecken ausströmende Gas.

Ein Funken zuckte den Ausguß hinunter und durch die Anschlußrohre in die Kanalisationsschächte. Ein dumpfes Grollen ertönte, als das in den Kloaken eingeschlossene Gas explodierte. Auf der Straße flog ein schweres, eisernes Schutzgitter aus seiner Verankerung, und eine Flammensäule stieg hoch in die Luft. In den Gebäuden in der Nachbarschaft zersplitterten die Fensterscheiben, und das hochgeschleuderte Schutzgitter kreiste durch die Luft wie ein gigantischer Diskus, bis es schließlich mit lautem Scheppern auf dem Bürgersteig aufschlug.

Die drei Männer spähten hustend in das zertrümmerte Untergeschoß, die Taschenlampe vermochte kaum den Rauch zu durchdringen. Der Verputz war von den Wänden gefallen, an einer Wand war sogar das Mauerwerk durchbrochen. Wo das Waschbecken gewesen war, gähnte ein Loch im Fußboden. Die verformte Safetür hing nur noch an einer Angel. „Um Gottes willen!" flüsterte Alford. „Was, zum Teufel, hast du denn da reingestopft?"

Ackerman war entsetzt: „Nur das Plastikzeug, mehr nicht!"

Alford brach in Panik aus: „Nichts wie weg! Das bringt uns die Polizei auf den Hals!" Er wollte die Treppe hinaufrennen, doch Menzelos riß ihn am Arm zurück: „Wir haben die Steine noch nicht, Lennie. Wir haben die Steine noch nicht!"

Ackerman war schon am Safe und kratzte geschwärzte Akten und Schmuckkästen heraus; schließlich fand er in einer Kassette drei etikettierte Samtsäckchen. „Hier sind sie! Schnell!" Er warf ein Säckchen Menzelos zu, die beiden anderen steckte er sich in die Tasche.

Über ihren Köpfen hörten sie das Geräusch von kreischenden Bremsen, dann das dumpfe Knallen von zugeworfenen Wagentüren und unterdrückte Stimmen. Sie lauschten angestrengt, um zu hören, was gesprochen wurde. Sie hörten mahlende Schritte auf den dicken, in den Bürgersteig eingelassenen Glasfenstern.

Menzelos knipste die Lampe aus. „Kein Geräusch machen. Kein Geräusch!"

„Die verdammte Tür!" flüsterte Alford. „Sie werden das Loch in der Tür sehen!"

„Halt's Maul!" flüsterte Ackerman. Die drei verharrten in tiefem Schweigen. Nur ein leises Knacken war zu hören, als Menzelos die Maschinenpistole entsicherte. Nach einer Ewigkeit zogen sich die Stimmen und die Schritte zurück, wieder das Geräusch zuschlagender Wagentüren, ein Motor wurde angelassen, und ein Auto entfernte sich.

„Wir warten noch", sagte Menzelos. „Dann marschieren wir ganz brav und leise nach draußen und gehen in meine Wohnung."

„Es darf niemand auf die Straße, Harry", warf Ackerman ein.

„Alle Welt versucht irgendwohin abzuhauen. Deshalb mußten wir heute zuschlagen. Später gehört die ganze Gegend uns. Dann werden nicht mal mehr Soldaten draußen sein."

13

MUTANT 59 hatte das Zentrum von London fest in seiner Gewalt.

Trotz der eisigen Dezemberkälte entwickelte er sich stetig, paßte sich an und teilte sich. Jede Generation lernte, neue Molekularstrukturen anzugreifen und zu zersetzen, immer mehr Plastik weichte auf und löste sich in blasigen Schaum auf. Jedesmal, wenn die Bakterien einen geschlossenen Raum eroberten, in dem sich ein Funke bilden konnte oder ein offenes Feuer brannte, verdichtete sich das Gas, bis es seine optimale Konzentration erreicht hatte – und explodierte.

Die riesigen Komplexe der verschiedenen Versorgungssysteme – die Blutbahnen und Nervenstränge einer Großstadt – brachen zusammen. Die Tunnels der U-Bahn, die auch Gas-, Wasser- und Elektrizitätsleitungen enthielten, fielen in Trümmer. Überall, wo Plastikschaltungen existierten und infizierende Sporen oder lebendige Bakterien, kam es zum unaufhaltsamen Zerfall.

Ansammlungen von verseuchtem Schaum wurden vom Wind davongetragen und verursachten neue Infektionsherde. Menschen fungierten als Überträger der ansteckenden Plastikkrankheit und verbreiteten mit ihren Kleidern und Händen die infizierende Substanz.

Als die Notstandsverfügungen in ihrem vollen Ausmaß bekannt wurden, eilten die Menschen in die Lebensmittelgeschäfte, um sich für den Katastrophenfall einzudecken. In den Feinkostgeschäften von

Soho leerten sich die Regale; Menschen, die sonst nie im Leben Heringe oder Knoblauchwurst gegessen hätten, kauften nun das Zeug pfundweise ein.

Plötzlich flog die Ringstrecke der U-Bahn, die um Aldwych herumführte, wie eine geballte Ladung in die Luft, setzte das Funkhaus in Brand und zertrümmerte die Front des Fernsehgebäudes.

Ein Chirurg, der im Universitätskrankenhaus einen schweren orthopädischen Fall operierte, mußte entsetzt zusehen, wie ein zur Vene des Patienten führender Plastikschlauch mit unheimlicher Geschwindigkeit aufweichte und sich unter dem Druck des Inhalts der Hängeflasche zu einem Ballon aufblähte.

Bei Scotland Yard fiel plötzlich die Sendezentrale für die Funkstreifenwagen aus, als im Relaisraum die Isolation versagte.

Die schwerwiegendsten Katastrophenfälle beschränkten sich zwar auf das Sperrgebiet, aber Menschen, die die Zone verlassen hatten, bevor die Entseuchungsanlagen in Betrieb genommen wurden, trugen die Infektion auch in andere Stadtteile.

Im Flughafen Heathrow beobachtete ein Fluglotse voller Entsetzen, wie ein Schaltknüppel an seiner Kontrollkonsole plötzlich aufgeweicht an seiner Hand klebenblieb.

Ein Lastzug dröhnte über die Autobahn Nummer eins nach Norden. Die Ladung bestand aus Polythen-Ballonflaschen mit Zyanid für die Hüttenwerke im Bergbaugebiet. An der Unterseite einer Ballonflasche bildete sich an einer Stelle, an der sie in London von einem Gabelstapler auf die Ladefläche gehoben worden war, eine winzige Blase. Unter dem Gewicht des lebensgefährlich giftigen Inhalts wölbte sich die Stelle plötzlich ballonartig nach außen, platzte, und das Gift begann herauszusickern, lief über die Ladefläche und tropfte auf die Autobahn.

Ein Industrieller aus Westminster war zum Angeln ins Ayetal gefahren. Als er knietief im Wasser stand, stellte er verwundert fest, daß seine Stiefel weich wurden und zerflossen.

IN DER Stille der fast verödeten Stadt stapfte Jack Bailey müde durch den Schnee auf der Shaftesbury Avenue. Er hatte sich den Kragen seines alten Wollmantels hochgeschlagen und seine alte Dienstmanns-Schirmmütze tief in die Stirn gezogen, um sich vor der Kälte zu schützen. In den Händen hielt er zwei bis zum Bersten mit Lebensmitteln gefüllte Papiertragetaschen. Als er in die Newport Street einbog, fragte er sich, ob seine Frau Mary schon etwas zum Abendessen gekocht haben mochte. Er ging über den Parkplatz, der zur Hälfte besetzt war, und schloß die Tür seiner Parterrewohnung auf. Drinnen war es warm, aber es roch stark nach dem schlecht eingestellten Ölofen. Zwei Kerzen auf dem billigen, gefirnißten Regal verbreiteten gerade so viel Licht, daß Jack Bailey erkennen konnte, wie seine Frau, in eine Decke gekuschelt, in der Ecke saß und sich die Hände über dem Ofen wärmte. Sie schauderte, als sie die Kälte spürte, die mit ihm hereindrang. Er schloß die Tür hinter sich.

„Eben haben sie im Radio gemeldet, daß wir nicht mehr rausdürfen", sagte Mary Bailey in anklagendem Ton.

„Ich weiß, wir haben es im Club gehört, bevor zugemacht wurde. Ich hab ein Flugblatt, da steht alles drauf, was wir tun müssen. Hast du heißen Tee? Ich bin halb erfroren."

Sie stand auf, behielt dabei die Decke um die Schultern, nahm eine der beiden Kerzen und ging in die Küche. Durch die offene Tür rief sie: „Das Gas kommt nur noch schwach. Im Radio wurde gesagt, in der Charing Cross Road sei eine Leitung in die Luft geflogen. Irgendwas war mit einer Plastikdichtung in einem Gasrohr nicht in Ordnung. Kommt mir sehr komisch vor."

„Laß das Gas an, damit es ein bißchen wärmer wird."

„Hast du genug Shillingstücke für den Zähler?"

„Ungefähr ein Dutzend."

Sie kam mit einem Tablett zurück, auf dem zwei Tassen und die Kerze standen: „Machst du die Tür zu, ich gieß derweil den Tee ein."

In der dunklen Küche bildete sich um den Ausguß ein dünner Schaumrand. Aus der Kanalisation unter der Baileyschen Wohnung war Mutant 59 auf der Suche nach neuer Nahrung heraufgestiegen, war durch die verhältnismäßig warmen unterirdischen Rohre nach oben gewuchert, bis er im Ausguß der Kälte begegnete. Je tiefer die Temperatur sank, um so mehr verlangsamte sich die Zellteilung – bis die Bakterienkolonien inaktiv wurden. Der Schaumrand hatte bereits begonnen zu trocknen, aber nun erwärmte die niedrige Flamme des Gasofens die Luft.

Jack und Mary saßen schweigend da und wärmten sich die Hände an den Teetassen. Als der Tee allmählich in ihm eine wohlige Wärme verbreitete, fielen Jack die Augen zu, und er nickte ein. Mary beobachtete ihn und lächelte. Bald schnarchte er leise; sie nahm die Decke von den Schultern und legte sie ihm behutsam um die Knie. Sie selbst wickelte sich in ihren Mantel ein, setzte sich wieder in den Sessel, nahm ein zerlesenes Taschenbuch und hielt die Seiten ins Kerzenlicht.

In der Küche hatte der Schaumfleck sich wieder auszubreiten begonnen.

Mutant 59 war wieder erwacht.

Komplizierte biochemische Signale durchpulsten das Protoplasma der Zellen während der Teilungsprozesse. Inzwischen war durch die Mutationen eine Mikrobenart entstanden, die sich ideal ihrer Umwelt angepaßt hatte. Jede neue Generation übernahm die positiven Eigenschaften der vorhergehenden und entwickelte wiederum neue Methoden, Plastikmoleküle aufzubrechen, um sich neuen Lebensraum zu erschließen, lernte, sich die komplexen Erzeugnisse menschlicher Erfindungskraft für ihre Zwecke dienstbar zu machen.

Nachdem die Zellen alle Nährstoffe ringsum verbraucht hatten, bildeten sich Gasblasen. Eine Gasblase zerplatzte und sprühte ein paar winzige Tröpfchen auf das Abstellbrett neben dem Spülbecken, das Jack erst wenige Tage zuvor mit selbstklebender Plastikfolie überzogen hatte.

Augenblicklich drangen die Tröpfchen in die Plastikoberfläche ein und verschwanden.

Im Wohnzimmer wachte Jack auf und sah die Decke auf seinen Knien. „Geht's dir gut, Mary?" fragte er.

Sie nickte. „Wie lange soll das noch dauern?"

„Keine Ahnung. Wird schon wieder alles in Ordnung kommen, nehme ich an. Im St.-Thomas-Krankenhaus ist eine ganze Horde von Wissenschaftlern an der Arbeit."

„Wie damals bei den V-1-Angriffen, findest du nicht?"

„Hoffentlich nicht. Die haben verdammte zwei Jahre lang gedauert."

„Ich weiß nicht, wie wir das überstehen sollen. Wir haben höchstens noch sechs bis acht Liter Öl zum Heizen."

„Das wird schon reichen. Ich gehe nachher mal zu diesem Notstands-Dingsda und hör mich um, was los ist. Die haben sich schon alles genau ausgedacht. Ich hab doch auch irgendwo das Flugblatt mit den Anweisungen."

Er zog ein zusammengefaltetes Blatt hervor, dem eine vereinfachte Karte der Stadtmitte in großem Maßstab beigefügt war. „Hier hab ich's. Ich lese es dir vor."

Was im Katastrophenfall zu tun ist:

Erstes Gebot bei Feststellung von Anzeichen des Befalls durch plastikvernichtende Wirkstoffe: in der Umgebung der befallenen Stellen nichts berühren.

Infizierte Plastikgegenstände zeigen in der Regel im ersten Stadium Aufweichungserscheinungen, dann erfolgt ein Schmelzen des Materials, schließlich Blasenbildung und Auftreten eines faulen Eiern ähnlichen Geruchs. Das aus den Blasen entweichende Gas ist höchst explosiv, daher Vorsicht mit offenem Feuer! Sollten Sie zum Beispiel einen Befall in Ihrer Küche feststellen, so ist die Dauerflamme an Gasgeräten sofort zu löschen und alle Gas- und Ölheizungen sofort stillzulegen.

Nach diesen Vorkehrungen ist der Befall unverzüglich der nächstgelegenen Einsatzstelle zu melden. Fachleute werden sofort Gegenmaßnahmen ergreifen.

WICHTIG!
NICHTS BERÜHREN!
NICHTS SELBST VERSUCHEN!
SOFORT MELDEN!

In der Küche war inzwischen Mutant 59 in voller Aktion.

Der Fleck auf dem Abstellbrett hatte bereits Blasen geworfen, einige waren geplatzt, Tröpfchen auf die vinylbeschichtete Tapete und den mit Filz unterlegten PVC-Fußboden gespritzt. Jeder Tropfen, der hier oder dort landete, saugte sich sofort ein, weichte die Oberfläche auf und verursachte neue Blasen.

Je mehr Blasen platzten, desto mehr Tropfen spritzten, desto mehr Infektionsherde entstanden. Der Befall nahm lawinenartig zu. Immer schneller nahm der Mutant Baileys Küche in Besitz. Ein durchsichtiger Plastikbehälter mit der Aufschrift „Kaffee“, der Zucker enthielt, weichte auf und begann sich zu verformen.

Ein Kunststoffbecher sackte zusammen, neigte sich zur Seite, löste sich auf und ließ eine Senfpfütze hervorquellen. Der glänzende Belag des Küchentisches geriet in Bewegung und entstellte das aufgedruckte Blumenmuster zu surrealistischen Gebilden.

Plötzlich beulte sich der Abfalleimer unter dem Spülbecken, platzte und floß als klebrige Masse über den Fußboden. Im gleichen Maße, in dem sich die Organismen vermehrten, drang unter der Tür durch der ekelerregende Geruch des Gases ins Wohnzimmer.

Jack rümpfte voller Abscheu die Nase und zeigte auf die Küchentür. Er warf seiner Frau einen vorwurfsvollen Blick zu und fragte: „Was hast du denn da drinnen?“

Mary starrte ihn erschrocken an und sagte: „O Gott, da wird doch nicht etwa ..."

Jack riß die Tür auf und leuchtete mit seiner Kerze hinein. Mary suchte zitternd hinter ihm Schutz.

Im flackernden Licht der Kerze schien sich die ganze Küche zu bewegen; es war, als sei der Raum selbst zum Leben erwacht. Leise zischender Schaum hüllte die schwankenden Umrisse vertrauter Gegenstände ein.

„O Gott! O Gott!" jammerte Mary und zupfte Jack mit zitternder Hand am Ärmel seiner Jacke.

„Komm weg! Nichts wie raus!" rief er und stieß sie ins Wohnzimmer zurück.

„Das Gas! Was ist mit dem Gas? Stell es ab! Schnell!"

Eine Sekunde lang blickte Jack seine Frau an, dann eilte er in die Küche zurück und schaltete die beiden Brenner ab. Er schlug die Tür hinter sich zu und legte seine Hand auf Marys Schulter: „In dem Flugblatt steht, man muß es sofort melden ..."

„Jack, laß mich um Gottes willen nicht mit dem Zeug da drin allein! Bitte, laß mich nicht allein ..."

„Ich muß aber! Stell dich nicht so an! Es passiert dir schon nichts."

„Ich bleib nicht allein hier! Wenn du gehst, gehe ich mit!" Sie versuchte aufzustehen.

„In zwei Minuten bin ich zurück. Am Cambridge Circus ist eine Einsatzstelle." Er zeigte auf die Küchentür: „Also, geh nicht rein, und dann kann nichts passieren."

„Jack, ich bleibe hier nicht!"

„Ich bin im Nu wieder da." Er drückte sie wieder in den Sessel zurück. „Sie werden uns irgendwo anders unterbringen."

Er blickte noch einmal auf die Tür, dann auf den Ölofen. „Den muß ich abdrehen. Steht doch so im Flugblatt, nicht wahr?"

Er drehte den Schalter und wartete, bis die blaue Flamme noch einmal aufflackerte und dann verlöschte.

„Ich bin zurück, so schnell es geht."

Sie schlug die Decken fester um sich und sah mit starrem Blick auf die Küchentür.

Sie wartete ganze zwanzig Minuten lang, dann war Bailey endlich zurück. Er stampfte sich den Schnee von den Schuhen, schloß die Tür hinter sich und lehnte sich atemlos dagegen.

„Was wird denn nun?" fragte Mary.

„Gleich kommt ein Entseuchungstrupp. Ich hab unsere Adresse dagelassen. Sie wollen so schnell wie möglich kommen. Kann nicht lange dauern."

Sie warteten eine halbe Stunde lang im Halbdunkel. Plötzlich wurden im Korridor Schritte laut, wurde gebieterisch an die Tür gepocht.

„Wer ist da?" rief Bailey nervös.

„Entseuchung. Aufmachen bitte!"

Bailey ging zur Tür, schob den schweren Eisenriegel zurück, schloß auf und öffnete. Mary schrie auf.

Vor der Tür standen drei unheimliche Gestalten, sie waren von Kopf bis Fuß in Gummischutzanzüge gekleidet und trugen Helme mit durchsichtigem Visier. Auf der Brust hatten sie Schilder mit der Aufschrift „Chemische Einsatzgruppe Beeton". Einer der Männer trug einen Sprühdruckkanister auf dem Rücken, der zweite einen Haufen Werkzeug – eine Schaufel, ein Beil und ein Brecheisen –, der dritte hielt einen elektronischen Apparat mit zusammengerollten Kabeln in den Händen. Einen Augenblick lang standen sie im Schein ihrer Lampen vor ihnen wie Bewohner einer anderen Welt.

„Menschenskinder, ihr jagt einem vielleicht einen Schrecken ein!" sagte Jack Bailey.

Als der Gruppenführer sprach, dämpfte der Helm seine Stimme: „Tut mir leid, Kumpel. Ich wollte euch nicht erschrecken."

Die Männer drangen in den Raum ein und leuchteten mit ihren starken Lampen in alle Ecken. Mary kauerte sich unter dem Mantel ihres Mannes tief in ihren Sessel. Einer der drei Männer sah ihre Angst und sagte: „Keine Angst, wir haben's gleich." Dann wandte er sich an Jack: „Wo ist es denn?"

Bailey nickte zur geschlossenen Küchentür hin: „Dort. In der Küche."

Der Gruppenführer, der eine Armbinde mit den Rangabzeichen eines Sergeanten trug, gab seinen beiden Männern ein Zeichen. Im Licht ihrer Lampen fingen sie an, ihre Geräte auszupacken und auf dem Boden auszubreiten.

„He, was habt ihr vor?" fragte Jack ängstlich.

Der Sergeant musterte Jack belustigt durch den Sehschlitz.

„Wird wohl leider ein bißchen Unordnung geben."

„Was?"

„Na, laß uns erst mal nachsehen."

Der Sergeant öffnete behutsam die Küchentür und leuchtete mit seinem Scheinwerfer in die Dunkelheit. Der ganze Raum schien voller geisterhafter Lebewesen zu sein. Fauligfeuchter Gestank drang ins Wohnzimmer.

„Verdammt noch mal, das sieht aber schlimm aus", sagte der Sergeant und breitete den Inhalt einer gummibezogenen Segeltuchtasche auf dem Boden des Wohnzimmers aus. Die Männer holten aus der Tasche drei Paar riesige Gummiüberschuhe und zogen sie an.

Jack wollte ihnen folgen, aber der Sergeant fuhr herum und befahl: „Nicht reingehen! Den Fußboden dürfen Sie nicht mehr betreten! Bleiben Sie in Ihrem Wohnzimmer!"

Die drei Männer gingen mit sichtlicher Routine ans Werk. Der eine schnitt mit einer Handsäge das Ablaufrohr des Spülbeckens durch und dichtete es ab. Der zweite fegte sämtliche verunstaltete Lebensmittelbehälter aus Plastikmaterial zusammen, der dritte setzte mittels Handhebels den Inhalt des Sprühkanisters unter Druck und bestäubte mit dem Sprühkopf, der sich an einem langen dünnen Schlauch befand, die befallenen Stellen.

Ein feuchter Nebel breitete sich aus, der beißende Geruch von Chemikalien erfüllte bald auch das Wohnzimmer.

Mary saß mit schreckgeweiteten Augen da und hielt sich hustend Mund und Nase zu. Zug um Zug legten die drei Männer ihre Küche in Trümmer.

Was Jack in mühseliger Heimarbeit gebastelt hatte, brach unter den Hieben der Beile und Brecheisen zusammen; alles, was Plastik war, ob befallen oder nicht, wurde von den Wänden und den Möbeln gerissen. Mit Tränen in den Augen sah Jack von der Tür aus zu, wie das liebevoll in vielen Monaten geschaffene Werk ruiniert wurde.

Während die Männer ihr Zerstörungspensum absolvierten, wanderte jedes abmontierte Bruchstück der Einrichtung in die riesige Segeltuchtasche. Die Vinyltapete wurde heruntergerissen, der Tischbelag zerschnitten und abgelöst, der Fußbodenbelag zerfetzt und herausgerissen.

Schließlich waren sie fertig. Einer der Männer schleppte die zum Bersten gefüllte Segeltuchtasche vor die Tür, dann zogen sie sich die Gummiüberschuhe aus und stopften sie ebenfalls in die Tasche, bevor sie die Schwelle überschritten. Der Sergeant nahm einen kleinen Aerosolgaskanister aus der Tasche seines Schutzanzugs, zog einen Handgriff und stellte ihn auf den Küchenboden. Der Kanister begann zu zischen. Der Sergeant schloß die Küchentür und versiegelte sie mit Dichtungsstreifen. Dann wandte er sich den Baileys zu. Mary schluchzte.

„Nun weinen Sie nicht", sagte der Sergeant. „Sie bekommen ja alles ersetzt. Vielleicht machen Sie sogar noch ein Geschäft dabei." Er lachte dumpf unter seinem Helm und wandte sich an Jack: „So – und jetzt müßt ihr euch was anziehen."

„Was meinen Sie damit?"

„Nun, hier können Sie doch nicht bleiben, oder?"

„Wo sollen wir denn hin? Ich will nicht weg! Augenblick mal – was soll das alles?"

„Sie müssen ebenfalls entseucht werden, das wissen Sie doch. Also beeilen Sie sich schon. Ich gebe Ihnen einen Ausweis, damit Sie überall durchgelassen werden. Charing Cross ist Ihre zuständige Stelle. Nur zehn Minuten zu gehen."

Mary heulte: „Warum müssen wir denn weg? O Gott!" Sie weinte hemmungslos.

„Also, nun hören Sie mal zu, gute Frau", sagte der Sergeant, nun etwas ungeduldiger. „Das hat doch mit Ihnen persönlich nichts zu tun. Sie sind infiziert, nicht wahr? Und das heißt, Sie müssen wieder desinfiziert werden. Also kommen Sie schon. Wir haben noch zehn Einsätze vor uns. Wir können nicht die ganze Nacht hierbleiben."

Während er Mary zu beruhigen versuchte, packten die anderen fachmännisch ihre Gerätschaften zusammen; die Segeltuchtasche wurde zugebunden, die Männer wandten sich zum Gehen. Der Sergeant zog aus einer Außentasche seines Schutzanzugs eine Karte und füllte sie mit einem Wachsstift aus, bevor er sie Jack aushändigte.

„Das ist Ihr Paß", sagte er. „Und machen Sie, so schnell Sie können." Er wandte sich an Mary: „Tut mir leid, Madam. Und gute Nacht."

Die drei Männer stapften aus der Wohnung.

Das alte Paar starrte ihnen nach. Mit leerem Blick legte Jack seiner Frau den Arm um die Schulter.

14

BUCHAN legte den Hörer auf die Gabel. „Das war das Laboratorium im St.-Thomas-Krankenhaus", sagte er. „Sie bestätigen die Ergebnisse unserer elektronenmikroskopischen Untersuchung. Sie haben Aufzeichnungen gemacht und versuchen damit, die Biester zu identifizieren. Die Ergebnisse zeigen, daß sie mit keinem bekannten Mikrobentypus übereinstimmen, aber das überrascht mich nicht."

Betty steckte ihren Kopf durch die Tür. Ihr Gesicht war blaß und von der Überanstrengung gezeichnet. „Ich habe alle Krankenhäuser angerufen, die zu erreichen waren – ein paar melden sich nicht mehr –, aber es gibt nirgends Hinweise auf die beiden. Überhaupt nichts. Auf keiner Verletztenliste tauchen ihre Namen auf. Ich weiß nicht, was ich noch tun soll."

Sie blickte auf und sah Kramer, der reglos und mit zusammengepreßten Lippen an der Tür stand. Betty wollte etwas sagen, aber Kramer winkte ab: „Es ist gut, Betty. Ich habe es gehört. Es gibt also keine Spur." Er ließ sich auf seinen Stuhl fallen.

Das Telefon klingelte wieder. Betty nahm den Hörer ab.

„Ja ... Ja ... Er ist hier ... Ich verbinde sofort ..."

Sie reichte Kramer den Hörer. „Die NASA in New York. Die Weltraumbehörde."

Kramer sprach in knappen Sätzen: „Ja ... Hier Kramer ... Wer? Ach ja, Marker. Wie geht es Ihnen ...? Was kann ich für Sie tun ...? Ich verstehe ... Nun, Sie sind ja wohl inzwischen im Bilde ... Wir haben die Antwort ... Nein, es ist nicht das Aminostyren ... Woher ich das weiß? Wir haben den Beweis hier. Nun hören Sie mal zu, Marker, Sie können die Schuld nicht unserem Material geben, es ist nicht die Ursache ... Nein ... Natürlich kann ich das beweisen. Es sind Bakterien – Lebewesen! ... Wir haben den Beweis ... Hören Sie, es ist mir ganz egal, was Sie sagen, wir haben erstklassiges Beweismaterial. Nun, das müssen Sie einfach glauben ... Wann? Morgen zehn Uhr dreißig." Er warf einen Blick auf seine Uhr. „Das heißt sechs Stunden minus nach unserer Zeit. Das kann ich gerade schaffen, wenn ich jetzt einen Flug buchen kann ... Was ...? Das stimmt! Wenn die Leute das nicht akzeptieren wollen, bringe ich das verdammte Beweismaterial selbst mit. Ich habe es Ihnen ja gesagt: Ich werde dasein! In Ordnung! Wiederhören." Er warf den Hörer auf die Gabel und ließ sich in seinen Sessel fallen.

„Ich kann's ihnen nicht einmal übelnehmen", sagte er.

„Was?" fragte Betty.

„Morgen früh zehn Uhr dreißig New Yorker Zeit hält die Beschaffungsabteilung der NASA in New York eine Konferenz ab. Dort soll dann entschieden werden, ob unser Aminostyren sicher genug ist oder nicht. Wenn die Entscheidung gegen uns ausfällt, sind wir den Vertrag los und ungefähr anderthalb Millionen Dollar Lizenzgebühren. Buchen Sie mir einen Flug nach New York ..."

„Das können Sie nicht machen!" protestierte Betty. „Solange Anne vermißt wird – können Sie doch nicht einfach ..."

Seine Stimme war eiskalt: „Sie besorgen mir einen Platz in der nächsten Maschine nach New York. Ich packe jetzt meinen Kram zusammen."

Auf dem Weg zur Tür drehte er sich nach Wright um: „Ich brauche ein paar Proben von diesen Bakterien, mit denen wir gearbeitet haben. Pack das Zeug in einen Metallkasten, versiegle ihn, und sterilisiere ihn von außen. Und pack mir auch ein paar von den Mikrofotografien ein, die du von den Biestern aufgenommen hast. Die Leute werden alle möglichen Beweise verlangen." Er warf die Tür hinter sich zu.

GERRARD spähte über den Bahnsteig, der vom plötzlich wieder aufflackernden Feuer beleuchtet wurde.

Am Ende des Bahnsteigs war im Halbdunkel ein kleines, hölzernes Signalhäuschen zu sehen. Einen Augenblick lang meinte er, in seinem Innern eine Bewegung wahrgenommen zu haben. Dann fiel das Feuer wieder zusammen.

Er stand auf und ging zu seinen aufgehängten Kleidern hinüber. Sie waren trocken. Als er sich anzog, fühlten sich die Sachen warm und bequem an.

„Sei vorsichtig", mahnte Anne.

Er zog ein Holzscheit aus dem Feuer und blies auf das glühende Ende, bis es wieder brannte, hielt es über den Kopf und marschierte auf das Signalhäuschen zu.

Die Holztür des fast würfelförmigen Gehäuses war halb geöffnet, die Fensterscheibe dick mit Staub bedeckt. Er blies noch einmal in die Glut seiner Fackel, dann trat er ein.

Der größte Teil der Armaturen war schon vor langer Zeit abgeklemmt und entfernt worden, aber ein paar schwere Eisenhebel mit angeschlossenen Kabelenden waren noch vorhanden. An einer Wand hing ein Streckendiagramm. In der Wand befand sich eine weitere Tür. Der Rahmen war in das Mauerwerk verkeilt, die Tür selbst bestand aus Holz. Quer über den Rahmen waren schwere Planken genagelt.

Gerrard trat überrascht einen Schritt näher. Ein Weg nach draußen?

An einer Stelle hatte sich eine Planke gelöst, dahinter war der eigentliche Türrahmen zu sehen. Er spähte durch die Spalte; es war nichts zu sehen, aber er spürte einen starken kühlen Luftzug an seinem Gesicht. Er trat einen Schritt zurück und sah sich die Planken an. Kein großes Problem – die Verschalung ließ sich losbrechen – und dann ...

Plötzlich hörte er hinter sich ein Geräusch und jemand heftig atmen. Er drehte sich um und spähte in das Dunkel. Im nächsten Augenblick explodierten tausend Funken in seinem Kopf.

Er taumelte nach vorn und ließ die Fackel fallen, da krachte ein weiterer Schlag auf seinen Kopf. Gerrard brach bewußtlos zusammen und rollte gegen die Wand.

Als er wieder zu sich kam, schmeckte er Blut in seinem Mund. Ein pochender Schmerz erfüllte seinen Schädel. Er öffnete die Augen und stellte fest, daß er nur unscharf sehen konnte. Allmählich erkannte er, daß sich Anne über ihn gebeugt hatte.

Er lag neben dem Feuer auf der Segeltuchplane. Als er versuchte, den Kopf zu heben, steigerte sich der Schmerz ins Unerträgliche. Er hob die Hand und befühlte seinen Schädel, spürte geronnenes Blut in seinem Haar. „Was ist passiert?" fragte er mit schwerer Zunge.

„Ich weiß es nicht", sagte Anne ratlos. „Du mußt gestürzt sein und dich am Kopf verletzt haben."

Gerrard schüttelte vorsichtig den Kopf. „Nein", sagte er. „Mir hat irgend jemand auf den Kopf geschlagen."

„Wie meinst du das?" fragte Anne.

„Habt ihr irgend jemand gesehen?" fragte Gerrard langsam.

„Nein", sagte Anne. „Hier ist doch niemand außer uns. Oder?"

Gerrard hielt seine Uhr vor die Augen und versuchte, seinen Blick darauf zu konzentrieren. Es war fast sieben. Er war fast zwei Stunden ohnmächtig gewesen.

„Ich glaube, es gibt einen Ausweg", sagte Gerrard. Er erhob sich schwankend. Anne streckte eine Hand aus, um ihn zu stützen. Er schob sie weg. „Es geht schon", versicherte er. Er drehte sich zum Feuer um. „Da ist eine Tür", sagte er und zeigte auf das Ende des Bahnsteigs. „Eine Holztür. Verschalt. Aber ich glaube, da kommen wir durch."

„Wir haben kein Handwerkszeug mehr", erklärte Slayter. „Ich habe es in dem anderen Tunnel liegenlassen."

„Vielleicht schaffen wir es auch so", sagte Gerrard. „Gleich neben der Kabine stehen ein paar alte Fässer mit Farbe. Wir könnten die Tür wegbrennen."

„Ist das nicht zu gefährlich?" meinte Anne.

„Weißt du etwas Besseres?" fragte Gerrard unwirsch. „Das Gehäuse ist aus Holz, es brennt schnell runter. Außerdem habe ich noch einen Grund, warum ich es verbrennen will."

Anne und Slayter sahen ihn überrascht an. Gerrard stapelte Holz vor dem Gehäuse auf, ließ die Tür aber geschlossen. Dann trat er mit dem Absatz den Deckel eines alten, verrosteten Farbeimers ein und goß die Farbe über das Holz. Die Farbe glänzte naß auf dem Scheiterhaufen. Schließlich holte er sich ein brennendes Holz aus dem Feuer und stellte sich vor dem Signalhäuschen auf.

„Und jetzt", sagte er laut, „stecke ich das Ding in Brand. Es wird in die Luft fliegen wie eine Bombe."

Er hob die Fackel, schwenkte sie über seinem Kopf, bis sie heftig glühte, und holte aus, um sie in den Scheiterhaufen zu werfen.

Plötzlich erklang ein Schrei, und eine Gestalt stürzte aus dem Häuschen.

Es war Purvis. Sein Gesicht war schwarz, sein Haar verklebt und verfilzt, sein Anzug in Fetzen. In der einen Hand hielt er einen Gewehrreinigungsstock, in der anderen Gerrards Stablampe. Anne stieß einen unterdrückten Schrei aus. Slayter machte einen Schritt nach vorn.

Purvis sah die drei mit irrem Blick an und holte mit dem Stock aus. „Zurück!" schrie er. „Haut ab! Macht, daß ihr weiterkommt! Haut ab!"

„Purvis!" sagte Slayter. „Was, zum Teufel, machen Sie da?"

Gerrard ergriff Slayter am Arm und riß ihn zurück. „Vorsicht!" sagte er. „Er ist verrückt."

Purvis ließ langsam den Stock sinken. Er blickte wild um sich wie ein aufgeschrecktes Tier. „Bleibt mir vom Hals!" schrie er. „Bleibt mir bloß vom Hals! Faßt mich nicht an! Haut ab! Haut doch endlich ab!"

„Wirf das verdammte Ding weg!" fuhr ihn Slayter an. Er trat vor und streckte seine Hand aus. „Los, gib her!"

„Vorsicht!" rief Gerrard. Er hatte noch nicht ausgesprochen, da sprang Purvis vor, packte Slayter an der Jacke und zwang ihn in die Knie. Mit der anderen Hand hob er den Stock.

„Aufpassen!" schrie Anne. Gerrard riß die Fackel hoch, die er noch immer in der Hand hielt, und warf sie in das mit der Farbe durchtränkte Holz. Es flackerte kurz auf, dann explodierte es in einem Feuerball. Purvis stolperte rückwärts, verlor das Gleichgewicht und stürzte auf die Gleisschwellen. Dann rappelte er sich wieder auf, schüttelte benommen den Kopf und tastete nach seinem Stock.

Gerrard leuchtete mit der Stablampe hinunter.

Purvis blinzelte geblendet, drehte sich um und rannte torkelnd in den Tunnel hinein. Ein paar Sekunden später war er in der Finsternis verschwunden.

„Laßt ihn", sagte Gerrard. „In diesem Zustand kommt er nicht weit."

Das Signalhäuschen stand in hellen Flammen.

„Und wie löschen wir das Feuer wieder?" fragte Anne nervös.

„Da drüben stehen noch ein paar alte Löscheimer", sagte Gerrard. „Noch aus der Kriegszeit, nehme ich an."

Neben dem ehemaligen, verschütteten Eingang stand ein halbes Dutzend angerosteter roter Eimer.

„Und womit wollen wir löschen?" fragte Slayter.

Gerrard deutete auf das Einstiegloch im Bahnsteig. „Da werden wir wohl das Zeug da benutzen müssen."

Anne verzog angeekelt das Gesicht, aber dann banden sie Slayters Gürtel um den Eimergriff und tauchten den Eimer in die dicke, schäumende Brühe, die unter dem Bahnsteig dahinfloß. Bald waren alle Eimer voll und einsatzbereit.

Es dauerte fast eine halbe Stunde, bis die Holzkonstruktion so weit heruntergebrannt war, daß man näher herantreten konnte. Die Überreste glühten noch, aber die Bohlen waren nahezu durchgebrannt. Gerrard wagte sich in die noch immer glühenden Überreste des Signalhäuschens. Ein starker Luftzug blies ihm Funken und Asche ins Gesicht.

Er warf sich gegen die Tür. Der Rahmen gab nach; Gerrard holte mit dem Fuß aus und trat zu. Funken stoben; wieder lösten sich ein paar glühende Bohlen. Noch zwei Tritte, und das Loch war groß genug, daß sie hindurchkonnten. Die Luft, die ihnen entgegenwehte, war kühl und rein.

Gerrard blickte zurück. Slayter riß die halb verrottete Segeltuchplane in lange Streifen, wickelte sie um zwei Holzscheite und tränkte sie mit Farbe.

„Es kann ja nicht immer nur einer alle guten Ideen haben", sagte er grinsend. „Mit diesen Fackeln müßten wir eigentlich ein gutes Stück weit kommen."

„Und dann?" fragte Anne.

„Wir nehmen noch ein paar als Reserve mit", erwiderte Slayter.

Gerrard hielt eine der Fackeln ins Feuer. Sie brannte sofort und sprühte Funken. Gerrard hielt sie weit von sich, als ein Funke ihm die Wange verbrannte.

Wieder kam ihm der Wahnwitz ihrer Situation zu Bewußtsein: Da befanden sie sich unter einer gewaltigen Stadt – und hatten keinen Tropfen Wasser mehr, nichts zu essen, und ein paar Schritte weiter lauerte ein Irrer, der darauf aus war, sie umzubringen. Im Schein der Fackel huschten ihre Schatten über den Bahnsteig.

„Wir könnten eigentlich ein paar Antilopen an die Wand malen", sagte Gerrard.

Slayter blickte ihn mit einem schiefen Lächeln an: „Wenn wir nicht machen, daß wir hier wegkommen, können wir uns bald ein paar Kreuze an die Wand malen."

Gerrard lächelte zurück: „Das bezweifle ich", sagte er und ging den Bahnsteig hinunter; dann drehte er sich noch einmal um: „Paßt gut auf mich auf. Ich will nicht noch einmal eins von hinten über den Schädel bekommen."

Während Slayter und Anne weitere Reservefackeln herstellten, betrat Gerrard das heruntergebrannte Signalhäuschen. Einen Augenblick lang zögerte er, dann trat er entschlossen durch die verkohlten Überreste der Tür. Dahinter lag ein kurzer Tunnel aus Ziegelsteinen, der zu einem senkrechten Schacht von ungefähr fünf Meter Durchmesser führte. Die Luft war eisig. Zerbrochene Betonplatten bildeten den Boden, in den Rissen glänzte Wasser. In der Wand aus Ziegelsteinen befanden sich in regelmäßigen Abständen Eisenrippen. Über dem unteren Viertel des Schachts befanden sich zwei in die Wand eingelassene Gewölbebogen mit Gittern davor. Fast wie auf den alten Kupferstichen vom Newgate-Gefängnis, dachte Gerrard.

Anne trat neben ihn. Sie hielt eine brennende Fackel in der Hand. Slayter folgte ihr, auch er trug eine Fackel in der Hand und ein Bündel von Reservefackeln unterm Arm.

Das vereinte Licht ihrer Fackeln leuchtete den Boden des Schachts aus. Das obere Ende war nur undeutlich zu sehen. Es war schätzungsweise dreißig Meter weit entfernt, zwei runde Öffnungen waren auszumachen.

„Von da oben kommt die frische Luft", sagte Slayter. „Wenn wir es schaffen, da hinaufzukommen, sind wir draußen."

„Aber wie?" fragte Anne.

„Wir könnten's ja mal mit Klettern versuchen", meinte Gerrard.

„Das schaffe ich nie", sagte Anne.

„Ich auch nicht", schloß sich Slayter ihr an. „Ich bin nicht schwindelfrei."

Gerrard untersuchte die Wand. Die eisernen Rahmen waren beidseitig mit Nieten versehen; sie hatten einen Durchmesser von mindestens fünf Zentimetern und ragten ungefähr dreieinhalb Zentimeter weit hervor. Leicht würde der Aufstieg nicht sein.

„Vielleicht kann ich es schaffen", sagte Gerrard. „Dann brauche ich nur noch ein Seil und kann euch beide hochziehen."

Er begann zu klettern, obwohl er kaum noch die Kraft dazu hatte. Seine Muskeln schmerzten und zitterten vor Anstrengung. Im Licht der Fackeln schienen die Greif- und Stützpunkte für seine Hände und Füße ständig ihre Position zu verändern. Ihre Schatten verlängerten und verkürzten sich, sprangen hin und her – ihm war, als klettere er in einem Alptraum. Nichts war fest, das eiserne Rahmenwerk schien der Ebbe und Flut unberechenbarer Gezeiten unterworfen zu sein.

Seine Muskeln arbeiteten mechanisch. Dunkle Bereiche seines Gehirns, die seine motorischen Nerven steuerten, erinnerten sich an halbvergessene Fertigkeiten, und so kletterte er sicher und stetig zu den dunklen, kreisförmigen Öffnungen hinauf.

Oben angelangt, half ihm das Licht der Fackeln nicht mehr viel, undeutlich konnte er dicht über sich das Ende von zwei zylindrischen Schächten erkennen, die beide je einen Durchmesser von ungefähr anderthalb Metern hatten. Wie er fast erwartet hatte, waren die Schächte innen glatt, Hand- oder Fußgriffe waren nicht vorhanden. Hier war nur noch mit Kaminsteigen weiterzukommen, indem er sich mit den Schultern gegen die eine und mit den Füßen gegen die andere Seite preßte, um sich dann zentimeterweise hochzuarbeiten.

Aber dazu mußte man erst in einen der Schächte gelangen. Es gab nur einen Weg: sich auf der letzten Rippe aufzurichten und dann – ins Leere zu schnellen, gegen die gegenüberliegende Wand des engen Schachts. Ein kleiner Fehler, und er würde unten bei Anne und Slayter landen. Doch wenn es gelang, würde er sich mit seiner ganzen Länge von einsfünfundachtzig von der Wandung des großen Schachts bis zum äußeren Rand des kleineren Schachts strecken müssen.

Dann würde er seine Füße nacheinander an die Wand des kleinen Schachts stützen und dabei gleichzeitig mit den Armen auf der anderen Seite einen beständigen Druck aufrechterhalten müssen. Wenn er einmal so weit war, gab es jedoch keinen Weg mehr zurück, dann führte nur noch der Weg nach oben – und bei einem Fehltritt auf dem Weg nach oben würde er den Schacht hinunterstürzen.

Und was würde er oben vorfinden? Angenommen, der Schacht führte unmittelbar zu einem eisernen Schutzgitter, das nicht zu bewältigen war? Dann mußte er an dem Gitter hängenbleiben – höchstwahrscheinlich unfähig, die Aufmerksamkeit von Passanten auf sich zu lenken –, bis ihn seine Kräfte verließen ...

Angenommen, der Schacht führte zu einem jener runden, bedeckten Entlüftungslöcher? Dort würde es nicht einmal eine Möglichkeit geben, sich festzuhalten. Kein Ausweg – nur die Einbahnstraße nach unten ...

Seine einzige Hoffnung lag in einer Biegung des Schachtverlaufs. Dann würde er das schräge oder horizontale Stück entlangkriechen und vielleicht den Verschluß durchtreten können. Vielleicht war das Metall rostig oder nicht sehr stark. Aber wohin würde es führen? Andererseits – konnte das Metall der Schächte nicht bereits verrottet sein und unter seinem Gewicht und dem Druck, den er ausübte, zusammenbrechen?

Er blickte nach unten. Er hielt unwillkürlich die Luft an, als er die Höhe wahrnahm.

Anne und Slayter hatten sich inzwischen auf den Boden gesetzt und die Fackeln in Betonrisse geklemmt; sie lehnten gegeneinander und waren fast ohnmächtig vor Erschöpfung und Anspannung. Viel länger würden die beiden nicht mehr durchhalten. Und selbst wenn sie noch eine Weile durchhielten, wer würde sie hier jemals finden? Nein, es gab nur eine Richtung – die nach oben. Gerrard rüstete sich für die gefährlichste Kletterpartie seines Lebens.

Dreimal straffte er sich, und dreimal überflutete ihn eine Welle der Schwäche, der Unentschlossenheit und der Angst. Er spürte, daß seine Beine nicht die nötige Kraft aufbringen würden, um ihn hinüberzufedern.

Er kauerte gegen die Wand gepreßt, zitterte, fühlte sich schwach und mutlos, doch dann brandete plötzlich ein Gefühl der Scham in ihm hoch – und dann Zorn.

Später wußte er nur zu berichten, daß sein Körper sich automatisch straffte und seine Beine ihn hinterrücks ins Leere schleuderten. Seine ausgestreckten Arme preßten sich gegen die Wandung der Röhre, seine Brust rammte gegen den gegenüberliegenden Teil der Röhre, die Füße federten aufwärts, und einen Augenblick lang schien er im luftleeren Raum zu hängen, bis seine Füße krachend gegen die gegenüberliegende Wand schlugen. Er stemmte sich blitzschnell dagegen und stützte sich ab.

So ruhte er ein paar keuchende Atemzüge lang. Von unten hörte er einen unterdrückten Schrei, aber er wagte nicht, nach unten zu sehen. Eine unbedachte Bewegung, und er hätte stürzen können.

Jetzt gab es kein Zurück mehr. Nun konnte ihm nur noch konzentrierte Anspannung helfen. Er mußte sich mit Füßen und Nacken gegen die Wand der Röhre pressen und sich zentimeterweise nach oben schieben. Er warf seine letzten Reserven in den Kampf.

In den nun folgenden Minuten sah und hörte er nichts mehr. Das Herz hämmerte ihm bis zum Hals, sein Blut rauschte in den Ohren, der Schweiß machte ihn blind. Mund und Kehle waren wie ausgedörrt. Er war wie ein Tier, das sich aus einer Falle zum Licht, zur Freiheit kämpft. Seine Finger und Zehen tasteten nach den kleinsten Unebenheiten, um sich abzustützen und wieder einen Zentimeter zu gewinnen. Als sein Körper nach einer schier unermeßlich langen Zeit seinen Dienst versagte, hielt er inne. Er atmete zitternd und keuchend, hörte, daß er leise, schluchzende Geräusche von sich gab, die in der Röhre ein Echo hervorriefen. Er wußte, wenn ihn seine Kräfte auch nur eine Sekunde lang verließen, würde er wie ein Sack Kartoffeln abwärts sausen.

Durch den Winkel seines Ellbogens blickte er vorsichtig nach unten. Dort war nur ein ferner, schwach flackernder Lichtkreis wahrzunehmen. Über ihm war alles dunkel, schwarz wie ein Grab.

Seine Nerven spannten sich für den letzten Angriff, doch als er sich dann bewegte, geriet er ins Rutschen, wäre um Haaresbreite abgestürzt, verkeilte sich mit einem Ruck und fing den Sturz gerade noch auf.

Plötzlich begann er mit dem Rücken abzugleiten, die Wand schien nicht mehr hart und fest zu sein. Er reagierte in blinder Panik, wodurch er beinahe vollends sein Gleichgewicht verlor – bis ihm bewußt wurde, daß dies alles nur eins bedeuten konnte: Er befand sich an einer Biegung der Röhre.

Er schob sich weiter hoch und in die Biegung hinein, bis er flach auf dem Rücken lag und die Füße über sich hatte. Nun spürte er die Wandung der Röhre unter seinem Gewicht, nicht mehr als Widerstand des Drucks, den er mit Füßen, Händen und Rücken ausübte.

Die Erlösung war ungeheuerlich, fünf Minuten lag er reglos da. Die Luft schien hier besser, sauberer zu sein. Behutsam drehte er sich auf Hände und Füße und begann zu kriechen. Er holte die Lampe aus der Tasche. Der Strahl war nun sehr schwach, nur mit Mühe war zu erkennen, daß vor ihm eine weitere rechtwinklige Biegung auf ihn wartete – und eine weitere Senkrechtstrecke!

Er kroch weiter, erreichte die Biegung und – nahm blaßblaues Tageslicht wahr, das von oben herabschimmerte. Er knipste die Lampe aus, spähte vorsichtig um die Biegung und blickte nach oben.

Er befand sich ungefähr drei Meter unter einem Gitter. Das blasse Tageslicht schimmerte wie durch einen Filter auf ihn herab.

Plötzlich brach seine Selbstbeherrschung zusammen. Minutenlang lag er bewegungsunfähig unter dem Gitter, Tränen strömten ihm übers Gesicht.

Die letzte Etappe war verhältnismäßig leicht zu bewältigen. Er hielt sich an den Gitterstäben fest und lauschte. Wo war er? Draußen herrschte ungewöhnliche Stille. Er schüttelte den Kopf, um sein Gehör zu schärfen, aber da war nicht das leiseste Geräusch. Welcher Teil von London konnte das sein, wo es keine Geräusche gab? London war nie still. Angst stieg in ihm auf. Was war geschehen? Warum diese Stille?

Von seinem Standort konnte er nur eine Mauer sehen. Er versuchte zu rufen, schluckte, benetzte seine Kehle, aber alles, was er hervorbrachte, war ein trockenes Krächzen.

Es war anstrengend, sich an dem Gitter festzuhalten; die Arme schmerzten ihm. Er sah sich um, ob es auf irgendeine Weise zu öffnen war. Ein Verschluß? Ein Riegel? Nichts.

Er rief und schrie immer wieder, bis er am ganzen Leib zitterte und schließlich hemmungslos schluchzte.

Da war niemand.

Er klammerte sich wie ein Affe an das Gitter, fluchte und schrie Obszönitäten hinaus, aber es kam niemand, keine Antwort. Und schließlich, in einem Anfall ohnmächtiger Wut trampelte er mit den Füßen gegen das Metall der Schachtwand. Plötzlich spürte er, wie sie unter seinen Tritten nachgab. Erschrocken klammerte er sich noch fester an das Gitter. Er hing im Nichts. Dann brachte er seine Füße wieder hoch und tastete ängstlich nach der Wand. Während er sich mit nur einer Hand am Gitter festhielt, tastete er mit der anderen in seiner Tasche nach der Lampe.

Er hatte ein Stück Wand durchstoßen. Und dahinter lag ein Raum. Er richtete den schwachen Lichtstrahl durch die Öffnung. Er konnte eine Wand ausmachen und darunter ein paar Stufen. Hastig steckte er die Lampe in die Tasche, zog auch den zweiten Fuß hoch, stieß sich ab und schwang wie ein Pendel mit beiden Füßen gegen die gelockerte Wandfüllung.

Einmal. Zweimal. Dreimal. Beim dritten Ansturm brach das Wandstück weg. Er ließ sich durch die schartige Öffnung fallen und schlug hart auf den Stufen auf. Sie führten zu einer Holztür. Er hatte kaum noch die Kraft, sich die Stufen hochzuschleppen.

Die Tür schwankte vor seinen Augen, als er eine Hand ausstreckte und nach dem Schloß tastete. Er war überzeugt, daß er, wenn die Tür verschlossen war, nie die Kraft aufbringen würde, sie aufzubrechen. Er drückte die Klinke. Nichts rührte sich. Er drückte noch einmal und zog. Plötzlich schwang die Tür auf, und eiskalte Winterluft wehte ihm ins Gesicht.

Er stolperte in den Tag hinaus.

15

AUF dem kleinen Hinterhof lag der Schnee fast zehn Zentimeter hoch. Gerrards Kleider, während des Aufstiegs von Schweiß völlig durchnäßt, wurden nun in der frostigen Luft klamm und hart. Ringsum herrschte Stille. Nicht das leiseste Geräusch, kein Verkehrslärm, keine Stimmen drangen in das kleine Mauerviereck. Nicht einmal Schritte im Schnee.

An der gegenüberliegenden Seite befand sich eine Holztür. Die Tür war verschlossen. Gerrard fluchte – dann lächelte er: Nach diesem Aufstieg schien ihm eine verschlossene Tür nur noch ein lächerliches Hindernis. Er blickte sich um. Unter dem Schnee, halb versteckt, lehnte eine Leiter an der Wand. Er schleppte sie durch den Hof, lehnte sie gegen die Mauer, kletterte hoch und ließ sich auf der anderen Seite auf den Boden fallen. Die Schmerzen machten sich wieder bemerkbar, als er sich zwischen dunklen immergrünen Büschen aufrappelte. Ein Park – aber wo?

Er schwankte durch die Büsche und stieß auf ein Eisengitter, das den Zugang zu einer Straße versperrte. Gerrard starrte benommen durch das Gitter auf die Straße. Irgendwie ein vertrauter Anblick: eine breite Straße mit einem Mittelstreifen, mit Parkuhren und Parkbuchten. Dazwischen Statuen. Die Straße teilte sich, wo er stand, und die Fahrbahnen führten links und rechts um den sanft ansteigenden Park herum.

Plötzlich rückten sich in seinem Gedächtnis die Bilder zurecht – Portland Place! Natürlich! Weiter unten war das Gebäude der BBC. Weiter oben Regent's Park. Aber etwas stimmte nicht – auf eine unheimliche Weise.

Er blickte auf die Uhr: fünf!

Fünf Uhr! Siebzehn Uhr! Fünf Uhr nachmittags! Wo war der Verkehr? Oder war es doch fünf Uhr morgens? Nein, dann wäre es dunkel. Es mußte Nachmittag sein. Und doch ... Da mußten doch Autos auf den Parkplätzen stehen! Es standen keine Autos auf den Parkplätzen. Kein Verkehr, kein Verkehrslärm, nur ein fernes Rauschen – Verkehr irgendwo weit weg. Und keine Lichter in den Büros, in den Häusern. So weit er sehen konnte, keine Menschenseele!

Er kletterte das Gitter hoch und ließ sich auf die Straße hinuntergleiten. Der Schnee auf dem Bürgersteig war unberührt, nicht eine einzige Fußspur, nur zwei oder drei Fahrspuren von grobgerippten Reifen auf der Fahrbahn.

Er marschierte in Richtung Portland Place, hielt sich in der Mitte zwischen den beiden Reihen Parkuhren und mied instinktiv die leere Fahrbahn. Er schlug die Arme um seinen Körper, um sich warm zu halten, erreichte im Dauerlauf den Oxford Circus; seine Blicke wanderten immer wieder über die leeren Häuserwände – nirgends Licht. Die ganze Straße war tot, verödet, leer wie nach einem Atomangriff, und der Frost biß sich durch seinen nassen Anzug.

Als er die Upper Regent Street erreichte, kaum noch fähig, einen Fuß vor den anderen zu setzen, war ihm, als bewege er sich durch eine Geisterstadt. Vor den Fenstern waren die Rolladen heruntergelassen, alle Türen geschlossen und verriegelt.

Er kam an einem Musikgeschäft vorbei, an einem Kino, einem Restaurant. Er blieb stehen und blickte hoffnungsvoll durch die Scheiben, aber die Speisen, die dort sonst unter Glas ausgestellt wurden, waren alle weggeräumt worden. Verschwunden waren das dänische Zuckergebäck, die Rumpuddings und die Schokoladentorten. Die

blitzblanken Stahlregale gähnten nackt und leer. Fäulnisgeruch lag in der Luft.

Plötzlich registrierten seine erschöpften Sinne eine Bewegung hinter ihm. Er fuhr herum. Schräg gegenüber stand eine Tür offen, und dort stand ruhig und gelassen ein Mann. Stolpernd lief Gerrard auf ihn zu.

Weil der Schnee so hoch lag, hörte Ackerman ihn nicht herankommen. Erst als Gerrard schon fast vor ihm stand, fuhr er herum, ging automatisch in Kampfstellung und wollte nach der Pistole in seiner Tasche greifen. Menzelos und Alford erschienen im selben Augenblick in der offenen Tür.

Gerrard rang nach Luft, er war am Ende seiner Kräfte. Um Halt zu suchen, griff er nach Ackermans Arm. Er bemerkte nicht, daß Ackerman den Arm zurückzog, bemerkte auch nicht die Blicke der drei Männer, die mißtrauisch sein Gesicht studierten.

„Ich war ... eingeschlossen ... Muß sie rausholen ... Sind noch immer da unten ..."

Eine Welle der Übelkeit überspülte ihn, er verlor den Boden unter den Füßen. Alford fing ihn auf und lehnte ihn gegen die Wand.

„Er hat uns hier gesehen!" Ackerman deutete auf das Juweliergeschäft.

„Das arme Schwein ist doch völlig kaputt", sagte Alford. „Wenn wir ihn einfach liegenlassen, ist er sowieso hin."

„Nein", sagte Menzelos entschieden. „Den nehmen wir mit. Zu mir."

„Du willst ... was?"

„Du hörst doch, was ich sage, oder? Den können wir gut gebrauchen. Wir tragen ihn, faßt mit an."

WENIG später, in Menzelos' Wohnung, saß Gerrard zusammengekauert in einem Sessel und hielt einen großen Kognakschwenker in der Hand. Die drei Männer betrachteten ihn ausdruckslos. Menzelos hatte einen Stadtplan auf den Knien ausgebreitet und zeigte auf die Flaschen seiner Bar in der Ecke. „Nehmen Sie sich noch einen?"

Gerrard nickte und trat an die Bar. Er fühlte sich warm, aber unglaublich müde, der Kognak stieg ihm zu Kopf, er schwankte ein wenig, als er sich wieder hinsetzte. Dumpf und ohne sich deswegen Gedanken zu machen, sah er den Pistolengriff, der aus Ackermans Tasche hervorragte. Menzelos folgte seinem Blick.

Gerrard stellte sein Glas auf den Tisch und erhob sich unsicher. „Ich muß gehn. Ich muß diese Proben ins St.-Thomas-Krankenhaus bringen." Er ging zur Tür, und es überraschte ihn nicht, als Alford mit einer Hand in der Tasche ihm den Weg verstellte.

„Was soll das, Herr Doktor?"

„Doktor – woher wissen Sie, daß ich Arzt bin?"

„Wir haben ein bißchen in Ihren Taschen gekramt, während Sie geschnarcht haben."

„Aber Sie müssen mich gehen lassen! Da unten sind Menschen eingeschlossen! Ich muß ..."

Menzelos sagte leise: „Dr. Gerrard – Solly hier meint, wir sollten Sie umlegen."

„Aber ihr habt mir doch gerade erst das Leben gerettet."

„Ich lege nicht gern jemanden um. Das ist immer sehr riskant. Aber Sie werden uns helfen."

„Und wenn nicht?"

Ackerman beugte sich in seinem Sessel vor. Menzelos sprach weiter: „Sie wollen Ihre Proben ins Krankenhaus bringen. Sie wollen Hilfe für Ihre Freunde holen. Sehen Sie? Und wir wollen auch raus! Also helfen wir uns gegenseitig. Lassen Sie mich doch mal Ihre Proben sehen, Herr Doktor."

Menzelos streckte seine Hand aus. Gerrard holte eine kleine metallene Büchse aus der Tasche. Die Büchse enthielt die Proben, die er unter dem U-Bahnsteig genommen hatte.

Menzelos nahm ihm die Büchse aus der Hand. Gerrard wollte protestieren.

„Sie kriegen es wieder, Herr Doktor." Er hob den Deckel ab.

„Solly?"

Ackerman zog die samtenen Diamantensäckchen aus der Tasche.

„Die passen da schön rein. Pack sie in was anderes ein, es muß echt medizinisch aussehen."

Ackerman klemmte die Säckchen zwischen Gerrards Probenflaschen.

Menzelos breitete seine Karte auf dem Fußboden aus. Er blickte Gerrard prüfen an. „Also, jetzt paßt mal auf ..."

DIE vier Männer eilten durch die leeren Straßen, über den Piccadilly und auf einen gespenstisch verödeten Trafalgar Square zu. Die Dämmerung war hereingebrochen. Unten am Square, bei der Einmündung von Whitehall, blieben sie stehen und spähten lauernd in alle Richtungen. Das einzige Geräusch, das zu hören war, war das Tschilpen der Sperlinge hinter den Leuchtreklamen. Am unteren Ende von Whitehall hob sich dunkel vor dem hellen Schnee eine Stacheldrahtsperre ab, die sich quer über die breite Straße erstreckte. Dahinter standen drei Fahrzeuge, ein großer Militärlastwagen, ein Panzer und ein langgestreckter olivgrüner Wohnwagen. Die Männer berieten sich.

„Glaubst du wirklich, wir könnten ...?" fragte Ackerman.

„Wir haben gar keine andere Wahl", sagte Menzelos. Ackerman holte die Pistole aus der Tasche und stieß sie Gerrard in den Rücken.

Gerrard blieb reglos stehen. Menzelos schüttelte den Kopf und nahm Ackerman die Pistole ab. Er zog ein Taschentuch aus der Tasche, wischte sorgfältig die Waffe ab und ließ sie in einen Gully fallen.

„He", sagte Alford. „Was, zum Teufel ..."

„Hat doch keinen Zweck", sagte Menzelos. „Das Ding können wir doch nicht gebrauchen. Streng doch mal dein Hirn an – wir müssen uns ausziehen!"

„Und was ist mit ihm?" nickte Ackerman in Gerrards Richtung. „Das Schwein haut uns doch in die Pfanne, während wir durchgeschleust werden, oder meinst du nicht?"

Menzelos trat ganz dicht vor Gerrard: „Solly hat recht, nicht wahr? – Wenn Sie da drüben sind, können Sie uns in die Pfanne hauen, nicht wahr? Was sagen Sie nun?"

Ackerman baute sich hinter Menzelos auf: „Komm ja nicht auf so raffinierte Tricks, Kumpel. Ich hau dich zu Klump."

„Ich weiß nicht, was in den Säckchen ist", sagte Gerrard. „Und ich habe Ihnen versichert, daß es mich nicht interessiert. Ich will nichts anderes als über den Fluß ins St.-Thomas-Krankenhaus. Ich gebe Ihnen mein Wort ..."

„Scheiß-Pfadfinderehre", höhnte Alford.

Menzelos blickte Gerrard an, schweigend studierte er sein Gesicht. Plötzlich streckte er eine Hand aus und zog ihm den Probenkasten aus der Tasche. „Und nun die Papiere, Doktor."

„Was soll das heißen?"

„Ihre Papiere, die Sie in der Tasche haben. Wir haben nachgesehen, Sie erinnern sich?"

Gerrard holte seine Brieftasche aus der Jacke. Menzelos nahm sie ihm ab.

„Ich will gar nicht wissen, was Sie gemacht haben, das habe ich Ihnen doch schon gesagt. Ich will doch nur ..."

„Mein lieber Onkel Doktor", sagte Menzelos. „Sie halten mich wohl für einen sehr vertrauensseligen Menschen. Jetzt hören Sie mal gut zu. Ich habe Ihre Proben, und ich habe Ihre Papiere. Ich bin Dr. Gerrard, und Sie sind ein Niemand. Dort drüben ...", er zeigte mit dem Daumen in Richtung Whitehall, „... werden die Menschen so schnell durchgeschleust, wie es nur geht. Und Sie wollen dieses Zeug", er schlenkerte mit dem Metallkasten, „ins Krankenhaus schaffen, und Sie wollen Ihre Freunde aus der U-Bahn retten. Was uns angeht – wir brauchen Sie nicht mehr. Aber Sie brauchen uns. Und nun gehen wir alle schön brav dort hinunter, und wenn wir auf der anderen Seite sind, dann kriegen Sie Ihre Proben, und wir behalten unsere, und alles ist in Ordnung."

„Und wer garantiert mir, daß Sie mir meine Sachen wiedergeben?"

„Niemand."

„Warum legen wir ihn nicht einfach um?" fragte Alford ungeduldig.

„Nicht nötig", sagte Menzelos. „Also, lieber Doktor, Sie halten ganz brav den Mund – Sie sind nur ein ganz einfacher Mensch. Da unten wird niemand aufgehalten. Die wollen nämlich die Leute so schnell wie möglich rausholen."

„Aber ich muß ihnen doch sagen, daß meine Freunde da unten eingeschlossen sind!" schrie Gerrard sie an.

„Dafür müssen Sie doch nicht Doktor sein, oder?" fragte Menzelos, drehte sich um und setzte sich quer über die leere Straße in Richtung Whitehall in Marsch. Über die Schulter rief er: „Los jetzt! Wir verlieren Zeit!"

An der Stacheldrahtsperre stellten sich ihnen zwei Soldaten mit Maschinenpistolen entgegen; sie trugen Gummischutzanzüge, Helme mit durchsichtigem Visier, dicke Gummihandschuhe und schwere Stiefel. Einer wies ihnen den Weg zu dem großen olivgrünen Wohnwagen, vor dem ein paar Leute Schlange standen.

Nach kurzer Wartezeit in der Kälte traten die Männer über die Stufen in die warme, feuchte Luft der Entseuchungsstation. Menzelos trat mit Gerrards Papieren vor einen übermüdeten Sanitätssergeanten, der am Eingang zu den Duschkabinen saß, und erklärte ihm, daß der Probenkasten nicht sterilisiert werden dürfe. Nach einigen mißtrauischen Fragen ließ der Sergeant den Kasten öffnen. Als er die Probenflaschen sah, gab er sich murrend zufrieden, ergriff den Kasten mit einer langen Zange und ließ ihn nur äußerlich mit Desinfektionsmittel behandeln.

Während der nächsten dreißig Minuten unterzogen sich die vier Männer der Entseuchungsprozedur. Sie zogen sich aus, reichten ihre Kleider einem Soldaten, der sie in Drahtkästen packte, und duschten sich mit heißem Wasser, das nach Desinfektionsmitteln stank. Sie trockneten sich mit rauhen braunen Armeehandtüchern ab und nahmen am Ausgang wieder den Drahtkorb mit ihren Kleidern in Empfang. Nach dem Ankleiden traten sie am anderen Ende des Wagens wieder ins Freie. Nach der Saunaatmosphäre schien ihnen die Kälte doppelt so eisig. Sie gingen in Richtung Parliament Square. Menzelos trug das Kästchen.

Auf dem Bürgersteig standen die Menschen in kleinen Gruppen und starrten ihnen schweigend entgegen. Neben dem Eingang zum Parlament waren zwei Übertragungswagen des Fernsehens aufgefahren, Kabel wurden ausgerollt und Scheinwerfer und Kameras aufgestellt. Polizeifahrzeuge standen auf den Bürgersteigen mit stumm rotierenden Blaulichtern, und ein Krankenwagen bewegte sich langsam über die Westminster-Brücke; die Auspuffgase dampften in der Kälte. Mit ratternden Rotorblättern kreiste ein Hubschrauber über dem Fluß.

Menzelos öffnete das Probenkästchen und sagte zu Gerrard: „Sehen Sie, Doktor, da sind alle unsere Proben." Er nahm die Samtsäckchen heraus, die Ackerman mit Aluminiumfolie umhüllt hatte, schloß das Kästchen wieder und reichte es Gerrard mit seiner Brieftasche zurück.

„Nur so aus Neugier", sagte Gerrard. „Was haben Sie denn nun da wirklich drin?"

Ackerman sah ihn ohne die Spur eines Lächelns an. „Klicker, Herr Doktor", sagte er, „Klicker. Schöne bunte Klicker."

Nur unter Aufbietung aller Kräfte schaffte Gerrard den Rest der Strecke über die Westminster-Brücke und das Ufer entlang zum St.-Thomas-Krankenhaus.

Erst Stunden später kam er in einem Bett in einer kleinen Zelle wieder zu sich. Und nur langsam – während sein erschöpftes Gehirn sich wieder klärte – erinnerte er sich dunkel an die Menschen, die sich vor dem Eingang des Krankenhauses um ihn versammelt hatten – Buchans Gesicht! Plötzlich fiel ihm mit Schrecken ein: Hatte er ihnen gesagt, wo Anne und Slayter waren?

Nach und nach nahm er die Umrisse seiner Umgebung wahr. Und

dann erinnerte er sich. Da war ein großer Polizeiinspektor gewesen – ja, so mußte es gewesen sein. Und der Beamte hatte von Seilen gesprochen, von Rettungsgeräten, vom Regent's Park. Ja, es mußte alles in Ordnung sein. Unter Aufbietung aller Kräfte gelang es ihm, den Kopf aus den Kissen zu heben und auf seine Uhr zu sehen. Er rechnete nach: Fast acht Stunden mußte er geschlafen haben. Als er sich zurücksinken ließ, versuchte er wieder, dem Gefühl fast euphorischer Müdigkeit zu widerstehen. Sie hatten ihm etwas eingegeben.

Erneut überwältigte ihn der Schlaf, und sein letzter Gedanke galt Anne.

16

DER große Komplex von Gebäuden, Rollbahnen, Geh- und Fahrwegen, der den Londoner Flughafen bildet, stellte Stück um Stück seinen Betrieb ein. Die Flughallen leerten sich, und der gewohnte Geruch von Kaffee, Kerosin und teuren Parfüms gab immer mehr dem widerlichen Ammoniakgestank des Mutanten 59 Raum.

Schließlich war nur noch ein einziges Gebäude in Betrieb. In einer Transithalle war eine Entseuchungsstelle eingerichtet worden, und nur Passagieren mit Sonderausweisen wurde der Zugang zu den wenigen Flugzeugen gestattet, die noch Starterlaubnis erhielten.

Der Flug 1224 nach New York wurde aufgerufen. Passagiere, die noch wegen des Säuregeruchs der Entseuchungsduschen die Nase rümpften, wiesen den Polizei- und Einwanderungsbeamten hinter den Glasscheiben der Schalter ihre Papiere vor. Niemand sprach; der Geruch erinnerte alle nur allzusehr an das Sterben der Stadt, die sie verließen.

Männer in Schutzanzügen und Helmen besprühten die Außenwand der großen Düsenmaschine mit desinfizierendem Aerosol; Patrouillenjeeps der Armee kreisten um den Ausgang der Flughalle.

In der Eile des Packens hatte Kramer seinen vergoldeten Kugelschreiber in seinen ledernen Dokumentenkoffer geworfen.

Als er sich festschnallte, hörte er die Ansage der Stewardeß: „Das Rauchen bitte einstellen. Wir starten in wenigen Minuten zu unserem Nonstopflug nach New York, Kennedy Airport, über Shannon und Gander. Captain Howard und seine Crew wünschen Ihnen im Namen von Metro Airlines einen guten Flug."

Sterile Tonbandmusik berieselte den Passagierraum. In der Pilotenkanzel leitete Captain Howard mit P2 und P3 – seinen beiden Copiloten – und dem Flugingenieur die Startvorbereitungen ein.

In der Kombüse, am Ende des Passagierraumes, stapelte der Chefsteward mit seinen drei Stewardessen vorgepackte Essenspakete und arrangierte sie auf den Tabletts aus Preßplastik. Sorgsam wurden in die eine Vertiefung sauber verpackte Käseportionen eingepaßt, in die andere zellophanverpackte Süßigkeiten, Kekse und so weiter, bis jedes Tablett dem Miniaturregal eines Supermarkts ähnelte.

Kramer ließ sich in seinen Sitz zurücksinken, versicherte sich noch einmal mit prüfendem Blick, ob die Proben vorschriftsmäßig versiegelt waren, nahm dann aus seinem Dokumentenkoffer den Bericht für die NASA-Konferenz und seinen Kugelschreiber und machte sich Notizen für seinen Vortrag.

Auch bei äußerster Anspannung seiner Sinne hätte er nicht wahrnehmen können, was in diesem Augenblick seine Finger auf der metallenen Umhüllung seines Kugelschreibers berührten; kein menschliches Auge hätte den winzigen, trockenen Fleck klebriger Masse im Durchmesser von einem Zehntelmillimeter erkennen können.

Eine chemische Analyse hätte einige wenige Mikrogramm Protein, Wasser sowie einige Phosphor- und Magnesiumsalze ergeben. Bei einer eingehenderen Untersuchung wären möglicherweise auch noch Spuren von DNS, dem komplexen molekularen Grundbaustein des Lebens, ermittelt worden. DNS und ihre Stallgefährtin RNS verfügen über die Fähigkeit, einen Code zu speichern. In diese spiralenförmigen Moleküle ist unauslöschlich der Bauplan für die Strukturen eines vollständigen Organismus eingeprägt – ein submikroskopischer Verhaltensschlüssel.

Die DNS auf Kramers Kugelschreiber existierte nicht in freier Form als chemische Substanz. Sie befand sich vielmehr in den Sporen und Membranhüllen des Mutanten 59, die in dem Fleck eingebettet lagen, und jede hatte nur eine Länge von einem siebentausendstel Millimeter.

Jedes der Lebewesen war blind, ohne Sinnesorgane, dennoch besaß es in seiner zerbrechlichen Umhüllung ein vollständiges Verhaltensmuster, mit dessen Hilfe es die kurze Zeitspanne zwischen Entstehung und Tod zu überbrücken vermochte, von der Teilung einer Mutterzelle in zwei Tochterzellen, aus denen mit mathematischer Präzision vier wurden, dann acht, dann sechzehn und so fort.

Normalerweise erfolgt die Zellteilung von Bakterien nicht mit gleichmäßiger Geschwindigkeit. Ereignisse in ihrem eigenen Mikrokosmos bestimmen, daß sie sich zuerst rapide teilen, dann aber in eine stationäre Phase eintreten, wenn eine gewisse Dichte der Population erreicht ist, und schließlich verfallen und absterben.

Drei Faktoren sorgen dafür, daß die mathematische Potenzierung von zwei auf vier auf acht und so weiter nicht absolut eingehalten werden kann, sonst, so wurde errechnet, könnte ein Bakterienpaar, das sich jede Sekunde teilt, in zweiundzwanzig Stunden die Oberfläche der Erde bedecken.

Zwei Hauptfaktoren müssen erfüllt sein, um diese Wachstumsbeschränkungen aufzuheben: Es müssen erstens ständig neue Nährstoffe zur Verfügung stehen, und zweitens müssen Mutationen auftreten, die ihnen gestatten, in ihrer Umgebung immer besser zu überleben. Sind diese Voraussetzungen gegeben, beschleunigt sich die Zellteilung. Die Beschleunigungsrate hängt vor allem davon ab, ob die Umweltbedingungen günstig sind, ist aber vom normalen Evolutionsprozeß weitgehend unabhängig. In frühen Phasen der Zellteilung überdauert jede Generation vielleicht nur Minuten, unter besonderen Umständen sogar nur wenige Sekunden.

Die Voraussetzungen, unter denen die Bakterien auf Kramers Metallkugelschreiber existierten, waren eigenartiger Natur. Sie waren fast ausgetrocknet und wären wohl, wenn er sie nicht berührt hätte, abgestorben. Als jedoch seine schweißfeuchten Fingerspitzen die sterbenden Lebensformen berührten, saugte jede Zellumhüllung Spuren von Wasser auf, unvorstellbar winzige Mengen nur, aber ausreichend, um die entwässerten Zellen zu durchfluten und ihren Lebensmechanismus in Gang zu setzen. Als die Zellen anschwollen, ging zwischen Kern und Protoplasma eine Flut von Signalen hin und her. Und erneut bereiteten sie sich auf ihren einzigen Daseinszweck vor: zu leben, zu fressen und sich zu vermehren!

Kramer beugte sich vor und zog von der Rückenlehne des Sitzes vor ihm den Klapptisch herunter. Seine Finger berührten flüchtig den Plastikrand, der die Melaminoberfläche umgab.

Im Cockpit erhielt Captain Howard vom Kontrollturm das Signal zum Start der Motoren. Der Flugingenieur führte die letzte Kontrolle durch und überprüfte, ob die Türen verschlossen und gesichert waren.

Der Bodeningenieur auf der Startbahn machte die Gegenprobe und gab ihm mit aufgerichtetem Daumen das Zeichen, daß die Türen auch von außen verschlossen waren.

Er schaltete die vier Kontrollmanuale der Treibstoffpumpen auf „Zuleitung offen“. Aus dem verschlungenen Netzwerk der Rumpf- und Tragflächentanks begann das Kerosin zu den Einspritzdüsen der vier großen Brennkammern zu fließen, die wie Bomben in ihren Halterungen unter den Flügeln hingen.

Captain Howard leitete die Startkontrollen ein und begann mit Motor vier auf Steuerbord.

Zuerst leise, dann immer lauter begann die Turbine aufzuheulen. Ihr Geräusch ließ das Flugzeug vibrieren, steigerte sich zu einem heiseren Kreischen.

Motor eins folgte, dann zwei und drei, bis der ganze Rumpf der großen Maschine unter ihrer Kraft bebte.

Der Flugingenieur trug Treibstoffdruck und Turbinentemperatur in sein Logbuch ein, und P3, der Reserve-Copilot, überprüfte die Schubkontrollen, während der Traktor das Flugzeug aus seiner Ladeposition zog.

Der Traktorfahrer mit Kapuzenanorak und Ohrenschützern gab mit dem Daumen ein Zeichen; die Zugstange, die den Traktor mit der Flugzeugnase verband, wurde ausgeklinkt, und der Traktor kurvte davon.

Mit dem kleinen Steuerknüppel zu seiner Linken dirigierte Captain Howard die schwerfällige Masse der Maschine die Parkbahn entlang, die mit dunkelblauen Lichtern markiert war. Der Flugingenieur las die Kontrolldaten der Maschine von den Armaturen ab und schrie sie dem Captain zu; dann bog die Maschine auf die Startbahn ein.

Kramer hielt einen Augenblick mit seiner Arbeit inne, blickte auf das am Fenster vorüberziehende Panorama des Flughafens hinaus und fragte sich, ob die Lichter bei seiner Rückkehr noch leuchten würden.

In der Bordküche unterbrachen die Stewardessen ihre Vorbereitungen und schnallten sich an. Ihre Gesichter wirkten fleckig und blaß unter ihrem Make-up.

Die Maschine schwenkte herum und richtete ihre Nase in Richtung der schwarzen Reifenspuren auf der Startbahn.

Captain Howard schob die Treibstoffhebel nach vorn, das Singen der Motoren wuchs zu einem tiefen, kehligen Grollen an. Die Armaturen zitterten und vibrierten, als der röhrende Schub der Motoren mit den angezogenen Bremsen kämpfte; die Maschine stampfte und schlingerte. Dann, als die Bremsen gelöst wurden, ruckte die Maschine an und jagte über die Startbahn. Holpernd und stoßend und immer mehr Geschwindigkeit gewinnend, verbiß sie sich in ihr Element: die Luft.

Während die Geschwindigkeit wuchs, begannen die Kontrollen allmählich auf den Luftstrom zu reagieren, aus der erdgebundenen Schwere wurde ein sanftes Aufwärtsstreben. Die Maschine hob prüfend ihre Nase in die eisige Luft, dann löste sie sich von der Startbahn.

Der Flugingenieur meldete: „V2" – die Bezeichnung für eine der beiden kritischen Geschwindigkeiten, die eine Düsenmaschine erreichen muß, um sicher vom Boden abheben zu können.

Kramer sah vor dem Fenster die aufgetürmte Wolkendecke immer näher kommen, er warf noch einen letzten Blick auf das gelblich leuchtende Spinnennetz der Londoner Straßen und ließ sich – als die Wolken die Sicht versperrten – in seinen Sitz zurücksinken.

Im Heck lösten die Stewardessen die Verschlüsse ihrer Sitzgurte und gingen wieder an die Arbeit.

Im Cockpit ließ die mit jedem Start verbundene Spannung und Nervosität nach, und Captain Howard peilte die Funkstation Falmouth an, um Zeitvergleich und Richtungsweisungen einzuholen.

Kramer beugte sich konzentriert über seinen Bericht und machte sich Notizen. Einige Sekunden lang bemerkte er die Stewardeß nicht, die sich über den unbesetzten Innensitz zu ihm herüberbeugte und ihm ein Tablett hinhielt.

„Kaffee oder Tee, Sir?"

„Wie? Ach ja. Kaffee bitte."

Die Stewardeß drückte einen Schaumstoffbecher in eine Vertiefung des Tabletts. „Sie werden gleich bedient."

Während er sich wieder seinen Notizen zuwandte, überzeugte sich die Stewardeß, ob der Klapptisch vor ihm richtig eingerastet war. Ihre Hand umspannte die infizierte Kante. Dann ging sie zur nächsten Sitzreihe vor und nahm dort ein Tablett mit leeren Bechern auf.

Im Cockpit entspannte sich die Crew. Sechs Stunden relativer Ruhe über dem Atlantik standen bevor.

Kramer schrieb auf dem Klappbord und nahm von den mikroskopisch kleinen Lebensäußerungen an der Kante nichts wahr.

Die Stewardeß sah ein Ruflicht über einer der hinteren Sitzreihen, beugte sich über das puppenhaft aussehende Mädchen, das gerufen hatte, und bewunderte den modischen Plastikregenmantel, den es anhatte.

Die anderen Stewardessen verteilten die Tabletts mit den Mahlzeiten, von einem Getränkewagen, der durch den Mittelgang geschoben wurde, gaben sie durchsichtige Plastikbecher und Miniaturflaschen mit Getränken aus.

Als zehntausend Meter unter ihnen die Insel Wight vorüberglitt, schienen Mannschaft und Passagiere auf die eine oder andere Weise Frieden mit dem großen Düsenschiff geschlossen zu haben – ein vertrauensvolles Übereinkommen, daß die komplexen Systeme einwandfrei funktionierten und die Menschen an Bord sicher ans Ziel brachten.

Der zweite Copilot ging durch den Passagierraum und bemerkte wie immer voll Neid, daß mit dem Überschreiten der Schwelle auch der Geräuschpegel der Motoren sank. Im Cockpit war es erheblich lauter. In der ersten Klasse fiel ihm ein Passagier auf, der hintenübergesunken war und schlief – ein schlaffer, geöffneter Mund in einem verlebten und rotgeäderten Gesicht.

Die letzten Strahlen der untergehenden Sonne tauchten die Ränder der Tragflächen in orangefarbenen Glanz. Allmählich, während das Flugzeug seine Bahn nach Westen über das kalte graue Meer zog, verblaßte das Tageslicht, und der Himmel färbte sich in ein tiefviolettes Blau, das in die Schwärze der Nacht überging, in der eisblaue Sterne funkelten.

Die Außentemperatur betrug jetzt dreiundzwanzig Grad unter Null, aber in dem warmen, hellen Kokon des Flugzeugs war man sich des lebensfeindlichen Zustands der Luft, die sich an der metallenen Außenhaut rieb, nicht bewußt. Die Luft, die unter Druck von Zwillingskompressoren unter dem Bug in den Passagierraum gepumpt wurde, roch freundlich und anheimelnd nach guten Zigarren und Whisky.

Als das Flugzeug einmal leicht schlingerte, hielt sich Kramer einen Augenblick lang an dem Klappbrett vor sich fest und berührte mit der Hand die Kante. Dann stand er auf und ging durch den Mittelgang zur Toilette.

In der Kombüse sortierte eine Stewardeß die Plastikbecher aus den eingesammelten Tabletts. Etwas angeekelt stellte sie fest, daß ein Becher an der Außenseite klebrig war. Sie blickte auf ihre Hand, und als sie einen dünnen grauweißen Film daran haften sah, hielt sie die Finger prüfend unter die Nase. Angewidert stellte sie den Becher auf den Tisch zurück.

Im Cockpit bemerkte der Flugingenieur, wie plötzlich ein Hauptstromanzeiger zurückfiel, dann aber wieder anstieg. Er griff nach oben, löste zwei Flügelschrauben und ließ ein Aggregat mit der Aufschrift „Spannungsstabilisator-Drosselung" hervorgleiten. Er legte Prüfdrähte an und machte sich Notizen in sein Logbuch.

Captain Howard setzte das Bordradar in Betrieb und studierte den orangefarbenen Bildschirm, während der Lichtbalken hin und her wischte und dabei Konzentrationen von höherer Luftdichte registrierte. Dann nahm er Kontakt mit der Peilstation Shannon auf und wartete, bis das Erkennungszeichen im Lautsprecher über ihm ertönte. Befriedigt streckte er sich in seinem Sitz aus und verschränkte die Hände im Genick.

P2, der zweite Pilot, bewegte die Steuersäule, richtete den Kurs nach der Richtungsweisung von Shannon ein und schaltete auf automatische Steuerung. Als er die Hände von den Kontrollsäulen löste, warf er verblüfft einen Blick nach unten. In seiner Handfläche war ein klebriger schwarzer Fleck. Der schwarze Belag des Steuerknüppels, den seine Hand berührt hatte, glänzte feucht. Seine Finger hatten Abdrücke hinterlassen.

„Was, zum Teufel, ist denn hier los?"

Der Captain blickte fragend herüber.

P2 zeigte es ihm: „Schau hier, am Knüppel!"

„Da hat irgendein Trottel Verdünnung drangebracht. Wisch es mit einem Stück Papier oder sonstwas ab."

„Verdünnung? Und was ist das hier?" Er hielt dem Captain seine Hand hin. Der Captain runzelte die Stirn und schnupperte.

„Riecht wie Scheiße!"

„Benny, schreib's ins Logbuch."

Der Flugingenieur grinste: „Und was soll ich schreiben? Daß wir einen Nachttopf fliegen?"

„Da ist noch ein anderer Geruch!" Der Copilot schnupperte. „Was ist das nur? Ja – Ammoniak!"

„Laß es, wie es ist", sagte der Captain ernst. „Stell die Steuersäule fest und sieh zu, daß du das Zeug von den Fingern kriegst."

Kramer war mit seinen Notizen fertig. Er packte seinen Bericht weg, steckte den Kugelschreiber ein und setzte sich zurecht, um ein wenig zu schlafen. Draußen spielte blaues Licht um die Wolken, das von einem Gewitter tief unter ihnen herrührte.

In der Kombüse wischte sich die Stewardeß das klebrige Zeug von den Fingern, blickte dabei auf den Tisch und riß vor Staunen die Augen weit auf.

Der Becher veränderte langsam, aber zusehends seine Gestalt! Auf einer Seite sackte er zusammen und zerfloß auf der Tischplatte. Dann, als ob er sich in einem heißen Ofen befände, sackte der ganze Becher zusammen und bildete eine kleine, zähflüssige Pfütze. Sekundenlang starrte sie gebannt auf das Schauspiel, dann trat sie in den Gang und winkte unauffällig dem Chefsteward, der noch immer von seinem Servierwagen Getränke verteilte. Als er den Gesichtsausdruck des Mädchens sah, eilte er sofort zu ihm.

„Er ist einfach verschwunden", sagte sie nervös. „Ich hab's gesehen. Ich habe überhaupt nichts gemacht. Hier, schau!"

Der Chefsteward blickte nachdenklich auf die Pfütze. „Hast du Nagellackentferner verschüttet oder sonstwas?"

„Nein. Ich sag dir doch, es ist von ganz allein passiert. Er ist einfach geschmolzen."

Der Chefsteward betastete die Pfütze: „Ist das auch mit noch ein paar anderen Bechern passiert?"

„Nein, ich glaube nicht ..."

„Dann wisch's ab und vergiß es!"

In der Kanzel tauschte der Flugingenieur den Stabilisator aus und formulierte einen Logbucheintrag mit der Beschreibung des Vorfalls.

In dem neuen Aggregat fand Mutant 59 frische Nahrung.

Eine Dame kehrte von der Toilette zu ihrem Sitz zurück und griff nach ihrer Handtasche, die sie auf dem Boden stehen hatte. Als sie die Tasche unter dem Sitz hervorziehen wollte, streckte sich der Handgriff wie ein schlappes Gummiband, riß und blieb ihr an der Hand kleben. Sie schimpfte und griff von neuem nach der Tasche, dann klingelte sie nach dem Steward.

„Sie wünschen, gnädige Frau?" sagte er, als er sich zu ihr hinunterbeugte.

„Haben Sie hier eine Heizung unter den Sitzen?"

„Wie bitte?"

„Hier – sehen Sie sich das an!" Sie gab ihm den abgerissenen Handgriff. „Ich habe meine Tasche unter den Sitz gestellt, und nun sehen Sie sich das an: alles geschmolzen!"

„Es tut mir leid, gnädige Frau. Aber es befindet sich keine Heizung im Passagierraum. Die Tasche ist vielleicht nicht mehr ganz neu; Plastik ist nicht unbegrenzt haltbar."

„Aber ich bitte Sie! Meine Tochter hat mir die Tasche erst vor ein paar Wochen geschenkt."

„Gnädige Frau, ich werde dafür sorgen, daß unsere Gesellschaft Ihnen die Tasche ersetzt, sobald wir New York erreichen", sagte der Steward mit charmantem Lächeln.

Besänftigt lehnte sich die Dame in ihrem Sitz zurück. Der Steward nahm ihr den Handgriff ab und sagte: „Ich darf das für Sie entfernen, gnädige Frau?" Nachdenklich trat er in die Kombüse.

Im Cockpit beobachtete der Flugingenieur zwei Skalenanzeiger mit der Bezeichnung „Kraftzuleitungsausgleich". Er las die Meßwerte ab, lehnte sich zurück und nahm ein zerlesenes Taschenbuch zur Hand. Über ihm nährte sich Mutant 59 vom Gewirr der farbigen Drähte im Stabilisator und vermehrte sich lawinenartig.

Ein Draht war bereits nackt bis auf den Kern, ein Kurzschluß folgte, hundert Ampere jagten durch Drähte, die nur für eine Stromstärke von zwei Ampere gedacht waren. Die Explosion wurde von einem Ausstoß ätzenden Rauches begleitet. Der Flugingenieur sprang erschrokken von seinem Sitz auf und prallte dem Copiloten so heftig in den Rücken, daß dieser vornüber gegen die Steuersäule fiel.

Augenblicklich senkte die Maschine ihre Nase nach unten. Die Passagiere schreckten zusammen, als sie plötzlich das Gefühl hatten, der Boden unter ihren Füßen gebe nach.

Der Copilot richtete sich sofort wieder auf und zog die Steuersäule zurück; das Flugzeug richtete seine Nase wieder himmelwärts, und die Passagiere atmeten erleichtert auf. Der Captain tastete nach einem kleinen Fach mit dem Schild „Rauchschutzbrillen" und holte die durchsichtigen Augenschützer hervor. Immer noch drang Rauch aus dem zerstörten Gerät und erfüllte das Cockpit. Der Copilot stellte die Entlüftung auf volle Kraft. Howard zog das Bordmikrofon zu sich herab und sprach mit wohlberechneter Stimmlage: „Hier ist Captain Howard. Unsere Flughöhe beträgt im Moment neuntausendvierhundert Meter, wir haben zur Zeit starken Gegenwind, wodurch sich unsere Ankunft um etwa fünfunddreißig Minuten verzögern wird. Da wir Turbulenzen zu erwarten haben, müssen wir Sie leider bitten, Ihre Plätze einzunehmen und sich anzuschnallen. Danke!" Er schaltete ab, und die roten Anschnallzeichen leuchteten auf.

Das plötzliche Absacken des Flugzeugs hatte Kramer aufgeweckt. Er drehte sich in seinem Sitz, um wieder eine bequeme Stellung einnehmen zu können. Seine Knie stießen dabei gegen das Klapptischchen, das von der Rückenlehne des Vordersitzes herunterhing. Als er sich vorbeugte, um es zurückzuklappen, sah er die Kante. Der Rand war aufgeweicht und geschmolzen; ein dicker, klebriger Faden tropfte auf sein Hosenbein und hinterließ dicht über seinem Knie einen schillernden grauen Fleck. Kramer blickte sich vorsichtig um, ob der Fluggast neben ihm etwas bemerkt hatte; er beugte sich vor und schnupperte, dann streckte er seine rechte Hand aus, um auf den Rufknopf zu drücken, zog sie aber wieder zurück. Er legte seine Hand mit der Handfläche nach oben auf die Sitzlehne, mit der anderen suchte er in seinen Taschen, fand einen Bleistift und drückte damit den Knopf. Völlig reglos wartete er.

Der Steward beugte sich zu ihm herunter, registrierte Kramers merkwürdige Haltung und fragte: „Ja bitte, was kann ich für Sie tun?"

„Ich möchte sofort den Captain sprechen."

„Können Sie mir sagen, um was es sich handelt, Sir?"

„Im Augenblick nicht. Nein. Da ist ein ..." Kramer vergewisserte sich, daß sein Nachbar immer noch schlief. Er sprach ganz leise. „Es ist etwas passiert, was diesem Flugzeug gefährlich werden kann. Deshalb möchte ich den Captain sprechen. Wollen Sie ihn also bitte holen – sofort!"

Der Steward betrachtete Kramer mißtrauisch und war noch unschlüssig, ob er ihn für betrunken oder verrückt halten sollte.

„Darf ich Sie in die erste Klasse bitten, Sir. Ich hole dann einen Mann von der Crew und ..."

„Hören Sie zu! Hören Sie mir gut zu! Es wird Ihnen schwerfallen zu verstehen, was ich Ihnen sage, aber ich kann meinen Sitz nicht verlassen. Ich muß genau hier bleiben, wo ich bin!"

Ach du lieber Gott, dachte der Steward. Nun haben wir auch noch einen Irren an Bord. Er sprach beruhigend auf Kramer ein: „Wie Sie wünschen, Sir. Ja, ich verstehe Sie vollkommen. Sie bleiben also, wo Sie sind, und ich gehe nach vorn und spreche mit dem Captain."

Er eilte davon. Kramer starrte ihm nach. Die Herablassung in der Stimme des Stewards war ihm nicht entgangen.

Als der Steward durch das Bugschott trat, mußte er sich seinen Weg durch eine Ansammlung von Passagieren bahnen, die vor der Toilette Schlange standen.

Er sprach leise mit Captain Howard: „... macht einen merkwürdigen Eindruck. Sitzt völlig verkrampft da. Fast als ob er Angst hätte, irgend etwas anzufassen."

„Sieht es so aus, als ob er irgendwas vorhätte?"

„Schwer zu sagen. Drohungen hat er nicht ausgesprochen. Jedenfalls bis jetzt noch nicht."

„Ich komme mit und sehe mir den Kerl an."

Kramer wartete schon ungeduldig. Der Captain sprach sehr sanft: „Guten Abend, Sir. Der Steward hat mir mitgeteilt, daß Sie ein Problem haben."

Kramer zeigte auf den schlafenden Passagier neben sich: „Schaffen Sie ihn weg ..." Er hielt inne und nahm sich zusammen. „Also, zuallererst: Ich bin nicht verrückt. Ich will auch nicht Ihre Maschine entführen. Aber was ich Ihnen mitzuteilen habe, wird Ihnen sehr unglaubwürdig vorkommen."

„Ja?"

„Mein Name ist Kramer. Ich bin Wissenschaftler."

Der Captain und der Steward hörten ihm mit ausdruckslosen Gesichtern zu.

„Irgendwie verstehe ich es selber nicht. Ich habe einen Organismus mit an Bord dieses Flugzeuges gebracht, der äußerst gefährlich ist."

„Organismus? – Was soll das bedeuten?"

„Captain, Sie sind über die Ereignisse in London im Bilde?"

„Ja."

„Ich bin Mitglied eines Regierungsausschusses, der die Ursachen untersucht, und befinde mich mit einem diesbezüglichen Bericht auf dem Weg zur NASA."

„Können Sie sich legitimieren, Sir?"

„Was? Ach ja, natürlich." Kramer wollte nach seinem Aktenkoffer greifen, zögerte einen Augenblick und sagte: „Captain, ich zeige Ihnen meine Papiere, aber ich muß Sie bitten, sie nicht zu berühren. Ich halte sie Ihnen so hin, daß Sie sie lesen können."

Der Steward und der Captain tauschten fragende Blicke aus, während Kramer den NASA-Bericht und das Bestätigungsschreiben aus seinem Koffer holte und hochhielt. Der schlafende Passagier rührte sich und drehte sich in seinem Sitz. Captain und Steward blickten auf die Papiere und nickten.

Kramer fuhr flüsternd fort: „Captain, wir verfügen nun über schlüssige Beweise dafür, daß der Zusammenbruch in London von einem einzigartigen Mikroorganismus verursacht wurde – einem Bazillus."

„Und dieser Bazillus, Dr. Kramer – was, sagten Sie, verursacht er?"

Kramer blickte die beiden Männer an, dann sagte er unverblümt: „Er frißt Plastik!"

Die Miene des Captains verhärtete sich: „Dr. Kramer, ich bin gehalten, alles ernst zu nehmen, was mir über mögliche Gefahren für dieses Flugzeug mitgeteilt wird, aber ich finde, Sie verschwenden meine Zeit. Ich muß Sie nun bitten, weitere Störungen zu unterlassen und ..."

„Und was ist das?" Kramer zeigte auf die Kante des Klapptischchens und auf den Fleck auf seinem Knie. Der Captain beugte sich vor, um die Tischplatte zu untersuchen.

„Nicht berühren! Aber riechen Sie! Riechen Sie etwas?"

„Dr. Kramer, das könnten Sie mit Gott weiß was alles verursacht haben. Wenn Sie ein Lösungsmittel darübergegossen haben ... Wenn Sie ein Feuerzeug daran gehalten haben ..."

„Hier sind keine Verkohlungen zu sehen! Aber würden Sie einen sichtbaren Beweis akzeptieren?"

„Captain Howard, Sir", unterbrach der Steward nervös. „Kann ich Sie einen Augenblick allein sprechen? Ich möchte Ihnen etwas zeigen." Er winkte den Captain den Mittelgang hinunter zur Kombüse.

Der klebrige Fleck, wo der Becher gestanden hatte, war inzwischen zu einer kleinen Halbkugel aus blasigem Schaum geworden. „Und dann war die Sache mit der Damenhandtasche – warten Sie, ich habe den Handgriff hier ..." Als er die Luke des Müllschluckers öffnete, erstarrten sie. Aus der Öffnung quoll eine graue, klebrige Masse und floß an der Außenwand hinunter auf den Boden. Wo sie den Vinylbodenbelag berührte, schien sie augenblicklich in die glänzend blaue Oberfläche hineinzukriechen wie Öl in Rost.

„Es stimmt also doch! Der Passagier, der neben diesem Mann sitzt – wie heißt er noch gleich? Ja, Kramer – geben Sie ihm sofort einen anderen Platz." Howards Stimme klang jetzt sehr ernst.

In der Kanzel schnupperte Howard an der mit Tesafilm beklebten Steuersäule. Er wandte sich an den Flugingenieur: „Hast du etwas wegen dem kaputten Spannungsstabilisator unternommen?"

„Ja. Die Drähte abgeklemmt. Wir kommen auch ohne aus."

„Hast du ihn rausgenommen und die Fehlerquelle untersucht?"

„Unnötig. Wir schaffen es auch ohne. In New York lasse ich ihn auswechseln. Ist kaputt."

„Benny, ich möchte, daß du ihn sofort untersuchst."

„Aber es ist doch nur ein Stabilisator! Wir kommen wirklich ohne ihn aus. Nun gut, da besteht ein geringes Risiko einer Überspannung von den Generatoren aus, aber ..."

„Nimm ihn raus, Benny!"

Als er das ernste Gesicht des Captains sah, schraubte der Flugingenieur achselzuckend die Armatur des Stabilisators auf. Er zog das Gerät auf den Gleitschienen heraus und – riß entsetzt die Augen auf: „O Gott, was ist denn hier los?"

Von der Unterseite des Aggregats hing eine sich langsam ausbauchende Schleimblase herunter, die in allen Farben schillerte. Die Blase streckte sich, wurde dünner und fiel klatschend auf den Boden. Der Flugingenieur wollte die zähflüssige Masse berühren.

„Finger weg!" schrie Howard.

„Warum denn? Was ist los?"

„Tu's wieder zurück, aber faß es bloß nicht an!"

Der Steward steckte den Kopf durch die Tür: „Der Passagier hat jetzt einen anderen Platz."

„Gut. Dann bitten Sie Dr. Kramer, zu uns nach vorn zu kommen."

„Sofort, Sir."

„Und dann gehen Sie in die Kombüse zurück. Erzählen Sie den Mädchen sowenig wie möglich. Und bleiben Sie dort. Verstanden?"

„Verstanden, Sir."

Gleich darauf trat Kramer ein.

„Nehmen Sie bitte hier Platz." Howard wies hinter sich auf den unbenutzten Flugschülersitz. „Können Sie den hier anwesenden Herren wiederholen, was Sie mir vorhin erzählt haben?"

Kramer saß unbeholfen da und versuchte immer noch, nichts mit seinen Händen zu berühren. Der schleimige Fleck auf seinem Hosenbein war inzwischen in den Stoff eingedrungen und hatte eine dunkle Stelle hinterlassen. Er sprach schnell: „Ich habe vorhin dem Captain mitgeteilt, daß ich einer Untersuchungskommission der Regierung angehöre, die die Ursachen der Katastrophe im Stadtzentrum von London ermittelt ..." Knapp und bündig umriß er den Hergang der Ereignisse.

Die Auskleidung der Passagierräume von Düsenflugzeugen muß vor allem drei Forderungen erfüllen. Erstens muß die Auskleidung hell und gewichtsarm sein, zweitens leicht zu pflegen und drittens dauerhaft und korrosionsfest. In der Praxis hat das zu einem Design geführt, das zu fast achtzig Prozent aus Plastikmaterialien besteht. Decken-, Wand- und Sitzbespannung bestehen aus Vinylstoffen, die Gepäckablagen aus Polystyren; die über jedem Sitz befindlichen Armaturengehäuse sind aus Polypropylen gepreßt, die Fensterdichtungen aus besonders zähem PVC. Das alles bietet Nahrung für Millionen Generationen des Mutanten 59.

Ganz allmählich, an vielen Stellen unbemerkt, eroberte der Mutant das Flugzeug. Auf der Toilette weichte ein Schild mit der Aufschrift „Bitte Handtücher benutzen" auf, wobei die Buchstaben sich immer mehr in die Länge zogen, je tiefer die Rückfläche absackte.

Neben einem Passagier, der die Toilette aufgesucht hatte, begann sich die Fensterdichtung auszudehnen und zu verformen. Bei einem anderen flachten sich unter dem Körpergewicht die Plastiksohlen seiner Schuhe ab.

Im Cockpit saßen die Männer der Crew in tiefem Schweigen auf ihren Plätzen, als Kramer geendet hatte. Nur der erste Copilot, der das Flugzeug steuerte und unablässig die Vielzahl der Instrumente vor sich beobachtete, wirkte unbeeindruckt.

Howard klopfte sich mit dem Knöchel seines Daumens gegen die Zähne und dachte angestrengt nach. „Wenn wir die Leute auf ihren Plätzen halten können – wenn niemand sich vom Fleck rührt –, können wir in New York landen und ..."

„Nicht New York, nicht der Kennedy-Flughafen", sagte Kramer entschieden. „Begreifen Sie nicht, daß wir alle infiziert sind?"

„Wir müssen in Quarantäne?" fragte der Copilot.

„Richtig. Wir müssen uns einer vollständigen Entseuchung unterziehen ..."

Howard unterbrach ihn: „Dann kommt vielleicht Taor Creek in Frage."

„Was ist das?"

„Eine Notlandebahn ungefähr sechzig Kilometer südlich von Boston, an der Küste."

„Wir brauchen eine vollständige Behandlung." Kramer zählte die Einzelheiten an seiner Hand auf: „Jeder Passagier muß seine Kleider ablegen, muß unter eine Spezialdusche, muß seine Kleider sterilisieren lassen. Das Gelände rund um das Flugzeug muß abgesperrt werden ..."

„Wer, zum Teufel, soll das alles durchführen?" Howard dachte laut. „Die Sanitätsbehörden im Flughafen sind doch dafür gar nicht ausgerüstet."

„Es gibt Dugway."

„Was ist das?"

„Die Testanlage von Dugway. Ein Versuchsgelände für bakteriologische Kriegsführung. Von dort könnten mit Hubschraubern Spezialisten nach Taor Creek geschickt werden." Er lächelte bitter. „Damit könnten die zum erstenmal auch etwas zum Wohl der Menschheit tun."

Die Fensterdichtung neben der Frau zerfloß und breitete sich über die Rahmenwandung aus. Es folgte jedoch keine Explosion, kein Geräusch.

Fenster in einem Düsenflugzeug sind eine Konzession der Designer an die Passagiere. Die Designer würden lieber Flugzeuge ohne Fenster konstruieren, da Fenster nur die Kosten erhöhen und die Rumpfstruktur schwächen. Jedes Fenster besteht aus drei oder vier Lagen durchsichtigen Plastikmaterials, und jede Lage ist einzeln mit der umgebenden Rumpfstruktur versiegelt. Zwischen den inneren Schichten zirkuliert Luft, die aus den beiden Kompressoren unter der Kanzel kommt. Die Luft, die denselben Druck wie im Innern des Flugzeugs aufweist, verhindert die Kondensation von Wasser. Zwischen den beiden äußeren Lagen zirkuliert Luft mit demselben Druck und derselben Temperatur wie in der Außenatmosphäre.

Mutant 59 drang durch die zentimetergroße Lücke aus der innersten Plastiklage in die nächste ein. Die Zellen stießen Enzyme aus, unter denen sich die Moleküle zersetzten. Das hübsche Mädchen mit dem PVC-Mantel lag in tiefem Schlummer zurückgelehnt. Ein Passagier, der auf dem Mittelgang an ihr vorbeiging, berührte sie zufällig an der Schulter. Das Mädchen wachte auf und löste seine Wange von der Rückenlehne.

Als sich ihr Kopf zur Seite bewegte, sah er aus wie ein aufgeweichtes Bonbon in Papier. Zwischen Wange, Mantelkragen und der Rükkenlehne war ein weiches, schmieriges rotes Gebilde, das sich durch die Kopfbewegung zu langen, schleimigen Streifen auseinanderzog. Entsetzt drehte sie sich um – und da sah sie, daß die Schulter ihres Mantels sich in eine glanzlose, verschrumpelte, stinkende Masse verwandelt hatte. Einen Herzschlag lang blieb sie völlig reglos, mit erstarrtem Gesicht sitzen. Dann schrie sie gellend auf. Eine Stewardeß eilte zu ihr.

In der ersten Klasse schnarchte der rotgesichtige Mann. Er hatte eine Kognakfahne und bemerkte nicht, was um ihn herum vor sich ging. So bemerkte er auch nicht, daß seine Brille auf der Nase begonnen hatte, ihre Form zu verändern.

Zuerst weichte der braune Plastiksteg in der Mitte auf, und das Gewicht der Gläser zog den Bügel nach unten; dann sprang ein Glas aus dem absackenden Rahmen und fiel ihm in den Schoß. Darauf suchte sich ein schokoladenbraunes Bächlein durch die Gesichtsfalten einen Weg nach unten, auf den offenstehenden Mund zu. Unbewußt zuckte sein Gesicht.

Das Mädchen mit dem Kunststoffmantel beruhigte sich wieder; die Stewardeß versuchte, sie davon abzuhalten, aufzustehen und sich waschen zu gehen.

Über das Bordmikrofon war die Stimme des Captains zu hören: „Hier spricht Captain Howard. Aus technischen Gründen werden wir nicht den Kennedy-Flughafen in New York anfliegen. Statt dessen werden wir auf einem Flughafen südlich von Boston landen. Aus diesem Grund muß ich Sie leider auch bitten, auf Ihren Plätzen angeschnallt zu bleiben. Wir bedauern diese Unbequemlichkeit, aber unser Bordservice wird so gut wie möglich für Ihr Wohlbefinden sorgen. Ich muß Sie allerdings bitten, nicht mehr zu rauchen."

Als Howard das Mikrofon abgeschaltet hatte, sagte Kramer: „Bevor wir landen, müssen Sie es aber den Leuten sagen."

„Natürlich", erwiderte Howard. „Aber wenn ich alles auf einmal sage, haben wir Panik an Bord. Ich sage es ihnen lieber nach und nach." Er wandte sich an den zweiten Piloten: „Haben wir Glück?"

„Ja, Taor wird vorbereitet."

„Gut." Er wandte sich an Kramer. „Und nun, Doktor ..."

Hinter ihnen öffnete sich plötzlich die Tür zum Cockpit, um sich gleich wieder zu schließen. Geräusche von schlurfenden Schritten waren zu hören. Die Tür öffnete sich wieder, und das braungestreifte Gesicht des Mannes aus der ersten Klasse wurde sichtbar, Zorn blitzte in seinen Augen.

„Sind Sie der Captain?" schrie er. „Was bilden Sie sich eigentlich ein? Was Sie da treiben, verdammt noch mal!" Er sprang vor. Benny, der Flugingenieur, fuhr in seinem Sitz herum und bekam ihn zu fassen, bevor er Hand an Howard legen konnte. „Machen Sie, daß Sie auf Ihren Platz kommen!"

„Jetzt hören Sie mal gut zu! Ich bin Aktionär dieser lausigen Fluggesellschaft. Ich kenne Ihre Direktoren! Ich werde dafür sorgen, daß Sie ..."

Der Flugingenieur sprang auf die Füße, knallte den Mann gegen die Tür und hielt ihn fest. Seine ganze Angst entlud sich nun als Wut: „Sie halten jetzt die Schnauze! Das Flugzeug ist in Gefahr, und wenn Sie hier hereinkommen, vergrößern Sie die Gefahr! Sie haben die Anordnungen des Captains gehört, also machen Sie, daß Sie hinauskommen! Setzen Sie sich hin, schnallen Sie sich an, und halten Sie das Maul! Wenn ich noch einen Muckser von Ihnen höre, komme ich rüber und schlage Ihnen den Schädel ein! Haben Sie das verstanden?"

Der Mann starrte ihn sprachlos an, sein Gesicht zeigte eine Mischung aus Furcht und Zorn.

„Also los – raus!"

Plötzlich verlor der Mann völlig die Fassung. Er lehnte sich gegen die Tür, das Kinn hing ihm schlaff herunter, und er jammerte: „Was machen Sie denn da?" Er wischte sich über das Gesicht und verschmierte dabei die braunen Streifen über seine Backen. „Was ... was ist denn los? Ich will ja nur wissen ... Stürzen wir ab ...?"

Wortlos öffnete der Flugingenieur die Tür, führte den Mann auf seinen Platz zurück und schnallte ihn fest.

Die Bakterien hatten das Flugzeug nun fast ganz in ihrer Gewalt. An vielen Stellen begannen sich die Plastikbespannung, die Gepäckablagen und der Fußbodenbelag zu verändern; zuerst runzelte die Oberfläche, dann wurde sie feucht und glänzend, und schließlich quollen übelriechende Schaumblasen auf. Über dem Kopf eines Passagiers sackte ein Air-Condition-Gehäuse langsam nach unten, als hätten die Bakterien es in einen Arm verwandelt, mit dem sie nun nach den Menschen greifen wollten.

Als der Captain über das Bordmikrofon sprach, hatte sich seine Stimme verändert. Der gewohnte Ton höflicher Fürsorge war verschwunden. Nun gab er Befehle: „Sie müssen sich klarmachen, daß die Vorfälle keine Lebensgefahr darstellen. Betroffen sind nur die Plastikbestandteile des Flugzeugs. Wie bereits gesagt, werden wir auf einem Flughafen bei Boston landen. Bis zur Landung müssen Sie unbedingt auf Ihren Plätzen sitzen bleiben, denn wenn Sie sich durch das Flugzeug bewegen, besteht die Möglichkeit, daß weitere Plastikstellen befallen werden, und das könnte unseren Flug doch noch gefährden."

Der Chefsteward versuchte einen Mann, der in Panik geraten war, im Durchgang festzuhalten. Sie rutschten beide aus und stürzten; der naßglänzende Bodenbelag verschmierte ihre Anzüge.

Die Dame mit der Handtasche erstarrte vor Schreck, als zwischen ihren Beinen eine wabernde Blase aus schwarzem Schaum aufstieg.

Die Stewardessen zogen sich in stummem Entsetzen langsam aus der Kombüse zurück, die nur noch ein Chaos war. Die Regale mit den Tabletts sanken zusammen, die Becher und Tassen lagen in Pfützen aus schaumigem Morast, und die niedlichen Bestecke hatten sich in irre, surrealistische Gebilde verformt, hingen und lagen wie farbige, schleimige Schnecken zwischen den Speiseresten.

Übelriechender Schaum tropfte nun an vielen Stellen in den Mittelgang. Das hübsche Mädchen zog angeekelt schmierige rote Fetzen – die Reste seines schicken PVC-Mantels – von seinem Kleid, um seine Hüften hatte er sich zu einem kugelförmigen Gebilde aufgebläht, das immer noch das ursprüngliche Mantelmuster zeigte.

Die meisten Passagiere saßen apathisch da, einige beteten, andere weinten. Alle paar Minuten versuchte ein Steward vergebens, Leute am Aufstehen zu hindern. Der Gasgehalt in der Kabine stieg, die Luft roch immer fauliger. Niemand sprach. Kramer saß zusammengekauert auf seinem Sitz. Howard steuerte das Flugzeug, und die beiden Copiloten und der Flugingenieur schienen tief in die Betrachtung ihrer Instrumentenbänke versunken. Der Wettlauf mit Mutant 59 wurde immer aussichtsloser.

DAS Ende kam schnell. In einer Armatur unter der Decke berührten sich zwei blanke Drähte, Funken sprühten, und das entstandene Gas-Luft-Gemisch entzündete sich.

Weit draußen auf der eisigen See östlich von Nantucket bemerkte der Kapitän eines Fischkutters den Lichtschein einer Explosion am Nachthimmel; Sekunden später hörte er einen Knall und sah brennende Wrackteile ins Meer stürzen. Er setzte sich an sein Funksprechgerät.

17

ALS Anne aufwachte, fand sie sich in einem Krankenbett auf der Privatstation des St.-Thomas-Hospitals wieder.

Neben ihrem Bett saß geduldig Buchan, der hartnäckig allen Versuchen der Schwestern und Ärzte, ihn nach Hause zu schicken, widerstanden hatte.

Kramers Tod war eben erst bekanntgeworden, und Buchan wollte es ihr schonend beibringen, ehe sie es im Radio hörte.

Gerrard lag noch immer in einem anderen Flügel des Krankenhauses im Tiefschlaf und wußte von nichts.

Anne reichte Buchan die Hand. Der eckige Schotte mit seinem enggeknöpften Tweedmantel und seinem dichten grauen Haar strahlte etwas verläßlich Beruhigendes aus.

Mit seiner Hilfe rekonstruierte sie nach und nach die Ereignisse der letzten Stunden. Soldaten waren mit Rettungsgeräten den Schacht am Portland Place hinuntergestiegen und hatten sich bis zu Slayter und Anne vorgearbeitet. Mit Unterstützung von Eisenbahnfachleuten hatte das ganze Unternehmen kaum mehr als eine halbe Stunde gedauert. Auch der Bahnhofsvorsteher war heraufgeschafft und ins Krankenhaus gebracht worden. Purvis wurde tot in dem stillgelegten Tunnel gefunden.

Anne erkundigte sich nach dem Ausmaß der Katastrophe, und Buchan berichtete ihr von den jüngsten Ereignissen.

Anne begann sich Sorgen um Kramer zu machen. Warum war er nicht hier?

Buchan schwieg noch ein paar Atemzüge lang, dann sagte er seufzend: „Da war ein Unfall ..."

„Unfall?"

„Mit seinem Flugzeug", fuhr Buchan fort. „Er ist gestern nach Amerika abgeflogen, und das Flugzeug ist als vermißt gemeldet. Es tut mir leid ..."

Anne richtete sich in ihrem Bett auf: „Ich verstehe nicht ganz ..."

Buchan versuchte, es langsam zu erklären. Er berichtete von Kramers Entschluß, sich dem NASA-Ausschuß persönlich zu stellen.

Anne preßte ihre Hand auf den Mund. Sie wandte sich ab, um nicht die Beherrschung zu verlieren. „Wußte er denn nicht, daß ich ..." Sie brachte den Satz nicht zu Ende.

„Er glaubte, daß er kaum etwas unternehmen konnte", sagte Buchan. „Er hoffte, rechtzeitig wieder zurück zu sein."

„Aber wie konnte er wissen, daß ich gerettet werden würde? Wie konnte er wissen, daß ich da unten nicht umgekommen war?" Sie war empört, und als Buchan versuchte, ihre Hand zu halten, stieß sie wütend seinen Arm zur Seite. Buchan gab keine Antwort.

Anne überlegte: „Es kann doch unmöglich so wichtig gewesen sein, daß er persönlich zur NASA fliegen mußte."

„Er hielt es aber für so wichtig", sagte Buchan. „Sie kennen ihn doch, wenn er sich einmal etwas in den Kopf gesetzt hat ..."

„Aber er wußte doch, daß ich vermißt war", sagte sie wieder.

„Er ist nicht nur hingeflogen, um die Firma zu verteidigen", sagte Buchan. „Er war zutiefst besorgt, daß die Biester in den Weltraum gelangen könnten, dann würden sie – wie soll man es nennen? – eine Art Zeitbombe für die Astronauten darstellen."

Anne lehnte sich gegen das Kopfende des Betts. Sie war erschüttert, aber die Tränen wollten nicht kommen. Plötzlich brach die überwältigende Gewißheit seines Todes über sie herein. Schluchzend schlug sie die Hände vors Gesicht.

Anne weinte sich aus. Sie fühlte sich leer. Zu viele widerstreitende Gefühle kämpften in ihr. Sie suchte Frieden, eine Zuflucht. Sie wandte sich Buchan wieder zu und faßte ihn bei den Händen. „James", sagte sie, „ich bin Ihnen sehr dankbar. Sehr."

„Ich kann ja nichts für Sie tun, Madam."

„Ich möchte nach Hause", sagte Anne.

„Ich weiß nicht, ob Sie jetzt schon aufstehen sollten."

„Es wird schon gehen. Wirklich, ich muß jetzt nach Hause."

„Ich kann ja die Stationsschwester holen", meinte Buchan zweifelnd. „Wenn das Krankenhaus es erlaubt, dann fahre ich Sie nach Hause."

„Nein, bitte nicht. Sie haben schon genug für mich getan. Bestimmt werden Sie jetzt nötig im Labor gebraucht. Lassen Sie mich allein. Wirklich, ich möchte jetzt gern allein sein. Und tausend Dank."

Buchan ging.

Erst als Anne sich fertig angekleidet hatte und sich rüstete, der Stationsschwester gegenüberzutreten, fiel ihr der Brief ein.

War der Brief mit schuld an Kramers Entschluß gewesen? Nach sieben Jahren Ehe wußte sie nun weniger von ihm als je zuvor. Es war unmöglich, seine Handlungsweise zu durchschauen. Hatte er den Brief gelesen, bevor er abflog?

Sie wies den Gedanken von sich. Natürlich nicht. Wie konnte er ahnen, daß das Flugzeug abstürzen würde. Auch nur darüber nachzudenken war nicht seine Art. Aber sich einen Menschen, der ihn störte, einfach aus dem Pelz zu schütteln – das entsprach seinem

Charakter. Sie erinnerte sich plötzlich mit Schrecken, daß der Brief keinen Raum für einen Kompromiß gelassen hatte.

Der Brief mußte ihm – hatte er ihn gelesen – endgültig erschienen sein, und es war durchaus verständlich, wenn er eine derart gefühllose Frau ihrem Schicksal überlassen hatte.

Wie konnte sie es ihm übelnehmen? Es hätte viele Möglichkeiten gegeben, das Hauptproblem ihrer Ehe anzugehen. Und wenn sie – dieser Gedanke überkam sie plötzlich – sich alles nur eingebildet hatte?

Angenommen, die Reise nach Cambridge hatte in Wirklichkeit gar nichts mit dieser Frau zu tun gehabt? Angenommen, sie hatte sich alles nur in ihrer Phantasie zusammengereimt?

Nein, der Brief war der Beweis. Die Frau war seine Geliebte gewesen. Aber wenn schon? Vielleicht war es nur eine rein körperliche Beziehung. Vielleicht hatte die Frau viel mehr darin gesehen, als Kramer dabei empfunden hatte? Sie hatte nie einen Brief gesehen, den er an sie geschrieben hatte. Und mit diesen lächerlichen Verdächtigungen hatte sie ihr Leben ruiniert und womöglich ihren Mann in den Tod geschickt ...

Der Arzt hatte Bedenken, sie nach Hause zu entlassen, und ließ sich von ihr ein Formular unterschreiben, daß sie die Klinik auf eigene Gefahr verließ. Andererseits war er natürlich froh, das Bett für dringendere Fälle frei zu bekommen. Er ermahnte sie, sich viel Ruhe zu gönnen und gleich am nächsten Tag den Hausarzt kommen zu lassen. Dann bestellte er ihr ein Taxi, und sie fuhr nach Hause.

In der Wohnung ließ sich Anne in einen der übergroßen Lehnsessel fallen. Die vertrauten Gerüche, die heimische Atmosphäre beruhigten sie. Die Wohnung war weit mehr von ihr geprägt als von Kramer. Sie war immer ihre Zuflucht gewesen, fast sogar ihre Einsiedelei. Eigentlich erinnerte hier nur wenig an ihn.

Bestürzt wurde ihr klar, daß sein Wesen dieser Wohnung nichts Bleibendes aufgeprägt hatte. Es war, als habe er sie nur als gelegentliche Unterkunft benutzt. Auf der Durchreise. Immer auf der Durchreise ... ein flüchtiger Kuß ... Tut mir leid, Liebling, aber ich muß heute abend nach Genf ... Tut mir leid, Liebling, aber ich schaff's heute nicht bis zum Abendessen ... Tut mir leid, Liebling ... Tut mir leid, Liebling ... Tut mir leid ...

Die Worte hallten in ihr wider, sie war in ihrem Sessel eingenickt. Sie öffnete langsam die Augen. Sie sehnte sich nach einem Menschen, nach einem Freund, nach einem Menschen, der sie in die Arme nahm, der über sie wachte. Ihre Eltern waren tot, und trotz zahlreicher beruflicher Bekanntschaften hatte sie nur wenige echte Freunde. Ihr Blick wanderte durch das Zimmer. Dann fiel ihr etwas ins Auge. Sie stand auf.

Ein Irrtum war ausgeschlossen. Auf dem Kaminsims stand der Brief. Sie lief zum Kamin und nahm ihn in die Hand. Er war ungeöffnet.

MENZELOS' zehn Meter lange, hochseetüchtige Yacht lag bei leichter Dünung im Hafen von Chichester vor Anker, und die schlanken weißen und goldenen Linien spiegelten sich leuchtend im dunklen Wasser.

Menzelos arbeitete im Maschinenraum und überprüfte die beiden Volvomotoren für die lange Überfahrt nach Bordeaux. Ackerman saß mit der Whiskyflasche dabei und sah ihm trübsinnig zu. Carola Menzelos füllte die Kombüsenschränke mit Konservenbüchsen aus einer großen Tragtasche.

Auf dem Weg zur Küste waren sie nicht mehr aufgehalten worden. Alford hatte sich von ihnen getrennt, um bei Freunden in London Unterschlupf zu suchen. Die Zollbehörden zeigten Verständnis für jeden, der die leidgeprüfte Stadt so weit wie möglich hinter sich lassen wollte, und so stand Menzelos' Abreise nichts im Wege. Eigentlich hatte er mit seiner Frau allein nach Frankreich fahren wollen, aber Ackerman hatte mißtrauisch darauf bestanden mitzufahren.

Ackerman sah noch einmal nach den Juwelen. Sie befanden sich in Plastikbeuteln, die an einem Nylonfaden im Inneren des Treibstofftanks hingen. Selbst einem übereifrigen Zollbeamten würden sie dort nicht auffallen, denn der Haken, an dem sie hingen, befand sich tief in einem Winkel des Tanks, weit vom Einfüllstutzen entfernt.

Ackerman schraubte den Tankverschluß auf und überprüfte die Zuleitungen zu den Motoren; um sich zu vergewissern, daß die Zuleitungen fest saßen, tastete er die Messingstutzen ab, an denen sie befestigt waren.

Mutant 59 hatte Fuß gefaßt und begann zu fressen!

Neun Stunden später zog der schlanke Fiberglasrumpf des Schiffs bei wachsendem Seegang seine Bahn durch die Bucht von La

Rochelle. Das Dröhnen der Maschinen hatte die drei Menschen an Bord schläfrig gemacht.

Die Treibstoffzuleitung zur Steuerbordmaschine begann durchzusacken und sich aufzublähen.

Ackerman saß im Salon und war ziemlich betrunken. Carola Menzelos versuchte, sich auf ein Taschenbuch zu konzentrieren, und Menzelos stand am Steuer und versuchte vergeblich, über die Brecher hinwegzublicken, die auf den Bug zurollten. Die Wachstumsrate von Mutant 59 beschleunigte sich, bis er sich durch die Zuleitung gefressen hatte. Die Zuleitung platzte, und der Treibstoff ergoß sich in den Maschinenraum. Die Stabilisatoren in den Weber-Zwillingsvergasern fielen aus, die Maschine hustete und verstummte.

Menzelos blickte auf die Skalen der Anzeigegeräte vor sich und drückte verärgert den roten Starterknopf.

Der Anlasser surrte protestierend und stemmte sich gegen die tote Last der von der Treibstoffzufuhr abgeschnittenen Maschine. Aus den Armaturen sprühten Funken.

Die Treibstoffdämpfe im Maschinenraum entzündeten sich. Der Treibstofftank explodierte in einem orangefarbenen Feuerball. Flammen hüllten Menzelos ein und schossen über die Kajütentreppe in den Salon.

Die Wucht der Explosion riß den Boden aus dem Maschinenraum; Wasser sprudelte ins Steuerhaus und spülte die verkohlten Überreste Menzelos' ins Meer.

Mit rauchgeschwärztem, schmerzverzerrtem Gesicht kämpfte Ackerman in der Kabinentür gegen das hereinstürzende Eiswasser an. Der Schiffsrumpf richtete sich auf. Als das Wasser stieg und Ackerman gegen die Kabinendecke drückte, streckte er mit letzter Kraft die Hand nach dem Juwelensäckchen aus, das im schäumenden Wasser an ihm vorbeistrudelte.

In den bakteriologischen Laboratorien wurde fieberhaft gearbeitet.

In einer Abteilung waren Labortechniker damit beschäftigt, Proben des Mutanten 59 in verschiedene Schüsseln mit einer dünnen Schicht gelatineartiger Kulturböden einzuimpfen. Sie saßen in abgedichteten Zellen, ihre Hände steckten in Gummihandschuhen, die mit den Greiflöchern versiegelt waren. In den Zellen brannte ultraviolettes Licht. Die beimpften Schüsseln wurden aufeinandergestapelt. In regelmäßigen Abständen wurden die Stapel abgeholt und in einen Brutschrank transportiert. Jeder Arbeitsgang wurde auf einem Formularblock neben dem Brutschrank vermerkt.

In einer anderen Abteilung saß eine Reihe übernächtigter, unrasierter Wissenschaftler und starrte konzentriert mit rotgeränderten Augen in Okulare von Mikroskopen. Nach jeder Untersuchung wurde das Ergebnis auf einem Berichtsbogen vermerkt, dann wanderte der Objektträger in eine Desinfektionswanne.

Eine dritte Gruppe von Wissenschaftlern führte Untersuchungen zur Bestimmung der antibiotischen Reaktionsfähigkeit durch. Sie arbeitete mit Schüsseln, die den anderen Kulturschüsseln ähnlich waren, nur daß hier auf jeder Schicht von frischgezüchteten Bazillen ein Ring von kleinen Filterpapierscheiben lag. Jede Scheibe war mit einem Antibiotikum präpariert. Auf diese Weise mußte jede von dem Antibiotikum verursachte Wachstumsbeschränkung als durchsichtiger Vorhof auf den Scheiben sichtbar werden.

In der immunologischen Abteilung saßen drei Frauen in Laborkitteln, durch eine Plexiglasscheibe geschützt, vor einem Abzug für giftige Gase. Mit einer Pipette gaben sie sorgsam dosierte Tropfen reinen Serums in Hunderte von kleinen Reagenzgläsern, die auf Kupferständern aufgereiht waren. Jeder geimpfte Ständer wurde dann im danebenstehenden Wasserbad auf Körpertemperatur erhitzt.

Über dem nervösen Treiben im Institut hing ein Geruch wie von einer abgestandenen Suppe, der von den Kulturböden herrührte. Die Luft war feucht von den Dampfsterilisationsgeräten in einem benachbarten Laboratorium.

In einem Laboratorium war durch eine Glaswand ein kleinerer Raum abgeteilt worden. In ihm herrschte, im Gegensatz zum tropischen Dunst der Labors, eine trockene, kühle Atmosphäre. Hier saß Professor Kendall, ein dünner, vogelähnlicher Mann mit grauem Haar. Vor ihm, auf der Schreibtischkante, saß Wright; daneben, in einem Sessel, abgearbeitet und müde, Luke Gerrard. Scanlon kam herein und nahm auf einem Bürostuhl neben Kendall Platz.

Kendall, der in unangenehmer Weise die Konsonanten überbetonte, wenn er sprach, sagte: „Wenn wir ganz ehrlich sein sollen – bis jetzt haben wir nur Nieten gezogen. Bedenken Sie: Wir haben es mit allen bekannten Antibiotika versucht. Nur eines hat eine gewisse Reaktion erzeugt, Neomycin D ..."

„Warum nehmen wir das nicht?" unterbrach ihn Wright.

„Weil es, mein lieber Mr. Wright, auf der ganzen Welt nicht genug ‚D' gibt, um auch nur ein paar Quadratmeter zu sterilisieren. Da müssen wir, fürchte ich, schon ein beträchtliches Mehr an Genialität aufbringen. Nein, wir haben nur Nieten gezogen, und das sollten wir ruhig zugeben. Das ist die Lage."

„Ich bin überzeugt, daß die Verbreitung des Erregers in Verbindung steht zu der Verbreitung der Polymere, die bei der Herstellung der biolöslichen Flasche verwendet wurden", sagte Gerrard. „Überall wo wir da unten den Rest einer Flasche fanden, war auch eine verstärkte Aktivität der Bakterien festzustellen. Ich habe die Beweisstücke mitgebracht, Sie haben sie selbst gesehen."

„Was hilft uns das weiter?" fragte Wright, als ob er etwas verteidigen müßte. „Nur weil die Biester unsere Flaschen mögen, bedeutet das noch lange nicht, daß sie die Ursache sind."

„Das habe ich damit auch nicht sagen wollen", erwiderte Gerrard. „Ich habe nur gesagt, daß da eine Verbindung besteht."

„Was schlagen Sie vor?" fragte Kendall.

„Ich bin mir noch nicht ganz sicher", sagte Gerrard nachdenklich. „Ich habe da irgendeine Idee, die sich noch nicht formulieren lassen will." Er dachte einen Augenblick lang nach. „Warum wirken die gewöhnlichen Desinfektionsmittel nicht?"

„Sie wirken schon – in gewisser Weise", sagte Kendall, „und das ist ja auch im Augenblick das einzige, womit die Entseuchungstrupps arbeiten können. Die Sache ist nur – sie wirken lediglich auf Oberflächen. Was wir brauchen, ist eine tiefer wirkende Angriffsmöglichkeit. Etwas, das dieses Zeug an der Wurzel packt. Wenn wir erfolgreich mit Desinfektionsmitteln arbeiten wollten, müßten wir ja ganz London mit Lysol oder etwas Ähnlichem überfluten. Das ist einfach unmöglich. Nein – wir müssen eine spezifischere Lösung finden. Etwas, das dem Mutanten verwandt ist."

„Angenommen, ich hätte recht", sagte Gerrard. „Angenommen, es hätte wirklich etwas mit dem Plastikmaterial zu tun, das unsere Gruppe hergestellt hat." Er wandte sich an Wright: „Als Sie das Plastikmolekül entwickelten – was waren da Ihre Überlegungen? Wie sind Sie zu dieser Molekularstruktur gelangt?"

„Die Hauptaufgabe war", sagte Wright, „lange Polymerketten mit instabil reagierenden Querkopplungen zu finden. Fotosensitive Kopplungen so zu benutzen, daß die Lichteinwirkung Bindungen auflöste und den verbleibenden Wertigkeiten Sauerstoff zuführte."

Kendall unterbrach: „Verzeihung, aber ich kann da nicht ganz folgen."

Gerrard erklärte es ihm: „Lange Molekülketten, die unter der Einwirkung von Licht und Sauerstoff auseinanderbrechen." Er wandte sich wieder Wright zu: „Können Sie die Molekülstruktur aufzeichnen?"

„Natürlich", sagte Wright, nahm einen Filzschreiber und begann einen großen Bogen Papier zu bekritzeln.

„Die Hauptkette sieht so aus. Das hier sind die Aminogruppen." Das Gebilde aus Linien, Punkten und Symbolen wuchs und wuchs. „Hier die Oxyphenyle ... und hier der Chinolring. Das sind, wie Sie sehen, die instabilen Wertigkeiten, die die elektrische Ladung erzeugen, wenn dieser Teil der Kette zerfällt. Nur einige wenige Quanten Licht reichen dazu aus."

„Und dann – was?" fragte Gerrard.

Wright sah ihn überrascht an: „Aber das müssen Sie doch wissen! Dann bricht das Molekül in diese vier Bestandteile hier auseinander", er deutete auf seine Zeichnung, „und kann dann auf normale Weise von Bakterien zerstört werden."

„Aber wie?" beharrte Gerrard. „Wie kann es zerstört werden?"

Wright wurde ungeduldig: „Sehen Sie, das habe ich doch nun schon hundertmal mit Ihnen durchgenommen ..."

„Großartig! Dann machen wir es doch bitte gleich noch einmal. Da ist nämlich etwas, was ich ganz genau herauszukriegen versuche. Also sagen Sie mir bitte noch einmal: Wie sind die Moleküle beschaffen, die gewöhnliche Bakterien zerstören können?"

Kendall unterbrach ihn: „Das ist aber kein gewöhnliches Bakterium! Es gibt nirgendwo auf der Welt etwas Gleichartiges. Es ist ein völlig neuer Typus, eine Mutation."

Wright fuhr fort: „Nun, als wir ein Molekül hatten, das unter Lichteinwirkung in kleinere Einheiten zerfiel, versuchten wir, die Einheiten so weiterzuentwickeln, daß sie Polypeptiden so ähnlich wie möglich wurden ..."

„Polypeptiden? – Verzeihung, aber ich verstehe nicht ganz", sagte Kendall.

Gerrard erklärte es ihm: „Mittelgroße Moleküle, aus denen sich Protein bildet."

„Ah, ich verstehe", sage Kendall. „Sie versuchten, einen plastischen Rückstand herzustellen, der proteinähnlich war."

„Genau", sagte Wright. „Wir versuchten, einen goldenen Mittelweg zu finden. Eine Struktur, die zuerst ein tadelloses, stabiles Behältermaterial darstellte – nach Lichteinwirkung infolge der Betätigung des Aufreißstreifens jedoch ein rasch zerfallendes, vernichtbares Material darstellte, etwas, das die Leute auf den Misthaufen werfen konnten."

„Wirklich eine großartige Idee", meinte Kendall. „Aber Sie rechneten nicht mit diesem Mutanten, nicht wahr?"

„Wie konnten wir", sagte Wright. „Nach Auskunft der Fachliteratur existiert er ja auch nicht."

„Aber wissen wir genau, ob unser Flaschenmaterial nicht seine Entwicklung hervorgerufen hat?"

„Haben Sie Beweise?" fragte Wright zornig.

Gerrard ließ nicht locker: „Ich bin überzeugt, daß es etwas mit unseren Flaschen zu tun hat. Wie gesagt: Immer, wenn ich einen Rest von unseren Flaschen entdeckte, stellte ich in der unmittelbaren Umgebung eine stärkere Wachstumsrate dieser Bakterien fest."

„Das beweist überhaupt nichts", sagte Wright geringschätzig und warf Gerrard einen feindseligen Blick zu.

Gerrard blickte ihn durchdringend an: „Sie wollen es nicht wahrhaben, daß wir mit der Sache etwas zu tun haben könnten, nicht wahr? Ich weiß, worauf Sie aus sind: Sie wollen unsere Flasche von aller Schuld freisprechen, damit man uns nicht zur Verantwortung ziehen kann."

„Selbst wenn Ihre Argumente eine Grundlage hätten, was ich sehr bezweifle, macht uns das noch längst nicht verantwortlich. Der Mutant ist das Problem, nicht das verdammte Plastikmaterial!"

„Im Gegenteil! Wenn unser Produkt auch nur zum geringsten Teil zu der Katastrophe beigetragen hat, dann müssen wir einen Teil der Schuld auf uns nehmen."

Wright lachte schrill. „Entschuldigen Sie, aber ich kann Ihrer Argumentation einfach nicht folgen. Angenommen, wir stellen Benzin her; angenommen, wir verkaufen Benzin. Und dann übergießt sich jemand damit und zündet sich an – dann sind wir doch nicht für seinen Tod verantwortlich, nur weil wir es hergestellt haben, oder?"

„Das ist etwas ganz anderes", sagte Gerrard. „Wir wußten von vornherein, daß wir eine Substanz herstellten, die sich unter dem Einfluß von Bakterien zersetzte, daß wir einen Naturvorgang nachahmten ..."

„Um Himmels willen", protestierte Wright. „Wir wußten doch nichts von diesem Organismus. Wir konnten uns doch unmöglich sagen: Nein, wir können diesen Prozeß nicht verantworten, denn es könnte ja einmal ein neues Bakterium auftreten, eine Mutation von geringer Wahrscheinlichkeit und so weiter ... Das ist doch ein völlig spekulativer Gedanke – Sie haben doch nicht den geringsten Beweis, welcher Art auch immer, und trotzdem erwarten Sie von uns, daß wir in Sack und Asche herumlaufen, uns an die Brust schlagen und mea culpa rufen!"

Kendall fand den Ausbruch Wrights peinlich: „Meine Herren, ich glaube, wir sollten doch ..."

Gerrard brachte ihn mit einer Handbewegung zum Schweigen: „Nun gut. Ich bade mich also in Schuldgefühlen. Na und? Sie wollen ja nicht einmal einen Finger rühren, um ..."

„Beweisen Sie mir, daß ich etwas dagegen tun kann, und ich werde es tun", sagte Wright.

„Ausgezeichnet. Erstens: wir haben einen Organismus, der Plastik frißt. Zweitens: wir haben ein Plastikmaterial, das zu einer proteinähnlichen Substanz zerfällt, sobald es Licht und Luft ausgesetzt wird. Nun lassen wir einmal außer acht, woher das Biest gekommen ist. Aber wir wissen, daß diese beiden Faktoren zusammenwirken – warum nutzen wir das nicht aus?"

„Ich kann da nicht ganz folgen", warf Kendall ein.

Gerrard war sich seiner Sache nun sicher: „Ja. Das ist es. Wieso eigentlich nicht?" Er wandte sich an Wright: „Wie leicht ist es, die Struktur des Plastikmoleküls zu ändern?"

„Kommt darauf an, was Sie damit wollen", sagte Wright mißtrauisch.

„Nichts Radikales", erwiderte Gerrard. „Wie leicht wäre es – sagen wir einmal –, eine der Aminogruppen auszutauschen?"

„Das ist eigentlich das leichteste", versicherte Wright.

„Würden sich auch Zyanidgruppen leicht einfügen lassen?"

„Ja, das geht tatsächlich. Ich habe es einmal bei meinen frühen Experimenten versucht. Hat aber offensichtlich zu nichts geführt. Das Zeug ist giftig wie die Hölle."

„Genau das!" rief Gerrard aus. „Giftig!"

Kendall sprang auf: „Ich verstehe! Man ändert die Konstruktion des Plastikmaterials, damit es ..."

„... giftig wird!" Gerrard bebte vor Erregung. „Dann legt man es aus – wie Rattengift –, und die Bakterien fressen es und gehen daran zugrunde."

„Großer Gott!" rief Kendall. „Eine fabelhafte Idee. Ja, das gefällt mir. Allerdings würde das ..."

„Aber wovon gehen Sie dabei aus? Sie haben doch nichts in der Hand. Reine Zeitverschwendung", sagte Wright.

Gerrard ignorierte ihn: „Haben Sie noch den Versuchsapparat im Labor?"

Wright blickte zu dem Kanadier auf, der sich erhoben hatte. „Ja, der ist noch da. Sogar betriebsbereit. Scanlon hat vorige Woche noch damit gearbeitet. Er versuchte ..."

„Werden Sie ihn in Betrieb setzen?"

„Ja, das kann ich schon. Aber es ist reine Zeitverschwendung. Außerdem sehe ich nicht ..."

„Tun Sie es nun oder nicht?" schrie Gerrard ihn an.

Wrights Blick drückte offene Feindschaft aus; dann, plötzlich, schlug er die Augen nieder. „Ja", sagte er tonlos. „Ja. Ich geh ja schon."

DRAUSSEN, in der frostigen Winterluft, lag der Geruch von Ainslies Bazillus über den verödeten Straßen. Der Schnee fiel dicht, und die einzigen Geräusche, die man hörte, rührten von kleinen Armeetrupps, die in voller Schutzkleidung durch die Straßen patrouillierten wie Astronauten, die einen fremden Planeten erkunden. Ihre schweren Stiefel knirschten im Schnee.

Vor dem hermetisch abgeschlossenen Sperrbezirk drängten sich an den Kontrollpunkten mit ihren Entseuchungsstationen die Übertragungswagen des Fernsehens. Unter gleißenden Scheinwerfern versuchten die Reporter, die Menschen zu interviewen, die in Arbeitskombinationen oder schlechtsitzenden gespendeten Kleidern erschöpft aus dem Sperrbezirk getaumelt kamen.

Besorgte Verwandte versammelten sich an den Kontrollpunkten in der Hoffnung auf Nachricht von ihren Angehörigen. Ein Krankenwagen mit Blaulicht fuhr mit hoher Geschwindigkeit über den leeren Trafalgar Square und brauste dann über die Charing Cross Road davon. Der frischgefallene Pulverschnee wurde von den Reifen hochgeschleudert und hing einen Moment als feine weiße Wolke in der Luft. Über dem Trafalgar Square kreiste ein Hubschrauber; ein Kameramann lehnte sich gefährlich weit aus der Tür, um die erregendste

Reportage seines Lebens zu filmen. Ainslies Mutant 59 tastete sich in neue Gebiete vor, um weitere Nahrung zu finden, fand in unterirdischen Kabelschächten und Versorgungsleitungen immer wieder neuen Lebensraum.

Langsam, aber stetig fraß der Bazillus das Herz der Stadt.

IM KRAMER-LABORATORIUM stand Gerrard erschöpft und übermüdet an der Wandtafel, schrieb mathematische Gleichungen nieder und prüfte die Ergebnisse mit dem Tischrechner nach, der seine Antworten gleichgültig summend und klickend von sich gab, wenn Gerrard die Ausgabetaste drückte. Es war drei Uhr morgens. Im großen Laborraum waren Wright, Scanlon und Buchan mit einem Gewirr von gläsernen Apparaturen beschäftigt, die auf einem behelfsmäßigen Metallgerüst aufgebaut waren. In dem verästelten Glasröhrensystem bewegten sich farbige Flüssigkeiten, an einem Ende tropfte ein braunes Gebräu in einen Erlenmeyerkolben. In ihm hatten sich etwa zweieinhalb Zentimeter Flüssigkeit angesammelt. Wright drehte den Gashahn unter dem Kolben ab, nahm den Kolben, stellte ihn neben Gerrard auf den Tisch, setzte sich hin und sagte: „Das ist es – Polyaminostyren mit Fangzähnen."

Gerrard schaltete den Tischrechner ab: „Ganz sicher?"

„Ganz sicher. Aber wir werden es trotzdem noch mit dem Chromatographen überprüfen. Wir hätten vielleicht an der Nebenkette vier anstatt der Nitrosamingruppe eine Zyanidgruppe einfügen sollen."

„Wird es auch aktiv sein? Könnten Sie nicht alle seine Wertigkeiten abgedeckt haben?"

„Unsere Chemie funktioniert immer noch tadellos, vielen Dank", sagte Wright etwas beleidigt. „Sie stellen wohl immer erst einmal alles in Frage!"

Gerrard sah ihn lange nachdenklich an, dann erwiderte er: „Als wir hierherkamen, habe ich vier Subkulturen des Mutanten in die Brutmaschine geschoben. Die müßten inzwischen hochgegangen sein wie eine Bombe. Ich werde sie holen."

Er ging zum Brutschrank und hob drei große Bechergläser heraus. Auf dem Boden jedes Bechers stand eine flache, zugedeckte Petrischale. Gerrard trug die Behälter behutsam in den großen Laborraum. Wright folgte mit dem Erlenmeyerkolben, der das giftige Plastik enthielt. Gerrard wischte eine flache, quadratische Porzellanschüssel so trocken wie möglich und stellte sie auf die Laborbank. In die eine Hälfte der Schüssel goß er ein wenig von der zähen braunen Flüssigkeit aus dem Kolben, kippte die Schüssel dann hin und her, bis sich der Brei in einer dünnen Schicht über die eine Hälfte der Schüsselfläche ausgebreitet hatte. Dann hob er eine Petrischale aus einem Becherglas gegen das Licht. Deutlich war zu sehen, daß sich in der Schale eine halbflüssige, blasige Masse befand. Gerrard nahm den Deckel ab und ließ den schaumigen Inhalt langsam in die Hälfte der Porzellanschüssel fließen, die nicht von der zyanidhaltigen Plastikverbindung bedeckt war. Er neigte die Schüssel so weit, daß der Rand der schäumenden Bakterienkultur nur noch etwa zwei Zentimeter weit von der Plastikschicht entfernt war. Die drei Männer nahmen den unangenehm fauligen Ammoniakgeruch wahr. Schließlich legte Gerrard eine Glasplatte über die Schüssel, zog eine Stoppuhr auf, richtete eine Lampe auf die Glasplatte und setzte sich davor, um zu beobachten.

Die Minuten tickten dahin. Die drei Männer saßen reglos da, ihre Blicke unverwandt auf den sich langsam bewegenden Rand der schaumigen Masse gerichtet, der sich immer mehr dem Rand der Plastikmasse näherte.

Es schien eine Ewigkeit zu dauern, bis der Schaumrand den braunen Belag berührte. Gerrard beugte sich erwartungsvoll vor, jeder Muskel in seinem Körper war angespannt. Die Blasen fielen nicht zusammen, als sie sich über die braune Plastikschicht ausbreiteten.

Wright blickte Gerrard von der Seite an, auf seinen dünnen Lippen war die Andeutung eines Lächelns.

Scanlon saß schweigend da, nur die vorgeschobenen Lippen verrieten seine Konzentration. Buchan, undurchdringlich wie immer, paffte seine Pfeife.

Die Schäumung dauerte an und schien sich sogar noch zu beschleunigen. Gerrard fluchte leise vor sich hin. Sie waren sich alle bewußt, daß hier unter dem Glas das Schicksal einer ganzen Stadt, vielleicht sogar der ganzen zivilisierten Welt auf dem Spiel stand. Als die drei sich über das Glas beugten, sahen sie mit ihren von unten beleuchteten Gesichtern im Halbdunkel des Laborraums wie mittelalterliche Hexenmeister aus.

Plötzlich stieß Gerrard einen Schrei aus: „Es wird langsamer! Ich bin ganz sicher! Da, seht ihr? Es hat sich deutlich verlangsamt."

Die beiden anderen starrten neugierig in die Schüssel. Die Blasenlinie am Rand der sich ausbreitenden Bakterienkultur war dünner geworden, die Bewegung des Randes kam zum Stillstand; platzende Blasen wurden nicht mehr durch frische ersetzt.

Endlich hatte sich der Mutant 59 in der Schüssel zu Tode gefressen. In seinem Vormarsch auf der Suche nach neuer Nahrung hatte der Mutant durch seine Zellwände Polyaminostyren-Moleküle aufgenommen – wie immer. Doch diesmal gab es einen Unterschied. Während die Moleküle Teil der inneren Zellstruktur wurden, wurde das Zyanid freigesetzt und vergiftete wesentliche Enzymsysteme, bis die von Ainslie handgeschneiderte biochemische Perfektion des Mutanten ruiniert war.

„Wir haben nur ein halbes Gramm hergestellt", sagte Wright. „Da draußen liegt aber eine ganze Stadt, die Tonnen von dem Zeug braucht."

Gerrard war außer sich vor Freude und Erleichterung: „Ich weiß. Wir werden den Neoplas-Leuten die Massenproduktion anbieten. Sie haben alle notwendigen Anlagen. Dann bringen wir es über das ganze Gebiet. In die Tunnels, in die Kloaken – es wird wie Rattengift wirken." Er ließ sich in seinen Stuhl zurückfallen. Nun, da sie es geschafft hatten, überkam ihn totale Erschöpfung.

Scanlon sah ihn prüfend an: „Wir müssen noch einen Feldtest machen. Wir müssen eine Stelle finden, die eben erst befallen worden ist, und sehen, ob es auch da wirkt."

„Sie haben recht", sagte Gerrard. „Tun wir es gleich." Er wandte sich an Wright: „Wieviel können Sie in den nächsten – nun, sagen wir – sechs Stunden herstellen?"

Wright überlegte kurz, dann erwiderte er: „Mit der Ausrüstung, die wir hier haben – etwa dreihundert Gramm."

„Damit läßt sich nicht viel anfangen", sagte Scanlon.

„Wenn wir es verdünnen könnten – mit einem ätherischen Lösungsmittel und dann vielleicht versprühen", erwiderte Gerrard. „Das Lösungsmittel würde verdunsten, und das Zeug steht dem Mutanten zur Verfügung." Er wandte sich an Scanlon: „Lassen Sie sich mit Neoplas verbinden, die sollen sich mit ihren Anlagen auf Massenfabrikation einstellen."

Er wandte sich an Wright: „Wir brauchen jetzt jedes Gramm, das Sie zusammenbrauen können. Ich setze mich inzwischen mit der Einsatzleitung in Verbindung und teile den Leuten mit, daß wir dem Mutanten Schach geboten haben. Dann müssen wir schauen, ob ausreichend Lösungsmittel zur Verfügung stehen, um eine Lösung herzustellen, die sich sprühen läßt." Er unterbrach sich einen Augenblick und sah noch einmal in die Schüssel, um sich zu vergewissern.

Nun war auch die letzte Blase verschwunden.

„Verdammt noch mal, es hat wirklich gewirkt!"

Buchan machte zum erstenmal den Mund auf: „Was wollen Sie denn jetzt noch? Den Nobelpreis?"

18

DIE Luft in dem großen unterirdischen Kontrollkomplex roch feucht und abgestanden. Drei der vier riesigen Ventilatoren, die die Tunnelgänge und Betonhallen belüfteten, waren abgeschaltet worden, da sie Luft aus dem infizierten Gebiet ansaugten und die Gefahr bestand, die Infektion durch das System noch weiter zu verbreiten. Der vierte Ventilator, der hinter einem Schutzitter jenseits der Gefahrenzone stand, arbeitete zwar mit voller Kraft, konnte aber nur soviel Frischluft ansaugen, um das Sicherheitsminimum aufrechtzuerhalten, nicht aber den Gestank zu vertreiben, der von den Stellen herrührte, wo Mutant 59 schon Fuß gefaßt hatte.

Der Geruch – eine Mischung aus Ammoniak und verwesendem Fleisch – rief bei den Menschen hier unten eine permanente Übelkeit hervor; die Nahrungsmittelkonserven, die in den Kantinen ausgegeben wurden, blieben zum größten Teil unberührt. Der Geruch haftete hartnäckig in der Kleidung und Polsterung.

Oben, an der Oberfläche, lag der Geruch reglos in der kalten Luft wie ein Hauch des Todes.

Slayter saß an einem mit Kaffee bekleckerten Tisch in der Kantine und täuschte Interesse an den Ausführungen eines Mannes vor, der ihm gegenübersaß und sich über die Lage des Wasserleitungsnetzes in der Sperrzone verbreitete und wie es überwacht würde. Während er mit halbem Ohr zuhörte, war er in Gedanken wieder unten in den Tunnels.

Slayter blickte überracht auf, als Buchan in den Raum stürzte. „Dr. Buchan!" rief er. „Wie kommen Sie denn hierher?"

„Das ist jetzt gleichgültig. Ich muß mit Ihnen sprechen." Der große, eckige Schotte konnte kaum an sich halten. „Menschenskind, ich hab's!"

„Was?"

„Das Verbindungsglied! Den gemeinsamen Faktor – den Kern!"

„Langsam", sagte Slayter und zeigte auf einen Stuhl. „Setzen Sie sich erst mal hin. Das ist Mr. Parkin von der Forschungsabteilung der Wasserwerke. Und das ist Dr. Buchan von den Kramer-Laboratorien." Die beiden Männer nickten sich gegenseitig zu.

„Um was geht's denn nun eigentlich?"

„Also", sagte Buchan. „Sie haben doch einen fehlerhaften Bestandteil im Computer Ihres Verkehrsregelungssystems entdeckt, und dann war doch da ein fehlerhaftes Anzeigegerät, das an dem Flugzeugabsturz von Heathrow schuld war. Richtig?"

„Ja."

„Die Untersuchungen ergaben in beiden Fällen ein Versagen der Isolation. Richtig?"

„Natürlich. Ich erinnere mich genau. Wir waren übrigens schon weitergekommen. Die Marine hält es für möglich, daß dies auch die Ursache für den Untergang der *Triton* war."

„Genau", nickte Buchan. „Drei Vorfälle, eine gemeinsame Ursache!"

„Keineswegs." Slayter schüttelte den Kopf. „So einfach liegen die Dinge nicht. Ich gebe zu, das Isolationsversagen ist ein gemeinsamer Faktor, aber ..."

Buchan unterbrach ihn: „Zugegeben, aber was würden Sie sagen, wenn sich herausstellen würde, daß es dasselbe Isolationsversagen war?"

„Wie meinen Sie das?"

„Wenn es derselbe Bestandteil wäre, der seine Isolation verloren hat."

„Dann wäre ich schon stärker beeindruckt; ja."

„Nun, in den letzten drei Tagen bin ich nicht vom Telefon weggekommen. Ich habe die Sache weiterverfolgt und ..."

„Nur weiter!"

„Nun", Buchan gestikulierte aufgeregt. „Es ist derselbe Bestandteil. In dem Treibstoffzuleitungsanzeiger befand sich ein kleines Schaltelement: ein Logik-Gatter. In Ihrem Computer bildet das gleiche Element einen lebenswichtigen Teil des Steuersystems. Und – das habe ich bei der Marineforschung in Portsmouth überprüft – dasselbe Element war in den Raketenleitcomputern der *Triton* eingebaut."

„So weit, so gut. Sie haben also nun einen gemeinsamen Bestandteil, aber das ist noch immer nicht notwendigerweise eine gemeinsame Ursache. Genausogut könnten Sie sagen: Überall wurden Nieten und Bolzen verwendet, die alle von derselben Firma hergestellt wurden. Das beweist aber nichts."

„Zugegeben. Nachträgliche Überlegungen und so weiter ..." Buchan war in voller Fahrt. „Aber da ist noch mehr. Das Unglück mit Apollo neunzehn, Sie haben doch davon gelesen?"

„Ja."

„Da war es in der Kommandokapsel! Ich habe das bei der NASA überprüft."

„Dr. Buchan, es tut mir leid, daß ich so hartnäckig bin, aber es spielt wirklich keine Rolle, an wieviel Stellen Sie es finden. Sie haben immer noch ..."

„Aber starke Indizien, das geben Sie doch zu, oder?"

„Nicht sehr stark, aber es ist reichlich seltsam, das muß ich zugeben."

Buchan öffnete seinen Aktenkoffer. „Und nun zu den Beweisen", sagte er und holte einen kleinen Metallkasten heraus, dem er einen versiegelten Umschlag entnahm. Aus dem Umschlag schüttelte er einen kleinen Plastikwürfel, aus dessen glatter Oberfläche zehn kurze Drähte ragten. Buchan legte den Würfel auf den Tisch.

„Logik-Gatter M 13", sagte er. „Das heißt vor dem Gebrauch. So wie es aus der Fabrik kommt."

„Was meinen Sie damit – vor dem Gebrauch?"

Buchan deutete auf den kleinen Elektronikwürfel: „Als ich entdeckte, daß dieses Ding bei allen drei Katastrophen eine Rolle spielte, rief ich die Hersteller an und ließ mir ein paar zur Ansicht schicken. Eins von den Dingern habe ich auseinandergenommen und zu Baron geschickt."

„Wer ist Baron?"

„Ein Freund von mir beim Gesundheitsamt in Colindale."

„Ich verstehe nicht ..."

„Er hat es auf Bakterien untersucht!"

Slayter sah ihn entgeistert an.

„Im Innern des Würfels steckte ein Haufen Sporen!"

Slayter sank langsam zurück und sah Buchan ernst an: „Nun haben wir eine gemeinsame Ursache."

„Genau. Es sind Sporen von diesem Plastikfresserorganismus."

„Aber Sie haben damit noch nicht alles bewiesen!" sagte Slayter.

„Was Sie festgestellt haben, ist folgendes: Ein und dasselbe elektronische Element spielt eine Rolle bei drei Katastrophen – und in einem Element wurden Sporen plastikfressender Bakterien gefunden. Das reicht aber nicht. Sporen sind wie Samen. Sie müssen keimen. Wie paßt das in Ihr Bild?"

Buchan grinste. Er amüsierte sich über Slayters verzweifelte Bemühungen, seine Indizien zu zerpflücken. Er sagte: „Was brauchen Sporen zum Keimen?"

„Nun", begann Slayter. „Ich bin kein Bakteriologe, aber – lassen Sie mich nachdenken – Nahrung und Wärme und ..."

„Ausgezeichnet!" rief Buchan. „Wärme! Was geschieht mit elektronischen Elementen, wenn sie an einen Stromkreis angeschlossen werden?"

„Mein Gott!" Slayter setzte sich aufrecht. „Mein Gott! Ja!"

„Sehen Sie", sagte Buchan triumphierend. „Wenn das Gatter in Betrieb gesetzt wird – ganz gleich, in welchem Computer oder in welches System es eingebaut ist –, wenn es anfängt zu arbeiten, erwärmt es sich. Die Sporen keimen und fangen an zu fressen ..."

„... und fressen das Plastikmaterial des Geräts", beendete Slayter den Satz.

„Ja. Aber das ist noch nicht alles. Ich habe das bei Baron überprüft und mit den Herstellern des Aggregats. Baron sagt, daß die keimenden Sporen auch Wasser brauchen. Nun bin ich in diesem Punkt nicht ganz sicher, aber ich glaube, wenn das Aggregat zu arbeiten beginnt, wird es warm, und wir glauben nun, daß dann auf dieser Kadmiumplatte hier", er zeigte darauf, „genügend Kondensation erfolgt, um ein paar winzige Tröpfchen Wasser zu erzeugen. Gerade so viel, daß die Sporen sich teilen können. Und wenn sie angefangen haben, sich zu teilen, dann bahnen sie sich ihren Weg über die Isolation dieser Drähte hier, die aus dem Gatter herausführen." Er zeigte auf die kurzen Drähte, die aus der Oberfläche herausragten. „Und von dort aus zu weiß Gott was für anderen Drähten, mit denen das Gerät verbunden ist."

„Wenn es also erst einmal in Betrieb gesetzt ist, breiten sich die Biester in jedes System aus, in das das Gerät eingebaut ist", sagte Slayter.

„Genau!" Buchan ließ seinen massigen Körper gegen die Stuhllehne sinken.

„Können Sie das alles beweisen?" fragte Slayter.

Buchan nahm wortlos einen zweiten Metallkasten aus seinem Koffer und setzte ihn vorsichtig auf den Tisch. Er nahm ein abgedichtetes Glasgefäß heraus und stellte es behutsam daneben.

„Das ist ein zweites Gatter. Wir haben es fünf Stunden ununterbrochen in Betrieb gehabt."

Das Innere des würfelförmigen Aggregats war verformt. An einem der herausragenden Drähte war die gelbe Isolation verschrumpelt und hatte sich teilweise vom glänzenden Kupferkern abgelöst.

„Eine biologische Zeitbombe", sagte Slayter leise. „Sobald sie anfängt zu arbeiten, fängt sie an zu infizieren."

„Nur eins beunruhigt mich", meinte Buchan. „Warum hat bei den früheren Untersuchungen niemand etwas von den Aufweichungen berichtet? Man hat offensichtlich immer nur blanke Drähte entdeckt. Ich habe das bei Baron überprüft, und er nimmt folgendes an: Als die Biester – wo immer sie herkamen – anfingen, Plastik zu fressen, taten sie das wahrscheinlich sehr langsam. Und mit jeder neuen Generation fraßen sie immer schneller."

„Also waren die ersten Ausbrüche dieser ... Seuche ziemlich mild", sagte Slayter.

„Richtig." Buchan nickte. „Sie paßten sich allmählich an und steigerten ihre Wirksamkeit, bis sie zur Lawine wurden. Und nun sind wir soweit, daß das ganze Zentrum von London im Sterben liegt."

„Und dieses winzige Gerät ...", dachte Slayter laut. „Es ist unglaublich."

„Wir haben schon eine ganze Menge tun können. Die Firma – ein kleines Unternehmen in der Nähe von King's Cross – hat die meisten Käufer ermitteln können. Es wird noch ein paar Tage dauern, aber es paßt alles zusammen. Die Firma hat beträchtliche Mengen an die Flugzeugindustrie verkauft, wie an die Hersteller Ihres Computers im Verkehrsleitsystem – und an die NASA. Nur in einem Fall kann die Firma nichts unternehmen."

„Wieso nicht?"

„Das Ding wurde auch an die California Rocket Corporation verkauft – Sie wissen, das ist die Firma, die die Argonaut-Rakete gebaut hat, die unbemannte Marssonde."

„Das verstehe ich nicht. Wieso kann man da nichts unternehmen?"

„Weil die Rakete vor sechs Wochen gestartet ist."

GERRARD fühlte sich nicht wohl in seinem Beeston-Schutzanzug. Alles tat ihm noch weh von seiner Kletterpartie in dem Belüftungsschacht. Hinter dem durchsichtigen Gesichtsvisier roch es nach Gummi und Desinfektionsmitteln. Als er mit den drei anderen Männern steifbeinig die Straßen entlangging, scheuerten die Falten des harten Gewebes schmerzhaft in seinen Achselhöhlen und Kniekehlen.

Die Schritte der vier Männer knirschten im Schnee. Neben Gerrard stapfte ein Soldat, der einen Sprühapparat gefüllt mit giftigem Plastik trug. Die zwei anderen Uniformierten studierten die Karte; der eine trug Leutnantsabzeichen auf den Achselklappen. Er wandte sich an Gerrard: „Es ist gleich hier in einer Seitenstraße der Gerrard Street." Er zeigte auf die Karte, blickte auf und ging auf einen Eckladen zu. Auf dem Firmenschild stand: „Motorrad-Moden". Im Schaufenster lagen Hemden in leuchtenden Farben, Kunstlederjacken und Poster. Hinter den Hemden waren PVC-Mäntel im modischen „wet-look" an eine schwarze Wand geheftet und Stiefel, Unisex-Kombinationen und eine Ansammlung von Schallplattenhüllen zu sehen. Über dem Schaufenster befanden sich zwei Wohnzimmerfenster. Hinter einem Vorhang war kurz ein Gesicht zu sehen, das gleich wieder verschwand. Der Leutnant marschierte entschlossen auf die Glastür zu und klopfte.

Während er wartete, wanderte sein Blick sichtlich angewidert über die grellen Schaufensterstücke. Dann war das Geräusch von Riegeln zu hören.

Ein Mann erschien, ungefähr fünfunddreißig Jahre alt und ungewöhnlich sorgfältig frisiert. Er war mit einem blaßrosa Kaschmirsweater, weißen, an den Füßen ausgestellten Samthosen bekleidet und trug Stiefel. Er hatte ein hübsches, ein wenig weiches Gesicht und sagte mit affektierter Betonung der ersten Silben: „Ach du meine Güte, was für ein Glück, daß Sie endlich kommen! Es ist alles absolut ruiniert. Sie können es sich überhaupt nicht vorstellen. Meine ganze Kollektion. Absolut untragbar. Ich weiß überhaupt nicht . . ."

Der Leutnant schnitt ihm brüsk das Wort ab: „Wo haben Sie den Befall festgestellt?"

„Hinten", sagte der Mann mit gekünsteltem Lächeln. „Aber Sie werden das schon schaffen."

Der Leutnant schob ihn beiseite, die anderen folgten ihm in den Laden. Sie starrten ungläubig das Schauspiel an, das sich ihnen darbot.

Ganze Reihen von Schuhen bewegten sich auf einer schaumigen Masse, als tanzten sie zu einer unhörbaren Musik. Die bunte Plastikverkleidung blähte sich obszön an der Wand, sofern sie nicht schon zu Boden gesackt war und grellbunt gemusterte Blasen warf, ihrem ursprünglichen Muster entsprechend.

Eine Kollektion von PVC-Mänteln war unter einer Chromschiene von den Bügeln herabgeflossen. Ein Mantel hing noch und bewegte sich, während das Material schäumte und kochte, als sei er lebendig geworden. Der ganze Laden war in Bewegung wie in einem langsamen, alptraumhaften Tanz. Über allem lag der widerliche Gestank des Ainslieschen Bazillus.

Der Besitzer rang die Hände und jammerte: „Es ist wirklich ganz entsetzlich. Alle meine Modelle sind vernichtet! Ich werde sie nie wieder so hübsch erschaffen ..."

Der Leutnant fuhr wütend herum: „Tun Sie mir einen Gefallen – halten Sie endlich die Klappe!"

Der Mann schmollte, während der Leutnant nervös dem Soldaten mit dem Sprühapparat ein Zeichen gab: „Los! Gib ihm Saures!"

Der Soldat trat zögernd in den Laden, bewegte den Hebel des Sprühapparats auf und ab und überzog den Laden mit giftigem Plastiknebel. Während der Nebel sich auf die Oberfläche des Schaums senkte, betrachtete der Leutnant mit unverhohlener Schadenfreude das entsetzte Gesicht des Besitzers. Die Luft erfüllte sich mit dem benzinartigen Geruch des Toluols, das verdunstete und eine klebrige braune Schicht auf den schleimigen Schaumblasen zurückließ.

Dann warteten sie. Gerrard zog die Manschette seines Handschuhs zurück, um auf die Uhr zu sehen.

Einige Minuten lang geschah nichts, der Schaum zischte und brodelte weiter wie bisher, während der Mutant fraß.

Erst ganz allmählich verlangsamten sich die Bewegungen, Blasen fielen zusammen, und das Zischen des Schaums verebbte. Schließlich, nach etwa sieben Minuten, war die Aktivität des Schaums fast ganz zum Erliegen gekommen. Einzelne Bakterien, die der Sprühnebel nicht erreicht hatte, lebten natürlich noch, doch es war klar, daß das Plastik mit dem Zyanid ganze Arbeit geleistet hatte. Ainslies Mutant 59 hatte sich zu Tode gefressen.

Der Leutnant blickte Gerrard mit seinem strengen Gesicht an, grinste aber dann und sagte: „Nicht schlecht für den Anfang."

In den folgenden Wochen lief bei Neoplas die Produktion von Aminostyren mit Zyanid auf vollen Touren. In ununterbrochener Folge rumpelten Lastwagen mit dem neuen Material an den Sperrgürtel des infizierten Gebietes. Truppen rückten mit Sprühkanonen aus, und wo immer ein neuer Befall gemeldet wurde, senkte sich eine zähflüssige braune Schicht giftigen Aminostyrens über den Schaum. Allmählich nahm die Vermehrung des Bazillus ab; Ainslies Mutant 59 gab seinen Kampf um die Alleinherrschaft auf. Das gelähmte Herz Londons begann langsam wieder zu schlagen.

Gerrard arbeitete fast ununterbrochen. Zu seinem eigenen Erstaunen stellte er fest, daß der drängende Arbeitsrhythmus ganz nach seinem Geschmack war. Die Bewältigung eines bekannten Problems machte ihm – im Gegensatz zu der langfristigen und oftmals frustrierenden Suche nach Originalität im Laboratorium – ganz offensichtlich Spaß und gab ihm gewaltigen Auftrieb.

Mehrfach hatte er versucht, Anne zu erreichen, aber jedesmal schien er sie um Haaresbreite verfehlt zu haben, oder sie hinterließ eine wenig überzeugende Nachricht, daß sie zu einer bestimmten Zeit an einem bestimmten Ort zu erreichen sei. Wenn er dann anrief, war sie nie da.

Schließlich erreichte er sie doch, aber das Gespräch verlief in kühler Atmosphäre und beschränkte sich auf eine Diskussion der augenblicklichen Lage.

Als sich die Lage in London allmählich besserte, beschloß er, endlich einmal den Gestank und die Trostlosigkeit der City hinter sich zu lassen. Seine Arbeit war ohnehin abgeschlossen.

Er fuhr nach Eastbourne hinunter, machte lange Spaziergänge über die Heide und den Strand entlang und wurde allmählich freier. Nach drei Tagen hatte er genug. Am dritten Tag saß er gelangweilt in der Hotelhalle und überlegte, ob er nach London zurückfahren solle oder nicht. Die Firma Kramer hatte keinen Kontakt mit ihm aufgenommen. Offensichtlich war er in Ungnade gefallen.

Ein Kellner teilte ihm mit, daß er am Telefon verlangt würde. Er freute sich, als er Buchans breiten schottischen Akzent erkannte. In der Firma war eine Konferenz angesetzt. Es hatte Bankrottdrohungen gegeben, Schadenersatzansprüche waren gestellt worden, und endlose juristische Auseinandersetzungen schienen unvermeidlich. Anne Kramer, nun Hauptaktionärin, war wiederaufgetaucht und wollte weitermachen.

„Ohne mich", sagte Gerrard. „Ich stehe als Erzverräter da. Mich will man um keinen Preis mehr wiederhaben. Und außerdem", sagte er, „weiß ich, ehrlich gesagt, selbst nicht genau, ob ich will."

Langes Schweigen am anderen Ende der Leitung, dann sagte Buchan: „Ich hätte nicht gedacht, daß Sie in Selbstmitleid zerfließen. Aber wenn Sie die Sache so sehen, dann will ich mich nicht weiter bemühen."

Diese Bemerkung schmerzte wie ein Stachel. Gerrard verteidigte sich, indem er Kramers frühere Haltung kritisierte. Er hielt ein langes Plädoyer gegen den Wechsel von der verantwortungsvollen Wissenschaft zur Jagd nach Profit. Es wurde eine ziemlich moralistische Predigt daraus, aber Buchan ließ ihn sich alles von der Seele reden. Als Gerrard schließlich Atem holen mußte, sagte Buchan: „Sind Sie jetzt fertig?"

„Sie haben verdammt recht. Und ob ich fertig bin! Das können Sie sich hinter den Spiegel stecken!"

„Weil ich nämlich der Meinung bin – wenn Sie mir erlauben, auch ein paar Worte zu sagen –, daß Sie im großen und ganzen recht haben. Ich hätte es allerdings nicht ganz so gefühlvoll formuliert."

Nun herrschte Schweigen auf Gerrards Seite. „Ich verstehe Sie nicht ganz – Sie sind meiner Meinung?"

„In mancher Hinsicht schon", sagte Buchan. „Deshalb wär's mir ganz lieb, wenn Sie zur Konferenz kämen."

„Welche Konferenz?" fragte Gerrard. „Von einer Konferenz haben Sie nichts gesagt."

„Hab ich nicht?" fragte Buchan scheinheilig. „Ach so. Ja, da findet morgen ein Treffen statt. Und deshalb habe ich Sie ja eigentlich angerufen. Die Kollegen haben mich darum gebeten."

„Und sie wollen wirklich, daß ich komme?"

„Nun, ich will nicht gerade behaupten, daß sie übermäßig begeistert sind. Einen roten Teppich wird es nicht geben", sagte Buchan. „Aber Sie haben ja nun mal einen Vertrag mit der Firma."

„Das ist aber auch alles."

„Wir werden sehen", meinte Buchan. „Sie sollten auf jeden Fall kommen. Es findet im Connaught Room im Royal Yorkshire Hotel statt, um 14 Uhr 45. Ich würde mich freuen, Sie wiederzusehen." Ehe Gerrard antworten konnte, hatte er schon eingehängt.

Gerrard ging ins Hotelrestaurant und arbeitete sich – gewissermaßen als Kompensation für seine Zweifel und Besorgnisse – durch die teuersten Gerichte auf der Speisekarte. Danach starrte er schwermütig in seinen Kognakschwenker und rauchte eine überlange Zigarre.

Er dachte über die Struktur der Gruppe nach. Wright und Scanlon würden sich todsicher verbünden, um ihn hinauszudrängen. Sie würden ihm nicht so leicht vergessen, daß er dafür verantwortlich war, wenn das Material der biolöslichen Flasche nun als Hauptursache der Londoner Katastrophe betrachtet wurde. Er versuchte, sich den zukünftigen Kurs der Gruppe vorzustellen. Er selbst war ja ursprünglich dem Unternehmen nur beigetreten, weil es unter Kramer – bevor er sich verändert hatte – eine Politik wachsender gesellschaftlicher Verantwortung in der Wissenschaft zu entwickeln schien. Bei vielen Projekten hatte ganz klar der Umweltschutz im Vordergrund gestanden. So hatte es zum Beispiel einen Vertrag zur Entwicklung von umweltfreundlichen Klärverfahren für eine nordenglische Textilfärberei gegeben.

Aber als Kramer seine Energien dann ausschließlich auf Gewinn und Expansion gerichtet hatte, war ein Teil der gesellschaftlich wertvollen Projekte als zu kostspielig fallengelassen worden. Die Gruppe war, hauptsächlich auf Kramers Drängen hin, zur Annahme verhältnismäßig leicht zu verwirklichender Projekte mit hohen und schnellen Erträgen verleitet worden.

Als er im Bett lag, kreisten seine Gedanken, trotz Wein und Kognak, immer noch um dasselbe Problem. Was waren die Alternativen? Ein Job im Ministerium? Er brauchte nur die Hand auszustrekken – zweitklassige Beratung für drittklassige Politiker, langweilige Forschung, nur um Männer, die intellektuelle Tätigkeit ausschließlich für eine Konstruktion erfolgreicher Lügen hielten, mit politischer Munition zu versorgen. Wissenschaft im Dienst der Zweideutigkeit.

Zurück nach Kanada? Um Gottes willen, nein! Er erinnerte sich an den Fakultätsklüngel mit seiner hochentwickelten Jovialität – und Leere. Und dazu fünf Monate Winter. Nein!

Seine Besorgnisse und Zweifel wuchsen; alles, was er in Erwägung zog und sich ausmalte, ließ nur seinen Puls heftiger schlagen. Schließlich ertappte er sich nicht ohne Belustigung bei dem Gedanken, ob er für morgen ein frisches Hemd hatte.

Beim Einschlafen tauchte immer wieder Annes Gesicht vor ihm auf. Er wünschte sich, daß sie neben ihm läge, aber gleichzeitig fühlte er sich von ihrer allzu kühlen Intelligenz abgestoßen ...

Am nächsten Morgen fuhr er schon früh nach London. Zu Hause angekommen, rasierte er sich, badete, wechselte seine Kleider, und da er keinen Appetit hatte, fuhr er gleich in das Hotel, in dem die Konferenz stattfinden sollte.

Auf der Fahrt versuchte er, sich das Ergebnis dieser Konferenz vorzustellen. Warum mußte das Treffen überhaupt in einem Hotel stattfinden, warum nicht im Laboratorium? Seine Zuversicht sank. Buchan war ein merkwürdiger, komplizierter Mann. Vielleicht spielte er nur ein Spiel – vielleicht wollte er, indem er Gerrard ermutigte, frei seine Meinung zu sagen, nur Wright unter Druck setzen.

Und wenn er nichts sagte – was dann? Er hatte sich inzwischen dazu durchgerungen, weiterhin in der Firma zu arbeiten. Dadurch ließe sich der Kontakt mit Anne aufrechterhalten. Gab es eine Möglichkeit, sich mit Wright zu arrangieren? Zorn stieg in ihm auf. Er würde sagen, was zu sagen war. Und zum Teufel mit den Konsequenzen!

Als er im Hotel eintraf, änderte sich seine Stimmung abermals. Er hatte eine Zusammenkunft in einem Salon mit tiefen, weichen Sesseln und eher privater Atmosphäre erwartet. Statt dessen mußte er feststellen, daß ein kleiner Konferenzsaal gemietet worden war. Das Direktorium des Kramer-Unternehmens wies viel mehr Mitglieder auf, als er geahnt hatte. Er ärgerte sich auch, daß er zu früh gekommen war. Die Konferenz war für drei Uhr angesetzt. So saß er am leeren Konferenztisch und mußte auf die anderen warten. Betty hatte für Wassergläser, Schreibblocks und Bleistifte gesorgt.

Schließlich waren alle da bis auf Anne. Sie hatte angerufen und mitteilen lassen, daß sie sich verspäten werde und man schon ohne sie beginnen möge.

In Annes Abwesenheit übernahm Wright den Vorsitz. Zu seiner Rechten hatte der Finanzier der Firma Platz genommen, Sir Harvey Phillips. Links von Wright blieb ein Stuhl leer – Wrights regulärer Platz. Dann folgte Scanlon und daneben der Buchhalter Simon Marks – ein dunkles, jugendliches Gesicht mit harten Augen.

Buchan saß neben Phillips, dann folgte Gerrard. Am unteren Ende des Tisches hatte der Justitiar Platz genommen, Alistair MacDonald, der allem Anschein nach auch Anteile der Firma besaß. MacDonald war ein dünner, fuchsiger Hochlandschotte von übertriebener Höflichkeit. Er vertrat auch eine Handelsbank, die ganz am Anfang die Gruppe mit Kapital ausgestattet hatte.

Wright eröffnete die Konferenz mit einer leeren, formellen Gedenkrede auf Kramer. Er war eben fertig, da öffnete sich die Tür hinter ihm, und Anne trat ein. Alle erhoben sich.

Gerrard beobachtete, wie ihr Blick ausdruckslos über die versammelten Männer wanderte. Eine Regung zeigte sich nur, als sie sich mit einem ernsten Nicken bedankte, als Wright ihr den Platz des Vorsitzenden überließ.

Gerrard fühlte sich durch Anne immer noch verunsichert. Als er angekommen war, hatte er noch genug Zorn empfunden, um bedenkenlos seine Meinung zu sagen. Nun jedoch, in ihrer Gegenwart, glaubte er kaum ohne Stottern ein Wort herausbringen zu können.

Die Konferenz nahm ihren Fortgang. Man sprach Anne das Beileid aus, und die Ereignisse der letzten Monate wurden diskutiert. Gerrard bekam seine Chance, das Wort zu ergreifen; er spürte, wie Buchan ihn anstieß, aber er tat, als habe er nichts bemerkt. Der Augenblick war verpaßt. Buchan lehnte sich verärgert zurück.

Die Konferenz wandte sich anderen Themen zu. MacDonald, der Justitiar, zeichnete in knappen Umrissen verschiedene Möglichkeiten auf, wie man sich der Konsequenzen der durch ein Produkt der Firma hervorgerufenen Katastrophe entziehen könne. Anschließend erstattete Marks lustlos, aber nüchtern und sachverständig Bericht über die Finanzlage. Allem Anschein nach hatte die Firma Überlebenschancen.

Dann war Wright an der Reihe. Gerrard hörte mit wachsender Fassungslosigkeit zu: kein Wort des Bedauerns, kein Selbstvorwurf – und das angesichts der Tatsache, daß zumindest indirekt eine Schuld am Tod von Tausenden von Menschen vorlag. Nicht die geringste Einsicht, daß die Situation fast zu einer weltweiten Katastrophe geführt hätte. So wie Wright seine Version der Ereignisse darlegte, schien es, als bedeuteten die schrecklichen Vorfälle nur einen bedeutungslosen Rückschlag für die Gruppe und ihr Produkt. Gerrard wurde sich bewußt, daß Wright ihn auf Umwegen angriff. Er spielte darauf an, daß die Gruppe den Folgen von Handlungen ausgesetzt sei, die ihre Zukunft aufs Spiel setzten ...

Gerrard entdeckte plötzlich, daß er aufgestanden war. Anne, die allem Anschein nach seine Bewegung nicht bemerkt hatte, kritzelte mit gesenktem Blick auf ihrem Block, Buchan inspizierte gerade gewissenhaft seine Pfeife, Scanlon belächelte die Peinlichkeit der Situation. Gerrard geriet in Wut. „Ich bitte ums Wort!" sagte er entschlossen.

Wright blickte ihn kühl an und sagte: „Bedaure, ich bin noch nicht fertig."

„Sie haben schon genug geredet!"

Wright wurde rot vor Zorn: „Diese Konferenz ..."

„Was für eine Konferenz, um Gottes willen? Wir sind nur acht Leute, und wir sind hier zusammengekommen, um über den Tod unseres Gründers zu sprechen, über die Zerstörung einer halben Stadt... Jetzt rede ich!"

Wright wollte etwas sagen, aber Anne legte ihre Hand auf seinen Arm. „Bitte, lassen Sie ihn sprechen."

Wright zögerte einen Moment, dann fügte er sich: „Bitte, Dr. Gerrard."

Gerrard räusperte sich und blickte sich um. „Nun, ich bin neu hier, und es sieht so aus, als würde ich auch nicht lange bleiben, und deshalb will ich damit anfangen, daß ich Ihnen versichere, in meinem ganzen Leben noch nie einen solchen Haufen von selbstgefälligen und selbstsüchtigen Heuchlern gesehen zu haben. Ich will mich hier nicht bei den ungeheuerlichen und ekelerregenden Halbwahrheiten aufhalten, die Dr. Wright eben von sich gegeben hat, und auch kein Wort über seine Haltung gegenüber der ganzen Angelegenheit verlieren, die meiner Meinung nach völlig an der Verantwortung vorbeigeht, die uns ..."

Wright sprang mit weißem Gesicht auf: „Ich protestiere ..."

„Lassen Sie mich ausreden!" fuhr Gerrard ihn an. „Ich habe ein Wort des Bedauerns oder der Reue von Ihnen erwartet. Nur ein Wort, das mir gesagt hätte, daß Sie aus den Ereignissen etwas gelernt haben. Ein Wort nur, daß Sie wenigstens einen Funken gesellschaftliche Verantwortung empfinden.

Als Kramer dieses Unternehmen gründete, war es eine große Sache, und wir waren alle begeistert. Er hatte Ideen, er konnte sie in die Tat umsetzen, und er empfand Verantwortung, denn die schrecklichen Ergebnisse der Technik beunruhigten ihn. Aber seine Einstellung änderte sich, das wissen wir alle. Meine Einstellung hat sich nicht geändert.

Unsere Gruppe kann ein gewaltiges Potential von Fachwissen und Erfahrung auf die Beine stellen, wir wissen es zu benutzen, wir können schöpferisch denken, und wir könnten uns nun daranmachen, Dinge zum Wohl der Menschen zu entwickeln und zu produzieren. Nicht nur, um einen Gewinn zu erzielen – es ist ganz klar, daß wir unsere Kosten decken müssen –, sondern um alles, was wir können, der Gesellschaft zugute kommen zu lassen.

Wir werden nie erfahren, wie groß unsere Verantwortung an dieser Katastrophe wirklich ist. Wir haben das Degron entwickelt, wir haben die Flasche erfunden. Niemand konnte die Bakterien voraussehen, die daran gediehen sind. Aber unser Produkt – das Ergebnis unseres Denkens – hat bei der Katastrophe eine wesentliche Rolle gespielt. Niemand von uns hat die Absicht gehabt, etwas anderes zu tun, als technische Tüchtigkeit zu beweisen. Das ist uns gelungen – und London ist fast untergegangen. Das ist gewiß mehr als genug, um unserer Arbeit ein neues Ziel zu setzen. Beim nächstenmal kann es die ganze Welt sein. Wenn diese Gruppe weiterbestehen soll – und ich hoffe, daß sie weiterbesteht –, dann muß sie sich jetzt klarwerden, was sie eigentlich tut und vor allem: warum. Es ist ganz klar: Wir sind ein wirtschaftliches Unternehmen, und die Investoren wollen ihr Geld arbeiten sehen. Das ist ihr gutes Recht, und so soll es auch sein, aber selbst in diesem Rahmen lassen sich gewiß Mittel und Wege finden, zum Wohl der menschlichen Gesellschaft kreativ zu sein." Er geriet einen Augenblick ins Stocken. „Das war's, was ich sagen wollte", sagte er und setzte sich.

Nach Gerrards Rede herrschte langes Schweigen. Er blickte über den Tisch. Der einzige, der seinem Blick begegnete, war Buchan, der ihn mit einem spöttischen Lächeln ansah, aber es war unmöglich herauszulesen, ob das Beifall für seine Rede oder Tadel für seine Leidenschaftlichkeit bedeutete.

Anne hielt den Blick gesenkt. Wie Gerrard suchte auch Wright vorsichtig die Reaktionen der Anwesenden auszuloten. Allem Anschein nach empfand er das Ergebnis seiner Beobachtungen als befriedigend. Er erhob sich: „Vielen Dank, Dr. Gerrard. Wir sind, wie ich wohl sagen darf, alle von Ihren Gedanken und Anregungen zutiefst beeindruckt. Möchte noch jemand Stellung nehmen zu Dr. Gerrards ... Predigt?"

Gerrard richtete seinen Blick auf Wright. Wenn er je in seinem Leben einen Menschen gehaßt hatte, dann war es Wright – und alles, wofür dieser eintrat.

„Ich hatte gehofft, Sie würden Stellung nehmen. Sie waren gemeint", sagte Gerrard.

„Das habe ich Ihren Worten entnommen." Wright gestattete sich ein dünnes Lächeln. „Vielleicht haben wir eines Tages noch Gelegenheit zu einer Diskussion über dieses interessante Thema – vielleicht am Speakers' Corner im Hyde Park. Und nun, verzeihen Sie bitte, möchte ich in der Tagesordnung fortfahren."

Niemand sprach. Scanlon lächelte. Buchan stopfte seine Pfeife. Der Anwalt starrte an die Decke. Anne machte sich auf ihrem Block eine Notiz.

„Vielen Dank", fuhr Wright fort. „Wir stehen nun vor der ziemlich dringenden Aufgabe, einen neuen Aufsichtsratsvorsitzenden zu wählen. Ich bitte um Vorschläge."

Nach einer Pause sagte Scanlon: „Meiner Ansicht nach kommt nur eine Person in Frage – das dienstälteste Mitglied dieser Firma und der Mann, der den größten Beitrag zu unserer Arbeit geleistet hat: Sie selbst."

Sir Harvey nickte bedächtig: „Das würde ich unterstützen."

„Vielen Dank, meine Herren. Noch weitere Vorschläge?" Wright war sehr zufrieden, ließ sich aber nichts anmerken.

Buchan legte seine Pfeife auf den Tisch, räusperte sich und sagte: „Tja, und ich möchte Dr. Gerrard vorschlagen."

Wright sah überrascht auf: „Sollen wir das ernst nehmen?"

Buchan nickte: „Es ist mein Ernst, Mr. Wright. Was er gesagt hat, ist sehr vernünftig. Und so möchte ich persönlich die Firma geführt haben. Ich schlage Dr. Gerrard vor."

Wright wurde rot vor Wut: „Ich bedaure, diesen Vorschlag nicht annehmen zu können, und leider muß ich ihn auch als absolut unzumutbar betrachten. Dr. Gerrard ist erst seit zwei Monaten bei uns. Er weiß nichts von den Grundlagen dieses Unternehmens, unserer Arbeit und der Struktur des Unternehmens. Und wenn ich ehrlich sein soll, ich bin der Ansicht, daß der gefühlvolle Ausbruch, den wir eben über uns ergehen lassen mußten, ihn als Mitarbeiter unserer Firma ungeeignet erscheinen läßt, geschweige denn als Direktor."

Buchan zog an seiner Pfeife. „Sie führen sich hier auf, als hätten Sie schon den ganzen Laden übernommen. Sie haben nicht das Recht, auf diesem Stuhl zu sitzen, während über Ihre Nominierung beraten wird."

Wright zögerte und sah Anne hilfesuchend an.

Anne nickte ihm zu: „Vielleicht wäre es am besten, wenn ich jetzt den Vorsitz übernähme." Sie wandte sich an MacDonald: „Bitte Ihren Rat, Dr. MacDonald – fällt Dr. Gerrards kurzfristige Zugehörigkeit zur Firma in diesem Punkt ins Gewicht?"

MacDonald schüttelte entschieden den Kopf: „Nicht daß ich wüßte."

„Dann können wir also mit den Vorschlägen fortfahren."

Wright wollte etwas sagen, aber Scanlon hielt ihn zurück.

„Wird die Nominierung von Dr. Gerrard unterstützt?" fragte Anne und blickte über den Tisch.

Schließlich sagte MacDonald: „Ja, ich möchte die Nominierung von Dr. Gerrard unterstützen."

Wright blickte ihn fragend an, aber MacDonald hatte sich schon wieder seinen Akten zugewandt.

„Sonst noch jemand?" fragte Anne, begegnete aber nur tiefem Schweigen. „Gut, dann kommen wir nun zur Abstimmung. Ich glaube, hier reicht die einfache Akklamation durch Handzeichen aus. Wollen die Herren, die für Dr. Wright stimmen, bitte die Hand heben."

Scanlon und Sir Harvey hoben die Hand.

„Zwei", sagte Anne. „Und nun für Dr. Gerrard, bitte."

Buchan und MacDonald hoben die Hände. In Gerrards Kopf wirbelten die Gedanken; er begriff kaum die Gründe, die hinter dem plötzlichen Wechsel seines Glücks standen, die unbekannten Motive der beiden Männer, die für ihn gestimmt hatten, erfüllten ihn mit Unsicherheit und Mißtrauen.

Anne wandte sich an den Buchhalter: „Mr. Marks?"

„Ich habe nur beratende Funktionen, kein Stimmrecht." Es war offensichtlich, daß Marks erleichtert war, nicht Stellung beziehen zu müssen. Die Spannung erfaßte jeden.

„Zwei Stimmen für jeden Kandidaten", sagte Anne. „Demzufolge muß ich nun von meinem Stimmrecht Gebrauch machen."

Wright sah sie dankbar an. Als Mann von beschränktem Einfühlungsvermögen hatte ihn die plötzliche Opposition gegenüber einer – wie er es sah – reinen Verfahrensangelegenheit aus dem Gleichgewicht gebracht.

„Also gut", sagte Anne. Sie nahm bedächtig ihre Brille ab und klappte sie zusammen. Der Teufel soll dich holen, dachte Gerrard, mußt du deinen kleinen Augenblick so sehr auskosten? Mach schon weiter!

„Nach allem, was wir heute hier gehört haben, bin ich der Ansicht, daß ich die Bewerbung von Dr. Gerrard unterstützen muß."

In dem Schweigen, das ihren Worten folgte, schüttelte Wright den

Kopf, als könnte er seinen Ohren nicht trauen. Gerrard saß wie betäubt da.

Dann fand Wright seine Stimme wieder und sprang auf: „Das kann ich nicht glauben ... Das kann ich nicht hinnehmen ... Um Gottes willen – warum?"

Anne wich seinem Blick aus. Wrights Zurückhaltung war verschwunden, er brach fast in Tränen aus. „Weil ich eine völlig andere Vorstellung von der Leitung dieses Unternehmens habe als Sie", sagte Anne ruhig.

„Aber wieso? Ich kann einfach nicht verstehen ..." Wright begann zu schreien.

„Mein Mann hat diese Firma sehr autoritär geführt. Er konnte sich das leisten. Er war ... Arnold Kramer. Er hatte die Firma gegründet. Aber das hatte auch bedenkliche Nachteile, und ich bin der Meinung, daß Dr. Gerrard das Problem sehr klar umschrieben hat. Wir tun einfach nicht mehr, was er sich eigentlich zu tun vorgenommen hatte. Unsere Ideale haben ..."

„Ideale!"

„Ja, das stimmt. Wir hatten einmal Ideale, Mr. Wright!"

„Ich kann das nicht hinnehmen ... Und ich arbeite nicht mit diesem Menschen. Ich warne Sie, Mrs. Kramer, Sie zwingen mich zur Kündigung, und wie Sie sehr wohl wissen, besitze ich die Patente für Aminostyren und Degron."

Anne drehte sich um und sah ihn voll an. „Ja", sagte sie leise.

Wright stockte. „Sie sind also bereit, darauf zu verzichten?"

„Ich will darauf verzichten. In gewisser Weise sind diese Produkte schuld am Tod meines Mannes, sie haben beinahe mich selbst und Dr. Gerrard umgebracht und uns nichts als Mißkredit eingebracht. Ich möchte reinen Tisch machen und wieder sauber anfangen."

„Gut gesagt", pflichtete Buchan bei.

Scanlon lehnte sich nervös vor: „Aber diese Produkte bilden fast ausschließlich die finanzielle Grundlage des Unternehmens."

„Kleiner Denkfehler", sagte Buchan. „Die Lizenzen für Degron sind im Namen der Firma abgeschlossen worden, nicht in Ihrem Namen, Mr. Wright."

Wright stieß seinen Stuhl zurück: „Es würde mich sehr interessieren, was Sir Harvey zu alldem zu sagen hat."

Sir Harvey zuckte die Schultern: „Mrs. Kramer ist die Hauptaktionärin, die letzte Entscheidung liegt also bei ihr. Mein Hauptanliegen besteht darin, den Fortbestand der Amortisation aus unserer Investition sicherzustellen."

„Dann ist es unvermeidlich, daß ich gehe." Wright stand auf und blickte Scanlon fragend an, aber Scanlon mied seinen Blick.

„Wenn Sie in Zukunft mit mir in Verbindung treten wollen, müssen Sie sich an meine Anwälte wenden", sagte Wright schrill, drehte sich um und verließ mit aller Würde, die er noch aufbringen konnte, den Raum. In diesem Augenblick empfand sogar Gerrard Mitleid mit ihm. Trotz seiner stolzen Haltung – oder vielleicht gerade deswegen – wirkte Wright plötzlich alt; er war ein gebrochener Mann.

Anne ergriff das Wort: „Sie sind zum Direktor dieses Unternehmens gewählt worden, Dr. Gerrard. Nehmen Sie die Wahl an?"

Er spürte die Aufmerksamkeit aller Anwesenden auf sich gerichtet. Er brauchte einen Augenblick, bis er sprechen konnte: „Nun ... Ja. Ich glaube, ja." Seine Worte klangen lahm, selbst ihm klangen sie so, und er sah eine Spur von Enttäuschung über Annes Gesicht huschen.

Dann begriff er endlich. Er war der neue Chef. Alle erwarteten von ihm, daß er die Initiative ergriff. Wrights Abgang hatte sie alle erschüttert. Er mußte die Leute beruhigen, ihnen einen positiven Weg zeigen, dem sie folgen konnten.

Anne erhob sich von ihrem Stuhl. „Da wir nun einen neuen Direktor haben, steht mir dieser Platz nicht mehr zu. Würden Sie bitte den Vorsitz übernehmen, Dr. Gerrard?"

Gerrard nickte, stand auf, versuchte Zuversicht zu verbreiten, die er selbst nicht empfand, und übernahm den frei gewordenen Stuhl.

Er blickte über den Tisch. „Meine Herren, wir haben eine erschütternde Stunde hinter uns. Ich sehe wenig Sinn darin, die Konferenz so weiterzuführen, als wäre nichts geschehen. Ich schlage deshalb vor, daß wir uns auf den nächsten Monat vertagen." Er blickte auf den Datumsanzeiger seiner Uhr. „Und zwar zum Zwanzigsten des nächsten Monats. Bis dahin hoffe ich, Ihnen einen ausgearbeiteten Plan für die Führung des Unternehmens in der Zukunft vorlegen zu können. Es ist nun ein Uhr dreißig in der Nacht. Wenn nichts Weiteres vorliegt, möchte ich jetzt die Konferenz schließen."

Die Anwesenden brachen auf. Scanlon verließ den Raum im erregten Gespräch mit Sir Harvey. Aus dieser Ecke kommt noch Ärger, dachte Gerrard.

Buchan trat zu ihm, um ihm zu gratulieren. „Nun haben Sie aber allerhand am Hals, wissen Sie das?"

„Wright tut mir leid."

Buchan sah ihn mit spöttischem Lächeln an. „Mir nicht. Ein wenig radikale Chirurgie ist ganz gesund." Er blickte hinter Scanlon her, der hinter Sir Harvey durch die Tür ging. „Und ich bin gar nicht einmal sicher, ob das Messer tief genug gegangen ist. Immerhin", er lächelte, „für einen Tag reicht es. Ich leiste mir jetzt zur Feier des Tages ein gutes Essen bei Prince. Haben Sie Lust mitzukommen?"

Gerrard blickte zu Anne hinüber, die mit Marks und MacDonald auf der anderen Seite des Konferenztisches stand.

„Nein, vielen Dank", sagte Gerrard.

Buchan folgte seinem Blick. „Ja, ja, ich verstehe. Nun, ich wünsche Ihnen viel Glück. Und ich fürchte, Sie werden es brauchen."

Buchan ging. Kurz danach kamen Marks und MacDonald, um ihm zu gratulieren und ihm ihre Unterstützung zu versichern. Betty sammelte alle Papiere zusammen und trat auf ihn zu: „Kann ich jetzt gehen, Sir?"

Gerrard bemerkte mit einem gewissen Vergnügen ihren veränderten Ton. „Natürlich. Wir sehen uns am Montag."

Betty ging, und nun war er endlich mit Anne allein. Er faßte einen Entschluß. Er hatte in so wenigen, kurzen Stunden so viel gewonnen. Ein guter Spieler nutzt die Situation aus, wenn das Glück auf seiner Seite steht. „Anne", sagte er.

Anne drehte sich um. Sie ordnete gerade die Akten und Nachlaßpapiere, die MacDonald ihr gegeben hatte. „Ja?" sagte sie. Sie stand noch immer auf der anderen Seite des Tisches.

Gerrard lehnte sich quer über den Tisch. „Ich danke dir. Und das meine ich ehrlich."

Sie sah ihn kühl an: „Keine Ursache. Ich schütze nur meine eigenen Interessen. Ich habe lediglich den besten Mann für den Job ausgewählt. Das ist alles."

„Ich weiß nicht, ob ich das allein schaffe."

„Ich bin überzeugt, daß alle dir helfen werden, sobald sie sich mit der neuen Situation abgefunden haben."

„Das meine ich nicht." Er ging um den Tisch herum auf sie zu. „Ich wünsche mir deine Hilfe."

„Natürlich werde ich tun, was ich kann." Sie wandte sich wieder ihren Papieren zu.

„Du weißt, was ich meine."

Sie erstarrte. Er stand nun dicht hinter ihr. Sie antwortete nicht.

„Das ist ein verdammt anstrengender Job. Vielleicht eine Nummer zu groß für mich. Ich werde es nicht ohne dich schaffen. Ich brauche dich als Partnerin."

„Als Partnerin? Aber ich denke doch, daß ich eigentlich schon ..."

Er ergriff sie beim Arm und drehte sie um. „Halt mich nicht zum Narren. Vielleicht ist es noch etwas zu früh. Aber ich will dich. Ich schaffe den Job nicht ohne dich."

Sie schwieg. Sie sah ihn immer noch nicht an.

„Bitte, hör mir zu! Ich will diesen Job haben, das stimmt. Aber du bist mir – verdammt noch mal – ebenso wichtig. Wenn es keine Chance gibt, dann vergiß es. Dann kann ich nicht hierbleiben."

Sie erwiderte nichts. Er ließ langsam ihren Arm los und ging quer durch den Raum. Er hatte schon die Tür geöffnet, als sie endlich sprach. „Luke ..."

Er drehte sich um.

„Du mußt mir Zeit lassen", sagte sie leise.

Er sah sie an: „So viel Zeit, wie du brauchst. Um es genau zu sagen ..." Er blickte auf seine Uhr: „Genau fünf Minuten. Dann gehen wir essen."

Sie trat auf ihn zu und hob ihm ihre Lippen entgegen. Ihr Kuß war lang und zärtlich.

Nur mühsam konnte Gerrard seine Stimme ruhig halten. „Aber jetzt gehen wir", sagte er.

Sie blickte zu ihm auf, eine Ahnung von Tränen ließ ihren Blick weich und sanft erscheinen. Sie sagte: „Hab Geduld mit mir, Luke."

Als sie durch das überhitzte Hotelfoyer schritten und in die eisige Winterluft hinaustraten, war die Nacht fast vorüber. Der Himmel war kalt und klar, die Sterne leuchteten hell. Sie blickten beide in das eisige Panorama hinauf. Der Mars leuchtete klar wie eine blaßrote Nadelspitze. Weder Gerrard noch Anne hatten von der Conrads-Ebene dort oben gehört.

DIE Conrads-Ebene verlief dreihundertfünfzig Meilen nördlich des Marsäquators, eine Hochfläche, die zum erstenmal auf den von einer Marinersonde aufgenommenen Fotos entdeckt worden war – ein ideales Gelände für die erste weiche Landung einer Robotsonde.

Auf der Ebene neigte sich der vierundzwanzigstündige Marstag seinem Ende zu. Die Sonne war nur noch eine kleine, blutrote Scheibe, die hinter den schroffen Felsen eines ostwärts gelegenen Kraters versank, wie Riesenfinger tasteten die violetten Schatten über die Sanddünen.

Das einzige Geräusch wurde von der leichten, kühlen Brise verursacht, die Sandkörnchen durch die Luft wirbelte. Eine grauweiße Schicht Rauhreif bedeckte die Bergspitzen, und in den tieferen Schründen auf dem Grund des Kraters fristeten kleine Flecken seltsam geformter Flechten ihr kärgliches Dasein.

Über den tiefvioletten Himmel zogen einige wenige strähnige Wolken, doch sonst störte keinerlei Bewegung das stille Bild – ein Panorama, das sich ohne Veränderung Jahr um Jahr und Jahrhundert um Jahrhundert wiederholt hatte.

Kein Auge nahm die Farben wahr, kein Ohr den Wind, und keine Hand veränderte die Landschaft.

Wenn auch von nichts und niemandem gehört – am Himmel ertönte ein fernes Grollen. Dann erfaßten die Strahlen der sinkenden Sonne einen winzigen Lichtpunkt, der sich durch das Sternenmuster bewegte.

Allmählich wuchs das ferne Geräusch an zum Donnern eines Raketenmotors. Argonaut 1 sank, eine lange Flammenzunge speiend, auf die Marsoberfläche nieder.

Je näher er kam, um so heftiger wirbelte der Sand hoch, dann flogen auch Steine und Felsbrocken im lodernden Feuerstrahl des Raketenmotors durch die Luft. Schließlich berührte das schwerfällige Gebilde auf seinen drei hydraulischen Beinen, die sich unter dem Aufprall bogen und dann wieder strafften, den Boden. Der Motor schaltete sich ab, und die Staubwolke wurde vom Wind davongetragen.

Es knackte, als sich die rotglühende Brennkammer des Raketenmotors in der dünnen Luft abkühlte.

Unter dem Dach des insektenhaften Fahrzeugs surrte ein Servomotor, eine kleine Luke öffnete sich, eine netzartige Antenne faltete sich auseinander und rastete mit einem Klicken ein.

Automatische Schaltkreise wurden in Betrieb gesetzt und erfüllten das Gewirr des elektronischen Systems im Leib der Maschine mit Leben. An der Unterseite des Geräts öffnete sich eine kleine Tür, ein metallener Arm, der eine kleine Schaufel hielt, erschien und grub sich in den weichen Marssand. Sensoren begannen die Temperatur zu messen, die Windgeschwindigkeit, die Strahlungsintensität, die Sauerstoffkonzentration.

Die Sendeanlage sammelte die Daten, verschlüsselte sie zu Funkimpulsen und schickte sie in Richtung Erde – zu Hause in Cape Kennedy brach das Kontrollteam in Jubel aus.

Während der kalten Marsnacht zeichnete der Argonaut ein Funkbild des uralten Planeten. Während dies geschah, entwickelte sich in den Stromkreisen Wärme, nach und nach erwärmte sich auch das Logik-Gatter M 13.

Innerhalb der Metallumhüllung des Gatters reagierten die gefrorenen Sporen von Ainslies Mutant 59 auf die Wärme und begannen zu keimen.

Am nächsten Morgen, zwei Stunden nach Sonnenaufgang, starb Argonaut 1 eines raschen Todes.

In seinem glänzenden Körper hatte Plastik begonnen sich aufzulösen ...

Kit Pedler und Gerry Davis

Angesichts der enormen Aktualität von Kit Pedlers und Gerry Davis' „Mutant 59" fällt es schwer zu glauben, daß dieses Buch bereits 1971 entstand, in einer Zeit also, da die Allgemeinheit mit Begriffen wie Gentechnik und Biotechnologie noch keinerlei Vorstellung verband. Heute hingegen kommt dem Einsatz von Bakterien in Kläranlagen oder bei der Verwertung von Abfällen jene Bedeutung zu, die das englische Autorenteam als Science-fiction-Vision vorwegnahm. Unter anderem wird derzeit in der Bundesrepublik versucht, heterogene Bakterienkulturen zur Reinigung ölverschmutzter Böden zu nutzen, und in weiteren Projekten werden gentechnisch optimierte Mikroorganismen zur Entschwefelung von Kohle (Schadstoffreduzierung) und zur Entfernung von Schwermetallen aus Abwässern verwendet. Gleichzeitig liegt eine ganze Reihe geplanter gentechnischer Freilandversuche noch auf Eis, da befürchtet wird, die biologischen Experimente könnten ähnlich außer Kontrolle geraten, wie Kit Pedler und Gerry Davis dies beschreiben.

Der 1927 in London geborene Kit Pedler bildete mit dem Seemann und Schauspieler Gerry Davis ein Autorenteam, das drei SF-Romane verfaßte. Ebenso wie „Mutant 59" sind auch das 1974 entstandene Buch „Gehirnpest" und „Die Dynostar-Drohung" von 1975 dem Kreis der Katastrophenromane zuzurechnen. „Gehirnpest" beruht auf der These, daß Autoabgase sich langfristig zerstörerisch auf das menschliche Gehirn auswirken, während in „Die Dynostar-Drohung" die Erde durch einen Fusionsreaktor auf immer unbewohnbar zu werden droht, da der auf einer Raumstation erbaute Reaktor die Ozonschicht gefährdet.

Der 1981 verstorbene Kit Pedler verfügte als Arzt über profunde naturwissenschaftliche Kenntnisse. Vielleicht liegt gerade darin der Grund dafür, daß er in seinen Büchern nicht nur auf die Vorzüge neuer Technologien verwies, sondern auch besonders eindringlich vor ihren Risiken und den Grenzen ihrer Beherrschbarkeit warnte.

11·56 11·57 11·58 11·59 12·00 12·01 12·02 12·03

Ewige Jugend –

der Zukunftstraum von einem langen Leben

Mit hundert Jahren im besten Alter?

Mit siebzig Jahren begann Shigechiyo Izumi Alkohol zu trinken. Mit einundneunzig schlug er ein Angebot aus, wieder zu heiraten. Mit hundertsechzehn schließlich gab er das Rauchen auf. Am 21. Februar 1986 starb er im Alter von hundertzwanzig Jahren und zweihundertsiebenunddreißig Tagen – als ältester Mensch der Welt. Kein anderer war nachweislich je so alt geworden wie der Japaner, der sein ganzes Leben auf einer stillen Koralleninsel verbracht hatte.

Ob Izumis Rekord lange Bestand haben wird, erscheint allerdings fraglich. Denn gerade seine Landsleute haben beste Aussichten auf ein ungewöhnlich langes Leben. Die durchschnittliche Lebenserwartung der Japaner ist heute die höchste der Welt: für Männer liegt sie bei vierundsiebzig, für Frauen gar bei achtzig Jahren. Altersforscher vermuten, daß die japanischen Ernährungsgewohnheiten dabei eine gewichtige Rolle spielen: wenig Fett, viel Gemüse und Fisch, fast kein Fleisch. Man hüte sich jedoch, daraus ein sicheres Rezept für Langlebigkeit abzulesen. Allein schon die Vielfalt der Ratschläge von über Hundertjährigen beweist, daß eine ganze Reihe von Faktoren und Risiken unsere Lebensspanne mitbestimmen. Die älteste Schweizerin (108 Jahre) lobt das tägliche Gläschen Rotwein, John Evans aus Wales dagegen (111 Jahre) schwört auf warmes Wasser mit etwas Honig und warnt vor Alkohol, Nikotin und heftigem Fluchen. Viele sehen in körperlicher Arbeit den Grund für ihr hohes Alter, andere wiederum preisen den Müßiggang, einige empfehlen die Geborgenheit in der Ehe, andere glauben, daß ihnen ihr unabhängiges Singledasein viel Ärger und den damit verbundenen Verschleiß erspart hat.

Die Frage nach den Ursachen für ein langes Leben ist also nicht einfach zu beantworten, eines aber steht dennoch fest: Noch nie waren die Aussichten, ein hohes Alter zu erreichen, so gut wie heute. Durchschnittlich zwanzig Jahre alt wurden unsere Vorfahren in der Steinzeit und nur etwa dreißig im Mittelalter. Die rasante Entwicklung der Medizin, die Ausrottung tödlicher Krankheiten und die Verbesserung der Lebensumstände während der letzten hundertfünfzig Jahre haben dazu geführt, daß der Bundesbürger heute im Schnitt vierundsiebzig Jahre erreicht – mit steigender Tendenz.

Wo also ist die Grenze? Wird der Mensch der Zukunft seine Lebens-

spanne um ein Vielfaches steigern können? Für Science-fiction-Autoren ist dies keine Frage. In Larry Nivens „Ringwelt" begeht Louis Wu seinen zweihundertsten Geburtstag, eine Feier, die einige Probleme mit sich bringt: „Es waren Gäste gekommen, die Louis hundert Jahre nicht mehr gesehen hatte. Manche von ihnen waren vor langer Zeit seine Todfeinde gewesen. Frauen waren darunter, die er vollkommen vergessen hatte, und er wurde sich ein paarmal staunend bewußt, wie sehr sein Geschmack sich geändert hatte."

In Stephen Goldins „Scavenger-Jagd" giftet die knapp hundertfünfzig Jahre alte Nillia ihre Rivalin Tyla folgendermaßen an: „Wenn ich nur hundert Jahre jünger wäre, könnte ich Ihnen so manches vormachen."

Und als George, der Held von Damon Knights „Welt ohne Kinder", wegen seiner Rauch- und Trinkgewohnheiten getadelt wird, gesteht er zerknirscht: „Sie haben recht, ich werfe vielleicht die besten Jahrhunderte meines Lebens weg."

Symbolfigur des Jugendkults unserer Zeit: der „unsterbliche" James Dean

Der Japaner Izumi, wenige Jahre vor seinem Tod. Mit hundertzwanzig Jahren erreichte er das höchste Alter, das je einem Menschen nachweisbar vergönnt war.

Auf die Gene kommt es an!

Noch braucht sich niemand Sorgen zu machen, wer die Rente für die zweiten hundert Jahre seines Lebens bezahlen soll. Nach heutigem Erkenntnisstand sind allenfalls 115 bis 120 Jahre als Lebensspanne für den einzelnen möglich, auch wenn die breite Masse fraglos ein höheres Durchschnittsalter als früher erreicht. Abbauvorgänge in unserem Organismus, die von den Genen gesteuert werden, begrenzen unser Leben – schon bei der Geburt ist der Verfall des Körpers und schließlich der Tod programmiert. Verantwortlich für diese Entwicklung ist jedoch nicht etwa ein einziges „Alters-Gen" sondern gleich eine ganze Gruppe; Forscher schätzen ihre Anzahl auf rund siebentausend.

Diese Gene steuern den ständig notwendigen Prozeß der Zellteilung, sie sorgen aber auch dafür, daß eines Tages keine Zellteilung *mehr stattfindet und somit unser Leben endet. So bedauerlich dies für den einzelnen auch sein mag, als biologisches Prinzip scheint es unerläßlich. Denn Altern und Tod sind Motor der Evolution: Nur durch den Tod des Individuums entsteht die Chance zur Weiterentwicklung und Veränderung, wodurch das Überleben der Art gesichert wird.*

Wer die „richtigen" Erbanlagen besitzt, darf dennoch auf ein langes Leben hoffen – und kann darüber hinaus selbst etwas tun, damit diese Hoffnung in Erfüllung geht. Seine Devise muß lauten: Alles vermeiden, was das Leben verkürzt. An erster Stelle sind in diesem Zusammenhang Zigarettenrauch und Übergewicht zu nennen. Viel Bewegung trägt außerdem dazu bei, in der zweiten Lebenshälfte lange jung zu bleiben. Wenn der Körper durch sportliche Tätigkeit in Form gehalten wird, kann es gelingen, „dreißig Jahre lang fünfzig zu bleiben".

Der Mensch des Mittelalters wurde im Schnitt nur dreißig Jahre alt. Wohl auch deshalb spricht aus den Kunstwerken dieser Epoche besonders häufig die Sehnsucht nach ewiger Jugend. Der Maler Lucas Cranach d.Ä., der auch das Bild vom „Jungbrunnen" schuf, beschwört hier „Das Goldene Zeitalter", in dem sich junge Menschen vergnügt beim Bade tummeln.

Ewige Jugend – ein Wunsch, der zum Alptraum werden könnte

Science-fiction-Autoren haben ihren Lesern immer wieder vor Augen geführt, wie eine Welt aussehen würde, in der ein Großteil der Menschen über hundert Jahre alt wird oder gar mit Hilfe eines Unsterblichkeitsserums unbegrenzt lange leben könnte. Die offensichtlichste Konsequenz einer derartigen Entwicklung wäre eine maßlose Übervölkerung, die den Planeten Erde schließlich unbewohnbar machen würde. In seinem Roman „Die Stahlhöhlen" schildert Isaac Asimov wie eine Erdbevölkerung von über acht Milliarden nur noch ernährt werden kann, indem sie sich innerhalb gigantischer Citys organisiert, in denen der einzelne fast völlig auf Privatsphäre und Individualität verzichten muß. Ein noch drastischeres Bild künftiger Entwicklungen zeichnet Bernard Richter in seiner Erzählung „Der Gutekunstsche Erb-

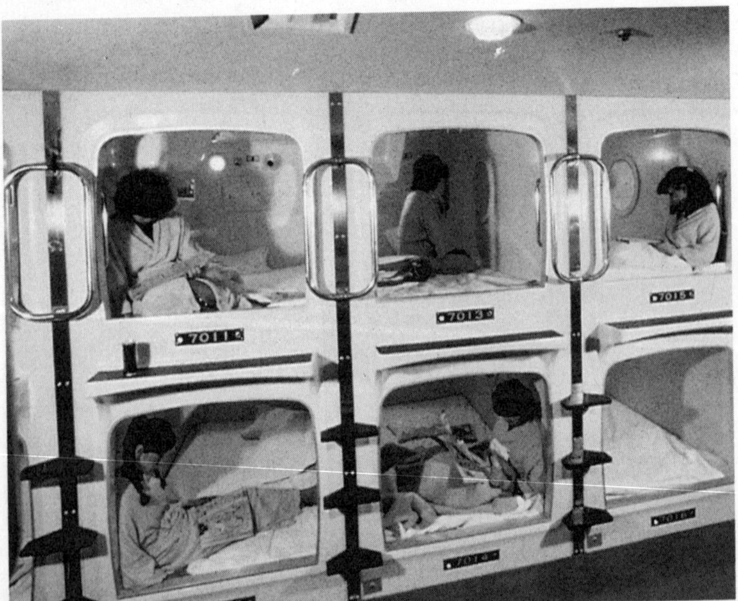

Ein japanisches Kapselhotel in Osaka: praktisch aber eng. Hier zeigt sich schon heute eine der Folgen von Übervölkerung.

folgekrieg": „Die Unsterblichkeit war eine Plage in jeder Beziehung. Jeder halbwegs vernünftige Mensch wußte, daß wesentlich mehr gegen sie unternommen werden mußte, als die Unsterblichkeitspartei mit ihrer altertümlich manischen Abneigung gegen den Tod zu leisten imstande war. Ein paar Grippeepidemien, die zaghafte Wiedereinführung der Pest und das Unfallförderungsgesetz konnten uns nicht vor dem Desaster retten. Heesters mußte her ... Heesters hatte viel versprochen, aber er war wohl der erste Politiker in der Geschichte, der seine eigenen Versprechungen übertraf. Das Leben wurde riskant, selbst für mich. Trotz meines Geldes mußte ich auf der Hut sein, denn Heesters startete sofort nach Amtsantritt die versprochene „Virenoffensive", und es war mühselig und teuer, sich mit allen nötigen Impfungen und Gegenmitteln einzudecken, vor allem, wenn die Regierungslabors mit bisher unbekannten Erregern operierten ..."

Angesichts solcher Aussichten scheint es wenig wünschenswert, daß die Gesetzmäßigkeiten von Altern und Tod eines Tages außer Kraft gesetzt werden. Und begehrenswerter als ein wahrhaft methusalemisches Alter ist wohl die Möglichkeit, länger jung zu bleiben – eine Zukunftserwartung, die für viele in Erfüllung gehen dürfte.

Wen Goethes Wort „Jugend ist Trunkenheit ohne Wein" dennoch in melancholische Stimmung versetzt, dem sei die Mahnung des Schriftstellers Paul Heyse entgegengehalten: „Das Alter, das man haben möchte, verdirbt das Alter, das man hat."

Illustrierter Anhang:
„Ewige Jugend – der Zukunftstraum von einem langen Leben"
Ein Artikel von Heinz Volz